PHILIP ROTH

OPERAÇÃO SHYLOCK

Uma confissão

Tradução
Marcos Santarrita

Copyright © 1993 by Philip Roth
Proibida a venda em Portugal

*Grafia atualizada segundo o Acordo Ortográfico da Língua Portuguesa de 1990,
que entrou em vigor no Brasil em 2009.*

Título original
Operation Shylock: A Confession

Capa
Jeff Fisher

Preparação
Mário Vilela

Revisão
Renato Potenza Rodrigues
Giovanna Serra

Atualização ortográfica
Verba Editorial

Dados Internacionais de Catalogação na Publicação (CIP)
(Câmara Brasileira do Livro, SP, Brasil)

Roth, Philip
    Operação Shylock : uma confissão / Philip Roth ; tradução
Marcos Santarrita. — 1ª ed. — São Paulo : Companhia de Bolso,
2017.

    Título original: Operation Shylock : A Confession.
    ISBN 978-85-359-2919-5

    1. Ficção norte-americana I. Título.

17-03653   CDD-813

Índice para catálogo sistemático:
1. Ficção : Literatura norte-americana 813

2017

Todos os direitos desta edição reservados à
EDITORA SCHWARCZ S.A.
Rua Bandeira Paulista, 702, cj. 32
04532-002 — São Paulo — SP
Telefone: (11) 3707-3500
www.companhiadasletras.com.br
www.blogdacompanhia.com.br

OPERAÇÃO
SHYLOCK

Para Claire

וַיִּוָתֵר יַעֲקֹב לְבַדּוֹ וַיֵּאָבֵק
אִישׁ עִמּוֹ עַד עֲלוֹת הַשָּׁחַר

Jacó, porém, ficou só; e lutou com ele um varão, até que a alva subia.
GÊNESIS 33:24

Todo o conteúdo de meu ser berra em contradição consigo mesmo.

———

A existência é sem dúvida uma discussão...
KIERKEGAARD

SUMÁRIO

Prefácio, 11

I
1. Surge Pipik, *14*
2. Uma vida que não é a minha, *49*
3. Nós, *72*
4. Malícia judaica, *108*
5. Eu sou Pipik, *147*

II
6. A história dele, *184*
7. A história dela, *227*
8. A incontrolabilidade das coisas reais, *253*
9. Falsificação, paranoia, desinformação, mentiras, *300*
10. Não odiarás teu irmão em teu íntimo, *342*

Epílogo:
As palavras em geral estragam tudo, *377*

Nota ao leitor, *422*
Sobre o autor, *423*

PREFÁCIO

Por motivos legais, tive de alterar vários fatos neste livro. São modificações menores, que compreendem basicamente detalhes de identidade e local, e pouca importância têm para a história como um todo e sua verossimilhança. Todos os nomes que foram mudados são assinalados com um pequeno círculo na primeira vez que aparecem.

Operação Shylock foi extraído de diários. O livro é uma versão tão exata quanto me foi possível dar de ocorrências reais que vivi em meados da casa dos meus cinquenta anos e que culminaram, no início de 1988, com minha concordância em efetuar uma operação de coleta de informações para o serviço de inteligência de Israel, o Mossad.

O comentário sobre o caso Demjanjuk reflete com exatidão e franqueza o que eu pensava em janeiro de 1988, quase cinco anos antes que provas soviéticas, apresentadas num recurso pela defesa, levassem a Suprema Corte israelense a considerar nula a sentença de morte decretada em 1988 pela Corte Distrital de Jerusalém, a cujas sessões assisti e que descrevo aqui. Com base em interrogatórios soviéticos feitos de 1944 a 1900, que só vieram inteiramente à luz após o fim da União Soviética — e nos quais vinte e um ex-soldados do Exército Vermelho que se ofereceram como auxiliares voluntários das SS foram depois executados pelas autoridades soviéticas estabeleceram que o sobrenome do Ivã, o Terrível, de Treblinka era Marchenko, e não Demjanjuk —, a defesa afirmou ser impossível a acusação provar sem sombra de dúvida que John Ivan Demjanjuk, operário da indústria automobilística de Cleveland, e o notório operador de câmara de gás eram o mesmo "Ivã". A refutação da promotoria alegou não só que os registros da antiga União Soviética

11

estavam repletos de incoerências e contradições, mas que, o mais importante, como o testemunho fora tomado em circunstâncias não verificáveis, por guardas não mais disponíveis para contrainterrogatório, tratava-se de rumor inadmissível. Além disso, a promotoria argumentou que documentos recém-descobertos nos arquivos federais alemães provavam agora, conclusivamente, que Demjanjuk cometera perjúrio repetidas vezes ao negar que também fora guarda no campo de treinamento de Trawniki, no campo de concentração de Flossenburg e no campo de extermínio de Sobibor.

Até esta data, a Suprema Corte ainda está examinando o recurso.*

P. R.
1º de dezembro de 1992.

* Em fins de julho de 1993, a Suprema Corte israelense revogou a condenação, por insuficiência de provas; e em setembro do mesmo ano decidiu que John Ivan Demjanjuk não podia mais ser processado por supostos crimes contra judeus na Alemanha nazista e estava livre para deixar o país quando quisesse. (N. T.)

I

1. SURGE PIPIK

FIQUEI SABENDO DO OUTRO PHILIP ROTH em janeiro de 1988, poucos dias depois do ano-novo, quando meu primo Apter telefonou para mim em Nova York e disse que, segundo a rádio israelense, eu estava em Jerusalém, assistindo ao julgamento de John Demjanjuk, que se supunha fosse Ivã, o Terrível, de Treblinka. Apter me disse que o julgamento de Demjanjuk estava sendo transmitido integralmente, todo dia, no rádio e na televisão. Segundo a senhoria dele, eu aparecera brevemente na televisão no dia anterior, identificado pelo comentarista como um dos espectadores no tribunal, e depois, naquela mesma manhã, ele próprio ouvira no rádio a notícia corroboradora. Apter me telefonava para confirmar meu paradeiro, pois depreendera da minha última carta que eu só estaria em Jerusalém no fim do mês, quando planejava entrevistar o romancista Aharon Appelfeld. Ele dissera à senhoria que, se eu estivesse em Jerusalém, já o teria procurado, o que era verdade — nas quatro visitas que fizera quando trabalhava nos trechos israelenses de *O avesso da vida*, levara rotineiramente Apter para almoçar um dia ou dois após minha chegada.

Esse primo Apter — em segundo grau, do lado de minha mãe — é um feto adulto, em 1988 um homem de cinquenta e quatro anos que chegara à maturidade sem ter evoluído, um homenzinho minúsculo, parecendo um boneco, com o rosto terrivelmente vazio de um ator juvenil que envelhece. No rosto de Apter não há a menor marca das agressões da vida judia no século XX, embora em 1943 toda a sua família tenha sido consumida pela mania alemã de assassinar judeus. Ele foi salvo por um oficial alemão que o sequestrou no ponto de transporte polonês e o vendeu a um bordel masculino em Munique. Esse era um bico lucrativo que o oficial fazia. Até hoje ele permanece acorrentado à infância, uma pessoa que, no fim da meia-idade, ainda chora com a mesma facilidade com que enrubesce e mal consegue encarar alguém com seus olhos cronicamente súplices, uma pessoa cuja vida inteira está nas mãos do passado. Por isso, não acreditei em nada do que ele me disse ao telefone sobre outro Philip Roth, que aparecera em Jerusalém sem informá-lo. Apter tem uma fome insaciável pelos que não estão presentes.

Mas quatro dias depois recebi um segundo telefonema em Nova York sobre minha presença em Jerusalém, este de Aharon Appelfeld. Aharon era um amigo íntimo, desde que nos conhecêramos numa recepção a ele oferecida pelo adido cultural de Israel em Londres, no início da década de 1980, quando todos os anos eu ainda passava vários meses, naquela cidade. A publicação americana de seu recém-traduzido romance *O imortal Bartfuss* seria a oportunidade para a entrevista que eu acertara fazer com ele para o *New York Times Book Review*. Aharon me ligou para dizer que, no bar de Jerusalém onde ele ia escrever todo dia, pegara uma edição do fim de semana anterior do *Jerusalem Post* e, na página de acontecimentos culturais da semana seguinte, no domingo, vinha um aviso do qual achava que eu devia tomar conhecimento. Disse que, se o tivesse visto alguns dias antes, teria assistido ao acontecimento como meu emissário silencioso.

"Diasporismo: a única solução para o problema judeu." Conferência de Philip Roth; seguida de debate. 18h. Suíte 511, King David Hotel. Bufê.

Passei toda aquela noite imaginando o que fazer quanto à confirmação, por Aharon, da notícia de Apter. Por fim, depois de ter me convencido durante uma noite quase não dormida de que alguma fortuita série de erros devia ter resultado numa confusão de identidades, que eu faria melhor se ignorasse, saltei da cama de manhã cedo e, antes mesmo de lavar o rosto, telefonei para a suíte 511 do King David Hotel, em Jerusalém.

15

Perguntei à mulher que atendeu — e atendeu falando inglês americano — se havia ali um sr. Roth. Ouvi-a gritar para alguém: "Querido... pra você". Aí um homem atendeu. Perguntei-lhe se era Philip Roth. "Sou", ele respondeu, "quem está falando, por favor?"

As ligações de Israel tinham me alcançado na suíte de dois quartos em Manhattan onde minha mulher e eu morávamos havia quase cinco meses, como que encalhados na linha divisória entre o passado e o futuro. A impessoalidade da vida de hotel numa cidade grande era absolutamente incompatível com o instinto doméstico tão forte em nós dois, mas, por menos preparados que estivéssemos para aquele deslocamento e aquela vida sem raízes, não familiar, era preferível aquilo, por enquanto, a voltarmos para nossa casa de fazenda em Connecticut, onde, durante a primavera e o verão passados, com Claire em volta sem saber o que fazer, temendo o pior, eu mal conseguira sobreviver à mais angustiante experiência de minha vida. Distante quase um quilômetro da casa do vizinho mais próximo, e cercada de mato e campos abertos, ao fim de uma longa estrada de terra, a velha casa, grande e isolada, cujo cenário proporcionara por mais de quinze anos o exato isolamento que minha concentração exigia, tornara-se o soturno cenário de um estranho colapso; o aconchegante santuário de tábuas, com assoalho de carvalho e poltronas gastas, um lugar onde livros se empilhavam por toda a parte e um fogo de lenha ardia alto quase a noite toda, virara de repente um hediondo asilo, confinando juntos um abominável lunático e uma guardiã perplexa. O lugar que antes eu adorava passara a me encher de pavor, e eu relutava em retornar para lá, depois de termos perdido aqueles cinco meses como refugiados em hotéis e de minha conhecida personalidade ativa ter voltado a tomar as rédeas e a me repor na boa e velha trilha de minha vida. (Com hesitação a princípio, de modo nenhum convencido de que tudo estava tão seguro quanto parecia antes; mais como os funcionários voltam da rua a um prédio de escritórios temporariamente liberado após uma denúncia de bomba.)

O que acontecera fora o seguinte:

Após uma pequena cirurgia no joelho, minha dor, em vez de diminuir com o passar das semanas, fora ficando cada vez pior, superando em muito o prolongado desconforto que me levara a decidir fazer a cirurgia. Quando consultei o jovem cirurgião sobre a piora de meu estado, ele respondeu simplesmente: "Isso acontece às vezes", e, dizendo ter me avisado antes que a operação podia não dar certo, me dispensou como seu paciente. Fiquei com apenas alguns comprimidos para mitigar meu espanto e aguentar a dor. Esse surpreendente resultado de um breve caso ambulatorial deixaria qualquer um furioso e desanimado; em meu caso, o que aconteceu foi pior.

Minha mente começou a se desintegrar. A própria palavra DESINTEGRAÇÃO parecia ser a matéria de que se compunha meu cérebro, que entrou em desintegração espontânea. As treze letras, componentes grandes, parrudos e diversamente proporcionados de meu cérebro, entrelaçavam-se de maneira complicada, soltavam-se com trepidação umas das outras, às vezes um fragmento de letra de cada vez, mas em geral segmentos assilábicos dolorosamente impronunciáveis de duas e três letras, as bordas cheias de ásperas serrilhas. Esse desmonte mental era uma realidade tão distintamente física quanto um dente ao ser arrancado, e a agonia era excruciante.

Alucinações como essa e outras piores atropelavam-se em meu cérebro dia e noite, um bando de animais selvagens que eu nada podia fazer para deter. Não podia deter coisa alguma, a vontade embotada pela magnitude da ideia mais minúscula e idiota. Duas, três vezes por dia, sem provocação nem aviso, me punha a chorar. Não importava se estava só em meu gabinete, virando a página de mais um livro que não conseguia ler, ou jantando com Claire, a olhar desvalido a comida que ela preparara e que eu não descobria motivo algum para comer — eu chorava. Chorava diante de amigos, diante de estranhos; mesmo sozinho no banheiro, eu me dissolvia contorcido em lágrimas, uma cascata de lágrimas que me deixava sentindo absolutamente em carne viva — esfolado por décadas de vida, meu ser interior expunha-se a todos em toda a sua nauseante insignificância.

Não deixava as mangas da camisa cm paz por dois minutos seguidos. Parecia não poder me impedir de enrolar febrilmente as mangas e depois desenrolá-las com a mesma febre e fechar meticulosamente a abotoadura, só para tornar a abri-la e iniciar mais uma vez o insensato processo, como se seu sentido se aprofundasse, na verdade, até o âmago de minha existência. Não conseguia me impedir de abrir as janelas e depois, quando o ataque de claustrofobia cedia aos arrepios, fechá-las de novo com estrondo, como se não tivesse sido eu, mas outro, quem as escancarara. As batidas do pulso disparavam para até cento e vinte por minuto mesmo quando eu estava sentado, o cérebro morto, diante do noticiário noturno da TV, um cadáver, a não ser pelo coração a martelar com violência, acompanhando um relógio que tiquetaqueava duas vezes mais rápido que qualquer outro na Terra. Era outra manifestação de pânico que eu nada podia fazer para controlar; pânico esporádico o dia todo, e depois, sem alívio, titânico a noite toda.

Tinha pavor das horas de escuridão. Escalando a pista de obstáculos que se tornara a escada para nosso quarto, um doloroso degrau de cada vez — dobrando a perna boa, arrastando a má — eu me sentia a caminho de uma sessão de tortura à qual daquela vez não poderia sobreviver. Minha única chance de chegar até o amanhecer sem ter a mente toda desmontada era agarrar-me a uma imagem talismânica de meu mais inocente passado e tentar me livrar da ameaça da longa noite amarrado ao mastro daquelas lembranças. Uma que eu me esforçava histericamente, numa espécie de anseio convulsivo, para invocar e salvar-me era a de meu irmão mais velho levando-me por nossa rua de pensões e bangalôs de verão à calçada de tábuas e, descendo um lance de degraus de madeira que dava na praia, na cidade litorânea de Nova Jersey onde nossa família alugava um quarto por um mês todo verão. *Me leva, Sandy, por favor.*

Quando eu pensava (muitas vezes erroneamente) que Claire estava dormindo, cantava esse sortilégio em voz alta, cinco palavras infantis que eu não dizia com tanto ardor, se é que algum dia dissera, desde 1938, quando tinha cinco anos e meu atencioso e protetor irmão tinha dez.

Eu não deixava Claire fechar as cortinas à noite, porque precisava saber que o sol nascia no segundo mesmo em que começava a alvorada; mas toda manhã, quando as vidraças começavam a clarear nas janelas que davam para o leste, bem ao lado de onde eu me deitava, qualquer alívio que sentisse do terror da noite logo era afastado pelo terror do dia que ia começar. A noite era interminável e insuportável, o dia era interminável e insuportável, e quando eu estendia a mão para a caixa de comprimidos, para pegar a cápsula que abriria um buraco onde por algumas horas eu poderia esconder-me de toda a dor à minha espera, não podia acreditar (embora não tivesse opção senão acreditar) que os dedos trêmulos na caixa fossem meus. "Onde está Philip?", eu perguntava cavamente a Claire, de pé, agarrando-lhe a mão na beira da piscina. Verões sem conta eu nadara regularmente, naquela piscina, trinta minutos ao fim de todo dia; agora tinha medo até mesmo de mergulhar um dedão do pé, esmagado pela bela e veranil superfície daqueles milhares de litros de água em que eu tinha toda a certeza de que seria sugado para sempre. "Onde está Philip Roth?", perguntava em voz alta. "Aonde foi ele?" Não falava histrionicamente. Perguntava porque queria saber.

Isso e muitas outras coisas idênticas duraram cem dias e cem noites. Se alguém me telefonasse então e dissesse que Philip Roth fora visto num julgamento por crimes de guerra em Jerusalém, ou anunciado num jornal de Jerusalém como fazendo conferência no King David Hotel sobre a única solução para o problema judeu, não imagino o que eu teria feito. Absolutamente absorvido como estava naquela tragédia de autoabandono, isso teria proporcionado uma prova decisiva e desarticuladora o suficiente para me convencer a levar adiante o suicídio. Porque eu pensava em me matar o tempo todo. Em geral, pen-

19

sava em afogamento: na pequena lagoa do outro lado da estrada, defronte da casa... se não tivesse tanto horror das cobras--d'água lá mordiscando meu cadáver; no grande e pitoresco lago apenas a alguns quilômetros de distância... se não tivesse tanto medo de dirigir até lá sozinho. Quando fomos a Nova York naquele maio, para eu receber um título honorário de Columbia, abri a janela de nosso quarto de hotel no décimo quarto andar, num momento em que Claire descera para ir à drogaria, e, curvando-me o máximo que podia sobre o pátio interno sem largar o parapeito, disse a mim mesmo: "Vamos. Agora não tem cobra nenhuma pra te deter". Mas tinha meu pai; ele viria de Nova Jersey no dia seguinte para me ver receber o diploma. Brincando ao telefone, passara a me chamar de "doutor", como fizera nas vezes anteriores em que eu ia receber uma dessas coisas. O negócio era esperar para saltar depois que ele voltasse para casa.

Em Columbia, no estrado, diante de vários milhares de pessoas festivamente reunidas na grande e ensolarada praça da biblioteca para ver os procedimentos da diplomação, convenci--me de que não conseguiria chegar ao fim da cerimônia, que duraria a tarde toda, sem começar a berrar ou soluçar incontrolavelmente. Jamais saberei como cheguei ao fim daquele dia, ou do banquete de boas-vindas aos candidatos a títulos honorários, na noite anterior, sem comunicar a todos que me viam que eu era um homem liquidado e na iminência de provar isso. Tampouco saberei jamais o que teria feito, meio projetado para fora da janela do hotel naquela manhã, ou mesmo no estrado no dia seguinte, se eu não houvesse interposto entre meu ser iludido e seus clamorosos anseios de aniquilação a dedicação que me ligava a um pai de oitenta e seis anos, cuja vida a minha morte por suicídio iria fazer em pedaços.

Após a cerimônia em Columbia, meu pai voltou ao hotel conosco para um cafezinho. Adivinhara semanas antes que havia alguma coisa muito errada comigo, mesmo eu insistindo, quando nos víamos ou nos falávamos pelo telefone, que era apenas a persistência da dor física que me deprimia. "Você parece esgotado", ele dizia, "está horrível." Minha aparência deixara-o pálido — e ele ainda não sofria de nenhuma doença fatal, até onde alguém soubesse. "O joelho", respondi. "Dói." E não dizia mais nada. "Nem parece você, Phil, você tira tudo de letra." Sorri. "Tiro, é?" "Olhe", ele disse, "abra isto quando voltar pra casa", e me entregou um embrulho que pude ver que ele mesmo fizera com um encorpado papel pardo. Disse: "Pra acompanhar seu novo diploma".

O que ele me deu foi um retrato treze por dezoito, feito por um fotógrafo da seguradora Metropolitan Life uns quarenta e cinco anos antes, na ocasião em que o distrito dele, Newark, ganhara um dos cobiçados prêmios de venda da empresa. Ali, como eu podia lembrá-lo agora, estava o esforçado e inflexível vendedor de seguros dos meus anos de escola primária, com o ar convencionalmente impassível do estilo americano da era da Depressão: gravata conservadora com um laço bem-feito; jaquetão; cabelos ralos cortados curtos; olhar direto, firme; sorriso jovial, sóbrio, contido — o homem que o patrão quer em sua equipe e de quem o cliente não tem a menor dúvida de que é uma pessoa equilibrada, membro de carteirinha do mundo do dia a dia. "Confie em mim", proclamava o rosto no retrato. "Me use. Me promova. Não vai se decepcionar."

Quando telefonei de Connecticut na manhã seguinte, pensando em dizer-lhe com toda a franqueza como o presente daquele velho retrato me levantara o ânimo, meu pai ouviu de repente o filho de cinquenta e quatro anos soluçando como não o fazia desde a infância. Fiquei espantado por constatar como foi desprovida de alarme a reação dele ao que não poderia parecer nada menos que um colapso total. "Continue", disse, como se soubesse tudo que eu vinha escondendo dele e, já que simplesmente sabia tudo, como se tivesse decidido, ao que parecia de repente, me dar aquela foto, que o mostrava em seu aspecto mais firme e decidido. "Bota tudo pra fora", disse muito baixinho, "seja lá o que for, bota tudo pra fora..."

21

Disseram-me que toda essa infelicidade que acabo de descrever foi causada pelo comprimido para dormir que eu tomava toda noite, de benzodiazepina triazolam, comercializado com o nome de Halcion, a pílula que ultimamente começou a ser acusada de levar as pessoas à loucura em todo o globo. Na Holanda, a distribuição do Halcion está inteiramente suspensa desde 1979, dois anos depois de lançado lá e oito anos antes de me ter sido receitado; na França e na Alemanha, doses na quantidade da que eu tomava haviam sido retiradas das farmácias na década de 1980; e na Grã-Bretanha fora proibido completamente após uma denúncia na televisão levada ao ar no outono de 1991. A revelação — que não me pareceu tão revelação assim — se deu em janeiro de 1992, com uma longa matéria no *New York Times*, cujos parágrafos iniciais foram estampados com destaque na primeira página. "Durante duas décadas", começava a matéria, "a empresa fabricante de remédios que faz o Halcion, a pílula para dormir mais vendida no mundo, ocultou da Food and Drug Administration dados que mostravam que o remédio causava um número significativo de sérios efeitos psiquiátricos colaterais..."

Só um ano e meio depois de meu colapso nervoso li pela primeira vez uma acusação abrangente do Halcion — e uma descrição do que o autor chamava de "loucura do Halcion" — numa revista popular americana. O artigo citava uma carta publicada em *The Lancet*, a publicação médica britânica, em que um psiquiatra holandês listava sintomas associados ao Halcion que ele descobrira num estudo de pacientes psiquiátricos aos quais fora administrado o remédio; a lista parecia um resumo didático, de minha catástrofe: "... severo mal-estar; despersonalização e desrealização; reações paranoides; ansiedade crônica e aguda; temor contínuo de ficar insano; ... os pacientes muitas vezes sentem-se desesperados e têm de combater um quase irresistível impulso para o suicídio. Sei de um paciente que se suicidou".

Foi só por um golpe de sorte que, em vez acabar sendo hospitalizado — ou talvez até mesmo enterrado —, acabei suspendendo o Halcion, e meus sintomas começaram a diminuir e desapareceram. Num fim de semana, no início do verão de 1987, meu amigo Bernie Avishai veio de Boston me visitar, assustado com meus resmungos suicidas ao telefone. Eu sofria então havia três meses, e disse a ele, quando ficamos sozinhos em meu gabinete, que decidira me internar numa clínica psiquiátrica. O que me continha, porém, era o receio de que, uma vez lá dentro, jamais saísse. Alguém tinha de me convencer do contrário — eu queria que Bernie o fizesse. Ele interrompeu para fazer uma pergunta cuja irrelevância me irritou muitíssimo: "Em que é que você está ligado?". Lembrei-o de que não consumia drogas e não estava "ligado" em nada, só numas pílulas para dormir e me acalmar. Furioso porque ele não compreendia a gravidade de minha situação, confessei a vergonhosa verdade da maneira mais franca que pude. "Tive um colapso. Desmoronei. Seu amigo aqui está mentalmente doente." "Que pílulas?", ele perguntou.

Poucos minutos depois, Bernie me punha ao telefone com o psicofarmacologista de Boston que apenas um ano antes, eu soube depois, o tinha salvo de um colapso provocado pelo Halcion muito semelhante ao meu. O médico me perguntou primeiro como eu me sentia; quando lhe contei, ele, por sua vez, me disse o que eu estava tomando para me sentir daquele jeito. A princípio me recusei a aceitar que todo aquele sofrimento viesse apenas de uma pílula para dormir e insisti em que ele, como Bernie, não entendia o aspecto *horrível* do que eu estava passando. Ele acabou telefonando, com minha permissão, para meu médico local e, sob a supervisão conjunta dos dois, comecei naquela noite a largar a droga, um processo que não gostaria de repetir, e ao qual a princípio achei que não ia sobreviver. "Às vezes", escrevera o psiquiatra holandês dr. C. van der Kroef, em *The Lancet*, "a retirada do medicamento causa sintomas, como um pânico repentino e crescente e suores copiosos." Em mim, os sintomas de privação do Halcion foram constantes durante setenta e duas horas.

Em outra parte de seu artigo, enumerando os casos de loucura do Halcion que observara na Holanda, o dr. C. van der Kroef observou: "Sem exceção, os próprios pacientes descreveram esse período como o inferno".

Nas quatro semanas seguintes, sentimentos de extrema vulnerabilidade, embora não mais tão excruciantes, continuaram a me acompanhar por toda a parte, sobretudo porque me era praticamente impossível dormir, e assim vivia ensonado o dia todo e, depois, durante as insones noites sem Halcion, arrasado pela ideia deprimente de que, em meus cem dias de infelicidade, me cobrira de vergonha perante Claire, meu irmão e os amigos íntimos. Estava envergonhado, e isso ainda era bom, já que a mortificação me parecia um sinal tão promissor quanto a volta da pessoa que eu era antes, mais preocupada, para o melhor ou para o pior, com urna coisa tão trivial como respeito próprio do que com cobras carnívoras varando o leito de lama da lagoa.

Mas, na maior parte do tempo, não acreditava que fora o Halcion que me liquidara. Apesar da rapidez com que recuperei o equilíbrio mental, e depois emocional, e com que parecia ordenar a vida diária com a mesma competência de antes, lá no fundo continuava meio convencido de que, embora a droga talvez houvesse intensificado meu colapso, fora eu que provocara o pior, depois de ter descarrilado por nada mais cataclísmico que uma barbeiragem cirúrgica no joelho e um assédio de prolongada dor física; meio convencido de que minha transformação — minha *deformação* — não se devia a nenhum agente farmacêutico, mas a alguma coisa oculta, obscurecida, mascarada, suprimida ou talvez simplesmente não manifestada em mim até os cinquenta e quatro anos, mas tão eu e minha quanto meu estilo literário, minha infância ou meus intestinos; meio convencido de que, apesar de qualquer outra coisa que imaginasse ser, eu era também *aquilo*, e se voltasse a me ver em circunstâncias exasperantes o suficiente poderia voltar a sê-lo, um *aquilo* vergonhosamente dependente, insensatamente anormal, transparentemente patético, ostensivamente defeituoso, tresloucado em vez de incisivo, diabólico em vez de confiável, sem introspecção, sem serenidade, sem nada daquela ousadia comum que faz a vida parecer uma coisa tão sensacional — um *aquilo* frenético, maníaco, repulsivo, angustiado, odioso, alucinatório, cuja existência não passa de um prolongado tremor.

E continuarei eu meio convencido, cinco anos depois, após tudo o que os psiquiatras, jornais e publicações médicas revelaram sobre a porrada mental que espera a muitos de nós na mágica pilulazinha para dormir da Upjohn? A resposta simples, verdadeira, é: "Por que não? Você não estaria, se fosse eu?".

Quanto ao Philip Roth com quem falei na suíte 511 do King David Hotel e que com a máxima certeza não era eu — bem, o que ele queria exatamente, disso não faço ideia, pois, em vez de responder quando perguntou meu nome, desliguei logo. Você não devia ter ligado, para começar, pensei. Não tinha motivo para se interessar e não deve se abalar. Seria ridículo. Para você, é apenas outra pessoa que por coincidência tem o mesmo nome. E se não for isso, se *há* um impostor em Jerusalém fazendo-se passar por você, ainda assim não precisa fazer nada. Ele vai ser descoberto por outros sem sua interferência. Já foi — por Apter e Aharon. Muita gente conhece você em Israel para que ele *não* seja denunciado e preso. Que mal ele pode lhe fazer? O mal só pode ser feito *por você*, metendo-se a besta e fazendo ligações impulsivas como essa. A última coisa que ele deve saber é que a impostura dele o está incomodando, porque incomodar você está na essência do que ele pretende ostensivamente fazer. Conservar-se distante e despreocupado, no momento, é sua única...

Eis o quanto eu já estava abalado. Afinal, quando ele tão tranquilamente me anunciou quem era, eu só precisaria dizer--lhe quem eu era e ver o que acontecia — podia ser uma advertência, e até divertido. Minha prudência em desligar pareceu, momentos depois, apenas uma manifestação de irremediável pânico, um indício chocante de que, quase sete meses depois de largar o Halcion, talvez eu não estivesse em absoluto destraumatizado. "Bem, aqui é Philip Roth também, aquele que nasceu em Newark e escreveu *n* livros. Qual deles é você?" Eu podia ter feito isso com muita facilidade; ao contrário, foi ele que me desconcertou simplesmente atendendo ao telefone em meu nome.

Decidi nada dizer sobre ele a Claire, quando cheguei a Londres na semana seguinte. Não queria fazê-la pensar que havia alguma coisa à vista com o potencial de me desconcertar seriamente, sobretudo desde que ela, pelo menos, ainda não parecia convencida de que eu estava recuperado o bastante para enfrentar uma situação complexa ou exigente... e, o que era mais importante, quando eu mesmo de repente não estava lá muito cem por cento seguro. Tão logo cheguei a Londres, não queria mais nem *lembrar* o que Apter e Aharon haviam me contado por telefone... Sim, uma situação que, apenas um ano antes, eu teria tratado despreocupadamente como motivo de diversão, ou como uma provocação a ser enfrentada com rigor, agora exigia que eu tomasse algumas pequenas mas deliberadas medidas de precaução para proteger-me e não ser desconcertado. Não fiquei satisfeito com essa descoberta, porém não sabia o que mais fazer para impedir que aquela estranha trivialidade se desenvolvesse em minha mente do mesmo modo como tudo que era bizarro se ampliara dolorosamente sob o domínio do Halcion. Faria o que fosse preciso para manter uma perspectiva racional.

Na minha segunda noite em Londres, ainda dormindo mal devido ao *jet lag*, comecei a me perguntar, após despertar de repente no escuro pela terceira ou quarta vez, se aqueles telefonemas de Jerusalém — além da *minha* ligação para Jerusalém — não teriam ocorrido em sonhos. Antes, no mesmo dia, eu teria jurado que recebera os dois telefonemas à minha mesa no hotel, quando lá me sentava começando a elaborar o conjunto de perguntas, baseadas na releitura de seus livros, que pretendia fazer a Aharon; e no entanto, examinando o improvável conteúdo dos telefonemas, consegui me convencer no curso daquela longa noite de que eles só podiam ter sido feitos e recebidos enquanto eu dormia, de que eram sonhos desses que todo mundo tem toda noite, em que as personagens são identificáveis e parecem autênticas quando falam, mas o que dizem parece absolutamente falso. E a origem dos sonhos, quando eu pensava a respeito, estava muito pateticamente clara. O falso outro sobre cujas inexplicáveis extravagâncias eu fora avisado por Apter e Aharon, e cuja voz ouvira com meus próprios ouvidos, era um espectro criado pelo medo de me dividir mentalmente ao me ver no exterior e sozinho pela primeira vez desde que me recuperara — um pesadelo sobre a volta de um eu usurpador inteiramente fora de meu controle. Quanto aos mensageiros que traziam notícias sobre meu contraeu em Jerusalém, também não poderiam ser mais grosseiramente simbólicos das ramificações imediatas e pessoais do sonho, pois não apenas a familiaridade deles com o imprevisto excedia grotescamente a minha como os dois haviam sofrido a mais tremenda transformação antes mesmo que a argila de seus seres originais tivesse tido tempo de endurecer numa identidade sólida, à prova de fragmentação. As muito elogiadas transfigurações imaginadas por Franz Kafka empalidecem diante das impensáveis metamorfoses perpetradas pelo Terceiro Reich sobre a infância de meu primo e de meu amigo, para citar apenas dois.

Tão ansioso estava eu para estabelecer de uma vez por todas que fora apenas um sonho a transbordar de suas margens que me levantei para telefonar a Aharon antes mesmo do amanhecer. Já era uma hora mais tarde em Jerusalém, e ele era madrugador, mas, mesmo se tivesse de acordá-lo, eu achava que não podia esperar nem um minuto mais para ouvi-lo confirmar que aquilo tudo era uma aberração mental minha e que não houvera nenhuma conversa telefônica entre nós dois sobre outro Philip Roth. Contudo, uma vez fora da cama e a caminho da cozinha no andar de baixo, para chamá-lo discretamente de lá, reconheci que loucura era estar dizendo a mim mesmo que apenas sonhara. Devia estar correndo ao telefone para chamar não Aharon, pensei, mas o psicofarmacologista de Boston, a fim de perguntar-lhe se minha incerteza sobre o que era real significava que os três meses de bombardeio químico com triazolam haviam deixado as células de meu cérebro permanentemente danificadas. E o único motivo para telefonar a Aharon era perguntar-lhe se tornara a ter notícias dele. Mas por que não deixar Aharon de lado e perguntar diretamente ao próprio impostor o quê, exatamente, ele esperava conseguir? Fingindo uma "perspectiva racional", eu apenas me expunha mais a uma perigosa renovação de ilusão. Se havia um lugar para onde devia telefonar às quatro e cinquenta e cinco da manhã, era a suíte 511 do King David Hotel.

Ao café da manhã, eu fazia um alto conceito de mim mesmo, por ter conseguido voltar para a cama às cinco horas sem ligar para ninguém; sentia descer sobre mim aquela sensação beatífica que resulta de estar no controle da própria vida, como um homem que mais uma vez se imagina sobranceiramente no timão de si mesmo. Tudo mais poderia ser ilusão, mas a perspectiva racional não.

Aí o telefone tocou. "Philip? Mais boas-novas. Você está no jornal matutino." Era Aharon ligando *para mim*.

"Maravilha. Qual jornal, agora?"

"Um jornal hebraico. Uma matéria sobre sua visita a Lech Walesa. Em Gdansk. É onde você esteve antes de vir assistir ao julgamento de Demjanjuk."

Se a conversa fosse com qualquer outra pessoa, eu poderia ter sido tentado a achar que estava sendo gozado, ou que alguém estava brincando comigo. Mas, por mais prazer que Aharon possa sentir com o lado ridículo da vida, fazer de caso pensado uma travessura engraçada, mesmo do tipo inócuo mais brando, era simplesmente incompatível com sua natureza ascética, de grave delicadeza. Ele via a piada, isso estava claro, mas não participava mais dela do que eu.

À minha frente, Claire tomava seu café e dava uma olhada no *Guardian*. Acabávamos o café da manhã. Eu não estivera sonhando em Nova York, nem sonhava agora.

A voz de Aharon é branda, muito leve e branda, modulada

para os ouvidos dos muito sintonizados, e seu inglês é falado com precisão, cada palavra ligeiramente vitrificada com um sotaque tão do Velho Mundo quanto de Israel. É uma voz gostosa de ouvir, ressumante das cadências dramáticas do grande contador de histórias e vibrante a seu modo tranquilo característico — e eu ouvia com avidez. "Vou traduzir pra você sua declaração aqui", ele me dizia. "'O motivo de minha visita a Walesa foi discutir com ele o reassentamento de judeus na Polônia assim que o Solidariedade chegar ao poder lá, como vai chegar.'"

"É melhor você traduzir tudo. Comece do começo. Em que página está? De que tamanho é?"

"Não é muito grande, nem pequeno. Na última página, com os artigos. Tem uma foto."

"De quem?"

"Sua."

"E sou eu?", perguntei.

"Eu diria que sim."

"Qual é o título da matéria?"

"'Philip Roth encontra-se com líder do Solidariedade.' Em corpo menor: 'A Polônia precisa de judeus', diz Walesa a escritor em Gdansk."

"'A Polônia precisa de judeus'", repeti. "Pena meus avós não estarem vivos pra ouvir essa."

"'Todos falam de judeus', disse Walesa a Roth. 'A Espanha foi arruinada pela expulsão dos judeus', disse o líder do Solidariedade em seu encontro de duas horas nos estaleiros de Gdansk, onde nasceu o Solidariedade em 1980. 'Quando as pessoas me perguntam: 'Que judeu seria maluco de vir pra cá?', eu explico que a longa experiência, em muitas centenas de anos, de judeus e poloneses juntos não pode se resumir na palavra 'antissemitismo'. Falemos antes de mil anos de glória que de quatro anos de guerra. A maior explosão de cultura iídiche da história não é menos polonesa que judia. A Polônia sem judeus é inconcebível', disse Walesa ao autor judeu nascido americano, 'e os judeus precisam da Polônia.' Philip, eu me sinto como se estivesse lendo uma história escrita por você."

29

"Quem dera que fosse."

"'Roth, autor de O *complexo de Portnoy* e outros polêmicos romances judaicos, qualifica-se como um "ardente diasporista". Diz que a ideologia do diasporismo substituiu sua literatura. 'O motivo de minha visita a Walesa foi discutir com ele o reassentamento de judeus na Polônia assim que o Solidariedade chegar ao poder, como vai chegar.' No momento, o autor acha que suas ideias de reassentamento enfrentam mais hostilidade em Israel que na Polônia. Afirma que, por mais virulento que tenha sido o antissemitismo outrora, 'o ódio aos judeus que impregna o Islã é muito mais entrincheirado e perigoso'. Continua Roth: 'A chamada normalização dos judeus foi uma trágica ilusão desde o início. Mas, quando se espera que essa normalização se dê no coração mesmo do Islã, isso é ainda pior do que trágico — é suicida. Por mais horrendo que Hitler tenha sido para nós, durou meros doze anos, e que são doze anos para os judeus? Chegou o momento de voltar para a Europa, que foi durante séculos, e continua sendo, a mais autêntica pátria judia que já houve, o berço do judaísmo rabínico, do judaísmo hassídico, do secularismo e do socialismo judaicos — e assim por diante. Berço também, claro, do sionismo. Mas o sionismo já não tem mais função histórica. Chegou o momento de renovar na Diáspora europeia nosso destacado papel espiritual e cultural'. Roth, que teme um segundo Holocausto judeu no Oriente Médio, vê o 'reassentamento judaico' como o único meio de garantir a sobrevivência dos judeus e conseguir 'uma vitória tão histórica quanto espiritual sobre Hitler e Auschwitz'. 'Eu não sou cego', diz Roth, 'para os horrores. Mas compareço ao julgamento de Demjanjuk, vejo esse torturador de judeus, essa encarnação humana do criminoso sadismo desencadeado pelos nazistas sobre nosso povo, e me pergunto: 'Quem e o que vai prevalecer na Europa: a vontade desse bruto assassino subumano ou a civilização que deu à humanidade Shalom Aleichem, Heinrich Heine e Albert Einstein? Deveremos ser expulsos para sempre do continente que cultivou os florescentes mundos judeus de Varsóvia, de Vilna, de Praga, de Berlim, de Lvov, de Budapeste, de Bucareste, de Salonica e Roma, por causa *dele*? É hora', conclui Roth, 'de retornar para nosso lugar, onde temos todo o direito histórico de retomar o grande destino judeu europeu que assassinos como esse Demjanjuk perturbaram.'"

Esse era o final do artigo.

"Que belas ideias eu tenho", eu disse. "Isso vai me criar um monte de novos amigos na pátria sionista."

"Qualquer um que leia isso na pátria sionista", disse Aharon, "só vai pensar: 'Mais um judeu maluco'."

"Então eu preferia que no registro do hotel ele assinasse 'Mais um judeu maluco', e não 'Philip Roth'."

"'Mais um judeu maluco' talvez não seja maluco o suficiente pra satisfazer a *mishigas** dele."

Quando vi que Claire não mais lia o jornal, mas escutava o que eu dizia, expliquei a ela: "É Aharon. Tem um maluco em Israel usando meu nome e andando por lá como se fosse eu". A Aharon eu disse: "Estou dizendo a Claire que tem um maluco em Israel se fazendo passar por mim".

"É, e o maluco sem dúvida acha que em Nova York, Londres e Connecticut tem um maluco se fazendo passar por ele."

"A não ser que ele não seja maluco de modo algum, e saiba exatamente o que está fazendo."

"E isso vem a ser o quê?"

"Eu não disse que sabia, disse que ele sabe. Tanta gente em Israel me conhece, me viu — como pode essa pessoa se apresentar como Philip Roth a um jornalista israelense e se safar tão facilmente?"

"Acho que foi uma mulher bem jovem que escreveu a matéria — acho que na casa dos vinte anos. Na certa é o que está por trás disso — a inexperiência dela."

"E a foto?"

"A foto eles pegam no arquivo."

* "Insanidade", "maluquice", em iídiche. (N. E.)

"Escute, acho que tenho de entrar em contato com o jornal dela antes que as agências de notícias peguem isso."

"E o que é que *eu* posso fazer, Philip? Alguma coisa?"

"Por enquanto não, nada. Talvez eu precise falar com minha advogada antes mesmo de ligar pro jornal. Talvez precise que ela faça a chamada." Mas, olhando meu relógio, percebi que era cedo demais para telefonar para Nova York. "Aharon, aguente firme aí até eu ter uma oportunidade de pensar bem no assunto e verificar o lado jurídico. Eu nem mesmo sei do que se pode acusar um impostor. Invasão de intimidade? Difamação de caráter? Conduta imprópria? Fazer-se passar por outro é um crime processável? O que exatamente ele tomou para si que é contra a lei, e como deter o cara num país do qual eu nem sou cidadão? Na verdade eu estaria às voltas com a lei israelense, e ainda nem estou em Israel. Escute, eu ligo de volta pra você quando descobrir alguma coisa."

Mas assim que desliguei me veio de imediato uma explicação, não de todo desvinculada do que eu pensara na noite anterior, na cama. Embora a ideia na certa se originasse da observação de Aharon de que ele se sentia como se estivesse lendo para mim uma história que eu escrevera, ainda assim era mais uma tentativa ridiculamente subjetiva de transformar num acontecimento mental, daqueles com os quais eu estava muito bem familiarizado em termos profissionais, o que mais uma vez ficara estabelecido como muito objetivamente real. É Zuckerman, pensei de modo caprichoso, estúpido, escapista, é Kepesh, Tarnopol e Portnoy — são todos eles num só, liberados da letra impressa e gozadoramente reconstituídos como um único fac-símile satírico de mim mesmo. Em outras palavras, se não é o Halcion nem um sonho, tem de ser a literatura — como se não pudesse haver uma vida exterior mil vezes mais inimaginável que a vida interior.

"Bem", eu disse a Claire, "tem alguém em Jerusalém, assistindo ao julgamento de Ivã, o Terrível, que anda por lá dizendo que sou eu. Usa o meu nome. Deu uma entrevista a um jornal israelense — era o que Aharon estava lendo pra mim no telefone."

"Acabou de descobrir isso agora?", ela perguntou.

"Não. Aharon me ligou em Nova York na semana passada. E também meu primo Apter. A senhoria de Apter disse que tinha me visto na televisão. Não contei a você porque não sabia o que tudo isso significava, se é que significa alguma coisa."

"Você está verde, Philip. Ficou de uma cor de dar medo."

"Foi, é? Estou cansado, só isso. Fiquei acordado a noite toda."

"Você não está tomando..."

"Está brincando."

"Não fique chateado. Só não quero que lhe aconteça alguma coisa. Porque você *ficou* de uma cor *terrível* — e parece... com malária."

"Pareço? Fiquei? Eu achava que não. Na verdade, você é que mudou de cor."

"Estou preocupada, é isso. Você parece..."

"O quê? Pareço *o quê*? O que eu pareço é uma pessoa que acaba de descobrir que alguém em Jerusalém está dando entrevistas em seu nome. Você ouviu o que eu disse a Aharon. Assim que começar o dia comercial em Nova York eu vou ligar pra Helene. Acho que o melhor é *ela* ligar para o jornal e fazer com que publiquem uma retratação amanhã. É um começo pra deter o sujeito. Assim que sair a retratação, nenhum outro jornal vai chegar perto dele."

"Qual é o segundo passo?"

"Não sei. Talvez não seja necessário um segundo passo. Não conheço a lei. Tasco um mandado em cima dele? Em Israel? Talvez o que Helene faça seja entrar em contato com um advogado de lá. Quando conversar com ela, vou descobrir."

"Talvez o segundo passo seja não ir lá agora."

"Isso é ridículo. Escute, eu *não* estou com malária. Não são meus planos que vão mudar — são os dele."

À tarde, eu voltara a pensar que seria muito mais racional, mais sensato e mesmo, a longo prazo, mais satisfatoriamente cruel não fazer nada por enquanto. Contar alguma coisa a Claire, com a contínua apreensão dela a meu respeito, tinha sido, claro, um erro, e um erro que, não estivesse ela sentada à

33

minha frente à mesa do café da manhã quando Aharon fizera seu último relatório, eu jamais teria cometido. E outro ainda maior, eu pensava, seria acionar agora, nada menos que em dois continentes, os advogados, que poderiam conseguir um resultado nem um pouco menos prejudicial do que eu — quer dizer, se eu pudesse continuar um pouco mais útil do que explosivamente irritado até o tal impostor acabar completando sua tragédia, sozinho, como teria de fazer. Não era provável que uma retratação desfizesse qualquer dano já causado pelo erro original do jornal. As ideias tão vigorosamente defendidas pelo Philip Roth da matéria eram minhas agora, e na certa resistiriam como minhas mesmo na lembrança dos que lessem a retratação no dia seguinte. Apesar de tudo, aquele não era, lembrei a mim mesmo, o pior tumulto em minha vida, e eu não ia me permitir agir como se fosse. Em vez de correr a lançar um exército de advogados, era melhor ficar confortavelmente sentado nas laterais e observar, enquanto ele fabricava para a imprensa e o público israelenses uma versão de mim tão absolutamente não eu que não exigiria nada, nem intervenção judicial nem retratação de jornal, para varrer a confusão mental de todo mundo e denunciá-lo como o que quer que fosse.

Afinal, apesar da tentação de atribuí-lo à continuação do domínio do Halcion sobre mim, ele não era uma alucinação minha, mas *dele*, e em janeiro de 1988 eu já percebera que ele tinha muito mais a temer desse fato do que eu. Contra a realidade, eu não estava tão absolutamente eclipsado como estivera contra a pílula para dormir; contra a realidade, eu tinha à minha disposição a arma mais forte no arsenal de qualquer um: minha própria realidade. Não era eu quem corria o risco de ser afastado por ele, era ele quem, *sem sombra de dúvida*, tinha de ser apagado por mim — denunciado, apagado e extinto. Era apenas uma questão de tempo. O Pânico exige, tipicamente, a seu modo agitado, furioso, superexcitável: "Faça alguma coisa antes que ele vá longe demais!", e é ruidosamente apoiado pelo Medo Impotente. Enquanto isso, composta e equilibrada, a Razão, a excelsa voz da Razão, aconselha: "Tudo está do seu lado, ele não tem nada em que se apoiar. Tente erradicá-lo da noite para o dia, antes que tenha revelado exatamente tudo que pretende fazer, e só vai conseguir com que ele escape de você para aparecer em outro lugar e reiniciar o mesmo jogo. *Deixe* que ele vá longe demais. Não há maneira mais astuta de acabar com ele. Ele com certeza será derrotado".

Desnecessário dizer que, tivesse contado a Claire naquela noite que eu mudara de ideia desde a manhã e, em vez de me lançar ao combate armado de advogados, propunha agora deixar que ele inflasse sua impostura até que esta explodisse em sua cara, ela teria respondido que fazer isso só iria atrair problemas potencialmente mais ameaçadores à minha recém-reconstituída estabilidade do que aquilo que até agora ainda não passara de uma chateação menor, se bem que exótica. Ela argumentaria com preocupação ainda maior do que demonstrara ao café da manhã — porque passar três meses assistindo de perto, impotente, a meu colapso marcara profundamente sua fé em mim e em nada contribuíra para sua própria estabilidade, que não estava de modo algum preparada para um teste tão improvável e enigmático como aquele, enquanto eu, sentindo toda a satisfação que dá uma estratégia de contenção, eufórico com a sensação de liberdade pessoal resultante da recusa a reagir a uma emergência de qualquer outro modo que não com uma avaliação realista e um sóbrio autocontrole, estava convencido exatamente do contrário. Sentia-me absolutamente encantado com a decisão de enfrentar aquele impostor sozinho, pois sozinho era como eu sempre preferia enfrentar quase tudo. Deus do céu, pensei, isto sou eu de novo, enfim o muito esperado despertar natural de meu ego obstinado, enérgico, independente, restituído à vida e estuante de minha velha resolução, mais uma vez competindo com um adversário um pouco menos quimérico que a doentia e mutilante irrealidade. Ele era exatamente o que o psicofarmacologista tinha receitado! Tudo bem, cara, vamos lutar, só nós dois! Você só pode ser derrotado.

Ao jantar naquela noite, antes que Claire tivesse uma oportunidade de me perguntar qualquer coisa, menti e disse a ela que falara com minha advogada, que de Nova York ela entrara em contato com o jornal israelense e que uma retratação seria publicada no dia seguinte.

"Continuo não gostando disso", ela respondeu.

"Mas que mais a gente pode fazer? Que mais é *preciso* fazer?"

"Não me agrada a ideia de você sozinho por lá enquanto essa pessoa está à solta. Não é uma boa ideia, absolutamente. Quem sabe o que ou quem ele é, ou o que na verdade pretende? E se for um louco? Você mesmo o chamou de maluco hoje de manhã. E se esse maluco estiver armado?"

"Seja lá do que eu o tenha chamado, acontece que não sei absolutamente nada sobre ele."

"É o que estou dizendo."

"E por que ele estaria armado? Não é preciso uma pistola pra se fazer passar por mim."

"Lá é Israel — *todo mundo* anda armado. Metade das pessoas na rua com armas — nunca vi tantas armas em minha vida. Sua ida lá, numa hora dessas, com tudo explodindo em toda a parte, é um erro terrível, terrível."

Ela se referia aos distúrbios que tinham começado em Gaza e na Margem Ocidental no mês anterior e que eu vinha acompanhando em Nova York nos noticiários da noite. Em Jerusalém oriental vigorava o toque de recolher, e os turistas tinham sido aconselhados a manter-se longe da Cidade Velha, por causa dos apedrejamentos e da possibilidade de aumentarem os choques violentos entre o Exército e os moradores árabes. Os meios de comunicação passaram a descrever esses distúrbios, que se haviam tornado uma ocorrência mais ou menos diária nos Territórios Ocupados, como um levante palestino.

"Por que não entra em contato com a polícia israelense?", ela perguntou.

"Acho que a polícia israelense talvez esteja enfrentando problemas mais prementes que os meus no momento. O que eu iria dizer a eles? Prendam o sujeito? Deportem-no? Com base em quê? Até onde eu sei, ele não passou um cheque falso em meu nome, não foi pago por nenhum serviço em meu nome..."

"Mas deve ter entrado em Israel com um passaporte falso, com *documentos* em seu nome. Isso é ilegal."

"Mas nós sabemos disso? Não sabemos. É ilegal, mas não muito provável. Desconfio que tudo o que ele fez foi tagarelar em meu nome."

"Mas *tem* de haver salvaguardas legais. Uma pessoa não pode simplesmente ir pra um país estrangeiro e sair por lá fazendo-se passar por alguém que ela não é."

"Talvez isso aconteça mais vezes do que você pensa. Que tal um pouco de realismo? Querida, que tal você adotar uma perspectiva racional?"

"Não quero que lhe aconteça nada. Esta é minha perspectiva racional."

"O que me 'aconteceu' já me aconteceu muitos meses atrás."

"Você está mesmo em condições disso? Tenho de perguntar a você, Philip."

"Não tem nada pra eu estar 'em condições'. Me aconteceu alguma coisa como essa antes da droga? Alguma coisa como essa me aconteceu depois da droga? Amanhã vão publicar uma retratação. Vão mandar uma cópia por fax pra Helene. Isso basta por enquanto."

"Bem, eu não entendo essa sua calma — nem a dela, francamente."

"Agora é a calma que perturba. De manhã era meu sofrimento."

"E, bem — eu não acredito nisso."

"Bem, não posso fazer nada."

"Prometa que não vai fazer nada ridículo."

"Como o quê?"

"*Eu não sei.* Tentar encontrar essa pessoa. Tentar *brigar* com essa pessoa. Você não faz ideia de com quem está lidando. Não deve tentar encontrar ele e resolver essa coisa estúpida sozinho. Pelo menos prometa que não vai fazer isso."

Eu ri da ideia. "O que acho", disse, "é que quando eu chegar

37

a Jerusalém ele não vai estar em lugar nenhum onde possa ser encontrado."

"Você não vai fazer isso."

"Não vou ter necessidade. Escute, veja a coisa por este ângulo, está bem? Tudo está do meu lado, ele não tem nada, absolutamente nada."

"Mas você está errado. Sabe o que ele tem do lado dele? Está claro em cada palavra que você fala. Ele tem você."

Após nosso jantar naquela noite, eu disse a Claire que ia para meu gabinete no andar de cima, retomar os romances de Aharon e continuar fazendo minhas anotações para a entrevista em Jerusalém. Mas nem cinco minutos se haviam passado desde que me sentara à mesa quando ouvi a televisão funcionando lá embaixo e peguei o telefone, liguei para o King David Hotel em Jerusalém e pedi para falar com o 511. Para disfarçar a voz, usei um sotaque francês, não o de alcova, não o de farsa, não aquele sotaque francês que vem de Charles Boyer, passando por Danny Kaye, até os comerciais de TV para mesas de vinho e cheques de viagem, mas o sotaque dos franceses bem-falantes e cosmopolitas, como meu amigo, o escritor Phillipe Sollers, sem os *"zis"* e *"zaf"*, com todos os *hh* corretamente aspirados — inglês fluente, apenas tingido com as inflexões naturais e marcado pelas cadências naturais de um estrangeiro culto. É uma imitação que não faço mal — certa vez, ao telefone, enganei até o esperto Sollers — e que eu tinha decidido já quando discutia com Claire à mesa do jantar a sensatez de minha viagem, já quando, devo admitir, a excelsa voz da Razão me aconselhava, mais cedo naquele dia, que não fazer nada era a maneira mais segura de acabar com ele. Às nove horas daquela noite, a curiosidade já quase me consumira, e curiosidade não é um capricho muito racional.

"Alô. sr. Roth? Sr. Philip Roth?", perguntei.

"Sim."

"É com o escritor que estou falando mesmo?"

"É."

"O autor de *Portnoy et son complexe?*"

"Sim, sim. Quem está falando, por favor?"

Meu coração batia como se estivesse fazendo meu primeiro grande assalto com um cúmplice não menos brilhante que Jean Genet — aquilo não era apenas desleal, era *interessante*. Pensar que de seu lado da linha ele fingia ser eu, enquanto de meu lado eu fingia não ser, me dava uma espécie de barato sensacional, imprevisto, carnavalesco, e talvez isso explique o erro terrível que cometi logo em seguida. "Aqui é Pierre Roget", eu disse, e só um instante depois de emitir um *nom de guerre* conveniente, que eu tirara aparentemente do nada, percebi que as iniciais eram as mesmas minhas — e dele. Pior ainda, acontece que era também o nome traduzido do catalogador de palavras do século XIX conhecido de quase todo mundo como o autor do famoso *thesaurus*. Eu também não tinha percebido isso — o autor do livro definitivo sobre sinônimos!

"Sou um jornalista francês de Paris", eu disse. "Acabo de ler na imprensa israelense sobre seu encontro com Lech Walesa em Gdansk."

Erro número dois: a não ser que eu soubesse hebraico, como poderia ter lido a entrevista dele na imprensa israelense? E se ele agora começasse a falar comigo numa língua que eu tinha aprendido mal e porcamente apenas para conseguir fazer o *bar mitzvá* aos treze anos, e que não mais entendia de jeito nenhum?

Razão: "Você está entrando direitinho no jogo dele. Esta é exatamente a situação que o caráter criminoso dele espera. Desligue".

Claire: "Você está mesmo bem? Está mesmo em condições disso? Não vá".

Pierre Roget: "Se li direito, o senhor está liderando um movimento para assentar judeus israelenses de origem europeia na Europa. Começando pela Polônia".

"Correto", ele respondeu.

"E continua ao mesmo tempo escrevendo seus romances?"

"Escrever romances enquanto os judeus estão numa encruzilhada dessa? Minha vida agora está inteiramente concentrada no movimento de reassentamento de judeus europeus. No diasporismo."

Pareceria ele *alguma coisa* comigo? Eu diria que minha voz poderia muito mais facilmente passar por alguém como Sollers falando do que a dele pela minha. Para início de conversa, ele tinha muito mais sotaque de Nova Jersey na fala do que eu jamais tive, embora eu não tivesse como saber se isso se dava porque aquilo lhe vinha naturalmente ou porque ele se enganava pensando que tornaria a personificação mais convincente. Mas também era uma voz mais ressonante que a minha, muito mais rica e estentórea. Talvez fosse como ele achava que alguém que publicara dezesseis livros falaria ao telefone a um entrevistador, quando a verdade é que se eu falasse daquele jeito talvez não pudesse escrever dezesseis livros. Mas contive o impulso de dizer isso a ele, por mais forte que isso fosse; estava me divertindo demais para pensar em sufocar qualquer um de nós.

"O senhor é um judeu", eu disse, "que já foi criticado por grupos judeus por seu 'ódio a si próprio' e seu 'antissemitismo'. Seria correto supor..."

"Escute", ele disse, interrompendo abruptamente, "eu sou judeu, ponto. Não teria ido à Polônia me encontrar com Walesa se fosse qualquer outra coisa. Não estaria aqui visitando Israel e assistindo ao julgamento de Demjanjuk se fosse qualquer outra coisa. Por favor, terei prazer em lhe dizer tudo que o senhor deseja saber sobre o reassentamento. Fora isso, não tenho tempo a perder com o que imbecis disseram a meu respeito."

"Mas", insisti, "não irão os imbecis dizer que, por causa dessa ideia de reassentamento, o senhor é um inimigo de Israel e de sua missão? Isso não vai confirmar..."

"Eu sou inimigo de Israel", ele tornou a interromper, "se o senhor deseja colocar a coisa em termos sensacionalistas, só porque sou a favor dos judeus e Israel não é mais do interesse dos judeus. Israel se tornou a mais grave ameaça à sobrevivência dos judeus desde o fim da Segunda Guerra Mundial."

"Algum dia Israel foi do interesse judeu, em sua opinião?"

"Claro. Depois do Holocausto, Israel foi o hospital judaico no qual os judeus puderam começar a se recuperar da devastação daquele horror, de uma desumanização tão terrível que não seria nenhuma surpresa se o espírito judaico, se os próprios judeus sucumbissem inteiramente àquele legado de raiva, humilhação e dor. Mas não foi o que aconteceu. Nossa recuperação na verdade se deu. Em menos de um século. Miraculosa, mais que miraculosa — mas a recuperação dos judeus já é um fato, e chegou a hora de voltar à nossa verdadeira vida e à nossa terra verdadeira, à nossa Europa ancestral."

"Terra verdadeira?", respondi, incapaz de imaginar agora como poderia ter pensado em não fazer aquela ligação. "Bela terra verdadeira."

"Eu não estou com conversa fiada", ele cortou agressivamente. "A grande massa de judeus está na Europa desde a Idade Média. Praticamente tudo o que identificamos culturalmente como judeu tem origem na vida que vivemos durante séculos entre os cristãos europeus. Os judeus do Islã têm seu próprio destino, muito diferente. Não estou propondo que os judeus de Israel com origens em países islâmicos vão para a Europa, já que para eles isso não constituiria uma volta ao lar, mas um desenraizamento radical."

"Que se faz então com eles? Embarcá-los de volta, para que os árabes os tratem como convém à condição de judeus deles?"

"Não. Para esses judeus, Israel deve continuar sendo o país deles. Assim que os judeus europeus e suas famílias forem reassentados e a população reduzida à metade, o Estado pode ser reduzido às suas fronteiras de 1948, o Exército pode ser desmobilizado, e os judeus que viveram durante séculos numa matriz cultural islâmica podem continuar fazendo isso, de modo independente e autônomo, mas em paz e harmonia com os vizinhos árabes. Para essas pessoas, permanecer nesta região é simplesmente o que deve ser, seu hábitat de direito, enquanto para os judeus europeus Israel tem sido um exílio e nada mais, uma estada, um interlúdio temporário na saga europeia que está na hora de retomar."

"Senhor, o que o leva a pensar que na Europa os judeus teriam mais sucesso no futuro do que no passado?"

"Não confunda nossa longa história europeia com os doze anos de reinado de Hitler. Se Hitler não houvesse existido, se esses doze anos de erros fossem apagados do nosso passado, não pareceria mais impensável ao senhor que os judeus fossem tão europeus quanto são americanos. Talvez lhe parecesse haver uma ligação muito mais necessária e profunda entre os judeus e Budapeste, os judeus e Praga, do que entre os judeus e Cincinnati, os judeus e Dallas."

Não será por acaso sua própria história, eu me perguntava enquanto ele continuava nesse tom pedante, que ele está mais decidido a apagar? Estará tão mentalmente avariado que de fato acredita que minha história é a dele? Sem algum psicótico, amnésico, que não está fingindo de jeito nenhum? Se cada palavra do que diz é séria, se a única pessoa fingindo aqui sou eu... Mas, se isso tornava as coisas melhores ou piores, eu não tinha a mínima ideia. E, quando me vi de novo *discutindo*, tampouco pude decidir se uma explosão de sinceridade minha tornou aquela conversa mais ou menos absurda.

"Mas Hitler *existiu*", ouvi Pierre Roget informando-o em tom emocional. "Aqueles doze anos *não podem* ser mais expurgados da história do que apagados da memória, por mais piedosamente esquecidos que prefiramos ser. O significado da destruição dos judeus europeus não pode ser medido ou interpretado pela brevidade com que foi realizada."

"Os significados do Holocausto", ele respondeu gravemente, "cabe a nós determinar, mas uma coisa é certa — seu significado não será menos trágico do que se houver hoje um segundo Holocausto, e os filhos dos judeus europeus que deixaram a Europa para um porto aparentemente mais seguro encontrarem o aniquilamento coletivo no Oriente Médio. Um segundo Holocausto *não vai* ocorrer no continente europeu, *porque* foi lá o local do primeiro. Mas um segundo Holocausto pode acontecer aqui com muita facilidade, e, se o conflito entre árabes e judeus continuar se intensificando por muito mais tempo, acontecerá — *tem de acontecer.* A destruição de Israel numa guerra nuclear é uma possibilidade muito menos absurda hoje do que era o próprio Holocausto há cinquenta anos."

"O reassentamento na Europa de mais de um milhão de judeus. A desmobilização do Exército israelense. Um retorno às fronteiras de 1948. Me parece", eu disse, "que o senhor está propondo a solução final do problema judeu para Yasser Arafat."

"Não. A solução final de Arafat é a mesma de Hitler: extermínio. Eu estou propondo a alternativa para o extermínio, uma solução não para o problema judeu de Arafat, mas para o nosso, comparável em dimensão e magnitude à defunta solução chamada sionismo. Mas não quero ser mal-entendido, na França ou em qualquer outra parte do mundo. Eu repito: no período imediatamente posterior à guerra, o sionismo foi a maior força isolada a contribuir para a recuperação da esperança e do moral judaicos. Mas, depois de conseguir restaurar a saúde dos judeus, o sionismo arruinou tragicamente sua própria saúde e deve agora dar lugar ao vigoroso diasporismo."

"O senhor quer definir o diasporismo para meus leitores, por favor?", pedi, enquanto pensava: a retórica rígida, a apresentação magisterial, a perspectiva histórica, o compromisso apaixonado, as nuances graves... Que impostura é essa?

"O diasporismo tem como objetivo a dispersão dos judeus no Ocidente, sobretudo o reassentamento de judeus israelenses de origem europeia nos países europeus onde havia população judaica considerável antes da Segunda Guerra Mundial. O diasporismo planeja reconstruir *tudo*, não num Oriente Médio estranho e ameaçador, mas nos próprios locais onde tudo floresceu outrora, e ao mesmo tempo busca evitar a catástrofe de um segundo Holocausto, causado pela exaustão do sionismo como força política e ideológica. O sionismo decidiu restaurar a vida judaica e a língua hebraica num lugar onde nenhuma das duas existiu em nenhum nível de verdadeira vitalidade durante quase dois milênios. O sonho do diasporismo é mais modesto: um simples meio século é tudo que nos separa do que Hitler destruiu. Se os recursos judaicos puderam concretizar os objetivos aparentemente fantásticos do sionismo em menos de cinquenta anos, agora que o sionismo se mostra contraproducente e, em si mesmo, o principal problema judaico, não tenho dúvida de que os recursos dos judeus do mundo podem realizar as metas do diasporismo em metade, se não em um décimo, do tempo."

"O senhor fala em reassentar judeus na Polônia, Romênia, Alemanha? Na Eslováquia, na Ucrânia, na Iugoslávia, nos Estados bálticos? E percebe", perguntei-lhe, "quanto ódio pelos judeus ainda existe na maioria desses países?"

"Qualquer que seja o ódio aos judeus ainda presente na Europa — e não minimizo sua persistência —, há contra esse antissemitismo residual poderosas correntes de esclarecimento e moralidade, mantidas pela lembrança do Holocausto, um horror que agora atua como um baluarte *contra* o antissemitismo europeu, por mais virulento que seja. Esse baluarte não existe no Islã. O extermínio de uma nação judaica não faria o Islã perder uma única noite de sono, a não ser a grande noite da comemoração. Acho que o senhor concordaria que um judeu está mais seguro hoje andando ao léu por Berlim do que saindo desarmado nas ruas de Ramallah."

"E o judeu que anda nas ruas de Tel-Aviv?"

"Em Damasco, os mísseis armados com ogivas químicas estão apontados agora não para Varsóvia, mas diretamente para a rua Dizengoff."

"Então o diasporismo se reduz a judeus amedrontados fugindo, judeus aterrorizados correndo mais uma vez."

"Fugir de um cataclismo iminente é 'correr' apenas da extinção. É correr *pela* vida. Se mais milhares de judeus amedrontados da Alemanha tivessem fugido na década de 1930..."

"Mais milhares teriam fugido", eu disse, "se houvesse um lugar para onde fugir. O senhor deve lembrar que eles não eram mais bem-vindos em outras partes do que seriam agora se desembarcassem em massa na estação ferroviária de Varsóvia, fugindo de um ataque árabe."

"Sabe o que vai acontecer em Varsóvia, na estação ferroviária, quando chegar o primeiro trem de judeus? Vai haver multidões para dar as boas-vindas a eles. As pessoas vão ficar exultantes. As pessoas vão chorar. Vão gritar: 'Nossos judeus voltaram! Nossos judeus voltaram!'. O espetáculo será transmitido pela televisão para o mundo todo. E que dia histórico para a Europa, para os judeus, para toda a humanidade, quando os vagões de gado que transportaram os judeus para os campos de extermínio forem transformados pelo movimento diasporista em vagões decentes, confortáveis, transportando judeus às centenas de milhares de volta às suas cidades e aldeias nativas. Um dia histórico para a memória humana, para a justiça humana, e para a expiação também. Nas estações ferroviárias onde as multidões se formarem para chorar, cantar e comemorar, onde as pessoas cairão de joelhos em prece cristã aos pés de seus irmãos judeus, só ali e então começará a limpeza da consciência da Europa." Nesse ponto fez uma pausa teatral, antes de concluir essa torrente visionária com o pronunciamento tranquilo, firme: "E acontece que Lech Walesa acredita tão vigorosamente nisso quanto Philip Roth".

"Acredita? Com o devido respeito, Philip Roth, sua profecia me parece bobagem. Me parece um cenário farsesco saído de um de seus livros — polacos chorando de alegria aos pés dos judeus! E o senhor ainda me diz que *não* anda escrevendo ficção atualmente?"

"Isso vai acontecer", ele declarou oracularmente, "porque *tem de* acontecer — a reintegração dos judeus na Europa no ano 2000, não um retorno de refugiados, o senhor deve entender, mas uma transferência ordenada de população, *com uma base jurídica internacional, com restauração de propriedade, de cidadania e de todos os direitos nacionais.* E então, no ano 2000, a comemoração pan-europeia dos judeus reintegrados, a realizar-se na cidade de Berlim."

"Oh, essa é melhor ainda", eu disse. "Os alemães, particularmente, vão ter o maior prazer em entrar no terceiro milênio da cristandade com dois milhões de judeus dando uma festa de boas-vindas no Portão de Brandemburgo."

"Em sua época, Herzl também foi acusado de satirista e de

45

fazer uma estranha piada quando propôs o estabelecimento de um Estado judeu. Muitos ridicularizaram o plano dele como uma fantasia hilariante, uma ficção exótica, e também o chamaram de louco. Mas minha conversa com Lech Walesa não foi nenhuma ficção exótica. O contato que fiz com o presidente Ceausescu, por intermédio do rabino-chefe da Romênia, não é nenhuma fantasia hilariante. São os primeiros passos para criar *uma nova realidade judaica, baseada em princípios de justiça histórica*. Faz anos que o presidente Ceausescu vem vendendo judeus a Israel. É, o senhor ouviu direito: Ceausescu *vendeu* aos israelenses várias centenas de milhares de judeus romenos, a dez mil dólares por cabeça. Isso é fato. Bem, proponho oferecer a ele mais dez mil dólares por cada judeu que receber de volta. Subo até quinze, se tiver de subir. Estudei cuidadosamente a vida de Herzl e aprendi com a experiência dele a lidar com essa gente. As negociações de Herzl com o sultão em Constantinopla, apesar de terem fracassado, não foram uma fantasia hilariante, nem o serão as negociações que em breve estarei realizando com o ditador da Romênia em seu palácio em Bucareste."

"E o dinheiro para subornar o ditador? Meu palpite é que, para financiar seu trabalho, o senhor só precisa recorrer à OLP."

"Tenho todos os motivos para acreditar que meu financiamento virá dos judeus americanos, que há décadas vêm contribuindo com enormes somas para a sobrevivência de um país com o qual têm apenas a mais abstrata ligação sentimental. As raízes dos judeus americanos estão não no Oriente Médio, mas na Europa — o estilo judaico deles, as palavras judaicas, a forte nostalgia, a história real, palpável, deles, tudo isso vem de origens europeias. Vovô não veio de Haifa — vovô veio de Minsk. Vovô não era um nacionalista judeu — era um humanista judeu, um judeu espiritual, crente, que se lamentava não numa língua antiga chamada hebraico, mas em pitoresco, rico e vernacular iídiche."

Nossa conversa foi interrompida nesse ponto pela telefonista do hotel, que entrou para dizer que Frankfurt já estava na linha.

"Pierre, espere um pouco."

Pierre, espere um pouco, e eu fiz isso, *esperei*, e, claro, a obediente espera de que ele voltasse me tornava ainda mais ridículo para mim mesmo do que a lembrança de tudo que eu tinha dito em nossa conversa. Percebi que devia ter gravado aquilo — como evidência, como prova. Mas do quê? De que ele não era eu? Isso precisava ser *provado*?

"Um colega alemão seu", ele disse quando voltou a falar comigo, "um jornalista da *Der Spiegel*. Desculpe se deixo o senhor para conversar com ele agora. Ele está tentando falar comigo há três dias. Foi uma boa entrevista, forte — suas perguntas podem ser agressivas e apressadas, mas também são inteligentes, e agradeço ao senhor por elas."

"Mais uma, porém, uma última pergunta capciosa. Me diga, por favor", pedi, "já há uma fila de judeus romenos morrendo de vontade de voltar para a Romênia de Ceausescu? Já há uma fila de judeus poloneses morrendo de vontade de voltar para a Polônia comunista? Os russos que lutam por sair da União Soviética, o senhor planeja fazer com que deem meia-volta no aeroporto de Tel-Aviv e sejam colocados à força no próximo voo para Moscou? Deixando o antissemitismo de lado, acha que essas pessoas recém-saídas desses lugares terríveis vão preferir voltar, voluntariamente, só porque Philip Roth pede que voltem?"

"Acho que já deixei minha posição suficientemente clara para o senhor", ele respondeu com a maior cortesia. "Em que jornal sua entrevista vai ser publicada?"

"Eu sou *free-lance*, sr. Philip Roth. Pode sair em qualquer lugar, do *Le Monde* à *Paris Match*."

"E o senhor terá a bondade de mandar um exemplar para mim quando sair?"

"Quanto tempo o senhor espera ficar aí?"

"O tempo que a dissociação da identidade judaica ameaçar o bem-estar de meu povo. O tempo necessário para o diasporismo recompor, de uma vez por todas, a fragmentada existência judaica. Como é mesmo seu sobrenome, Pierre?"

"Roget", respondi. "Como o *thesaurus.*"

A risada dele explodiu com demasiada força para eu acreditar que fosse provocada apenas pela minha pequena brincadeira. Ele sabe, eu pensei, desligando. Ele sabe muito bem quem sou eu.

2. UMA VIDA QUE NÃO É A MINHA

SEGUNDO O DEPOIMENTO DE SEIS IDOSOS sobreviventes de Treblinka, nos quinze meses entre julho de 1942 e setembro de 1943, quando quase um milhão de judeus foi assassinado naquele campo, o operador da câmara de gás era um guarda conhecido dos judeus como Ivã, o Terrível, cuja diversão era mutilar e torturar, de preferência com uma espada, os homens, mulheres e crianças nus arrebanhados diante da câmara de gás, à espera de ser asfixiados. Ivã era um soldado soviético forte, vigoroso, quase sem instrução, um ucraniano de vinte e poucos anos que os alemães haviam capturado na Frente Oriental e, juntamente com centenas de outros prisioneiros de guerra ucranianos, recrutado e treinado para guarnecer os campos de extermínio de Belsec, Sobibor e Treblinka, na Polônia. Os advogados de John Demjanjuk, um dos quais, Yoram Sheftel, era israelense, jamais contestaram a existência de Ivã, o Terrível, nem o horror das atrocidades que ele cometeu. Alegavam apenas que Demjanjuk e Ivã, o Terrível, eram duas pessoas diferentes e que as evidências em contrário eram todas inválidas. Afirmavam que a foto de identificação montada pela polícia israelense não era digna do menor crédito, devido aos procedimentos falhos e amadorísticos empregados, procedimentos que haviam levado os sobreviventes a identificar erradamente Demjanjuk como Ivã. Afirmavam que a única prova concreta, uma carteira de identidade de Trawniki, campo de treinamento das SS para guardas de Treblinka — uma carteira com o nome, a assinatura, detalhes pessoais e uma foto de Demjanjuk —, era uma falsificação da KGB, destinada a desacreditar os nacionalistas ucranianos, estigmatizando um deles como o bárbaro criminoso de guerra. Afirmavam que, durante o período em que Ivã, o Terrível, ope-

49

rava a câmara de gás de Treblinka, Demjanjuk fora mantido como prisioneiro de guerra alemão numa região de modo algum próxima dos campos de extermínio poloneses. O Demjanjuk da defesa era um homem trabalhador, religioso, um chefe de família que, vindo de um campo de deslocados de guerra europeu com uma jovem esposa e um filho pequeno, fora para os Estados Unidos em 1952 — pai de três filhos americanos crescidos, operário qualificado da Ford, cidadão americano decente, respeitador da lei, famoso entre os ucranianos americanos de seu bairro em Cleveland pela maravilhosa horta e pelo *pierogi* que ajudava as senhoras a preparar para os festejos na igreja ortodoxa de São Vladimir. Seu único crime fora ter nascido ucraniano e sido batizado com o nome de Ivã, além de ser mais ou menos da mesma idade e talvez até um pouco parecido com o Ivã ucraniano que os velhos sobreviventes de Treblinka não viam em carne e osso, claro, fazia mais de quarenta anos. No começo do julgamento, o próprio Demjanjuk havia dito ao tribunal: "Eu não sou esse homem medonho a quem os senhores se referem. Eu sou inocente".

Fiquei sabendo disso tudo numa grossa pasta de recortes de artigos xerocados sobre o julgamento de Demjanjuk, que eu comprara na redação do *Jerusalem Post*, jornal israelense em inglês. Ao sair de carro do aeroporto, vira a pasta anunciada no *Post* daquele dia e, após ter me registrado no hotel, em vez de ligar para Apter e marcar um encontro com ele mais tarde, como pensava fazer, tomei um táxi direto para a redação do jornal. Depois, antes de sair para jantar com Aharon num restaurante de Jerusalém, li cuidadosamente as várias centenas de recortes, que remontavam a uns dez anos, quando o governo americano entrara com um processo de desnaturalização contra Demjanjuk no tribunal distrital de Cleveland, por ter ele falsificado, no pedido de visto de entrada no país, os detalhes de seu paradeiro durante a Segunda Guerra Mundial.

Eu lia a uma mesa no pátio ajardinado do American Colony Hotel. Em geral, eu me hospedava no Mishkenot Sha'anamim, casa de hóspedes para acadêmicos e artistas visitantes mantida pela Fundação Jerusalém, da prefeitura, e localizada a uns duzentos metros, rua abaixo, do King David Hotel. Vários meses antes, reservara um apartamento lá para minha visita em janeiro, mas um dia antes de deixar Londres cancelara a reserva e fizera outra no American Colony, um hotel administrado por árabes e situado no outro extremo de Jerusalém, praticamente na linha da fronteira pré-68 entre a Jerusalém jordaniana e a Jerusalém israelense, e apenas a algumas quadras de onde a violência tinha estourado esporadicamente, na Cidade Velha árabe, nas semanas anteriores. Expliquei a Claire que mudara as reservas para ficar tão longe quanto possível do outro Philip Roth, caso ele ainda estivesse, apesar da retratação do jornal, em Jerusalém, e ainda registrado no King David com meu nome. Disse que minha hospedagem num hotel árabe minimizava a probabilidade de nossos caminhos se cruzarem, que era o que ela própria me advertira para não facilitar bobamente. "E maximiza", ela respondeu, "a probabilidade de você ser morto a pedradas." "Escute, vou ficar quase incógnito no American Colony", respondi, "e por enquanto ficar incógnito é a estratégia mais inteligente, menos perturbadora, mais racional." "Não, a estratégia mais inteligente é pedir a Aharon que venha para o quarto de hóspedes aqui e fique aqui em Londres com você." Como no dia em que parti para Israel ela mesma ia voar para a África, a fim de começar uma filmagem no Quênia, sugeri, quando nos despedimos no aeroporto de Heathrow, que era tão provável ela ser devorada por um leão nas ruas de Nairóbi quanto eu sofrer algum dano num hotel de primeira classe na divisa de Jerusalém oriental. Ela discordou, desalentada, e foi embora.

Após ter lido a pasta de recortes até uma matéria já da semana anterior, sobre um pedido do advogado Yoram Sheftel para apresentar dez novas provas naquela avançada fase do processo, eu me perguntei se fora no julgamento de Demjanjuk que o impostor tivera a ideia de fazer-se passar por mim, encorajado pela questão de identidade no âmago do caso, ou se escolhera deliberadamente o julgamento para sua exibição por causa das oportunidades publicitárias oferecidas pela extensa cobertura dos meios de comunicação. Repugnava-me o fato de ele introduzir aquele maluco golpe publicitário no meio de um assunto tão triste e trágico, e, pela primeira vez na verdade, me descobri indignado, como teria ficado desde o início alguém sem minha curiosidade profissional por esse tipo de trapaça — não apenas porque, fossem quais fossem os motivos, ele decidira que nossos dois destinos deveriam entrelaçar-se publicamente, mas porque escolhera entrelaçá-los ali.

No jantar dessa noite pensei repetidas vezes em pedir a Aharon que recomendasse um advogado israelense capaz de me orientar sobre o problema, mas em vez disso fiquei a maior parte do tempo calado, enquanto ele falava de uma convidada recente dele, uma professora universitária francesa, casada e mãe de dois filhos, que tinha sido encontrada quando recém-nascida num cemitério de Paris, poucas semanas antes de os Aliados libertarem a cidade em 1944. Tinha sido criada como católica pelos pais adotivos, mas havia poucos anos passara a acreditar que na verdade fora uma criança judia abandonada ao nascer por pais escondidos em algum lugar de Paris e por eles colocada no cemitério, para que não a julgassem judia nem a criassem como tal. Essa ideia surgira-lhe durante a guerra do Líbano, quando todos que conhecia, incluindo o marido e os filhos, condenavam os israelenses como assassinos imorais, e ela se vira, sozinha e belicosa, argumentando vigorosamente em defesa deles.

Ela só conhecia Aharon por seus livros, mas mesmo assim escrevera-lhe uma carta absorvente e apaixonada sobre sua descoberta. Ele respondera com simpatia, e poucos dias depois ela batia em sua porta, pedindo-lhe que a ajudasse a encontrar um rabino que a convertesse ao judaísmo. Nessa noite jantara com Aharon e sua mulher, Judith, e explicara-lhes que jamais, em toda a sua vida, achara que seu lugar fosse a França, embora escrevesse e falasse a língua impecavelmente, e na aparência e comportamento parecesse a todo mundo tão francesa quanto poderia parecer um francês — era judia e seu lugar era junto aos judeus, disso estava ardentemente convencida.

Na manhã seguinte, Aharon levara-a a um rabino que conhecia para pedir que ele cuidasse da conversão. Ele recusou-se, como o fizeram três outros rabinos que foram ver juntos. E todos deram mais ou menos o mesmo motivo para a recusa: como nem o marido nem os filhos dela eram judeus, os rabinos não queriam dividir a família segundo linhas religiosas. "E se eu *me divorciasse* de meu marido, *repudiasse* meus filhos..." Mas, como os amava muito, o rabino a quem fez essa proposta não a levou mais a sério do que ela pretendia.

Após a malsucedida semana em Israel, desolada por ter de voltar, ainda católica, à velha vidinha na França, ela jantava na casa dos Appelfeld, na véspera da partida, quando Aharon e Judith, que não suportavam mais ver a mulher sofrendo tanto, de repente lhe anunciaram: "Você é judia! Nós, os Appelfeld, a declaramos judia! Pronto — convertemos você!".

Sentados no restaurante, rindo juntos da absurda audácia desse ato cortês, Aharon, um homenzinho retaco, de óculos, rosto perfeitamente redondo e cabeça perfeitamente careca, me pareceu bastante um mago benigno, tão versado nos mistérios da prestidigitação quanto seu xará, o irmão de Moisés. "Ele não teria problemas", escrevi na introdução à nossa entrevista, "em passar por um desses mágicos que divertem as crianças nas festinhas de aniversário tirando pombos da cartola — é mais fácil associar seu ar delicadamente afável e bondoso a esse trabalho do que à responsabilidade para a qual parece inescapavelmente compelido: responder, numa série de histórias evanescentemente prodigiosas, ao desaparecimento na Europa... de quase todos os judeus do continente, seus pais entre eles." O próprio Aharon conseguira manter-se vivo fugindo do campo de concentração da Transnistria com nove anos e vivendo escondido, catando comida sozinho nos bosques ou fazendo trabalho braçal para camponeses locais pobres, até os russos o libertarem três anos depois. Antes de ser transportado para o campo, tinha sido o filhinho mimado de judeus ricos e altamente assimilados da Bucovina, um menino educado por tutores, criado por babás e sempre vestido com as melhores roupas.

"Ser declarada judia por Appelfeld", eu disse, "não é pouca coisa. Você tem em si o direito de conferir esse manto às pessoas. Tenta até comigo."

"Com você não, Philip. Você já era um judeu *par excellence* anos antes de eu aparecer."

"Não, não, nunca tão exclusivamente, totalmente e incessantemente quanto o judeu que você gosta de imaginar que eu sou."

"Sim, totalmente, incessantemente, *irredutivelmente*. O fato de você lutar tanto pra negar isso é pra mim a prova definitiva."

"Contra esse raciocínio", eu disse, "não há defesa."

Ele riu baixinho. "Ótimo."

"E me diga uma coisa: você acredita na fantasia que essa professora católica faz de si mesma?"

"O que me preocupa não é aquilo em que acredito."

"Então que diz *sobre* o que ela pensa? Será que não ocorre à professora que pode ter sido deixada no cemitério exatamente porque *não* era judia? E que seu senso de exclusão tem origem não do fato de ter nascido judia, mas de ter ficado órfã e sido criada por outras pessoas que não os seus verdadeiros pais? Além disso, seria provável uma mãe judia abandonar seu bebê nas vésperas mesmas da libertação, quando as chances de sobrevivência dos judeus não poderiam ser melhores? Não, não, o fato de ter sido encontrada naquela hora torna o parentesco judeu dessa mulher a possibilidade *menos* provável."

"Mas ainda assim uma possibilidade. Mesmo que os Aliados fossem libertá-los em questão de dias, eles ainda precisavam sobreviver esses dias escondidos. E sobreviver escondido com uma criança chorando talvez não fosse possível."

"É isso que ela pensa."

"É uma das coisas que ela pensa."

"É, uma pessoa pode, claro, pensar absolutamente qualquer coisa..." E eu, claro, pensava no homem que queria fazer os outros acreditarem que ele era eu — pensaria *ele* que era eu também?

"Você parece cansado", disse Aharon. "Parece perturbado. Não parece ser você mesmo esta noite."

"Não preciso ser. Tenho outra pessoa pra fazer isso por mim."

"Mas não tem nada nos jornais, nada mais que eu tenha visto."

"Ah, mas ele ainda está em ação, tenho certeza. Que é que vai detê-lo? Certamente não eu. E eu não devia ao menos tentar? Você não tentaria? Não é o que faria qualquer um com a cabeça no lugar?" Era a posição de Claire que eu me ouvia adotar, agora que ela se fora. "Eu não devia pôr um anúncio no *Jerusalem Post* informando aos cidadãos de Israel que há um impostor por aí, um anúncio me dissociando do que quer que ele diga ou faça em meu nome? Um anúncio de página inteira acabaria com isso da noite pro dia. Eu podia ir à televisão. Melhor ainda, podia simplesmente ir falar com a polícia, porque o mais provável é que ele esteja viajando com documentos falsos. Sei que ele tem de estar violando alguma lei."

"Mas em vez disso você não faz nada."

"Bem, eu *fiz* uma coisa. Depois que falei com você, telefonei pra ele. No King David. Entrevistei o sujeito por telefone de Londres, posando de jornalista."

"E, e parece que gostou disso — *agora* está parecendo você mesmo."

"Bem, não foi inteiramente desagradável. Mas, Aharon, que vou fazer? É ridículo demais pra levar a sério e sério demais pra ser ridículo. E está ativando — *re*ativando — o mesmo estado de espírito do qual venho fazendo força há meses pra me livrar. Sabe o que está no âmago da tragédia que é um colapso nervoso? Euíte. Microscosmose. Nos afogar na minúscula banheira de nós mesmos. Vindo pra cá, eu tinha tudo arrumado: desindividualizado em Jerusalém, incluído em Appelfeld, nadando no mar do outro eu — o outro eu sendo o seu. Em vez disso, há essa coisa para me perseguir e preocupar, um eu que nem sequer sou eu a me obcecar dia e noite — o eu que não sou eu acampou ousadamente na Jerusalém judia, enquanto eu caio na clandestinidade com os árabes."

"Então foi por isso que se hospedou lá."

"É — pois não vim aqui por causa dele, vim aqui por causa

de *você*. Essa era a ideia, e, Aharon, *ainda* é. Escute" — e tirei do bolso do paletó uma folha de papel na qual tinha datilografado para ele minhas perguntas iniciais — "vamos começar, disse. "Ao diabo com ele. Leia isso."

Eu tinha escrito: "Encontro ecos em sua ficção de dois escritores judeus centro-europeus de uma geração anterior — Bruno Schulz, o judeu polonês que escrevia em polonês e foi fuzilado aos cinquenta anos pelos nazistas em Drohobych, cidade fortemente judaica da Galícia onde ele ensinava no colégio e vivia em casa com a família, e Kafka, o judeu de Praga que escrevia em alemão e também viveu, segundo Max Brod, 'enfeitiçado dentro do círculo familiar' a maior parte de seus quarenta e um anos. Me diga: até onde você considera Schulz e Kafka importantes para sua imaginação?".

No chá, portanto, não falamos do meu eu ou não eu, mas, um tanto mais produtivamente, de Schulz e Kafka, até que finalmente nos cansamos e chegou a hora de irmos para casa. Sim, pensei, é assim que a gente se impõe — esquecendo essa sombra e apegando-se ao trabalho. De todas as pessoas que me haviam ajudado a recuperar as forças — entre outras, Claire, Bernie, o psicofarmacologista —, eu escolhera Aharon e a conversa com ele como a saída final, o meio pelo qual poderia voltar a possuir aquela parte de mim que julgava perdida, a parte que era capaz de falar e pensar, e que simplesmente deixara de existir no meio do apagamento causado pelo Halcion, quando me convencera de que jamais conseguiria recuperar minha inteligência. O Halcion destruíra não apenas minha existência comum, o que já era bastante ruim, mas também o que quer que houvesse de especial em mim, e o que Aharon representava era uma pessoa cuja maturação fora convulsionada pela pior crueldade possível, e que apesar disso conseguira voltar a ser comum *através* de sua extraordinariedade, uma pessoa cuja vitória sobre a futilidade e o caos e cujo renascimento como um ser humano harmonioso e um escritor superior constituíam um feito que, para mim, beirava o miraculoso, ainda mais porque isso vinha de uma força, nele, absolutamente invisível a olho nu.

Mais tarde, na mesma noite, antes de ir para a cama, Aharon reformulou o que tinha explicado no restaurante e datilografou uma resposta em hebraico para dar ao tradutor no dia seguinte. Falando de Kafka e de si, disse: "Kafka vem de um mundo interior e tenta obter alguma compreensão da realidade, e eu vim de um mundo de detalhada e empírica realidade. Meu mundo real foi muito além do poder da imaginação, e minha tarefa como artista não foi desenvolver minha imaginação, mas contê-la, e mesmo isso me pareceu impossível, porque tudo era tão inacreditável que nós mesmos parecíamos ficcionais... A princípio tentei fugir de mim mesmo e de minhas lembranças, viver uma vida que não era a minha, e escrever sobre uma vida que não era a minha. Mas um sentimento oculto me dizia que eu não era livre para fugir de mim mesmo e que, se negasse a experiência de minha infância no Holocausto, ficaria espiritualmente deformado...".

Meu minúsculo primo Apter, o feto adulto, ganha a vida pintando cenas da Terra Santa para vender aos turistas. Vende-as num pequeno ateliê — espremido entre uma banca de suvenires e um balcão de massas — que divide com um artesão de couro no bairro judeu da Cidade Velha. Os turistas que perguntam os preços recebem respostas em suas línguas nativas, pois acontece que Apter, por mais subdesenvolvido que seja como homem, é uma pessoa cujo passado a tornou fluente em inglês, hebraico, iídiche, polonês, russo e alemão. Sabe até um pouco de ucraniano, língua que mais associa aos *goys*. O que os turistas ouvem quando perguntam os preços de Apter é: "Isso não cabe a mim decidir" — um sentimento que, infelizmente, não é de fingida humildade. Apter é demasiado culto para ter boa opinião de seus quadros. "Eu, que adoro Cézanne, que choro e rezo diante dos quadros dele, pinto como um filisteu sem nenhum ideal." "Para esses tipos", eu lhe digo, "são perfeitamente bons." "Por que esses quadros tão horríveis?", ele pergunta. "Isso também é culpa de Hitler?" "Se serve como conforto pra você, Hitler pintava pior." "Não", diz Apter. "Já vi os quadros dele. Até Hitler pintava melhor que eu."

Numa semana qualquer, Apter pode receber tanto quanto cem dólares ou tão pouco quanto cinco por uma de suas paisagens de treze por dezoito. Um judeu filantropo inglês, um industrial de Manchester dono de um luxuoso prédio de apartamentos em Jerusalém e que de algum modo soube da história de Apter, uma vez deu a meu primo um cheque de mil libras por um único quadro, e desde então fez dele algo assim como um protegido, mandando um subalterno uma vez por ano comprar mais ou menos a mesma pintura por mais ou menos o mesmo preço exótico. Por outro lado, uma velha americana certa vez saiu com um quadro sem dar nada a Apter, ou pelo menos é o que ele diz — era um das dezenas que ele pinta toda semana, mostrando a feira de animais de Jerusalém perto da Porta de Santo Estêvão. O roubo deixou-o soluçando na rua. "Polícia!", gritava. "Socorro! Alguém aí me acuda!" Mas, como ninguém veio acudi-lo, ele próprio correu atrás dela e logo a alcançou na curva seguinte, onde ela descansava encostada na parede, o quadro roubado aos pés. "Eu não sou um homem ganancioso", ele lhe disse, "mas, senhora, por favor, eu preciso comer." Segundo a história contada por Apter, ela insistiu para uma pequena multidão, que logo se formara em torno do choroso artista a estender as mãos de mendigo, que já lhe havia pago um pêni, o que por aquele quadro era mais que suficiente. A mulher gritava indignada em iídiche: "Vejam o bolso dele! Ele está mentindo!". "A boca de ogre retorcida", me contava Apter, "o guincho terrível, horrível — primo Philip, eu percebi o que estava enfrentando. Perguntei a ela: 'Madame, de qual campo!', 'De todos!', gritou ela, e aí me cuspiu na cara."

Nas histórias de Apter, as pessoas vivem roubando-o, cuspindo-lhe, fraudando-o, insultando-o e humilhando-o praticamente todo dia, e na maioria das vezes essas pessoas que vitimizam meu primo são sobreviventes dos campos. Serão suas histórias exatas e verdadeiras? Eu mesmo jamais faço perguntas sobre a veracidade delas. Ao contrário, penso nelas como uma ficção, que, como tão grande parte da ficção, fornece ao contador de histórias a mentira através da qual ele pode expor sua verdade indizível. Trato as histórias mais ou menos como Aharon preferiu entender a história inventada por sua "judia" católica.

Eu tinha a intenção, na manhã após meu jantar com Aharon, de pegar um táxi diretamente do hotel para o cubículo de Apter, no velho bairro judeu, e passar umas duas horas com ele, antes de ir me encontrar de novo com Aharon, para retomar nossa conversa no almoço. Em vez disso, fui de táxi para a sessão matinal do julgamento de Demjanjuk — enfrentar meu impostor. Se ele não estivesse lá, eu iria ao King David Hotel. Tinha de ir: mais vinte e quatro horas sem fazer nada e não conseguiria pensar em nada. Na verdade, passara a maior parte da noite sem dormir, me levantando quase de hora em hora para tornar a verificar se a porta estava fechada, depois voltando para a cama, à espera de que ele surgisse acima dos pés dela, suspenso magrittescamente em pleno ar, como se os pés da cama fossem um pedestal, o quarto de hotel um cemitério, e um de nós dois um fantasma. E meus sonhos — explosivos conjuntos de premonições sinistras demais para serem sequer nomeadas —, eu acordava deles com uma cruel decisão de assassinar o filho da mãe com minhas próprias mãos. Sim, de manhã já estava claro até para mim que não fazendo nada eu apenas exagerava tudo, e mesmo assim *ainda* vacilava, e só quando o táxi parou na entrada do bairro judeu eu enfim disse ao motorista que fizesse a volta e dei-lhe o endereço do centro de convenções, na outra ponta da cidade, depois do Knesset e do museu, onde, num salão normalmente usado para conferências e filmes, Demjanjuk já estava em julgamento havia onze meses. No café da manhã, tinha copiado o endereço do jornal e feito um forte círculo em torno do local em meu mapa das ruas de Jerusalém. *Nada mais de vacilação.*

Diante da porta do edifício, quatro soldados israelenses armados, parados, conversavam junto a uma tenda com um aviso escrito à mão que dizia, em hebraico e inglês: "Deixar as armas aqui". Passei por eles sem ser visto e entrei numa antessala, onde tive apenas de mostrar o passaporte a uma jovem policial e escrever meu nome no registro sobre a mesa para me deixarem passar pelo detetor de metais e entrar no salão. Demorei para assinar, olhando de alto a baixo a página, para ver se meu nome já estava escrito ali. O fato de não o encontrar não provava nada, claro —o tribunal estava em sessão fazia uma hora, e havia dezenas de nomes registrados nas páginas do livro. Além do mais, pensei, era mais provável que o passaporte que ele usava estivesse em seu nome, e não no meu. (Mas, sem um passaporte em meu nome, de que modo ele se registrara com meu nome no hotel?)

Dentro do salão, tive de entregar meu passaporte de novo, dessa vez como garantia por um fone de ouvido. A militar de serviço ali, outra jovem, me mostrou como sintonizá-lo para a tradução simultânea inglesa dos trabalhos em hebraico. Esperei que a jovem me reconhecesse como alguém que já estivera no julgamento antes, mas assim que acabou sua tarefa ela voltou a ler sua revista.

Quando entrei no tribunal e vi, de trás da última fila de espectadores, o que exatamente estava ocorrendo, esqueci por completo por que viera; quando, após examinar as mais ou menos dez figuras na plataforma elevada na frente do tribunal, percebi qual delas era o acusado, não apenas meu duplo deixou de existir como, no momento, até eu mesmo.

Lá estava ele. *Lá estava ele.* Outrora, empurrava duas, três centenas deles para dentro de um aposento onde mal cabiam cinquenta, enfiava-os de todos os modos possíveis, aferrolhava as portas e ligava a máquina. Injetava monóxido de carbono por meia hora, esperava até que cessassem os gritos, depois mandava os vivos saquear os mortos e limpar o lugar para a próxima grande carga. "Tirem essa merda daí", dizia-lhes. Antes, quando os trens rolavam para valer, fazia isso dez, quinze vezes por dia, às vezes sóbrio, às vezes não, mas sempre com bastante prazer. Rapaz vigoroso, sadio. Bom trabalhador. Jamais ficava doente. Nem mesmo a bebida o fazia diminuir o ritmo. Exatamente o contrário. Baixava o pau nos filhos da mãe com um cano de ferro, abria as mulheres grávidas com a espada, vazava os olhos deles, açoitava sua carne, enfiava pregos em suas orelhas, certa vez pegou uma broca e fez um buraco na nádega direita de uma pessoa — dera vontade nesse dia, por isso o fizera. Gritava em ucraniano, berrava em ucraniano e, quando eles não entendiam ucraniano, dava-lhes um tiro na cabeça. Que tempo! Nunca mais uma coisa assim de novo! Tinha apenas vinte e dois anos e era dono do lugar — podia fazer com qualquer um deles o que quisesse. Brandir uma espada, um revólver, um porrete, ser jovem, saudável, forte, bêbado e poderoso, *ilimitadamente* poderoso, como um deus! Quase um milhão, *um milhão*, e em cada um deles uma cara judia onde podia ler o terror. Dele. *Dele!* De um jovem camponês de vinte e dois anos! Na história de todo este mundo, algum dia se tinha dado a alguém, em qualquer parte, a oportunidade de matar tanta gente sozinho, um por um? Que serviço! Um rega-bofe sensacional todo dia! Uma festa contínua! Sangue! Vodca! Mulheres! Poder! E os gritos! Os gritos intermináveis! E tudo aquilo *trabalho*, bom e duro trabalho, e ainda assim fantástico, fantástico e impecável prazer — o prazer com que a maioria das pessoas só pode sonhar, nada menos que o êxtase! Um ano, um ano e meio daquilo é mais ou menos o bastante para satisfazer um homem para o resto da vida; depois daquilo, um homem jamais vai precisar se queixar de que a vida o esqueceu; depois daquilo, qualquer um podia se contentar com um emprego de rotina, regular, das nove às cinco, onde não corria nenhum sangue de verdade, a não ser em raras ocasiões, em consequência de um acidente na fábrica. Nove às cinco, depois ir para casa jantar com a mulher e as crianças — era só o que se precisava depois daquilo. Aos vinte e dois anos, vira tudo que alguém poderia esperar ver algum dia. Sensacional enquanto durou, estupendo quando se é jovem, destemido e no ponto, lançando-se com zelo animal em busca de tudo, mas uma dessas coisas que a gente acaba superando, como na verdade ele superara. É preciso saber quando parar em um trabalho desses, e por sorte ele fora um dos que tinham sabido.

Lá estava ele. Lá estava *aquilo*, agora careca e retaco, um grande e alegre brutamontes de sessenta e oito anos, bom pai, bom vizinho, amado pela família e pelos amigos. Ainda fazia flexões toda manhã, mesmo em sua cela, daquelas em que a gente se ergue do chão e bate as mãos antes de cair sobre as palmas — ainda podia se gabar de pulsos tão grossos e fortes que, no avião na vinda, as algemas comuns não tinham sido suficientemente grandes para envolvê-los. Apesar disso, fazia cinquenta anos que esmagara o crânio de alguém pela última vez, e era agora tão benigno e tão pouco assustador quanto um velho campeão de boxe. O bom e velho Johnny. Adorava sua horta, todos diziam. Melhor cuidar de tomates agora e plantar feijão-de-corda do que abrir um buraco no rabo de alguém com uma broca. Não, é preciso ser jovem e estar no auge, é preciso estar por cima de tudo e cheio de entusiasmo para conseguir fazer bem uma coisa tão simples como sentir um pouco de prazer com o grande e gordo traseiro de alguém. Ele fizera das suas e aquietara-se, toda aquela coisa pesada havia muito ficara para trás. Mal podia lembrar agora todo o inferno que causara. Tantos anos! Como voam! Não, era outra pessoa, inteiramente. Aquele endiabrado não era mais ele.

Lá estava ele, entre dois guardas da polícia, a uma mesinha atrás da mesa maior, de onde os três advogados faziam sua defesa. Usava um terno azul-claro sobre uma camisa de colarinho aberto, um fone de ouvido passado sobre o crânio calvo. Não percebi a princípio que ele ouvia a tradução simultânea dos trabalhos para o ucraniano — parecia estar passando o tempo a ouvir sua música favorita. Cruzava os braços casualmente sobre o peito e movia levemente as maxilas para baixo e para cima, como um animal em repouso acabando a ruminação. Era tudo que fazia, enquanto eu o observava. A certa altura, olhou com indiferença para os espectadores, muito à vontade consigo mesmo, mastigando quase imperceptivelmente o vazio. Outra vez tomou um gole de água do copo sobre a mesa. Mais tarde, bocejou. Vocês pegaram o homem errado, proclamava o seu bocejo. Com todo o devido respeito, esses velhos judeus que identificam Demjanjuk como Ivã, o Terrível, eles estão senis, ou enganados, ou mentindo. Fui prisioneiro de guerra dos alemães. Não sei mais sobre o campo em Treblinka do que um boi ou uma vaca. Bem poderiam estar submetendo um quadrúpede ruminante a julgamento aqui por assassinar judeus — faria tanto sentido quanto julgar a mim. Eu sou um bobo. Inofensivo. Não sou ninguém. Não sabia de nada naquela época e não sei de nada agora. Dou toda a simpatia pelo que sofreram, mas o Ivã que vocês querem jamais foi uma pessoa simples e inocente como o bom e velho Johnny, hortelão de Cleveland, Ohio.

Lembrei-me de que lera na pasta de recortes que, no dia em que o prisioneiro fora extraditado dos Estados Unidos e chegara a Israel, ele perguntara à polícia israelense, quando o tiravam do avião com aquelas algemas enormes, se podia ajoelhar-se e beijar a pista do aeroporto. Um beato peregrino na Terra Santa, um crente devoto, uma alma religiosa — era só o que sempre fora. Negaram-lhe a permissão.

Lá estava ele. Ou não estava.

Quando olhei em volta a lotada sala do tribunal, à procura de um lugar, vi que pelo menos um terço dos trezentos e tantos espectadores era de ginasianos, possivelmente trazidos de ônibus para a sessão da manhã. Havia também um grande contingente de soldados, e foi entre eles que encontrei um assento mais ou menos atrás, no centro do salão. Eram rapazes e moças beirando os vinte anos, com aquele ar de plebe que distingue os soldados israelenses de todos os outros, e, embora também estivessem ali por motivos "educacionais", não consegui ver mais que um punhado deles prestando atenção ao julgamento. A maioria se esparramava nos assentos, mexendo-se inquieta, ou sussurrando de um lado para outro, ou apenas num catatônico sonhar acordado, e não poucos dormindo. O mesmo se podia dizer dos estudantes, alguns dos quais passavam bilhetinhos como os colegiais de qualquer parte levados a uma viagem pelo professor e alucinados de tédio. Vi duas meninas de uns catorze anos dando risadinhas por causa de um bilhete que haviam recebido de um menino na fila de trás. O professor deles, um jovem magrela, nervoso, de óculos, fez *psiu* para que acabassem com aquilo, mas olhando as duas eu pensava: não, não, está certo — para elas, Treblinka *tem de ser* um lugar lá pela Via Láctea; neste país, tão densamente povoado nos primeiros anos por sobreviventes e suas famílias, é na verdade motivo de júbilo, pensei, o fato de que esta tarde esses adolescentes nem sequer se lembrem do nome do réu.

A uma banca no centro do estrado sentavam-se os três juízes com suas togas, mas levei algum tempo para ao menos começar a vê-los ou mesmo olhar para eles, porque, mais uma vez, fitava John Demjanjuk, que alegava não ser menos comum do que parecia — meu rosto, argumentava ele, meus vizinhos, meu emprego, minha ignorância, minha filiação à Igreja, minha longa e imaculada ficha como pai de família comum em Ohio, todas essas inocuidades desmentem mil vezes essas acusações disparatadas. Como poderia eu ser uma coisa e outra?

Poderia porque é. Porque sua aparência prova apenas que não é tão difícil assim ser ao mesmo tempo um avô amoroso e um genocida. É porque você pôde fazer as duas coisas tão bem que não posso deixar de encará-lo. Talvez seus advogados prefiram pensar de outro modo, mas essa sua vida americana admiravelmente banal é sua *pior* defesa — o fato de você ter sido tão maravilhoso em Ohio, vivendo sua vidinha chata, é precisamente o que o torna tão detestável aqui. Na verdade, você apenas viveu sequencialmente as duas vidas aparentemente antípodas, mutuamente excludentes, que os nazistas, sem nenhum esforço notável, conseguiram desfrutar simultaneamente — então, no fim, qual é o problema? Os alemães provaram em definitivo para todo mundo que manter duas personalidades radicalmente divergentes, uma muito bacana e outra nem tanto, não é mais prerrogativa apenas dos psicopatas. O mistério não é que você, que se divertiu à beça em Treblinka, tenha se tornado um joão-ninguém simpático, trabalhador, mas que os que retiravam os cadáveres para você, seus acusadores aqui, pudessem um dia fazer alguma coisa comum depois do que vocês lhes fizeram — que *eles* consigam viver vidas comuns, *isso* é que é incrível!

A menos de três metros de Demjanjuk, a uma mesa ao pé da banca dos juízes, via-se uma jovem morena muito bonita, cuja função ali não pude determinar a princípio. Mais tarde compreendi que era uma assistente de documentação do juiz-presidente, mas quando a notei pela primeira vez, tão elegantemente composta no meio daquilo tudo, só pude pensar nas judias que Demjanjuk era acusado de ter brutalizado com uma espada, um açoite e um porrete, na trilha estreita, o "tubo", onde os que desciam dos vagões de gado eram encurralados antes que ele os fizesse entrar pela porta da câmara de gás. Era uma jovem de um tipo físico que ele devia ter encontrado mais de uma vez no tubo, e sobre elas tinha tido poder absoluto. Agora, sempre que ele olhava para os juízes ou o banco das testemunhas defronte à mesa dos advogados de defesa, ela devia ficar em alguma parte de seu campo de visão, cabeça não raspada, inteiramente vestida, segura de si e sem medo, uma jovem judia atraente fora de seu alcance em todos os aspectos. Antes que eu entendesse qual devia ser o trabalho dela, cheguei mesmo a imaginar se não teria sido *por isso* que a tinham posto bem ali onde estava. Perguntava-me se em seus sonhos lá na cela ele via na assistente de documentação o fantasma das jovens que destruíra, se em seus sonhos haveria algum tremor ou remorso, ou se, como era mais provável, tanto sonhos quanto acordado, só desejava que ela também houvesse estado lá no tubo de Treblinka — ela, os três juízes, seus guardas no tribunal, os promotores, os tradutores e, não menos que todos, aqueles que iam todo dia ao tribunal encará-lo, como eu.

Seu julgamento não era realmente surpresa para ele, aquele julgamento propagandístico forjado pelos judeus, aquela farsa injusta, mentirosa de julgamento à qual o tinham arrastado a ferros do seio de sua amorosa família e de seu pacífico lar. Ainda lá no tubo, sabia o que aquela gente podia aprontar para um rapaz simples como ele. Sabia do ódio deles pelos ucranianos, soubera a vida toda. Quem causara a fome quando ele era criança? Quem transformara seu país num cemitério para sete milhões de seres humanos? Quem transformara seus vizinhos em criaturas subumanas, devorando camundongos e ratazanas? Como um simples garoto, tinha visto tudo isso, em sua aldeia, em sua *família* — mães que comiam as tripas do gato de estimação, irmãzinhas que se entregavam por uma batata podre, pais que recorriam ao canibalismo. O choro. Os gritos. A agonia. E por toda a parte os mortos. Sete milhões de mortos! Sete milhões de ucranianos mortos! E por causa de quem? Causado por quem?!

Remorso? Foda-se o seu remorso!

Ou estaria eu entendendo Demjanjuk errado? Enquanto atravessava, ruminando sua regurgitação, tomando sua água e bocejando, os tediosos trechos do julgamento, talvez tivesse a mente vazia de tudo que não fossem as palavras "Não fui eu" — não precisasse nada mais que isso para passar ao largo. "Eu não odeio ninguém. Nem mesmo vocês, judeuzinhos imundos que me querem morto. Sou um homem inocente. Foi outro."

Portanto, lá estava ele — ou não estava. Eu o encarava e encarava, perguntando-me se, apesar de toda a evidência que lera contra de, sua alegação de inocência não seria verdadeira; se os sobreviventes que o tinham identificado não podiam estar todos mentindo ou errados; se a carteira de identidade de guarda uniformizado de campo de concentração, com sua assinatura em cirílico e a foto de seu rosto juvenil, não seria de fato uma falsificação; se as histórias contraditórias de seu paradeiro como prisioneiro de guerra alemão, durante os meses em que as evidências da acusação o situavam em Treblinka, histórias confusas que ele mudara em praticamente todos os interrogatórios, antes e depois de receber a indiciação original, não formavam um álibi digno de crédito; se as mentiras comprovavelmente incriminadoras com as quais, desde 1945, ele vinha respondendo às perguntas das agências de refugiados e autoridades de imigração, mentiras que haviam levado à sua desnaturalização e deportação dos Estados Unidos, de algum modo não indicavam sua culpa, mas sua inocência.

Mas a tatuagem na axila esquerda, a tatuagem que os nazistas tinham posto no pessoal das SS para registrar o tipo sanguíneo de cada indivíduo — poderia isso significar outra coisa a não ser que ele trabalhara para eles e que ali, naquela sala de tribunal, estava mentindo? Se não foi por medo de descobrirem a verdade, por que tratara em segredo de apagar a tatuagem no acampamento de pessoas deslocadas? Por que, se não para esconder a verdade, submetera-se ao processo extremamente doloroso de esfolá-la com uma pedra, esperar que a carne cicatrizasse e depois raspar repetidas vezes com a pedra, até a pele ficar de tal modo coberta de cicatrizes que a tatuagem denunciadora fosse erradicada? "Meu erro trágico", disse Demjanjuk ao tribunal, "é que não consigo pensar direito nem responder direito." Estupidez — a única coisa que confessara desde que a queixa identificando-o como Ivã, o Terrível, fora apresentada pelo gabinete do procurador-geral dos Estados Unidos, onze anos antes, em Cleveland. E não se pode enforcar alguém por ser estúpido.

Um desacordo formava-se entre o juiz-presidente, um homem sombrio e grisalho, na casa dos sessenta, chamado Dov Levin, e o advogado de defesa israelense, Yoram Sheftel. Eu não conseguia entender o porquê da briga, pois meu fone de ouvido dera defeito e, em vez de me levantar e talvez perder o assento enquanto ia fazer a substituição, fiquei onde estava e, sem nada entender do conflito, ouvi o acalorado diálogo em hebraico. Sentada a banca à esquerda de Levin, via-se uma juíza de meia-idade, de óculos e cabelos curtos; por baixo da toga, vestia-se de um modo masculino, camisa e gravata. À direita de Levin havia um juizinho de barba e solidéu, um homem de aparência avoenga e sagaz, mais ou menos de minha idade e único membro ortodoxo do conselho.

Vi Sheftel ficar cada vez mais exasperado com o que Levin lhe dizia. No dia anterior, eu lera na pasta de recortes de Demjanjuk sobre o estilo exuberante e esquentado do advogado. O zelo teatral com que defendia a inocência do cliente, sobretudo diante do angustiado depoimento de testemunha ocular dos sobreviventes, parecia tê-lo tornado não muito querido de seus compatriotas; na verdade, como o julgamento era transmitido

67

nacionalmente pelo rádio e pela televisão, a possibilidade era de a que o jovem advogado israelense se houvesse tornado uma das figuras menos populares de toda a história judia. Lembro-me de ter lido que durante um recesso para o almoço, alguns meses antes, um espectador do tribunal cuja família fora assassinada em Treblinka gritara para Sheftel: "Eu não entendo como um judeu pode defender um criminoso desse. Como pode um judeu defender um nazista? Como pode Israel permitir isso? Me deixe contar o que eles fizeram com minha família, me deixe explicar o que fizeram com meu corpo!". Segundo pude entender de sua discussão com o juiz, nem essa nem qualquer outra contestação de suas lealdades judias haviam diminuído a confiança de Sheftel ou o vigor que se dispunha a aplicar à defesa de Demjanjuk. Eu me perguntava que perigo correria ele quando saía do tribunal, aquele desenfreado homenzinho-aríete, aquela máquina de contestar tão facilmente identificável pelas longas costeletas e pela barba estreita. Dispostos em intervalos regulares junto às paredes do tribunal, viam-se policiais uniformizados e desarmados, com *walkie-talkies*; sem dúvida havia também policiais à paisana armados na sala — ali Sheftel estava não menos seguro de agressão do que seu odiado cliente. Mas e quando ia para casa, no fim do dia, em seu luxuoso Porsche? E quando ia com a namorada à praia ou ao cinema? Na certa haveria pessoas em todo Israel, gente que via a televisão naquele momento mesmo, que ficariam felizes em calá-lo com o que fosse preciso para fazer o serviço direito.

A discussão de Sheftel com o juiz resultara na declaração, por Levin, de um antecipado recesso para o almoço. Levantei-me com todos os demais quando os juízes se ergueram e deixaram a banca. Por toda a minha volta, os ginasianos corriam para as saídas; apenas um pouco menos ávidos, os soldados saíram atrás. Depois de alguns minutos, restavam não mais que uns trinta espectadores, espalhados pela sala, a maioria em grupos conversando baixinho, o resto apenas sentado calado sozinho, como se demasiado doente para mover-se ou mergulhado em transe. Eram todos velhos — aposentados, pensei a princípio, pessoas que tinham tempo de assistir às sessões regularmente. Depois percebi que deviam ser sobreviventes dos campos. E como seria para eles ver apenas a alguns palmos de distância o jovem de bigode e terno executivo elegante que eu agora reconhecia, pelas fotos de jornal, como o filho de Demjanjuk, John Jr., de vinte e dois anos, o filho que protestara vociferantemente que o pai era vítima de uma armação, e que, nas entrevistas à imprensa ali, proclamava a inocência absoluta e total do pai? Aqueles sobreviventes tinham, claro, de reconhecer quem era ele — eu lera que no início do julgamento o filho, a pedido da família, se sentara bem visivelmente atrás do pai no estrado, e até mesmo eu, recém-chegado, o localizara quando Demjanjuk, várias vezes naquela manhã, baixara o olhar para a primeira fila, onde John Jr. se sentava, e, sorrindo descontraidamente, mostrara-lhe por sinais o seu tédio com aquela cansativa disputa legal. Calculei que John Jr. não teria mais que onze ou doze anos quando o pai fora denunciado como Ivã, o Terrível, pela Imigração americana. O garoto passara a infância pensando, como fazem tantas crianças afortunadas, que tinha um nome nem mais nem menos distinto que o de qualquer outro e, muito afortunadamente, uma vida igual. Bem, jamais poderia voltar a acreditar nisso: era para sempre o xará de Demjanjuk, a quem os judeus haviam julgado perante toda a humanidade pelo horrível crime de outro. Podia-se atender à justiça naquele julgamento, mas os filhos dele, pensei, estão agora mergulhados no ódio — a maldição reviveu.

Será que nenhum sobrevivente em todo o Israel pensou em matar John Demjanjuk Jr., em vingar-se do pai culpado no filho inteiramente inocente? Não terá ninguém cuja família foi exterminada em Treblinka pensado em sequestrá-lo e depois mutilá-lo, pouco a pouco, aos pedacinhos, uma polegada de cada vez, até Demjanjuk não mais aguentar e admitir quem era ao tribunal? Não haveria um sobrevivente enlouquecido de raiva pelos descuidados bocejos daquele réu e sua indiferente ruminação, nenhum sobrevivente ressentido, irado, ferido e enfurecido o bastante para imaginar na tortura de um o meio de arrancar uma confissão do outro, para ver no assassinato puro e simples do próximo na linhagem uma punição inteiramente justa e correta?

Eu fazia essas perguntas a mim mesmo quando vi o alto, esbelto e bem cuidado rapaz dirigir-se apressado para a saída principal com os três advogados de defesa — estava pasmado de que, como Sheftel, o homônimo de Demjanjuk, seu sucessor e único filho homem, saísse para as ruas de Jerusalém inteiramente desprotegido.

Do lado de fora do tribunal, o clima de brando inverno dera uma virada brusca. Era outro dia, inteiramente. Caía uma tremenda tempestade, lençóis de chuva que, açoitados por um vento forte, tornavam impossível divisar qualquer coisa além das primeiras filas de carros no estacionamento em torno do centro de convenções. As pessoas que tentavam decidir como deixar o prédio se amontoavam no vestíbulo e na calçada sob a marquise. Só quando entrei nessa multidão foi que me lembrei de quem viera procurar — minha preocupaçãozinha fora absolutamente apagada por um volume demasiado grande de verdadeiro horror. Correr como eu correra para acuá-lo me parecia agora muito pior que grosseiro; era sucumbir momentaneamente a uma forma de insanidade. Estava coberto de vergonha de mim mesmo, e mais uma vez nauseado por ter entrado num diálogo com aquele importuno — que loucura e bobagem ter mordido a isca! E como era pouco urgente para mim agora descobri-lo! Arrasado com tudo que acabara de testemunhar, resolvi empregar-me de maneira melhor.

Ia me encontrar com Aharon para o almoço nos arredores da rua Jaffa, no restaurante Ticho, mas, com o temporal se tornando cada vez mais violento, eu não via como chegar lá na hora. Contudo, tendo acabado de afastar-me de meu próprio caminho, decidira que nada, mas nada mesmo, iria me obstruir, menos ainda a inclemência do tempo. De olhos entrecerrados no meio da chuva, em busca de um táxi, de repente vi o jovem

Demjanjuk sair correndo de baixo da marquise e entrar atrás de um de seus advogados pela porta aberta de um carro que estava à espera. Tive o impulso de correr atrás dele e perguntar-lhe se podia filar uma carona para o centro de Jerusalém. Não fiz isso, claro, mas, se tivesse feito, não poderia eu mesmo ser tomado pelo vingador judeu e metralhado sumariamente? Mas por quem? O jovem Demjanjuk estava ali à mercê de quem quisesse pegá-lo. E seria eu a única pessoa em toda aquela multidão a ver como era fácil pegá-lo?

A uns quinhentos metros do estacionamento, num morro, havia um grande hotel, que eu me lembrava de ter visto na vinda, e, desesperado, acabei saindo da multidão para a chuva e correndo até lá. Minutos depois, com as roupas e os sapatos encharcados, estava no saguão do hotel procurando um telefone para chamar um táxi, quando alguém me bateu no ombro. Voltei-me e vi à minha frente o outro Philip Roth.

3. NÓS

"**NEM CONSIGO FALAR**", ele disse. "É você. Você veio!"

Mas quem não podia falar era eu. Estava sem fôlego, e só em parte por ter subido o morro correndo, contra o forte açoite do temporal. Acho que até aquele momento jamais acreditara com vontade mesmo na existência dele, pelo menos como uma coisa mais substancial que aquela voz pomposa ao telefone e uma tagarelice visivelmente ridícula no jornal. Vê-lo materializar-se solidamente no espaço, mensurável como um cliente numa loja de roupas, palpável como um lutador de boxe no ringue, era tão assustador quanto ver um vaporoso fantasma — e ao mesmo tempo eletrizante, como se após o mergulho naquela chuva torrencial eu me visse banhado em pleno rosto, para não ter dúvida, tal qual uma personagem de desenho animado, com um antialucinógeno balde de água fria. Tão abalado pela feiticeira realidade da irrealidade dele quanto por sua antítese enormemente desorientadora, não consegui me lembrar dos planos que fizera sobre como agir e o que dizer quando saíra para caçá-lo, no táxi, aquela manhã — na simulação mental de nosso encontro eu não me lembrara de que o encontro, quando se desse, não seria uma simulação mental. Ele chorava. Tomou-me nos braços, pingando como eu estava, e pôs-se a chorar, e não sem dramaticidade — como se um ou outro de nós acabasse de voltar incólume de uma travessia no Central Park à noite. Lágrimas de feliz alívio — e eu imaginara que, diante da materialização de *mim*, ele ia recuar amedrontado e capitular.

"Philip Roth! O verdadeiro Philip Roth — depois de tantos anos!" O corpo tremia de emoção, emoção tremenda mesmo nas mãos que agarravam com firmeza minhas costas.

Foi preciso uma série de violentos empurrões com os cotovelos para me livrar daquele abraço. "E você", eu disse, empurrando-o um pouco ao me afastar, "deve ser o falso Philip Roth."

Ele riu. Mas ainda chorava! Nem mesmo em minha simulação mental eu o tinha detestado tanto quanto agora, vendo aquelas lágrimas idiotas, inexplicáveis.

"Falso, oh!, em comparação com você, *absolutamente* falso — em comparação com você, nada, ninguém, um zero. Não posso lhe dizer o que representa pra mim! Em Israel! Os livros! Aqueles livros! Vivo relendo *Letting go*, meu favorito até hoje! Libby Herz e o psiquiatra! Paul Herz e aquele paletó! Vivo relendo "O vaso do amor" na velha *Dial*! O trabalho que você fez! As sacadas que você teve! Suas mulheres! Ann! Barbara! Claire! Mulheres sensacionais! Desculpe, mas se imagine em meu lugar. Eu... conhecer você... em Jerusalém! Que traz você aqui?"

A essa estonteante perguntinha, feita tão ingenuamente, ouvi-me responder: "De passagem".

"Estou vendo a mim mesmo", ele disse, extático, "só que é *você*."

Exagerava, coisa que talvez fosse inclinado a fazer. Eu via à minha frente um rosto que muito provavelmente não teria tomado pelo meu se o descobrisse me olhando aquela manhã no espelho. Outra pessoa, um estranho, alguém que tinha visto apenas minha foto ou uma caricatura minha num jornal, talvez pudesse ser enganada pela semelhança, sobretudo se o rosto usasse meu nome, mas eu não podia acreditar que alguém dissesse "Não me engane, você é mesmo o escritor", se ele fosse um sr. Nusbaum ou sr. Schwartz. Era um rosto convencionalmente mais bonito, menos malfeito que o meu, com um queixo mais bem delineado e um nariz não tão grande, um nariz que também não se achatava judiamente na ponta como o meu. Ocorreu-me que ele era o depois do meu antes num anúncio de cirurgia plástica.

"Qual é seu jogo, amigo?"

"Nenhum", ele respondeu, surpreso e ferido com o meu tom irado. "E não sou falso. Usei o 'verdadeiro' ironicamente."

"Bem, eu não sou tão bonito quanto você, nem tão irônico, e usei o 'falso' *sem medo de errar*."

"Ei, vamos devagar, você não conhece sua força. Não venha com xingamentos, tá bem?"

"Você anda por aí se fazendo passar por mim."

Isso trouxe o seu sorriso de volta. "Você anda por aí se fazendo passar por *mim*", respondeu detestavelmente.

"Você explora a semelhança física", continuei, "dizendo aos outros que é o escritor, o autor de meus livros."

"Eu não preciso dizer nada a eles. Me tomam de saída pelo autor dos livros. Isso vive acontecendo."

"E você não se dá ao trabalho de corrigir."

"Escute, posso convidá-lo pra um almoço? Você — aqui! Que choque pro sistema! Mas será que podemos parar com esses golpes e nos sentar neste hotel e conversar a sério no almoço?"

"Quero saber o que você está aprontando, chapa."

"E eu *quero* que você saiba", ele disse delicadamente e, como o mais sentimental Marcel Marceau, com um exagerado gesto de socar a mão, indicou que eu devia tentar parar de gritar e ser racional com ele. "Quero que você saiba de *tudo*. Toda a vida eu sonhei..."

"Ah, não, os 'sonhos', não", eu disse, agora indignado não apenas com a pose ingênua, não apenas com a maneira como ele insistia em se mostrar tão inteiramente diferente do estentório Herzl diasporista que personificara para mim ao telefone, mas com a versão hollywoodiana de meu rosto a implorar-me tão feriamente que me acalmasse. Estranho, mas no momento aquela retificação suavizada de minhas piores feições me irritava mais do que qualquer outra coisa. O que mais desprezamos na aparência de alguém que se parece conosco? Para mim, era a ávida atração. "Por favor, não esses olhos molemente derretidos de rapaz judeu bacana. Seus 'sonhos'! Eu *sei* o que você andou aprontando aqui, eu *sei* o que vem acontecendo aqui com você e a imprensa, logo pare com esse número de *shlimazl** inofensivo."

---

* Coisa ou atitude sentimentaloide, em iídiche. (N. T.)

"Mas seus olhos também se derretem um pouco, você sabe. Sei o que você fez pras pessoas. Você esconde o seu lado carinhoso do público — aquelas fotos carrancudas e as entrevistas do tipo eu-não-sou-nenhum-otário. Mas nos bastidores, eu sei, o senhor é muito mole, sr. Roth."

"Escute, o que é *você* e quem é *você*? Me responda!"

"Seu maior admirador."

"Tente de novo."

"Não posso fazer nada melhor."

"Tente assim mesmo. *Quem é você?*"

"A pessoa no mundo que leu e adorou seus livros como ninguém mais. Não só uma, não só duas — tantas vezes que eu fico embaraçado em dizer."

"É? Você fica embaraçado diante de mim? Que rapaz sensível."

"Você me olha como se eu estivesse bajulando, mas é a verdade — eu conheço seus livros de cor e salteado. Conheço sua *vida* de cor e salteado. Podia ser seu biógrafo. Eu *sou* seu biógrafo. Os insultos que você recebeu, eles me deixam furioso. *O complexo de Portnoy*, nem sequer indicado pro National Book Award! O livro da década, e nem sequer *indicado*! Bem, Swados não era seu amigo; ele mandava naquele comitê e tinha uma má vontade quase eterna com você. Quanta animosidade — eu não entendo. Podhoretz — na verdade não posso falar o nome desse homem sem sentir um gosto de fel na boca. E Gilman — aquele ataque a *When She Was Good*, à integridade *daquele livro*. Dizendo que você o escreveu pro Womrath's Book Store — e logo aquele honorável livrinho! E o professor Epstein, *ali está* um gênio. E aquelas donas da *Ms.* E aquele exibicionista Wolcott..."

Eu afundei na poltrona às minhas costas, e ali, no saguão do hotel, pegajoso e tremelicando sob as roupas encharcadas de chuva, ouvi como ele lembrava cada afronta já publicada em letra impressa, cada ataque já feito à minha literatura e a mim — alguns, insultos tão pequenos que, milagrosamente, até mesmo eu os tinha esquecido, por mais que tivessem me exasperado um quarto de século antes. Era como se o gênio do ressentimento houvesse escapado da garrafa em que os rancores do escritor são postos em conserva e preservados e se manifestasse em forma humana, parido por minhas mais velhas feridas lambidas e duplicando gozadoramente o homem que eu sou.

"...Capote e o programa de Carson, vindo com aquela merda de 'máfia judia', 'da Universidade Columbia pra Columbia Pictures'..."

"*Chega*", eu disse, e me levantei violentamente da poltrona. "Chega mesmo!"

"Não foi nenhum piquenique, é só o que estou tentando dizer. Sei que luta é a vida pra você, Philip. Posso chamar você de Philip?"

"Por que não? O nome é esse. Qual é o seu?"

Com aquele sorriso de garoto bacana que eu queria quebrar com um tijolo, ele respondeu: "Desculpe, desculpe mesmo, mas é o mesmo. Vamos lá, vamos almoçar. Talvez", disse, indicando meus sapatos, "queira passar no toalete e tirá-los. Você está encharcado, cara."

"E você nem um pouco", observei.

"Peguei uma carona pro morro."

Seria possível? Pegara a carona que eu pensara em pegar com o filho de Demjanjuk?

"Então estava no julgamento", eu disse.

"Todo santo dia", ele repetiu. "Vá, vá lá, vá se enxugar", disse, "eu arranjo uma mesa pra gente no restaurante. Talvez você possa relaxar no almoço. Temos muita coisa pra conversar, você e eu."

No banheiro, demorei de propósito muito tempo me enxugando, pensando em dar a ele toda a oportunidade de chamar um táxi e fazer uma saída limpa, sem jamais ter de me enfrentar de novo. Seu desempenho tinha sido louvável, embora nauseante, para alguém que, apesar de tomar espertamente a iniciativa, devia ter sido apanhado apenas um pouco menos desprevenido do que eu no saguão; como inocente dócil, oscilando covarde entre a bajulação e as lágrimas, sua atuação tinha sido de longe mais surpreendentemente original que o meu previsível retrato mundano de vítima enfurecida. Contudo, o impacto de *minha* materialização certamente tinha de ter sido mais inesperado, mesmo para ele, que a dele para mim, e agora devia estar pensando muito sobre o risco de levar aquilo mais adiante. Dei-lhe todo o tempo necessário para reconsiderar, dar o fora e desaparecer para sempre, e depois, com o cabelo penteado e os sapatos esvaziados de meio copo de água, voltei ao saguão para chamar um táxi que me levasse ao almoço marcado com Aharon — já estava meia hora atrasado — e logo o avistei pouco além da entrada do restaurante, o sorriso cativante ainda intacto, ainda mais elegantemente eu do que nunca.

"Eu começava a pensar que o sr. Philip Roth tinha se escafedido", ele disse.

"E eu esperava o mesmo de você."

"Por que", ele perguntou, "eu iria fazer uma coisa dessas?"

"Porque está envolvido numa prática ilícita. Porque está violando a lei."

"Qual lei? A lei israelense, a do estado de Connecticut ou a internacional?"

"A lei que diz que a identidade de uma pessoa é sua propriedade privada e não pode ser tomada por outra."

"Ah, andou estudando o Prosser."

"Prosser?"

"O *Manual da lei de perdas e danos* do professor Prosser."

"Eu não andei estudando coisa alguma. A única coisa que preciso saber sobre um caso como este é o que diz o bom senso."

"Bem, mesmo assim, dê uma olhada no Prosser. Em 1960, na *California Law Review*, Prosser publicou um longo artigo, uma reconsideração do artigo original de Warren e Brandeis de 1890 na *Harvard Law Review*, em que eles tomaram emprestada a expressão do juiz Cooley, 'o direito geral de ser deixado em paz', e estabeleceram as dimensões do direito à intimidade. Prosser discute os casos de intimidade como tendo quatro ramos e causas separados de ação judicial — um, intrusão no isolamento; dois, revelação pública de fatos privados; três, apresentação de fatos sob uma luz falsa; e quatro, apropriação de

77

identidade. O caso em causa é definido da maneira seguinte: 'A pessoa que se apropria, para seu próprio uso e proveito, do nome ou imagem de outra está sujeita a indenizações à outra pela invasão de sua intimidade'. Vamos almoçar."

O restaurante estava completamente vazio. Não havia sequer um garçom para nos conduzir. Na mesa que escolheu, bem no centro da sala, ele puxou a cadeira para mim, como se *ele* fosse o garçom, e ficou polidamente em pé enquanto eu me sentava. Eu não saberia dizer se aquilo era simples gozação ou a sério — ainda *mais* idolatria — e cheguei mesmo a imaginar se, com meu traseiro a uns poucos centímetros da cadeira, ele não iria fazer o que os garotos sádicos gostam de fazer no curso primário e no último instante puxar a cadeira de baixo de mim para que eu caísse no chão. Agarrei uma borda da cadeira em cada mão e puxei-a seguramente para debaixo de mim quando me sentei.

"Ei", ele disse, "você não confia nada em mim", e deu a volta para tomar assento do outro lado da mesa.

Uma indicação de como eu estivera desorientado no saguão — e continuara mesmo quando sozinho no banheiro, onde acabara de algum modo acreditando que conseguira a vitória e ele ia fugir, não ousando jamais voltar — foi que só quando estávamos sentados defronte um do outro eu notei que ele se vestia de maneira idêntica à minha: não de maneira semelhante, mas *idêntica*. A mesma camisa azul-escura de colarinho aberto, com botões nas golas e desbotada, o mesmo suéter de caxemira marrom com gola em V bastante usado, o mesmo paletó esporte de cotelê da Brooks Brothers puído nos cotovelos — uma perfeita réplica do descolorido uniforme que eu bolara havia muito tempo para simplificar o problema de vestir-me e que provavelmente não reciclara nem dez vezes desde que era um professor iniciante na Universidade de Chicago, em meados da década de 1950. Compreendera, quando fazia a mala para ir a Israel, que estava mais ou menos maltrapilho o suficiente para a renovação periódica — e *ele* também, eu via. Havia um bolo de fios onde o botão do meio se soltara de seu paletó — notei porque fazia algum tempo eu vinha exibindo um bolo de fios semelhante onde o botão do meio desaparecera de novo do *meu* paletó. E, com isso, tudo que era inexplicável se tornava mais inexplicável ainda, como se o que nos faltasse fossem nossos umbigos.

"Que acha de Demjanjuk?", ele perguntou.

Íamos bater um papo? E sobre Demjanjuk, nada menos?

"Não temos outras preocupações, mais prementes, você, eu? Não temos o caso em pauta de apropriação de identidade a discutir, segundo a definição do ponto quatro do professor Prosser?"

"Mas tudo isso empalidece, não acha, diante do que você viu no tribunal hoje de manhã?"

"Como você pode saber o que eu vi hoje de manhã?"

"Porque vi você vendo. Eu estava no balcão. Lá em cima, com a imprensa e a televisão. Você não conseguia tirar os olhos de cima dele. Ninguém consegue, na primeira vez. É ele ou não é ele? Foi ele ou não foi ele? — na primeira vez, é só o que passa pela cabeça da gente."

"Mas, se você me localizou do balcão, por que toda aquela emoção lá no saguão? Você já sabia que eu estava aqui."

"Você minimiza a sua importância, Philip. Ainda lutando pra não ser uma personagem. Não absorveu inteiramente o que você é."

"Por isso você está absorvendo por mim — é essa a história?"

Quando, em resposta, ele baixou o rosto — como se eu tivesse impertinentemente levantado um assunto que já tínhamos concordado em considerar interdito — vi que seu cabelo tinha rareado bastante e estava estriado de grisalho de um modo que se igualava ao meu. Na verdade, todas as diferenças entre nossas feições que tinham sido tão tranquilizadoramente gritantes à primeira vista se evaporavam de maneira constrangedora quanto mais eu me acostumava com a aparência dele. Penitentemente curvada para a frente daquele jeito, a cabeça calva parecia *espantosamente* a minha.

Repeti a pergunta: "É *essa* a história? Já que eu aparentemente não 'absorvo' a personagem que sou, você teve a bondade de se encarregar de sair por aí fazendo essa grande personagem *por* mim?"

"Quer dar uma olhada no cardápio, Philip? Ou pedir uma bebida?"

Ainda não se via garçom em parte alguma, e ocorreu-me que aquele restaurante nem sequer abrira. Lembrei-me então de que a porta de fuga do "sonho" não mais se abria para mim. Porque estou sentado num restaurante onde não se pode obter comida; porque à minha frente se senta um homem que, devo admitir, é quase uma duplicata de mim sob todos os aspectos, até o botão faltando no paletó e os fios prateados de cabelo que ele acabou de me exibir deliberadamente; porque, em vez de me ajustar como um homem à situação e assumir intuitivamente o controle, me vejo empurrado para um centímetro de não sei qual ato destemperado por essa farsa estupidamente envolvente, insuportável — ao que parece tudo isso só significa que estou bastante acordado. O que se está fabricando aqui *não* é um sonho, por mais imponderável e incorpórea que a vida pareça neste momento, e por mais alarmantemente que eu me sinta como um cisco de ser que está encarnando nada mais que sua condição de cisco, uma minúscula existência ainda mais repugnante que a dele.

"Estou falando com você", eu disse.

"Eu sei. Fantástico. E *eu* estou falando com *você*. E não só dentro de minha cabeça. Mais fantástico ainda."

"Eu quis dizer que esperava uma *resposta* de você. Uma resposta séria."

"Tudo bem, vou responder seriamente. E vou ser direto, também. Seu prestígio tem sido um pouco desperdiçado em você. Não fez com ele muita coisa que podia ter feito — muita coisa boa. Isso não é uma crítica, apenas a constatação de um fato. Pra você, basta escrever — e Deus sabe que um escritor como você não deve mais que isso a ninguém. Evidentemente, nem todo escritor está preparado pra ser uma figura pública."

"Por isso você foi a público por mim."

"É uma maneira meio cínica de dizer, você não diria?"

"É? Qual é a maneira não cínica?"

"Escute, no fundo — e isso não pretende ser um desrespeito, mas como é de seu estilo ser direto... —, no fundo você é apenas um instrumento."

Eu olhava os óculos dele. Levara esse tempo todo para chegar aos óculos, com uns meios aros finos de ouro exatamente iguais aos meus... Enquanto isso, ele metera a mão no bolso interno do paletó e tirara uma velha carteira gasta (é, gasta exatamente como a minha) e extraíra dela um passaporte americano que me passou por cima da mesa. A foto era minha, feita uns dez anos atrás. E a assinatura era a minha. Virando as páginas, vi que Philip tinha carimbos de entrada e saída de meia dúzia de países que eu mesmo jamais visitara: Finlândia, Alemanha Ocidental, Suécia, Polônia, Romênia.

"Onde conseguiu isso?"

"Departamento de passaportes."

"Esse aí sou eu, você sabe." Apontava a foto.

"Não", ele respondeu em voz baixa. "Sou eu. Antes do câncer."

"Me diga, você pensa isso tudo de antemão ou vai inventando a história à medida que avança?"

"Eu estou com uma doença terminal", respondeu, e tão desnorteante foi essa observação que, quando ele estendeu a mão para pegar o passaporte, a melhor e mais forte prova que eu tinha da fraude que ele estava perpetrando, estupidamente o devolvi, em vez de guardá-lo e armar um escândalo ali mesmo. "Escute", ele disse, curvando-se veementemente sobre a mesa, de um modo que reconheci como uma imitação de meu próprio estilo polêmico, "sobre nós dois e nossa ligação, há mesmo mais alguma coisa a discutir? Talvez o problema seja que você não leu Jung o bastante. Talvez tudo não passe disso. Você é freudiano, eu sou junguiano. Leia Jung. Vai ajudá-lo. Comecei a estudar Jung quando tive de lidar a primeira vez com você. Ele me explicou paralelismos inexplicáveis. Você tem a crença freudiana no poder soberano da causalidade. Em seu universo não existem acontecimentos sem causa. Pra você, as coisas não pensáveis em termos intelectuais não vale a pena pensar. Muitos judeus inteligentes são assim. As coisas não pensáveis em termos intelectuais nem sequer existem. Como posso existir eu, uma duplicata de você? Como pode existir você, uma duplicata de mim? Você e eu desafiamos a explicação causal. Bem, leia Jung sobre a 'sincronicidade'. Há arranjos significativos que desafiam a explicação causal e vivem acontecendo o *tempo todo*. Nós somos um caso de sincronicidade, fenômenos sincrônicos. Leia um pouco de Jung, Philip, pelo menos pra sua paz de espírito. 'A incontrolabilidade das coisas reais' — Cari Jung explica tudo isso. Leia O *segredo da flor dourada*. Vai abrir seus olhos pra todo um outro mundo. Você parece estupefato — sem uma explicação causal, está perdido. Como neste planeta pode haver dois homens da mesma idade que por acaso não apenas se parecem mas têm o mesmo nome? Tudo bem, você *precisa* de causalidade? Vou lhe *dar* causalidade. Esqueça sobre mim e você — haveria mais uns *cinquenta* meninos judeus de nossa idade que se tornariam iguais a nós não fosse por certos trágicos fatos que se deram na Europa entre 1939 e 1945. E é impossível que meia dúzia deles pudesse ser uns Roth? Será o nosso nome de família tão raro assim? É impossível que uns dois desses pequenos Roth tivessem o nome do avô, Fayvel, como você, Philip, e como eu? Você, da perspectiva de sua carreira, talvez pense que é horrível que existam dois de nós e que você não seja único. De minha perspectiva judia, tenho de dizer que acho horrível que só restem *dois* de nós."

"Não, horrível não — *acionável judicialmente*. É ilegal que, dos dois de nós que restam, um saia por aí fazendo-se passar pelo outro. Se restassem sete mil de nós no mundo, só um de nós, você sabe, teria escrito meus livros."

"Philip, ninguém pode adorar os seus livros mais do que eu. Mas estamos num ponto da história judaica em que talvez haja mais coisas pra estarmos discutindo, sobretudo juntos aqui finalmente em Jerusalém, do que seus livros. Tudo bem, deixei as pessoas me confundirem com você. Mas me diga, por favor, de que outro modo eu poderia chegar a Lech Walesa?"

"Você não pode estar me fazendo essa pergunta a sério."

"Posso e estou, e com um bom motivo. Vendo Lech Walesa, tendo com ele a frutífera conversa que tivemos, que mal eu fiz a você? Que mal eu fiz a qualquer um? O mal só virá se, por causa de seus livros e por nenhum outro motivo, você quiser ser tão certinho que tente desfazer tudo que eu consegui em Gdansk. Sim, a lei *está* do seu lado. Quem diz que não? Eu não teria empreendido uma operação nessa escala sem primeiro conhecer até o último detalhe a lei que estou violando. No caso de *Onassis v. Christian Dior-New York, Inc.*, em que uma modelo profissional, uma sósia de Jackie Onassis, foi usada em anúncios de vestidos de Christian Dior, o tribunal determinou que o efeito do uso da sósia era apresentar Jackie Onassis como ligada ao produto e deu ganho de causa a ela. No caso de *Carson v. Here's Johnny Portable Toilets*, chegaram a uma decisão semelhante. Como a expressão 'Here's Johnny' estava ligada a Carson e a seu programa de TV, a empresa não tinha nenhum direito, segundo o tribunal, de estampar a expressão em suas privadas portáteis. A lei não poderia ser mais clara: mesmo que o réu use *seu próprio nome*, pode estar sujeito a processo, pois a apropriação e o uso implicam que outro indivíduo famoso com esse nome está sendo na verdade apresentado. Como vê, estou mais a par do que você do que é *acionável* no caso. Mas não consigo acreditar que haja uma semelhança denunciadora entre a venda de *shmatas** da alta-costura, para não falar da venda e aluguel de privadas portáteis, e a missão à qual tenho dedicado minha vida. Tomei sua realização como minha; se quer, tudo bem, roubei seus livros. *Mas pra quê?* Mais uma vez, o povo judeu está numa terrível encruzilhada. Por causa de Israel. Por causa de Israel e da maneira como Israel põe todos nós em perigo. Esqueça a lei e escute, por favor, o que eu tenho a dizer. A maioria dos judeus não

---

* "Trapos", em iídiche. (N. E.)

escolhe Israel. A existência de Israel só faz confundir todo mundo, judeus e gentios igualmente. Eu repito: Israel só *põe em perigo* todo mundo. Veja o que aconteceu a Pollard. Estou obcecado com Jonathan Pollard. Um judeu americano pago pela Inteligência israelense pra espionar o *establishment* militar de seu próprio país. Estou assustado com Jonathan Pollard. Estou assustado porque, se eu estivesse no emprego dele junto à Inteligência naval americana, *teria feito exatamente a mesma coisa*. E me atrevo a dizer, Philip Roth, que você teria feito a mesma coisa se estivesse convencido, como estava Pollard, de que, entregando a Israel informações secretas sobre os sistemas de armas árabes, poderia estar salvando vidas judias. Pollard tinha fantasias de salvar vidas judias. Eu entendo isso, *você* entende isso: vidas judias devem ser salvas, e absolutamente a qualquer custo. Mas o custo não é trair seu país, é *maior* ainda: é desarmar o país que mais põe vidas judias em perigo hoje — e esse país se chama Israel! Eu não diria isso a ninguém mais — estou guardando isso só pra você. *Mas tem de ser dito.* Pollard é apenas mais uma vítima judia da existência de Israel — porque ele não fez mais, na verdade, do que os israelenses exigem dos judeus da Diáspora *o tempo todo.* Não responsabilizo Pollard, responsabilizo Israel — Israel, que com seu totalismo judeu que tudo abrange substituiu os *goyim* como o maior intimidador de judeus no mundo; Israel, que hoje, com sua fome de judeus, está de muitas, muitas maneiras, deformando e desfigurando os judeus como só nossos inimigos antissemitas outrora tinham o poder de fazer. Pollard ama os judeus. Eu amo os judeus. *Você* ama os judeus. Mas chega de Pollard, por favor. Se Deus quiser, chega de Demjanjuk também. Nem sequer falamos de Demjanjuk. Quero saber o que você viu naquele tribunal hoje. Em vez de falar de processos legais, será que podemos, agora que conhecemos um ao outro um pouco melhor, falar de...”

“Não. *Não.* O que se passa naquele tribunal não é uma questão entre nós. Nada lá tem a menor relação com esta fraude que você está perpetrando ao se fazer passar por mim.”

“*De novo* a fraude”, ele resmungou triste, com uma deliberada entonação judaica. "Demjanjuk naquele tribunal tem *tudo* a ver conosco. Se não fosse Demjanjuk, o Holocausto, Treblinka..."

"Se isso é alguma piada", eu disse, levantando-me da cadeira, "é uma piada muito idiota, muito perversa, e aconselho você a parar já! Treblinka não — isso não, por favor. Escute, eu não sei quem é você ou o que é você, mas estou lhe avisando — pegue sua trouxa e vá embora. Pegue e vá."

"Ah, onde diabos haverá um garçom? Você está com as roupas molhadas, não comeu..." E, para me acalmar, ele estendeu o braço por cima da mesa e segurou minha mão. "Espere só um momento — *garçom!*"

"Tire a mão daí, seu palhaço! Eu não quero almoçar — *quero que você saia de minha vida!* Como Christian Dior, como Johnny Carson e a privada portátil — *fora!*"

"Nossa, você tem o pavio curto, Philip. É um autêntico candidato ao ataque cardíaco. Você age como se eu estivesse tentando ridicularizar você, quando, nossa, eu não poderia dar mais valor a você..."

"Chega — *você é uma fraude!*"

"Mas", ele pediu, "você ainda não sabe o que estou tentando *fazer.*"

"Eu *sei.* Você vai esvaziar Israel de asquenazitas. Vai reassentar judeus em todos aqueles lugares maravilhosos onde eles eram outrora tão amados pelos caipiras locais. Você e Walesa, você e Ceausescu vão evitar um segundo Holocausto!"

"Mas... então... era *você!*", ele exclamou. "*Você* era Pierre Roget! Você me tapeou!" E ele desmoronou na cadeira com o horror da descoberta, pura *commedia dell'arte.*

"Repita isso, por favor. Eu fiz o quê?"

Mas ele agora se desfazia em lágrimas, a segunda vez desde que nos encontráramos. *Qual é a desse cara?* Vê-lo comportar-se vergonhosamente de um modo tão emocional me lembrou meus ataques de choro com o Halcion. Seria aquilo sua paródia de minha impotência, mais um exemplo de sua improvisação cômica, ou estaria ele próprio ligado no Halcion? Estou enfrentando a sátira *ersatz* de uma brilhante natureza criativa? Ou um autêntico maníaco *ersatz*? Pensei: que Oliver Sacks o decifre — pegue um táxi e vá embora; mas, depois, em algum lugar dentro de mim começou uma risada, e logo fui acometido pelo riso, um riso que brotava de algum cavernoso núcleo de compreensão mais profundo até do que os meus temores: apesar de todas as perguntas não respondidas, jamais, jamais alguém parecera menos uma ameaça a mim, ou um rival mais patético pelo meu direito de nascença. Parecia-me, ao contrário, *uma grande ideia...* é, uma grande ideia respirando vida!

Embora eu estivesse mais de uma hora atrasado para nosso encontro, encontrei Aharon ainda à minha espera no bar da Ticho House, quando enfim cheguei lá. Ele calculara que fora o temporal que me atrasara, e sentava-se sozinho a uma mesa com um copo de água, lendo pacientemente um livro.

Na hora e meia seguinte, almoçamos e conversamos sobre o romance *Tzili*, começando com o modo como a consciência da criança me parecia a perspectiva oculta da qual não apenas aquele mas também outros romances dele eram narrados. Não falei de nada mais. Tendo deixado o aspirante a Philip Roth em lágrimas naquele restaurante de hotel, arrasado e humilhado pela minha alta gargalhada, eu não tinha ideia do que esperar em seguida. Eu o dobrara — e daí?

Isto, eu disse a mim mesmo: *isto*. Apegar-me à tarefa!

Da longa conversa ao almoço, Aharon e eu conseguimos compor, por escrito, o seguinte trecho de nossa entrevista:

ROTH: Em seus livros, não há informação do domínio público que sirva de aviso a uma vítima Appelfeld, e tampouco a tragédia iminente da vítima é apresentada como parte da catástrofe europeia. O enfoque histórico é dado pelo leitor, que entende, de um modo que as vítimas não podem, a magnitude do mal ao redor. Sua reticência como historiador, combinada com a perspectiva histórica do leitor informado, explica o impacto peculiar que tem sua obra — pela força que emana de histórias contadas com meios tão modestos. Também, des-historicizando os fatos e borrando o pano de fundo, você provavelmente se aproxima da perplexidade sentida pelas pessoas que ignoram estar à beira de um cataclismo.

Ocorreu-me que a perspectiva dos adultos em sua ficção se assemelha, nessas limitações, ao ponto de vista de uma criança, que, claro, não tem calendário histórico onde encaixar os fatos que se desenrolam nem meios intelectuais de penetrar o sentido deles. Eu me pergunto se sua consciência de criança à beira do Holocausto não se reflete na simplicidade com que o horror iminente é percebido em seus romances.

APPELFELD: Tem razão. Em *Badenheim 1939* ignorei completamente a explicação histórica. Supus que os fatos históricos eram conhecidos e que os leitores entrariam com o que faltava. Você também está correto, me parece, ao supor que minha descrição da Segunda Guerra tem alguma coisa da visão de uma criança. As explicações históricas, porém, me têm sido estranhas desde que tomei consciência de mim mesmo como artista. E a experiência judaica na Segunda Guerra não foi "histórica". Entramos em contato com forças míticas arcaicas, uma espécie de subconsciente tenebroso cujo significado não conhecíamos nem conhecemos até hoje. Esse mundo parece racional (com trens, horários de partida, estações e maquinistas), mas na verdade eram viagens da imaginação, mentiras e artimanhas que só impulsos profundos, irracionais, podiam ter inventado. Eu não entendia, e não entendo ainda, os motivos dos assassinos.

Fui uma vítima, e tento entender a vítima. É um período de vida amplo, complicado, com que já venho tentando lidar há trinta anos. Não idealizei as vítimas. Não acho que em *Badenheim 1939* haja alguma idealização tampouco. A propósito, Badenheim é um lugar real, e *spas* como esse espalhavam-se por toda a Europa, chocantemente pequeno-

-burgueses e idiotas em suas formalidades. Mesmo criança, eu via como eram ridículos.

Em geral, todos concordam, até hoje, que os judeus são criaturas hábeis, astutas e sofisticadas, com a sabedoria do mundo neles armazenada. Mas não é fascinante ver como é fácil enganar os judeus? Com os truques mais simples, quase infantis, eles foram reunidos em guetos, deixados a morrer de fome durante meses, encorajados com falsas esperanças e por fim mandados de trem para a morte. Essa ingenuidade me saltou aos olhos quando eu escrevia *Badenheim*. Nessa ingenuidade, encontrei uma espécie de destilado de humanidade. A cegueira e a surdez deles, a obsessiva preocupação consigo mesmos são parte integrante de sua ingenuidade. Os assassinos eram práticos e sabiam o que queriam. A pessoa ingênua é sempre um *schlimazl*, uma vítima meio cômica do infortúnio, jamais ouvindo a tempo os sinais de perigo, confundindo-se, embaraçando-se e por fim caindo na armadilha. Essas fraquezas me encantaram. Me apaixonei por elas. O mito de que os judeus governam o mundo com suas maquinações mostrou-se um tanto exagerado.

ROTH: De todos os seus livros traduzidos, *Tzili* é o que descreve a realidade mais brutal e a mais extrema forma de sofrimento. Tzili, a mais inocente filha de uma família judia pobre, é abandonada quando a família foge da invasão nazista. O romance conta a horrenda aventura de sobrevivência dela e sua dolorosa solidão entre os camponeses brutais para os quais trabalha. O livro me parece uma contrapartida de *O pássaro pintado*, de Jerzy Kosinski. Embora menos grotesco, *Tzili* retrata uma criança apavorada num mundo ainda mais sombrio e estéril que o de Kosinski, uma criança andando isolada por uma paisagem tão incompatível com a vida humana quanto qualquer uma em *Molloy*, de Beckett.

Quando menino, você vagou sozinho como Tzili, depois de sua fuga do campo, aos nove anos. Eu tenho me perguntado por que, quando recriou sua vida num lugar desconhecido, escondendo-se entre camponeses hostis, decidiu imaginar uma menina como a sobrevivente dessa provação. E algum dia lhe ocorreu não ficcionalizar esse material, mas apresentar suas experiências como as recorda, escrever uma história de sobrevivente tão direta, digamos, como a descrição por Primo Levi de seu encarceramento em Auschwitz?

APPELFELD: Jamais escrevi sobre as coisas como realmente aconteceram. Todas as minhas obras são na verdade capítulos de minha experiência mais pessoal, mas ainda assim não são "a história de minha vida". As coisas que aconteceram em minha vida já aconteceram; já estão formadas, e o tempo as sovou e lhes deu forma. Escrever as coisas como aconteceram significa escravizar-se à memória, que é apenas um elemento menor no processo de criação. Em minha opinião, criar significa ordenar, classificar e escolher as palavras e o ritmo adequados à obra. O material é de fato um material de nossa vida, mas em última análise a criação é uma criatura independente.

Tentei várias vezes escrever "a história de minha vida" na floresta, depois que fugi do campo. Mas todos os meus esforços foram em vão. Eu queria ser fiel à realidade e ao que de fato aconteceu. Mas a crônica que surgiu se revelava um fraco esteio. O resultado era meio fraquinho, uma narrativa imaginária não convincente. As coisas mais verdadeiras são facilmente falsificadas.

A realidade, como você sabe, é sempre mais forte que a imaginação humana. E não só isso, a realidade pode dar-se ao luxo de ser inacreditável, inexplicável, fora de qualquer proporção. A obra criada, para pesar meu, não pode se permitir tudo isso.

A realidade do Holocausto superou qualquer imaginação. Se eu permanecesse fiel aos fatos, ninguém iria acreditar em mim. Mas, assim que escolhi uma menina, um pouco mais velha do que eu na época, retirei "a história de

minha vida" do poderoso domínio da memória e entreguei-
-a ao laboratório de criação. Ali, a memória não é a única
proprietária. Ali, a gente precisa de uma explicação causal,
um fio para amarrar as coisas umas às outras. O excepcio-
nal só é permissível se faz parte de uma estrutura geral e
contribui para a compreensão dessa estrutura. Eu tive de
retirar as partes inacreditáveis da "história da minha vida"
e apresentar uma versão mais verossímil.

Quando escrevi *Tzili* tinha cerca de quarenta anos. Na
época estava interessado nas possibilidades da ingenuidade
na arte. Pode haver uma arte moderna ingênua? Parecia-me
que, sem a ingenuidade ainda encontrada entre as crianças,
os velhos e, em certa medida, em nós mesmos, a obra de
arte ficaria defeituosa. Só Deus sabe até onde consegui.

Caro Philip.

Eu o enfureci/ você me atacou. Cada palavra que eu
disse — estúpida/ errada/não natural. Tinha de ser. Eu vinha temendo/ sonhando esse encontro desde 1959. Vi sua
foto em *Adeus, Columbus*/ soube que minha vida jamais seria a mesma. Expliquei a todo mundo que éramos duas pessoas distintas/ não queria ser ninguém que não eu mesmo/
queria meu destino/ esperava que seu primeiro livro fosse
o último/ queria que você fracassasse e sumisse/ pensava
constantemente em sua morte. NÃO FOI SEM RESISTÊNCIA
QUE ACEITEI MEU PAPEL: O VOCÊ NU/ O VOCÊ MESSIÂNICO/
O VOCÊ SACRIFICIAL. MINHAS PAIXÕES JUDAICAS SEM PRO-
TEÇÃO NENHUMA. MEU AMOR JUDAICO INCONTIDO.

DEIXE-ME EXISTIR. Não me destrua para preservar seu
bom nome. EU SOU SEU BOM NOME. Só estou gastando a
fama que você acumula. Você se esconde/ em quartos soli-
tários/ recluso no campo/ expatriado anônimo/ monge na
torre. Jamais a gastou como devia/ podia/ não quis/ não
pôde: EM FAVOR DO POVO JUDEU. Por favor! Deixe-me ser o
instrumento público através do qual você expressa seu amor

pelos judeus/ o ódio pelos inimigos deles/ que está em toda palavra que você já escreveu. Nada de ação judicial.

Julgue-me não pelas palavras, mas pela mulher que leva esta carta. A você eu digo tudo estupidamente. Julgue-me não por palavras canhestras que falsificam tudo que eu sinto/ sei. Perto de você jamais serei um ourives da palavra. Veja além das palavras. Não sou eu o escritor/ sou outra coisa. SOU O VOCÊ QUE NÃO É FEITO DE PALAVRAS.

Seu,
Philip Roth

A realidade física imediata da mulher era tão forte e excitante — e perturbadora — que era um pouco como sentar à mesa com a Lua. Tinha cerca de trinta e cinco anos, uma criatura feminina de aparência voluptuosamente saudável, em torno de cujo pescoço firme, rosado, não seria inapropriado pendurar a fita de primeiro prêmio de uma feira rural — uma vencedora biológica, alguém que estava *bem*. Usava os cabelos louros esbranquiçados casualmente presos num coque assanhado na nuca e tinha uma boca larga, cujo cálido interior nos mostrava, como um cachorro feliz e arquejante, mesmo quando não estava falando, como se aceitasse as palavras da gente pela boca, como se as palavras do outro não fossem recebidas pelo cérebro, mas processadas — depois de passar pelos dentinhos regulares, esplendidamente brancos, e pelas róseas e perfeitas gengivas — por toda aquela coisa radiante e alegre. A prontidão vivaz, e até mesmo os poderes de concentração, parecia situar-se nas vizinhanças das maxilas; os olhos, por mais lindamente claros e fortemente localizados que fossem, pareciam não chegar a nenhum lugar tão profundo quanto a sensacional ubiquidade de toda aquela presença. Tinha seios volumosos e o traseiro grande e redondo de uma mulher muito mais gorda e menos lépida — em outra vida, poderia ter sido uma fecunda ama de leite no interior da Polônia. Na verdade, era enfermeira especializada em oncologia, e ele a conhecera cinco anos antes num hospital de Chicago. Chamava-se Wanda Jane "Jinx"* Possesski e despeitou em mim aquele tipo de anseio que desperta a ideia de um luxuoso e quente capote de peles num gélido dia de inverno: especificamente, um desejo de ser envolvido.

A mulher pela qual ele desejava ser julgado sentava-se à minha frente, a uma mesinha no jardim do pátio do American Colony, sob as encantadoras janelas em arco do velho hotel. Os violentos aguaceiros da manhã haviam se reduzido a pouco mais que uma chuva com sol enquanto eu almoçava com Aharon, e agora, alguns minutos antes das três, o céu estava claro e as pedras do pátio fulgiam com a luz. Parecia uma tarde de maio, quente, arejada, acalentadoramente serena, embora fosse janeiro de 1988 e estivéssemos apenas a algumas centenas de metros de onde soldados israelenses haviam lançado bombas de gás sobre uma multidão de jovens apedrejadores árabes no dia anterior. Demjanjuk estava sendo julgado por assassinar quase um milhão de judeus em Treblinka, árabes se rebelavam contra as autoridades judias em todos os Territórios Ocupados, e no entanto, de onde eu me sentava em meio a plantas exuberantes, entre um limoeiro e uma laranjeira, o mundo não poderia parecer mais atraente. Simpáticos garçons árabes, os passarinhos cantando, uma boa cerveja gelada — e aquela mulher dele, que me evocava a ilusão de que nada podia ser mais durável que a perecível matéria de que somos feitos.

Enquanto eu lia a pavorosa carta, ela me observava, como se houvesse trazido ao hotel, diretamente do presidente Lincoln, o manuscrito original do Discurso de Gettysburgh. O único motivo por que eu não lhe dizia "Isto é a prosa mais lunática que já recebi em minha vida" e a fazia em pedaços era que não queria que ela se levantasse e fosse embora. Queria ouvi-la falar, para começar; era minha oportunidade de descobrir mais, apenas mais mentiras talvez, mas também, com mentiras bas-

---

* Pessoa que traz má sorte, azar. (N. T.)

tantes, talvez começasse a vazar um pouco de verdade. E queria ouvi-la falar por causa do tom cativantemente ambíguo do timbre de sua voz, que em termos de harmonia era um enigma para mim. A voz parecia uma coisa que a gente tira do *freezer* que leva seu próprio tempo para descongelar: muito úmida e esponjosa nas bordas para que se possa comer, mas fora isso desconcertantemente gelada até o núcleo empedrado. Era difícil dizer até onde ela era vulgar, se estava metida em algum grande golpe, ou se talvez não passava da amante obediente de um bandidinho pé de chinelo. Provavelmente só minha paixonite pela excitante plenitude de tal presença feminina me levou a visualizar uma névoa de inocência pairando sobre aquela ousada carnalidade, que podia me *levar a alguma parte*. Dobrei a carta três vezes e enfiei-a no bolso interno do paletó — o *que deveria ter feito com o passaporte dele*.

"É inacreditável", ela disse. "De arrasar. Vocês até leem do mesmo jeito."

"Da esquerda para a direita."

"As expressões do rosto, o jeito de absorver tudo, até as roupas — é *estranho*."

"Mas, também, tudo é estranho, não é? Até termos o mesmo nome."

"E", ela disse, com um largo sorriso, "o mesmo sarcasmo, também."

"Ele diz que eu devo julgá-lo pela mulher que traz esta carta, mas, por mais que eu quisesse, é difícil, em minha posição, não julgá-lo primeiro por outras coisas."

"Pelo que ele se meteu a fazer. Eu sei. É tão gigantesco pros judeus. Pros gentios também. Acho que pra todo mundo. As vidas que ele vai salvar. As vidas que já *salvou*."

"Já? É? Quais?"

"A minha, por exemplo."

"Eu achava que era você que era a enfermeira, e ele o paciente — achava que você ajudou a salvá-lo."

"Eu sou uma antissemita convalescente. Fui salva pelos AS. A."

93

"AS. A?"

"Antissemitas Anônimos. O grupo de recuperação fundado por Philip."

"Com Philip, é simplesmente uma ideia brilhante atrás da outra", eu disse. "Ele não me falou dos AS. A."

"Ele não lhe contou quase nada. Não pôde. Fica tão intimidado com você, embatucado."

"Oh, eu não diria embatucado. Eu diria um desembatucado quase impecável."

"Eu só sei que ele voltou em péssimo estado. Ainda está na cama. Diz que se desgraçou. Saiu pensando que você o odeia."

"Por que diabos iria eu odiar Philip?"

"Foi por isso que escreveu essa carta."

"E mandou você pra servir de advogada."

"Eu não sou nenhuma grande leitora. Não sou leitora de jeito nenhum. Quando Philip era meu paciente, eu nem sequer sabia que você existia, quanto mais que era sósia dele. As pessoas *vivem* tomando ele por você, em toda a parte que a gente vai — em toda a parte, todo mundo, menos a analfabeta de mim. Pra mim, ele era simplesmente a pessoa mais intensa que eu já tinha conhecido na vida. Ainda é, Não há ninguém como ele."

"A não ser?...", eu disse, batendo no peito.

"Estou dizendo do jeito que ele decidiu mudar o mundo."

"Bem, veio ao lugar certo pra isso. Todo ano tratam de dezenas de turistas aqui que saem por aí achando que são o Messias e exortando a humanidade a se arrepender. É um famoso fenômeno no centro de saúde mental — os psiquiatras locais chamam de 'síndrome de Jerusalém'. A maioria acha que é o Messias ou Deus, e o resto diz que é Satanás. Você teve sorte com Philip."

Mas nada do que eu disse, por mais desdém ou mesmo desprezo para com ele que mostrasse, teve algum efeito visível na impávida convicção com que ela continuou a louvar para mim os feitos daquela fraude gritante. Estaria *ela* sofrendo da nova forma de histeria conhecida como síndrome de Jerusalém? O psiquiatra do governo que me havia divertido com uma engraçada exposição sobre o tema, alguns anos antes, me dissera que eles também encontram cristãos a vagar pelo deserto, julgando-se João Batista. Eu pensei: "Jinx" Batista, o arauto *dele*, porta-voz do Messias no qual encontrou a salvação e o elevado propósito de sua vida. "Os judeus", ela disse, me encarando direto com aqueles olhos terrivelmente crédulos, "é só nisso que ele pensa. Noite e dia, desde o câncer, a vida dele tem sido dedicada aos judeus."

"E você?", perguntei, "que tanto acredita nele — agora também ama os judeus?"

Mas aparentemente eu não podia dizer nada que comprometesse a animação dela, e pela primeira vez me perguntei se ela não estaria flutuando em droga, se não estariam os dois, e se isso não explicaria tudo, incluindo o sorriso tão espiritual que minhas duras palavras tinham provocado — se por trás do audacioso mistério daqueles dois não haveria apenas um meio quilo de boa erva.

"Amante de Philip, sim; dos judeus, não. Hum-hum. Tudo que Jinx pode adorar, e pra ela já chega, é não mais odiar os judeus, não mais culpar os judeus, não mais detestar os judeus de cara. Não, não posso dizer que Jinx Possesski ama os judeus, nem que Jinx Possesski os amará um dia. O que posso dizer — tá? — é o que eu disse: sou uma antissemita convalescente."

"E como é isso?", perguntei, pensando agora que havia alguma coisa não *inteiramente* inacreditável nas palavras dela, e que o melhor que eu tinha a fazer era calar e ouvir.

"Oh, é uma longa história."

"Há quanto tempo está convalescendo?"

"Quase cinco anos. Eu estava envenenada com isso. Sei agora que muita coisa tinha a ver com meu trabalho. Não culpo o trabalho, culpo Jinx — mas, mesmo assim, um hospital de câncer tem um negócio: a dor é simplesmente uma coisa que ninguém pode imaginar. Quando tem alguém com dor, a gente quase quer sair correndo do quarto, gritando pelo remédio pra dor. As pessoas não fazem ideia, não fazem ideia mesmo, do que é sentir uma dor dessa. A dor deles é tão revoltante, e todo mundo com medo de morrer. Tem muitos fracassos no câncer — sabe como é, não é nenhuma enfermaria de maternidade. Numa enfermaria de maternidade, talvez eu nunca tivesse descoberto a verdade sobre mim mesma. Talvez nunca tivesse acontecido comigo. Quer ouvir isso tudo?"

"Se você quiser me contar", eu disse. O que eu queria saber era por que ela amava aquela fraude.

"Eu sou atraída pro sofrimento dos outros, ela disse. "Não posso evitar. Se eles choram, eu seguro a mão, abraço — se eles choram, *eu* choro, abraço eles, eles me abraçam —, pra mim, não tem como não ser assim. É como se a gente fosse a salvadora deles. Jinx não podia fazer nada errado. Mas eu não posso ser a salvadora deles. E compreendi isso depois de algum tempo." O ar tolamente feliz escorregou de repente do rosto de Jinx, e ela foi convulsionada por um ataque de ternura que a deixou por um momento incapaz de prosseguir. "Os pacientes...", disse, a voz inteiramente descongelada agora, e tão baixinha como a de uma criança, "... olham pra gente com aqueles olhos..." A magnitude das emoções que ela evocava me pegou de surpresa. *Se isso é teatro, então ela é Sarah Bernhardt.* "Olham pra gente com aqueles olhos tão arregalados — e agarram, *agarram*, e eu dou, mas não posso dar a vida a eles... Depois de algum tempo", prosseguiu, a emoção reduzindo-se a uma coisa triste e lastimosa, "eu estava apenas ajudando as pessoas a morrer. Tornar mais confortável. Dar mais remédio. Uma massagem nas costas. Virar a pessoa para uma certa posição. Qualquer coisa. Fiz muita coisa pelos pacientes. Sempre fui um passo além da coisa médica. 'Quer jogar baralho? Quer um pouquinho de maconha?' Os pacientes eram a única coisa que significava algo pra mim. Depois de um dia em que umas três pessoas morrem, a gente encaçapa a última — 'Basta', a gente diz, 'estou cansada pra porra de botar uma porra de uma etiqueta no dedão das pessoas!'." Como oscilavam violentamente seus estados de espírito! Uma palavrinha bastava para fazê-la dar meia-volta — e a palavrinha nesse caso era *basta*. "Basta", e ficava tão radiante, com um vigor bruto, ousado, vulgar, quanto ficara abatida apenas um minuto antes com toda aquela dor angustiante no coração. O que a sujeitava a ele eu ainda não podia dizer, mas o que podia subordinar um homem a ela eu não tinha dificuldade alguma de perceber: tudo era naquelas porções generosas. Desde que eu lera Strindberg pela primeira vez, não me lembrava de ter encontrado um tal bolo de excitação feminina. O desejo que abafei então — de estender a mão e enconchar o seio dela — só em parte era aquele impulso que os homens têm perpetuamente de abafar quando o desejo explode de repente num lugar público: por baixo da massa de peito macio, roliço, eu queria sentir, na palma da mão, a força daquele coração.

"Sabe", ela dizia, "estou cheia de virar alguém de um lado pra outro e achar que isso não vai me afetar! 'Etiquete e empacote. Já etiquetou e empacotou? Etiquete e empacote.' 'Não, porque a família ainda não chegou. Chama a porra da família pra gente poder etiquetar e empacotar, e se manda daqui!' Tomei uma overdose de morte. Porque...", e mais uma vez não conseguiu falar, tão derrubada por tais lembranças, "... porque havia tanta morte. Era gente morrendo demais, sabe como é? E não consegui me controlar. Me voltei contra os judeus. Os médicos judeus. As mulheres deles. Os filhos. E eram bons médicos. Médicos excelentes, cirurgiões excelentes. Mas eu via as fotos nas molduras nas mesas deles, os filhos com raquetes de tênis, as esposas na piscina, ouvia eles no telefone, marcando encontros pra noite como se não tivesse ninguém morrendo ali — planejando suas partidas de tênis, suas férias, suas viagens a Londres e a Paris. 'Vamos ficar no Ritz, comer no Schmitz, vamos encostar um caminhão e esvaziar a Gucci's', e pirei, cara, entrei numa verdadeira viagem antissemita. Trabalhava no andar de casos gástricos — o andar de estômago-fígado-pâncreas. Tinha outras duas enfermeiras mais ou menos da minha idade, e foi como uma infecção que passasse de mim pra elas. Em nossos quartos, que eram sensacionais, a gente tinha um tremendo som, muito rock'n'roll, e a gente dava muita força umas às outras, mas estava muito envolvida com doença, e eu falava contra os judeus cada vez mais. A gente era tudo jovem, vinte e três, vinte e quatro, vinte e cinco anos — cinco dias por semana, e fazia hora extra, e toda noite dormia tarde. A gente dormia tarde porque aquelas pessoas estavam muito doentes, e eu me lembrava daqueles médicos em casa com as mulheres e os filhos — mesmo quando não estava no andar, isso não me largava. Estava emputecida com isso. Os judeus, os judeus. Quando a gente trabalhava de noite, as três juntas, voltava pra casa, puxava um fumo, *decididamente* puxava um fumo — nem esperava enrolar. Fazia *piñas coladas*. Qualquer coisa. A noite toda. Quando a gente não bebia em casa, se vestia ou maquilava e saía, Near North, Rush Street, o pedaço. Ia a todos os bares. Às vezes conhecia pessoas e marcava encontros e trepava — tá?—, mas não como válvula de escape mesmo. A válvula de escape pra morte era o fumo. A válvula de escape pra morte eram os judeus. No meu caso, o antissemitismo era de família. É hereditário, ambiental, ou uma falha estritamente moral? Um tema de discussão nos AS. A. A resposta? A gente não liga pro motivo, está ali pra admitir que sofre disso e ajudar os outros a se livrar disso. Mas em mim eu acho que tinha isso por todos os motivos possíveis. Meu pai tinha ódio deles, pra começar. Operador de caldeira em Ohio. Eu ouvia isso quando criança, mas entrava por um ouvido e saía pelo outro, eu nunca quis dizer nada até me tornar enfermeira especializada em câncer. Mas assim que começou — tá? —, não pude parar. O dinheiro deles. As esposas. Aquelas mulheres, as caras delas — as caras judias hediondas. Os filhos. As roupas. As vozes. Tudo. Mas acima de tudo a aparência, a aparência judia. Não parava. *Eu* não parava. Chegou a tal ponto que o residente, um médico, Kaplan, não olhava tanto assim nos olhos da gente — dizia alguma coisa sobre um paciente, e eu só via aqueles lábios judeus. Era um rapaz jovem, mas já tinha o queixo recuado como os judeus velhos, e as orelhas grandes, e aqueles verdadeiros lábios de fígado — tudo que eu não suportava. Foi assim que eu pirei. Foi quando cheguei ao fundo do poço. Ele tinha medo porque nunca tinha receitado tanto anestésico. Tinha medo de que a paciente sofresse uma parada respiratória e morresse. Mas ela era uma mulher da minha idade — tão jovem, tão jovem. Tinha um câncer que se espalhava *pra toda parte*. E sofria muito. Sofria *tanto*, sr. Roth, uma dor *terrível*."

E as lágrimas lhe escorriam pelo rosto, o rímel borrado, e o impulso que eu continha agora não era apalpar o seio grande e cálido nem medir o valente coração por baixo, mas pegar as duas mãos dela no tampo da mesa e envolvê-las nas minhas, aquelas mãos transgressoras de enfermeira, sem tabus, tão enganosamente limpas e inocentes, que apesar disso haviam andado em toda a parte, enfaixando, borrifando, lavando, enxugando, tocando à vontade tudo, manuseando tudo, feridas abertas, sacos de drenagem, todo orifício com escorrimento, tão naturalmente quanto um gato pateando um camundongo. "Eu precisava sair do câncer. Não queria ser enfermeira de câncer. Só queria ser enfermeira, qualquer coisa. Gritei pra ele, pra Kaplan, com aquela porra daqueles lábios judeus dele: 'É melhor dar a porra do remédio de que a gente precisa! Senão a gente vai chamar o médico-assistente, e ele vai ficar puto da vida com você por acordar ele! Vá pegar! Vá pegar! já!'. Sabe como é", ela disse, surpreendentemente infantil. "Sabe como é, não sabe?"

Sabe como é, mais ou menos, tá? — e continuava havendo bastante persuasão naquilo para *fazer* com que a gente soubesse.

"Ela era jovem", ela me disse, "forte. A vontade deles é muito, muito forte. Faz com que continuem eternamente, apesar da dor que podem suportar. Mais dor *ainda* do que podem suportar, e suportam. É horrível. Por isso a gente dá mais remédio, porque o coração deles é muito forte e a vontade também. Eles sofrem, sr. Roth — *a gente tem de dar alguma coisa pra eles*! Sabe como é? Sabe como é, não sabe?"

"Agora sei, sim."

"Precisam de uma dose quase *elefantina* de morfina, essas pessoas muito jovens." E não fez nenhuma tentativa, como antes, de esconder o choro no ombro ou se deter e compor. "São jovens — é *duas vezes* ruim! Eu gritei pro dr. Kaplan: 'Não vou deixar ninguém ser tão cruel com alguém que está morrendo!'.

Aí ele foi buscar pra mim. E eu dei pra ela." Por um momento, pareceu ver a si mesma na cena, ver a si mesma dando o remédio à doente, à mulher de sua idade, "tão jovem, tão jovem". Estava lá de novo. Talvez, pensei, sempre houvesse estado lá, e *por isso* é que estava com ele.

"Que aconteceu então?", perguntei.

Debilmente — e não era nenhuma débil —, mas muito debilmente mesmo, ela acabou respondendo, olhando o tempo todo para as mãos que eu insistia em ver em toda a parte, mãos que outrora ela devia lavar duzentas vezes por dia. "Ela morreu", disse.

Quando tornou a erguer a cabeça, tinha um sorriso triste, confirmando com esse sorriso que já deixara o câncer, que toda a morte, embora não houvesse parado, embora jamais fosse parar, não mais exigia que ela puxasse fumo, nem emborcasse *piña colada*, nem odiasse gente como o dr. Kaplan e eu: "Ia morrer de qualquer jeito, estava preparada pra morrer, mas morreu por minha causa. Eu matei ela. Tinha uma pele bonita. Sabe como é? Era garçonete. Uma boa pessoa. Aberta. Me disse que queria ter cinco filhos. Mas dei morfina e ela morreu. Eu pirei. Fui pro banheiro e fiquei histérica. Os judeus! Os judeus! A enfermeira-chefe entrou. É por causa dela que você está me vendo aqui, e não na cadeia. Porque a família foi muito ruim. Eles entraram gritando: 'Que foi que houve? Que foi que houve?'. As famílias ficam tão cobertas de culpa porque não podem fazer nada, e não queriam que ela morresse. Sabem que ela está sofrendo horrivelmente, que não tem esperança, mas quando ela morre é: 'Que foi que houve? Que foi que houve?'. Mas a enfermeira-chefe era, sabe como é, muito boa, uma grande mulher, e segurou minha barra. 'Possesski, você tem de sair daqui.' Levou um ano. Eu tinha vinte e seis anos. Fui transferida. Fui pro andar da cirurgia. Lá sempre tem esperança. Só que tem um processo chamado de 'abrir e fechar'. Quando a gente abre os caras e o médico nem sequer tenta alguma coisa. E eles ficam lá e morrem. Morrem! *Sr. Roth, eu não me livrava da morte.* Aí conheci Philip. Estava com câncer.

Foi operado. Esperança! Esperança! Depois veio o relatório da patologia. Três nódulos linfáticos. Aí eu, sabe como é: 'Oh, meu Deus do céu'. Não queria me envolver. Tentei me impedir. A gente sempre tenta se impedir. É isso que é a maldição. Falar duro não basta, sabe como é? A gente acha que é fria. Não é fria de jeito nenhum. Foi o que aconteceu com Philip. Achei que odiava ele. Tá, eu *queria* odiar ele. Devia ter aprendido com a moça que eu matei. Fique longe. Veja só a aparência dele. Mas em vez disso me apaixonei por ele. Me *apaixonei* pela aparência dele, por toda porra de troço judeu que tinha nele. Aquele papo. Aquelas piadas. Aquela intensidade. As imitações. Louco pela vida. Foi o único paciente que me deu mais força do que eu a ele. A gente se apaixonou".

Nesse momento, pela larga janela à minha frente, vi a equipe de Demjanjuk no saguão além do pátio — eles também deviam ser hóspedes daquele hotel de Jerusalém e estar indo ou vindo da sessão da tarde. Reconheci primeiro Sheftel, o advogado israelense, e depois os outros dois; com eles, ainda impecavelmente vestindo terno e gravata, como se fosse o quarto advogado, estava o jovem e alto filho de Demjanjuk. Jinx olhou para ver o que distraía minha atenção do dilacerante drama de morte e amor de sua vida.

"Sabe por que Demjanjuk continua mentindo?", perguntou.

"Ele *está* mentindo?"

"Se *está*? A defesa não tem *nada*."

"Sheftel me parece um bocado seguro."

"Blefe, só blefe — não tem álibi *nenhum*. O álibi já se mostrou falso uma dúzia de vezes. E a carteira, a carteira de Treblinka, tem de ser de Demjanjuk — é o retrato *dele*, a assinatura *dele*."

"E não falsificados?"

"A acusação *provou* que não é falsificação. E os velhos no banco das testemunhas, as pessoas que esvaziavam a câmara de gás pra ele, as pessoas que trabalhavam junto dele *todo* dia, é *esmagador* o caso contra ele. De qualquer forma, Demjanjuk *sabe* que eles sabem. Banca o camponês estúpido, mas é um filho da puta esperto e nada estúpido. Sabe que vai ser enforcado. Sabe o que merece, também."

"Então por que continua a mentir?"

Ela indicou o saguão com o polegar, um gestozinho brusco que me pegou de surpresa, após a apaixonada vulnerabilidade de sua ária, uma coisa que ela provavelmente aprendera a imitar, junto com o antissemitismo, do operador de caldeira, seu pai. E imaginei que o que dizia sobre o julgamento também fosse mímica, pois aquelas não eram mais palavras manchadas com seu sangue, mas palavras que ela repetia como se nem mesmo acreditasse no sentido das palavras. Papagueando seu herói, pensei, como faz a adoradora companheira de um herói.

"O filho", ela explicou. "Ele quer que o filho seja bom e não saiba. Demjanjuk está mentindo pelo filho. Se ele confessasse, o rapaz ia ficar arrasado. Não ia ter a mínima chance." Pousara uma daquelas mãos dela familiarmente em meu braço, uma daquelas mãos cuja história de emporcalhamento pelas secreções do corpo eu não podia me impedir de continuar visualizando; e para mim, naquele contato bruto, houve um tal choque de intimidade que me senti momentaneamente absorvido no ser dela, de uma forma muito semelhante à que o bebê deve sentir quando as mãos da mãe não são simples apêndices, mas a encarnação mesma de todo o grande e cálido corpo dela. Resista, pensei, a essa presença esmagadora — esses dois não são pessoas que defendem os seus interesses!

"Converse com ele. Sente e converse com Philip, *por favor.*"

"'Philip' e eu nada temos a conversar."

"Oh, *não*", ela me pediu, e, à medida que fechava os dedos com mais força ainda, a pressão do polegar na curva de meu braço disparou uma onda de praticamente tudo que me impelia para o lado errado, "*por favor, não...*"

"Não o quê?"

"Não sabote o que ele está fazendo!"

"Não sou eu quem está fazendo a sabotagem."

"Mas o cara", ela disse, "está em *remissão.*"

Mesmo em condições menos excitáveis, "remissão" não é

uma palavra fácil de ignorar, não mais do que "culpado" ou "inocente" num tribunal, quando pronunciadas pelo porta-voz do júri para o juiz.

Eu disse: "Eu não tenho nada contra remissão de câncer, nele ou em qualquer um. Não sou nem mesmo contra o diasporismo dele. Não me interessam essas ideias num sentido ou noutro. O que sou contra é ele embaralhar nossas vidas e confundir as pessoas sobre quem é quem. O que não posso e não vou permitir é que encoraje os outros a acreditar que ele sou eu. Isso tem de parar."

"Vai parar — tá? Vai parar!"

"Vai? Como você sabe?"

"Porque Philip me pediu pra lhe dizer que vai."

"Disse, é? Por que você *não disse*, então? Por que *ele* não disse, na carta — essa carta completamente idiota!", eu falei, lembrando furioso a vazia incisividade, a dissonância sem sentido, a histérica incoerência de todo aquele palavrório de vida-e--morte, lembrando todas aquelas barras estúpidas que só vagamente disfarçavam o que eu supunha que ele logo faria comigo.

"Você está interpretando ele mal", ela implorou. "Isso *vai* parar. Ele está doente pelo modo como isso perturbou você. O que aconteceu deixou ele estonteado. Quer dizer, com vertigem. Quer dizer, ele não se sustenta nos pés, *literalmente*. Deixei ele lá estendido na cama. Ele desabou, sr. Roth, completamente."

"Entendo. Achou que eu não ia ligar. Achou que as entrevistas com os jornalistas simplesmente iam ficar por isso mesmo."

"Se você se encontrasse com ele só mais uma vez..."

"Eu já me *encontrei com ele*. Estou me encontrando com *você*", eu disse, e puxei o braço de sob a mão dela. "Se o ama, srta. Possesski, e é dedicada a ele, e quer evitar o tipo de problema que pode pôr em perigo a vida de um doente de câncer em remissão, é melhor aconselhá-lo a parar *já*. Ele deve parar de usar o meu nome já. Pra mim, chega de encontros."

"Mas", ela disse, a voz acalorando-se e as mãos crispando-se de raiva, "é o mesmo que pedir a você que deixe de usar o nome *dele*."

"Não, não, de jeito nenhum! *Seu paciente em remissão é um mentiroso*. Quaisquer que sejam as grandes razões que o motivam, acontece que ele está mentindo na cara dura! O nome dele *não é* o mesmo que o meu, e, se ele disse a você que é, então mentiu pra você também."

A simples contorção da boca da mulher me fez levantar instintivamente o braço para aparar um golpe. E o que segurei com essa mão foi um punho bastante duro para me quebrar o nariz. "Seu patife!", ela rosnou, "Seu nome! Seu nome! Algum dia, algum dia você pensa em qualquer coisa *que não* na porra do seu nome?!"

Entrelaçados sobre o tampo da mesa, nossos dedos começaram uma briga própria; a força dela era tudo menos feminina, e mesmo apertando com toda a minha força eu mal conseguia manter os dedos dela imobilizados entre os meus. Enquanto isso, estava de olho na outra mão.

"Está perguntando ao homem errado", eu disse. "A questão é: 'Ele pensa?'."

Nossa briga era observada pelos garçons do hotel. Um grupo deles se juntara pouco além da porta com janelinha do saguão para olhar o que devia parecer-lhes uma briga de namorados, não mais nem menos perigosa — e divertida — que isso, um toque de alívio cômico na violência na rua, e provavelmente não pouco picante em termos pornográficos.

"Você devia ter um décimo do desprendimento, um centésimo do desprendimento dele. Quantos homens agonizantes conhece? Quantos agonizantes conhece cujos pensamentos são só de salvar outros? Quantos homens mantidos vivos com cento e cinquenta pílulas por dia você conhece que podem começar a fazer o que ele está fazendo? O que ele passou na Polônia só pra *ver* Walesa! *Eu* fiquei um trapo. Mas nada detinha Philip, *nada*! Ataques de tontura que derrubariam um cavalo, e *mesmo assim* ele não para! Cai, torna a levantar, segue em frente. E a dor — é como se tentasse excretar as próprias entranhas! As pessoas que tivemos de ver antes que ele sequer *chegasse* a Walesa! Não foi nos estaleiros que a gente se encontrou com ele. Isso é só coisa pros jornais. Foi muito pra lá do inferno. As viagens de carro, as senhas, os esconderijos — e mesmo assim o homem *não para*! Há um ano e meio, nenhum médico lhe dava mais de seis meses de vida — e aí está ele, em Jerusalém, vivo! Deixe ele ficar com o que mantém ele vivo! Deixe esse homem continuar com o sonho dele!"

"O sonho de que ele sou eu?"

"Você?! Você?! Não existe nada em seu mundo a não ser *você*?! Larga minha mão. Pare de me atacar!"

"Você tentou me bater com essa mão."

"Você está tentando me seduzir! *Me larga!*"

Usava uma capa de chuva azul com cinto por cima de uma curta saia azul-clara e um suéter de barras brancas, um traje bastante juvenil, que a fazia parecer, quando nossos dedos se destrançaram e ela se levantou furiosa da cadeira, um tanto estatuescamente pubescente, a plenitude da mulher em disfarce de donzela americana.

Nas feições de um dos jovens garçons reunidos no vidro da janelinha do saguão vi o ar febril de um homem que espera de todo o coração que comece o muito esperado *striptease*. Ou talvez, quando ela enfiou a mão no bolso da capa, achasse que ia testemunhar tiros, que a voluptuosa mulher ia puxar uma arma. E, como eu ainda continuava absolutamente no escuro sobre o que aquele casal queria e o que eles tentavam realmente fazer, minhas expectativas de repente não eram mais realísticas que as dele. Ao vir daquele jeito a Jerusalém, recusando-me a levar a sério a mais ameaçadora ameaça de um impostor, cuidando apenas de meu desesperado anseio de me manter intacto e inteiro, para provar que não fora afetado por aquele pavoroso colapso nervoso e que era mais uma vez um homem robusto, vigoroso e não mutilado, cometi o erro mais estúpido até então, um erro ainda mais infeliz do que meu tempestuoso primeiro casamento, e do qual, parecia, não havia como escapar. *Eu devia ter ouvido Claire.*

Mas o que a voluptuosa mulher puxou do bolso foi apenas um envelope. "Seu merda! *A remissão depende disto!*" E, jogando o envelope na mesa, correu do pátio para fora do hotel, pelo saguão, onde não se viam mais os mesmerizados garçons em busca de emoções.

Só quando comecei a ler esse segundo comunicado dele, escrito à mão como o primeiro, percebi com que habilidade ele se esforçara para que sua caligrafia se assemelhasse à minha. Agora sozinho, sem toda a radiosa realidade dela para me distrair, vi na folha de papel os sinais miúdos e retorcidos de meus rabiscos impacientes, superacelerados e canhotos, a mesma inclinação irregular subindo incertamente morro acima, os *oo*, *ee* e *aa* comprimidos e quase indistinguíveis dos *ii*, os próprios *ii* apressados sem ponto e os *tt* não cortados, o *"The"* no alto da página uma perfeita réplica do que eu vinha escrevendo desde o primário, que parecia mais com *"Fli"*. Era, como a minha, uma letra com pressa de acabar a escrita anormalmente para dentro, em vez de fluir destramente para fora, por causa da barreira de seu próprio tronco. De todas as falsificações que eu conhecia até então, incluindo o falso passaporte, aquele documento era de longe ainda mais revoltante de ver que a falsificação do conivente rosto dele. Tentara copiar até o meu estilo. Pelo menos não era o estilo dele, se a carta malucamente críptica, cheia de barras, que ela me dera primeiro era uma amostra da prosa que ocorria "naturalmente" àquele falsário:

Os dez princípios dos Antissemitas Anônimos

1. Admitimos que somos pessoas de ódio, inclinadas ao preconceito e impotentes para controlar nosso ódio.

2. Reconhecemos que não foram os judeus que nos fizeram mal, mas que os julgamos responsáveis por nossos problemas e pelos males do mundo. Somos nós que fazemos mal a eles acreditando nisso.

3. Um judeu pode ter defeitos como qualquer outro ser humano, mas os defeitos com que temos de ser mais honestos aqui são nossos, ou seja, paranoia, sadismo, negativismo, destrutividade, inveja.

4. Nossos problemas de dinheiro não são criação dos judeus, mas nossa.

5. Nossos problemas de emprego não são criação dos judeus, mas nossa (e também nossos problemas sexuais, conjugais, comunitários).

6. O antissemitismo é uma forma de fuga da realidade, uma recusa a pensar honestamente em nós mesmos e em nossa sociedade.

7. Na medida em que não podem controlar seu ódio, os antissemitas não são iguais às outras pessoas. Reconhecemos que mesmo soltar uma casual maledicência antissemita põe em risco nossa luta para nos livrarmos de nossa doença.

8. A esperança de desintoxicar outros é a pedra angular de nossa recuperação. Nada garantirá tanto a imunidade contra a doença do antissemitismo quanto o trabalho intensivo junto a outros antissemitas.

9. Não somos intelectuais, não nos preocupamos com o motivo de termos essa pavorosa doença, reunimo-nos para admitir que a temos e ajudar uns aos outros a nos livrarmos dela.

10. Ao nos associarmos aos AS. A., lutamos para dominar a tentação de ódio aos judeus em todas as suas formas.

4. MALÍCIA JUDAICA

"E SE", eu disse a Aharon quando nos encontramos para retomar nosso trabalho, no almoço do dia seguinte, "não se tratar de um trote absurdo, não for um tipo louco de malícia, não for uma fraude malévola; se, apesar de todos os indícios em contrário, esses dois não forem um casal de vigaristas ou malucos — por mais surpreendente que seja a suposição, imagine que sejam exatamente o que dizem ser e que toda palavra que dizem seja verdade." Minha decisão de colocar meu impostor à parte, me manter friamente desligado e, enquanto estivesse em Jerusalém, continuar concentrado apenas no trabalho com Aharon tinha, é claro, desmoronado completamente diante da provocação da visita de Wanda Jane. Como previra desoladamente Claire (como eu, que telefonara para ele sem hesitar, disfarçado de Pierre Roget, secretamente jamais duvidara), o próprio absurdo de sua personificação era demasiado torturante para que eu pudesse pensar em qualquer outra coisa com tanta excitação. "Aharon, e se for isso? Só isso? Acontece de um homem chamado XYZ parecer irmão gêmeo de um conhecido escritor cujo nome, surpreendentemente, é também XYZ. Talvez umas três ou quatro gerações atrás, antes de milhões de judeus europeus migrarem *en masse* para a América, tivessem raízes na mesma família da Galícia — e talvez não. Não importa. Mesmo que não tenham nenhuma ancestralidade comum — e por mais loucamente improváveis que parecessem ser todas as semelhanças —, uma coincidência dessas pode ocorrer, e ocorre. A duplicata de XYZ é repetidas vezes tomada, pelo XYZ original e, naturalmente, passa a ter um interesse mais que passageiro por ele. Se depois ele transforma esse interesse em certas contradições judaicas porque elas figuram com destaque na obra do escritor, ou se elas o atraem por motivos biográficos seus próprios, a duplicata descobre nos judeus uma fonte de fantasias não menos excessivas que as do original. Por exemplo: como o XYZ duplicata acredita que o Estado de Israel, do modo como se constitui hoje, está destinado a ser destruído pelos vizinhos árabes numa guerra nuclear, ele inventa o diasporismo, um programa que busca reassentar judeus israelenses de origem europeia nos países onde moravam suas famílias antes da eclosão da Segunda Guerra Mundial e, com isso, evitar 'um segundo Holocausto'. É inspirado a buscar a implementação disso pelo exemplo de Theodor Herzl, cujo plano de um Estado nacional judeu não pareceria menos utópico e anti-histórico a seus críticos uns cinquenta e tantos anos antes de dar frutos. Dos inúmeros argumentos fortes contra a utopia *dele*, nenhum constitui maior impedimento que o fato de que esses são países onde a segurança e o bem-estar dos judeus estariam perenemente ameaçados pela continuada existência do antissemitismo europeu, e é com esse problema ainda atrapalhando-o que ele entra no hospital como paciente de câncer e se vê sob os cuidados de Jinx Possesski. Está doente, é judeu e luta pela vida, e ela está não apenas arfantemente viva, mas é antissemita furiosa. Segue-se um drama vulcânico de atração e repulsão — piadinhas ferinas, desculpas cheias de remorsos, choques súbitos, reconciliações carinhosas, tiradas educacionais, choro, abraços, dilacerante confusão emocional, e então um dia, tarde da noite, vem a descoberta, a revelação, a abertura. Sentada aos pés da cama no quarto de hospital às escuras, onde, lutando desgraçadamente contra os fortes arquejos, ele faz quimioterapia intravenosa, a enfermeira revela ao paciente as infelicidades da consumidora doença *dela*. Conta tudo como jamais fez, e enquanto o faz, XYX vem a perceber que alguns antissemitas são como os alcoólatras que na verdade querem parar, mas não sabem como. A analogia com o alcoolismo se aprofunda à medida que ele a ouve. Mas, é claro, ele pensa — há antissemitas ocasionais, que na verdade não praticam nada mais que um antissemitismo menor, como um lubrificante social em festas e almoços de negócios; antissemitas moderados, que podem controlar seu antissemitismo e até mantê-lo em segredo quando precisam; e depois há os antissemitas consumados, os que fazem do ódio uma carreira, que talvez tenham começado como antissemitas moderados, mas acabam consumidos pelo que se revela neles uma doença progressivamente debilitante. Durante três horas, Jinx confessa a ele sua impotência diante dos mais horríveis sentimentos e pensamentos sobre os judeus, até o rancor homicida que a envolve sempre que tem de falar com um judeu, e o tempo todo ele está pensando: Ela precisa ser curada. Se for curada, estaremos salvos! Se eu puder salvá-la, posso salvar os judeus! Não devo morrer! Não vou morrer! Quando ela acaba, ele lhe diz baixinho: 'Muito bem, finalmente você contou sua história'. Chorando de infelicidade, ela responde: 'Não me sinto nem um pouco melhor com isso'. 'Vai se sentir', ele promete. 'Quando? *Quando?*' 'No devido tempo', responde XYZ, e então pergunta se ela conhece outro antissemita que esteja disposto a deixar de ser. A enfermeira responde mansamente não ter nem certeza de que ela própria esteja disposta, e, mesmo se estiver disposta, será ela *capaz*? Não acontece com ele o mesmo que com outros judeus — está apaixonada por ele, e isso varre milagrosamente todo o ódio. Mas com os outros judeus é automático, a coisa simplesmente sobe dentro dela à simples *visão* deles. Talvez se pudesse se manter longe dos judeus por algum tempo... mas naquele hospital, com todos aqueles médicos judeus, pacientes judeus e famílias judias, com o choro judeu, os sussurros judeus, os gritos judeus... Ele diz que não: 'Um antissemita que não pode conhecer judeus ou confraternizar com eles tem uma mente antissemita. Por mais que você fuja para longe dos judeus, vai levar isso com você. O sonho de evitar os sentimentos antissemitas fugindo dos judeus é apenas o outro lado do querer limpar-se desses sentimentos livrando a Terra de todos os judeus. O único escudo contra seu ódio é o programa de recuperação que iniciamos esta noite neste hospital. Amanhã à noite, traga consigo outro antissemita, outra das enfermeiras que saiba no fundo do coração o que o antissemitismo está fazendo à sua vida'. Pois o que ele está pensando agora é que, como o alcoólatra, o antissemita só pode ser curado por outro antissemita, enquanto o que ela pensa é que não quer que seu judeu absolva *outra* antissemita do antissemitismo dela, mas anseia pelo amoroso perdão apenas para si mesma. Uma mulher antissemita não basta? Precisa ele ter todas as antissemitas do mundo implorando seu perdão judeu, confessando a gentia podridão delas, admitindo para ele que ele é superior e elas são lixo? *Me contem, garotas, seus imundos segredos de goyim.* Será *isso* que deixa o judeu *ligadão?* Mas, na noite seguinte, traz do alojamento das enfermeiras, onde tocam aquele rock'n'roll fantástico, não apenas uma antissemita além dela mesma, mas duas. O quarto está escuro, a não ser pelo abajur noturno ao lado do leito do doente, onde ele jaz magro, calado, de uma palidez esverdeada, tão infeliz que nem tem mais certeza se está consciente ou em coma, se as três enfermeiras estão sentadas em fila aos pés da cama dizendo o que julga que elas dizem ou se é tudo um delírio mortal e as três cuidam dele nos terríveis momentos finais de sua vida. 'Eu sou antissemita como Wanda Jane', sussurra uma das enfermeiras em prantos, 'preciso discutir minha raiva com judeus...'"

Nesse ponto me vi rindo desbragadamente, como tinha feito quando deixara o salvador de Jinx e meu impostor no restaurante do hotel no dia anterior, e por um momento não pude prosseguir.

"Que é que é tão engraçado?", perguntou Aharon, sorrindo de minha risada. "A malícia dele ou a sua? Que ele se passe por você ou que agora você se passe por ele?"

"Não sei. Acho que o mais engraçado é minha angústia. Defina 'malícia', por favor."

"Pra um malicioso como você? A malícia é a maneira de alguns judeus se envolverem na vida."

"Aqui, olhe", e, ainda rindo, rindo com o riso idiota, incontrolável, de uma criança que não se lembra mais o que provocou a hilaridade, entreguei-lhe uma cópia de "Os dez princípios dos AS. A". "Eis aí o que ela deixou comigo."

"Quer dizer", disse Aharon, segurando entre dois dedos o documento, cujas margens estavam cheias de meus rabiscos, "que você é copidesque dele, também."

"Aharon, quem *é* esse homem?", perguntei, e esperei muito tempo até que meu riso cessasse. "O *que* é ele?", prossegui, quando consegui tornar a falar. "Ele não emite nada daquela aura de pessoa real, nada da *coerência* de uma pessoa real. Nem mesmo da *in*coerência de uma pessoa real. Ah, é tudo muito incoerente, mas incoerente de uma maneira inteiramente artificial: ele emana a aura de uma coisa absolutamente espúria, quase como acontecia com Nixon. Ele nem sequer me parece judeu — isso me pareceu tão falso quanto tudo o mais, *e é o que devia estar no centro de tudo*. Não se trata apenas de que o que ele chama por meu nome não tem relação nenhuma comigo; parece não ter nenhuma com ele tampouco. Um artefato mal fabricado. Não, mesmo isso põe a coisa de uma forma positiva demais."

"Um vácuo", disse Aharon. "Um vácuo que atrai o seu próprio dom de enganar."

"Não exagere. É mais como um aspirador de pó que suga meu pó."

"Ele tem menos talento para a personificação do que você — talvez seja essa a irritação. Egos substitutos? Alter egos? O veículo do escritor. Tudo raso demais e poroso demais para você, sem o peso e a substância certos. Será este o meu duplo? Uma ofensa estética. Você vai operar sobre ele os grandes portentos operados sobre o *golem* pelo rabino Liva de Praga. O rabino Liva começou com barro; você começa com frases. É perfeito", disse Aharon, divertido, lendo meu comentário nas margens dos "Dez princípios". "Você vai reescrevê-los."

O que eu anotara nas margens fora o seguinte: "Os antissemitas vêm de todas as posições na vida. Isto está complicado demais para eles. 1. Cada princípio não deve transmitir mais de uma ideia. O primeiro princípio não deve ser ao mesmo tempo ódio *e* preconceito. Impotente para controlar é redundância — ou impotente, ou não pode controlar. 2. Sem lógica no desenvolvimento. Deve partir do geral para o específico, da aceitação para a ação, da diagnose para o programa de recuperação e o prazer de viver com TOLERÂNCIA. 3. Evitar palavras bonitas. Parece um intelectualoide. Cortar negativismo, pôr em risco, intensivo, imunidade. Tudo que é livresco é ruim para seu objetivo (o que geralmente se aplica a toda a vida)". E no outro lado da folha, que Aharon virava agora e começava a ler, eu tentava refazer os primeiros princípios dos AS. A. num estilo mais simples, para que os AS. A. (se algum houvesse!) pudessem de fato utilizá-los. Extraíra a inspiração de uma coisa que Jinx me dissera — "Não estamos ligando pro motivo, está ali pra admitir que sofre disso e ajudar os outros a se livrar disso". Jinx pegara o tom, pensei: direto e conciso. Os antissemitas vêm de todas as posições na vida.

1. Admitimos [*eu escrevera*] que lemos ódio e que o ódio arruinou nossas vidas.

2. Reconhecemos que, ao termos escolhido os judeus como o alvo de nosso ódio, nos tornamos antissemitas, e que todas as nossas ideias e atos foram afetados por esse preconceito.

3. Chegando à compreensão de que os judeus não são a causa de nossos problemas, e de que estes são causados por nossos defeitos, estamos dispostos a corrigi-los.

4. Pedimos a nossos companheiros antissemitas e ao Espírito de Tolerância que nos ajudem a superar esses defeitos.

5. Estamos dispostos a pedir plenas desculpas por todo o mal causado por nosso antissemitismo...

Enquanto Aharon lia minhas revisões, fomos abordados por um aleijado idoso, muito magro, que veio ziguezagueando para nós apoiado em muletas de antebraço, de alumínio, desde a mesa ao lado, onde comia. Em geral, havia sempre um contingente de velhos almoçando no limpo e tranquilo bar da Ticho House, que ficava longe do pesado tráfego da rua Jaffa, por trás

113

de um labirinto de muros de pedra cor-de-rosa. A comida era simples e barata, e depois a gente podia tomar o café ou chá no terraço do lado de fora, ou num banco embaixo das altas árvores do jardim. Aharon achara que seria um lugar tranquilo para termos nossas conversas sem ser perturbados, sem as intrometidas distrações da cidade.

Quando o velho chegou à nossa mesa, não disse nada enquanto não descarregou seus cinquenta magros quilos de tronco e membros na cadeira a meu lado, e ali ficou sentado, à espera, parecia, de que as batidas cardíacas, em louca disparada, se desacelerassem, determinando ao mesmo tempo, através das grossas lentes dos óculos de aros de chifre, o sentido de meu rosto. Tinha aquela assustadora aparência empolada da pessoa que sofre de uma doença de pele, e a palavra que expressava o sentido do rosto *dele* me parecia ser "provação". Usava um grosso cardigã abotoado por baixo do terno azul simples, e por baixo do cardigã uma camisa branca engomada e uma gravata-borboleta, muito arrumado e comercial — como se vestiria um comerciante de bairro numa loja de aparelhos domésticos sem aquecimento.

"Roth", ele disse. "O escritor."

"Sim."

Ele retirou o chapéu e revelou um crânio cheio de buraquinhos microscópicos, uma superfície inteiramente calva coberta de finas linhas, como a casca de um ovo cozido cujo domo foi estalado de leve com as costas da colher. Esse sujeito foi quebrado e remontado, eu pensei, um mosaico de cacos colados, suturados, amarrados com arame, grampeados...

"Posso perguntar o seu nome, senhor?", eu disse. "Esse é o escritor israelense Aharon Appelfeld. O senhor?"

"Vá-se embora", ele disse a Aharon. "Vá-se embora antes que aconteça. Philip Roth tem razão. Ele não tem medo desses doidos sionistas. Escute o que ele diz. O senhor tem família? Filhos?"

"Três filhos", respondeu Aharon.

"Isto aqui não é lugar pra crianças judias. Chega de crianças judias mortas. Pegue seus filhos enquanto estão vivos e vá-se embora."

"O senhor tem filhos?", perguntou-lhe Aharon.

"Eu não tenho ninguém. Fui pra Nova York depois dos campos. Contribuí pra Israel. Esse foi o meu filho. Vivia no Brooklyn sem gastar nada. Só trabalho, e noventa centavos de cada dólar para Israel. Depois me aposentei. Vendi minha joalheria. Vim para cá. E cada dia que vivo aqui quero fugir. Penso nos meus judeus da Polônia. Os judeus da Polônia tinham inimigos terríveis, também. Mas o fato de terem inimigos terríveis não significava que não pudessem manter a alma judia. Mas estes aqui são judeus num país judeu sem alma judia. É a Bíblia todinha de novo. Deus está preparando uma catástrofe para esses judeus sem alma. Se algum dia houver um novo capítulo na Bíblia, vocês vão ler que Deus mandou cem milhões de árabes para destruir o povo de Israel pelos seus pecados."

"É? E foi pelos pecados deles", perguntou Aharon, "que Deus mandou Hitler?"

"Deus mandou Hitler porque Deus é doido. O judeu conhece Deus e sabe como Ele age. O judeu conhece Deus e sabe que, desde o primeiro dia em que Ele criou o homem, se irritou com ele de manhã à noite. É isso que quer dizer os judeus serem os escolhidos. Os *goyim* sorriem: Deus é misericordioso, Deus é amoroso. Deus é bom. Os judeus não sorriem — eles conhecem Deus não por sonharem com Ele em sonhos acordados de *goyim*, mas por viverem todas as suas vidas com um Deus que não para nunca, *nem uma só vez*, pra pensar, raciocinar e usar Sua cabeça com Seus filhos amorosos. Apelar para um pai louco, irritado, é isso que é ser judeu. Apelar para um pai louco, *violento*, durante três mil anos, é isso que é ser um judeu louco!" Tendo acabado com Aharon, tornou a voltar-se para mim, aquele velho espectro aleijado que devia estar repousando em algum lugar, aos cuidados de um médico, cercado por uma família, a cabeça descansada num travesseiro branco e limpo até poder morrer em paz. "Antes que seja tarde demais, sr. Roth, antes que Deus mande cem milhões de árabes gritando Alá massacrarem os judeus sem alma, eu quero dar uma contribuição."

Era o momento de eu lhe dizer que, se era essa a sua intenção, pegara o sr. Roth errado. "Como o senhor me encontrou?", perguntei.

"O senhor não estava no King David, por isso eu vim almoçar. Venho almoçar aqui todo dia — e aqui, hoje, está o senhor." Referindo-se a si mesmo, acrescentou tristemente: "Sempre um cara de sorte". Tirou um envelope do bolso do paletó, um processo que, devido aos fortes tremores, a gente tinha de esperar pacientemente que ele concluísse, como se fosse um gago lutando para dominar uma sílaba vingativa. Houve tempo mais que suficiente para detê-lo e encaminhar sua contribuição ao recebedor legítimo, mas em vez disso deixei que me entregasse.

"E como se chama o senhor?", tornei a perguntar, e, sob as vistas de Aharon, eu, sem o menor vestígio de tremor, enfiei o envelope no bolso do peito.

"Smilesburger", ele respondeu, e iniciou um patético drama para repor o chapéu no alto da cabeça, um drama com princípio, meio e fim.

"Tem mala?", ele perguntou a Aharon.

"Joguei fora", respondeu Aharon delicadamente.

"Um erro." E com isso o sr. Smilesburger guindou-se penosamente, desenroscando-se da cadeira até ficar por fim oscilando perigosamente à nossa frente sobre as duas muletas de antebraço. "Não havendo mais malas", disse, "não há mais judeus."

Sua saída do bar, sem pernas, sem força e com aquelas muletas, foi outro drama patético, que lembrava um camponês solitário revolvendo um campo lamacento com um arado primitivo e quebrado.

Retirei do bolso do paletó o comprido envelope branco que trazia a "contribuição" de Smilesburger. Trabalhosamente rabiscado na frente, com as letras incertas e grandes que as crianças usam a primeira vez para rabiscar *gato* e *cachorro*, estava o nome pelo qual eu fora conhecido toda a minha vida, sob o qual publicara os livros, dos quais o salvador de Jinx e meu impostor agora se dizia autor em cidades tão distantes uma da outra como Jerusalém e Gdansk.

"Então é *isso*", eu disse. "Arrancar grana dos senis — arrochar velhos judeus pra pegar dinheiro. Que arapuca encantadora." Abrindo o envelope com uma faca de mesa, perguntei a Aharon: "Quanto acha que tem aqui?".

"Um milhão de dólares", ele respondeu.

"Eu digo cinquenta. Duas de vinte e uma de dez."

Bem, eu estava errado e Aharon certo. Esconder-se em criança dos assassinos nas florestas da Ucrânia, quando eu ainda brincava de bandido e mocinho num playground de Newark depois da escola, sem dúvida o tornara menos alheio que eu à vida em suas mais imoderadas manifestações. Aharon estava certo: um cheque visado, do Banco de Israel em Nova York, no valor de um milhão de dólares, pagável a mim. Olhei para ver se a transação não fora pré-datada para o ano 3000, mas não, trazia a data da terça-feira anterior — 21 de janeiro de 1988.

"Isso me faz lembrar", eu disse, passando-o a ele por cima da mesa, "a maior frase de Dostoiévski."

"Qual?", perguntou Aharon.

"Você se lembra, em *Crime e castigo*, quando a irmã de Raskólnikov, Dúnia, é atraída ao apartamento de Svidrigáilov? Ele a tranca consigo, põe a chave no bolso e então, como uma serpente, parte para seduzi-la, à força se necessário. Mas, para seu espanto, no momento em que a tem acuada, a linda e bem-educada Dúnia tira um revólver da bolsa e aponta para o coração dele. A maior frase de Dostoiévski vem quando Svidrigáilov vê o revólver."

"Diga", disse Aharon.

"'Isso', disse Svidrigáilov, 'muda tudo.'"

ROTH: *Badenheim 1939* foi chamado de fabulístico, onírico, pesadelesco e assim por diante. Nenhuma dessas qualificações torna o livro menos aflitivo para mim. Pede-se ao leitor, deliberadamente, que veja a transformação de um agradável balneário austríaco de judeus numa triste escala de "recolocação" de judeus na Polônia como de algum modo análoga aos acontecimentos que precederam o Holocausto de Hitler. Ao mesmo tempo, sua visão de Badenheim e seus habitantes judeus é quase impulsivamente grotesca e indiferente a questões de causalidade. Não é que surja uma situação ameaçadora, como acontece frequentemente na vida, sem aviso ou lógica, mas que sobre esses fatos você se mostre tão lacônico, acho que chega a uma estéril inescrutabilidade. Incomoda-se de falar de meus problemas com esse aclamadíssimo romance, talvez seu livro mais famoso nos Estados Unidos? Qual *é* a relação entre o mundo ficcional de *Badenheim* e a realidade histórica?

APPELFELD: Subjacentes em *Badenheim 1939* há memórias mais ou menos nítidas da infância. Todos os verões, nós, como as outras famílias pequeno-burguesas, partíamos para um balneário. Todos os verões, tentávamos encontrar um lugar repousante onde as pessoas não vivessem fazendo mexericos pelos corredores, não se confessassem umas às outras pelos cantos, não interferissem com a gente e, claro, não falassem iídiche. Mas todos os verões, como para nos irritar, nos víamos mais uma vez, cercados de judeus, e isso deixava um gosto ruim na boca de meus pais, e não pouca raiva.

Muitos anos depois do Holocausto, quando passei a reconstituir minha infância desde antes dele, vi que esses balneários ocupavam um lugar particular em minhas recordações. Muitos rostos e corpos retornaram à vida. E isso revelou linhas tão grotescas quanto trágicas. Passeios nos bosques e faustosos banquetes reuniam as pessoas em Badenheim — para falar umas com as outras e se confessar umas às outras. As pessoas se permitiam não só vestir-se de modo extravagante mas também falar livremente, às vezes pitorescamente. De vez em quando maridos perdiam suas belas esposas, e de tempos em tempos um tiro soava na noite, sinal marcante de um amor frustrado. É claro que eu podia arrumar essas preciosas aparas de vida de tal modo que se impusessem por si mesmas artisticamente. Mas que ia fazer? Toda vez que tentava reconstituir esses balneários perdidos, tinha visões dos trens e dos campos, e minhas recordações de infância mais ocultas eram tisnadas pela fuligem dos trens.

O destino já estava escondido dentro daquelas pessoas, como uma doença mortal. Os judeus assimilados haviam construído uma estrutura de valores humanísticos, e de dentro dela olhavam o mundo lá fora. Tinham certeza de que não eram mais judeus e de que não se aplicava a eles o que se aplicava a "os judeus". Essa estranha segurança transformara-os em criaturas cegas ou meio cegas. Sempre gostei dos judeus assimilados, porque era neles que se concentrava com maior força o caráter judeu, e também, talvez, o destino judeu.

Aharon tomou um ônibus de volta para casa por volta das duas horas, embora só depois de termos continuado e, por insistência minha, feito o possível para ignorar o cheque de Smilesburger e iniciar a conversa sobre *Badenheim 1939*, que depois se transformou no diálogo transcrito acima. E eu me dirigi a pé ao mercado central de hortifrutigranjeiros e ao pobre bairro operário logo atrás, para me encontrar com meu primo Apter em seu quarto de pensão, num pequeno beco em Othel-Moshe, pensando no caminho que o milhão do sr. Smilesburger não era o primeiro doado a uma causa judaica por um judeu próspero, que um milhão na verdade não passava de ninharia em se tratando de filantropia judaica, que provavelmente naquela mesma cidade não havia semana em que algum judeu americano enriquecido no negócio de imóveis ou de shopping centers não aparecesse para um *schmooze** no gabinete do prefeito e, na saída,

---

* "Bate-papo", em iídiche. (N. T.)

entregasse feliz um cheque duas vezes maior que o meu. E não eram só os magnatas que davam e davam — mesmo velhos obscuros como Smilesburger viviam deixando pequenas fortunas para Israel. Isso fazia parte de uma tradição de *largesse* que remontava aos Rothschild e até antes, cheques estonteantes passados para judeus em perigo ou necessidade, perigo ou necessidade a que os prósperos benfeitores haviam sobrevivido ou, na visão deles, escapado milagrosamente contra todas as possibilidades históricas. Sim, havia um contexto muito conhecido, muito badalado, em que tanto o doador quanto sua doação faziam um sentido perfeitamente normal, mesmo que, em termos pessoais, eu ainda não soubesse o que me atingira.

Tinha as ideias confusas e contraditórias. Sem dúvida era hora de chamar minha advogada, mandá-la entrar em contato com advogados locais (ou a polícia local) e começar a fazer o que fosse preciso para me desembaraçar do outro, antes que um fato novo transformasse em mero detalhe o mal-entendido de um milhão de dólares na Ticho House. Disse a mim mesmo que devia pegar um telefone e ligar para Nova York, mas em vez disso fiquei dando voltas a caminho do mercado velho na rua Agrippas, levado por uma força maior que a prudência, mais compulsiva até mesmo que a ansiedade e o medo, uma coisa que preferia que essa narrativa se desenrolasse segundo as especificações dele, e não as minhas — uma história determinada dessa vez sem nenhuma interferência de minha parte. Talvez fosse minha reconstituída sanidade que voltava ao poder, o distanciamento calculado, a neutralidade compenetrada de um escritor em ação, que cerca de meio ano antes eu estava certo de que tinham sido danificados para sempre. Como explicara a Aharon no dia anterior, não havia nada que eu cobiçasse tanto, após aqueles meses de rodopios como um pequeno graveto no redemoinho subjetivista de um colapso nervoso, quanto ser *des*individualizado, pondo-se a ênfase em qualquer parte, menos em minha situação. Que a identidade dele enlouquecesse a *ele* — a minha entraria num ano sabático, havia muito vencido e bem merecido. Para Aharon, pensava, a auto-obliteração é canja, mas aniquilar a mim mesmo, enquanto aquele outro anda à solta por aí... bem, vença isso, e habitará para sempre a mansão do puramente objetivo.

Mas então por que, se a meta é a "neutralidade compenetrada", aceitar o tal cheque, para começar, um cheque que só podia significar encrenca?

O outro. O duplo. O impostor. Só agora me ocorria como essas designações conferiam inconscientemente uma espécie de legitimidade às usurpadoras alegações do cara. Não havia "outro". Havia um único de um lado, e uma visível fraude do outro. Fora da loucura e do asilo, os duplos, eu pensava, figuram sobretudo em livros, como duplicatas plenamente materializadas, encarnando a depravação oculta do original respeitável, como personalidades ou tendências que se recusam a ser enterradas vivas e se infiltram na sociedade civilizada para revelar o iníquo segredo de um cavalheiro do século XIX. Eu conhecia bem as ficções dos autodivididos, pois as decodificara com tanta inteligência quanto qualquer outro garoto inteligente umas quatro décadas antes, na faculdade. Mas aquilo não era nenhum livro que eu estivesse estudando ou escrevendo, tampouco era aquele duplo uma personagem em qualquer outro sentido da palavra que não a comum. Registrado na suíte 511 do King David Hotel estava não o outro eu, o segundo eu, o irresponsável eu, o transviado eu, o oposto eu, o delinquente e torpe eu, encarnando minhas perversas fantasias sobre mim mesmo — eu estava sendo confundido por alguém que, muito simplesmente, não era eu, que nada tinha a ver comigo, que atendia pelo meu nome mas não tinha nenhuma relação comigo. Pensar nele como um *duplo* era conceder-lhe o status destrutivo de um conhecidíssimo arquétipo real e prestigioso, e *impostor* não melhorava as coisas; apenas intensificava a ameaça que eu admitira com o epíteto de Dostoiévski, concedendo credenciais profissionais em dúplice astúcia àquele... àquele *o quê?* Dê um nome a ele! É, dê já um nome a ele! Porque dar-lhe o nome correto é conhecê-lo como o que ele é e não é, exorcizá-lo e possuí-lo ao mesmo tempo. Dê um nome a ele! Na pseudonímia está o anonimato

121

dele, e é esse anonimato que me mata. Dê um nome a ele! Quem é esse absurdo substituto? Nada como o anonimato para transformar um nada num mistério. *Dê um nome a ele!* Se só eu sou Philip Roth, ele é quem?

Moishe Pipik.

Mas claro! Quanta angústia eu poderia ter me poupado se soubesse. Moishe Pipik — um nome do qual eu aprendera a gostar muito antes de ler sobre o dr. Jekyll e mr. Hide, ou Golyadkin Primeiro e Golyadkin Segundo, um nome que muito provavelmente não se dizia em minha presença desde que eu era uma criança suficientemente pequena para absorver-me no drama doméstico de todos os nossos parentes turrões, suas tribulações, promoções, doenças, discussões etc., quando um ou outro de nós pequenos, tendo dito ou feito alguma coisa que para os outros definia expressivamente um eu interior demoníaco, ouvia a tia amorosa ou o tio gozador anunciar: "Esse aí é um Moishe Pipik!". Era sempre um momentozinho alegre, esse — risos, sorrisos, comentários, esclarecimentos, e o mimado em causa, de repente no centro do palco familiar, formigando de orgulhoso embaraço, deliciava-se com o status de superastro, embora um tanto envergonhado pelo papel que parecia não combinar exatamente com a ideia que a criança em causa fazia de si mesma. Moishe Pipik! O nome de brincadeira depreciativo, gozador, que se traduz literalmente como Moisés Umbigo e que na certa denotava uma coisa ligeiramente diferente para cada família judia de nosso quarteirão — o cara pequeno que quer ser um mandachuva, o menino que faz xixi nas calças, a pessoa meio ridícula, meio engraçada, meio infantil, a sombra cômica junto à qual todos fomos criados, o boboca folclórico cujo sobrenome designava aquela *coisa* que para a maioria das crianças não era nada, nem uma parte nem um orifício, de certa forma côncava e convexa ao mesmo tempo, uma coisa que não ficava nem em cima nem embaixo, nem imoral nem inteiramente respeitável, a uma distância bastante curta dos órgãos genitais para torná-la suficientemente intrigante, e no entanto, apesar dessa provocante proximidade, dessa centralidade conspicuamente enigmática, tão sem sentido quanto sem função — único indício arqueológico da história da carochinha das origens da gente, a permanente marca do feto que de algum modo era a gente sem na verdade ser ninguém, a mais tola, mais vazia, mais estúpida marca-d'água que se poderia inventar para uma espécie com um cérebro como o nosso. Bem poderia ser o ônfalo de Delfos, em vista do enigma que representava o *pipik*. Exatamente o que tentava nos dizer o nosso *pipik*? Ninguém jamais conseguiu realmente adivinhar. Restava-nos apenas a palavra, a própria palavra engraçada, a sônica brincadeira de dois estalos silábicos e o clique de encerramento que envolvia as vogais gêmeas mansas e enxeridas, discretamente shlemielescas.* E tanto mais cativantemente ridícula por estar ligada a Moishe, Moisés, o que assinalava, mesmo para meninos pequenos e ignorantes, ofuscados pelos adultos ganhadores de salários e piadistas, que na linguagem folclórica de nossos avós imigrantes e de seus incríveis antepassados havia uma forte predisposição a pensar mesmo nos super-homens de nossa tribo como à beira do patético. Os *goyim* tinham Paul Bunyan, e nós, Moishe Pipik.

Eu ria à beça nas ruas de Jerusalém, ria sozinho mais uma vez, incontida e hilariantemente, da simples obviedade da descoberta que transformara um fardo numa piada — "Esse aí é um Moishe Pipik!", pensava, e sentia de repente a volta de minha força, da obstinação e do domínio cujo forte ressurgimento eu esperava havia tantos meses já, de minha eficiência antes de ter me viciado em Halcion, do prazer que sentia antes de ter sido atingido por qualquer calamidade, antes de sequer ter ouvido falar em contradição, ou rejeição, ou remorso. Sentia o que sentia muito tempo atrás, quando, graças ao afortunado acidente de uma infância feliz, não sabia que podia ser vencido por coisa alguma — todo o dom que eu tinha originalmente, antes de me ver estorvado pela culpa, um ser humano transbordante

---

* Do iídiche *shlemiel*, que é uma pessoa azarada ou, num sentido mais filosófico, um bode expiatório, uma vítima. (N. T.)

em magia. Manter esse estado de espírito é coisa inteiramente diversa, mas não há dúvida de que é maravilhoso enquanto dura. Moishe Pipik! Perfeito!

Quando cheguei ao mercado central, ainda o encontrei abarrotado de compradores, e por alguns minutos fiquei passeando pelos corredores entupidos de verduras, encantado com aquele burburinho de compra e venda dos dias úteis que torna as feiras livres, em qualquer parte do mundo, tão agradáveis de percorrer, sobretudo quando se está livrando a cabeça de um nevoeiro. Nem os barraqueiros gritando em hebraico suas ofertas, enquanto embrulhavam o que acabavam de vender, nem os compradores, correndo pelo labirinto de barracas com a concentrada animação de pessoas decididas a obter o máximo pelo mínimo no menor espaço de tempo possível, pareciam de forma alguma preocupados com a possibilidade de ser mandados pelos ares, e no entanto de poucos em poucos meses, naquela mesma feira, um artefato explosivo, escondido pela OLP num monte de lixo ou numa caixa de verduras, era encontrado pelo esquadrão antibombas e desarmado, ou, quando não era, explodia, mutilando ou matando quem estivesse por perto. Com a violência entre soldados israelenses e furiosas multidões árabes estourando nos Territórios Ocupados, e granadas de gás lacrimogêneo sendo lançadas de um lado para outro a apenas poucos quilômetros da Cidade Velha, pareceria simplesmente humano que os compradores passassem a evitar expor a vida e os membros num alvo conhecido como favorito dos terroristas. Mas a animação me parecia tão intensa como sempre, a mesma velha agitação da troca atestando que a vida teria de se tornar palpavelmente ruim para que as pessoas ignorassem uma coisa tão fundamental como pôr a comida na mesa. Nada poderia parecer *mais* humano do que a recusa a acreditar que a extinção era possível enquanto se estivesse cercado de suculentas berinjelas, tomates maduros e carne tão fresca e rósea que parecia boa até para ser devorada crua. Provavelmente a primeira coisa que ensinam na escola de terroristas é que os seres humanos nunca se mostram menos cuidadosos com sua segurança do que quando saem à cata de comida. O segundo melhor lugar para colocar uma bomba é um bordel.

No fim de uma fila de barracas de açougueiro, vi uma mulher ajoelhada junto a uma das latas de lixo metálicas onde os açougueiros jogavam seus restos, uma mulher grandona, cara redonda, quarenta anos mais ou menos, de óculos e com roupas que dificilmente seriam de uma mendiga. Foi a elegante simplicidade de seu traje que me chamou a atenção para ela, ali ajoelhada sobre os paralelepípedos grudentos — molhados do malcheiroso vazamento das barracas, que escorria no meio da tarde com uma fina papa de lama de detritos — catando nos baldes com uma mão e segurando na outra uma bolsa perfeitamente respeitável. Quando ela percebeu que eu a observava, ergueu a cabeça e, sem o menor vestígio de embaraço — e falando não em hebraico, mas em inglês com sotaque —, explicou: "Não é pra mim". E retomou sua catação com um fervor tão perturbador, com gestos tão convulsivos e um olhar tão fixo que não consegui me afastar.

"Pra quem é, então?", perguntei.

"Pra uma amiga", ela respondeu, cavoucando fundo no balde enquanto falava. "Ela tem seis filhos. E me disse: 'Se encontrar alguma coisa...'."

"Pra sopa?", perguntei.

"É. Ela mistura alguma coisa... faz sopa."

Nesse ponto eu pensei em dizer-lhe: tome aqui um cheque de um milhão de dólares. Dê comida à sua amiga e aos filhos dela com isto. Endosse, pensei, e dê a ela. Se é doida ou sã, se existe ou não uma amiga, nada disso importa. Ela está precisando, aqui está o cheque — dê a ela e vá embora. Eu não sou responsável por este cheque!

"Philip! Philip Roth!"

Meu primeiro impulso foi de não me voltar para ver quem julgava me haver reconhecido, mas sair correndo e me perder na multidão — não de novo, pensei, não mais *outro* milhão. Antes, porém, que pudesse mexer-me, o estranho ali estava a meu lado, com um sorriso largo e estendendo a mão para pegar a minha, um homenzinho robusto de meia-idade, cor morena, com um basto bigode negro, um rosto muito enrugado e uma impressionante juba de cabelos brancos como neve.

"Philip", disse amistosamente, mesmo eu retendo minha mão e recuando cauteloso. "Philip!" Deu uma risada. "Você nem me reconhece. Estou tão gordo, velho e enrugado de tanta preocupação que você nem se lembra de mim! Você só ganhou umas entradas na testa — eu fiquei com este cabelo ridículo! É Zee, Philip. É George."

"Zee!"

Lancei os braços em torno dele, enquanto a mulher na lata de lixo, paralisada de repente por ver nós dois ali nos abraçando, disse alguma coisa em voz alta, alguma coisa furiosa, no que não era mais inglês, e afastou-se abruptamente sem ter catado nada para a amiga — e sem o milhão de dólares tampouco. Depois, a uns quinze metros, voltou-se e, apontando agora de uma segura distância, pôs-se a gritar com uma voz tão alta que todo mundo olhou para ver o que era. Zee também olhou — e escutou. E riu, embora sem muita graça, quando descobriu que o negócio era com ele. "Outra especialista", disse, "em mentalidade árabe. Os especialistas deles em nossa mentalidade estão por toda a parte, na universidade, entre os militares, na esquina, na feira..."

"Zee" era diminutivo de Ziad, George Ziad, a quem eu não via fazia mais de trinta anos, desde meados da década de 1950, quando tínhamos sido vizinhos durante um ano, numa residência de estudantes de religião na Universidade de Chicago, onde eu fazia meu mestrado em inglês e ele estava num curso chamado Religião e Arte. A maioria dos mais ou menos vinte quartos da Casa dos Discípulos de Religião, um pequeno prédio neogótico defronte, em diagonal, do principal campus da universidade, era alugada por alunos filiados à Igreja dos Discípulos de Cristo, mas, como nem sempre havia número suficiente deles para encher o lugar, estranhos como nós dois também podiam alugar quartos lá. Os quartos de nosso andar eram ensolarados e baratos, e, apesar das proibições habituais que predominavam por toda a parte nos alojamentos da universidade, não era impossível, se se tivesse coragem para tanto, contrabandear uma garota pela porta tarde da noite. Zee tivera essa coragem, e grande necessidade também. Com vinte e poucos anos, era um rapaz meio esguio, vestia-se com elegância, pequeno mas romanticamente bonitão, e suas credenciais — um egípcio educado em Harvard e matriculado na Universidade de Chicago para estudar Dostoiévski e Kierkegaard — o tornavam irresistível para todas as coleguinhas de Chicago ávidas por aventuras interculturais.

"Eu moro aqui", respondeu George quando perguntei o que fazia em Israel. "Nos Territórios Ocupados. Moro em Ramallah."

"Não no Cairo."

"Eu não sou do Cairo."

"Não? Mas não era?"

"A gente fugiu pro Cairo. Somos daqui. Eu nasci aqui. A casa onde fui criado continua exatamente onde era. Hoje fui mais estúpido que de hábito. Vim olhá-la. Aí, mais estupidamente ainda, vim aqui — pra observar o opressor em seu hábitat natural."

"Eu não sabia nada disso, sabia? Que você era de Jerusalém?"

"Não era coisa que eu andasse falando em 1955. Queria esquecer isso tudo. Meu pai não podia esquecer, e portanto eu iria. Brigar e fazer discurso o dia inteiro sobre tudo que ele tinha perdido para os judeus: a casa, a clientela, os livros, a arte, o jardim, as amendoeiras — todo dia ele gritava, chorava, discursava, e eu era um filho maravilhoso, Philip. Não perdoava o desespero dele pelas amendoeiras. As árvores, sobretudo, me deixavam furioso. Quando ele teve um ataque e morreu, me senti aliviado. Estava em Chicago e pensei: 'Agora não vou ter mais de ouvir falar das amendoeiras pelo resto da vida. Agora posso ser quem eu sou'. E agora as árvores, o jardim e a casa são só no que eu penso. Meu pai e seus discursos são só no que posso pensar. Penso nas lágrimas dele todo dia. E isso, pra minha surpresa, é o que eu sou."

"Que é que você faz aqui, Zee?"

Dando-me um sorriso benigno, ele respondeu: "Odiar".

Eu não soube o que responder e, por isso, não disse nada.

"Ela acertou, a especialista em minha mentalidade. O que ela disse é verdade. Sou um árabe atirador de pedras consumido pelo ódio."

Também dessa vez não dei resposta.

As palavras seguintes dele vieram devagar, tingidas com um tom de doce desprezo. "Que espera que eu atire no ocupante? Rosas?"

"Não, não", ele disse por fim, quando continuei em silêncio, "são as crianças que fazem isso, não os velhos. Não se preocupe, Philip, eu não atiro nada. O ocupante nada tem a temer de um cara civilizado como eu. No mês passado os ocupantes prenderam cem garotos. Mantiveram esses garotos presos durante dezoito dias. Levaram para um campo perto de Nablus. Meninos de onze, doze, treze anos. Voltaram com o cérebro afetado. Surdos. Aleijados. Muito magros. Não, isso não é pra mim. Prefiro ser gordo. Que é que eu faço? Ensino na universidade, quando não está fechada. Escrevo para um jornal, quando não está fechado. Eles danificam meu cérebro de formas mais sutis. Eu combato o ocupante com palavras, como se palavras algum dia fossem impedir que eles roubem nossa terra. Me oponho a nossos dominadores com ideias — essa é minha humilhação e vergonha. Pensamentos brilhantes, eis a forma que assume minha capitulação. Intermináveis análises da situação — eis a gramática da minha degradação. Ai de mim, não sou um árabe atirador de pedras — sou um árabe atirador de palavras, mole, sentimental e ineficaz, inteiramente como meu pai. Venho a Jerusalém e fico parado olhando a casa onde fui criança. Me lembro de meu pai e de como a vida dele foi destruída. Vejo a casa e quero matar. Depois volto de carro pra Ramallah, pra chorar como ele por tudo que se perdeu. E você — eu sei por que está aqui. Li nos jornais e disse à minha mulher: 'Ele não mudou'. Li em voz alta pra meu filho há apenas duas noites seu conto 'A conversão dos judeus'. Eu disse: 'Ele escreveu isso quando eu o conheci, escreveu isso na Universidade de Chicago, tinha vinte e um anos, e não mudou nada. Adorei *O complexo de Portnoy*, Philip. É sensacional, sensacional! Passo-o para meus alunos na universidade. 'Aqui está um judeu', eu digo a eles, 'que nunca teve medo de dizer o que pensa sobre os judeus. Um judeu independente, e tem sofrido por isso, também.' Tento convencê--los de que existem judeus no mundo que não são absolutamente como os que temos aqui. Mas pra eles o judeu israelense é tão mau que acham difícil acreditar. Olham em volta e pensam: que foi que eles fizeram? Cite uma única coisa que a sociedade israelense tenha feito! E, Philip, meus alunos estão certos — quem *são* eles? Que foi que *fizeram*? As pessoas são rudes, barulhentas e empurram a gente nas ruas. Eu morei em Chicago, em Nova York, em Boston, morei em Paris, em Londres, e em lugar nenhum vi gente assim na rua. Que *arrogância*! O que criaram eles como vocês judeus lá fora no mundo? Absolutamente nada. Nada além de um Estado fundado na força e na vontade de dominar. Se quer falar de cultura, não tem comparação. Pintura e escultura horríveis, nenhuma composição musical, e uma literatura bem menor — foi isso o que toda a arrogância deles produziu. Compare isso com a cultura judia americana, e dá pena, é risível. E, no entanto, são arrogantes não só em relação ao árabe e à mentalidade *dele*, são arrogantes em relação a vocês e à mentalidade *de vocês*. Esses joões-ninguém provincianos olham *vocês* de cima. Pode imaginar isso? Há mais espírito, riso e inteligência judeus no Upper West Side de Manhattan do que neste país todo — e, quanto à *consciência* judia, quanto ao senso de *justiça* judaico, quanto ao *coração* judeu... há mais coração judeu no balcão de *knish** de Zabar que em todo o Knesset! Mas *olhe* pra você! Está com uma aparência sensacional. Continua tão esbelto! Parece um barão judeu, um Rothschild de Paris."

"Pareço mesmo? Não, não, continuo sendo o filho de um vendedor de seguros de Nova Jersey."

---

* Espécie de pastel de massa folhada, recheado com purê de batata, carne etc., assado ou frito (N. T.)

"Como vai seu pai? E sua mãe? E seu irmão?", ele me perguntou, excitado.

A metamorfose que, fisicamente, quase obliterara o rapaz que eu conhecera em Chicago não era nada, compreendi, diante de uma alteração, ou deformação, muito mais espantosa e séria. O alvoroço, a agitação, a volubilidade, o frenesi mal ocultos sob a superfície de cada palavra que ele dizia, o senso enervante que ele transmitia de ser uma pessoa desperta e em decomposição ao mesmo tempo, de alguém em permanente estado de iminente apoplexia... Como podia aquele ser Zee, como podia aquele gordo e superexcitado ciclone de angústia ter sido o culto e jovem cavalheiro que todos admirávamos tanto por sua suavidade e polida compostura? Naquele tempo eu ainda era um emaranhado de personalidades, um saco de qualidades brutas, fios de molecagem de esquina ainda inextricavelmente entremeados com o brio nascente, enquanto George me parecia tão bem-sucedidamente imperturbável, tão enfronhado nas coisas da vida, tão completa e impressionantemente *formado*. Bem, pelo que ele dizia agora, eu o tinha interpretado mal em todos os aspectos: na verdade, vivia então sob uma camada de gelo, um filho tentando em vão estancar o sangramento de um pai injustiçado e arruinado, com sua educação maravilhosa e sua refinada virilidade não apenas mascarando o sofrimento da perda das posses e do exílio, mas ocultando até de si mesmo como se sentia calcinado pela vergonha, talvez mais ainda que o pai.

Emocionalmente, a voz falhando, Zee me disse: "Eu sonho com Chicago. Sonho com aqueles dias em que era estudante em Chicago".

"É, a gente era uma turma boa."

"Eu sonho com a Red Door Book Shop, do Walter Schneeman. Sonho com a University Tavern. Sonho com a Tropical Hut. Sonho com meu canto isolado na biblioteca. Sonho com meus cursos com Preston Roberts. Sonho com meus amigos judeus, com você, Herb Haber, Barry Targan e Art Geffin — judeus que não poderiam *conceber* que os judeus fossem assim!

Há semanas, Philip, em que sonho com Chicago toda santa noite!" Apertando minhas mãos entre as suas, e sacudindo-as como se fossem rédeas, disse de repente: "Que está fazendo? Que está fazendo *neste minuto*?"

Eu estava, claro, a caminho de minha visita a Apter em seu quarto, mas decidi não dizer isso a George Ziad no estado de agitação em que ele se achava. Na noite anterior eu tinha falado brevemente ao telefone com Apter, garantindo-lhe mais uma vez que a pessoa identificada como eu no julgamento de Demjanjuk na semana anterior fora apenas alguém que se parecia comigo, que eu só chegara a Jerusalém no dia anterior e que iria vê-lo em sua barraca na Cidade Velha na tarde seguinte. E ali mesmo, como parecia acontecer a um em cada dois homens que eu encontrava em Jerusalém, Apter se pusera a chorar. Por causa da violência, disse-me, por causa dos árabes atirando pedras, tinha muito medo de deixar seu quarto, e eu devia ir vê-lo lá.

Eu não queria contar a Zee que tinha um primo ali, um sobrevivente emocionalmente perturbado do Holocausto, porque não queria ouvi-lo dizer-me que era contra a "vontade de dominar" dos sobreviventes do Holocausto, envenenados com sua patologia do Holocausto, que os palestinos estavam já havia quatro décadas combatendo para sobreviver.

"Zee, só tenho tempo prum cafezinho — depois vou ter de correr."

"Café onde? Aqui? Na cidade de meu pai? Aqui, na cidade de meu pai, eles vão se sentar colados na gente — vão se sentar no meu *colo*." Disse isso apontando dois rapazes de pé junto à barraca de frutas de um vendedor, a apenas uns três ou quatro metros. Usavam jeans e conversavam, dois sujeitos baixos, de compleição robusta, que eu presumiria fossem trabalhadores da feira tirando alguns minutos de folga para um cigarro se Zee não tivesse dito: "Segurança israelense. O Shin Bet. Eu não posso nem entrar num banheiro público na cidade de meu pai sem que eles entrem junto comigo e comecem a mijar em meus sapatos. Estão em toda a parte. Me interrogam no aeroporto, me revistam na alfândega, interceptam minha correspondência, seguem meu carro, grampeiam meu telefone, grampeiam minha casa — se infiltram até em minha sala de aula". Pôs-se a rir muito alto. "No ano passado, meu melhor aluno escreveu uma análise marxista sensacional de *Moby Dick* — era do Shin Bet também. A única nota A que dei. Philip, eu não posso me sentar pra tomar um café aqui. O Israel triunfante é um lugar terrível pra gente tomar um café. Esses judeus vitoriosos são uma gente terrível. Não me refiro apenas aos Kahane e aos Sharon. Me refiro a todos eles, incluindo os Yehoshua e Oz. Os bons, que são contra a ocupação da Margem Ocidental, mas não contra a ocupação da casa de meu pai, os 'israelenses gente fina' que querem a ladroagem sionista e também a consciência limpa. Não são menos superiores que o resto — esses israelenses gente fina são ainda *mais* superiores. Que é que sabem de 'judeu' esses judeus 'saudáveis, confiantes' que empinam o nariz pra vocês, 'neuróticos' da Diáspora? Isso é saúde? Isso é confiança? Isso é *arrogância*. Judeus que transformam seus filhos em militares brutos — e como se sentem superiores a vocês que não sabem nada de armas! Judeus que usam cassetetes pra quebrar as mãos de crianças árabes — como se sentem superiores a vocês, judeus incapazes de tal violência! Judeus sem tolerância, judeus pros quais só há branco e preto, que têm todos esses grupos dissidentes, que têm um partido de *um homem só*, são tão intolerantes uns com os outros — são esses os judeus superiores aos judeus da Diáspora? Superiores a pessoas que conhecem a fundo o significado do toma lá dá cá? Que vivem com sucesso, como seres humanos tolerantes, no grande mundo de correntes cruzadas e diferenças humanas? Aqui eles são *autênticos*, aqui, trancados em seu gueto judeu e armados até os dentes? E vocês lá, vocês são 'inautênticos', vivendo livremente em contato com toda a humanidade? A *arrogância*, Philip, é *insuportável*! O que ensinam nas escolas é olhar com desgosto o judeu da Diáspora, ver o judeu de língua inglesa, espanhola e russa como uma aberração, um verme, como um neurótico aterrorizado. Como se esse judeu que agora fala hebraico não fosse *apenas outro tipo de judeu* — como se falar hebraico fosse a culminação da realização humana! Eu estou aqui, eles pensam, e falo hebraico, esta é minha língua e meu lar, e não ando por aí pensando sempre: 'Eu sou judeu, mas que é um judeu?'. Não preciso ser esse tipo de neurótico que não tem certeza de si mesmo, que se odeia, que é alienado, amedrontado. E o que esses chamados neuróticos deram ao mundo em termos de poder mental, arte, ciência e todos os instrumentos e ideais da civilização, isso eles esquecem. Mas também ignoram o *mundo* inteiro. Pro mundo inteiro têm só uma palavra: *goy*! 'Eu vivo aqui e falo hebraico, e só conheço e vejo outros judeus como eu, não é fantástico?' Oh, que judeu empobrecido é esse arrogante israelense! Sim, eles são os autênticos, os Yehoshua e Oz, e me digam, eu lhes peço, o que são Saul Alinsky, David Riesman, Meyer Shapiro, Leonard Bernstein, Bella Azbug, Paul Goodman, Allen Ginsberg e todos os outros? Que acham que eles *são*, esses joões-ninguém provincianos? Carcereiros! Essa é a grande realização judia deles — transformar judeus em carcereiros e em pilotos de bombardeiros a jato! E se tivessem êxito, se vencessem, e todo árabe em Nablus, em Hebron, na Galileia e em Gaza, se todo árabe no mundo desaparecesse por cortesia da bomba nuclear judia, o que teriam eles daqui a cinquenta anos? Um Estadozinho barulhento sem nenhuma importância. Será pra isso que terá havido a perseguição e destruição dos palestinos — a criação de uma Bélgica judia, sem sequer uma Bruxelas pra mostrar em troca de tudo? Será com isso que os judeus 'autênticos' terão contribuído pra civilização — um país sem nenhuma das qualidades que deram aos judeus sua grande distinção! Eles podem instilar em outros árabes que vivem sob sua perversa ocupação medo e respeito por sua 'superioridade', mas eu fui criado com *vocês*, fui educado com *vocês*, por *vocês*, vivi com judeus *de verdade*, aos quais eu admirava, amava, aos quais me sentia *de fato* inferior, e *com razão* — que vitalidade, que ironia, que simpatia humana, que *tolerância* humana, a bondade de coração que era simplesmente *instintiva* neles, pessoas com o senso de sobrevivência, todas humanas, maleáveis, adaptáveis, com humor, criativas, e tudo isso eles substituíram aqui pelo porrete! O *Bezerro* de Ouro era mais judeu que Ariel Sharon, Deus da Samaria e Judeia e de toda a Faixa de Gaza! O pior do gueto judeu combinado com o pior do *goy* belicoso, beligerante, e é isso que essa gente chama de 'autêntico'! Os judeus têm fama de ser inteligentes, e *são* inteligentes. O único lugar em que já *estive onda* todos os judeus são burros é Israel. Eu cuspo neles! *Cuspo* neles!" E foi o que meu amigo Zee fez, cuspiu no calçamento molhado, arenoso da feira, olhando desafiadoramente para os dois durões de jeans que identificara como da segurança israelense, nenhum dos quais olhava para nosso lado, nem, aparentemente, se interessava por outra coisa além de sua própria conversa.

Por que fui de carro com ele a Ramallah naquela tarde, em vez de manter meu compromisso com Apter? Porque ele me repetiu muitas vezes que eu tinha de ir. Tinha de ver com meus próprios olhos o arremedo de justiça do ocupante; tinha de observar com meus próprios olhos o sistema legal por trás do qual o ocupante tentava esconder sua opressiva colonização: tinha de adiar o que quer que fosse fazer para visitar com ele o tribunal militar onde o irmão caçula de um de seus amigos estava sendo julgado sob acusações fabricadas e onde eu testemunharia a cínica corrupção de todos os valores judeus tão caros a todo judeu decente da Diáspora.

A acusação contra o irmão de seu amigo era a de jogar coquetéis-molotov em soldados israelenses, uma acusação "não apoiada por um único fiapo de prova, não consubstanciada, mais uma mentira imunda". O garoto fora preso numa manifestação e depois "interrogado". O interrogatório consistira em cobrir a cabeça dele com um capuz, encharcá-lo alternadamente com duchas quentes e frias, depois obrigá-lo a ficar de pé ao ar livre, com o tempo que fizesse, o capuz ainda na cabeça, tapando olhos, ouvidos, nariz e boca — encapuzado desse jeito durante quarenta e cinco dias e noites, até o garoto "confessar".

Eu precisava ver a aparência do garoto após quarenta e cinco dias e noites. Tinha de conhecer o amigo de George, um dos mais bravos opositores da ocupação, um advogado, um poeta, um líder que, é claro, o ocupante tentava silenciar prendendo e torturando seu amado irmão. *Eu tinha de ir*, George me disse, as veias saltadas como cabos no pescoço e nos dedos em movimento, abrindo-se e fechando-se como se houvesse em cada palma alguma coisa da qual ele espremesse as últimas gotas de vida.

Estávamos parados ao lado de seu carro, que ele estacionara numa minúscula rua lateral, a algumas quadras da feira. O carro fora multado, dois policiais que esperavam não muito distante pediram para ver sua carteira de identidade, o registro do carro e a carteira de motorista assim que ele apareceu, e George, ostentando indiferença, reconheceu como suas as placas da Margem Ocidental. Usando a chave dele, os policiais revistaram metodicamente a mala e embaixo das poltronas, abriram o porta-luvas para examinar o conteúdo, e enquanto isso, fingindo que os ignorava, que não se deixava intimidar nem um pouco por eles, que não se sentia perseguido, amedrontado, humilhado, George, como um homem à beira de um ataque, continuava a me dizer o que eu *tinha* de fazer.

A corrupção de todos os valores judeus tão caros a todo judeu decente da Diáspora... Foi esse louvor irrestrito aos judeus da Diáspora, cujo excesso simplesmente não parava, que acabou me convencendo de que nosso encontro na feira tinha sido mais que uma simples coincidência. Sua obstinada insistência em que o acompanhasse então àquela caricatura de tribunal do ocupante me deixou mais certo de que George Ziad andara me seguindo — quer dizer, seguindo o eu que ele achava que eu me tornara — do que de sua afirmação de que os dois sujeitos que fumavam e conversavam junto à barraca do vendedor de frutas na feira eram agentes do Shin Bet na sua cola. E esse, o melhor motivo para eu *não* fazer o que ele me mandava, foi exatamente o motivo pelo qual eu soube que tinha de fazê-lo.

Audácia adolescente? Curiosidade de escritor? Perversidade imatura? Malícia judaica? Fosse qual fosse o impulso que causou meu erro de julgamento, ter sido tomado por Moishe Pipik pela segunda vez em menos de uma hora tornava a aquiescência com a importunação dele algo tão natural, tão irresistível para mim quanto tinha sido a aceitação da doação de Smilesburger no almoço.

George não parava de falar; não podia. Falador compulsivo. Falador inexaurível. Falador apavorante. Durante todo o trajeto até Ramallah, mesmo nas barreiras de estrada, onde os soldados conferiam não apenas os documentos de identidade dele mas agora também os meus, e onde, todas as vezes, a mala do carro era novamente examinada, os bancos retirados e o conteúdo do porta-luvas esvaziado na estrada, ele me dava uma aula sobre a evolução da relação de culpa dos judeus americanos com Israel, que os sionistas haviam explorado sinistramente para subsidiar sua ladroagem. Ele sacara tudo, pensara tudo, chegara a publicar um influente ensaio numa revista marxista britânica, "A chantagem sionista com os judeus americanos", e, pelo que dizia, a única coisa que a publicação desse ensaio conseguira fora deixá-lo mais degradado, furioso e paralisado. Passamos pelos altos prédios de apartamentos dos subúrbios judeus do norte de Jerusalém ("uma selva de concreto — tão *hediondo* o que eles constroem aqui! Isso não são casas, são fortalezas! A mentalidade está por toda a parte! Fachadas de pedra cortada a máquina — *que vulgaridade!*"); pelas grandes e dúbias casas de pedra modernas construídas, antes da ocupação israelense, por jordanianos ricos, que me pareceram muito mais vulgares, todas encimadas por uma longa antena de TV que era uma réplica em estilo *kitsch* da torre Eiffel; e finalmente entramos no vale seco, juncado de pedras, da região rural. Enquanto rodávamos, jorravam análises iradas, incessantes, de história judaica, mitologia judaica, psicose e sociologia judaicas, cada frase dita com um apavorante ar de impudência intelectual, tudo uma pungente mistura ideológica de exagero e lucidez, intuição e estupidez, de dados históricos exatos e voluntária ignorância histórica, uma frouxa sucessão de observações desconjuntadas e coerentes, rasas e profundas — a diatribe esperta e vazia de um homem cujo cérebro, antes tão sadio quanto o de qualquer outro, agora constituía uma ameaça tão grande para ele quanto a raiva e a aversão que em 1988, após vinte anos de ocupação e quarenta de Estado judeu, tinham corroído tudo que nele havia de moderado, tudo que era prático, realista, objetivo. A luta estupenda, a perpétua emergência, a monumental infelicidade, o orgulho derrotado, a embriaguez da resistência o haviam deixado incapaz de sequer roçar a verdade, por mais inteligente que ainda parecesse ser. Quando as ideias conseguiam destrinçar-se de toda aquela emoção, saíam tão distorcidas e intensificadas que mal pareciam um pensamento humano. Apesar da irredutível determinação de compreender o inimigo, como se nisso ainda houvesse alguma esperança para ele, apesar do fino verniz de brilho professoral, que dava mesmo a suas ideias mais dúbias e atrapalhadas certo brilho intelectual, agora no centro de tudo só havia o ódio e a grande e incapacitante fantasia de vingança.

E eu não disse nada, absolutamente nada, para contestar nenhuma afirmação exagerada, nem fiz nada para esclarecer ou para protestar quando via que ele não sabia do que estava falando. Em vez disso, empregando o disfarce de meu próprio rosto e nome, ouvi atento todas as suposições geradas por seu insuportável ressentimento, o sofrimento que transbordava dele em cada palavra; estudei-o com o frio fascínio e a intensa excitação de um espião muito bem infiltrado.

Eis uma condensação do raciocínio dele, bem mais convincente por estar resumido. Não vou descrever as colisões e engavetamentos que George só por pouco evitou enquanto deitava o verbo. Basta dizer que, mesmo sem um levante em andamento e a violência explodindo por toda a parte, é extremamente arriscado sentar-se ao lado de um homem que faz um longo discurso ao volante de um carro. Na viagem daquela tarde entre Jerusalém e Ramallah, não houve nem meio quilômetro de estrada que não tivesse sua emoção. George nem sempre lançava seus raios olhando para a frente.

Em resumo, pois, aqui vai a aula de George sobre aquele tema que eu não me lembrava de ter escolhido para me seguir

137

assim, do berço à cova; o tema cujo estudo obsessivo eu sempre achara que um dia poderia deixar para trás; o tema de cuja persistente intrusão em questões maiores e menores nem sempre era fácil saber o que fazer; o tema impregnante, abrangente, cansativo, que envolvia o maior problema e a mais fantástica experiência de minha vida e que, apesar de todas as honrosas tentativas de resistir a seu sortilégio, parecia naquela altura ser o poder irracional que me roubara a vida — e, pelo andar da carruagem, não só a minha... Aquele tema chamado *os judeus*.

Primeiro — de acordo com a análise histórica que George fez do ciclo de corrupção judaica — vinham os anos pré-Holocausto, pós-imigração, de 1900 a 1930: um período de renúncia à Velha Terra em troca da Nova; de desalienação e naturalização, de extinção das memórias das famílias e comunidades abandonadas, de esquecimento dos pais entregues à velhice e à morte sem os filhos mais audazes para confortá-los e consolá--los — o período febril de esforço para construir nos Estados Unidos, e em inglês, uma nova vida e uma nova identidade como judeu. Depois disso, o período de amnésia calculada, 1939 a 1945, os anos da catástrofe imensurável, quando, com a velocidade do raio, as famílias e comunidades com as quais os judeus recente e incompletamente americanizados haviam cortado os laços mais fortes foram completamente obliteradas por Hitler. A destruição dos judeus europeus batera como um choque cataclísmico nos judeus americanos, não só por seu puro e simples horror, mas também porque esse horror, visto irracionalmente do prisma do sofrimento deles, parecia-lhes de alguma forma *desencadeado* por eles — sim, instigado pela vontade de pôr fim à vida judaica na Europa que a emigração em massa deles representara, como se entre a bestial destrutividade do antissemitismo hitlerista e o ardente desejo de livrarem-se das humilhações do aprisionamento europeu tivesse havido alguma inter-relação horrível, impensável, beirando a cumplicidade. E uma apreensão muito semelhante, uma autodenúncia indivulgável talvez ainda mais sinistra, podia ser atribuída aos sionistas e seu sionismo. Pois não desprezavam eles a vida judia na Europa quando embarcaram para a Palestina? Não sentiam os militantes pioneiros do Estado judeu uma repulsa ainda mais drástica pelas massas de língua iídiche do *shtetl** do que os pragmáticos emigrantes que conseguiram escapar para a América sem a praga de uma ideologia como a de Ben-Gurion? A migração, e não o assassinato em massa, era a solução proposta pelos sionistas; apesar disso, esses sionistas manifestaram de mil formas sua antipatia por suas origens, mais reveladoramente ao escolher como língua oficial do Estado judeu aquela de um remoto passado bíblico, em vez da vergonhosa vulgata europeia que falavam seus impotentes antepassados.

Portanto, o massacre, por Hitler, de todos aqueles milhões aos quais esses judeus haviam inadvertidamente abandonado à própria sorte, a destruição da cultura humilhante de cujo futuro eles não queriam fazer parte, o aniquilamento da sociedade que comprometera a virilidade e restringira o desenvolvimento deles — tudo isso deixara os judeus que estavam a salvo nos Estados Unidos, bem como os ousados e desafiantes fundadores de Israel, com um legado não apenas de dor mas de culpa indelével, tão maldita que iria deformar a alma judia por décadas a fio, se não séculos.

Após a catástrofe viera o grande período de normalização do pós-guerra, quando o surgimento de Israel como um porto seguro para os judeus europeus sobreviventes coincidira precisamente com o avanço da assimilação nos Estados Unidos: o período de renovada energia e inspiração, quando o próprio Holocausto era apenas vagamente percebido pelo público em geral e ainda não contaminara toda a retórica judia; os anos anteriores à comercialização do Holocausto com esse nome, quando o símbolo mais popular do que os judeus europeus haviam sofrido era uma adorável adolescente encarapitada num sótão fazendo o dever de casa para o papai e quando em geral ainda não se descobrira, ou se suprimira, o meio de ver tudo

---

* Aldeia ou comunidade judia da Europa central e oriental. (N. T.)

139

mais horrível, quando em Israel ainda levaria anos até a proclamação oficial de um feriado para comemorar os seis milhões de mortos; o período em que os judeus de toda a parte desejavam ser conhecidos, até por si próprios, como algo mais vitalizante que sua vitimização. Nos Estados Unidos, foi a época da plástica no nariz, da mudança de nome, do refluxo do sistema de cotas e das glorificações da vida nos bairros residenciais dos subúrbios, a alvorada da era de grandes promoções empresariais, de enormes admissões nas universidades grã-finas, de férias hedonísticas e de todo tipo de decréscimo nas proibições — e do surgimento de uma legião de crianças judias surpreendentemente parecidas com os *goyim*, crédulas, confiantes e felizes, de um modo que as gerações anteriores de ansiosos pais judeus jamais tinham ousado imaginar possível para os seus. A pastoralização do gueto, como a chamava George Ziad, a pasteurização da fé. "Gramados verdes, judeus brancos — você escreveu sobre isso. Você cristalizou isso em seu primeiro livro. Era o quente. 1959. O auge da história do sucesso judeu, tudo novo, emocionante, esquisito e divertido. Novos judeus liberados, judeus normalizados, ridículos e maravilhosos. O triunfo do não trágico. Brenda Patimkin destrona Anne Frank. Sexo quente, fruta fresca, o basquetebol da liga principal — quem poderia imaginar um final mais feliz pro povo judeu?"

Aí veio 1967: a vitória israelense na Guerra dos Seis Dias. E com isso começa a confirmação não só da desalienação, da normalização ou da assimilação judias, mas do *poder* judaico, a cínica institucionalização do Holocausto. É precisamente aí, com o Estado militar judeu triunfando e tripudiando, que se torna política oficial judia lembrar ao mundo, minuto a minuto, hora a hora, dia a dia, que os judeus foram vítimas antes de ser conquistadores e que só são conquistadores porque foram vítimas. Foi a campanha de relações públicas idealizada pelo terrorista Begin: estabelecer o expansionismo militar israelense como historicamente justo, juntando-o à memória da vitimização judia; racionalizar — como justiça histórica, como justa represália, como simples autodefesa — o devoramento dos Territórios

Ocupados e a expulsão dos palestinos de sua terra, mais uma vez. Qual a justificação para aproveitar toda oportunidade de ampliar as fronteiras de Israel? Auschwitz. Qual a justificação para bombardear civis de Beirute? Auschwitz. Qual a justificação para esmagar os ossos de crianças palestinas e estourar os braços e pernas de prefeitos árabes? Auschwitz. Dachau. Buchenwald. Belsen. Treblinka. Sobibor, Belsec. "Uma falsidade tamanha, Philip, uma insinceridade tão brutal e cínica! Manter os territórios pra eles tem um sentido, e um *só*: exibir as proezas físicas que tornaram possível a conquista! Dominar os territórios é exercer uma prerrogativa negada até então — a experiência de oprimir e vitimar, a experiência de agora dominar *outros*. Judeus loucos pelo poder é o que eles são, é *só* o que eles são, nada diferentes dos loucos pelo poder em toda a parte, a não ser pela mitologia de vitimização que usam para justificar o viciamento em poder e a opressão *sobre nós*. A famosa piada capta bem isso: '*There's no business like* Shoah *business*'.* No período da normalização deles, havia o símbolo inocente da pequena Anne Frank, isso era suficientemente pungente. Mas agora, na era do maior poder armado deles, no auge da insuportável arrogância deles, agora há dezesseis horas de *Shoah* com que pulverizar as plateias de todo o mundo, agora há *Holocausto* na NBC uma vez por semana, apresentando Meryl Streep como judia! E os líderes judeus americanos que chegam aqui conhecem muito bem esse negócio de *Shoah* — chegam aqui de Nova York, Los Angeles, Chicago, autoridades do *establishment* judeu, e aos poucos israelenses que ainda têm alguma honestidade e respeito próprio, que ainda sabem falar de outra coisa que não a propaganda e as mentiras, eles dizem: 'Não me venham dizer que os palestinos estão ficando conciliadores. Não me venham dizer que os palestinos têm direitos legítimos. Não me venham

---

* Trocadilho com a expressão "*There's no business like show business*" e o título da polêmica série de televisão francesa *Shoah*, sobre a deportação de judeus da França para os campos de concentração nazistas e o papel nisso desempenhado pelos franceses. (N. T.)

dizer que os palestinos são oprimidos e que se praticou uma injustiça. Parem já com isso! Não posso levantar dinheiro nos Estados Unidos com isso. Falem que fomos ameaçados, falem de terrorismo, falem de antissemitismo e Holocausto!'. E isso explica por que se realiza pras galerias o julgamento daquele ucraniano estúpido — pra reforçar a pedra angular da política de poder israelense que sustenta a ideologia de vítima. Não, eles não vão deixar de se considerar vítimas nem de se identificar com o passado. Mas o passado não está sendo exatamente ignorado — a própria existência deste Estado é prova disso. A esta altura, certamente essa obsessiva história já violou o senso de realidade deles — certamente viola o nosso. Não venham falar a *nós* da opressão que eles sofreram! Somos o último povo *do mundo* a entender disso! *É claro* que o antissemitismo ucraniano existe. Todos conhecemos muitas causas, que têm a ver com o papel desempenhado lá pelos judeus na estrutura econômica, com o cínico papel que lhes foi destinado por Stalin na coletivização da agricultura — tudo isso está claro. Mas que esse ucraniano estúpido seja Ivã, o Terrível, não está claro *de modo algum, não pode* estar claro depois de quarenta anos, e assim, se vocês têm alguma honestidade como nação, se lhes resta o menor respeito pela lei, devem soltá-lo. Se querem ter sua vingança, mandem o cara de volta pra Ucrânia e deixem que os russos cuidem dele — isso deveria ser satisfação suficiente. Mas julgar o cara aqui no tribunal e em tudo que é rádio, televisão e jornal, isso só tem um propósito — um truque de relações públicas, à maneira do explorador do Holocausto Begin e do gângster Shamir; relações públicas para justificar a força judia, para justificar o domínio judaico, perpetuando pelos próximos cem milênios a imagem da vítima judia. Mas são relações públicas o objetivo de um sistema de justiça criminal? O sistema de justiça criminal tem um objetivo *legal* não de relações públicas. Educar o público? Não, isso é objetivo de um sistema *educacional*. Eu repito: Demjanjuk está aqui pra manter a mitologia que é o sangue vital deste país. Porque, sem o Holocausto, onde ficam eles? *Quem* são eles? É através do Holocausto que eles sustentam sua ligação com os judeus do mundo, sobretudo os privilegiados e seguros judeus americanos, com sua culpa explorável, por não estarem em perigo e serem bem-sucedidos. Sem a ligação com os judeus do mundo, onde está o direito deles à terra? Em lugar nenhum! Se perdessem a custódia que têm sobre o Holocausto, se a mitologia da dispersão fosse denunciada como uma fraude — *que aconteceria então?* Que *acontecerá* quando os judeus americanos se livrarem de sua culpa e voltarem a si? Que *acontecerá* quando os judeus americanos perceberem que essa gente, com sua incrível arrogância, se meteu numa missão e num sentido absolutamente absurdos, *pura mitologia?* Que *acontecerá* quando vierem a perceber que lhes passaram a perna e que, longe de serem superiores aos judeus da Diáspora, esses sionistas são inferiores *por qualquer padrão de civilização?* Que *acontecerá* quando os judeus americanos descobrirem que foram tapeados, que construíram uma aliança com Israel na base de uma culpa irracional, de fantasias de vingança, acima de tudo — *acima de tudo* — baseada nas mais ingênuas ilusões sobre a identidade moral deste Estado? *Porque este Estado não tem identidade moral.* Ele *perdeu* sua identidade moral, se é que algum dia teve alguma, pra começar. Institucionalizando implacavelmente o Holocausto, perdeu até seu direito ao Holocausto! O Estado de Israel sacou os últimos trocados de seu crédito moral do banco dos seis milhões de mortos — foi isso que eles fizeram quebrando as mãos de crianças árabes, por ordens de seu ilustre ministro da Defesa. Até mesmo pros judeus do mundo vai ficar claro: este é um Estado fundado na força e mantido pela força, um Estado maquiavélico que trata com violência o levante de um povo oprimido num território ocupado, um Estado maquiavélico que existe, claro, num mundo maquiavélico, mas que é quase tão santo quanto o Departamento de Polícia de Chicago. Eles anunciam este Estado há quarenta anos como essencial pra existência de uma cultura, um povo, uma herança judeus; tentaram com toda a sua astúcia anunciar Israel como uma realidade sem escolha, quando na verdade é uma *opção*, a ser examinada em termos de *qualidade* e *valor.* E, quando a gente se atreve a

143

examiná-lo desse jeito, que descobre na verdade? Arrogância! Arrogância! Arrogância! E além da arrogância? Nada! E, além do nada, *mais arrogância*! E agora está aí pra todo o mundo ver na televisão — uma capacidade primitiva de violência sádica, que finalmente desmente *toda* a mitologia deles! A 'Lei do Retorno'? Como se algum judeu civilizado que se respeite *quisesse* voltar para um lugar deste! A 'Reunião dos Exilados'? Como se 'exílio' da judeidade pudesse descrever a condição judia em qualquer parte, menos *aqui*! O 'Holocausto'? O Holocausto acabou. Sem o saber, os próprios sionistas o declararam acabado há três dias, na praça Manara, em Ramallah. Vou levar você lá e mostrar o lugar onde o decreto foi escrito. Uma parede aonde soldados israelenses levaram civis palestinos inocentes, baixaram o porrete e reduziram todos a uma pasta. Esqueça o truque publicitário desse julgamento de fancaria. O fim do Holocausto está escrito naquele muro com sangue palestino. Philip! Amigo velho! Toda a sua vida, você se dedicou a salvar os judeus deles próprios, a expor a eles as ilusões que têm de si próprios. Toda a sua vida, como escritor, desde quando começou a escrever aqueles contos em Chicago, você vem se opondo aos lisonjeiros estereótipos deles sobre si próprios. Foi atacado por isso, foi vilipendiado por isso, a conspiração contra você na imprensa judia começou desde o início e dificilmente diminuiu até hoje, uma campanha de desmoralização que não se abate sobre escritor judeu nenhum desde Spinoza. Estou exagerando? Tudo que sei é que, se um *goy* insultasse publicamente um judeu do jeito que eles têm insultado publicamente você, a B'nai B'rith estaria gritando de todos os púlpitos e todos os programas de entrevistas: 'Antissemitismo!'. Chamaram você dos nomes mais feios, acusaram você dos atos mais vis de traição, e no entanto você continuou se sentindo responsável por eles, temendo por eles, você persiste, diante da hipócrita estupidez deles, sendo o filho amoroso e leal deles. Você é um grande patriota pro seu povo, e, por causa disso, muita coisa do que estou dizendo o enraiveceu e ofendeu. Estou vendo em seu rosto, ouvindo em seu silêncio. Você está pensando: 'Ele está doido, histérico, imprudente, alucinado'. E daí se estou? — *você não estaria?* Judeus! Judeus! Judeus! Como posso não pensar continuamente nos judeus? Os judeus são meus carcereiros, eu sou prisioneiro deles. E, como minha mulher vai dizer a você, não há coisa pra que eu tenha menos talento do que pra prisioneiro. Meu talento era ser professor, não o escravo de um senhor. Meu talento era ensinar Dostoiévski, não viver afogado em despeito e ressentimento como o homem do subterrâneo! Meu talento era explicar os intermináveis monólogos desse louco agitado, não me tornar um louco agitado cujos próprios monólogos intermináveis ele não pode abafar nem no sono. Por que não me contenho, se sei o que estou causando a mim mesmo? Minha mulher, coitada, me faz esta pergunta todo dia. Por que não podemos nos mudar de volta pra Boston antes que um ataque como o que matou o pai discursador mate também o filho discursador? Por quê? Porque eu, que não vou capitular, *também* sou um patriota, que ama e odeia seus derrotados e encolhidos palestinos provavelmente na mesma medida em que *você*, Philip, ama seus judeus presunçosos e satisfeitos consigo mesmos. Você não diz nada. Está chocado por ver o bonachão Zee num estado de raiva cega e consumidora, e você é demasiado irônico, demasiado cosmopolita, demasiado cético pra aceitar com graciosidade o que vou lhe dizer agora, mas, Philip, *você é um profeta judeu e sempre foi.* Você é um *visionário* judeu, e com sua viagem à Polônia deu um passo visionário, ousado, histórico. E, por isso, agora vai ser mais que vilipendiado na imprensa — vai ser ameaçado, pode muito bem ser atacado fisicamente, eu não duvidaria que até tentassem prender você — implicar você em algum ato criminoso e pôr você na cadeia, pra fechar sua boca. Essas pessoas aqui são brutais, e Philip Roth ousou voar diretamente na cara da mentira nacional deles. Durante quarenta anos eles têm arrastado judeus de todo o mundo, pagando, fazendo acordos, subornando autoridades numa dezena de países diferentes, pra poder pôr as mãos num número cada vez maior de judeus e arrastá-los pra cá, pra perpetuar seu mito de lar nacional judaico. E agora vem Philip Roth fazer tudo que pode pra encorajar esses judeus a parar de invadir a terra dos outros e deixar este país de faz de conta deles antes que os irregenerados e vingativos sionistas, loucos pelo poder, envolvam todo o mundo judeu em sua brutalidade e laçam desabar sobre os judeus uma catástrofe da qual eles jamais vão se recuperar. Amigo velho, a gente precisa de você, todos precisamos de você, tanto os ocupantes como os ocupados precisam da ousadia e do cérebro de sua Diáspora. Você não está preso a esse conflito, não está impotente sob o poder dessa coisa. Você chega com uma visão, uma visão nova e brilhante pra resolver isso — não o sonho de um lunático palestino utópico, nem uma terrível solução final sionista, mas um arranjo histórico profundamente concebido, exequível, *justo*. Amigo velho, querido amigo velho — em que lhe posso ser útil? Em que *nós* podemos ser úteis a você? Não deixamos de ter nossos recursos. Me diga o que temos de fazer, e nós faremos."

5. EU SOU PIPIK

O TRIBUNAL MILITAR DE RAMALLAH ficava entre os muros de uma prisão construída pelos britânicos durante o Mandato, um conjunto baixo de concreto, parecendo uma casamata, cujo objetivo seria difícil não perceber — só olhar para aquilo já era uma punição. A prisão ficava no alto de um morro descalvado e arenoso nos arredores da cidade, e dobramos no retorno ao pé do morro e chegamos a um alto alambrado, encimado por um duplo fio de arame farpado, que encerrava o perímetro externo dos quatro ou cinco acres que separavam a prisão da estrada abaixo. George e eu saltamos do carro e nos aproximamos do portão para apresentar nossos documentos a um dos três guardas armados. Sem falar, o guarda os examinou e devolveu, e nos deixaram avançar mais uns trinta metros até uma segunda guarita, onde uma submetralhadora projetada da janela visava o que quer que subisse a estrada de acesso. A arma era guarnecida por um jovem soldado carrancudo, com a barba por fazer, que nos olhava de cara feia enquanto entregávamos nossos papéis a outro guarda, que os jogou em sua mesa e, com um gesto truculento, indicou que podíamos passar.

"Garotos sefarditas", disse-me George, quando seguimos para a porta da prisão. "Marroquinos. Os asquenazitas preferem manter as mãos limpas. Põem os irmãos morenos pra fazer a tortura por eles. Os detestadores de árabes do Oriente fornecem aos asquenazitas uma massa proletária muito útil, pra toda obra. Evidentemente, quando viviam no Marrocos eles não odiavam os árabes. Viveram em harmonia com os árabes durante mil anos. Mas os israelenses brancos ensinaram a eles isso também — odiar os árabes e a si mesmos. Os israelenses brancos os transformaram em seus valentões."

147

A porta lateral era guardada por uma dupla de soldados que, como os que acabáramos de encontrar, pareciam ter sido recrutados das partes mais pobres da cidade. Deixaram-nos entrar sem uma palavra, e passamos para uma miserável sala de tribunal onde mal cabiam duas dezenas de espectadores. Metade dos assentos era ocupada por mais soldados israelenses, sem armas visíveis, mas que aparentemente não teriam muito trabalho para abafar qualquer perturbação com as mãos limpas. Em desmazelados uniformes de combate e coturnos, com as golas das camisas abertas e as cabeças descobertas, sentavam-se esparramados por ali, mas apesar disso parecendo muito donos do lugar, com os braços abertos de ambos os lados no encosto dos bancos de madeira. Minha primeira impressão foi a de jovens arruaceiros zanzando na antessala de uma agência de empregos especializada em leões de chácara.

No estrado elevado na frente da sala, entre duas grandes bandeiras israelenses pregadas na parede às suas costas, sentava-se o juiz, um oficial do Exército uniformizado, na casa dos trinta anos. Magro, ligeiramente calvo, barbeado, cuidadosamente voltado, ouvia os procedimentos com o ar perspicaz de uma pessoa branda, judiciosa — um dos "nossos".

Na segunda fila abaixo do estrado, um espectador sentado acenou para George, e nós dois deslizamos discretamente para junto dele. Não havia soldados naquela fila. Tinham se agrupado mais para trás, perto de uma porta no fundo da sala, que eu vira que dava para a área de detenção onde ficavam os réus. Antes que a porta se fechasse, vi de relance um garoto árabe. Podia-se perceber o terror em seu rosto, mesmo a dez metros de distância.

Nós nos havíamos juntado ao advogado-poeta cujo irmão era acusado de atirar coquetéis-molotov e que George descrevera como um formidável adversário da ocupação israelense. Quando George nos apresentou, ele tomou minha mão e apertou-a calorosamente. Chamava-se Kamil, um homem alto, de bigode, esquelético, com os olhos derretidos, negros e significativos do que em outros tempos se chamava um sedutor, e uns

148

modos que me lembravam o disfarce persuasivamente bonachão que George usava quando era Zee em Chicago.

Kamil explicou a George, em inglês, que o caso de seu irmão ainda não fora julgado. George ergueu um dedo para o banco, cumprimentando o irmão, um garoto de uns dezesseis a dezessete anos cuja expressão vazia me sugeriu que estava, pelo menos no momento, mais paralisado pelo tédio que pelo medo. Ao todo, havia cinco réus árabes no banco, quatro adolescentes e um homem de uns vinte e cinco anos, cujo caso estava sendo julgado desde a manhã. Kamil me explicou, sussurrando, que a acusação tentava renovar a ordem de detenção do réu mais velho — um suposto ladrão que diziam ter roubado duzentos dinares —, mas que a testemunha da acusação, um policial árabe, só chegara havia pouco ao tribunal. Olhei para onde o policial era interrogado pelo advogado de defesa, que, para minha surpresa, não era um árabe, mas um judeu ortodoxo, um imponente urso barbudo, provavelmente na casa dos cinquenta, usando um solidéu junto com a toga negra. O intérprete, sentado no centro dos trabalhos pouco abaixo do juiz, era (segundo me disse Kamil) um druso, um soldado israelense que falava árabe e hebraico. O advogado de acusação era, como o juiz, um oficial do Exército uniformizado, um jovem de aparência delicada, com o ar de alguém empenhado numa tarefa excessivamente cansativa, embora no momento parecesse achar graça, como o juiz, de uma observação do policial que o intérprete acabara de traduzir.

Meu segundo tribunal judeu em dois dias. Juízes judeus. Leis judias. Bandeiras judias. E réus não judeus. Tribunais como os que judeus tinham visto em suas fantasias por muitas centenas de anos e que respondiam a anseios ainda mais inimagináveis que os de um Exército ou um Estado. Um dia *nós* determinaremos a justiça!

Bem, o dia chegara, muito surpreendentemente, e ali estávamos nós, determinando-a. A versão não idealizada de mais um sonho humano, cheio de esperanças, realizado.

Meus dois companheiros interessaram-se apenas um instante pelo contrainterrogatório; em breve George estava com

149

uma prancheta nas mãos, tomando notas, enquanto Kamil mais uma vez sussurrava diretamente em meu rosto: "Deram uma injeção em meu irmão":

Julguei a princípio que ele tinha dito "injunção".

"Em que sentido?"

"Uma *injeção*." Ele ilustrou apertando o polegar em meu antebraço.

"Pra quê?"

"Pra nada. Pra enfraquecer o organismo. Agora ele sente dores no corpo todo. Olhe pra ele. Mal consegue segurar a cabeça. Um garoto de dezesseis anos", disse, desdobrando queixosamente as mãos, "e o puseram doente com uma injeção." As mãos indicavam que era isso que eles faziam quando não se podia detê-los. "Usam pessoal médico. Amanhã vou fazer queixa à associação médica israelense. E eles vão me acusar de difamação."

"Talvez ele tenha recebido uma injeção da equipe médica", eu disse, "porque já estava doente."

Kamil sorriu como se sorri para uma criança que brinca com seus brinquedos no hospital enquanto um dos pais dela agoniza. Depois colou os lábios em minha orelha e sibilou: "São *eles* que estão doentes. É assim que suprimem a revolta do núcleo nacionalista. Torturando de um modo que não deixa marcas". Indicou o policial no banco das testemunhas. "Outra empulhação. O caso prossegue indefinidamente, só para estender a agonia da gente. É o quarto dia em que acontece isso. Acham que, se nos frustrarem por bastante tempo, vamos fugir e morar na Lua."

Na outra vez que Kamil se virou para me sussurrar, tomou minha mão enquanto falava: "Encontro pessoas da África do Sul em toda a parte", sussurrou. "Converso com elas. Faço perguntas. Porque isso aqui está ficando muito parecido a cada dia que passa."

Os sussurros de Kamil começavam a me dar nos nervos, como também o papel em que eu me metera por algum motivo perverso e inexplicado. *Em que nós podemos ser úteis a você?*

Kamil estava ou trabalhando para me recrutar como aliado contra os judeus, ou me testando para ver se minha utilidade era alguma coisa do que George supunha com base em minha visita a Lech Walesa. Pensei: vivi me metendo em problemas como este a vida toda, mas até agora sobretudo na ficção. Como, exatamente, vou sair desta?

De novo, lá estava a pressão do ombro de Kamil no meu, e seu bafo quente em minha pele. "Não é correto? Não fosse Israel ser judeu..."

Ouviu-se o forte estalo do martelo batendo, o modo de o juiz sugerir a Kamil que talvez fosse hora de calar a boca. Kamil, imperturbável, deu um suspiro e, cruzando as mãos no colo, aguentou a reprimenda em estado de ruminativa meditação por cerca de dois minutos. Depois lá estava ele em meu ouvido de novo. "Não fosse por Israel ser judeu, não estariam os mesmos judeus liberais americanos, tão identificados com o bem-estar de Israel, não estariam eles condenando este Estado, tão brutalmente quanto fazem com a África do Sul, pelo modo como trata sua população árabe?"

Preferi não responder também dessa vez, mas isso não o desencorajou mais que o martelo do juiz. "Claro, a África do Sul não tem importância agora. Agora que estão quebrando mãos e dando injeções nos prisioneiros, agora a gente não pensa na África do Sul, mas na Alemanha nazista."

Voltei o rosto para ele tão instintivamente quanto pisaria no freio se alguma coisa se lançasse na frente de meu carro. E, olhando-me de um modo inteiramente não agressivo, vi aqueles olhos líquidos, com aquela insondável eloquência que para mim era só opacidade. Tive apenas de balançar a cabeça com simpatia, balançar a cabeça e exibir no rosto minha expressão mais grave — mas qual era o *objetivo* daquela farsa? Se ela tivera algum dia um objetivo, eu estava demasiado incomodado pela implacável retórica de meu perseguidor para lembrar qual era e continuar com o número. Já ouvira bastante. "Escute", eu disse, começando discreto e baixo, mas surpreendentemente, quando as palavras saíram, inflamando-me de súbito, fora de controle,

151

"os nazistas não quebravam mãos. Eles praticavam aniquilamento industrial de seres humanos. Fizeram da morte um processo de manufatura. Por favor, nada de metáforas onde há registro histórico!"

Com isso me pus de pé num salto, mas ao passar pelas pernas de George o juiz bateu o martelo, duas vezes agora; na fila de trás, quatro soldados se levantaram prontamente, e vi o guarda armado na porta para a qual me dirigia se adiantar para me barrar o caminho. Então o juiz perspicaz, falando em inglês, anunciou sonoramente ao tribunal: "O sr. Roth está moralmente horrorizado com o nosso neocolonialismo. Abram caminho. O homem está precisando de ar". Falou em seguida em hebraico, e o guarda que bloqueava a porta se afastou e eu empurrei a porta e saí para o pátio. Mas mal tivera um momento para começar a imaginar como ia encontrar sozinho o caminho de volta a Jerusalém quando todos que deixara lá atrás saíram em tropel pela porta. Todos, menos George e Kamil. Teriam sido presos? Quando olhei pela porta aberta, vi que os prisioneiros haviam sido retirados do banco, e, a não ser pelo estrado, a sala estava vazia. E ao lado da cadeira do juiz do Exército, que aparentemente decretara um recesso para falar com eles em particular, estavam meus dois companheiros desaparecidos. No momento o juiz ouvia, não falava. Era George quem falava. *Espumando.* Kamil permanecia calado ao lado dele, um homem muito alto, com as mãos nos bolsos, um atacante cujo ataque fora domado por uma astúcia disfarçada para parecer resignação.

O advogado de defesa, o homão barbudo de solidéu, fumava diligentemente um cigarro a apenas alguns palmos de mim. Sorriu quando me virei para ele, um sorriso que continha um ferrão. "Então", ele disse, como se, antes mesmo de trocarmos uma palavra, já tivéssemos chegado a um impasse. Acendeu um cigarro com a ponta do primeiro e, após um ligeiro frenesi de profundas inalações, tornou a falar. "Então o senhor é aquele de quem todos estão falando."

Como ele me vira em termos de intimidade no tribunal com

o irmão localmente famoso de um réu árabe, e sem dúvida presumira disso, por mais incorreto que fosse, que minha inclinação, se alguma eu tinha, não poderia ser de todo contrária à dele, eu não estava preparado para o flagrante desdém. *Mais um* antagonista. Mas meu ou de Pipik? Na verdade, um pouco de ambos.

"É, o senhor abre a boca", ele disse, "e, diga o que disser, todo o mundo toma conhecimento. Os judeus se põem a bater no peito. 'Por que ele está contra nós? Por que não está conosco?' Deve dar uma sensação maravilhosa ter tanta importância o que a gente é a favor ou contra."

"Uma sensação melhor, eu lhe garanto, do que ser um advogado que defende casos de pequenos roubos onde Judas perdeu as botas."

"Um advogado judeu ortodoxo de cento e vinte quilos. Não faça pouco de minha insignificância."

"Vá embora", eu disse.

"Sabe, quando os *schmucks** aqui me criticam por defender árabes, em geral não me dou ao trabalho de ouvir. 'É um meio de vida', digo. 'Que esperam vocês de um trambiqueiro como eu?' Digo a eles que os árabes respeitam um homem gordo, um homem grande pode foder com a vida deles pra valer. Mas, quando George Ziad traz a este tribunal suas celebridades esquerdistas, aí eu pareço quase tão desprezível quanto elas. Pelo menos você tem a desculpa da autopromoção. Como vai chegar a Estocolmo sem suas credenciais do Terceiro Mundo?"

"Claro, Tudo faz parte de uma campanha para o prêmio."

"Aquele bonitão, o bardo de tribunal deles, já lhe falou do prédio em chamas? 'Se a gente salta de um prédio em chamas, pode aterrissar em cima de um homem que por acaso está passando na rua. É um acidente bastante grave. Portanto, não é preciso passar a baixar o pau na cabeça do cara. Mas é isso que está acontecendo na Margem Ocidental. Primeiro caíram em cima das pessoas, pra se salvar, e agora estão baixando o pau na

---

* "Cretinos", em iídiche (N. E.)

cabeça delas.' Muito folclórico. Muito autêntico. Ele ainda não pegou em sua mão? Vai pegar, de uma maneira muito comovente, quando você quiser ir embora. É quando Kamil ganha o Oscar. 'Você vai embora daqui e esquecer, e ela vai embora daqui e esquecer, e George vai embora daqui, e pelo que me consta talvez até mesmo George vá esquecer. Mas quem recebe os açoites tem uma experiência diferente daquela de quem conta os açoites.' É, eles têm um grande trunfo no senhor, sr. Roth. Um Jesse Jackson judeu — valendo uns mil Chomsky. E aí estão eles", disse, olhando George e Kamil saírem do tribunal para o pátio, "as vítimas de estimação do mundo. Qual é o sonho deles? Palestina? Ou Palestina e Israel também? Um dia peça a eles pra tentarem lhe dizer a verdade."

A primeira coisa que George e Kamil fizeram quando se juntaram a nós foi apertar a manzorra do advogado; ele, por sua vez, ofereceu cigarros a cada um e, quando recusei, acendeu outro e se pôs a rir, um ruído áspero, rascante, com rumores cavernosos que nada de bom auguravam para os canais bronquiais; mais uns mil maços, e ele talvez jamais tivesse de suportar a nauseante ingenuidade de celebridades esquerdistas como Jesse Jackson e eu. "O eminente escritor", explicou a George e Kamil, "não sabe o que entender de nossa cordialidade." E me confiou: "Isto aqui é o Oriente Médio. A gente sabe mentir com um sorriso. A sinceridade não faz parte deste mundo, mas essa turma nativa se especializa em ser menos sincera ainda. É uma coisa que a gente descobre em relação aos árabes: eles são perfeitamente naturais nos dois papéis ao mesmo tempo. Muito convincentes num sentido — exatamente como quando o senhor escreve —, e depois, no momento seguinte, alguém deixa a sala e eles dão meia-volta e se mostram exatamente o oposto".

"E como o senhor explica isso?", perguntei-lhe.

"O interesse próprio permite qualquer coisa. Muito, muito elementar. Isso vem do deserto. Aquela folha de grama é minha, e meu animal ou a come, ou morre. É o meu animal ou o seu. É aí que começa o interesse, que justifica toda duplicidade. Há no Islã a ideia da *taqiya*. Geralmente chamada em inglês de 'dissimulação'. É especialmente forte no Islã xiita, mas está em toda a cultura islâmica. Em termos doutrinários, a dissimulação faz *parte* da cultura islâmica, e a permissão pra dissimular é generalizada. A cultura não espera que a gente fale de um modo que nos ponha em perigo, e certamente não que se seja franco e sincero. O cara seria considerado tolo se fizesse isso. As pessoas dizem uma coisa, adotam uma posição pública, são muito diferentes por dentro e em particular agem de um modo inteiramente diferente. Eles têm uma expressão para isso: 'areias que se movem' — *ramál mutaharrika*. Um exemplo: apesar de toda a fanfarronada deles contra o sionismo, durante todo o Mandato venderam terras aos judeus. Não só os oportunistas comuns, mas também os grandes chefes. Mas têm um maravilhoso provérbio para justificar também isso. *Ad-daroori lih achkaam*. 'A necessidade tem suas próprias leis.' Dissimulação, duplicidade, segredo — são valores muitíssimo prezados entre seus amigos", ele me disse. "Acham que os outros na verdade não precisam saber o que eles pensam. Muito diferentes dos judeus, entende, que dizem tudo que pensam a todo mundo, sem parar. Antes eu pensava que Deus tinha dado o árabe ao judeu pra infernizar a consciência dele e mantê-lo judeu. Mudei de ideia depois de conhecer George e o bardo. Deus nos mandou os árabes pra gente aprender com eles a aperfeiçoar nossa própria sinuosidade."

"E por que", perguntou George, "Deus deu o judeu ao árabe?"

"Pra castigá-lo", respondeu o advogado. "Você sabe disso melhor que qualquer outro. Pra castigá-lo, claro, por se afastar de Alá. George é um grande pecador", me disse. "Ele pode lhe contar algumas histórias engraçadas sobre esse afastamento."

"E Shmuel é ainda melhor ator do que eu pecador", disse George. "Em nossas comunidades, ele banca o santo — um judeu que defende os direitos civis dos árabes. Ser representado por um advogado judeu — assim pelo menos há uma chance no tribunal. Até Demjanjuk pensa isso. Demitiu o dr. O'Brien e contratou Sheftel porque também está iludido o bastante pra pensar que isso ajuda. Eu soube outro dia que Demjanjuk disse a Sheftel: 'Se eu tivesse um advogado judeu desde o começo,

155

jamais estaria neste aperto hoje'. Shmuel, todos reconhecem, não é nenhum Sheftel. Sheftel é o superastro anti*establishment* — vai espremer daqueles ucranianos tudo que eles têm. Vai faturar meio milhão em cima daquele guarda de Treblinka. Não é assim com o humilde são Shmuel. São Shmuel não liga pro pouco que lhe pagam esses réus pobres. Por que ia ligar? Recebe seu pagamento de todos os lados. Não basta que o Shin Bet corroa nossa vida aqui comprando um informante em cada família. Não basta bancar a serpente com pessoas já oprimidas e, se diria, suficientemente humilhadas. Não, até mesmo os advogados dos direitos civis têm de ser espiões, até *isso* eles têm de corromper."

"George não faz justiça aos seus informantes", me disse o advogado judeu. "Sim, há muitos deles, mas por que não? É uma ocupação tradicional nesta região, uma ocupação na qual os praticantes são maravilhosamente competentes. A delação tem uma longa e nobre tradição aqui. Não remonta apenas aos britânicos, aos turcos, remonta a Judas. Seja um bom relativista cultural, George — delatar é um estilo de vida aqui, não menos merecedor do respeito de vocês que o estilo de vida indígena de qualquer sociedade. Você passou tantos anos no exterior, como playboy intelectual, ficou tanto tempo longe de seu próprio povo que o julga, se assim posso dizer, quase com os olhos de um condescendente cão imperialista israelense. Fala em delatar, mas a delação proporciona um certo *alívio* pra toda essa humilhação. Delatar empresta status, privilégios. Realmente, você não devia ter tanta pressa em cortar a garganta de seus colaboradores, quando a colaboração é uma das realizações mais estimáveis de sua sociedade. Na verdade, seria o mesmo que um crime antropológico queimar as mãos deles e apedrejá-los até a morte — e, pra uma pessoa em sua posição, é estúpido também. Como todo mundo em Ramallah já desconfia que todo mundo é delator, um idiota esquentado pode um dia chegar ao desvario de tomar *você* por colaborador e cortar sua garganta também. E se eu mesmo começasse a espalhar o boato? Talvez eu não achasse isso demasiado desagradável."

"Shmuel", respondeu George, "faça como quiser, espalhe falsos boatos se quiser..."

Enquanto prosseguia a discussão deles, Kamil ficava de lado, fumando em silêncio. Parecia nem mesmo estar ouvindo, nem havia motivo algum para que estivesse, já que aquele pequeno número de teatro de variedades se destinava à minha educação, não à dele.

Os soldados que tinham estado fumando juntos na outra ponta do pátio começaram a voltar para a porta do tribunal, e, após expectorar na poeira por trás das costas de uma das mãos, também o advogado Shmuel se afastou abruptamente sem outro insulto de nenhum de nós.

Kamil me disse, agora que Shmuel se fora: "Eu tomei o senhor por outra pessoa".

Quem, agora?, me perguntei. Esperei saber mais alguma coisa, mas por algum tempo não houve mais nada, e os pensamentos dele pareciam andar por outra parte. "É preciso fazer muitas coisas", explicou por fim, "em pouco tempo. Estamos todos sobrecarregados de trabalho e de tensão. A falta de sono começa a deixar a gente idiota." Um grave pedido de desculpas — e achei a gravidade tão desestimulante quanto tudo o mais nele. Como sua raiva não explodia no rosto a cada dois minutos, me pareceu que sua proximidade era mais temível que a de George. Era como estar nas vizinhanças de uma dessas bombas que se desenterram durante as escavações urbanas e que ficaram sem detonar desde a Segunda Guerra Mundial. Eu imaginava — como não fazia quando pensava em George — que Kamil poderia causar muitos danos quando e se explodisse.

"Por quem o senhor me tomou?", perguntei.

Ele me surpreendeu com um sorriso. "Pelo senhor mesmo."

Não gostei daquele sorriso, de um homem que eu supunha *jamais* fazer brincadeiras. Saberia ele o que estava dizendo? Ou estaria dizendo que nada mais tinha a dizer? Toda aquela atuação não significava que havia uma peça em andamento; significava o contrário.

"É", eu disse, fingindo amizade, "entendo como pode se enganar. Mas lhe garanto que não sou mais eu mesmo do que qualquer outro por aqui."

Alguma coisa nessa resposta fez com que ele se voltasse prontamente, com uma expressão ainda mais severa que antes da dúbia dádiva daquele sorriso. Realmente não pude entender o que ele queria. Kamil falava como num código só conhecido por ele mesmo; ou talvez apenas tentasse me assustar.

"O juiz", disse George, "concordou em que o irmão dele fosse para um hospital. Kamil vai ficar pra garantir que isso aconteça."

"Espero que não tenha nenhum problema com seu irmão", eu disse, mas Kamil continuava olhando-me como se fosse eu que tivesse dado a injeção em seu irmão. Agora que se desculpara por ter me confundido com outra pessoa, parecia ter concluído que eu era ainda mais desprezível que o outro cara.

"Sim", disse Kamil. "O senhor é simpático. Muito simpático. É difícil não ser simpático quando a gente vê com os próprios olhos o que se perpetra aqui. Mas deixe que eu lhe diga o que vai acontecer com sua simpatia. Vai partir daqui e, dentro de uma semana, duas semanas, um mês no máximo, vai esquecer. E o advogado, dr. Shmuel, irá pra casa esta noite e, antes mesmo de chegar à porta da frente, antes mesmo de jantar e brincar com os filhos, já terá esquecido. E George vai partir, e talvez até mesmo George vá esquecer. Se não hoje, amanhã. George já esqueceu uma vez antes." Apontou furiosamente a prisão lá atrás, mas a voz era excessivamente delicada quando disse: "Quem recebe os açoites tem uma experiência diferente daquela de quem conta os açoites". E com isso voltou para o lugar onde seu irmão era prisioneiro dos judeus.

George queria ligar para a mulher e dizer-lhe que logo estaria em casa com um convidado, por isso fomos até uma porta na frente do conjunto, onde não havia nenhum guarda postado, e ele simplesmente empurrou-a e entrou, comigo logo atrás. Espantou-me que um palestino como ele e um total estranho como eu pudéssemos simplesmente percorrer um corredor sem que ninguém nos detivesse, sobretudo quando me lembrei de

158

que ninguém verificara em nenhum ponto se estávamos armados. Num gabinete no fim do corredor, três soldadas, garotas israelenses de uns dezoito ou dezenove anos, batiam à máquina, o rádio ligado no rock de sempre — só precisávamos rolar uma granada pela porta aberta para nos vingar pelo irmão de Kamil. Como era que ninguém parecia alerta para essa possibilidade? Uma das datilógrafas ergueu o olhar quando ele perguntou em hebraico se podia usar o telefone. Ela concordou balançando a cabeça descuidadamente: "*Shalom*, George", e foi aí que eu pensei; ele *é* colaborador.

George, falando inglês, dizia à esposa que me encontrara em Jerusalém, o grande amigo a quem não via desde 1955, e eu olhava os pôsteres nas paredes da salinha suja, miserável, provavelmente pregados pelas soldadas datilógrafas para ajudá-las a esquecer o lugar onde trabalhavam — havia um pôster turístico da Colômbia, um de patinhos nadando muito bonitinhos num poço de lírios, um de flores silvestres brotando abundantes num pacífico campo —, e, enquanto me fingia absorvido neles e nada mais, pensava: ele é um espião israelense — e está espionando a mim. Mas que tipo de espião será, se não sabe que não sou o eu certo? E por que Shmuel iria denunciá-lo, se o próprio Shmuel trabalha pro Shin Bet? Não, é espião da OLP. Não, não é espião de ninguém. Ninguém é espião. *Eu* é que sou o espião!

Onde tudo são palavras, eu julgaria ter certo domínio e conhecer o caminho, mas todo aquele ódio agitado, cada homem um pelotão de fuzilamento verbal, suspeitas incomensuráveis, uma inundação de conversas ferinas, furiosas, toda a vida um debate perverso, papos em que não há nada que não se possa dizer... não, eu estaria melhor na selva, pensei, onde um rugido é um rugido e é muito difícil ignorar-lhe o sentido. Ali eu tinha apenas a mais débil compreensão do que estava por trás da luta e da pantomima de luta; e tampouco meu comportamento era muito mais plausível que o de qualquer outro.

Enquanto descíamos o morro juntos, a pé, e passávamos pelas guaritas dos guardas, George flagelava-se por ter imposto as misérias da ocupação à mulher e ao filho, nenhum dos quais tinha a fortitude necessária para viver na linha de frente, embora para Anna houvesse uma espécie de compensação no fato de morar quase ao lado do pai viúvo, cuja saúde fraca fora motivo de tanta ansiedade para ela nos Estados Unidos. O pai era um rico negociante de Ramallah, de quase oitenta anos, que cuidara de mandá-la para as melhores escolas desde que tinha dez anos, primeiro, em meados da década de 1950, uma escola feminina cristã em Beirute, e depois os Estados Unidos, onde ela conhecera George, também cristão, e se casara com ele. Anna trabalhara durante anos fazendo layouts numa agência de publicidade de Boston; em Ramallah, tinha uma oficina que produzia pôsteres de propaganda, panfletos e volantes, uma atividade cuja natureza clandestina cobrava seu preço numa dose diária de importunos problemas de saúde e num ataque semanal de enxaqueca. Seu medo permanente era o de que os israelenses viessem à noite e prendessem não a ela, mas a seu filho de quinze anos, Michael.

Contudo, teria havido alguma opção para o próprio George? Em Boston, ele discutia com os defensores de Israel nos seminários sobre o Oriente Médio no Coolidge Hall, opunha-se obstinadamente aos amigos judeus, mesmo quando isso significava arruinar seus próprios banquetes, escrevia artigos de opinião para o *Globe* e ia à WGBH sempre que Chris Lydon precisava de alguém para combater durante três minutos com o Netanyahu local em seu programa; mas a idealística resistência ao ocupante, a partir da confortável segurança de uma cátedra americana, revelou ser ainda menos tolerável para sua consciência que a lembrança da negação, durante todos aqueles anos, de qualquer ligação com a luta. No entanto, ali em Ramallah, fiel a seu dever, não parava de preocupar-se com o que o retorno a ele estava causando a Anna e, mais ainda, a Michael, cuja rebelião George não previra, embora quando a descreveu eu me perguntasse como ele poderia ter deixado de prevê-la. Por mais heroica que parecesse a causa para Michael, em meio às inscrições patrióticas que decoravam as paredes de seu quarto na suburbana Newton, ele agora se sentia como só um filho adolescente pode se sentir em relação ao que encara como um obstáculo à sua autorrealização, um pai obtuso impondo um estilo de vida superado. Com a máxima relutância, George estava à beira de aceitar a ajuda financeira do sogro e, por insistência de Anna, mandar Michael de volta ao internato da Nova Inglaterra, para terminar o secundário. Para George — que julgava o garoto crescido o bastante para ficar e ser educado ali, na dura realidade de suas vidas, crescido o bastante para partilhar da tribulação de que não tinham como fugir e para abraçar as consequências de ser seu filho —, as discussões com Michael eram tanto mais punitivas por serem uma reencenação do amargo conflito que o afastara de seu próprio pai e amargurara os dois.

Eu simpatizava com Michael, por mais que ele fosse um jovem inexperiente. Que vergonhoso nacionalismo os pais jogam nas costas dos filhos, a cada geração, eu pensava, impondo sua luta à seguinte. Contudo, esse era o grande drama da família deles e pesava sobre George Ziad como uma pedra. Aí está Michael, cujo direito, diz-lhe seu instinto de adolescente americano, é ser uma nova geração ingrata, a-histórica e livre, e aí está mais um pai na dolorosa história dos pais, esperando que tudo que existe de cegamente egoísta num jovem filho capitule diante de sua necessidade adulta de apaziguar o fantasma de um pai a quem ele ofendeu com seu próprio egoísmo. Sim, emendar-se junto ao próprio pai é uma dura tarefa — tudo aquilo de capinar o mato baixo de rançosa patologia com o facão da própria culpa. Mas George estava decidido a acertar a questão da autodivisão de uma vez por todas, e isso significava, como sempre ocorre, imoderação com vingança. Não existem meias medidas para essas pessoas — mas também não fora assim para George? Ele quisera uma vida que se fundisse com a dos outros, primeiro, como Zee em Chicago, com a nossa e agora mais uma vez com a deles — abafar a briga interior com um ato de implacável simplificação — e isso jamais deu certo. Mas ficar sensatamente no meio-termo em Boston tampouco dera certo. Parecia que sua vida não podia fundir-se com a de ninguém, em

161

lugar nenhum, por mais drástica que fosse a experiência de remodelação que ele tentasse. Era espantoso que uma coisa tão minúscula como o ego contivesse subegos em luta — e que esses subegos fossem construídos de outros subegos, e assim por diante. E no entanto, o que era mais espantoso ainda, um homem crescido, um adulto educado, um catedrático que busca a *autointegração*!

Eu já vinha pensando em egos múltiplos havia meses, começando com meu colapso pelo Halcion e estimulado de novo pelo aparecimento de Moishe Pipik, e talvez por isso meu pensamento sobre George fosse excessivamente subjetivo; mas o que estava decidido a compreender, por mais incompletamente que fosse, era por que tudo que George dizia — mesmo quando, como um cara num bar, se desesperava de pessoas próximas como a mulher e o filho — não me parecia fazer muito sentido. Eu continuava ouvindo um homem tão fora de suas profundezas quanto fora de controle, sacudido por todas as suas contradições e destinado a jamais chegar a seu lugar, quanto mais a "ser ele mesmo". Talvez tudo se resumisse no fato de que uma natureza acadêmica, intelectual, tinha sido tomada pela louca fúria de fazer história, e *isso*, sua incapacidade temperamental, mais que a urgência de uma consciência pesada, explicaria todo aquele desconjuntamento que eu via, a superexcitabilidade, a maníaca loquacidade, a duplicidade intelectual, as deficiências de julgamento, a retórica tipo departamento-de-agitação-e--propaganda — o fato de que o amável, sutil e cativante George fora inteiramente virado pelo avesso. Ou talvez se resumisse numa injustiça: não será uma injustiça colossal, duradoura, o bastante para pôr louco um homem decente?

Nossa peregrinação ao muro manchado de sangue aonde soldados israelenses haviam arrastado os habitantes locais para quebrar suas mãos e submetê-los a cacetadas foi frustrada por um círculo de impassáveis barreiras de estrada em torno da praça central, e até tivemos de contornar pelos morros em volta para chegar à casa de George, no outro lado de Ramallah. "Meu pai chorava de nostalgia também por estes morros. Mesmo na primavera, dizia que podia sentir o cheiro das flores de amendoeira. Não se sente o cheiro", me disse George, "não na primavera — elas florescem em fevereiro. Eu sempre tinha a bondade de corrigir essa hipérbole dele. Por que não se mostrava um homem e parava de chorar por essas árvores?"

Num tom de autopunitiva resignação, George compilou com voz cansada uma denúncia de lembranças como essa por todo o caminho, que subia, contornava e descia as ruas secundárias da cidade — portanto, talvez eu estivesse certo da primeira vez e fosse o *remorso* que, mesmo não sendo a causa única para determinar o tamanho daquela brutal transformação, intensificava o infeliz desespero que poluía tudo e tornara a hipérbole o normal também para George. Por ter atacado os resmungos sentimentais de um pai arruinado com a língua vingativa de um adolescente crítico, o menino do dr. Ziad ia agora pagar todo o preço da maturidade, e mais ainda.

A não ser, claro, que tudo aquilo não passasse de teatro.

A casa de George era uma de meia dúzia de casas de pedra separadas por grandes tratos de jardim e mais ou menos reunidas em torno de um pitoresco velho pomar de oliveiras, que se estendia por uma pequena ravina abaixo — originalmente, durante a primeira infância de Anna, fora o conjunto da família, cheio de irmãos e primos, mas a maioria havia emigrado. Fazia um frio mordente, começava a escurecer, e dentro da casa, numa minúscula lareira na ponta da estreita sala de visitas, ardiam umas poucas achas de lenha, uma visão bonita mas sem efeito contra a fria e impregnante escuridão que penetrava até os ossos. A casa, porém, tinha uma arrumação alegre, com vistosos tecidos colocados sobre as poltronas e o sofá e vários tapetes com desenhos geométricos modernistas espalhados pelo piso de pedra irregular. Para minha surpresa, não vi livros em parte alguma — talvez George achasse que seus livros estavam mais seguros em seu gabinete na universidade —, embora houvesse muitas revistas e jornais árabes esparramados em cima de uma mesa junto ao sofá.

Anna e Michael usavam grossos suéteres quando nos sentamos junto à lareira tomando chá quente, e eu aquecia as mãos na xícara, pensando: este porão de superfície, depois de Boston. O frio cheiro de masmorra cobria tudo. Havia também o cheiro de um aquecedor a querosene aceso — que não devia se achar em seu melhor estado de conservação —, mas que parecia estar em outro aposento. Aquela sala dava, através de portas francesas de muitas vidraças, para o jardim, e um ventilador de quatro pás pendia de uma haste muito comprida do teto abaulado, que devia ter uns quatro metros e meio de altura, e, embora eu visse que a casa podia ter seu encanto quando o tempo esquentava, naquele momento não era um lar que inspirasse uma atmosfera de confortável descontração.

Anna era uma mulher minúscula, quase imponderável, cujo único propósito anatômico era oferecer a base para os olhos fantásticos. Não havia muito mais para alguém ver nela. Eram os olhos, intensos e globulares, olhos para ver no escuro, dispostos, como os de lêmur, num rosto triangular não muito maior que um punho masculino. Depois vinha a tenda do suéter envolvendo o anoréxico restante dela e, espreitando por baixo, dois pés metidos em tênis infantis. Teria imaginado para companheira do George que eu conhecera uma criatura noturna mais cheia e aveludada do que Anna, mas talvez quando se tinham conhecido e casado em Boston, umas duas décadas antes, houvesse nela mais um pouco da moleca sapeca do que nesse animal acossado que vive à noite — se se pode chamar isso de viver — e durante o dia desaparece.

Em altura, Michael já superava o pai em uma cabeça, um jovem moreno delicado, de magreza excruciante e pele marmorizada, um garoto bonito cuja timidez (ou talvez apenas exasperação) o tornava imóvel e mudo. O pai explicava que o diasporismo era a primeira ideia original que ouvia de um judeu em quarenta anos, a primeira que prometia uma solução com base em fundamentos históricos e morais honestos, a primeira que reconhecia que a única maneira justa de dividir a Palestina era transferir não a população nativa da região, mas a população para a qual aquela região tinha sido, desde o começo, estrangeira e inimiga... e o tempo todo os olhos de Michael permaneciam rigidamente fixos num ponto invisível a cerca de um palmo acima de meu joelho. Anna também não parecia extrair grande esperança do fato de que o principal diasporista judeu visitava sua casa para o chá. Só George, eu pensava, está tão pra lá de qualquer coisa, só ele está loucamente desesperado... a menos que tudo não passe de teatro.

George entendia, claro, que uma proposta daquelas seria recebida apenas com desprezo pelos sionistas, cujos preceitos sacrossantos o diasporismo denunciava como fraudulentos; e prosseguiu explicando que mesmo entre os palestinos, que deviam ser meus ardorosos defensores, haveria aqueles, como Kamil, sem imaginação suficiente para captar o potencial político da ideia, que iriam ver estupidamente no diasporismo um exercício de nostalgia judaica...

"Então foi isso que ele entendeu", eu disse, atrevendo-me a interromper o desembestado tagarela que, me ocorreu então, talvez só com aquela voz houvesse reduzido a mulher a pouco mais que aqueles olhos e o filho ao silêncio. "Um judeu nostálgico, com sonhos broadwayanos de um *shtetl* de comédia musical."

"É. Kamil me disse: 'Um Woody Allen já basta'."

"Foi? No tribunal? Por que Woody Allen?"

"Woody Allen escreveu um troço no *New York. Times*", disse George. "Um artigo na página de opinião. Pergunte a Anna. Pergunte a Michael. Eles leram e não conseguiram acreditar nos próprios olhos. Foi republicado aqui. É tido como a melhor piada de Allen até hoje. Philip, o cara não é *shlimazl* só nos filmes. Woody Allen acredita que os judeus não são capazes de violência. Não acredita que esteja lendo direito os jornais — simplesmente não pode acreditar que judeus quebrem ossos. Conte outra, Woody. O primeiro osso eles quebram como defesa — para pôr a coisa em termos caridosos; o segundo como vitória; o terceiro lhes dá prazer; e o quarto já é um reflexo. Kamil não tem paciência com esse idiota, e tomou você por

165

outro. Mas não importa em Túnis o que Kamil diz em Ramallah sobre Philip Roth. Mal importa em Ramallah o que Kamil pensa sobre qualquer coisa."

"Túnis?"

"Eu lhe garanto que Arafat conhece a diferença entre Woody Allen e Philip Roth."

Essa era sem dúvida a mais estranha frase que eu já ouvira em minha vida. Decidi superá-la. Se é assim que George quer jogar, assim será. Não sou eu que estou escrevendo essa coisa. São eles. Eu nem sequer existo.

"Qualquer encontro com Arafat", ouvi-me dizendo-lhe, "tem de ser inteiramente secreto. Por motivos óbvios. Mas eu *quero* me encontrar com ele, em qualquer lugar, a qualquer hora, Túnis ou qualquer outro lugar, e, quanto mais cedo, melhor. Devem comunicar a Arafat que, graças aos bons ofícios de Lech Walesa, é provável que eu vá me encontrar secretamente com o papa no Vaticano, provavelmente no mês que vem. Walesa já está comprometido com minha causa, como você sabe. Ele afirma que o papa verá no diasporismo não só um meio de resolver o conflito árabe-israelense, mas um instrumento pra reabilitação moral e pro redespertar espiritual de toda a Europa. Eu mesmo não estou tão confiante quanto ele na ousadia desse papa. Uma coisa é Sua Santidade ser pró-palestino e desancar os judeus por se apropriarem de terras a que não têm nenhum direito legal. Outra coisa é esposar o corolário dessa posição e convidar um milhão e tanto de judeus a se considerarem em casa no coração da cristandade ocidental. Sim, seria sensacional se o papa convocasse pública e abertamente a Europa a convidar os judeus a voltarem do seu exílio em Israel, e falasse sério; se convocasse a Europa a confessar sua cumplicidade no desenraizamento e na destruição deles; se convocasse a Europa a se expurgar de mil anos de antissemitismo e abrir espaço em seu meio para que uma vital presença judia se multiplicasse e florescesse lá e, na previsão do terceiro milênio do cristianismo, declarasse por proclamação em todos os seus parlamentos o direito de os judeus desenraizados se reassentarem em sua pátria europeia e viverem como judeus lá, livres, seguros e bem-vindos. O papa polonês de Walesa talvez até prefira a Europa como Hitler a passou a seus herdeiros europeus — Sua Santidade talvez não queira, na verdade, desfazer o milagrezinho de Hitler. Mas Arafat é outra história. Arafat..." E fui em frente, usurpando a identidade do usurpador que usurpara a minha, indiferente à verdade, liberado de toda dúvida, seguro da indiscutível correção de minha causa — visionário, salvador, muito provavelmente o Messias dos judeus.

Então é assim que se faz, pensava. É assim que eles fazem. É só dizer alguma coisa.

Não, não parei por muito tempo. Seguia em frente, obedecendo a um impulso que eu não fazia nada para esmagar, ostensivamente livre de incertezas e sem um traço de consciência para conter minha arenga. Falei-lhes da reunião do Congresso Diasporista Mundial, a realizar-se em dezembro, muito apropriadamente na Basileia, local do primeiro Congresso Sionista Mundial, havia apenas noventa anos. Naquele primeiro congresso sionista, houvera apenas umas duas centenas de delegados — *meu* objetivo era levar duas vezes esse número, delegações judias de todos os países europeus onde os asquenazitas israelenses logo retomariam a vida judia que Hitler quase extinguira. Disse-lhes que Walesa já concordara em apresentar-se como orador principal ou enviar a esposa em seu lugar, se ele concluísse que não era seguro deixar a Polônia. De repente estava falando dos armênios, sobre os quais eu nada sabia. "Os armênios sofreram por causa de alguma Diáspora? Não, porque estavam *em casa* e os turcos entraram e os massacraram *lá*." Ouvi-me em seguida louvando o maior de todos os diasporistas, o pai do novo movimento diasporista, Irving Berlin. "As pessoas me perguntam de onde eu tirei a ideia. Bem, tirei ouvindo o rádio. O rádio estava tocando 'Easter Parade' e aí eu pensei: mas isso é genialidade judia digna dos Dez Mandamentos. Deus deu a Moisés os Dez Mandamentos e depois deu a Irving Berlin 'Easter Parade' e 'White Christmas'. Os dois feriados que comemoram a divindade de Cristo — a divindade que está na própria essência da rejeição do cristianismo pelos judeus —, e o que faz Irving Berlin, brilhantemente? Descristianiza os dois! Transforma a Páscoa num espetáculo de moda e o Natal numa festa da neve. Desapareceram a sangueira e o assassinato de Cristo — abaixo o crucifixo e arriba a touca! *Ele transforma a religião deles em* schlock.* Mas sutilmente! Sutilmente! Tão sutilmente que os *goyim* nem sequer perceberam. Adoram. *Todo mundo* adora. Sobretudo os judeus. Os judeus detestam Jesus. As pessoas vivem me dizendo que Jesus é judeu. Eu não acredito. É como quando me diziam que Cary Grant era judeu. Bobagem. E quem pode culpá-los? Portanto, Bing Crosby substitui Jesus como o amado Filho de Deus, e os judeus, os *judeus* saem por aí assobiando uma música sobre a Páscoa! E será esse um meio tão vergonhoso de desarmar a inimizade de séculos? Será alguém realmente desonrado por isso? Se cristianismo schlockificado é cristianismo sem ódio ao judeu, então três vivas ao *schlock*. Se a substituição de Jesus Cristo por neve possibilita ao meu povo se sentir à vontade com o Natal, então que neve, neve, neve! Percebem o que estou dizendo?" Eu disse a eles que sentia mais orgulho por "Easter Parade" do que pela vitória na Guerra dos Seis Dias, via mais segurança em "White Christmas" do que no reator nuclear israelense. Disse que, se os israelenses algum dia chegassem a um ponto em que achassem que sua segurança dependia não apenas de quebrar mãos, mas de lançar uma bomba nuclear, isso seria o fim do judaísmo, mesmo que o Estado de Israel sobrevivesse. "Os judeus, como judeus, simplesmente desaparecerão. Uma geração depois de os judeus usarem armas nucleares pra se salvar dos inimigos, não haverá mais povo pra ser identificado como judeu. Os israelenses terão salvo seu Estado destruindo seu povo. Jamais sobreviverão moralmente depois disso; e, então, por que sobreviver como judeus? Já quase não têm com que sobreviver moralmente. Botar todos esses judeus neste lugar minúsculo, cercados de

* Coisa vulgar, vistosa, barata, em iídiche. (N. T.)

todos os lados por uma tremenda hostilidade — como se *pode* sobreviver moralmente? Melhor ser neuróticos marginais, assimilacionistas ansiosos e tudo o mais que os sionistas desprezam, melhor *perder* o Estado que perder o próprio ser moral desencadeando uma guerra nuclear. E melhor Irving Berlin do que Ariel Sharon. Melhor Irving Berlin do que o Muro das Lamentações, Melhor Irving Berlin do que Jerusalém Santa! Que tem a posse de *Jerusalém*, logo *Jerusalém*, a ver com o fato de ser judeu em 1988? Jerusalém é hoje a *pior* coisa que podia nos ter acontecido. Ano *passado* em Jerusalém! Ano que vem em Varsóvia! Ano que vem em Bucareste! Ano que vem em Vilna e Cracóvia! Escuta, eu sei que as pessoas chamam o diasporismo de ideia revolucionária, mas *não* é uma revolução que estou propondo, é uma *retroversão*, uma volta pra trás, a mesma coisa que o sionismo foi outrora. A gente volta pro ponto de travessia e cruza de volta *no sentido contrário*. O sionismo voltou pra trás demais, foi isso que deu errado no sionismo. Voltou pro ponto de travessia da dispersão — o diasporismo volta pro ponto de travessia do *sionismo*."

Eu simpatizava inteiramente com a esposa de George. Não sabia o que era mais insuportável para ela, o fervor com que eu apresentava meu blá-blá-blá diasporista ou a consideração com que George se sentava ali absorvendo-o. O marido parara finalmente de falar — só para ouvir aquilo! Para aquecer-se, ou conter-se, ela se envolvera nos próprios braços e, como uma mulher à beira do pranto, começou a balançar quase imperceptivelmente de um lado para outro. E a mensagem naqueles olhos não poderia ter sido mais clara: eu era mais do que ela podia suportar, ela, que àquela altura já tinha suportado tudo. *Ele já sofre bastante sem você. Cale a boca. Vá-se embora. Suma.*

Tudo bem, vou atacar diretamente os temores da mulher. Não é o que faria Moishe Pipik? "Anna, eu também estaria cético se fosse você. Estaria pensando: Esse aí é um daqueles escritores sem nenhuma compreensão da realidade. Isso tudo não passa das fantasias de um homem que não entende nada. Não é nem literatura, quanto mais política, é uma fábula, uma história

169

da carochinha. Você está pensando nos milhares de motivos pelos quais o diasporismo só pode fracassar, e eu lhe digo que conheço mil motivos, eu conheço *milhões* de motivos. Mas também estou aqui pra lhe dizer que ele não pode fracassar porque *não pode fracassar*, porque o absurdo não é o diasporismo, mas sua alternativa: a destruição. O que as pessoas pensavam outrora do sionismo pensam agora do diasporismo: o sonho impossível de um drogado. Você está pensando que eu sou apenas mais uma vítima da loucura que existe aqui dos dois lados — que esta situação louca, maluca, trágica, atingiu também minha sanidade. Percebo como a faço infeliz por despertar em George expectativas que você sabe que são utópicas e incapazes de realização — que George, no fundo do coração, sabe que são utópicas. Mas me deixe mostrar a vocês dois o que recebi há pouco, e que pode fazer com que pensem diferente. Me foi dado por um velho sobrevivente de Auschwitz."

Tirei do paletó o envelope com o cheque de Smilesburger e entreguei-o a Anna. "Me foi dado por uma pessoa tão desesperada quanto você pra levar este conflito enlouquecedor a uma conclusão justa e honrosa. Contribuição pro movimento diasporista."

Quando Anna viu o cheque, começou a rir baixinho, como se aquilo fosse uma piada pessoal, destinada sobretudo a diverti-la.

"Deixe-me ver", disse George, mas no momento ela não quis entregá-lo. Cansado, ele lhe perguntou: "Por que está rindo? Eu prefiro isso, veja bem, às lágrimas, mas por que está rindo assim?".

"De felicidade. De alegria. Estou rindo porque tudo acabou. Amanhã os judeus vão fazer fila no escritório da empresa aérea pra comprar passagens só de ida pra Berlim. Michael, veja." E puxou o garoto para junto dela, para mostrar-lhe o cheque. "Agora você vai poder viver na maravilhosa Palestina pelo resto de sua vida. Os judeus vão embora. O sr. Roth é o Antimoisés que as conduzirá pra fora de Israel. Aqui está o dinheiro pra passagem aérea deles." Mas o garoto pálido, comprido, bonito, sem sequer olhar o cheque nas mãos da mãe, cerrou os dentes e libertou-se com violência. Isso não deteve Anna, porém — o cheque era apenas o pretexto de que ela precisava para declamar *sua* diatribe. "Agora vamos poder ter uma bandeira palestina tremulando em todo prédio, e todos podem se levantar e saudá-la vinte vezes por dia. Agora vamos poder ter nosso próprio dinheiro, com o retrato do Pai Arafat em nossas próprias cédulas. Nos bolsos, podemos fazer tilintar moedas com a efígie de Abu Nidal. Eu estou rindo", disse, "porque o Paraíso palestino está ao nosso alcance."

"Por favor", disse George, "esse é o caminho certo pra enxaqueca." Gesticulou impaciente para que ela lhe entregasse meu cheque. O cheque de Pipik.

"Outra vítima que não pode esquecer", disse Anna, examinando o cheque com aqueles olhos globulares, como se ali pudesse enfim achar a indicação do motivo pelo qual o destino a pusera naquela infelicidade. "Quantas vítimas, com suas horríveis cicatrizes. Mas, me diga", ela pediu, "quantas vítimas podem caber neste minúsculo pedaço de terra?"

"Mas ele *concorda* com você", disse o marido. "É por isso que ele está *aqui*."

"Nos Estados Unidos", ela disse, "eu julgava ter casado com um homem que tinha deixado pra trás toda essa vitimização, um homem culto, que sabia o que tornava a vida rica e plena. Não achava que tinha me casado com outro Kamil, que não pode começar a existir como um ser humano enquanto não acabar a ocupação. Esses perpétuos irmãos caçulas dizendo que não podem viver, não podem respirar, porque alguém os está deixando na sombra! Que infantilidade moral dessas pessoas! Um homem com o cérebro de George se estrangulando com espúrias questões de *lealdade*! Por que não é leal", ela gritou, "a seu *intelecto*? Por que não é leal à *literatura*? Pessoas como vocês" — referindo-se a mim também — "fogem de províncias atrasadas como esta pra salvar a *vida*. Vocês fugiram, estavam *certos* em fugir, os dois, até onde pudessem, do provincianismo, do egocentrismo, da xenofobia, das lamentações, não tinham sido envenenados pelo pieguismo dessas mitologias étnicas infantis, estúpidas, vocês mergulharam num mundo grande, novo, livre, com todo o seu intelecto e toda a sua energia, rapazes realmente livres, dedicados a artes, livros, razão, cultura, *seriedade*..."

"Sim, a tudo de mais nobre e elevado. Escute", disse George, "você está simplesmente descrevendo dois universitários meio esnobes — e nós não éramos tão puros assim mesmo então. Você pinta um retrato ridiculamente ingênuo, que teria me parecido risível mesmo então."

"Bem, só estou querendo dizer", ela respondeu com desprezo, "que vocês não poderiam ser tão idiotas como são agora."

"Você apenas prefere a idiotice intelectualizada das universidades à idiotice comum da luta política. Ninguém disse que não é idiota e estúpido, e talvez até mesmo fútil. Mas é assim, entenda, que um ser humano vive neste mundo."

"Nenhum dinheiro", ela disse, ignorando aqueles ares superiores e falando-me de novo sobre o cheque, "vai mudar uma única coisa. Fique aqui, que você vai ver. Não há nada no futuro pra esses judeus e árabes senão mais tragédia, sofrimento e sangue. O ódio dos dois lados é enorme demais, envolve tudo. Não há confiança e não vai haver por mais mil anos. 'Viver neste mundo.' Viver em Boston era viver neste mundo...", ela lembrou furiosa a George. "Ou não é mais 'vida' quando as pessoas têm um apartamento espaçoso e claro, vizinhos tranquilos, inteligentes, e o simples prazer civilizado de um bom emprego e de criar filhos? Não é 'vida' quando você lê livros, ouve música e escolhe seus amigos pelas qualidades deles, e não porque partilham de suas raízes? Raízes! Um conceito pra vida de *homens das cavernas*! Será a sobrevivência da cultura palestina, do povo palestino, da herança palestina, será isso realmente um 'imperativo' da evolução da humanidade? Será toda essa mitologia um imperativo maior que a sobrevivência de meu filho?"

"Ele vai voltar", respondeu George em voz baixa.

"Quando? *Quando?*" Ela agitou o cheque diante do rosto de George. "Quando Philip Roth recolher mil outros cheques de judeus malucos e começar a ponte aérea pra Polônia? Quando

Philip Roth e o papa se sentarem juntos no Vaticano e solucionarem o problema pra gente? Eu não vou sacrificar meu filho por mais outros fanáticos e suas fantasias megalomaníacas!"

"Ele vai voltar", repetiu George, severamente.

"A Palestina é uma mentira! O sionismo é uma mentira! O diasporismo é uma mentira! A maior de todas! Não vou sacrificar Michael a mais nenhuma mentira!"

George ligou para o centro de Jerusalém chamando um táxi à sua casa para me levar de volta. O motorista, um velho de cara curtida, parecia sonolento demais, tendo em vista que eram apenas sete horas da noite. Perguntei-me em voz alta se aquilo era o melhor que George podia conseguir.

Primeiro George mandou, em árabe, o homem me levar e depois, em inglês, disse: "Ele está acostumado com os bloqueios e já é conhecido dos soldados de lá. Você vai voltar bem".

"A mim ele parece em péssimo estado."

"Não se preocupe", disse George. Na verdade quisera me levar pessoalmente, mas no quarto de dormir do casal, onde Anna fora deitar-se no escuro, ela avisara que, se ele se atrevesse a sair de noite para ir de carro a Jerusalém e voltar, nem ela nem Michael estariam ali quando voltasse, *se* voltasse, se não aparecesse morto de pancadas pelo Exército ou de tiros pelos justiceiros judeus. "É a enxaqueca", explicou George. "Não quero fazer com que piore."

"Receio", eu disse, "que eu já tenha feito isso."

"Philip, a gente se fala amanhã. Há muitas coisas a discutir. Eu apareço pela manhã. Quero levar você a um lugar. Quero que conheça uma pessoa. Você vai estar livre pela manhã?"

Eu tinha marcado um encontro com Aharon, de algum modo eu precisava ver Apter, mas respondi: "Pra você, claro. Diga tchau a Michael por mim. E a Anna...".

"Ele está lá dentro confortando a mãe."

"Talvez isso tudo *seja* demais pra ele."

"É o que está começando a parecer." Ele cerrou os olhos e

apertou a testa com os dedos. "Minha *estupidez*", gemeu. "A porra da minha estupidez!"

Na porta, me abraçou. "Você sabe o que está fazendo? Sabe o que vai significar pra você quando o Mossad descobrir que se encontrou com Arafat?"

"Arranje o encontro, Zee."

"Oh, você é o melhor de todos!", ele disse, emocionado. "O melhor mesmo!"

Artista da enrolação, pensei, ator, mentiroso, fraude, mas só fiz retribuir o abraço, com não menos duplicidade que a que me era oferecida.

Para evitar os bloqueios de Ramallah, que ainda barravam a entrada para o centro da cidade e o acesso ao muro ensanguentado e denunciador, o motorista de táxi tomou o mesmo caminho cheio de voltas, pelos morros, que George usara antes para chegar em casa. Não se viam luzes em parte alguma quando saímos do conjunto de casas de pedra à beira da ravina, nenhum carro apareceu nas estradas das encostas, e durante um longo tempo mantive os olhos fixos no caminho aberto por nossos faróis, apreensivo demais para pensar em qualquer outra coisa que não em voltar a salvo a Jerusalém. Não deveria ele estar dirigindo com os faróis altos? Ou seriam aqueles raios fracos os faróis altos? Voltar com aquele velho árabe, pensava, tinha de ser um erro, mas também o era ter vindo com George, e também, sem dúvida, tudo que eu acabara de dizer e fazer. Aquelas pequenas férias que eu tirara não só de meu juízo mas de minha vida me eram inexplicáveis — era como se antes a realidade houvesse parado e eu saltado para fazer o que estava fazendo, e agora eu estivesse sendo levado por aquelas estradas escuras para onde a realidade estava à espera, para tornar a subir a bordo e recomeçar a fazer o que sempre fazia. Teria eu estado presente naquilo tudo? Sim, sim, com toda a certeza estivera, escondido não mais de alguns centímetros atrás daquele leve exercício de cinismo malicioso. E, no entanto, eu podia jurar que minha conduta era inteiramente inocente. Os extremos a que chegara para enganar George não me haviam parecido mais ardilosos do

174

que se fôssemos duas crianças brincando num monte de areia, não mais insidiosos e igualmente impensados — uma das poucas vezes em minha vida em que eu realmente não podia satirizar a mim mesmo por pensar demais. Afinal, a que havia cedido eu? Como chegara a isso? O carro sacolejante, o motorista sonolento, a estrada sinistra... tudo aquilo era o imprevisto resultado da convergência de minha falsidade com a dele, dissimulação contra dissimulação... a menos que George não estivesse dissimulando, *a menos que o único teatro fosse o meu*! Mas poderia ele ter levado a sério aquela conversa mole sobre Irving Berlin? Não, não — eis o que eles querem: estão pensando no idealismo infantil e no desmedido egoísmo daqueles escritores que entram por um momento no vasto palco da história ao apertar a mão do líder revolucionário na chefia da ditadura igualitária local; estão pensando que, além de lisonjear a vaidade do escritor, isso dá à sua vida um sentido de importância para o qual ele parece não ter encontrando o *mot juste* (se chega ao menos perto de encontrá-lo uma vez em cada quinhentas); estão pensando que nada faz tão bem a esse egoísmo quanto a ilusão de mergulhá-lo durante dois ou três dias numa causa grande, desprendida e bastante visível; estão pensando nos termos em que pensava o advogado Shmuel ao dizer que talvez eu tivesse aparecido no tribunal amparado nas muletas das "vítimas de estimação do mundo" a fim de engrossar minhas credenciais para o grande prêmio. Estão pensando em Jesse Jackson, em Vanessa Redgrave, sorrindo nas fotos jornalísticas de braços dados com seu líder, e em como, na batalha de relações públicas com os judeus (que bem poderia acabar decidindo mais que todo o terrorismo), uma foto na revista *Time* com uma celebridade judia talvez valesse dez segundos do precioso tempo do líder. Claro! Estão me preparando para a oportunidade de uma foto, e a maluquice do meu diasporismo não tem a menor importância —Jesse Jackson tampouco é exatamente Gramsci. Mitterrand tem Styron, Castro tem Márquez, Ortega tem Pinter, e Arafat vai ter a mim.

Não, o caráter de um homem não é seu destino; o destino de um homem é a piada que a vida dele faz com seu caráter.

Ainda não havíamos chegado às casas que ostentavam suas antenas de TV tipo torre Eiffel, mas deixáramos os morros e estávamos na estrada principal para Jerusalém, no Sul, quando o motorista me disse suas primeiras palavras. Em inglês, que não pronunciava com muita segurança, perguntou: "O senhor é sionista?".

"Sou um velho amigo do sr. Ziad", respondi. "Fomos colegas de universidade nos Estados Unidos. Ele é um velho amigo."

"O senhor é sionista?"

"Me diga", respondi, tão simpaticamente quanto pude, "o que quer dizer com sionista, e então eu lhe digo se sou."

"O senhor é sionista?", ele repetiu sem alterar a voz.

"Escute", eu respondi, pensando: por que simplesmente não diz que não? "Que interessa isso ao senhor? Dirija, por favor. Esta é a estrada pra Jerusalém, não é?"

"O senhor é sionista?"

O carro perdia velocidade perceptivelmente agora, a estrada era escura como breu, e eu não conseguia ver nada adiante.

"Por que está parando?"

"Carro ruim. Não funciona."

"Estava funcionando há alguns minutos."

"O senhor é sionista?"

Mal andávamos agora.

"Reduza", eu disse, "reduza a marcha e pise no acelerador."

Mas aí o carro parou.

"Que é que há?"

Ele não respondeu, mas saltou do carro com uma lanterna, que se pôs a acender e apagar.

"Me responda! Por que está parando aqui desse jeito? Onde estamos? Por que está piscando a lanterna?"

Eu não sabia se devia continuar no carro ou saltar, ou se qualquer das duas alternativas faria alguma diferença no que estava para se abater sobre mim. "Escute", gritei, saltando atrás dele na estrada, "o senhor me entendeu? Eu sou *amigo de* George Ziad!"

Mas não pude encontrá-lo. Ele desaparecera.

Isso é o que se arranja por se meter na porra de uma insurreição civil! Isso é o que se arranja por não dar ouvidos a Claire e não entregar tudo aos advogados! Isso é o que se arranja por não obedecer ao senso de realidade como todo mundo! *Easter Parade!* Isso é o que se arranja com piadinhas infames!

"Ei!", gritei. "Ei, você! Onde está você!"

Como não houve resposta, abri a porta e tateei em busca da ignição: *ele deixara as chaves.* Entrei, fechei a porta e, sem hesitar, liguei o carro, acelerando forte em ponto morto para impedir que morresse. Depois peguei a estrada e tentei ganhar velocidade — tinha de haver um bloqueio em *algum lugar*! Mas não andara nem quinze metros quando o motorista surgiu diante da fraca luz dos faróis, acenando uma mão para que eu parasse e segurando as calças nos joelhos com a outra. Tive de dar uma guinada forte para não bater nele, e depois, em vez de parar para deixá-lo entrar e me levar o resto do caminho, engrenei e acelerei, mas nada conseguia fazer com que aquela coisa pegasse velocidade, e apenas alguns segundos depois o motor engasgou.

Vi lá atrás a lanterna acenando no ar, e em poucos minutos o velho motorista estava parado, sem fôlego, ao lado do carro. Saltei, entreguei-lhe as chaves, ele entrou e, após duas ou três tentativas, ligou o motor e começamos a nos mexer, aos trancos a princípio, mas depois tudo pareceu bem, e seguíamos de novo no que concluí ser a direção certa.

"O senhor devia ter dito que precisava fazer cocô. O que eu havia de pensar quando o senhor simplesmente parou o carro e desapareceu?"

"Doente", ele respondeu. "A barriga."

"O senhor devia ter me dito. Eu entendi mal."

"O senhor é sionista?"

"Por que fica *perguntando* isso? Se se refere a Meir Kahane, eu não sou sionista. Se se refere a Shimon Peres..." Mas por que estava eu obsequiando com respostas aquele velho inofensivo com problemas de intestinos, respondendo-lhe a sério numa língua que ele mal entendia... onde diabos *estava* meu senso de realidade? "Dirija, por favor", eu disse. "Jerusalém. É só me levar pra Jerusalém. E sem papo!"

Mas não estávamos nem cinco ou seis quilômetros mais perto de Jerusalém quando ele encostou o carro no acostamento, desligou o motor, pegou a lanterna e saltou. Dessa vez continuei calmamente sentado no banco de trás, enquanto ele encontrava um lugar fora da estrada para dar outra cagada. Comecei mesmo a rir alto de como tinha exagerado o lado ameaçador daquilo tudo quando de repente me vi cego por faróis que se lançavam direto sobre o táxi. A poucos centímetros do para-choque dianteiro, o outro veículo parou, embora eu tivesse me preparado para o impacto, e talvez até começado a gritar. Então foi uma barulheira de todos os lados, pessoas gritando, um segundo veículo, um terceiro, uma rajada de luz embranqueceu tudo, uma segunda rajada, e já me arrastavam para fora do carro, para a estrada. Eu não sabia que idioma ouvia, não distinguia praticamente nada em toda aquela incandescência e não sabia o que mais temer, ter caído nas mãos de assaltantes árabes ou de um bando violento de colonos israelenses. "Inglês!", gritei, cambaleando pela superfície da rodovia. "Eu falo inglês!"

Estenderam-me dobrado sobre o para-choque, depois me agarraram e giraram, alguma coisa me bateu de raspão na nuca, e então vi, pairando enorme acima, um helicóptero. Ouvi a mim mesmo gritando: "Não me bata, porra, eu sou judeu!". Compreendi que aquelas eram exatamente as pessoas que eu andara buscando para me levar de volta em segurança ao meu hotel.

Não poderia ter contado todos os soldados que me apontavam fuzis, mesmo que conseguisse contar — mais soldados ainda do que os que estavam no tribunal de Ramallah, agora com armas e capacetes, berrando instruções que eu, mesmo se entendesse a língua deles, não poderia ter ouvido, por causa do barulho do helicóptero.

"Peguei este táxi em Ramallah!", berrei para eles. "O motorista parou pra fazer cocô!"

"Fale inglês!", alguém gritou para mim.

"ISTO É INGLÊS! ELE PAROU PRA EVACUAR AS TRIPAS!"

"É? Ele?"

"O motorista! O motorista árabe!" Mas onde estava ele? Fora eu o único que haviam pegado? *"Tinha um motorista!"*

"Muito tarde da noite!"

"É? Eu não sabia."

"Cocô?", perguntou uma voz.

"É — a gente parou pro motorista fazer cocô, ele só fez piscar a lanterna..."

"Pra cagar!"

"É!"

Quem quer que fosse que fazia as perguntas começou a rir. "É só isso?", perguntou.

"Até onde eu sei, sim. Posso estar errado."

"Está!"

Nesse momento um deles se aproximou, um soldado jovem, corpulento, com a mão estendida para mim. Na outra segurava um revólver. "Tome." Entregou-me a minha carteira. "O senhor deixou cair isso."

"Obrigado."

"É uma grande coincidência", ele disse polidamente em perfeito inglês, "ainda esta tarde, acabei de ler um de seus livros."

Trinta minutos depois, eu estava em segurança na porta de meu hotel, levado até lá num jipe do Exército por Gal Metzler, o jovem tenente que ainda naquela tarde tinha acabado de ler *The Ghost Writer*; Gal, de vinte e dois anos, era filho de um bem-sucedido industrial de Haifa que estivera em Auschwitz quando criança e com o qual ele tinha uma relação, segundo me disse, idêntica à de Nathan Zuckerman com o pai *dele* em meu livro. Lado a lado nos bancos da frente do jipe, ficamos sentados na área de estacionamento defronte ao hotel enquanto ele me falava de seu pai e de si, e eu pensava que o único filho que eu vira no Grande Israel que não estava em conflito com o pai era John Demjanjuk Jr. Ali, havia apenas harmonia.

Gal me disse que dentro de seis meses completaria quatro anos como oficial do Exército. Poderia manter a sanidade por tanto tempo? Não sabia. Era por isso que devorava dois a três livros por dia — para desligar-se cada minuto que pudesse da loucura daquela vida. Disse que à noite, toda noite, sonhava em deixar Israel após seu tempo de serviço e ir para a Universidade de Nova York estudar cinema. Conhecia eu a escola de cinema da Universidade de Nova York? Citou os nomes de alguns professores de lá. Conhecia eu aquelas pessoas?

"Quanto tempo", perguntei-lhe, "você vai ficar nos Estados Unidos?"

"Não sei. Se Sharon chegar ao poder... eu não sei. Agora eu volto pra casa de licença, e minha mãe anda na ponta dos pés à minha volta, como se eu fosse uma pessoa recém-saída do hospital, como se eu fosse aleijado ou inválido. Só posso suportar isso até certo ponto. Então começo a gritar com ela. 'Escute, a senhora quer saber se eu pessoalmente espanco alguém? Eu não fiz isso. Mas tive de manobrar muito pra evitar!' Ela fica contente, e chora, e isso faz com que se sinta melhor. Mas aí meu pai começa a gritar com nós dois. 'Quebrar mãos? Isso acontece em Nova York toda noite. As vítimas são negros. Vai fugir correndo dos Estados Unidos porque eles quebram mãos por lá?' Meu pai diz: 'Pegue os britânicos, ponha-os aqui, faça-os enfrentar o que a gente enfrenta — eles iriam agir com moralidade? Os canadenses agiriam com moralidade? Os franceses? Um Estado não age por ideologia moral, um Estado age por interesse próprio. Um Estado age pra preservar sua existência'. 'Então talvez eu prefira não ter nenhum Estado', eu digo a ele. Ele ri de mim. 'A gente já tentou', me diz. 'Não deu certo.' Como se eu precisasse do sarcasmo idiota dele — como se metade de mim não acreditasse *exatamente* no que *ele* acredita! Mesmo assim, tenho de lidar com mulheres e crianças que me olham nos olhos e gritam. Me veem ordenando a meus soldados que levem os irmãos e os filhos delas, e o que veem é um monstro israelense de óculos escuros e coturnos. Meu pai fica desgostoso comigo quando digo essas coisas. Joga os pratos no chão no meio do jantar. Minha mãe começa a chorar. *Eu* começo a chorar. Eu choro! E eu nunca choro. Mas amo meu pai, sr. Roth, por isso choro! Tudo que fiz em minha vida, fiz pra fazer meu pai ter orgulho de mim. Foi por isso que me tornei oficial. Meu pai sobreviveu a Auschwitz quando tinha dez anos menos do que eu tenho agora. Eu me sinto humilhado por não sobreviver a isto. Sei o que é a realidade. Não sou nenhum tolo que se julga puro ou que acha esta vida simples. É o destino de Israel viver num mar de árabes. Os judeus aceitaram esse destino, em vez de não ter nada, nem destino. Os judeus aceitaram a partilha, e os árabes não. Se eles tivessem dito sim, meu pai me lembra, também estariam comemorando quarenta anos de Estado. Mas, diante de toda decisão política que eles enfrentaram, fizeram a opção errada. *Eu sei de tudo isso.* Eles devem nove décimos de sua desgraça à idiotice de seus próprios líderes. *Eu sei disso.* Mas mesmo assim olho o meu próprio governo e me dá vontade de vomitar. O senhor escreveria uma recomendação pra mim à Universidade de Nova York?"

Um soldadão armado de revólver, mais de noventa quilos de líder militar, o rosto escurecido pela barba de vários dias, um uniforme de combate fedendo a suor, e quanto mais ele contava sua infelicidade com o pai, e do pai com ele, mais jovem e indefeso me parecia. E agora aquele pedido, feito quase com uma voz de criança. "Então...", eu ri, "foi por *isso* que você salvou minha vida lá. Foi por isso que não deixou que me quebrassem as mãos — pra eu poder escrever sua recomendação."

"Não, não, *não*", ele se apressou a responder, um garoto sem senso de humor, perturbado por meu riso e mais sério agora do que antes. "Não — ninguém ia machucar o senhor. Sim, isso existe, claro que existe, não estou dizendo que não exista — alguns dos caras são brutais. A maioria porque está com medo, alguns porque sabem que os outros estão olhando e não querem ser covardes, e alguns porque pensam: 'Melhor eles do que nós, melhor ele do que eu'. Mas não, eu lhe garanto — o senhor jamais esteve em perigo."

"É você quem está em verdadeiro perigo."

"De desmoronar? O senhor vê isso? Está vendo isso?"

"Sabe o que eu vejo?", perguntei. "Vejo que você é um diasporista e nem sequer sabe. Nem sequer sabe o que é um diasporista. Não conhece de fato suas opções."

"Diasporista? Um judeu que vive na Diáspora?"

"Não, não. Mais que isso. Muito mais. É o judeu para o qual a *autenticidade* como judeu significa viver na Diáspora, para o qual a Diáspora é a condição normal, e o sionismo a anormalidade — o diasporista é o judeu que acredita que os únicos judeus que contam são os da Diáspora, que os únicos judeus que vão sobreviver são os da Diáspora, que os únicos judeus que *são* judeus são os da Diáspora..."

Seria difícil dizer onde encontrei energia, após o que passara em apenas quarenta e oito horas, mas de repente, ali em Jerusalém, alguma coisa me arrebatava de novo, e parecia não haver nada para que eu tivesse mais força do que para aquele papel de Pipik. Fui tomado por aquela lúbrica sensação que é a fluência, minha eloquência cresceu, e segui pregando a desisraelização dos judeus, repetidamente, obedecendo a um impulso embriagante que não me fazia sentir exatamente tão seguro quanto podia parecer ao pobre Gal, dilacerado em dois como ele estava pelos sentimentos revoltados e faltosos de um filho leal e amoroso.

II

6. A HISTÓRIA DELE

QUANDO ME DIRIGI À RECEPÇÃO para pegar a chave do quarto, o jovem recepcionista sorriu e disse: "Mas já está com o senhor".

"Se estivesse comigo, eu não estaria pedindo."

"Mais cedo, quando o senhor saiu do bar, eu a entreguei ao senhor."

"Eu não estive no bar. Estive em todas as partes de Israel, menos no bar. Escute, estou com sede. Com fome. Estou imundo e preciso de um banho. Estou caindo em pé. A chave."

"Sim, uma chave!", ele cantarolou, fingindo rir de sua própria idiotice, e voltou-se para pegar uma, enquanto lentamente me alcançava o sentido do que acabara de ouvir.

Sentei-me com minha chave numa das cadeiras de vime no canto do saguão. O recepcionista que me confundira da primeira vez aproximou-se na ponta dos pés uns vinte minutos depois e perguntou em voz baixa se eu precisava de ajuda no quarto; preocupado com a possibilidade de eu estar doente, tinha trazido, numa bandeja, uma garrafa de água mineral e um copo. Peguei o copo e bebi tudo, e então, vendo que ele continuava a meu lado com ar preocupado, assegurei-lhe que eu estava bem e podia ir para o quarto sozinho.

Eram quase onze horas. Se eu esperasse mais uma hora, não sairia ele por si mesmo — ou iria simplesmente se enfiar em meu pijama e ir para a cama? Talvez a solução fosse tomar um táxi até o King David Hotel e pedir a chave dele com um ar tão casual quanto o dele, aparentemente, ao pegar a minha. É, vá pra lá e durma lá. Com ela. E amanhã ele se encontra com Aharon e conclui nossa entrevista, enquanto ela e eu to-

184

camos a promoção da causa. Simplesmente recomeço de onde parei no jipe.

Continuei cochilando naquela cadeira de canto, pensando meio grogue que eu ainda estava no verão anterior e que tudo que tomava como realidade — o tribunal judeu em Ramallah, a mulher e o filho desesperados de George, minha personificação de Moishe Pipik para eles, a farsesca corrida de táxi com o motorista cagão, minha apavorante trombada com o Exército israelense, minha personificação de Moishe Pipik para Gal —, tudo era uma alucinação do Halcion. O *próprio* Moishe Pipik era uma alucinação do Halcion; como Jinx Possesski; como aquele hotel árabe; como a cidade de Jerusalém. Se aquilo fosse Jerusalém, eu estaria onde sempre ficava, na casa de hóspedes municipal, Mishketon Sha'nanim. Teria visitado Apter e todos os meus amigos lá...

Voltei à superfície com um estremecimento, e ali, ladeando-me, estava um grande vaso de samambaia; também ali estava o bondoso recepcionista, oferecendo água de novo e perguntando se eu tinha certeza de que não precisava de ajuda. Vi em meu relógio que eram onze e meia. "Por favor, me diga o dia, o mês, o ano."

"Terça-feira, 26 de janeiro de 1988. Dentro de trinta minutos, senhor, será 27."

"E isto aqui é Jerusalém."

Ele sorriu. "Sim, senhor."

"Obrigado. É só isso."

Enfiei a mão no bolso de dentro do paletó. Teria aquilo sido uma alucinação do Halcion também, o cheque visado de um milhão de dólares? Devia ter sido. O envelope desaparecera.

Em vez de mandar o recepcionista chamar o gerente ou a segurança e avisá-los de que um intruso, fazendo-se passar por mim e provavelmente louco, talvez até armado, entrara em meu quarto, eu me levantei, atravessei o saguão e entrei no restaurante, para ver se era possível, àquela hora tardia, arranjar alguma coisa para comer. Parei primeiro na entrada, para ver se Pipik e Jinx não estariam comendo ali; ela bem poderia estar acompanhando-o quando ele saíra do bar para pegar minha chave na recepção — talvez ainda estivessem não lá em cima trepando em meu quarto, mas ali embaixo, comendo às minhas custas. Por que não isso, também?

Mas, a não ser por um grupo de quatro homens que se demoravam tomando café a uma mesa redonda no canto oposto do restaurante, o lugar estava vazio até mesmo de garçons. Os quatro pareciam divertir-se muito, rindo baixo de alguma coisa, e só quando um deles se levantou reconheci que era o filho de Demjanjuk, e com ele estava a equipe legal de seu pai, o canadense Chumak, o americano Gill e o israelense Sheftel. Provavelmente tinham estado acertando a estratégia do dia seguinte no jantar, e agora davam boa-noite a John Jr. Ele não tinha mais o alinhado terno escuro que usara no tribunal, mas vestia-se à vontade, calças e camisa esporte, e, quando vi que segurava numa mão uma garrafa plástica de água, lembrei ter lido na pasta de recortes que com exceção de Sheftel, cuja casa e escritório ficavam a quarenta e cinco minutos, em Tel-Aviv, os advogados e os membros da família de Demjanjuk se hospedavam no American Colony; ele devia estar levando a água para seu quarto.

Deixando o restaurante, o jovem Demjanjuk passou diretamente a meu lado, e, como se fosse a ele que eu estivesse esperando ali, me virei e o segui, pensando a mesma coisa que pensara no dia anterior, quando o vira sair do tribunal para a rua: esse rapaz deve ficar sem proteção? Não haverá um único sobrevivente dos campos cujos filhos, ou irmãos, ou pais, ou marido, ou mulher tenham sido assassinados lá, alguém que tenha sido mutilado lá ou enlouquecido definitivamente e esteja disposto a se vingar de Demjanjuk pai em Demjanjuk filho? Não haverá ninguém disposto a manter o filho como refém até o pai confessar? Era difícil explicar o que o mantinha vivo e a salvo naquele país, povoado pelos últimos membros da geração para cuja dizimação seu xará era acusado de ter dado uma tão irrestrita contribuição. Não haverá um Jack Ruby em todo Israel?

E então me ocorreu: por que não você?

Andando apenas um metro ou um metro e meio atrás dele, segui o jovem Demjanjuk pelo salão e pela escada, contendo o impulso de detê-lo e dizer: "Escute, eu, pelo menos, não o censuro por acreditar que seu pai está sendo vítima de uma armação. Como poderia o senhor acreditar em outra coisa e ser o bom filho americano que é? Sua crença em seu pai não o torna um inimigo meu. Mas algumas pessoas aqui podem pensar diferentemente. O senhor está correndo um risco altíssimo andando por aí desse jeito. O senhor, suas irmãs e sua mãe já sofreram bastante. Mas também sofreram, lembre-se, um monte de judeus. O senhor jamais vai se recuperar disso, por mais que se iluda, mas também um monte de judeus também ainda não se recuperou do que eles e suas famílias passaram. Talvez o senhor esteja de fato pedindo um pouco demais deles ao sair por aí neste país com uma bela camisa e calças esporte, com uma garrafa cheia de água mineral na mão... Isso é bastante inócuo do seu ponto de vista, tenho certeza; que tem a água a ver com qualquer coisa? Mas não provoque lembranças sem necessidade, não tente alguma alma enfurecida e despedaçada a perder o controle e fazer alguma coisa lamentável...".

Quando minha caça dobrou um corredor que saía do patamar, continuei subindo a escada até o último andar do hotel, onde meu quarto ficava no meio do corredor. Encaminhei-me tão silenciosamente quanto possível até a porta de meu quarto e fiquei à escuta de sons vindos de dentro, enquanto lá atrás, junto à escada, alguém parado olhava em minha direção — alguém que viera apenas alguns passos atrás de mim quando eu seguia o filho de Demjanjuk. Um policial à paisana, claro! Colocado ali pela polícia e cuidando da segurança de John Jr. Ou será um policial à paisana seguindo a mim, imaginando que sou Moishe Pipik? Ou estará tocaiando Pipik, achando que Pipik sou eu? Ou estará aqui para investigar por que somos dois e o que nós dois estamos tramando?

Embora não se pudesse ouvir nada dentro do quarto, e embora ele talvez tivesse vindo e ido embora depois de haver roubado ou destruído o que buscava, eu estava convencido de que, mesmo havendo apenas a mais remota chance de ele estar lá dentro, seria tolice entrar sozinho e, por isso, me virei e voltei até a escada, no momento mesmo em que a porta de meu quarto se entreabria e ali, espiando para fora, estava a cabeça de Moishe Pipik. A essa altura, eu já me apressava em acelerado pelo corredor, mas, como não queria que ele soubesse como passara a temê-lo, parei e cheguei a dar alguns passos vagarosos para onde ele se achava parado agora, meio dentro, meio fora do quarto. E o que vi, ao me aproximar, me chocou de tal modo que tive de usar todas as minhas forças para não me virar e sair correndo em busca de socorro. O rosto dele era o que eu lembrava ter visto no espelho nos dias em que desmoronava. Não usava os óculos, e vi em seus olhos meu próprio pânico terrível no verão anterior, meus olhos no estado de maior pavor, quando eu quase não podia pensar em outra coisa senão em me matar. Ele estampava no rosto aquilo que tanto aterrorizara Claire: meu ar de perpétuo sofrimento.

"Você", disse. Só isso. Mas, para ele, era uma acusação: eu que era eu. "Entre", disse em voz débil.

"Não, saia você. Pegue os sapatos" — ele estava de meias, com a camisa para fora das calças — "pegue tudo que é seu, entregue a chave e dê o fora."

Sem se dar sequer ao trabalho de responder, ele voltou para dentro do quarto. Eu me aproximei até a porta e olhei lá dentro, para ver se Jinx estava com ele. Mas ele se estendia em diagonal na cama, inteiramente só e olhando magoado o teto caiado, abobadado. Os travesseiros empilhavam-se na cabeceira da cama, a colcha puxada caía no chão de ladrilhos, e ao lado dele, na cama, havia um livro aberto, meu exemplar do romance *Tzili*, de Aharon Appelfeld. No pequeno quarto, nada mais parecia ter sido desarrumado; sou ordenado com minhas coisas, mesmo num quarto de hotel, e tudo meu parecia estar como eu deixara. Eu não tinha muita coisa comigo, aliás: sobre a mesinha perto da janela grande em arco, via-se a pasta com as anotações de minhas conversas com Aharon, as três fitas que eu e ele tínhamos gravado até então e os livros dele em tradução inglesa. Como o gravador estava na mala, e a mala, trancada no armário cuja chave eu trazia na carteira, ele não podia ter ouvido as fitas: talvez houvesse procurado entre as camisas, meias e cuecas na gaveta do meio da cômoda, talvez eu descobrisse mais tarde que ele até mesmo as sujara de algum modo, mas, desde que não houvesse sacrificado um bode na banheira, eu via o bastante para me considerar afortunado.

"Escute", eu disse da porta, "vou chamar o segurança do hotel. Ele vai chamar a polícia. Você invadiu o meu quarto. Invadiu minha propriedade. Eu não sei o que você pode ter tirado..."

"O que *eu* tirei?" E, dizendo isso, ele girou e sentou-se na beira da cama, envolvendo a cabeça com as mãos, de modo que no momento eu não podia ver o rosto devastado pela dor e a semelhança deste com o meu, pela qual eu continuava paralisado e horrorizado. Também ele não podia me ver, nem a semelhança à qual ele sucumbira por um motivo que ainda era tudo menos claro nos detalhes pessoais. Eu sabia que as pessoas vivem tentando transformar-se o tempo todo: o impulso universal para ser diferente. Para não terem a aparência que têm, não falarem como falam, não serem tratadas como são, não sofrerem como sofrem etc., etc., etc., elas mudam de penteado, alfaiate, mulher, sotaque, amigos, mudam o endereço, o nariz, o papel de parede, até mesmo suas formas de governo, tudo para serem mais parecidas consigo mesmas ou menos parecidas consigo mesmas, ou mais ou menos parecidas com um protótipo exemplar cuja imagem está ali para emularem ou repudiarem obsessivamente a vida inteira. Não era nem mesmo que Pipik houvesse ido mais longe que a maioria — no espelho, já evoluíra, incrivelmente, para outra pessoa; muito pouco mais ele poderia imitar ou fantasiar. Eu compreendia a tentação de destruir-se, tornar-se imperfeito e uma fraude através de maneiras novas e divertidas — também eu sucumbira, e não só algumas horas atrás, com os Ziad e depois com Gal, porém mais absolutamente ainda em meus livros: parecendo-me comigo mesmo, falando como eu mesmo, até mesmo reclamando trechos convenientes de minha biografia, e no entanto, por baixo do disfarce de mim mesmo, uma pessoa inteiramente diferente.

Mas aquilo não era livro nenhum, e não adiantaria. "Saia de minha cama", ordenei, "dê o fora!"

Mas ele pegara o *Tzili* de Aharon e me mostrava até onde chegara na leitura. "Esta coisa é veneno puro", disse. "Tudo que o diasporismo combate. Por que você tem esse cara em tão alta conta, quando ele é a *última* coisa de que a gente precisa? Ele jamais vai se livrar do antissemitismo. O sujeito foi irremediavelmente afetado pelo Holocausto — por que você quer encorajar as pessoas a ler essa coisa carregada de medo?"

"Você não entendeu — eu só quero encorajar você a ir embora."

"Me espanta que você, logo você, depois de tudo que escreveu, queira reforçar o estereótipo da vítima judia. Li seu diálogo com Primo Levi no ano passado no *Times*. Soube que teve um colapso nervoso depois que ele se matou."

"Soube por quem? Walesa?"

"Por seu irmão. Sandy."

"Está em contato com meu irmão também? Ele nunca falou."

"Entre. Feche a porta. Temos muita coisa pra conversar. Estamos interligados há décadas, de mil formas diferentes. Não quer saber como toda essa coisa é misteriosa, quer? Só quer se livrar dela. Mas ela remonta, Philip, a muito atrás, à Chancellor Avenue School."

"É? Você estudou na Chancellor?"

Ele começou a cantarolar baixinho, num suave tom de barítono — uma voz, cantando, arrepiantemente semelhante à minha — alguns acordes do hino da Chancellor Avenue School, versos adaptados, no início da década de 1930, à música de "On Wisconsin..." "... Vamos dar o melhor de nós... vamos tentar vencer sempre... podem nos pôr à prova, rá-rá-rá..." Deu-me um sorriso pálido, no rosto devastado pela dor. "Se lembra do guarda que ajudava a gente a atravessar na esquina da Chancellor com a Summit? Mil novecentos e trinta e oito — o ano em que você entrou no jardim da infância. Lembra o nome dele?"

Enquanto ele falava, eu olhei a escada lá atrás, e lá, para meu alívio, vi exatamente a pessoa que buscava. Estava parado no patamar, um homem baixo, retaco, em mangas de camisa, cabelos negros cortados à escovinha e um rosto tipo máscara, inexpressivo, ou pelo menos era o que parecia daquela distância. Olhava-me sem nenhuma tentativa de disfarçar o fato de estar ali e de que também sentia que acontecia alguma coisa suspeita. Era o policial à paisana.

"Al", me dizia Pipik mais uma vez, a cabeça caindo para trás, nos travesseiros. "O guarda Al", repetiu melancolicamente.

Enquanto Pipik tagarelava na cama, o policial, sem que eu sequer lhe fizesse um sinal, veio andando pelo corredor até onde eu esperava, na porta aberta.

"Você pulava pra tocar nos braços dele", Pipik me lembrava. "Ele estendia os braços pra parar o trânsito quando você atravessava a rua, Toda manhã. 'Olá, Al!', e você saltava pra tocar nos braços dele. Mil novecentos e trinta e oito. Se lembra?"

"Claro", eu disse, e, com o policial se aproximando, sorri para dar-lhe a entender que, embora ele fosse necessário, a situação ainda não estava fora de controle. Ele curvou-se junto a meu ouvido e murmurou alguma coisa. Falou em inglês, mas por causa do sotaque as palavras, ditas em voz baixa, foram ininteligíveis a princípio.

"Como?", sussurrei

"Quer que eu lhe faça uma chupetinha?", ele disse, também num sussurro.

"Oh, não — não, obrigado. Eu me enganei."

E entrei no quarto e fechei a porta com firmeza.

"Desculpe a intrusão", eu disse.

"Se lembra de Al?"

Sentei-me na poltrona junto à janela, sem saber exatamente o que fazer, agora que estava trancado com ele. "Você não parece muito bem, Pipik."

"Como?"

"Está com uma aparência terrível. Parece fisicamente doen-

191

te. Essa coisa não está lhe fazendo muito bem — você parece uma pessoa com sérios problemas."

"Pipik?" Ele sentava-se na cama agora. Com desprezo, perguntou: "Você me chama de *Pipik*?"

"Não leve a mal. De que outra coisa eu deveria chamar você?"

"Corta essa — eu vim pegar o cheque."

"Que cheque?"

"*Meu* cheque!"

"Seu? Por favor. Alguém já lhe falou de minha tia-avó que morava em Danbury, Pipik? Irmã mais velha de meu avô, do lado de meu pai? Ninguém lhe falou ainda de Meema Gitcha?"

"*Eu quero aquele cheque.*"

"Você descobriu o guarda Al, alguém lhe ensinou todos os versos do hino da Chancellor, logo é hora de você saber de Meema Gitcha, a mais velha da família, e de como a gente a visitava, e dos telefonemas que a gente dava pra ela quando chegava em casa vindo da casa dela, sãos e salvos. Você está tão interessado em 1938 — isto é 1940."

"Você não está roubando esse cheque de *mim*, não está roubando de Smilesburger — *você está roubando do povo judeu.*"

"Por favor. *Por favor.* Meema Gitcha também era do povo judeu, você sabe — *me escute.*" Não posso dizer que tivesse uma ideia do que fazia, mas dizia a mim mesmo que, se assumisse o controle e continuasse falando, podia reduzi-lo a nada pelo cansaço e então partir daí... Mas para fazer o quê? "Meema Gitcha — uma mulher da Velha Terra, com um ar muito estrangeiro, grande, mandona e impetuosa, usava peruca, xales e vestidos escuros compridos, e as visitas a ela em Danbury eram um passeio sensacional, quase como se a gente deixasse a América."

"Eu quero aquele cheque. Já."

"Pipik, feche a matraca."

"Corta essa merda de Pipik."

"Então *escute*. Isto é *interessante*. Uma vez a cada seis meses, mais ou menos, a gente ia em dois carros cheios visitar Meema Gitcha no fim de semana. O marido dela tinha sido chapeleiro em Danbury. Trabalhava no Fishman's em Newark com meu avô, que foi chapeleiro por uns tempos, mas, quando as fábricas de chapéus se mudaram pra Connecticut, Gitcha e a família se mudaram com elas pra Danbury. Uns dez anos depois, o marido de Gitcha, fazendo hora extra, levando um estoque de chapéus pra sala de embarques, ficou preso e morreu num acidente no elevador. Gitcha ficou sozinha, e assim duas, três vezes por ano nós todos íamos pro norte visitá-la. Cinco horas de carro naquele tempo. Tias, tios, primos, minha avó, todos amontoados, na ida e na volta. De certa forma, foi o acontecimento mais judeu-iídiche de minha infância — era como se estivéssemos refazendo de carro todo o percurso até a terra do pessoal na Galícia, a ida a Danbury naquelas viagens. Na casa de Meema Gitcha havia grande melancolia e confusão — pouca iluminação, comida sempre cozinhando, doenças à espreita, uma nova tragédia sempre iminente —, parentes muito diferentes do grupo alegre, saudável, americanizado enfiado nos dois Studebaker novos. Meema Gitcha jamais se refez do acidente do marido. Estava sempre certa de que íamos morrer num acidente de carro na volta, e por isso era costume, quando chegávamos em casa no domingo à noite, assim que cruzávamos a porta, antes mesmo que alguém fosse ao banheiro ou tirasse o casaco, telefonar pra Meema Gitcha e garantir que ainda estávamos vivos. Mas, claro, naquele tempo, em nosso mundo, um telefonema interurbano era uma coisa inaudita — a não ser numa emergência, ninguém sonharia em dar um. Apesar disso, quando a gente chegava da casa de Meema Gitcha, por mais tarde que fosse, minha mãe pegava o telefone e, como se o que fazia fosse pura rotina, discava para a telefonista e pedia um interurbano pro número de Meema Gitcha em Connecticut, pra falar com Moishe Pipik. Com minha mãe segurando o telefone, eu e meu irmão púnhamos o ouvido junto do dela no fone, porque era tremendamente emocionante ouvir a telefonista gentia enrolar a língua com 'Moishe Pipik'. Sempre dizia errado, e minha mãe, que era craque naquilo e famosa por isso na família, minha mãe, com toda a calma, com toda a precisão, dizia: 'Não, telefonista, não — chamada pessoal pra Moí-she... Pí-pik. Sr. Moishe... *Pipik*'. E, quando a telefonista dizia mais ou menos direito, a gente ouvia a voz de Meema Gitcha saltando do outro lado — 'Moishe Pipik? Ele não está em casa. Saiu há meia hora!', e imediatamente, pam!, desligava antes que a telefônica percebesse o que fazíamos e jogasse o bando todo na cadeia."

Alguma coisa na história — talvez apenas a extensão — parecia havê-lo acalmado um pouco, e ele deitava-se ali na cama como se, no momento, não fosse uma ameaça para ninguém, nem mesmo para ele próprio. Tinha os olhos fechados quando disse, muito cansado: "Que é que isso tem a ver com o que você fez comigo? Tem alguma coisa a ver? Não tem ideia do que você fez comigo hoje?".

Achei então que ele parecia um filho transviado meu, o filho que nunca tive, um adulto infantil azarado que traz o nome da família, os traços faciais de um pai demasiado grande, não gosta muito de sentir-se sufocado por ele, foi a toda a parte para aprender a se virar e, após passar décadas numa moto, não tendo vencido em nada, mas arranhando uma guitarra elétrica, aparece na porta da velha mansão para desabafar a impotência de toda uma vida, e então, depois de vinte e quatro horas de frenéticas acusações e lágrimas assustadoras, acaba de volta em seu quarto de criança, momentaneamente esgotado de recriminações, enquanto o pai se senta bondoso a seu lado, enumerando para si todas as deficiências de seu rebento e pensando: "Na sua idade eu já...", e tenta em vão, com piadinhas, divertir aquela presa para que ela mude de ânimo, pelo menos até aceitar o cheque que veio buscar, e vá embora para algum lugar onde possa consertar automóveis.

O cheque. O cheque não era alucinação, e desaparecera. Não havia alucinação alguma. É pior que o Halcion — isto está acontecendo.

"Você está pensando que Pipik era nossa vítima", eu disse, "o bode expiatório do bode expiatório — mas não, Pipik era versátil, cem coisas diferentes. Muito humano nesse aspecto. Moishe Pipik era uma pessoa que não existia nem podia existir, e, no entanto, a gente afirmava que ele era tão real que podia atender ao telefone. Pra uma criança de sete anos, isso era hilariante. Mas aí Meema Gitcha dizia: 'Ele saiu há meia hora', e de repente eu era tão estúpido quanto a telefonista e acreditava nela. Eu o *via* saindo. Ele queria ficar e conversar mais um pouco com Meema Gitcha. As visitas que fazia a ela o reasseguravam de alguma coisa. De que não estava inteiramente só, acho. Não havia tantos judeus assim em Danbury. Como era que o pobre Moishe Pipik chegara lá, pra começar? Curiosamente, Gitcha era uma mulherona bastante confortadora, embora não houvesse nada que não a preocupasse. Mas atacava as preocupações como um matador de dragões — talvez fosse isso. Eu imaginava os dois falando em iídiche, Meema Gitcha e Moishe Pipik. Ele era um garoto refugiado, que usava um boné de refugiado da Velha Terra, e ela lhe dava a comida tirada direto das panelas e o velho casaco de seu falecido marido pra usar. Às vezes lhe passava um dólar. Mas, sempre que ele ia visitá-la depois que os parentes de Newark tinham vindo pro fim de semana, e ele se sentava à mesa contando a ela seus problemas, Meema Gitcha ficava ali de olho no relógio da cozinha e, de repente, saltava e dizia: 'Vá embora, Moishe! Olhe a hora! Não permita Deus que você esteja aqui quando eles ligarem!'. E no meio de tudo, *in mitn drinen*, você sabe, ele agarrava o boné e saía correndo. Pipik corria, corria, corria, e não parou nunca de correr até, cinquenta anos depois, chegar finalmente a Jerusalém, e aquela corrida toda o deixara *tão* cansado e *tão* solitário que a única coisa que conseguiu fazer quando chegou a Jerusalém foi arranjar uma cama, qualquer cama, mesmo de outra pessoa..."

Eu tinha posto meu filhinho para dormir, anestesiara-o com minha história. Continuei na poltrona junto à janela desejando que a história o tivesse matado. Quando eu era jovem, judeus a quem eu respeitava me acusavam de escrever contos que punham em perigo vidas judias — quisera eu! Uma narrativa mortal como uma arma!

Dei-lhe uma olhada, uma boa olhada faminta, como não poderia dar exatamente quando ele me retribuía o olhar. Pobre

195

sacana. A semelhança *era* impressionante. As calças haviam subido, por causa do jeito como ele adormecera, e eu via que tinha até meus tornozelos de palito — ou eu os dele. Os minutos passaram silenciosamente. Eu conseguira. Cansara-o. Derrubara-o. Era o primeiro momento de paz que eu tinha o dia todo. Então é assim, pensei, que eu sou quando estou dormindo. Não me via tão comprido numa cama, embora talvez fosse apenas a cama que fosse curta. Seja como for, é isso que as mulheres veem quando acordam e examinam a sensatez do que fizeram, e com quem. Era assim que eu ficaria se morresse à noite naquela cama. Este é meu cadáver. Estou sentado aqui vivo, mesmo estando morto. Estou sentado aqui depois de minha morte. Talvez seja antes de meu nascimento. Estou sentado aqui e, como o Moishe Pipik de Meema Gitcha, não existo. Saí há meia hora. Estou aqui fazendo *shivá** por mim mesmo.

É ainda mais estranho do que eu pensava.

Não, não é por aí. Não, é só uma pessoa diferente encarnada de modo semelhante, o análogo físico do que em poesia seria uma quase rima. Nada mais revelador que isso.

Peguei o telefone na mesa a meu lado e, em voz muito, mas muito baixa mesmo, pedi à telefonista que me ligasse com o King David Hotel.

"Philip Roth, por favor", eu disse, quando atenderam no King David.

No quarto dele, Jinx atendeu.

Sussurrei o nome dela.

"Querido! Onde está você? Estou ficando louca!"

Em voz fraca, respondi: "Ainda estou aqui".

"*Onde?*"

"No quarto dele."

"Deus! Não encontrou?"

"Em lugar nenhum."

---

* "Sete", em hebraico. Referência aos sete dias de luto rigoroso que se seguem à morte de um parente. (N. E.)

"Então é isso aí — saia!"

"Estou esperando por ele."

"Não faça isso! Não!"

"Meu milhão, porra!"

"Mas você está com uma voz terrível — parece *pior*. Tomou demais de novo. Não pode tomar tanto."

"Tomei o necessário."

"Mas é *demais*! Como está? Muito ruim?"

"Estou descansando."

"Você parece horrível! Está sentindo dor! Volte! Philip, volte! Ele vai virar tudo. Será você que roubou *dele*! Ele é um egomaníaco perverso, cruel, que diz *qualquer coisa* pra ganhar!"

Isso mereceu uma risada. "Ele? Me assustar?"

"*Ele* assusta *a mim! Volte!*"

"Ele? Ele está cagando nas calças com medo de *mim*. Acha que é tudo um sonho. Vou mostrar o sonho a ele. Não vai nem saber o que caiu em cima dele quando eu acabar de dar um nó na porra do cérebro dele."

"Querido, isso é *suicídio*."

"Amo você, Jinx."

"É mesmo? Ainda sou alguma coisa pra você?"

"Que está usando?", perguntei, de olho na cama.

"Como?"

"Que está vestindo?"

"Só o jeans. O sutiã."

"O jeans."

"Agora não."

"O jeans."

"Isso é loucura. Se ele voltar..."

"O jeans."

"Está bem. Está bem."

"Tire."

"Estou tirando."

"Nos tornozelos. Deixe-os nos tornozelos."

"Já estão."

"A calcinha."

"Você também."

"Sim", eu disse, "oh, sim."

"Sim? Tirou pra fora?"

"Estou na cama dele."

"Seu louco."

"Na cama dele. Tirei pra fora. Oh, está pra fora, sem dúvida."

"Está grande?"

"Está grande."

"Muito grande?"

"Muito grande."

"Estou com os bicos dos seios duros como a porra duma pedra. Meus peitos transbordam, oh, querido, estão transbordando..."

"Tudo. Diga tudo."

"Eu sou sua puta..."

"Sempre?"

"De mais ninguém."

"Tudo."

"Adoro seu pau duro."

"Tudo."

"Meus lábios em torno de seu pau duro duro..."

Na cama, Pipik abrira os olhos, e eu desliguei o telefone.

"Está se sentindo melhor?", perguntei.

Ele me olhou como alguém mergulhado em coma profundo e, aparentemente sem nada ver, tornou a fechar os olhos.

"Remédio demais", eu disse.

Decidi não ligar de novo para Jinx e concluir o serviço. Já pegara a ideia.

Quando ele voltou a si da próxima vez, uma máscara de suor colava-se na testa e nas faces.

"Devo chamar um médico?", perguntei. "Quer que eu chame a srta. Possesski?"

"Só quero que você, só quero que você..." Mas lágrimas surgiram em seus olhos, e ele não pôde continuar.

"Que é que você quer?"

"O que você roubou."

"Escute, você é um homem doente. Está com muita dor, não está? Está tomando drogas analgésicas que afetam sua mente. Está tomando doses tremendas dessas drogas, é isso, não é? Eu sei por experiência própria o que é isso. Sei como essas drogas fazem a gente agir. Escute, eu não tenho nenhuma vontade especial de mandar um viciado em Demerol pra cadeia. Mas, se for preciso isso pra fazer com que você me deixe em paz, então não me importa a seriedade da sua doença ou da sua dor, nem como as drogas deixam você pirado, pois vou providenciar pra que isso aconteça. Vou ser absolutamente impiedoso com você, se achar que tenho de ser. Mas tenho de ser? De quanto você precisa pra se mandar daqui e ir pra algum lugar com a srta. Possesski, em busca de paz e tranquilidade? Porque essa outra coisa é uma farsa estúpida, não significa nada, não pode dar em nada, e você vai fracassar na certa. É muito provável que tudo acabe pra vocês dois numa estúpida catástrofe causada por vocês mesmos. Estou disposto a pagar pra você ir aonde quiser. Duas passagens de ida e volta em primeira classe de avião pra qualquer lugar que seus corações desejem. Uns trocados pras despesas também, pra você se ajeitar enquanto resolve tudo. Não lhe parece razoável? Eu não dou queixa. Você vai embora. Por favor, vamos chegar a um acordo e pôr um fim nisto."

"Fácil assim." Ele não parecia tão depauperado agora como quando voltara a si pela primeira vez, mas o suor ainda lhe perolava o lábio superior, e não tinha a mínima cor no rosto. "'Moishe Pipik pega grana. Vencedor do Prêmio Nacional do Livro vence de novo.'"

"Seria a polícia judaica uma solução mais humana? Um suborno nem sempre deixa de ter sua dignidade num lugar como este. Eu lhe dou dez mil. É uma boa grana. Eu tenho um editor aqui" — e por que eu não pensara em ligar para *ele*?! — "e aceito pra ele pôr dez mil dólares, dinheiro vivo, em suas mãos até amanhã ao meio-dia..."

"Contanto que esteja fora de Jerusalém ao anoitecer."

"Ao anoitecer de amanhã, certo."

"Eu fico com dez e você com o saldo."

"Não tem saldo. É isso aí."

"Não tem saldo?" Ele se pôs a rir. "Não tem saldo?" De repente, sentava-se muito ereto e parecia inteiramente ressuscitado. Ou as drogas tinham perdido de repente o efeito, ou o tinham ligado de repente, mas Pipik voltara a ser ele mesmo (quem quer que fosse). "Você estudou aritmética com a srta. Duchin na Chancellor Avenue School e me diz que *não tem saldo* quando" — e nesse ponto se pôs a gesticular como se fosse um cômico judeu, as mãos para a esquerda, para a direita, distinguindo *isto daquilo, aquilo disto* — "quando o subtraendo são dez mil e o diminuendo um milhão? Você tirou B em aritmética o curso todo. Subtração é uma das quatro operações fundamentais da aritmética. Deixe-me refrescar sua memória. É o contrário da soma. O resultado da subtração de um número de outro se chama diferença. O símbolo dessa operação é nosso amigo o sinal de menos. Isso tudo lembra alguma coisa a você? Como na soma, só qualidades iguais podem ser subtraídas. Dólares de dólares, por exemplo, funciona perfeitamente. Dólares de dólares, Phil, foi pra isso que se fez a subtração."

O que *era* ele? Seria cinquenta e um por cento esperto ou cinquenta e um por cento burro? Cinquenta e um por cento louco ou cinquenta e um por cento são? Cinquenta e um por cento imprudente ou cinquenta e um por cento astuto? Qualquer que fosse o caso, era por muito pouco.

"Srta. Duchin. Devo confessar", eu disse, "que tinha esquecido a srta. Duchin."

"Você interpretou Colombo pra Hana Duchin na peça do Dia de Colombo. Quarta série. Ela adorava você. O melhor Colombo que já tinha tido. Todos adoravam você. Sua mãe, a tia Mim, a tia Honey, a vovó Finkel — quando você era bebê, elas ficavam ao redor do berço e, quando sua mãe trocava as fraldas, se revezavam pra beijar sua *tuchas*.* As mulheres vêm fazendo fila pra beijar sua *tuchas* desde então."

---

* "Bunda", em iídiche. (N. T.)

Bem, estávamos ambos rindo agora. "O que é você, Pipik? Qual é seu jogo? Você tem esse seu lado engraçado, não tem? Obviamente, é muito mais que um simples idiota, tem uma companheira estonteante e cheia de vida, não lhe falta audácia ou ousadia, tem até um pouco de cérebro. Detesto ser eu quem tenha de dizer isso, mas a veemência e inteligência de sua crítica a Israel fazem de você mais que um simples maluco. Será isso apenas uma comédia maliciosa sobre convicções? A defesa do diasporismo nem sempre é tão farsesca quanto você faz parecer. Tem uma plausibilidade louca. Tem mais que um grão de verdade ao reconhecer e admitir o eurocentrismo do judaísmo, do judaísmo que deu origem ao sionismo, e assim por diante. No entanto, também me parece, receio, a voz de um desejo pueril de acreditar. Me diga, por favor, o que *é* na verdade isto tudo? Roubo de identidade? É a trapaça mais estúpida. Você vai ser apanhado. Quem é você? Me diga como ganha a vida quando não está fazendo isso. Até onde sei — mas me corrija se eu estiver errado —, você jamais usou meu cartão American Express. Assim, de que sobrevive? Só de expedientes?"

"Adivinhe." Ah, agora estava muito brilhante, faiscante, praticamente me cantando. *Adivinhe.* Não me diga que é bissexual! Não me diga que é outro tipo como o cara do corredor! Não me diga que quer que nós dois trepemos, Philip Roth enrabando Philip Roth! Receio que isso seja uma forma de masturbação meio fantasiosa demais até mesmo pra mim.

"Não consigo adivinhar. Você é um vazio pra mim", eu disse. "Tenho até a sensação de que sem mim por perto você é um vazio pra você mesmo. Meio polido, meio inteligente, meio autoconfiante, talvez até meio fascinante — criaturas tipo Jinx não caem simplesmente do céu —, mas sobretudo uma pessoa que jamais chegou a uma ideia clara do motivo de sua vida, sem coesão, decepcionada, uma coisa muito turva, informe, fragmentada. Uma espécie de nada loucamente delineado. O que anima você quando eu não estou aqui? Por baixo do 'eu' não há pelo menos *um pouco* de você? Que pretende na vida além de fazer os outros pensarem que você é outra pessoa?"

"Que pretende *você* além disso?"

"É. Entendo o que diz, mas a pergunta que lhe foi feita tem um sentido mais amplo, não? Pipik, o que você faz na vida real?"

"Sou um agente da lei autorizado", disse. "Que tal lhe parece isso? Sou um detetive particular. Aqui, olhe."

A carteira de identidade. Podia ser uma foto ruim de mim mesmo. Licença nº 7794. Válida até 01/06/90. "... Detetive particular devidamente licenciado... e investido de toda a autoridade que lhe é concedida pela lei." E a assinatura dele. Minha assinatura.

"Eu tinha uma agência em Chicago", ele disse. "Três caras e eu. Só isso. Agência pequena. A gente tratava do que a maioria trata — roubos, crimes de pé de chinelo e de colarinho-branco, pessoas desaparecidas, vigilância matrimonial. Fazíamos detecção de mentiras. Narcóticos. Assassinatos. Eu tratava de todos os casos de pessoas desaparecidas. É pelo que Philip Roth é famoso em todo o Meio-Oeste. Já fui até o México e o Alasca. Vinte e um anos, e encontrei todo mundo que me contrataram pra encontrar. Também cuido de todos os assassinatos."

Devolvi a identidade e o vi recolocá-la na carteira. Haveria mais cem carteiras falsas ali, todas com aquele nome? Não achei sensato perguntar naquele momento — ele me pegara de surpresa com o "Cuido de todos os assassinatos".

"Gosta dos trabalhos arriscados", eu disse.

"Eu tenho de ser desafiado vinte e quatro horas por dia, sete dias por semana. Gosto de viver na corda bamba, sempre alerta — mantém a adrenalina circulando. Acho qualquer outra coisa entediante."

"Bem, estou pasmado."

"Estou vendo."

"Eu tinha imaginado que você era uma aberração da adrenalina, mas não era exatamente de *agente* da lei que eu pensaria em chamar você."

"É impossível um judeu ser detetive particular?"

"Não."

"É impossível um detetive ter a minha aparência?"

"Não, não é nem isso."

"Você simplesmente me acha um mentiroso. Você tem um universo confortável — é o Philip que diz a verdade, e eu, o Philip que mente, você é o Philip honesto, e eu, o Philip desonesto, você é o Philip racional, e eu, o maníaco psicopata."

"Gosto da parte das pessoas desaparecidas. Acho que essa é sua especialidade. Muito espirituoso nas circunstâncias. E, por falar nisso, o que fez você virar detetive? Me conte."

"Sempre fui daquelas pessoas que queriam ajudar os outros. Desde criança não tolerava a injustiça. Me deixava louco. Ainda deixa. Sempre deixará. Injustiça é minha obsessão. Acho que tem a ver com o fato de ser um judeu criado na época da guerra. Os Estados Unidos nem sempre eram justos com os judeus naquele tempo. Eu tomava surras no ginásio. Exatamente como Jonathan Pollard. Eu podia até ter tomado o rumo de Jonathan Pollard. Pra mostrar meu amor pelos judeus, podia ter feito isso. Tinha as fantasias de Pollard, de me apresentar como voluntário a Israel, trabalhar pro Mossad. Nos Estados Unidos, FBI, CIA, os dois me recusaram. Nunca descobri por quê. Às vezes me pergunto se não foi por sua causa, porque acharam preocupação demais um cara que era uma verdadeira duplicata de alguém conhecido do público. Mas nunca vou saber. Eu desenhava uma história em quadrinhos pra mim mesmo quando era criança. 'Um judeu no FBI.' Pollard é muito importante pra mim. O que foi o caso Dreyfus pra Herzl é o caso de Pollard pra mim. Através de meus contatos lá dentro, eu sei que o FBI submeteu Pollard a um polígrafo, lhe apresentou listas de judeus americanos de destaque e mandou que identificasse outros espiões. Ele se recusou. Tudo no sujeito me dá nojo, menos isso. Vivo com medo de um segundo Pollard. Vivo com medo do que vai significar isso."

"Então, o que devo depreender de tudo isso é que você se tornou detetive pra ajudar os judeus?"

"Escute, você diz que não sabe nada sobre mim e que está em desvantagem porque eu sei tanta coisa sobre você. Estou lhe explicando que é minha profissão saber tanto quanto sei, não só sobre você, mas sobre *todo mundo*. Você me pede pra equilibrar as coisas. É o que estou tentando fazer. Só que encontro apenas uma barragem de descrença. Quer que *eu* me submeta a um polígrafo? Eu passaria com distinção. Tudo bem, não fui calmo e composto com você. Isso também me surpreende. Escrevi pedindo desculpas por isso. Algumas pessoas deixam a gente confuso, não importa quem a gente seja. Tenho de lhe dizer que você é apenas a segunda pessoa em minha vida a me deixar confuso desse jeito. Em meu ramo de trabalho, estou endurecido pra tudo, e vejo tudo, e tenho de aprender a cuidar de tudo. A única outra vez que isso me aconteceu antes, que fiquei confuso desse jeito, foi em 1963, quando conheci o presidente. Ele foi a Chicago. Eu fazia alguns trabalhos de guarda-costas naquele tempo. Em geral, era contratado por um empresário particular, mas dessa vez fui contratado pelo setor público também. O gabinete do prefeito. Fiquei sem fala quando ele apertou minha mão. As palavras não saíam. Isso em geral não acontece. As palavras são grande parte de meu ofício e representam noventa por cento de meu sucesso. Palavras e cérebro. Provavelmente, foi porque naquele tempo eu andava tendo umas fantasias masturbatórias com a mulher dele em cima de um esqui aquático e me sentia culpado. Sabe o que o presidente me disse? 'Conheço seu amigo Styron. O senhor precisa vir a Washington jantar com a gente e os Styron uma noite dessas.' Depois me disse: 'Sou um grande admirador de *Letting Go*. Isso foi em agosto de 1963. Três meses depois, ele foi morto a tiros."

"Kennedy confundiu você comigo. O presidente dos Estados Unidos achou que um guarda-costas no gabinete do prefeito era romancista nas horas vagas."

"O cara apertava um milhão de mãos por dia. Me tomou por outro dignitário. Não era difícil — havia meu nome, minha aparência, e além disso todo mundo vive tomando os guarda-costas por outras pessoas. Isso faz parte do trabalho. Alguém deseja proteção. Alguém como você, digamos, que pode estar se sentindo ameaçado. A gente vai no carro com eles. Finge que é amigo ou alguma coisa assim. Claro, alguns caras dizem que querem deixar óbvio que a gente é guarda-costas, aí a gente faz esse papel. Belo terno escuro, óculos escuros, um revólver. O uniforme do valentão. Se é o que querem, a gente faz. Querem a coisa óbvia — gostam do brilho, do fulgor disso. Eu tive um cliente com quem trabalhava sempre em Chicago, um grande empreiteiro, montanhas de dinheiro e de gente que talvez quisesse a pele dele, e o cara adorava aparecer. Eu ia a Vegas com ele. Ele, a limusine dele, os amigos dele — queriam sempre que fosse uma sensação. Eu tinha de vigiar as mulheres quando elas iam ao banheiro. Tinha de entrar no banheiro com elas sem que elas soubessem."

"Era difícil?"

"Eu tinha vinte e sete, vinte e oito anos, conseguia. As coisas mudaram hoje, mas naquele tempo eu era o único guarda-costas judeu em todo o Meio-Oeste. Fui o pioneiro lá. Os outros garotos judeus estavam na faculdade de direito. Era só o que as famílias queriam. Seu velho não quis que você fosse pra faculdade de direito em vez de ir pra Chicago se tornar professor de inglês?"

"Quem lhe disse isso?"

"Clive Cummis, amigo de seu irmão. Grande promotor de Nova Jersey hoje. Antes que você fosse pra universidade estudar literatura, seu pai pediu a Clive que chamasse você de lado e convencesse você a ir pra faculdade de direito."

"Eu mesmo não me lembro se isso aconteceu."

"Claro. Clive levou você pro quarto na Leslie Street. Disse que você jamais ia conseguir ganhar a vida como professor de inglês. Mas você respondeu que não queria saber nada daquilo e o mandou esquecer."

"Bem. está aí um incidente que me fugiu da mente."

"Clive se lembra."

"Você também se encontra com Clive Cummis?"

"Eu trabalho pra advogados de todo o país. Tem um monte de firmas de advocacia com as quais a gente trabalha estreitamente. Somos agentes exclusivos deles. Entregam pra gente os casos que necessitam de um investigador em Chicago. A gente entrega casos pra eles, eles entregam casos pra gente. Eu tenho uma ótima relação profissional com uns duzentos departamentos de polícia, basicamente em Illinois, Wisconsin e Indiana. Temos uma ótima relação profissional com a polícia municipal, uma tremenda folha de prisões nos municípios. Eu levo um monte de gente pra eles."

Tenho de admitir que começava a acreditar nele.

"Escute, eu *jamais* quis saber dessa coisa judia", ele disse. "Isso sempre me pareceu nosso grande erro. Faculdade de direito pra mim era apenas mais um gueto. Como também era o que você fez, literatura, os livros, as escolas, todo aquele desprezo pelo mundo material. Os livros pra mim eram judeus demais, só mais uma maneira de se esconder por medo dos *goyim*. Sabe, eu tinha ideias diasporistas mesmo naquela época. Eram cruas, não formuladas, mas o instinto estava lá desde o início. Esse pessoal aqui chama isso de 'assimilação', pra depreciar — eu chamava de viver como um homem. Entrei no Exército pra ir pra Coreia. *Queria* combater os comunistas. Não me mandaram. Fizeram de mim um policial militar em Fort Benning. Eu malhei o corpo na academia de ginástica de lá. Aprendi a orientar o trânsito. Me tornei um perito em revólveres. Me apaixonei por armas. Estudei as artes marciais. Você deixou o Cpor porque era contra o *establishment* militar em Bucknell, e eu me tornei o melhor policial militar que já viram na Geórgia. *Mostrei* aos porras daqueles caipiras. Não tenha medo, disse a mim mesmo, não fuja — vença-os na porra do jogo deles. E, com essa técnica, criei um tremendo senso de meu próprio valor."

"Que aconteceu com ele?"

"Por favor, não me insulte *demais*. Não ando armado, o câncer tirou a merda toda de meu corpo, as drogas, você tem razão, não fazem bem nenhum ao cérebro, fodem com a natureza da gente, e, por cima de tudo, estou com medo de você — isso é verdade e sempre será. É como *deve* ser. Conheço meu lugar em relação a você. Estou disposto a aceitar de você o que jamais aceitei antes em minha vida. Sou meio impotente em relação a você. Mas acontece que também entendo sua situação melhor do que você pensa. Você também está confuso, Phil, esta não é a situação mais tranquila prum clássico paranoide judeu resolver. É o que estou tentando abordar neste momento — sua reação paranoide. É por isso que estou tentando explicar a você quem eu sou e de onde venho. Não sou um alienígena do espaço cósmico. Não sou uma ilusão esquizoide. E, por mais divertido que seja pra você pensar assim, tampouco sou o Moishe Pipik de Meema Gitcha. Longe disso. Sou Philip Roth, sou um detetive particular judeu de Chicago que está com câncer e condenado a morrer disso, mas não antes de dar sua contribuição. Não tenho vergonha do que fiz pelas pessoas até agora. Não me envergonho de ser guarda-costas pra pessoas que precisam de guarda-costas. Um guarda-costas é só um monte de carne, mas eu só dei a todos o melhor de mim. Fiz vigilância matrimonial durante anos. Sei que isso é o lado cômicoassistencial do ofício, surpreender as pessoas com as calças abaixadas. Sei que isso não é ser um romancista que ganha prêmios de excelência — mas esse não é o Philip Roth que eu fui. Eu fui o Philip Roth que se dirigia ao recepcionista do Palmer House e mostrava o emblema ou usava outro macete pra poder ter acesso ao livro de registros e ver se os dois estavam mesmo ali e em qual quarto. Eu sou o Philip Roth que pra chegar lá dizia que era o entregador da floricultura e precisava me certificar pessoalmente da entrega, porque o cara tinha me dado cem dólares pra levar aquilo lá em cima. Eu sou o Philip Roth que chamava a criada e inventava uma história pra ela: 'Esqueci a chave, este é meu quarto, pode verificar lá embaixo que este é meu quarto'. Eu sou o Philip Roth que sempre conseguia a chave, que sempre conseguia entrar no quarto — *sempre*."

"Exatamente como aqui", eu disse, mas isso não o deteve.

"Eu sou o Philip Roth que invade um quarto com sua Minolta e faz as fotos antes que eles se deem conta do que aconteceu. Ninguém dá prêmios à gente por isso, mas eu nunca me envergonhei, cumpri meus anos e, quando finalmente tive o dinheiro necessário, abri minha própria agência. E o resto é história. Pessoas desaparecem, Philip Roth encontra. Eu sou o Philip Roth que vive lidando com pessoas desesperadas, e não apenas em livro. O crime é desesperado. As pessoas que os comunicam são desesperadas, e a pessoa que está em fuga também, e por isso o desespero é a minha vida, dia e noite. Garotos fogem de casa, eu encontro. Eles fogem e são atraídos para um mundo de escória. Precisam de um lugar onde ficar, e por isso as pessoas se aproveitam deles. Meu último caso, antes de pegar o câncer, foi uma garota de quinze anos de Highland Park. A mãe me procurou, estava um trapo, um monte de lágrimas e gritos. Donna se matriculou na sua classe do colégio em setembro, frequentou os dois primeiros dias e depois desapareceu. Então aparece com um conhecido marginal, há ordens de prisão contra ele, um bandido. Um dominicano. Eu descobri um prédio de apartamentos em Calumet City, onde morava a avó dele, e fiquei de tocaia. Era só o que eu tinha pra me virar. Fiquei de tocaia dias e dias. Fiquei mais de vinte e seis horas sentado, sem alívio. Sem nada acontecer. É preciso paciência, uma paciência *tremenda*. Até ler jornal é arriscado, porque alguma coisa pode acontecer numa fração de segundo e a gente perde. A gente fica horas ali e tem de ser inventivo. Se esconde num veículo, se abaixa lá dentro, finge que só está de bobeira dentro do veículo, como todos os outros. Às vezes satisfaz as necessidades dentro do veículo — não dá pra evitar. E enquanto isso estou me pondo na mente do criminoso, vendo como ele vai reagir e o que vai fazer. Todo criminoso é diferente, e toda situação que encontro é diferente. Quando a gente é criminoso e estúpido, não pensa. Mas, se é detetive, tem de ser inteligente o suficiente pra não pensar da maneira que o cara não pensa. Bem, o cara termina aparecendo na casa da avó. Eu o sigo a pé quando ele sai. Ele vai e compra droga. Depois volta pro veículo. Eu passo pelo carro e lá está ela — faço uma identificação positiva de que é Donna. Depois se descobre que ele estava tomando drogas no próprio carro. Pra encurtar uma longa história, a perseguição de carro durou uns vinte e cinco minutos. A gente vai a uns cento e trinta por hora, correndo seis estradas que cortam quatro cidades de

Indiana. O cara está coberto de dezesseis acusações diferentes. Fugir da polícia, resistir à prisão, sequestro — está atolado numa merda séria. Eu interrogo a garota. Digo: 'Como vai. Donna?'. Ela responde: 'Não sei do que você está falando, meu nome é Pepper. Sou da Califórnia. Estou na cidade há uma semana'. Aquela garota bacana de Highland Park, de quinze anos, tem a inteligência de um marginal escolado, e a história dela é perfeita. Desapareceu há onze meses e tem uma certidão de nascimento falsa, carteira de motorista, um monte de identidades falsas. O comportamento dela me indica que o cara a está usando pra prostituição. Encontramos camisinhas na carteira dela, acessórios sexuais no carro e outras coisas."

Eu pensava: ele tirou todo esse papo da TV. Se eu tivesse visto mais *L.A. Law* e lido menos Dostoiévski, saberia o que está acontecendo aqui, saberia em dois minutos qual é o programa. Talvez sejam temas de quinze programas, com uns dez filmes de detetive de quebra. A piada é que, com toda a probabilidade, há um programa muitíssimo popular que faz todo mundo ficar em casa sexta-feira à noite, e não é apenas sobre um detetive particular especializado em garotos desaparecidos, mas um detetive particular judeu, e o episódio sobre a ginasiana (uma gracinha, animadora de torcida, pais caretas, voluntariosa) e o raptor viciado em drogas (pornógrafo, avó folclórica, pele esburacada) era provavelmente o último visto por Pipik antes de saltar do avião em Tel-Aviv para fazer meu papel.

Talvez fosse o filme no voo da El Al. Provavelmente todo mundo nos Estados Unidos com mais de três anos de idade sabe que os detetives fazem cocô em seus carros e chamam os carros de veículos, na certa todo mundo com mais de três anos sabe exatamente o que significa um acessório sexual, e só o velho autor de *O complexo de Portnoy* tem de perguntar. Que barato deve ser para ele estar me gozando desse jeito. Mas será essa implacável mascarada só para tirar grana? Ou será a extorsão um pretexto para a atuação, e todo o barato está na atuação? E se isso não for apenas um golpe, mas sua paródia de minha vocação, o que a humanidade conhece como ridicularizar. É, e se

esse meu Pipik não é outro senão o Espírito Satírico em carne
e osso, e a coisa toda não passa de uma paródia, uma sátira ao
autor?! Como pude deixar de ver? Sim, sim, é sem dúvida o
Espírito da Sátira o que ele é, e está aqui para me gozar, a mim
e a outros anacrônicos devotos do que é importante e real, para
nos desviar a todos da selvageria judia em que não suportamos
pensar, vindo com sua trupe de estrada a Jerusalém para fazer
rir a todos que estão infelizes.

"Quais eram os acessórios sexuais?", perguntei-lhe.

"Ela tinha um vibrador. Tinha um cassetete de areia no
carro. Esqueci o que mais pegamos."

"Que é um cassetete de areia, uma espécie de caralho artificial? Acho que caralhos artificiais, hoje, a gente compra por
um centavo a dúzia no horário nobre. Como acontecia com o
bambolê."

"Eles usam o cassetete pra sadomasoquismo. Pra bater, cas-
tigar e coisas assim."

"Que aconteceu com Donna? É branca. Eu não vi esse programa. Quem faz o seu papel? Ron Liebman ou George Segal?
Ou é você que os está interpretando pra mim?"

"Não conheço muitos escritores", ele respondeu. "É assim
que todos eles pensam? Que lá fora todo mundo está *represen-
tando*? Cara! Você ouviu muito credulamente aquele programa
infantil quando era pequeno — você e Sandy talvez tenham
gostado dele demais. Manhãs de sábado. Lembra? Mil novecentos e quarenta também. Onze da manhã, horário da Costa
Leste. Dá-*dum*-dá-dadadá, *dum*-dadá-dá-dum."

Cantarolava o prefixo musical de *Let's Pretend*,* meia hora
de histórias da carochinha que as crianças pequenas adoravam
nas décadas de 1930 e 1940, sendo meu irmão e eu apenas dois
entre milhões.

"Talvez", ele disse, "sua percepção da realidade tenha em-
pacado no nível de *Let's Pretend*."

---

* "Vamos fazer de conta." (N. T.)

Nem me dei ao trabalho de responder.

"Oh, isso é um lugar-comum, não é? Estou enchendo seu saco? Bem", disse, "agora que você está chegando aos sessenta anos e *Let's Pretend* não está mais no ar, alguém *deve* encher seu saco o suficiente pra explicar que, um, o mundo é real, dois, as paradas são altas, e, três, ninguém está mais fazendo de conta, a não ser *você*. Já estou dentro de sua cabeça há muito tempo, e no entanto até agora não entendi o que é um escritor: vocês acham que *tudo* isto é faz de conta."

"Eu não acho que *nada* disto é faz de conta, Pipik. Acho — *sei* — que você é um mentiroso de verdade e um impostor de verdade. É nas histórias que pretendem ser sobre 'isto', é na luta para descrever 'isto' que entra o faz de conta. Crianças de cinco anos podem tomar as histórias como reais, mas, quando a gente vai chegando aos sessenta, decifrar a patologia da invenção de histórias passa a ser apenas mais uma especialidade da meia-idade. Quando a gente vai chegando aos sessenta, as representações 'disto' *são* 'isto'. Tudo. Está entendendo?"

"Não tem nada difícil de entender, a não ser a importância que você dá. O cinismo aumenta com a idade, porque as bobagens aumentam dentro da cabeça. Que é que isso tem a ver com a gente?"

Eu me ouvi perguntando em voz alta: "Estou mesmo conversando com essa pessoa, estou mesmo tentando *raciocinar* com ele? *Por quê?*".

"Por que *não*?! Por que conversaria com Aharon Appelfeld", ele disse, erguendo e sacudindo o livro de Aharon, "e não comigo?!"

"Mil motivos."

Ele entrou de repente numa fúria de ciúme porque eu falava a sério com Aharon mas não com ele. "Cite *um*!", gritou.

Por causa, pensei, da distinta *paridade* de Aharon e de mim, uma condição com que você não parece ter nenhuma afinidade; porque nós somos tudo, menos as duplicatas que todos devem supor que somos você e eu; porque Aharon e eu encarnamos cada um o *reverso* da experiência do outro; porque cada um de nós reconhece no outro o judeu que ele *não* é; por causa das tendências quase incompatíveis que moldam nossas vidas bastante diferentes e nossos livros bastante diferentes e que resultam de biografias judias *antitéticas* do século XX; porque somos os herdeiros de uma herança drasticamente *bifurcada* — por causa da soma de todas essas *antinomias* judaicas, sim, temos muito que conversar e somos amigos íntimos.

"Cite *um*!", ele desafiou pela segunda vez, mas sobre isso eu simplesmente mantive silêncio e, sensatamente para variar, guardei meu pensamento para mim mesmo. "Você reconhece Appelfeld como a pessoa que ele diz ser; por que se recusa a fazer o mesmo comigo? Você só *faz* resistir a mim. Resistir a mim, me ignorar, insultar, difamar, gritar e gritar comigo — *e me roubar.* Por que precisa haver esse ressentimento? Por que você *tem* de me encarar como rival? Não consigo entender. Por que esta relação é tão belicosa do seu lado? Por que tem de ser destrutiva, quando juntos a gente podia fazer tanta coisa? A gente podia ter uma relação criativa, podíamos ser parceiros — copersonalidades trabalhando em conjunto, em vez de estupidamente divididas em duas!"

"Escute, eu já tenho mais personalidades do que preciso. Você é somente uma a mais, e demais. Chegamos ao fim da linha. Não quero parceria com você. Só quero que desapareça."

"A gente podia ao menos ser amigos."

Parecia tão desconsolado que tive de rir. "Nunca. Profundas, intransponíveis, inequívocas diferenças, que ultrapassam de longe a semelhança superficial — não, não podemos ser amigos tampouco. É isso aí."

Para meu espanto, ele pareceu à beira das lágrimas com o que eu tinha dito. Ou talvez fosse apenas o refluxo daquelas drogas. "Escute, você não me contou o que aconteceu com Donna", eu disse. "Divirta a gente mais um pouco, e, depois, que acha de pôr um fim a esse pequeno erro? Que aconteceu com a dominadora de quinze anos de Highland Park? Como acabou o programa?"

Mas isso, claro, tornou a deixá-lo enfezado.

"Programas! Você acha mesmo que eu vejo programas policiais? Não tem um que mostre o que acontece, nem *um*! Se eu tivesse de escolher entre *Magnum* e *Sixty Minutes*, veria *Sixty Minutes* sempre. Posso lhe dizer uma coisa? Donna na verdade era judia. Descobri depois que a mãe era o motivo de ela ter fugido. Não vou entrar nisso, você não está ligando. Mas eu ligava, eu me envolvia nesses casos — eram minha vida, antes de ficar doente. Tentava descobrir os motivos por que fugiam e fazer com que ficassem. Tentava ajudá-los. Isso era muito recompensador. Infelizmente, o tal dominicano de Donna — se chamava Hector —, Donna tinha um problema com ele..."

"Tinha poder sobre ela", eu disse, "e até hoje Donna está tentando entrar em contato com ele."

"Por acaso é isso mesmo. É verdade. Ela foi acusada de receber propriedade roubada, resistir à prisão, fugir da polícia também — está numa casa de detenção."

"E, no dia que a soltarem da casa de detenção, ela foge de novo", eu disse. "História sensacional. Todo mundo se identifica, como eles dizem. A começar por você. Ela não quer ser mais a Donna do dr. e sra. Judeus, quer ser a Pepper dominicana de Hector. Toda essa fantasia autobiográfica, será que é nacional? Mundial? Talvez essa coisa que todo mundo anda vendo tenha inspirado em metade da população o anseio de uma transferência de almas em massa, talvez seja isso que *você* encarna — os anseios de metempsicose inspirados na humanidade por todos esses programas de TV."

"Idiota!", ele gritou. "Está na sua *cara* o que eu encarno!"

Está, pensei: exatamente nada. Não há sentido algum aqui. *Esse* é o sentido. Posso parar aqui. Podia ter começado aqui. Nada pareceria significar mais alguma coisa que isso, e nada significaria menos.

"Então, o que acabou acontecendo com Hector?", perguntei-lhe, na esperança agora de que, se pudesse levá-lo a concluir alguma coisa, qualquer coisa, isso lhe desse a oportunidade de levantar-se de minha cama e sair de meu quarto sem eu ter de pedir auxílio da recepção. Nunca me sentira menos inclinado

do que naquele instante a fazer com que o pobre patife ende-
moniado acabasse enrascado. Não apenas ele era insignificante,
mas, tendo-o observado por quase uma hora, era difícil acreditar ainda que fosse violento. Nisso *não éramos* dessemelhantes:
a violência era só verbal. Na verdade, tive de fazer força para me
impedir de desprezá-lo menos do que cabia no caso, em vista da
enlouquecedora confusão que ele fizera de minha vida e das
repercussões daquele encontro, o que, eu tinha certeza, ia me
aporrinhar de maneira desagradável no futuro.

"Hector?", ele disse. "Hector saiu sob fiança." Começou a
rir inesperadamente, mas um riso tão sem esperança e exausto
quanto tudo que emitira até então. "Você e Hector. Eu não tinha visto o paralelo até agora. Como se eu não sofresse bastante com você, com todas as formas como você quer me foder,
ainda tenho Hector esperando nas laterais. Ele ligou pra mim,
falou comigo, ameaçou minha vida — disse que ia me matar.
Isso pouco antes de eu ir pro hospital. Prendi um monte de
gente, você entende, botei um bocado de gente na cadeia. Eles
ligam pra mim, me localizam, e eu não me escondo. Se alguém
quer acertar as contas comigo, não posso fazer nada. Mas não
fico olhando por cima do ombro. Disse a Hector o que digo a
todos: 'Meu nome está na lista, cara. Philip Roth. Venha me
pegar'."

Com isso, ergui os braços acima da cabeça, berrei, bati palmas, uma vez, depois outra, até ver-me aplaudindo-o. "Bravo!
Você é maravilhoso! Que conclusão! Que floreio! No telefone,
o dedicado salvador judeu, o estadista judeu, Theodor Herzl às
avessas. Depois cara a cara na porta do tribunal, uma admira-
dora idiota corando de adoração. E, depois isso, o toque de
mestre — o detetive que não fica olhando por cima do ombro.
'Estou na lista, cara. Philip Roth, Venha me pegar.' Na *lista*!"
De minhas profundezas rugiu toda a risada que eu devia estar
dando desde o dia em que primeiro ouvira falar que aquele ridículo porta-voz dizia existir.

Mas ele de repente berrava da cama: "Eu quero o cheque!
Quero meu cheque! Você roubou um milhão de dólares!".

"Perdi, Pipik. Perdi na estrada quando vinha de Ramallah. O cheque sumiu."

Horrorizado, ele me olhou fixo, a pessoa em todo o mundo que mais o fazia lembrar de si mesmo, a pessoa que ele via como o resto de si mesmo, a conclusão de si mesmo, que passara a ser sua própria razão de existir, sua imagem no espelho, seu tíquete de refeição, seu potencial oculto, sua persona pública, seu álibi, seu futuro, aquele em quem buscava refúgio de si mesmo, o outro a quem chamava de si mesmo, a pessoa a cujo serviço repudiara sua própria identidade, a abertura para a outra metade de sua vida... e via em vez disso, rindo incontrolavelmente para ele por trás da máscara de seu próprio rosto, seu pior inimigo, aquele com o qual a única ligação é o ódio. Mas como podia Pipik não ter sabido que eu teria de odiá-lo não menos do que ele odiava a mim? Esperaria honestamente que, quando nos encontrássemos, eu fosse me apaixonar, juntar-me e ter um relacionamento criativo com ele, como Macbeth e sua esposa?

"Perdi. É uma história sensacional, quase rivaliza com a sua em questão de incredibilidade. O cheque sumiu", eu lhe disse. "Um milhão de dólares rolando pelas areias do deserto, provavelmente na metade do caminho de Meca a esta altura. E com esse milhão você podia ter reunido aquele primeiro congresso diasporista na Basileia. Podia ter embarcado os primeiros judeus felizardos de volta à Polônia. Podia ter estabelecido uma seção dos AS. A. bem na Cidade do Vaticano. Assembleias nos porões da basílica de São Pedro. Casa cheia todas as noites. 'Eu me chamo Eugênio Pacelli. Sou um antissemita em recuperação.' Pipik, quem mandou você a mim em meu momento de necessidade? Quem me fez essa maravilhosa dádiva? Sabe o que Heine gostava de dizer? Existe um Deus, e ele se chama Aristófanes. Prove isso *você*. É a Aristófanes que deviam estar adorando no Muro das Lamentações — se ele fosse o Deus de Israel, eu estaria na sinagoga três vezes por dia!"

Eu ria do modo como as pessoas choram nos funerais, nos países onde se soltam e realmente não se constrangem. Rasgam as roupas. Arranham o rosto com as unhas. Uivam. Têm vertigens. Desmaiam. Agarram-se ao caixão com as mãos crispadas e se jogam gritando na cova. Bem, era assim que eu ria, se podem imaginar a cena. A julgar pelo rosto de Pipik — nosso rosto! —, era um espetáculo digno de ver. Afinal, por que Deus *não é* Aristófanes? Estaríamos mais longe da verdade?

"Se renda ao real", foram minhas palavras a ele quando consegui voltar a falar. "Falo por experiência — se renda à realidade, Pipik. Não há nada no mundo que se compare exatamente a isso."

Acho eu que devia ter rido mais desbragadamente ainda do que veio a seguir; como um recém-ungido convertido à Velha Comédia, devia ter saltado de pé, gritado "Aleluia!" e cantado loas a Aquele Que Nos Criou, Aquele Que Nos Deu Forma a Partir do Barro, o Único Todo-Poderoso Cômico, NOSSO SOBERANO REDENTOR, ARISTÓFANES, mas, por motivos demasiado profanos (total paralisia mental), só pude ficar sentado burramente boquiaberto, à visão de nada menos que a divertidíssima ereção aristofânica que Pipik retirara, como se fosse um coelho, da braguilha, uma vara descomunal, saída direto de *Lisístrata*, que para meu maior pasmo ele passou a girar num movimento rotativo, colocando-a em posição, com a mão enconchada sobre a cabeça boleada de boneca, como se movesse a alavanca de câmbio de um carro de antes da guerra. Depois arremeteu com ela por sobre a cama.

"*Olha aqui* a realidade. Como uma rocha!"

Ele era ridiculamente leve, como se a doença lhe houvesse roído os ossos, como se por dentro não restasse nada e ele estivesse tão oco quanto Mortimer Snerd. Peguei o braço no momento mesmo em que ele aterrissava e, com um golpe entre as omoplatas e outro, mais traiçoeiro, na base da coluna, girei-o para a porta (quem a tinha aberto?) e empurrei-o de costas para o corredor. Depois veio a fração de segundo em que, dos dois lados da soleira, cada um de nós quedou paralisado no lugar pelo reflexo do deformado engano que era o outro. Então a porta pareceu retomar vida para me ajudar — fechou-se e tran-

216

cou-se, mas depois eu poderia jurar que tinha tido tão pouco a ver com seu fechamento quanto com sua abertura.

"Meus sapatos!"

Ele gritava pedindo os sapatos no momento em que o telefone tocou. Então... *não* estávamos sós, aquele hotel árabe na Jerusalém oriental árabe não fora esvaziado do filho de Demjanjuk e dos advogados de Demjanjuk, a casa não fora evacuada de todos os hóspedes e lacrada pelas autoridades judias para que aquela luta pela supremacia entre Roth e "Roth" se travasse sem perturbação até o cataclísmico fim — não, enfim uma queixa do mundo exterior sobre a destemperada encenação daquele sonho primordial.

Os sapatos estavam ao lado da cama, sapatos de cordovão com a tira sobre o peito do pé, da Brooks Brothers, daqueles que eu vinha usando desde que os admirara pela primeira vez em Bucknell, nos pés de um elegante professor de Shakespeare de Princeton. Curvei-me para pegar os sapatos de Pipik e vi que, na curva lateral de trás, os saltos estavam bastante gastos, exatamente como os do par que eu usava. Olhei os meus, os dele, e depois abri e fechei a porta com tanta rapidez que tudo que pude ver quando os joguei no corredor foi a risca nos cabelos dele. Vi a risca quando ele se lançou para a porta, e quando a porta tornou a fechar-se compreendi que era do lado oposto ao da minha. Ergui a mão para apalpar a cabeça e me certificar. Ele se modelara com base em minha foto! Então esse é, eu disse a mim mesmo, decididamente outra pessoa, e, esgotado para além do esgotamento, desabei de braços abertos na cama desfeita da qual ele e sua ereção haviam acabado de se levantar. O cara não é eu! Eu estou aqui, inteiro, e parto o pouco cabelo que ainda me resta do lado *direito*. Contudo, apesar disso e de diferenças ainda mais reveladoras — nossos sistemas nervosos centrais, por exemplo —, ele vai descer a escada e sair do hotel daquele jeito, vai desfilar pelo saguão daquele jeito, vai atravessar Jerusalém a pé daquele jeito, e, quando a polícia por fim o pegar por exibicionismo indecente, ele vai dizer o que diz a todo mundo — "Estou na lista. Philip Roth. Venha me pegar".

"Meus óculos!"

Encontrei os óculos a meu lado na cama. Quebrei-os em dois e joguei os pedaços contra a parede. Que ficasse cego!

"Estão quebrados! *Vá-se embora!*"

O telefone continuava tocando, e eu não ria mais como um bom aristofaniano, mas tremia de raiva profana, não iluminada.

Peguei o telefone e não disse nada.

"Philip Roth?"

"Não é aqui, não."

"Philip Roth, onde estava Deus entre 1939 e 1945? Tenho certeza de que Ele estava presente na Criação. Tenho certeza de que Ele estava presente no monte Sinai com Moisés. Meu problema é onde estava Ele entre 1939 e 1945. Aquilo foi uma negligência ao dever pela qual Ele, *sobretudo* Ele, não pode ser perdoado."

Falavam-me num sotaque denso, grave, do Velho Continente, uma voz rouca, áspera, enfisêmica, que soava como se viesse de alguma coisa seriamente enfraquecida.

Enquanto isso, alguém dava uma batidinha leve e ritmada na porta. Cabelo e barba... *dois serviços.* Podia ser Pipik ao telefone, se também era Pipik na porta? Quantos dele haveria?

"Quem é?", perguntei.

"Eu cuspo nesse Deus que estava de férias de 1939 a 1945!"

Desliguei.

Cabelo e barba... *dois serviços.*

Esperei bastante, mas a batidinha não cessou.

"Quem é?", sussurrei por fim, mas tão baixo que achei que nem seria ouvido. Quase me julgava esperto o bastante para não perguntar.

O sussurro em resposta pareceu transpirar pelo buraco da fechadura, trazido num fio de ar frio. "Quer que eu lhe faça uma chupetinha?"

"Vá-se embora!"

"Eu chupo os dois."

Vejo lá embaixo uma enfermaria de hospital ou clínica pública ao ar livre, instalada num vasto campo de jogo que me lembra o School Stadium na Bloomfield Avenue, em Newark, onde as escolas rivais de Newark — o ginásio italiano, o ginásio irlandês, o ginásio judeu, o ginásio negro — jogavam futebol americano quando eu era criança. Mas essa arena agora tem dez vezes o tamanho de nosso estádio, e a multidão é tão grande quanto a de um jogo do campeonato, dezenas e dezenas de milhares de torcedores excitados, confortavelmente cobertos de roupas e aquecendo as entranhas com canecas de café fumegante. Bandeirolas brancas drapejam para todos os lados, a multidão eleva o hino "É um M, é um E, é um T, é um E!", enquanto lá embaixo no campo médicos vestidos de branco deslizam com agilidade em silêncio medical — posso ver através de meus binóculos os rostos sérios, dedicados, e também os rostos dos que jazem imóveis como pedra, ligados a um tubo intravenoso, as almas esvaindo-se do corpo para a próxima jornada. E o que horroriza é que o rosto de todos eles, mesmo das mulheres e criancinhas, é o rosto do Ivã de Treblinka. Das galerias, os torcedores que aplaudem nada veem além do balão de um rosto grande, estúpido, amistoso, saindo de cada corpo amarrado nas padiolas, mas com meus binóculos eu vejo concentrado, naquele rosto que emerge, tudo que existe de odioso na humanidade. Contudo, a multidão eletrizada fervilha de esperança. "De agora em diante, tudo vai ser diferente! De agora em diante, todos vão ser bons! Todos vão pertencer a uma igreja, como o sr. Demjanjuk! Todos vão cultivar um pomar, como o sr. Demjanjuk! Todos vão trabalhar muito e voltar à noite para uma família maravilhosa, como o sr. Demjanjuk!" Só eu tenho binóculos e testemunho a catástrofe que se desenrola. "Aquele é Ivã!" Mas ninguém pode me ouvir, com os hurras e os aplausos exuberantes. "É um O! É um S!" Ainda grito que é Ivã, o Ivã de Treblinka, quando me arrancam de meu assento e, fazendo-me rolar por cima das fofas borlas dos gorros brancos de lã usados por todos os torcedores, passam meu corpo (agora envolto numa bandeirola com um grande "M" azul) por cima de um baixo muro de tijolos que tem pintado "Barreira da Memória. Só Jogadores", para os braços de dois médicos à espera, que me amarram firmemente a uma padiola só para mim e me rolam para o meio do campo, no momento em que a banda ataca uma marcha acelerada. Quando a agulha intravenosa me penetra o pulso, ouço o potente rugido que antecede o grande jogo. "Quem está jogando?", pergunto à enfermeira de uniforme branco que cuida de mim. É Jinx, Jinx Possesski. Ela me dá tapinhas na mão e sussurra: "Universidade de Metempsicose". Eu me ponho a gritar: "Não quero jogar!". Mas Jinx sorri tranquilizadoramente e diz: "Tem de jogar — você é o meio-de--campo".

"MEIO DE CAMPO", tocava o despertador em meu ouvido, quando me ergo revolvendo-me na cama, sem a menor ideia de em qual quarto escuro e sem dimensões eu havia despertado. Concluí a princípio que estava no verão anterior e precisava de uma luz para encontrar a caixa de pílulas ao lado da cama. Preciso de metade de um segundo Halcion para me ajudar a atravessar o resto da noite. Reluto em acender a luz, com receio de encontrar marcas de patas não apenas nos lençóis e fronhas, mas também subindo as paredes e cruzando o teto. Depois o telefone recomeça a tocar.

"Qual é a vida real do homem?", pergunta-me o enfisêmico velho judeu de voz cansada e sotaque forte. "Eu desisto. Qual *é* a vida real do homem?" "Nenhuma. Só há o impulso pra chegar a uma vida real. Tudo que não é real é a vida real do homem." "Tudo bem. Eu tenho uma pra você. Me diga o significado de hoje." "Erro. Erro em cima de erro. Erro, prisão errada, impostura, fantasia, ignorância, falsificação e malícia, claro, irreprimível malícia. Um dia comum na vida de qualquer um." "*Onde* está o erro?" *Na cama dele*, eu penso, e, continuando a sonhar, estou na cama de alguém que acabou de morrer de uma doença muitíssimo contagiosa, e depois eu mesmo estou morrendo. Por trancar-me naquele quartinho com ele, por ridicularizá-lo e castigá-lo da distância de apenas um braço, por dizer àquele pseudoser megalômano de ego vazio que ele para mim não passa de um Moishe Pipik, por não entender eu que ele não é uma piada, Moishe Pipik me assassina e ali expiro, drenado de todo meu sangue, até que sou ejetado como um piloto da nacele em chamas para a descoberta de que tive uma polução noturna pela primeira vez em vinte e cinco anos.

Inteiramente desperto, deixei por fim a cama e, no escuro, fui até a janela em arco diante da mesa, para ver se conseguia localizá-lo tocaiando meu quarto da rua lá embaixo, e o que vi, não na rua estreita que passava daquele lado do hotel, mas duas ruas adiante, foi um comboio de ônibus sob o fulgor das lâmpadas e várias centenas de soldados, todos de fuzil pendurado no ombro, esperando para embarcar neles. Eu ouvia até os coturnos batendo no pavimento, tão calmamente eles seguiam, um a um, assim que deram o sinal para se mexerem. Um muro alto corria por todo o outro lado da rua, e do lado de cá havia uma construção de pedra do tamanho de toda a quadra, com um telhado de ferro corrugado, que devia ter sido uma garagem ou depósito, uma construção em forma de L que fazia da rua um beco escondido e sem saída. Os ônibus eram seis, e eu fiquei ali olhando até que o último soldado embarcou com sua arma e os veículos começaram a afastar-se, mais que provavelmente dirigindo-se para a Margem Ocidental, tropas de substituição para sufocar os motins, judeus armados, o que Pipik afirma que torna iminente um segundo Holocausto, o que Pipik alega poder tornar desnecessário com a benévola mediação dos AS. A....

Decidi então — passava um pouco das duas — deixar Jerusalém. Se andasse rápido, teria tempo suficiente para compor mais três ou quatro perguntas e fechar a entrevista. A casa de Aharon ficava num conjunto habitacional uns vinte minutos a oeste de Jerusalém, saindo um pouco da estrada do aeroporto. De madrugada, mandaria o táxi passar por lá um instante para entregar a Aharon aquelas últimas perguntas e depois seguiria para o aeroporto e para Londres.

Por que você simplesmente não *fingiu* se associar a ele? Seu erro foi o desprezo. Vai pagar caro por ter quebrado esses óculos.

Às duas horas daquela madrugada eu estava tão liquidado pela insuperável confusão do dia anterior, tão incapaz de avaliar a verdade de qualquer coisa em meio àquele torvelinho que essas três frases, murmuradas por mim mesmo quando começava a me preparar para partir ao amanhecer, eu as tomei como ditas por Pipik do outro lado da porta. *O lunático voltou! Está armado!* E não foi menos espantoso — e à sua maneira *mais* assustador — quando, no instante seguinte, percebi que fora a minha própria voz a que eu ouvira e tomara pela dele, que era apenas eu falando comigo mesmo, como faria qualquer viajante solitário que se visse inteiramente desperto, longe de casa, num hotel estranho no meio da noite.

Fiquei de repente num estado terrível. Tudo que recuperara com muita luta desde o colapso nervoso do verão anterior começava rapidamente a ceder sob o ataque de um medo arrasador. Ao mesmo tempo, apavorava-me por não ter a força necessária para me aguentar por muito mais tempo e por ser levado a uma nova e medonha desintegração se não pudesse deter à força aquele processo, com os poucos gramas que me restavam de autocontrole.

O que fiz foi arrastar a cômoda para diante da porta, não tanto por prever que ele fosse voltar e atrever-se de novo a usar a chave de meu quarto que ainda tinha no bolso, mas por medo de me ver eu mesmo *me oferecendo* para abrir a porta e deixá-lo fazer uma última proposta de reaproximação. Com todo o cuidado com meus problemas de coluna, arrastei devagar a cômoda de sua posição diante da cama e, dobrando o tapete oriental no centro do quarto, empurrei-a tão silenciosamente quanto possível pelos ladrilhos, até que ela obstruiu o acesso à porta. Agora eu não tinha como deixá-lo me atacar, por mais divertido, intimidante ou sincero que fosse seu pedido para entrar. Usar a cômoda para bloquear a porta era a segunda melhor precaução que eu podia pensar em tomar contra minha própria

estupidez; a primeira era fugir, me pôr a milhares de quilômetros de distância dele e de minha comprovada incapacidade de
enfrentar sozinho a mesmérica loucura da provocação dele. Mas
por enquanto, pensei, espere atrás da barricada. Enquanto o dia
não chegasse, o hotel não redespertasse para a vida e eu não
pudesse deixar o quarto em companhia de um porteiro e partir
num táxi encostado na entrada, ia ficar sentado bem ali.

Nas duas horas seguintes, fiquei à mesa junto à janela, inteiramente cônscio de como era visível para alguém de tocaia na
rua lá embaixo. Não me dei ao trabalho de fechar as cortinas,
pois um pedaço de pano não é proteção contra um tiro de fuzil
bem mirado. Podia ter empurrado a mesa para longe da janela
e junto da parede ao lado, mas a sanidade empacou nesse ponto
e simplesmente não permitia mais rearrumações dos móveis. Eu
podia ter me sentado na cama e composto ali as perguntas restantes a Aharon, mas em vez disso, para proteger o pouco de
equilíbrio que ainda possuía, preferi me sentar como me sentara a vida toda, numa cadeira, a uma mesa, à luz de um abajur,
substanciando minha existência da maneira mais consolidante
que conheço: domando temporariamente, com uma fieira de
palavras, a rebelde tirania de minha incoerência.

Em *Rumo à terra das tabuas* [*escrevi*], uma judia e seu filho
adulto, rebento de um pai gentio, viajam de volta para a
remota região rutena onde ela nasceu. É o verão de 1938.
Quanto mais perto chegam da casa dela, maior é a ameaça
de violência gentia. A mãe diz ao filho: "Eles são muitos,
nós somos poucos". Então você escreve: "A palavra *goy* surgiu de dentro dela. Sorriu como se ouvisse uma recordação
distante. O pai dela às vezes, embora só raramente, usava
aquela palavra para indicar uma irremediável obtusidade".

O gentio com que os judeus de seus livros parecem partilhar seu mundo é em geral a encarnação da irremediável
obtusidade e do comportamento social ameaçador, primitivo — o *goy* como o semisselvagem bêbado que bate na mulher e "não tem controle de si mesmo". Embora obviamente

haja mais a dizer sobre o mundo não judeu nessas províncias em que se passam seus livros — e também sobre a capacidade dos judeus, em seu próprio mundo, de ser igualmente obtusos e primitivos —, mesmo um europeu não judeu reconheceria que o poder dessa imagem sobre a imaginação judia tem raízes na experiência real. Alternativamente, o *goy* é pintado como um "espírito simples... vendendo saúde". Saúde *invejável*. Como a mãe em *Tabuas* diz do filho meio gentio: "Ele não é nervoso como eu. Outro sangue, tranquilo, corre em suas veias".

Eu diria que é impossível saber alguma coisa, realmente, sobre a imaginação judia sem investigar o lugar que o *goy* ocupa na mitologia popular explorada nos Estados Unidos por comediantes judeus como Lennie Bruce e Jackie Mason e, em outro nível inteiramente diferente, pelos romancistas judeus. O mais sincero retrato do *goy* na ficção americana está em *The Assistant*, de Bernard Malamud. O *goy* é Frank Alpine, o ladrão decaído que rouba a decadente mercearia do judeu Bober, depois tenta estuprar a estudiosa filha de Bober e por fim, numa conversão ao judaísmo sofredor de Bober, renuncia simbolicamente à selvageria dos *goyim*. *O* herói judeu nova-iorquino do segundo romance de Saul Bellow, *The Victim*, é perseguido por um desajustado gentio alcoólatra chamado Allbee, não menos vagabundo e errante que Alpine, mesmo que seu ataque à duramente conquistada compostura de Leventhal seja intelectualmente mais polido. O gentio mais imponente em toda a obra de Bellow, porém, é Henderson — o rei da chuva explorador de si mesmo, que, para recuperar a saúde psíquica, leva seus instintos embotados para a África. Para Bellow, não menos que para Appelfeld, o verdadeiro "espírito simples" não é o judeu, nem a busca para recuperar energias primitivas é retratada como a busca do judeu. Para Bellow não menos que para Appelfeld, e, surpreendentemente, para Mailer não menos que para Appelfeld — todos sabemos que em Mailer, quando um homem é um agressor sexual sádico se chama

Sergius O'Shaugnessy, quando mata a mulher chama-se Stephen Rojack, e quando é um assassino ameaçador não é Lepke Buchalter nem Gurrah Shapiro, é Gary Gilmore.

Nesse ponto, sucumbindo finalmente à minha ansiedade, apaguei o abajur da escrivaninha e fiquei sentado no escuro. E logo podia ver a rua embaixo. E *havia* alguém lá! Uma figura, um homem, correndo pelo pavimento pouco iluminado, a menos de oito metros de minha janela. Corria agachado, mas reconheci-o mesmo assim.

Levantei-me junto à mesa. "Pipik", gritei, escancarando a janela. "Moishe Pipik, seu filho da puta!"

Ele voltou-se para olhar para a janela aberta, e eu vi que tinha uma grande pedra em cada mão. Ergueu as pedras acima da cabeça e gritou para mim. Estava mascarado. Gritava em árabe. Depois continuou correndo. Depois passou uma segunda figura correndo, depois uma terceira, uma quarta, todas com uma pedra em cada mão e os rostos ocultos por máscaras de esquiar. O ponto de abastecimento deles era um monte de pedras em forma de pirâmide, uma pilha de pedras que parecia uma pilha funerária e ficava meio para dentro de um beco do outro lado do hotel. Os quatro subiam e desciam correndo a rua, até que a pilha desapareceu. Então a rua tornou a esvaziar-se, e fechei a janela e voltei ao trabalho.

Em *O imortal Bartfuss*, seu romance recém-traduzido, Bartfuss pergunta irreverentemente ao ex-marido de sua amante agonizante: "Que foi que nós, sobreviventes do Holocausto, fizemos? Nossa grande experiência nos modificou de alguma forma?". Esta é a questão com que o romance, de um modo ou de outro, se debate em praticamente cada página. Sentimos, no solitário anseio e arrependimento de Bartfuss, no confuso esforço para superar o próprio distanciamento, na avidez por contato humano, nas silenciosas deambulações pelo litoral israelense e nos enigmáticos encontros em botecos sujos, a agonia que pode tornar-se a vida na esteira de uma grande tragédia. Sobre os sobreviventes judeus que acabam fazendo contrabando e mercado negro na Itália logo após a guerra, você escreve: "Ninguém sabia o que fazer com as vidas que tinham sido salvas".

Minha última pergunta, que vem de sua preocupação em *O imortal Bartfuss*, talvez seja extremamente abrangente, mas pense nela, por favor, e responda como preferir. Pelo que você observou como um jovem sem lar vagando pela Europa após a guerra, e pelo que aprendeu durante quatro décadas em Israel, percebe padrões distintivos na experiência daqueles cujas vidas foram salvas? Que *fizeram* os sobreviventes do Holocausto e em que aspectos mudaram inelutavelmente?

7. A HISTÓRIA DELA

ELE NÃO TIRARA NADA. Não faltava nem mesmo uma meia da gaveta da cômoda onde eu guardara as peças soltas, e, ao procurar o cheque que tanto significava para ele, não desarrumara uma coisa sequer. Pegara *Tzili* para ler enquanto esperava na cama que eu voltasse, mas essa parecia ser a única propriedade minha — além de minha identidade — que se atrevera a tocar. Comecei a duvidar, enquanto fazia a mala para partir, se ele revistara mesmo o quarto e, por um instante, até a imaginar perturbadoramente se ele ao menos estivera ali. Mas, se não viera reclamar o cheque como dele, por que se arriscara à minha ira (e talvez a coisa pior) com a invasão?

Eu já vestira o paletó e estava com a mala feita. Só esperava o amanhecer. Tinha apenas uma meta, e esta era sumir. O resto eu resolveria ou não quando efetuasse a fuga. E não escreva sobre isso depois, disse a mim mesmo. Até os crédulos desprezam hoje a ideia de objetividade: a última coisa que eles engoliram inteira é que é impossível comunicar fielmente outra coisa a não ser nossa própria temperatura; tudo é alegoria — portanto, que chance teria eu de convencer alguém de uma realidade como aquela? Quando se despedir de Aharon, peça-lhe o favor de não dizer nada sobre isso e esquecer. Mesmo em Londres, quando Claire voltar e perguntar o que aconteceu, diga-lhe que está tudo bem. "Não aconteceu nada, ele não apareceu." Não sendo assim, você pode passar o resto de sua vida explicando esses dois dias, e ninguém jamais acreditará que sua versão seja outra coisa que não sua versão.

Dobradas em três no bolso interno do paletó, estavam as novas folhas do papel de carta do hotel em que eu copiara, em letras de fôrma legíveis, minhas últimas perguntas a Aharon.

Na mala, levava todas as outras perguntas e respostas e todas as fitas. Apesar de tudo, conseguira fazer o trabalho, talvez não como esperava lá em Nova York... De repente, me lembrei de Apter. Poderia pegá-lo em sua pensão no caminho do aeroporto? Ou ia encontrar Pipik já esperando lá, Pipik fazendo-se passar por mim para o próprio Apter?!

As luzes de meu quarto estavam apagadas. Eu ficara sentado no escuro por meia hora, esperando à mesinha junto à janela, com a mala feita encostada na perna, e olhando os homens mascarados que haviam reiniciado o transporte de pedras bem ali embaixo, como para minha singular edificação, como se me desafiando a pegar o telefone e avisar o Exército ou a polícia. Aquelas pedras, pensei, são para rachar as cabeças dos judeus, mas também pensei: não sou daqui, essa briga é por um território que não é meu... Contava o número de pedras que eles transportavam. Quando cheguei a cem, não aguentei mais, chamei a recepção e pedi que me ligassem com a polícia. Responderam-me que a linha estava ocupada. "É uma emergência", eu disse. "Algum problema? Está doente, senhor?" "Por favor, eu quero comunicar uma coisa à polícia." "Assim que eu conseguir uma linha, senhor. A polícia está muito ocupada esta noite. Perdeu alguma, coisa, sr. Roth?"

Uma mulher falou do outro lado da porta no momento em que eu desligava. "Me deixa entrar", sussurrou, "é Jinx Possesski. Está acontecendo uma coisa terrível."

Fingi que não estava ali, mas ela se pôs a bater de leve na porta — deve ter me ouvido ao telefone.

"Ele vai sequestrar o filho de Demjanjuk."

Mas eu tinha apenas um objetivo e não me dei ao trabalho de responder a ela. *Quem não faz nada não pode errar.*

"Estão tramando agora mesmo sequestrar o filho de Demjanjuk!"

Do outro lado da porta a Possesski de Pipik, embaixo da janela os árabes com máscaras de esquiar carregando pedras — fechei os olhos para compor na cabeça a última pergunta a deixar com Aharon antes de voar para longe. *Vivendo nesta so-*

ciedade, você é bombardeado por notícias e disputas políticas. Contudo, como romancista, você pôs de lado, completamente, a turbulência diária israelense...

"Sr. Roth, eles pretendem fazer isso."

... para examinar situações judias notadamente diferentes. Que significa essa turbulência para um romancista como você? Como é que ser um cidadão...

Jinx soluçava baixinho agora. "Ele usa isto. Walesa deu a ele. Sr. Roth, o senhor tem de ajudar..."

... desta sociedade autorreveladora. autoafirmativa, autodesafiadora afeta sua vida literária? Essa realidade produtora de notícias chega a tentar sua imaginação?

"Isso vai ser o fim dele."

Tudo ditava silêncio e autocontrole, mas eu não pude me conter e disse o que pensava. "Ótimo!"

"Vai destruir tudo que ele fez."

"Perfeito!"

"O senhor precisa assumir *alguma* responsabilidade."

"Nenhuma."

Enquanto isso, eu me pusera de quatro e metia a mão debaixo da cômoda para ver o que ela enfiara por baixo da porta. Consegui finalmente pegar com meu sapato.

Um pedaço rasgado de pano, mais ou menos do tamanho da minha mão, destituído de peso como um pedaço de gaze — uma estrela de Davi de pano, algo que eu só tinha visto naquelas fotos de pedestres nas ruas da Europa ocupada, judeus carimbados como judeus com um pedaço de tecido amarelo. Essa surpresa não devia ter me exasperado mais que qualquer outra coisa vinda dos excessos de Pipik, mas exasperou, me exasperou violentamente. Pare. Respire. Pense. A patologia dele é dele, não sua. Trate-a com humor realista — e se *mande!* Mas em vez disso cedi a meus sentimentos. *Aguente, aguente,* mas eu não podia — parecia não haver forma de tratar o aparecimento daquela trágica relíquia corno uma simples diversão inofensiva. Não havia absolutamente nada que ele não transformasse numa farsa. Um blasfemo até mesmo *nisto.* Eu não posso suportá-lo.

"Quem é esse louco?! Me diga quem é esse louco!"
"Eu digo! Me deixa entrar!"
"Tudo! A verdade!"
"Tudo que eu sei! Eu conto!"
"Está sozinha?"
"Inteiramente. Juro que estou."
"Espere."

Pare. Respire. Pense. Mas, em vez disso, fiz o que decidira não fazer até o momento de sair a salvo. Afastei a grande cômoda apenas o bastante para abri-la e depois abri a fechadura e deixei espremer-se para dentro a coconspiradora que ele mandara a fim de atrair-me, vestida para aqueles bares de paquera onde as enfermeiras oncológicas iam lavar-se de toda a morte e agonia, no tempo em que Jinx Possesski ainda era uma inimiga dos judeus integral e irredimida. Grandes óculos escuros cobriam metade do rosto, e o vestido negro que usava não poderia torná-la nem um pouco mais boazuda. Ela não teria parecido mais boazuda sem ele. Era um vestido barato sensacional. Camadas de batom, o louro monte de cabelo de milho polonês desalinhado, e o bastante dela estufado para fora para eu concluir não só que não tramava boa coisa, mas que talvez não tivesse sido apenas meu gênio terrível que me impedira de parar, pensar e respirar, e que eu deixara Jinx passar por minha barricada porque eu tampouco tinha boas intenções, e isso já havia algum tempo. Ocorreu-me, amigos, quando ela se espremeu pela porta e depois girou a chave para nos trancar por dentro — e ele por fora? —, que eu jamais devia ter deixado a varanda de Newark. Jamais ansiara tão ardentemente, não por ela, não ainda exatamente, mas por minha vida de antes que a personificação, a imitação e a duplicação se estabelecessem, a vida antes da autogozação e da autoidealização (e da idealização da gozação; e da idealização da idealização; e da gozação da gozação), antes das alternantes exaltações de hiperobjetividade e hipersubjetividade (e da hiperobjetividade sobre a hipersubjetividade; e da hipersubjetividade sobre a hiperobjetividade), no tempo em que o que estava fora estava fora e o que estava dentro estava dentro, quando tudo ainda se dividia nitidamente e não acontecia nada que não pudesse ser explicado. Deixei a varanda da frente na Leslie Street, comi do fruto da árvore da ficção, e nada, nem a realidade nem eu, voltou a ser o mesmo desde então.

Eu não queria aquela tentadora; queria ter dez anos; apesar de uma vida inteira de posição decididamente antinostálgica, queria ter dez anos e estar de volta ao bairro quando a vida ainda não era uma passagem cega para fora, mas ainda parecia o beisebol, onde a gente voltava para casa, e quando a voluptuosa mundanalidade das mulheres (com exceção de minha mãe) não era nada ainda de que eu quisesse me empanturrar.

"Sr. Roth, ele está esperando notícias de Meir Kahane. Vão fazer isso. Alguém tem de impedir!"

"Por que trouxe isto?", perguntei, empurrando furioso a estrela amarela no rosto dela.

"Eu lhe disse. Walesa deu a ele. Em Gdansk. Philip chorou. Agora usa por baixo da camisa."

"A verdade! A verdade! Por que você aparece aqui às três da manhã com esta estrela e essa história? Como chegou até aqui, aliás? Como passou pela recepção lá embaixo? Como atravessou Jerusalém a esta hora, com todo esse perigo, e vestida como uma maldita Jezebel? Esta é uma cidade que fervilha de ódio, a violência vai ser terrível, já é terrível, e *veja* como ele mandou você aqui! Veja como ele meteu você nesse figurino cinematográfico de *femme fatale* de James Bond! O cara tem o instinto de um cafetão! Esqueça os doidos árabes — um bando louco de religiosos judeus podia ter apedrejado você até a morte nesse vestido!"

"Mas eles vão sequestrar o filho de Demjanjuk e mandá-lo de volta aos pedacinhos até que o pai confesse! Estão escrevendo a confissão de Demjanjuk agora mesmo. Dizem a Philip: 'Você, que é escritor — faça isso bem!'. Dedão a dedão, dedo a dedo, olho a olho, até que o pai fale a verdade, eles vão torturar o filho. Religiosos de solidéu, e o senhor devia ouvir o que estão dizendo — e Philip lá sentado escrevendo a confissão! Kahane! Philip é *anti*-Kahane, chama-o de *selvagem* e está lá sentado es-

231

perando um telefonema do fanático selvagem que mais odeia no mundo!"

"Por favor, me responda com a verdade. Por que ele mandou você aqui nesse vestido? Com esta estrela? Como é que uma pessoa como ele *chega ao limite*? Essa chicana *não tem fim*."

"Eu fugi! Eu disse a ele: 'Não posso ouvir mais. Não posso ver você destruir tudo!'. Fugi!"

"Pra mim."

"Você tem de devolver o cheque a ele!"

"Eu perdi o cheque. Não estou com o cheque. Já disse isso a ele. Aconteceu uma coisa desagradável. Certamente a namorada de seu namorado pode entender isso. O cheque sumiu."

"Mas é o fato de você ficar com o dinheiro que está deixando Philip doido! Por que aceitou o dinheiro do sr. Smilesburger, quando sabia que não era pra você?!".

Enfiei a estrela de Davi na mão dela. "Leve isso com você e dê o fora daqui."

"Mas o *filho* de Demjanjuk!"

"Dona, eu não nasci de Bess e Herman Roth, no Beth Israel Hospital de Newark, pra proteger o filho desse tal Demjanjuk."

"Então proteja *Philip*!"

"É isso que estou fazendo."

"Mas é pra provar a si mesmo pra você que *ele* está fazendo isso. Ele perdeu a cabeça por admiração a você. Você é o herói dele, goste ou não."

"Por favor, com um pau daquele, ele não precisa de mim como herói. Teve a gentileza de vir aqui me mostrar. Sabia disso? Ele não é particularmente apoquentado por inibições, é?"

"Não", ela murmurou, "oh, não", e nesse ponto cedeu e desabou na beira da cama em lágrimas.

"Neca", eu disse, "hum-hum, vocês dois estão se revezando — *levante e dê o fora*."

Mas a mulher chorava tão pateticamente que só pude voltar à poltrona junto à janela e me sentar lá até que ela se esgotasse em meu travesseiro. O fato de agarrar aquela estrela de pano enquanto chorava me repugnava e enfurecia.

Lá embaixo, na rua, os árabes mascarados haviam desaparecido. Parece que eu também não tinha nascido para detê-los.

Quando não pude mais suportar a visão dela com a estrela, me aproximei da cama, tirei-a de suas mãos, abri minha mala e enfiei-a lá com minhas coisas. Ainda a tenho. Estou vendo-a enquanto escrevo.

"É um implante", ela disse.

"Como? Que está dizendo?"

"Não é 'dele'. É um implante plástico."

"Ah, é? Conte mais."

"Cortaram tudo dele. Ele não podia suportar o jeito que ficou. Por isso fez a operação. Tem bastões de plástico lá dentro. Dentro do pênis tem um implante peniano. Por que está rindo? Como pode *rir*? Está rindo do sofrimento terrível de uma pessoa!"

"Não estou de modo algum — estou rindo é de todas essas mentiras. Polônia, Walesa, Kahane, até mesmo o *câncer* é uma mentira — o filho de Demjanjuk é uma mentira. E esse pau de que ele tanto se orgulha, confesse, em que sex shop de Amsterdam vocês dois encontraram essa piada maluca? É um programa humorístico com Possesski e Pipik, uma piada por minuto com vocês dois malucos — quem não ia rir?! O pau foi sensacional, tenho de admitir, mas acho que ainda prefiro os poloneses na estação ferroviária de Varsóvia extaticamente dando boas-vindas aos seus judeus. Diasporismo! O diasporismo é trama para um filme dos irmãos Marx — Groucho vendendo judeus ao chanceler Kohl! Eu morei onze anos em Londres — não na Polônia fanática, atrasada, papalizada, mas na civilizada, secularizada e cosmopolita Inglaterra. Quando os primeiros cem judeus chegarem à Estação Waterloo, com todos os seus pertences a reboque, eu realmente quero estar lá pra ver. Vocês vão me convidar, não vão? Quando os primeiros cem evacuados diasporistas entregarem voluntariamente sua criminosa pátria sionista aos sofredores palestinos e desembarcarem na terra verde e aprazível da Inglaterra, eu quero ver com meus próprios olhos o comitê de recepção de *goyim* ingleses esperando com champanhe na plataforma. 'Eles chegaram! Mais judeus! Que maravilha!'. Não, *menos* judeus é como sinto que a Europa prefere a coisa, *tão menos quanto possível*. O diasporismo, minha cara, ignora seriamente a *questão* das *profundezas* da antipatia. Mas, também, isso não seria surpresa para um membro de carteirinha dos AS. A. O coitado do velho Smilesburger quase foi depenado pelo patriarca do diasporismo em um milhão — bem, não creio que esse Smilesburger seja único tampouco."

"O que o sr. Smilesburger faz com o dinheiro dele", ela disparou, o rosto derretendo-se rapidamente na careta de derrota de uma criança contrariada, "*é com o sr. Smilesburger.*"

"Então diga ao sr. Smilesburger pra suspender o cheque. Por que não faz isso? Vá bancar a intercessora junto a ele. Não vai dar certo aqui, por isso vá tentar com ele. Diga que ele deu o cheque ao Philip Roth errado."

"Estou desabando", ela gemeu, "porra, estou *desabando*", e agarrou o telefone na mesa de tampo metálico espremida junto à parede no canto interno da cama e pediu à telefonista o King David Hotel. Todos os caminhos retornam a Pipik. Decidi tarde demais arrancar o telefone da mão dela. Entre todas as outras coisas que contribuíam para a desorganização de minhas ideias, estava a proximidade de sua sensualidade naquela cama.

"Sou eu", ela disse, quando se fez a ligação. "... Com ele... Sim, estou... No quarto dele!... Não!... Com *eles*, não! Não posso continuar, Philip. Estou na porra do limite. Kahane é louco, foi você quem disse, não eu... *Não!...* Estou desabando, Philip, vou desabar!" Aí me empurrou o telefone. "Detenha Philip! Tem de deter!"

Como, por algum motivo, o telefone estava ligado na parede mais distante da porta, o fio tinha de ser puxado por toda a largura da cama, e eu precisava me curvar diretamente por cima dela para falar no bocal. Talvez tenha sido *por isso* que falei no bocal. Não podia haver outro motivo. Para qualquer um que nos visse por aquela janelona, ela e eu é que pareceríamos co-conspiradores agora. Proximidade e ardência pareciam uma só palavra derivada da explosiva sílaba única *Jinx.*

"Passando a mais uma ideia hilariante, pelo que eu soube", eu disse ao telefone.

A resposta foi calma, divertida, a voz a minha própria, contida! "Sua", ele disse.

"Repita isso."

"Ideia sua", ele disse, e eu desliguei.

Mas, tão logo larguei o telefone, ele tornou a tocar.

"Deixe tocar", eu disse a ela.

"Tudo bem, é isso aí", ela disse, "tem de ser."

"Certo. Só deixe tocar."

A viagem de volta à cadeira junto à mesa foi uma jornada longa, eivada de tentações, cheia de pedidos de cautela e juízo aos mais baixos anseios, muito conflito convulsivo comprimido num espaço muito pequeno, uma espécie de síntese de toda a minha vida adulta. Naquele quarto, sentando-me o mais longe possível daquela nossa rude e precipitada cumplicidade, eu disse: "Deixando de lado, no momento, *quem* é você, quem é esse cara espiroquetado que anda por aí se fazendo passar por mim?". Com o dedo, fiz sinal de que ela não devia tocar no telefone, que continuava a chamar. "Se concentre em minha pergunta. Me responda. Quem é ele?"

"Meu paciente. Já lhe disse isso."

"Mais uma mentira."

"*Tudo* não pode ser mentira. Pare de ficar *dizendo* isso. Não ajuda ninguém. Você se protege da verdade chamando de mentira tudo em que não acredita. 'Isso é mentira.' Mas isso é negar, sr. Roth, o que a vida *é*! Essas suas mentiras são a porra da minha vida! *O telefone não é mentira!*" E pegou-o e gritou no bocal: "Não vou! Está acabado! Não vou voltar!". Mas o que ouviu ao telefone drenou o sangue irado que a ingurgitava do rosto aos pés, como se a tivessem virado de cabeça para baixo e "ampulheta" não fosse uma simples metáfora para descrever a sua forma. Muito mansamente, ofereceu-me o telefone.

"A polícia", disse, horrorizada e pronunciando "polícia" como devia ter ouvido pacientes recém-informados de que tinham câncer repetir o "terminal" do oncologista. "Não faça isso", me pediu, "ele não vai sobreviver!"

A polícia de Jerusalém respondia a meu chamado. Como os traficantes de pedras haviam desaparecido, o pessoal fizera a ligação — ou talvez todas as linhas *estivessem* de fato ocupadas antes, por mais improvável que isso me parecesse. Pediram-me que descrevesse o que se passava ali no momento. Respondi que a rua estava deserta. Perguntaram meu nome e eu dei. Dei-lhes o número de meu passaporte americano. Não lhes disse que uma pessoa usando uma duplicata do passaporte, falsificação do meu, estava naquele mesmo instante conspirando no King David Hotel para sequestrar e torturar o filho de Demjanjuk. Que ele tente, pensei. Se ela não está mentindo, se ele está decidido, como seu anti-herói Jonathan Pollard, a ser um salvador judeu a qualquer custo — ou, mesmo que o motivo seja simplesmente pessoal, se está simplesmente determinado a assumir um papel principal em minha vida, como o garoto que atirou em Reagan para conquistar Jodie Foster —, então que as fantasias evoluam grandiosamente sem minha interferência, que desta vez ele ultrapasse algo mais que apenas meus limites e trombe de frente com a polícia de Jerusalém. Eu mesmo não poderia arranjar uma conclusão mais satisfatória para aquele drama estúpido e desimportante. Dois minutos depois de começar, eles o pegarão em sua pretensão à importância histórica, e isso será o fim de Moishe Pipik.

Ela fechara os olhos e cruzara os braços, pondo-os protetoramente sobre os seios, comigo pairando apenas alguns centímetros acima, a falar com a polícia. E assim continuava, absolutamente mumificada, quando cruzei o quarto e tornei a sentar-me mais uma vez em minha cadeira, pensando, a olhá-la na cama, que poderia estar à espera de que o papa-defunto viesse buscá-la. E isso me fez pensar em minha primeira mulher, que uns vinte anos antes, mais ou menos na mesma idade de Jinx, morrera num acidente de carro em Nova York. Tínhamos entrado num casamento de três anos, depois que ela falsificara os resultados de um teste de gravidez, após nosso sinistro caso de amor, e ameaçara suicidar-se se eu não me casasse com ela. Seis anos depois de eu ter deixado o casamento contra a vontade dela, ainda não conseguira fazê-la consentir com o divórcio e, quando ela foi morta de repente, em 1968, fiquei vagando pelo Central Park, local do acidente fatal, a recitar para mim mesmo uma quadrinha ferozmente apropriada de John Dryden, aquela que diz: "Aqui jaz minha esposa; que jaza!/ Agora está em paz; e eu também".

Jinx era mais alta que ela um meio palmo, e fisicamente volumosa de uma maneira um tanto mais chamativa, mas vendo-a ali deitada em repouso, como para o enterro, impressionou-me a semelhança racial com a beleza nortista, dolicocéfala, de minha havia muito morta inimiga. E se ela se houvesse levantado de entre os mortos para vingar-se... se ela fosse o cérebro que o treinara e disfarçara, lhe ensinara meus maneirismos e meu jeito de falar... se tramara as complexidades do roubo de identidade com a mesma vontade demoníaca com que levara ao farmacêutico da Second Avenue aquela falsa amostra de urina?... Essas eram as ideias que lambiam o cérebro semiconsciente de um homem a cochilar, ainda tentando continuar desperto. A mulher de vestido negro estendida atravessada na cama não era mais o fantasma do cadáver de minha primeira mulher do que Pipik era o meu fantasma, mas agora turvava a minha mente uma distorção onírica contra a qual só intermitentemente eu podia mobilizar minhas defesas racionais. Sentia-me drogado por um número demasiado grande de acontecimentos incompreensíveis e, após vinte e quatro horas sem dormir, não lutava com muita habilidade contra a consciência rudimentar, a apagar-se.

"Wanda Jane 'Jinx' Possesski — abra os olhos, Wanda Jane, e me conte a verdade. Já é hora."

"Você vai embora?"

"Abra os olhos."

"Me ponha em sua mala e me leve com você", ela gemeu. "Me tire daqui."

"Quem é você?"

"Oh, sabe como é", ela disse cansada, os olhos ainda fechados, "a *shiksa** baratinada. Nada de novo."

Esperei ouvir mais. Ela não ria quando disse, mais uma vez: "Me leve com você, Philip Roth".

É minha primeira mulher. Preciso ser salva, e você deve me salvar. Estou me afogando, e foi você quem fez isso. Sou a *shiksa* baratinada. Me leve com você.

Dessa vez dormimos seguido por mais que apenas alguns minutos, ela na cama, eu na cadeira, discutindo como antigamente com a esposa ressuscitada. "Será que você não pode voltar nem da *morte* sem gritar sobre a moralidade de sua posição diante da imoralidade da minha? Será a pensão alimentícia a única coisa em que pensa mesmo aí? Qual é a origem dessa eterna reivindicação sobre minha renda? Em que bases possíveis você concluiu que alguém lhe devia a própria vida?"

Depois tornaram a depositar-me na margem do mundo tangível onde ela não estava, de volta com minha carne e a de Wanda Jane, no conto da carochinha da existência material.

"Acorde."

"Ali, sim... Estou aqui."

"Baratinada como?"

"Que mais? A família." Ela abriu os olhos. "Classe baixa. Bebedores de cerveja. Brigões. Gente estúpida." Sonolentamente, disse: "Eu não gostava deles".

E não gostava mesmo. Odiava. Eu era a última grande chance. Me leve com você, estou grávida, tem de me levar.

"Criada no catolicismo", eu disse.

Ela se apoiou nos cotovelos e piscou os olhos melodramaticamente. "Deus do céu", disse. "Qual deles é você?"

"O único."

"Aposta seu milhão nisso?"

"Quero saber quem é você. Quero saber finalmente o que está acontecendo — quero a verdade!"

---

* "Garota gentia", em iídiche. (N. T.)

"Pai polonês", ela riu levemente, enumerando os fatos, "mãe irlandesa, avó irlandesa que era uma gracinha, escolas católicas — igreja até provavelmente os doze anos."

"Depois?"

Ela sorriu do ávido "Depois", um sorriso íntimo que na verdade não passava de um lento curvar do canto da boca, alguma coisa que só podia ser medida em milímetros, mas que era, segundo as minhas regras, o epítome mesmo da magia sexual.

Ignorei-o, se se pode dizer que não me levantar ainda e partir é ignorar alguma coisa.

"'Depois?' Depois aprendi a enrolar um baseado", ela disse. "Fugi de casa pra Califórnia. Me envolvi com drogas e toda aquela transa hippie. Catorze anos. Mochileira. Nada extraordinário."

"E depois?"

"'E depois?' Bem, lá eu me lembro que passei por uma cerimônia Hare Krishna em San Francisco. Gostei um bocado. Foi muito apaixonante. As pessoas dançavam. Muito tomadas pela emoção da transa. Não me envolvi nisso. Me envolvi com o pessoal de Jesus. Pouco antes disso eu andava voltando à missa. Acho que queria me envolver em alguma espécie de religião. Que é que você está mesmo tentando adivinhar?"

"Que acha que estou tentando adivinhar? *Ele*."

"Puxa, e eu achava que você estava interessado na pobre de mim."

"O pessoal de Jesus. Você se envolveu."

"Bem... "

"*Continue.*"

"Bem, teve um pastor, um carinha muito intenso... Tinha sempre um cara muito intenso... Acho que eu parecia uma menor abandonada. Me vestia como hippie. Acho que usava uma saia longa, tinha cabelos compridos. O traje de camponesinha. Você sabe. Bem, esse cara fazia um apelo do altar ao fim do ofício, o primeiro a que assisti, e pediu a quem quisesse aceitar Jesus no coração que se levantasse. O papo é: se você quer paz, se quer felicidade, aceite Jesus no coração como seu salvador pessoal. Eu estava sentada na fila da frente com uma amiga e me levantei. Quando ainda estava me levantando, notei que era a única. Ele desceu do altar e rezou sobre mim pra que eu recebesse o batismo do Espírito Santo. Olhando isso hoje, acho que simplesmente hiperventilei. Mas tive uma espécie de impulso, uma espécie de sentimento profundo. E passei a falar numa certa língua. Sei que era fabricada. Se supõe que isso seja comunicação com Deus. Sem ligar pra linguagem. A gente fecha os olhos. Eu sentia uma cócega. Meio desligada do que se passava em volta. Estava na minha. Podia esquecer quem eu era e o que fazia. E fazer só aquilo. Isso continuou por uns dois minutos. Ele pôs a mão em minha cabeça, e eu fiquei emocionada. Acho que apenas era vulnerável a qualquer coisa."

"Por quê?"

"Os motivos de sempre. O motivo de todo mundo. Pelo que eram meus pais. Eu recebia muito pouca atenção em casa. Nenhuma. Por isso, entrar num lugar onde eu de repente era uma estrela, todo mundo me ama e me quer, como podia resistir? Fui cristã por doze anos. Dos quinze aos vinte e sete. Uma daquelas hippies que encontraram o Senhor. Isso se tornou a minha vida. Eu não estudava. Tinha abandonado a escola, e na verdade voltei pra escola primária, concluí o primário aos dezesseis anos em San Francisco. Tinha estes seios mesmo naquela época, e lá estava eu com eles, sentada numa escola primária ao lado de todas aquelas crianças."

"Sua cruz", eu disse, "carregada antes, em vez de depois."

"Às vezes parece isso mesmo. Os médicos viviam se esfregando em mim quando a gente trabalhava junto. De qualquer forma, eu sempre tinha fracassado na escola, e de repente, com peitos e tudo, comecei a me dar bem. E lia a Bíblia. Gostava daquela coisa de morte ao eu. Já me sentia uma merda antes, e isso mais ou menos confirmou essa sensação. Sou indigna, nada sou. Deus é Tudo. É apaixonante. Só imaginar que alguém amou a gente o suficiente pra morrer por nós. Isso é amor em grande escala."

"Você levou a coisa em termos pessoais."

"Ah, totalmente. Estava inteira de novo. Sim, sim, eu adorava rezar. Era muito ardorosa, rezava, amava a Deus e entrava em êxtase. Lembro que treinava pra não olhar pra nada quando andava na rua. Só direto em frente. Não queria ser distraída da contemplação de Deus. Mas isso não pode durar. É difícil demais. Acabava se dissipando — e eu ficava coberta de culpa."

Onde ela jogara todos os "tipo", "sacou" e "sabe como é"? Onde andava a enfermeira vulgar, durona, do dia anterior? O tom dela era tão suave agora quanto o de uma criança bem-educada de dez anos que acaba de descobrir o prazer de dar informação. Era como se pesasse trinta e cinco quilos, uma menina pré-púbere que acabou de descobrir a eloquência, em casa ajudando a mãe a fazer um bolo, tão sem aspereza era a voz com que se entusiasmara diante de toda aquela atenção. Como se tagarelasse enquanto ajudava o pai a lavar o carro numa tarde de domingo. Eu julgava ouvir a voz da hippie de seios fartos, na carteira da escola primária, que encontrara Jesus.

"Por que culpa?", perguntei.

"Porque não estava tão apaixonada por Deus quanto Ele merecia. Minha culpa era por me interessar pelas coisas deste mundo. Sobretudo à medida que ia ficando mais velha."

Eu via a nós dois enxugando os pratos em Youngstown, Ohio. Seria ela minha filha ou minha mulher? Era esse agora o absurdo pano de fundo para o ambíguo primeiro plano. Minha mente, nesse estágio, era uma coisa incontrolável, mas também era uma maravilha para mim o fato de conseguir continuar acordado, e de que ela e eu — e ele — ainda estivéssemos naquilo às quatro da manhã do dia seguinte — uma maravilha também o fato de que, ouvindo aquela comprida história, que não podia ter o menor fiapo de importância, eu simplesmente afundava mais sob o fascínio deles.

"Que coisas?", perguntei. "Que coisas deste mundo?"

"Minha aparência. Coisas banais. Meus amigos. Diversão. Vaidade. Eu mesma. Não devia me interessar por mim mesma. Foi assim que decidi que ia ser enfermeira. Não queria, mas enfermagem era abnegação, uma coisa que eu podia fazer pelos outros e esquecer da minha aparência. Podia servir a Cristo sendo enfermeira. Assim, ainda estaria de bem com Deus. Voltei pro Meio-Oeste e me liguei a uma igreja em Chicago. Uma igreja do Novo Testamento. Todos nós tentávamos seguir as recomendações de Cristo pra viver na Terra. Amar uns aos outros e se envolver na vida uns dos outros. Cuidar dos irmãos e irmãs. Pura besteira. Nada disso aconteceu de fato, era só um monte de papo-furado. Alguns tentaram. Mas não conseguiram."

"Então o que encerrou o cristianismo?"

"Bem, eu estava trabalhando num hospital e comecei a me envolver mais com as pessoas com quem trabalhava. Adorava que as pessoas se interessassem por mim, porque era uma menor abandonada. Mas com vinte e cinco anos! Estava ficando velha pra menor abandonada. E aí um cara com quem me envolvi, um cara chamado Walter Sweeney, morreu. Tinha trinta e quatro anos. Muito jovem. Muito intenso. É sempre assim. E decidiu que Deus queria que ele jejuasse. O sofrimento é muito grande, sabe como é, um certo cristianismo acredita que Deus nos deixa sofrer pra nos tornar melhores servos Dele. Dizem que é pra nos livrar da sujeira. Bem, Walter Sweeney se livrou da sujeira, sem dúvida. Entrou em jejum pra se purificar. Pra chegar mais perto de Deus. E morreu. Encontrei Walter no apartamento dele, de joelhos. E isso permaneceu pra sempre comigo e se tornou toda a experiência pra mim. Morrer de joelhos. Foda-se."

"Você dormiu com Walter Sweeney?"

"Dormi. O primeiro. Fiquei casta desde os quinze anos, mais ou menos, até os vinte e cinco. Não era virgem aos quinze, mas dos quinze aos vinte e cinco não tive nenhum namorado. Me envolvi com Sweeney, e aí ele morreu e eu me envolvi com outro cara, um homem casado da igreja. Isso teve muito a ver também. Sobretudo porque a mulher dele era uma boa amiga minha. Eu não conseguia viver com isso. Não podia mais encarar Deus, por isso deixei de rezar. Não durou muito, talvez uns dois meses, mas o bastante pra que eu perdesse oito quilos. Eu me torturava com isso. Gosto da ideia do sexo. Nunca consegui entender a proibição ao sexo. Ainda não consigo. Qual é? Quem tá ligando? Pra mim, não tinha sentido. Fui a um terapeuta. Porque estava num estado suicida. Mas ele não adiantou nada. Oficina de Terapia Interpessoal Cristã. Um cara chamado Rodney."

"Que é Terapia Interpessoal Cristã?"

"Ah, é só Rodney falando com as pessoas. Outra merda. Mas aí eu conheci um cara que não era cristão e me envolvi com ele. E foi aos poucos. Não sei como deixar mais claro. Cresci com isso. Em todos os sentidos."

"Quer dizer que foi o sexo que tirou você da igreja. Os homens."

"Na certa foi o que me botou lá dentro e, é, na certa me ajudou a sair também."

"Você deixou o mundo dos homens e depois voltou ao mundo dos homens. Pelo menos, essa é a história que você conta."

"Bem, isso sem dúvida em parte do mundo que eu deixei. Também deixei o mundo da minha horrível família e o mundo da vida caótica. E aí, quando estava bastante forte, pude fazer coisas por mim mesma. Fui pra escola de enfermagem. Foi um grande passo pra fora do cristianismo. Parte do que o cristianismo significava pra mim era não ter de pensar. Era me dirigir aos mais velhos e perguntar o que devia fazer. E me dirigir a Deus. Com vinte e tantos anos, percebi que Deus não responde. E que os velhos não são mais sábios do que eu. Que podia pensar por mim mesma. Mesmo assim, o cristianismo me salvou de um monte de loucuras. Me fez voltar pra escola, fez com que eu parasse de curtir drogas, de ser promíscua. Quem sabe onde eu podia ter acabado?"

"Aqui", eu disse. "Aqui é onde você podia ter acabado — onde acabou. Com ele. Vivendo caoticamente com ele."

Você não está aqui para ajudá-la a compreender a si mesma. Não vá mais adiante. Você não é a Oficina de Terapia Interpessoal Judia. Só parece ser, esta noite. Um paciente aparece, gasta sua hora contando a você suas mentiras prediletas, vai embora depois de se expor, e outra se materializa, apodera-se do travesseiro e passa a contar as mentiras prediletas *dela*. A historificação da vida diária, a poesia que se ouve no programa de Philip Donahue, coisas que *ela* na certa ouve no programa de Donahue, e eu fico sentado aqui como se não tivesse ouvido a história da *shiksa* baratinada da própria boca da Sherazade das *shiksas* baratinadas; como se eu mesmo não tivesse me envolvido morbidamente nessa atmosfera havia mais de trinta anos. Fico sentado ouvindo, como se fazer isso fosse meu destino. Diante de uma história, qualquer história, fico fascinado. Ou estou ouvindo, ou contando. Tudo tem origem aí.

"O cristianismo me salvou de um monte de loucuras", ela disse, "mas não do antissemitismo. Acho até que passei a odiar os judeus quando era cristã. Antes, era só a estupidez de minha família. Sabe por que comecei a odiar os judeus? Porque eles não tinham de enfrentar nada dessa besteira cristã. Morte ao eu, a gente tem de se matar, o sofrimento torna a gente melhores servos Dele — e eles *riam* do sofrimento da gente. Simplesmente deixe Deus viver em você pra que você se torne apenas um vaso. Por isso me tornei apenas um vaso, enquanto os judeus se tornavam médicos, advogados e ricos. Eles riam de nosso sofrimento, riam do sofrimento Dele. Veja, não me entenda mal, eu adorava não ser nada. Quer dizer, adorava e detestava. Eu podia ser o que acreditasse ser, um pedaço de merda, e ser *elogiada* por isso. Usava sainhas plissadas, usava o cabelo num rabo de cavalo, não fodia, e enquanto isso os judeus eram todos elegantes, classe média, fodiam, eram educados, iam ao Caribe na época do Natal, e eu os detestava. Isso começou quando eu era cristã, e simplesmente continuou crescendo no hospital. Agora, pelos AS. A., compreendo por qual outro motivo detestava os judeus. A coesão deles, eu detestava isso. A superioridade deles, o que os gentios chamam de cobiça, eu detestava isso. A paranoia e defensividade deles, sempre estratégicos e cautelosos, sempre espertos — os judeus me deixavam louca só por serem judeus. Fosse como fosse, esse era meu legado de Jesus. Até Philip."

"De Jesus a Philip."

"É, parece. Repeti tudo de novo, não foi? Com ele." Parecia espantada. Uma experiência espantosa, e dela.

E minha? De Jesus a Philip — a Philip. De Jesus a Walter Sweeney, a Philip, a Philip. Sou a apocalíptica solução seguinte.

"E você só agora começa a perceber, aqui", perguntei, "que ele podia constituir uma meia recaída?"

"Eu fiquei lá, sabe como é, andando por lá, como enfermeira, sete anos — já lhe falei disso, falei que matei uma pessoa."

"É, falou."

"Mas com ele eu não sabia como *sair*. Eu *nunca* sei como sair. É cada um mais pirado que o outro, e eu não sei como dar o fora. Meu problema é que fico muito apaixonada e extática. Levo um tempão pra me desiludir com toda a irrealidade de tudo isso. Acho que ainda amava as pessoas que se interessavam por mim daquele jeito que ele se interessou por meu antissemitismo. É, *ele* tomou o lugar de Jesus. Ia me purificar, como a Igreja. Acho que eu precisava de coisas preto preto, branco branco. Na verdade, muito pouca coisa é preto e branco e compreendo que todo o mundo não passa de áreas cinzentas, mas essas pessoas dogmáticas loucas são uma espécie de proteção, sabe como é."

"Quem é ele? Quem é essa pessoa dogmática louca?"

"Ele não é nenhum vigarista, não é nenhum impostor, nisso o senhor está errado. Toda a *vida* dele são os judeus."

"Quem é ele, Wanda Jane?"

"É, Wanda Jane. Sou eu. A perfeita Wandinha Jane, que tem de ser invisível e serva. A Batalhadora Jinx, a Amazona Jinx, Jinx que pensa por si mesma, que responde por si mesma, que toma decisões por si mesma e fica de pé por si mesma. Jinx que segura os agonizantes nos braços e observa todo tipo de sofrimento que um ser humano pode passar, Jinx Possesski, que não tem medo de nada e é como a Mãe Terra pra seus agonizantes, e a Wanda Jane que não é nada e tem medo de tudo. Não me chame de Wanda Jane. Não tem graça. Me lembra aquela gente com quem eu vivi antes em Ohio. Sabe o que sempre odiei mais que os judeus? Quer saber meu segredo? Eu odiava os porras dos cristãos. Corri sem parar, até que tudo que consegui foi fechar o círculo. É isso o que todo mundo faz, ou só eu? O catolicismo vai muito fundo. E a loucura e a estupidez também. Deus! Jesus! O judaísmo é minha terceira grande religião, e ainda não fiz nem trinta e cinco anos. Ainda tenho uma longa distância a percorrer com Deus. Devia sair saracoteando amanhã para os maometanos e me inscrever entre eles. Eles parecem ter tudo resolvido. Sensacionais com as mulheres. A *Bíblia*. Eu não *li* a Bíblia — eu abria a Bíblia e *punha o dedo*, e qualquer frase que apontasse me dava uma resposta. Uma resposta! Era um *jogo*. A coisa toda é um jogo lunático. Mas eu me libertei. Me libertei. Fiquei melhor. Renasci como ateia. Aleluia. Então a vida não é perfeita, e eu era antissemita. Se isso era o pior que me acontecia, em vista de onde tinha começado, era uma *vitória*, diabos. Quem não odeia alguma coisa? A quem eu estava fazendo mal? Uma enfermeira que diz cobras e lagartos dos judeus. E daí? Viva com isso. Mas não, eu ainda não suportava ser filha deles, ainda não suportava qualquer coisa que viesse de Ohio, e foi assim que me envolvi com Philip e os AS. A. Acabo de passar um ano com um judeu lunático. *E não sabia disso.* Wanda Jane não sabia até ele pegar um telefone e fazer uma ligação pra Meir Kahane, pro rei absoluto dos loucos religiosos, pro Vingador Judeu em pessoa. Me vejo sentada em Jerusalém, num quarto de hotel, com três sacanas loucos de solidéu gritando todos juntos pra Philip anotar a confissão de Demjanjuk, gritando pra onde vão levar o filho de Demjanjuk e como vão cortar o rapaz em pedacinhos e mandar pelo correio pro pai, e *ainda* não entendo. Só quando ele liga pro número de Kahane me ocorre que estou vivendo um pesadelo de antissemita. Tudo que aprendi nos AS. A. desce pelo cano. Um quarto cheio de judeus aos gritos tramando o assassinato de um garoto gentio — meu avô polonês que dirigia um trator me contava que era o que eles faziam *o tempo todo* lá na Polônia! Talvez vocês intelectuais possam virar o nariz pra isso e achar que está abaixo de vocês, mas toda essa coisa louca que vocês acham mentiras vulgares é simplesmente mais vida pra mim. A maioria das pessoas que conheci vive *todo dia* com coisas loucas. É Walter Sweeney todinho de novo. Morrer de joelhos — e eu o encontrei lá. Imagine o que foi *isso*. Sabe o que meu Philip disse quando eu lhe contei que encontrei Walter Sweeney rezando de joelhos e morto de fome? 'Cristianismo', ele disse, *'goyisch nachis'*, e cuspiu. Eu simplesmente passo de um pra outro. Rodney. Sabe como era a Terapia Interpessoal Cristã de Rodney? Um cara que não tinha concluído nem o ginásio, e Wanda Jane procura *ele* pra fazer terapia. Bem, eu tive a terapia, sem dúvida. É, você adivinhou. Não me fale daquele implante peniano. Não me faça falar *disso*."

Quando ela disse "implante", pensei na forma como um explorador, concluindo sua viagem histórica, reivindica toda a terra que vê para a Coroa, implantando a bandeira real — antes de ser mandado de volta acorrentado e ser decapitado por traição. "É melhor me contar tudo", eu disse.

"Mas você acha que tudo são *mentiras*, quando é verdade, terrível, terrível, terrivelmente *verdade*."

"Me fale do implante."

"Ele fez isso por mim."

"Nisso eu acredito."

Ela chorava, agora. Rolando pelas faces abaixo, desciam gordas lágrimas que tinham toda a plenitude daquela estrutura belamente guarnecida, o enorme jorro de lágrimas represadas de uma criança belicosa, atestando uma natureza carinhosa agora simplesmente indiscutível até mesmo para mim. Aquele louco furioso de algum modo conseguira uma mulher maravilhosa, uma santa total, que tinha um coração maravilhoso e cuja vida desprendida dera monstruosamente errado.

"Ele tinha medo", ela disse. "Chorava, chorava. Foi tão terrível. Dizia que ia me perder pra outro homem, um homem que ainda conseguisse. Ia me perder, dizia. Eu ia deixá-lo completamente só pra morrer em agonia com o câncer — e como eu podia dizer não? Como pode Wanda Jane dizer não quando uma pessoa está sofrendo daquele jeito? Como pode uma enfermeira que viu tudo que eu vi dizer não a um implante peniano que vai dar a ele a força de continuar lutando? Às vezes penso que eu sou a única que sigo o ensinamento de Nosso Senhor. É o que penso às vezes, quando sinto ele enfiando aquela coisa dentro de mim."

"E quem é ele? Me diga quem é ele."

"Mais um garoto judeu baratinado. O namorado judeu baratinado da *shiksa* baratinada, um animal selvagem, histérico, é isso que ele é. É isso que eu sou. É isso que nós somos. Tudo é com a mãe dele."

"Na verdade, não."

"A mãe não lhe deu amor bastante."

"Mas isso foi tirado de meu livro, não foi?"

"Eu não podia saber."

"Eu escrevi um livro, há um século."

"Eu sei *disso*. Mas eu não leio. Ele me deu, mas eu não li. Preciso ouvir as palavras. Isso foi o mais difícil na escola, a leitura. Tenho muito problema com os *dd* e *bb*."

"Como em 'dúbio'."

"Eu sou disléxica."

"Você tem um bocado de coisa a superar, não tem?"

"Nem fale."

"Me conte sobre a mãe dele."

"Ela o trancava do lado de fora de casa. No corredor do lado de fora do apartamento. Ele tinha cinco anos. 'Você não mora mais aqui.' Era o que dizia a ele. 'Você não é nosso menino. É de outra pessoa.'"

"Onde era isso? Em que cidade? Onde estava o pai dele em tudo isso?"

"Não sei, ele não fala nada sobre o pai. Só diz que era sempre trancado do lado de fora pela mãe."

"Mas que era que ele fazia?"

"Quem sabe? Agressão. Assalto a mão armada. Assassinato. Crimes indescritíveis. Acho que a mãe sabia. Ele cerrava os dentes e ficava no corredor esperando que ela abrisse. Mas era tão teimosa quanto ele e não cedia. *Ela* não ia receber ordens de um pirralho de cinco anos. Uma história triste, não é? Aí escurecia. Era quando ele se dobrava. Começava a choramingar como um cachorro e pedir o jantar. Ela dizia: 'Vá jantar com as pessoas de sua laia'. Aí ele pedia perdão mais seis ou sete vezes, e ela imaginava que ele já tinha sido castigado o bastante e abria a porta. Toda a infância de Philip é essa porta."

"Então foi isso que fez dele o proscrito."

"Foi? Eu achava que foi o que fez o detetive."

"Pode ser o que fez os dois. O menino furioso diante da porta, arrasado de impotência. Perseguição injusta. Que raiva deve ter fervido dentro daquele menino de cinco anos. Que desafio deve ter nascido dentro dele naquele corredor. A coisa excluída. Jogada fora. Banida. O monstro da família. Eu sou só e desprezível. Não, isso não é meu livro, eu não chego nem perto de tal extremo. Acho que ele pegou isso de outro livro. O bebê posto pra fora pelos pais pra morrer. Já ouviu falar de *Édipo rei*?"

Como negar que fiquei excitado de adoração por aquela mulher fascinante em minha cama, quando ela me disse alegremente, com a astúcia de Mae West na voz da mulher rica em surpresas amorosas: "Querido, mesmo nós disléxicos já ouvimos falar de *Édipo rei*".

"Eu não sei o que pensar de você", eu disse, falando a verdade.

"Não é fácil saber o que pensar de você também."

Seguiu-se uma pausa, cheia de fantasias de nosso futuro juntos. Uma pausa muito longa, e um longo, longo olhar da cadeira para a cama e da cama para a cadeira.

"Pois bem. Como ele se decidiu por mim?", perguntei.

"Como?", ela riu. "Está brincando."

"É, como?" Eu também ria agora.

"Se olhe no espelho um dia. Por quem mais ele iria se decidir, Michael Jackson? Eu não *acredito* em vocês dois. Vejo vocês indo e vindo. Escuta, não pense que isso foi fácil pra mim. É inteiramente esquisito. Eu penso que estou sonhando."

"Bem, não inteiramente. Foi preciso uma *certa* ação da parte dele."

"Bem, não muita." E foi nesse momento que recebi de novo

249

aquele sorriso particular, aquele lento curvar para cima no canto da boca que era para mim a síntese da magia sexual, como já disse. Tem de ficar claro mesmo para uma criança lendo esta confissão que, a partir do momento em que afastei aquela cômoda e a deixei entrar em meu quarto com aquele vestido, vinha lutando para neutralizar sua atração erótica e erradicar os pensamentos carnais em mim despertados por sua aparência desesperada, descabelada, deitada em minha cama. Não pense que tinha sido fácil para mim, quando ela gemeu num sussurro: "Me ponha em sua mala e me leve com você". Mas, enquanto bebia o *roman-fleuve* de sua decidida busca de tutela (entre os protestantes, os católicos e os judeus), eu mantivera o melhor que podia o máximo de ceticismo. Encanto havia, reconheço, mas a autoridade verbal dela não era realmente muito grande, e eu disse a mim mesmo que, em qualquer circunstância menos drástica que aquela (se, por exemplo, me houvesse sentado ao lado dela num daqueles bares de paquera de Chicago quando ela era enfermeira dando sopa), após cinco minutos ouvindo eu teria muita dificuldade para não tentar minha sorte com alguém que não vivia perpetuamente renascendo. Contudo, dito tudo isso, o efeito do sorriso dela foi me deixar com uma tumescência.

Eu *não* sabia o que pensar dela. Uma mulher forjada pelo lugar-comum mais cruelmente ridículo sorri de uma cama de hotel para um homem que tem todos os motivos do mundo para não estar nem perto dela, um homem para o qual ela não é de modo algum a companheira, e o homem está no subterrâneo com Perséfone. Tememos as mitológicas profundezas de Eros quando uma coisa dessa nos acontece. O que Jung chama de "incontrolabilidade das coisas reais", o que uma enfermeira profissional chama de "vida".

"Nós não somos indistinguíveis, você sabe."

"Essa palavra. Essa é a palavra. Ele a usa cem vezes por dia. 'Nós somos indistinguíveis.' Ele olha no espelho e é isso que diz — 'Nós somos indistinguíveis'."

"Bem, não somos", informei a ela, "nem de longe."

"Não? Que é então? Você tem uma linha da Vida diferente? Eu leio mãos. Aprendi uma vez, pegando carona. Leio mãos em vez de livros."

E eu fiz em seguida a coisa mais estúpida que fiz em Jerusalém, e talvez em toda a minha vida. Levantei-me da cadeira junto da janela, atravessei o quarto até a cama e peguei a mão que ela estendia. Pus minha mão nas dela, nas mãos de enfermeira que tinham estado em toda a parte, as mãos de enfermeira sem tabus, transgressoras, e ela correu o polegar de leve pela palma e apalpou cada um dos fofos cantos. Durante pelo menos um minuto inteiro fez apenas "Hummmm... Hummmm...", estudando cuidadosamente a minha mão. "Não é surpresa", acabou me dizendo, muito baixinho, como para não acordar uma terceira pessoa na cama, "que a linha da Cabeça seja surpreendentemente longa e funda. Sua linha da Cabeça é a mais forte da mão. É uma linha da Cabeça dominada mais pela imaginação que pelo dinheiro, ou pelo coração, razão ou intelecto. Tem um componente realmente bélico na sua linha do Destino. Sua linha do Destino sobe o Monte de Marte. Na verdade, o senhor tem três linhas do Destino. O que é muito incomum. A maioria das pessoas não tem nenhuma."

"Quantas tem seu namorado?"

"Só uma."

E eu pensava: se você quer ser morto, se quer morrer de joelhos como Walter Sweeney, essa é a maneira de conseguir com que a coisa seja feita. Essa leitora de mão é o tesouro dele. Essa antissemita em convalescença correndo o dedo por sua linha do Destino é o prêmio desse louco!

"Todas essas linhas que partem do Monte de Vênus pra sua linha da Vida indicam que o senhor é profundamente dominado pelas paixões. As linhas claras e muito profundas nessa parte da mão — está vendo? — cruzam com a linha da Vida. Na verdade não se cruzam, o que significa que, em vez de a paixão trazer infelicidade pra você, não traz. Se elas se cruzassem, eu diria que em você o apetite sexual leva a decadência e corrupção. Mas não é assim. Seu apetite sexual é bastante puro."

251

"Que sabe você?", respondi, pensando: faça isso e ele caçará você até os confins da Terra, e matará você. Você devia ter fugido. Não precisava das respostas dela a todas as suas perguntas. As respostas dela são tão inúteis para você, se verdadeiras, quanto se falsas. Essa é a armadilha dele, pensei, no momento em que ela erguia o rosto para o meu com aquele sorriso que era a linha do Destino *dela* e dizia: "É tudo uma besteira tão grande, mas é meio divertido — sabe como é?". Pare. Respire. Pense. Ela acha que você está com o milhão de Smilesburger e simplesmente está trocando de lado. Qualquer coisa pode estar acontecendo, e você será o último a saber.

"É o tipo de mão de um... quer dizer, se eu não soubesse nada sobre você, se estivesse lendo a mão de um estranho e não soubesse quem era você, eu diria que é a mão de um... de um grande líder."

Eu devia ter fugido. Em vez disso me implantei nela e depois fugi. Penetrei-a e corri. As duas coisas. E venham me falar em mais ridículo lugar-comum.

8. A INCONTROLABILIDADE
DAS COISAS REAIS

EIS A TRAMA DE PIPIK ATÉ AGORA.
Um judeu americano de meia-idade instala-se numa suíte
do King David Hotel em Jerusalém e propõe publicamente que
os judeus israelenses de ascendência asquenazita, que formam a
metade mais influente da população do país e constituíram o
grupo original que fundou o Estado, retornem a seus países de
origem e ressuscitem a vida judia europeia que Hitler quase ani-
quilou entre 1939 e 1945. Argumenta que esse programa político pós-sionista, que chamou de "diasporismo", é o único meio
de evitar um "segundo Holocausto", no qual ou os três milhões
de judeus de Israel serão massacrados pelos inimigos árabes, ou
os inimigos serão dizimados por armas nucleares israelenses,
uma vitória que, como uma derrota, destruiria para sempre as
bases morais da vida judia. Ele acredita que, com a ajuda de
fontes filantrópicas judias tradicionais, pode levantar o dinheiro
e arregimentar a vontade política de judeus influentes em toda
a parte para instituir e realizar esse programa até o ano 2000.
Justifica suas esperanças aludindo à história do sionismo e com-
parando seu sonho supostamente inatingível ao plano herzliano
de um Estado judeu, que, em sua época, pareceu aos numerosos
críticos judeus de Herzl desprezivelmente ridículo, senão insano. Admite a inquietante persistência de uma substancial população antissemita europeia, mas propõe-se implementar um
programa de recuperação em massa que reabilitará essas centenas de milhões ainda impotentes diante das tentações do antissemitismo tradicional e lhes possibilitará aprender a controlar a
antipatia pelos compatriotas judeus tão logo estes sejam reassentados na Europa. Chama a organização que vai implementar
esse programa de Antissemitas Anônimos e é acompanhado

253

nessas viagens de proselitismo e levantamento de fundos por um membro do grupo fundador dos AS. A., uma enfermeira americana de extração católica polonesa e irlandesa, que se identifica como "antissemita em recuperação" e que veio a ser influenciada pela ideologia dele quando ele era seu paciente de câncer no hospital de Chicago onde ela trabalhava.

O defensor do diasporismo e fundador dos AS. A. revela ter tido uma carreira anterior como detetive particular, possuindo sua própria agência em Chicago, especializada em casos de pessoas desaparecidas. Seu envolvimento com ideias políticas e sua preocupação com a sobrevivência dos judeus e dos ideais judeus parecem datar da luta contra o câncer, quando ele se sentiu chamado a dedicar a uma vocação mais elevada o que de vida lhe restasse. (Além disso, a condenação do judeu americano Jonathan Pollard como espião israelense colocado em posição de confiança dentro do *establishment* de defesa dos Estados Unidos — e o frio abandono de Pollard pelos seus controladores no serviço secreto israelense — parece ter tido um forte efeito na formulação de suas ideias, consolidando seus temores pelos judeus da Diáspora, na medida em que são um recurso descartável, explorável, para um Estado judeu que, na sua visão, extorque maquiavelicamente deles uma lealdade inquestionável.) Pouco se sabe de sua vida anterior, além de que, na juventude, decidiu conscientemente dissociar-se de qualquer papel social ou vocacional que pudesse marcá-lo como judeu. Sua amante acólita falou de uma mãe que o disciplinava impiedosamente quando ele era pequeno, mas fora isso sua biografia é um vazio e, mesmo no esboço, parece uma história costurada pela mesma imaginação a-histórica que sonhou as improbabilidades e exageros do diasporismo.

Ora, acontece que esse homem tem uma decidida semelhança física com o escritor americano Philip Roth, diz chamar-se Philip Roth também e não é avesso a explorar essa coincidência inexplicável, senão absolutamente fantástica, para promover a crença em que ele *é* o autor e assim avançar a causa do diasporismo. Através desse subterfúgio, consegue convencer

Louis B. Smilesburger, uma idosa e inválida vítima do Holocausto, que se retirou infeliz para Jerusalém depois de ter feito fortuna como joalheiro em Nova York, a contribuir com um milhão de dólares. Alas, quando Smilesburger vai entregar o cheque pessoalmente ao diasporista Philip Roth, quem encontra ele senão o escritor Philip Roth, que chegou a Jerusalém apenas dois dias antes, para entrevistar o romancista israelense Aharon Appelfeld? O escritor está almoçando com Appelfeld num bar de Jerusalém quando Smilesburger o localiza ali e, imaginando erradamente que o escritor e o diasporista são a mesma pessoa, aborda o homem errado com o cheque.

A essa altura, os caminhos dos dois sósias já se cruzaram não longe do tribunal de Jerusalém onde John Demjanjuk, um operário ucraniano-americano da indústria automobilística, extraditado de Cleveland para Israel pelo Departamento de Justiça dos Estados Unidos, está em julgamento, acusado de ser o sádico guarda de Treblinka e assassino em massa de judeus conhecido das vítimas como Ivã, o Terrível. Esse julgamento e o levante de árabes dos Territórios Ocupados contra o governo israelense — os dois fatos sendo objeto de cobertura da imprensa mundial — constituem o turbulento pano de fundo contra o qual os dois encenam seus confrontos, o primeiro dos quais resulta no escritor Roth advertindo o diasporista Roth de que, a menos que o impostor repudie imediatamente sua falsa identidade, será levado perante as autoridades sob acusações criminais.

O escritor, ainda fumegando do irritante encontro com o diasporista quando o sr. Smilesburger aparece no bar, finge impulsivamente ser aquele por quem é tomado (ele mesmo!) e aceita o envelope do sr. Smilesburger, sem, é claro, saber a incrível quantia da doação. Mais tarde nesse mesmo dia, após uma visita perturbadora, com um amigo palestino dos tempos de universidade, a um tribunal israelense na Ramallah ocupada (onde o escritor é novamente tomado pelo diasporista e, para sua própria e pasmada consternação, não apenas deixa que o erro passe despercebido uma segunda vez como depois, em casa do amigo, fortalece-o com uma implausível conferência *louvando* o diaspo-

255

rismo), ele, o escritor, perde o cheque de Smilesburger (ou o cheque é confiscado) quando um pelotão de soldados israelenses faz uma apavorante revista do escritor e de seu motorista árabe, que voltam erraticamente num táxi pela estrada de Ramallah a Jerusalém no início dessa noite.

O escritor, que uns sete meses antes sofrera um pavoroso colapso nervoso supostamente causado por uma medicação para dormir duvidosa, receitada após uma pequena barbeiragem cirúrgica, fica tão perplexo com todos esses fatos e com o seu comportamento incongruentemente autossubversivo na reação a eles que começa a temer estar a caminho de uma recaída. A implausibilidade de tanta coisa que está acontecendo chega a fazê-lo, num momento de extrema desorientação, perguntar-se se alguma dessas coisas *está* de fato acontecendo ou se ele não está em sua casa de fazenda em Connecticut, vivendo um daqueles episódios alucinatórios cujo impecável caráter persuasivo o levou perto do suicídio no verão anterior. Seu controle sobre si mesmo começa a parecer-lhe quase tão tênue quanto sua influência sobre o outro Philip Roth, no qual, na verdade, se recusa a pensar como um "impostor", ou "duplo", mas em vez disso passa chamá-lo de Moishe Pipik, apelido iídiche benignamente menosprezivo que vem da comédia cotidiana do mundo de sua infância humilde e se traduz literalmente como Moisés Umbigo, e que ele espera sirva ao menos para conter sua própria avaliação talvez paranoide da periculosidade e do poder do outro.

Na estrada de Ramallah, o escritor é resgatado da arrepiante emboscada dos soldados por um jovem oficial no comando do pelotão, que o reconhece como o autor de um livro que por acaso andou lendo naquele mesmo dia. Para compensar o escritor pela imerecida agressão, Gal, o tenente, leva-o pessoalmente de jipe a seu hotel no bairro árabe de Jerusalém Oriental, confessando de moto próprio, no caminho — a uma pessoa a quem visivelmente tem em alta conta —, seus graves escrúpulos sobre sua discutível posição como instrumento da política militar israelense. Em resposta, o escritor desembesta numa renovada exposição do diasporismo, que não lhe parece menos absurda que a conferência que fez em Ramallah, mas que ele expõe no jipe com não menor entusiasmo.

No hotel, o escritor descobre que Moishe Pipik, tendo facilmente levado o recepcionista a pensar que ele é Philip Roth, ganhou acesso a seu quarto e está lá à sua espera, em sua cama. Pipik exige que Roth lhe entregue o cheque de Smilesburger. Segue-se um agitado diálogo; há um interlúdio calmo, enganosamente amistoso, até mesmo íntimo, durante o qual Pipik revela suas aventuras como detetive particular em Chicago, mas a raiva de Pipik explode novamente quando o escritor reitera que o cheque de Smilesburger se perdeu, e o episódio encerra-se com Pipik, fervendo de raiva e tomado de histeria, expondo sua ereção ao escritor enquanto é empurrado e jogado para fora do quarto no corredor do hotel.

Tão tenso está o escritor com esse caos florescente que decide fugir no voo da manhã de Israel para Londres e, após barricar a porta tanto contra sua própria inépcia diante das provocações de Pipik quanto contra a volta dele, senta-se à escrivaninha junto à janela de seu quarto para compor algumas perguntas finais para a entrevista de Appelfeld, que planeja deixar com o escritor israelense quando partir de manhã para o aeroporto. Da janela do hotel, pode ver várias centenas de soldados israelenses, num quase beco sem saída, embarcando em ônibus que os transportarão para aldeias amotinadas da Margem Ocidental. Bem embaixo do hotel, vê meia dúzia de árabes mascarados correndo sorrateiramente para lá e para cá, levando pedras de uma ponta da rua para a outra; após concluir suas perguntas a Appelfeld, decide que deve comunicar aquela carregação de pedras às autoridades israelenses.

Contudo, tão logo tenta, sem sucesso, fazer uma ligação para a polícia, ouve a consorte de Pipik sussurrando-lhe em lágrimas do outro lado da porta barricada, explicando que Pipik, a quem exasperantemente insiste em chamar de Philip, voltou ao King David Hotel e está tramando com militantes judeus ortodoxos sequestrar o filho de Demjanjuk, mantê-lo em cativeiro e mutilá-lo até Demjanjuk confessar que é Ivã, o Terrível. Ela enfia por baixo da porta uma estrela de pano daquelas que os judeus europeus eram obrigados a usar como identificação nos anos da guerra, e, quando diz ao escritor que Moishe Pipik usou a estrela sob a roupa desde que lhe foi dada de presente por Lech Walesa em Gdansk, o escritor fica tão indignado que perde o controle emocional e, mais uma vez, se vê tragado na própria loucura da qual decidiu desligar-se fugindo.

Com a condição de que ela lhe revelará a verdadeira identidade de Moishe Pipik, ele desobstrui a porta e deixa-a entrar no quarto. Fica sabendo que ela própria está fugindo de Pipik e atravessou Jerusalém para ver o escritor não tanto na expectativa de reaver o cheque de Smilesburger, embora a princípio faça uma débil tentativa de conseguir exatamente isso, nem de convencer o escritor a impedir o sequestro do filho de Demjanjuk, mas na esperança de encontrar asilo do "pesadelo de antissemita" no qual, paradoxalmente, se viu presa pelo fanático a quem não pode deixar de tratar como enfermeira. Tantalizantemente estendida (esticada, espichada, esparramada, rendida) na cama de hotel do escritor — sendo a dela, agora, a segunda improvável cabeça a buscar indenização em seu travesseiro nessa noite — e usando um vestido decotado que deixa o escritor tão incerto dos motivos dela quantos dos seus próprios, ela desfia uma história de toda uma vida de servidão e transformações em série: de filha católica desamada de ignorantes fanáticos a indiferente e promíscua menor abandonada hippie, de indiferente e promíscua menor abandonada hippie a casta fundamentalista deslumbradamente subjugada a Jesus, de casta fundamentalista deslumbradamente subjugada a Jesus a enfermeira oncologista venenosamente inimiga dos judeus, de enfermeira oncologista venenosamente inimiga dos judeus a obediente antissemita em recuperação... e desse último estágio na jornada começada em Ohio a que nova automortificação? Qual a metamorfose seguinte para Wanda Jane "Jinx" Possesski e, também, para o escritor mentalmente confuso, emocionalmente esgotado, privado de alimentação, eroticamente deslumbrado que, tendo-se implantado dentro dela com a máxima brutalidade, descobre-se, ainda mais perigosamente, meio apaixonado por ela?

Esta é a trama, até o momento em que o escritor deixa a mulher ainda melancolicamente enredada nela e, mala na mão, pisando na ponta dos pés para não perturbar o repouso pós-coito da senhora, esgueira-se silenciosamente para fora da trama, fugindo de sua implausibilidade geral, total ausência de seriedade, apoio numa coincidência improvável em muitos pontos-chaves e ausência de coerência interna, sem sequer o menor indício de alguma coisa que se assemelhe a um significado ou propósito sério. A história até agora tem uma trama frívola, exagerada, para seu gosto uma trama inteiramente aberrativa, com acontecimentos exóticos surgindo tão loucamente em cada esquina que não há ponto algum para a inteligência estabelecer uma base e desenvolver uma perspectiva. Como se o sósia no centro crítico da história já não fosse exagerado o bastante, há a caprichosa perda do cheque de Smilesburger (há o fortuito aparecimento do cheque de Smilesburger; há o próprio Louis B. Smilesburger, *deus ex machina* do Borscht Belt), que põe a ação em seu curso inconvincente e serve para reforçar o sentimento do escritor de que a história foi intencionalmente concebida como gozação, e uma gozação pesada, ainda por cima, considerando-se as lutas da existência judia tidas como em questão por seu antagonista.

E que há de importante, se é que há alguma coisa, no antagonista que a concebeu? Que é que, em sua apresentação de si mesmo, leva a considerá-lo uma figura de alguma profundidade ou dimensão? O meio de vida machista. O implante peniano. A personificação ridiculamente transparente. A argumentação grandiosa. A personalidade instável. A monomania histérica. A chicana, a angústia, a enfermeira, o orgulho rastejante de ser "indistinguível" — tudo isso resultando numa pessoa que *tenta* ser real sem ter a menor ideia do que fazer a respeito, uma pessoa que não sabe nem ser fictícia (e passa convincentemente por alguém que não é) nem atualizar-se na vida como ele mesmo.

Não pode mais retratar-se como uma personagem inteira, harmoniosa, nem estabelecer-se como um enigma intrigante, indecifrável, nem mesmo simplesmente existir como uma força satírica imprevisível, tampouco pode gerar uma trama de integridade sequencial que um leitor adulto possa levar a sério. Sua existência como antagonista, sua existência *toda* depende inteiramente do escritor, do qual pirateia como parasita qualquer magra identidade que consiga tornar pelo menos debilmente digna de crédito.

Mas por que, em troca, o escritor pirateia a *dele*? Essa é a pergunta que persegue o escritor quando seu táxi o leva em segurança pelos morros da zona oeste de Jerusalém e pela estrada do aeroporto. Seria um conforto achar que a personificação, por ele, de seu personificador resulta de um impulso estético para intensificar a existência desse oco antagonista e apreendê-lo imaginativamente, tornar o objetivo subjetivo e o subjetivo objetivo, o que não é mais, afinal, do que aquilo que os escritores são pagos para fazer. Seria reconfortante entender suas próprias atuações em Ramallah com George e no jipe com Gal — como também a apaixonante sessão trancado com a enfermeira, que culminou naquele *obbligato* vocal sem palavras com o qual ela se lançara no fluxo de seu próprio prazer, o contínuo e áspero sobe e desce, forte e murmurante ao mesmo tempo, alguma coisa entre o grito de uma pererea e o ronronar de um gato, que articulou de modo luxuriante o beatífico clímax e que ainda ressoava como um canto de sereia aos ouvidos dele todas aquelas horas depois — como o triunfo de uma vitalidade raçuda, espontânea e audaz sobre a paranoia e o medo, como uma estimulante manifestação da inexaurível capacidade de brincar de um artista e de um talento irreprimivelmente cômico para a vida. Seria reconfortante pensar que tais episódios envolviam alguma verdadeira liberdade de espírito que ele tivesse, que encarnada na personificação estava a forma distintamente pessoal que assumia sua fortitude e da qual ele não tem motivo nesse estágio da vida para ficar pasmado ou envergonhado. Seria reconfortante pensar que, longe de ter brincado patologicamente com uma situação explosiva (com George, Gal ou Jinx) ou de ter sido poluído por uma infusão do próprio extremismo pelo qual se sente tão ameaçado, e do qual está agora em fuga, respondeu ao desafio de Moishe Pipik com exatamente o mesmo desafio paródico que a coisa merece. Seria reconfortante pensar que, dentro dos limites de uma trama sobre a qual não tem nenhum controle autoral, não se diminuiu nem desgraçou além da conta, e que suas sérias trapalhadas e erros de cálculo resultaram em grande parte mais de um excessivo sentimento de compaixão pelas doenças do inimigo do que de uma mente (a sua) demasiado desarticulada pela ameaça paranoide para poder bolar uma contratrama eficaz em que envolver a imbecilidade pipikiana. Seria reconfortante, seria simplesmente natural supor que, numa disputa narrativa (no modo realista) com o impostor, o verdadeiro escritor emergiria facilmente como o campeão inventivo, marcando arrasadoras vitórias em Sofisticação de Meios, Sutileza de Efeitos, Estrutura Engenhosa, Complexidade Irônica, Interesse Intelectual, Credibilidade Psicológica, Precisão Verbal e Verossimilhança Geral; mas em vez disso a medalha de ouro de Jerusalém para Realismo Vívido foi para um *klutz** narrativo que leva o prêmio pela total indiferença aos critérios tradicionais de julgamento em todas as categorias da competição. Seu artifício é falso até a medula, uma histérica caricatura da arte da ilusão, uma hipérbole alimentada pela perversidade (e talvez mesmo insanidade), o exagero como princípio de invenção, tudo progressivamente exagerado, supersimplificado, divorciado da evidência concreta da mente e dos sentidos — e no entanto ele vence! Bem, que vença. Veja-o não como o aterrorizante súcubo de existência insuficiente que fabrica seu ser canibalisticamente, não como um amnésico demoníaco que se esconde de si em você e só pode se sentir ele mesmo se se sentir como outra pessoa, não como uma coisa meio nascida, ou meio morta, ou meio doida, ou meio

---

* "Bobalhão", em iídiche. (N. E.)

261

charlatã/ meio psicopata — veja essa coisa dividida como a realização que ele é e conceda-lhe graciosamente a vitória. A trama que prevalece é a de Pipik. Ele ganha, você perde, vá para casa — melhor abrir mão da Medalha de Realismo Vívido, por mais injusto que isso seja, para cinquenta por cento de um homem do que ser derrotado na luta pela recuperação de sua própria estabilidade e acabar de novo como cinquenta por cento de você mesmo. O filho de Demjanjuk será ou não será sequestrado e torturado, segundo a conspiração de Pipik, quer você fique em Jerusalém, quer volte para Londres. Se isso acontecer enquanto você está aqui, as matérias de jornal trarão não apenas seu nome como o perpetrador mas também sua foto e sua biografia num boxe; se você não estiver aqui, porém, se estiver lá, então haverá um mínimo de confusão geral quando ele for localizado em sua gruta no mar Morto e apanhado com o cativo e com seus cúmplices barbudos. O fato de ele estar decidido a materializar uma ideia que apenas passou por sua mente quando você viu pela primeira vez o jovem Demjanjuk desprotegido não pode imputar-lhe culpabilidade, por mais vigorosamente que *ele* atribua a você a trama vencedora do prêmio e alegue, tão logo comece o seu interrogatório, ser apenas um pistoleiro contratado de Chicago, o detetive particular alugado por certo preço para representar, como substituto, como dublê, seu drástico e autointoxicado melodrama de justiça e vingança. Claro, haverá quem fique simplesmente emocionado demais para acreditar nele. E não lhes será difícil: vão atribuir o fato (misericordiosamente, sem dúvida) à loucura causada pelo Halcion, como Jekyll culpava Hyde por suas drogas; vão dizer: "Ele jamais se recuperou daquele colapso, e isso foi o resultado. Tinha de ser o colapso — nem mesmo ele era um romancista tão medonho".

Mas não consegui escapar desse mundo de trama para uma narrativa mais simpática, mais sutilmente provável, mais vinda de dentro, de minha própria criação — não cheguei ao aeroporto, não cheguei nem à casa de Aharon —, e isso se deu porque no táxi me lembrei de uma charge política que tinha visto nos jornais de Beirute quando morava em Londres, durante a guerra do Líbano, uma charge abominável, de um judeu narigudo, abrindo as mãos sonsamente à frente e encolhendo os ombros como a negar responsabilidade, de pé no alto de uma pirâmide de cadáveres árabes. Pretendendo ser uma caricatura de Menachen Begin, então primeiro-ministro de Israel, o desenho era na verdade uma descrição inteiramente realista, inequívoca, do judeu como o apresentava a imprensa nazista. Foi essa caricatura que me fez dar meia-volta. Tínhamos deixado Jerusalém não havia nem dez minutos quando mandei o chofer me levar ao King David Hotel. Pensava: quando ele começar a cortar os dedos dos pés do rapaz e mandá-los pelo correio, um a um, para a cela de Demjanjuk, o *Guardian* vai ter um prato cheio. Os advogados de Demjanjuk já tinham contestado publicamente a integridade dos procedimentos, atrevendo-se a anunciar a três juízes judeus, num tribunal judeu, que o julgamento de John Demjanjuk por crimes cometidos em Treblinka tinha nada menos que as características do julgamento de Dreyfus. Não iria o sequestro acentuar de maneira dramática essa alegação, feita ainda menos delicadamente pelos ucranianos que apoiavam Demjanjuk nos Estados Unidos e no Canadá e por seus defensores, direitistas e esquerdistas, na imprensa ocidental — ou seja, que era impossível alguém com o sufixo *juk* no nome merecer justiça dos judeus, que Demjanjuk era o bode expiatório dos judeus, que o Estado judaico era um Estado sem lei, que o "julgamento propagandístico" montado em Jerusalém se destinava a perpetuar o autojustificante mito da vitimização judaica, que a vingança era o único objetivo dos judeus? Na arregimentação de simpatia mundial para seu cliente e promoção de suas alegações de tendenciosidade e prejulgamento, os que apoiavam Demjanjuk não poderiam ter encontrado um golpe publicitário mais brilhante que o que Moishe Pipik planejava realizar para dar vazão à sua raiva por mim.

Se não fosse tão revoltantemente claro que era eu o desafio

263

que ele pretendia enfrentar, que aquele louco sequestro, potencialmente prejudicial a uma causa talvez ainda mais pungente que a dele mesmo, tinha origem em sua obstinada fixação em mim, eu poderia ter dito ao chofer para me levar não ao King David Hotel, mas diretamente à polícia de Jerusalém. Se não me parecesse que eu tinha sido humilhantemente passado para trás a cada volta por um adversário que não estava de modo algum à minha altura, e que eu complicara minha inépcia aceitando sem pensar o cheque de Smilesburger — e posteriormente complicando esse erro por não perceber a dimensão do conflito na Margem Ocidental e me deixar apanhar após o escurecer na estrada de Ramallah por uma patrulha israelense sem nenhuma disposição de observar as sutilezas de uma revista legal —, talvez não achasse agora que cabia a mim, e só a mim, enfrentar aquele sacana de uma vez por todas. A patologia dele só pode ir até aí. Até onde vai a *minha*. Desde o início, eu exagerara a ameaça dele. Não precisava chamar os fuzileiros israelenses, disse a mim mesmo, para acabar com Moishe Pipik. Ele já está com um pé na cova. Só precisa de um empurrãozinho. É simples; esmague-o.

Esmague-o. Eu estava suficientemente indignado para pensar que podia. Sem dúvida sabia que devia. Nosso momento chegara, o acerto de contas cara a cara entre os dois apenas: o autêntico versus o falso, o responsável versus o irresponsável, o sério versus o superficial, o resistente versus o devastado, o multiforme versus o monomaníaco, o realizado versus o irrealizado, o imaginativo versus o escapista, o essencial versus o supérfluo, o construtivo versus o inútil...

O táxi ficou à minha espera no acesso circular diante do King David Hotel, enquanto, àquela hora matinal, o segurança armado da entrada me levava até a recepção. Repeti para o recepcionista o que tinha dito ao guarda: o sr. Roth estava à minha espera.

O recepcionista sorriu. "Seu irmão."

Fiz que sim com a cabeça.

"Gêmeo."

Fiz que sim de novo. Por que não?

"Ele foi embora. Não está mais conosco." Olhou o relógio na parede. "Seu irmão saiu há meia hora."

As mesmas palavras de Meema Gitcha!

"Foram todos embora?", perguntei. "Nossos primos ortodoxos também?"

"Ele estava sozinho, senhor."

"Não. Não pode ser. Eu devia encontrá-lo aqui com nossos primos. Três homens barbudos, de solidéu."

"Esta noite, não, sr. Roth."

"Não apareceram?"

"Creio que não, senhor."

"E ele foi embora. Às quatro e meia. E não vai voltar. Nenhum recado para mim?"

"Nada, senhor."

"Ele disse para onde ia?"

"Creio que para a Romênia, senhor."

"Às quatro e meia da manhã. Claro. Meir Kahane visitou meu irmão esta noite, por algum acaso? Sabe de quem estou falando? O rabino Meir Kahane?"

"Sei quem é o rabino Kahane, senhor. O rabino Kahane não esteve no hotel."

Perguntei se podia usar o telefone público do outro lado do saguão. Disquei o American Colony e pedi para falar com meu antigo quarto. Tinha dito ao recepcionista de lá, depois de pagar a conta, que minha mulher estava dormindo e ia partir de manhã. Mas ela já saíra.

"Tem certeza?", perguntei.

"O senhor e a senhora. Os dois foram embora."

Desliguei, esperei um minuto e tomei a ligar para o hotel.

"O quarto do sr. Demjanjuk, por favor", disse.

"Quem quer falar, por favor?"

"É da prisão."

Um momento depois ouvi um ansioso e agudo "Alô?".

"Você está bem?", perguntei.

"Alô? Quem é? Quem *é*?"

265

Ele estava lá, eu estava ali, eles tinham ido embora. Desliguei. Tinham ido embora, ele estava salvo. Tinham fugido de sua *própria* trama!

E o objetivo dessa trama? Apenas furto? Ou seria toda a impostura simplesmente isso, impostura, duas incógnitas fazendo uma farra?

Parado junto ao telefone e pensando que toda aquela desventura podia simplesmente ter chegado a um súbito fim, eu me sentia mais desorientado que nunca, perguntando a mim mesmo se eles eram duas incógnitas que fugiam do mundo, duas incógnitas das quais fugia o mundo ou duas incógnitas que andavam falsificando tudo para me confundir... embora por que razão seria essa a meta de alguém fosse a mais intrigante de todas as questões. E parecia-me agora que provavelmente jamais saberia a resposta — e que o que me fascinara desde o início fora essa questão! Teriam eles querido apenas que eu pensasse que toda a sua falsidade era real, ou teriam eles próprios imaginado que era real, ou estaria a excitação deles na criação do efeito pirandelliano de desrealização de tudo e todos, a começar por si mesmos? Bela impostura, *esta*!

Voltei à recepção. "Vou ficar com o quarto de meu irmão."

"Permita-me lhe dar um quarto que não foi ocupado, senhor."

Tirei uma nota de cinquenta dólares da carteira. "O dele está ótimo."

"Seu passaporte, por favor, sr. Roth."

"Nossos pais gostavam tanto do nome", expliquei, passando-o por cima do balcão com a nota de cinquenta, "que o deram a nós dois."

Esperei enquanto ele examinava minha foto e anotava o número do passaporte no livro de registro. Devolveu-me o passaporte sem nenhum comentário. Preenchi a ficha de registro e recebi a chave da suíte 511. Enquanto isso, o guarda de segurança voltara para a porta do hotel. Dei-lhe vinte dólares para pagar ao motorista do táxi e mandei que ficasse com o troco.

Durante a meia hora seguinte, até o amanhecer, revistei o

266

quarto de Pipik e nada encontrei em nenhuma das gavetas, na escrivaninha, nem anotações, nem revistas ou jornais deixados para trás, nada embaixo da cama, nada atrás das almofadas do sofá, nada pendurado no armário ou caído no chão do armário. Quando puxei a colcha e o cobertor da cama, o lençol e as fronhas estavam recém-passados e ainda cheirando a lavanderia. Ninguém dormira ali desde que o quarto fora arrumado na manhã anterior. As toalhas no banheiro também estavam limpas. Só quando levantei a tampa da privada encontrei um vestígio de que ele estivera ali. Uma espiral de pelo púbico negro, mais ou menos da forma de um & corpo catorze, grudado na borda esmaltada do vaso. Peguei-o entre duas unhas e depositei-o num envelope do hotel, do material de carta na gaveta da escrivaninha. Revistei o chão do banheiro em busca de um fio de cabelo dela, um cílio, uma apara de unha do pé, mas os ladrilhos tinham sido varridos e estavam impecavelmente limpos — nada ali também. Levantei-me para lavar as mãos na pia, e foi ali que descobri, na borda da bacia, pouco abaixo da torneira de água quente, os miúdos fios de uma barba humana. Grudei-os com cuidado num pedaço de papel higiênico — uma mostra de uns dez fios, talvez —, dobrei o papel em quatro e o coloquei dentro de um segundo envelope. Os fios podiam, claro, ser de qualquer um — até meus; ele os podia ter encontrado quando revistava *meu* banheiro no hotel e, para *selar* nossa unicidade, transferido para o seu, ali. Depois de tudo que fizera, por que não aquilo também? Talvez até o pelo púbico fosse meu. Certamente poderia passar por meu, mas também, tratando-se de pelos púbicos perdidos, muitas vezes é difícil, usando-se apenas os olhos, distinguir exatamente qual é de quem. Contudo, levei-o — se ele podia disfarçar-se de escritor, eu podia bancar o detetive.

Tenho esses dois envelopes, juntamente com a estrela de pano e seus "Dez princípios dos AS. A." escritos à mão, a meu lado na mesa enquanto escrevo, para atestar a tangibilidade de uma visita da qual mesmo eu preciso viver me reafirmando de que só aparentemente teve a aparência de uma farsa absurda, grosseira, fantasmagórica. Esses envelopes e seus conteúdos me lembram

267

que aquela aparência espectral, meio demente, era na verdade a própria marca característica de uma indiscutível realidade muito semelhante à vida e que, quando a vida parece menos o que deve parecer, aí talvez é que seja mais o que ela é mesmo.

Também tenho aqui o cassete que, para meu espanto, encontrei quando, ao voltar a Londres, fui ouvir uma de minhas conversas gravadas com Aharon Appelfeld. Fora enfiada no próprio gravador que eu trancara no armário do hotel no American Colony e que não tinha aberto nem usado desde que roubara minha mala daquele quarto, deixando Jinx a dormir na cama. Não posso explicar como o cassete foi colocado em meu gravador antes que eu voltasse ao quarto, senão pensando que Pipik violou a fechadura do armário usando as habilidades que adquirira como localizador de pessoas desaparecidas. A letra no rótulo, que tanto parece com a minha, é, claro, dele; também o é a voz balbuciando o tóxico balbucio das pessoas que destruíram quase tudo, a acusação revoltante, doentia, assassina, que apenas *soa* irreal. O rótulo diz: "AS. A. Fita de Trabalho nº 2. 'Morreram de fato os seis milhões?' Copyright Antissemitas Anônimos, 1988. Todos os direitos reservados".

Deixo aos leitores desta confissão conjeturar sobre o objetivo dele e talvez, assim, partilhar um pouco da confusão daquela semana em Jerusalém, a extravagante confusão provocada em mim por esse "Philip Roth" que me assediava, uma pessoa sobre a qual (como confirma este registro) era impossível dizer até onde era charlatão mesmo.

Aqui está ele, o personificador ritual, a máscara que foi modelada com minhas feições e que passa a ideia geral de minha pessoa — aqui está ele, mais uma vez, exultando em ser outra pessoa. Dentro dessa boca, quantas línguas? Dentro do homem, quantos homens? Quantas feridas? Quantas feridas insuportáveis!

Morreram mesmo seis milhões? Ora, vamos! Os judeus nos pregaram uma peça de novo, mantendo viva a nova religião deles, a Holocaustomania. Leiam os revisionistas. Tudo na verdade se resume a que *não houve câmara de gás nenhuma*. Os judeus adoram números. Adoram manipular números. Seis milhões. Não estão falando mais dos seis milhões, estão? Auschwitz era sobretudo uma fábrica de produção de borracha sintética. E por isso cheirava tão mal. Não os mandaram para a câmara de gás, eles os mandaram lá pra trabalhar. Porque não havia câmaras de gás, como descobrimos agora. Pela química. Que é ciência concreta. Freud. Isso era ciência inconcreta. Masson, lá em Berkeley, provou agora que a pesquisa básica de Freud era falsa, porque ele não acreditava nas mulheres que diziam ter sofrido abusos. Abusos sexuais. Dizia que a sociedade não aceitaria isso. Por isso mudou para sexualidade infantil. Aquele Siggy. Toda a base da psicanálise é falsa. Podem esquecer isso. Einstein, claro, foi chamado de pai da bomba atômica. Ele e Oppenheimer. Agora estão gritando e berrando contra eles — por que vocês criaram *aquilo*? Portanto, podem esquecer Einstein. Marx [*risinho*], bem, vocês sabem o que houve com Marx. Elie Wiesel. Outro gênio judeu. Só que ninguém gosta de Elie Wiesel. Como ninguém gosta de Saul Bellow. Eu lhes dou cinco mil dólares se encontrarem alguém por aqui, na área de Chicago, que goste de Saul Bellow. Tem algum problema com esse cara. Sabe-se que ele faturou uma nota preta com imóveis. Chicago tem a maior população polonesa fora de Varsóvia. Os poloneses são unidos nessas coisas. A Igreja Católica Romana. O temor à Rússia. E o ódio aos judeus. Por que eles odeiam os judeus? Os czares russos mandavam constantemente seus piores judeus para a Polônia, e eram cambistas, habitantes de guetos. Os judeus são um povo muito feio. Os médicos de nariz etc. Vejam o judeu, vejam o judeu dos quadris para baixo, especialmente abaixo dos joelhos, são todos tortos, pés grandes, compridos, chatos, e têm pés torcidos e pernas cambaias — isso em grande parte vem da endogamia. Os judeus não têm amigos. Até os negros odeiam os judeus. Os negros criados em conjuntos habitacionais veem cinco pessoas brancas em sua vida. O policial irlandês ou italiano — isso está mudando —, o senhorio judeu, o merceeiro judeu, o professor judeu e a assistente social judia. Bem, o senhorio agora é o governo federal. Mas eles sentem que os judeus faturaram um monte de dinheiro com os negros, mas nunca deram nada além de muita conversa fiada. Os negros se viram contra os judeus, *todo mundo* se vira contra os judeus. Os judeus sofrem de uma coisa chamada doença de Page. As pessoas não sabem disso. Vejam Ted Koppel. Vejam os outros. Woody Allen, o pequeno babaca idiota. Mike Wallace. O osso engrossa, e as pernas ficam cambaias. As mulheres têm o que se chama de rabo hebreu. As unhas ficam muito duras. Duras como pedra. Têm o queixo frouxo. A gente vê as judias mais velhas, elas têm aquele queixo frouxo, como se fossem retardadas. É por isso que odeiam a gente, porque a gente não tem isso. Porque a gente continua firme. Podemos engordar um pouco. Mas continuamos firmes. Sabem o que é um judeu? Um judeu é um árabe que nasceu na Polônia. Ficam gordos. Kissinger. Ele tem aquele ar gordo. Nariz grande. Traços grosseiros. E é por isso que antipatizam a gente. Vejam Philip Roth, pelo amor de Deus. Um verdadeiro idiota feio. Um verdadeiro babaca. Parei de ler Roth quando ele disse aquela coisa em *My Life as a Man*, quando era só um universitário neurótico pirado na Universidade Columbia — Deus do céu, como são indecentes! Oh, Deus, a gente vê. Ele vivia tão doido pelas *shiksas* que agarrou uma garçonete, uma doente mental, uma divorciada com dois filhos, achou isso sensacional. Retardado. Agora está retornando de novo ao seio judeu, porque quer ganhar o Prêmio Nobel. Os judeus sem dúvida sabem como ganhar isso, conseguiram para Wiesel, Singer e Bellow. Graham Greene, claro, jamais ganhou. Isaac Stern — Mozart, Schubert, ele simplesmente não consegue. Não entende da coisa. Bem, seja como for... onde estávamos? Hitler tinha um plano para exterminar os judeus. A conferência de Wannsee. A. J. Taylor, o historiador britânico, fez muita pesquisa sobre isso. Diz que os documentos não existem. Hilberg, que é um inseto judeu, diz que pode ler documentos e descobrir as palavras de código — ora, vai se foder [*risinho*]. Claro, eles são ótimos em palavras de código, simbolismos, numerologia — as garotas judias estão metidas em numerologia, astros, toda essa outra coisa, futurologia, estão todas piradas. A propósito, os alemães têm capacidade para exterminar gente. Não precisaram. Queriam explorar os judeus no trabalho. Eu diria que os alemães têm um traço cruel, mas nós também temos. Nós exterminamos os índios. Mas o que aconteceu foi que puseram eles pra trabalhar — não houve câmaras de gás. Não morreram seis milhões. Não havia seis milhões de judeus na Europa. Este é um dos motivos por que as pessoas contestam o número de seis milhões. Agora está reduzido a um número entre cento e cinquenta mil e trezentos mil, e morreram por causa do colapso do sistema de abastecimento alemão no fim da guerra e por causa do escorbuto e do tifo que devastaram os campos. Vocês e eu sabemos que o Departamento de Estado não queria eles *aqui*. Ninguém queria eles *em parte alguma*. Apareciam na fronteira holandesa, na fronteira suíça, eram mandados de volta. Ninguém queria judeus em seu país. Por quê? Os judeus têm uma tendência — como eu disse, até os crioulos odeiam eles —, têm uma tendência a indispor todos os outros grupos dentro da sociedade. Aí, quando o judeu entra em aperto, pede ajuda aos outros. Por que dariam? O judeu saiu do gueto na Europa oriental na época de Napoleão, foi libertado, e, nossa, saiu doido. Assim que pegam uma coisa, ficam com ela. Os judeus dominam a música, com Schoenberg. Não produziram porra de música nenhuma que valha alguma coisa. Hollywood? É uma merda. Por quê? Porque é dominada por judeus. Dizem à gente que os judeus criaram Hollywood. Os judeus não são criativos. Que foi que eles criaram? Nada. Pintura. Pissarro. Já ouviram o que Richard Wagner disse dos judeus? Superficialidade. É por isso que todas as artes deles fracassam. Eles não se assimilam na cultura do país onde vivem. Têm uma popularidade superficial, alguém como Herman Wouk ou aquele outro cara que escreve livros indecentes, aquele panaca que parece um drogado, Mailer, mas isso não dura, porque não está ligado às raízes culturais da sociedade. Saul Bellow é o indicado deles. Nossa mãe, é uma coisa triste, não? [*risinho*] Ele usou aquele chapéu — pra cobrir a careca, e também pra mostrar ao mundo que era um judeuzinho [*risinho*] — quando deu a entrevista coletiva ao ganhar o Prêmio Nobel. Roth. Roth é só um porra dum masturbador, um punheteiro, cara, no banheiro, batendo bronha adoidado. Arthur Miller. Ele não parece um porra dum trapeiro, um porra dum dono de ferro-velho? A porra da aparência deles vai embora, cara, eles são feios mesmo. Ele sempre teve aquela aparência grande, compridona, panaca idiota, sempre *defende o teu direito*, seja lá que porra queira dizer isso. A produção cultural dos judeus foi muito, muito baixa. Muito baixa e muito medíocre. E, é claro, Wall Street. Sabem como é, a prisão de Boesky e o resto é uma trama *goy* para desacreditar os maravilhosos judeus que nos deram nossa prosperidade. Cascata. Não nos deram nossa prosperidade. Eles só existem numa sociedade à beira da inflação. Todos os negócios deles se apoiam na inflação que vem aí. Se a gente não tiver inflação, se não tiver deflação, estão fodidos. Cultura? Cascata. Eles podem ser *donos* das instituições culturais, mas não podem produzir nada. Deem uma olhada nessa merda. Qualquer coisa vulgar na televisão, tem um nome judeu lá. Norman Lear, aí está um. Se esconde por trás de um nome gentio, mas é outro de pernas cambaias e com a ginga toda. Um cara que eu conheço no Ministério da Saúde fez um estudo com todo um grupo de rabinos. Uns vinte, vinte e cinco anos atrás. Disse que eles tinham doenças judias específicas. Foram os casamentos dentro do mesmo grupo que causaram essas doenças, eles se casaram demais entre si. Nove doenças específicas judias atingem as crianças — a síndrome de Down é uma delas. Eles sempre escondem pessoas assim. Porque, sabe como é, os judeus são gênios. São todos tocadores de violino. Físicos nucleares. E, claro, gênios de Wall Street como Ivan Boesky. [*risinho*] Sabe como é, a gente nunca sabe dos idiotas, que na verdade são por causa dos casamentos entre si. Eles são *todos* pirados. Vivem tendo filhos entre si. Mas claro que Kissinger e muitos outros se casam, têm dois filhos, depois se livram da mulher e partem atrás de outra feia livreira *shiksa*. [*risinho de escárnio*] Pobres babacas tristes. Certo? Nossa mãe, com toda aquela grana eles pagam putas. Bem, vamos saltar adiante. Primeiro de tudo, tem a Máfia judia. Tentem explicar aos outros Jacob Rubinstein, vocês conhecem ele como Jack Ruby, o cara que abotoou Oswald — bem, era membro da Máfia judia, no West Side de Chicago. Arthur Miller. Fez dinheiro explorando Marilyn Monroe, ele e Billy Wilder, e aquele outro, Tony Curtis, arrastou ela praquele filme, *Quanto mais quente, melhor*, acho que quando ela estava grávida. Mas, claro, Miller tinha uma participação no filme — um verdadeiro vagabundo da porra, *defendendo o teu direito*, uma verdadeira lesma marinha. Os judeus que se casam com gentios vivem lhes dizendo que eles são estúpidos. Eu tive uma amiga que era casada com um judeu. As pessoas mais antissemitas que já conheci foram as que tinham sido casadas com judeus. Dizem que eles são neuróticos pra caralho, cara. Eu conheço uma dona que viveu com um judeu oito ou nove anos. Ela disse que só dez ou quinze vezes eles relaxaram e fizeram um bom sexo. Ele tinha muita consciência de sua condição de judeu e de que estava comendo uma *shiksa*. Deviam ver como os pais dele tratavam ela, como se ela fosse cocô de cachorro. Nossa, esses judeus têm tudo que é tipo de problema. Só fazem choramingar, porra. Jonathan Polllard. Eu conheci um cara que foi colega de escola do porra do cara. Pollard diz que quando estava no ginásio em South Bend, Indiana — o pai era professor na Notre Dame, na faculdade de medicina da

273

Notre Dame —, as gangues ficavam de tocaia e batiam nele. É tudo cascata, cara. O velho dele tinha grana paca e conseguiu uma bolsa pra ele em Stanford — a típica merda judia, sabe como é, na certa disse que não tinha dinheiro. Foi pra Stanford, foi pra Washington, era *doido*. Os israelenses acharam que ele era doido, era um porra dum voluntário. Trataram ele bem, esse cara está dando informação pra gente, mas é um porra dum maluco. Mas, seja como for, onde a gente estava? O judeu sempre chora, sempre traz o antissemitismo. Nunca vi um artigo sobre um judeu, um astro de Hollywood, um político ou qualquer um, porra, até um vendedor de cachorro-quente, em que ele não fale que, no ginásio, quando ia pra aula de violino, as gangues tocaiavam ele pra dar uma surra. E que sofreu antissemitismo quando ia pra escola de cachorro-quente, e se formou com louvor em cachorro-quentologia, e não conseguiu arranjar um emprego no mercado de cachorro-quente, e essa merda toda, claro. E, claro, agora ficamos sabendo dos testes SAT,* que os rabinos que têm escolas no Brooklyn e em outras comunidades judias estão vendendo as provas do SAT, é por isso que esses judeus são gênios tão do caralho e entram em Harvard, Yale, Princeton e todas essas escolas. Eu trabalhei com eles, vocês sabem. Nossa, a gente não consegue que façam porra de trabalho nenhum, vivem no telefone. Cara, *nunca* fazem trabalho nenhum. [*risinho*] Nossa, são neuróticos. Têm milhões e milhões de dólares pra combater o antissemitismo. Por isso o antissemitismo caiu na clandestinidade. A maioria desses lunáticos da Ku Klux Klan, nazistas etc. é de provocadores. São provocadores judeus, estão plantados. Um amigo meu foi a uma dessas coisas no templo. Metem eles lá dentro e mostram fotos do Holocausto, sabe como é, os corpos, depois

---

* *Scholastic Aptitude Test*, Teste de Aptidão Escolar, sistema padrão de avaliação de aproveitamento dos estudantes secundários nos Estados Unidos. (N. T.)

veem um filme [*rindo*] de um cara lá no sul, berrando, com o uniforme de nazista — é um pateta judeu. É, é pro templo. Se eu me metesse num uniforme nazista e passasse a berrar, eles logo apareciam com filmes, fotos e tudo o mais, e depois mostravam a coisa em todos os templos e partiam pra tomar grana. Nossa mãe, vocês já conversaram com uns dos caras do Farrakhan? O que eles dizem dos judeus é incrível. Que a gente é controlado pelos judeus. A gente não é *tão* controlado pelos judeus. Somos controlados pela publicidade deles, mas, quando se faz a conta, Kenny Rogers e Willie Nelson faturam mais do que Barbra Streisand. *Ela* é que aparece. Um amigo meu na Califórnia é muito ligado à indústria do cinema [*risinho*] e não gosta muito dos judeus. Sabe como é, restou muito pouco gentio por lá. A Disney era a casa deles. Mas foi tudo tomado. Dizem que todo negócio onde tem judeu está cheio de propina, suborno, barganha, panelinhas, mas as panelinhas fodem com a gente. Eles têm de contratar o cunhado retardado. Por quê? Porque o sogro investiu no negócio, e, nossa, eles balançam a cabeça, mas é claro que a gente não vai demitir o cara. Por isso esperam que ele fique só sentado à mesa, ou faça longos almoços. Mas, se ele se envolve ativamente, fode com tudo. Os judeus não confiam em banco, têm fundos privados. Sei por minha experiência nos negócios. Nossa mãe, eu lidei com tantos judeus em minha época. Todos eles têm advogados judeus, todos cobras, todos isso, todos aquilo, certo? Meu patrão sabia como lidar com eles, dizia o preço é esse, vão se foder. Tratava eles como merda, [*risada*] Tratava eles como merda logo de cara, quando entravam. Eu imaginava por que ele fazia isso. Ele disse: antes eu era legal com esses porras, mas a gente não pode ser legal com eles. Fazia eles escreverem cartas, o que eles não gostam. *Adoram* a porra do telefone. Porque, se dão um lance por alguma coisa, eu pago trezentos e quarenta mil, depois vêm e dizem, bem, você sabe que eu disse trezentos e vinte no telefone, gostam de fundir a cuca da gente, e com as práticas comerciais gananciosas deles criam inimigos. Sabem que ninguém gosta deles. Por quê? Pelo que eles *fazem*! Mas mesmo assim não se pode falar nada contra Ivan Boesky nem qualquer outro desses caras. Se a gente diz alguma coisa sobre eles, é logo [*sussurrando*] *antissemita*. Não admira que o antissemitismo tenha caído na clandestinidade — *tinha de* cair. Cara, como a gente pode não ser antissemita? Quando a gente vê eles, estão todos na porra do telefone, manipulando. Pra conseguir melhores empregos. Ou ajudar os amigos. Nossa mãe, nasceram com o gene de relações-públicas. Nasceram com esse gene agressivo. É simplesmente espantoso. Claro, se a gente demite *eles* — sobretudo se faz um judeu demitir um judeu. Nossa mãe, acho que não tem isso. Gente muito esquisita e estranha. Vejam, uma das coisas dos judeus que eu realmente detesto é que não entendem a mente gentia. Você diz prum gentio: "Nós sofremos", e nós concordamos, os alemães maltrataram vocês. Depois você vem com os seis milhões, depois extorque dinheiro do governo de Bonn com base nos seis milhões, depois desconversa, depois as pessoas começam a reduzir esses seis milhões. Reduzam os seis milhões mesmo a oitocentos mil, digamos. Eles não entendem a mente *goy*. Já viram alguma publicidade sobre um judeu que não sofreu por sua fé? Os "sobreviventes". Todo mundo sobreviveu. Tem tantos "sobreviventes" de Auschwitz. Ninguém, é claro, pergunta se o cara sobreviveu, quem sabe?, entregando um amigo. Todos os "sobreviventes" escreveram livros. Já notaram que são todos o mesmo livro? *Porque todos copiam de outro livro*. São todos o mesmo, porque a Central de Controle Judia disse: esta é a linha sobre Auschwitz, *escrevam*! Ah, porra de demônios espertos! *Espertos!*

Quando meu telefone tocou quase às oito horas da manhã, eu dormia na poltrona ao lado desde que ligara para Demjanjuk Jr. mais ou menos às cinco e meia. Sonhara que devia cento e vinte e oito milhões de dólares da conta de água. Fora isso que minha mente produzira depois de tudo por que eu passara.

Ao acordar, eu cheirava a alguma coisa enorme em putrefação. Cheirava a mofo e fezes. Cheirava às paredes de uma lareira velha e úmida. Cheirava a esperma fermentado. Cheirava a ela adormecida em minhas calças — era aquele fedor forte, impregnante, de carneiro, e também o desagradavelmente agradável cheiro pungente nos dedos médios da mão que pegou o telefone a tocar. O rosto, sem lavar, tinha o fartum dela. Encharcado dela. De todo mundo. Cheirava a todos eles. O motorista cagão. O advogado gordo. Pipik. Ele era o cheiro de incenso e de sangue velho, seco. Eu cheirava a cada segundo de cada minuto de minhas últimas vinte e quatro horas, cheirava como o recipiente de uma coisa esquecida na geladeira cuja tampa se abre depois de três semanas. Enquanto não me decompuser em meu caixão, jamais voltarei a ser tão imensamente acre.

O telefone tocava num quarto do hotel onde ninguém que eu conhecia sabia que eu estava.

Um homem perguntou: "Roth?". De novo, um homem com sotaque. "*Roth?* Está aí?"

"Quem...?"

"Gabinete do rabino Meir Kahane."

"Quer falar com *Roth?*"

"É Roth? Eu sou o secretário de imprensa. Por que chamou o rabino?"

"Pipik!", gritei.

"Alô? É Roth, o assimilacionista judeu cheio de ódio por si mesmo?"

"Pipik, onde está você?"

"Vá se foder."

Tomei banho.

Duas palavras.

Não mais cheiro mal.

Quatro palavras.

Onze palavras, e não sei mais se algum dia *cheirei* como meu cadáver.

É assim, pensei, a mente já de saída adernando em torno de seu abarrotado estoquezinho de preocupações, é assim que faz Demjanjuk. Tudo que é podre no passado simplesmente se quebra e cai. Só houve os Estados Unidos. Só houve os filhos, os amigos, a igreja, a horta e o emprego. As acusações? Bem, também podiam acusá-lo de dever uma conta de água de cento e vinte e oito milhões de dólares. Mesmo que tivessem sua assinatura na conta de água, como poderia ser sua conta de água? Como poderia alguém usar tanta água? Admitia que tomava banho, molhava a grama, regava a horta, lavava o carro, tinha uma lavadora-secadora, uma máquina de lavar pratos, tinha a água para cozinhar, plantas domésticas para aguar, pisos para lavar toda semana, era uma família de cinco pessoas, e cinco pessoas consomem água — mas isso chega a cento e vinte e oito milhões de dólares de água? Vocês me mandaram a conta da cidade de Cleveland. Me mandaram a conta do estado de Ohio. Me mandaram a conta da porra do mundo todo! Olhem pra mim neste tribunal, passando por tudo isso, e mesmo assim, no fim do dia, tudo que bebi de meu copo talvez seja um litro de água. Não digo que não tome um gole de água quando estou com sede, é claro que tomo, e no verão tomo o que tenho direito antes de sair pra podar a horta. Mas eu pareço a vocês uma pessoa que gasta água no valor de *cento e vinte e oito milhões* de dólares? Pareço a vocês uma pessoa que, vinte e quatro horas por dia, trinta dias por mês, doze meses por ano, entra ano, sai ano, só pensa em água e nada mais? Tem água escorrendo de minha boca ou nariz? Estou com as roupas encharcadas? Deixo poças por onde passo, tem água debaixo da cadeira em que me sento? Desculpem, mas pegaram o cara errado. Algum judeu, se posso dizer isso, tascou seis zeros em minha conta só porque eu sou ucraniano e devo ser estúpido. Mas não sou tão estúpido que não conheça minha conta de água. Minha conta é de *cento e vinte e oito dólares* — um — dois — oito! Teve um erro. Eu sou apenas um consumidor de água médio, de bairro residencial, e não devia estar sendo julgado por essa conta gigantesca!

* * *

Quando eu estava saindo do quarto para ir comer alguma coisa, antes de correr para o julgamento, de repente me lembrei de Apter, e a ideia dele imaginando se eu o tinha abandonado, a ideia de sua vulnerabilidade, de sua existência solitária, arrasada de medo, frágil, me mandou de volta ao quarto para telefonar--lhe, para ao menos assegurar-lhe que não fora esquecido e que, tão logo eu pudesse, iria vê-lo... mas fiquei sabendo que já o *tinha* visto. Fiquei sabendo que tinha almoçado com ele ainda no dia anterior: enquanto Aharon e eu comíamos juntos na Ticho House, Apter e eu estávamos comendo juntos a apenas algumas quadras, num restaurante vegetariano nas vizinhanças da rua Etiópia, onde sempre tínhamos ido antes comer juntos. Fiquei sabendo que, enquanto Smilesburger me presenteava com sua estonteante contribuição, Apter tornava a me contar que receava ir à sua barraca na Cidade Velha, pois os árabes de lá iriam matá-lo com suas facas. Ele agora tinha medo até de deixar seu quarto. Até mesmo na cama, ficava acordado, em vigília a noite toda, com medo de que, se piscasse um olho sequer, eles entrassem pela janela e o devorassem. Chorara e me implorara para levá-lo comigo para os Estados Unidos, perdera totalmente o controle, berrando e guinchando que estava abandonado e que só eu podia salvá-lo.

E eu concordara. No almoço com ele, eu concordara. Ia morar em meu celeiro em Connecticut. Eu lhe dissera que ia construir um grande quarto novo para ele no celeiro não usado, preparar um quarto com uma claraboia, uma cama e paredes caiadas, onde ele poderia viver em segurança, pintar suas paisagens e nunca mais se preocupar com a possibilidade de ser comido vivo enquanto dormia.

Ao telefone, ele chorou de gratidão, lembrando-me de tudo que eu prometera no dia anterior... e, portanto, como podia eu dizer-lhe que não tinha sido eu? E tinha eu ao menos certeza de que fora Pipik? Não podia ser! Tinha de ser Apter sonhando em voz alta, sob a pressão do levante árabe: tinha de ser a ex-

279

plosão da histeria de um espírito sem recursos, deformado, dobrado para dentro, sobre o qual jamais relaxava o poder de um horrível passado, uma pessoa que, mesmo sem uma insurreição em marcha, esperava a execução a cada momento. Tinha de ser Apter ansiando por aquela segurança repousante que jamais poderia conhecer, ansiando pela família perdida e pela vida roubada; tinha de ser a irrealidade da histeria daquele homenzinho de rosto vazio, trancado, com medo de tudo, cuja própria existência encolhia; tinha de ser fuga, ansiedade e medo — porque, se não era isso, se tinha sido mesmo Pipik conscientemente de volta ao trabalho, fazendo-se passar por mim, se não era Apter cortado de sua minúscula âncora na vida e fantasticamente iludido, ou mentindo francamente, Apter simulando Apter para me assustar e fazer compreender que viver como Apter exigia que ele fosse fantasticamente iludido, se Pipik tinha realmente se dado ao trabalho de localizá-lo, levá-lo para almoçar e brincar daquele jeito com a arruinada vida de Apter, então eu não estava exagerando nada, estava diante de um propósito tão diabólico quanto intangível, diante de uma pessoa que usava minha máscara e não era nada humana, uma pessoa que podia chegar a qualquer coisa para transformar as coisas no que não eram. Que é que Pipik despreza mais, a realidade ou a mim?

"Não vou ser nenhuma criança — não se preocupe, primo Philip. Só fico no celeiro, só isso."

"Sim", eu disse, "sim", e em a única coisa que conseguia dizer.

"Não vou incomodar. Não vou incomodar ninguém", ele me assegurou. "Vou pintar. Vou pintar o campo americano. Pinto os muros de pedra de que você me falou. Pinto os grandes pés de bordo. Faço quadros dos celeiros e das margens do rio."

E por aí foi, todo o fardo de sua vida soltando-se dele enquanto dava rédeas, aos cinquenta e quatro anos, à sua pura necessidade e ao conto da carochinha do refúgio perfeito por ela engendrada. Eu quis perguntar: "Isso aconteceu mesmo, Apter? Ele levou mesmo você pra almoçar e lhe falou dos muros de pedra? Ou a violência encheu você de tal terror que, sabendo ou não, está inventando isso tudo?". Mas, enquanto Apter caía cada vez mais sob o sortilégio do sonho da vida sem medo, eu me ouvia perguntando a Pipik: "Você fez mesmo isso com ele? Provocou mesmo nesse ser banido, que mal consegue manter o equilíbrio, essa beatífica visão de um Jardim do Éden americano onde ele estará a salvo do infortúnio e tumulto de seu passado? Me responda, Pipik!". Ao que Pipik respondia: "Não pude resistir, não podia fazer outra coisa, tanto como diasporista quanto como ser humano. Toda palavra que ele dizia ressumava dos medos dele. Como podia eu negar aquilo por que ele ansiou a vida toda? Por que está tão indignado? Que fiz eu de tão terrível? Nada mais do que um judeu faria por um parente judeu assustado e em perigo". "Agora você é minha consciência também?", eu gritava. "Você, *você* vai me dar aulas em questões de decência, responsabilidade e obrigação ética? Será que não há nada que você não polua com sua boca? Quero uma resposta séria! Não há nada que você não conspurque? Há alguém que você não engane? Que prazer você sente em despertar falsas esperanças e semear toda essa confusão?"

Quero uma resposta séria. De Moishe Pipik. E, depois disso, que tal paz na Terra e boa vontade entre os homens? *Quero uma resposta séria!* — quem não quer?

"Apter", eu queria dizer, "você perdeu o contato com a realidade. Eu não levei você pra almoçar ontem. Eu almocei com Aharon Appelfeld. Levei *ele* pra almoçar. Se você teve essa conversa no almoço ontem, não foi comigo. Ou foi com um homem que está em Jerusalém se fazendo passar por mim, ou talvez tenha sido uma conversa com você mesmo — não será um diálogo que você imaginou?"

Mas toda palavra que ele dizia *era* tão carregada de medo que não tive coragem de fazer outra coisa senão repetir "Sim" àquilo tudo. Ia deixar que acordasse sozinho daquela ilusão... e se não fosse ilusão? Eu me imaginava arrancando a língua da boca de Pipik com minhas próprias mãos. Imaginava-me... mas não podia mais pensar na possibilidade de que aquilo fosse mais que uma ilusão de Apter, pela simples razão de que eu teria explodido.

O *Jerusalem Post* daquela manhã estava diante de minha porta quando deixei o quarto, e eu o peguei e vasculhei rapidamente a primeira página. A matéria principal era sobre o orçamento israelense de 1988 — "Preocupação com exportações lança sombra sobre novo orçamento do Estado". A segunda referia-se a três juízes que seriam submetidos a julgamento e outros três que sofriam medidas disciplinares, acusados de corrupção. Entre essas duas matérias, havia uma foto do ministro da Defesa visitando o muro que George tentara me levar para ver no dia anterior, e abaixo dela três matérias sobre violência na Margem Ocidental, uma com procedência de Ramallah e intitulada "Rabin inspeciona muro de sangrentos espancamentos". Na metade de baixo da página, localizei as palavras "OLP", "Hezbollah", "Mubarak" e "Washington", mas em parte alguma o nome "Demjanjuk". Também não encontrei meu nome. Corri rapidamente as outras nove páginas do jornal enquanto descia pelo elevador. A única menção ao julgamento que consegui encontrar estava no horário da televisão. "Canal Israel 2. 8h30. Julgamento de Demjanjuk — transmissão ao vivo." E mais adiante: "20h. Resumo do julgamento de Demjanjuk". Só isso. Não se informava nenhuma calamidade com nenhum Demjanjuk à noite.

Apesar disso, decidi pular o desjejum no hotel e ir imediatamente ao tribunal, para me assegurar de que Pipik não estava lá. Não tinha comido coisa alguma desde o almoço com Aharon no dia anterior, mas podia pegar alguma coisa no bar nas proximidades da entrada do tribunal, e isso me reabasteceria por enquanto. Compreendi pelo horário da televisão que o julgamento começava muito mais cedo do que eu pensava, e tinha de estar lá desde o primeiro momento — estava decidido a desbancá-lo naquele dia, a suplantá-lo e assumir o comando completamente;

282

se necessário, ficaria sentado naquele tribunal por todas as sessões da manhã e da tarde, para evitar, antes mesmo de começar, qualquer coisa que ele ainda estivesse tramando. Naquele dia Moishe Pipik seria obliterado (se, por algum acaso, já não tivesse sido na noite anterior). Aquele dia era o fim daquilo: quarta-feira, 27 de janeiro de 1988. Shevat 8, Jomada Tani 9, 1408.

Essas eram as datas estampadas em fila abaixo do logotipo do *Post*. 1988. 5748. 1408. Nenhuma concordância a não ser no último algarismo, dissensão em tudo, a começar por onde começar. Não admira que "Rabin inspeciona muro de sangrentos espancamentos" quando a discrepância entre 5748 e 1408 é uma questão não de décadas, ou mesmo de uns poucos séculos, mas de quatro mil trezentos e quarenta anos. O pai é desbancado pelo primogênito rival triunfante — rejeitado, suprimido, perseguido, expulso, evitado, aterrorizado pelo primogênito e vilipendiado pelo inimigo — e depois, mal tendo escapado da extinção pelo crime de ser o pai, ressuscita, revive e levanta-se para lutar sanguinariamente por direitos de posse com o segundo filho, que está furibundo de inveja e ressentimento contra a usurpação, o abandono e o orgulho devastado. 1988. 5748. 1408. A trágica história está toda nos números, a implacável briga dos sucessores monoteístas com o antigo progenitor, cujo crime, cujo *pecado* é ter suportado a mais indizível devastação e de algum modo *ser um estorvo*.

Os judeus são um estorvo.

No momento em que deixei o elevador, dois adolescentes, um garoto e uma garota, saltaram do lugar onde se sentavam no saguão e se aproximaram de mim, me chamando pelo nome. A garota era ruiva, sardenta, meio gordota, e sorria timidamente ao aproximar-se; o garoto era de minha altura, magrela, muito sério, um garoto meio avelhentado, rosto cavernoso e ar estudioso, e em sua falta de jeito parecia saltar uma série de cercas baixas para me alcançar. "Sr. Roth!" Falava com voz forte, um tanto alta para o saguão. "Sr. Roth! Somos estudantes da décima primeira série do Colégio Liyad Ha-nahar, no vale do Jordão. Eu me chamo Tal. Essa é Deborah."

"Sim?"

Deborah adiantou-se então para me cumprimentar, falando como se iniciasse um discurso. "Nós somos um grupo de colegiais que acharam seus contos muito instigantes em nossas aulas de inglês. Lemos 'Eli, o fanático' e 'O defensor da fé'. Os dois levantaram muitas questões sobre a condição do judeu americano. Imaginamos se seria possível o senhor nos visitar. Aqui tem uma carta ao senhor de nosso professor."

"Estou com pressa no momento", eu disse, aceitando o envelope que ela me entregava e que vi estar endereçado em hebraico. "Vou ler isto e responder assim que puder."

"Nossa classe mandou para o senhor na semana passada, todos os alunos, cada um a sua, uma carta para o hotel", disse Deborah. "Como não recebemos resposta, a classe escolheu Tal e eu para virmos de ônibus fazer o convite diretamente. Ficaremos felizes se o senhor aceitar o convite de nossa classe."

"Não recebi as cartas da classe de vocês." Porque *ele* tinha recebido as cartas. Claro! Perguntei-me o que o teria impedido de ir à escola deles e responder às perguntas sobre seus contos instigantes. Ocupado demais em outra parte? Horrorizava-me pensar nos convites para falar que ele recebera e aceitara ali, se aquele era considerado demasiado sem importância para se dar ao trabalho de recusar. Colegiais não faziam seu gênero. Colegiais não davam manchetes. Nem dinheiro. Os colegiais, ele os deixava para mim. Podia ouvi-lo acalmando-me. "Eu não ousaria interferir em questões literárias. Respeito você demais como escritor pra isso." E eu precisava ser acalmado quando pensava nele recebendo e abrindo a correspondência que as pessoas julgavam estar endereçando a mim.

"Antes de tudo", Tal me dizia, "gostaríamos de saber como *o senhor* vive como judeu nos Estados Unidos e como resolveu os conflitos que apresentou em seus contos. Qual é o problema do 'sonho americano'? Pelo conto 'Eli, o fanático', parece que a única maneira de ser judeu nos Estados Unidos é ser fanático.

É mesmo a única maneira? Que tal fazer *aliyah*?* Em Israel, em nossa sociedade, os fanáticos religiosos são vistos de forma negativa. O senhor fala de sofrimento..."

Deborah viu minha impaciência com o interrogatório intempestivo de Tal e interrompeu para me dizer, agora em voz baixa, bastante encantadora naquele inglês ligeiramente exótico: "Nós temos uma bela escola, perto do lago Kineret, com muitas árvores, gramados e flores. É um lugar muito bonito, ao pé das montanhas de Golan. É tão bonito que é considerado o Paraíso. Acho que o senhor iria gostar".

"Ficamos impressionados", continuou Tal, "com o belo estilo literário com que o senhor escreve, mas mesmo assim nem todos os problemas ficaram solucionados em nossa mente. O conflito entre a identidade judia e o fazer parte de outra nação, a situação na Margem Ocidental e Gaza, e o problema da dupla lealdade, como no caso de Pollard e sua influência sobre a comunidade judia americana..."

Levantei a mão para detê-lo. "Aprecio seu interesse. Neste momento, preciso estar em outro lugar. Vou escrever para o seu professor."

Mas o garoto viera num ônibus que partia muito cedo do vale do Jordão até Jerusalém, esperara nervosamente no saguão que eu acordasse e começasse o meu dia e não estava disposto, com a cabeça a todo o vapor, a recuar ainda. "Que vem primeiro", perguntou-me, "a nacionalidade ou a identidade judia? Fale-nos de sua crise de identidade."

"Agora não."

"Em Israel", ele disse, "muitos jovens têm crise de identidade e fazem *hozer b'tshuvá***** sem saber no que estão se metendo..."

Um homem de ar um tanto severo, sisudo, muito decorosamente — e, naquele país, atipicamente — vestindo um jaquetão escuro, de gravata, estivera a nos observar de um sofá, a apenas

---

* Emigrar para Israel. (N. T.)
** Retorno à observação dos preceitos religiosos. (N. E.)

alguns palmos de distância, enquanto eu tentava me desembaraçar e me pôr a caminho. Sentava-se com uma maleta no colo, e nesse momento levantou-se e, ao aproximar-se, disse algumas palavras a Deborah e Tal. Fiquei surpreso de ele falar hebraico. Por sua aparência, além do traje, eu o teria tomado por um norte-europeu, alemão, holandês, dinamarquês. Ele falou em voz baixa, mas com muita autoridade, aos dois garotos e, quando Tal respondeu, furioso, em hebraico, ele escutou sem piscar até o garoto acabar e só então voltou o rosto férreo para mim, para dizer, em inglês, com um sotaque britânico: "Por favor, perdoe a audácia deles e aceite a eles e às suas perguntas como um sinal da tremenda estima em que o senhor é tido aqui. Eu me chamo David Supposnik, antiquário. Tenho escritório em Tel-Aviv. Eu também vim incomodar o senhor". Entregou-me um cartão que o identificava como negociante de livros antigos e raros em alemão, inglês, hebraico e iídiche.

"O ensino anual de seu conto 'Eli, o fanático' é sempre uma experiência para os estudantes do colégio", disse Supposnik. "Nossos alunos ficam mesmerizados com a situação e se identificam inteiramente com seu dilema, apesar do desprezo inato que sentem por tudo que é fanatismo religioso."

"É", concordou Deborah, enquanto Tal, ressentido, ficava calado.

"Nada daria maior prazer aos estudantes do que uma visita sua. Mas eles sabem que é improvável, e é por isso que esse jovem aproveitou a oportunidade para interrogar o senhor aqui e agora."

"Não foi o pior interrogatório de minha vida", respondi, "mas esta manhã estou com pressa."

"Tenho certeza de que, se o senhor pudesse dar um jeito, em resposta às perguntas deles, de enviar uma resposta coletiva a todos os alunos da classe, isso seria suficiente, e eles se sentiriam extremamente lisonjeados e agradecidos."

Deborah falou, obviamente sentindo-se tão afrontada quanto Tal pela intervenção não solicitada do estranho. "Mas", ela me disse, suplicante, "eles ainda preferiam que o senhor *viesse*."

"Ele já explicou a vocês", disse Supposnik, não menos brusco com a garota do que tinha sido com o garoto, "que tem um assunto a tratar em Jerusalém. Isso já basta. Um homem não pode estar em dois lugares ao mesmo tempo."

"Até logo", eu disse, estendendo a mão, que foi apertada primeiro por Deborah, depois com relutância por Tal, antes de finalmente darem as costas e partirem.

Quem não pode estar em dois lugares ao mesmo tempo? Eu? E quem é esse Supposnik, e por que expulsou esses jovens de minha vida senão para se introduzir à força nela?

O que eu via era um homem de cabeça comprida, olhos fundos, meio pequenos e claros, e uma testa fortemente modelada, a partir da qual o cabelo castanho-claro era penteado liso para trás, grudado no crânio — um tipo militar, um oficial colonial que podia ter sido treinado em Sandhurst e servido ali com os britânicos durante o Mandato. Eu jamais o identificaria como negociante de livros raros iídiches.

Prontamente, lendo meu pensamento, Supposnik disse: "Quem sou eu e o que quero?".

"Rápido, sim, se não se importa."

"Posso deixar tudo claro em quinze minutos.".

"Não disponho de quinze minutos."

"Sr. Roth, eu desejo recrutar seu talento para a luta contra o antissemitismo, uma luta à qual sei que o senhor não é indiferente. O julgamento de Demjanjuk não é irrelevante para meu propósito. Não é para lá que o senhor está correndo?"

"É."

"Senhor, todo mundo em Israel sabe o que o senhor está fazendo aqui."

Nesse momento vi George Ziad entrar no hotel e aproximar-se da recepção.

"Por favor", eu disse a Supposnik, "um momento."

Na recepção, onde George me abraçou, vi que ele se achava no mesmo pique de emoção de quando o deixara na noite anterior.

"Você está bem", sussurrou. "Eu pensei o pior."

"Estou ótimo."

Ele não me soltava. "Detiveram você, interrogaram você? Bateram em você?"

"Não me detiveram. Me bater? Claro que não. Foi tudo um grande engano. George, *relaxe*", eu disse a ele, mas só consegui conquistar minha liberdade apertando os dedos nos ombros dele até que enfim ficamos à distância de um braço.

O recepcionista, um jovem que não estava de serviço quando do eu me registrara, me disse: "Bom dia, sr. Roth. Como vai tudo esta manhã?". Com muita jovialidade, ele disse a George: "Isto aqui não é mais o saguão do King David Hotel, é a corte rabínica do rabino Roth. Os admiradores dele não o deixam em paz. Toda manhã fazem fila, colegiais, jornalistas, políticos — nunca tivemos nada igual", disse, com uma risada, "desde que Sammy Davis Jr. veio rezar no muro das Lamentações".

"A comparação é lisonjeira demais", eu disse. "O senhor exagera minha importância."

"Todo mundo em Israel deseja conhecer o sr. Roth", respondeu o recepcionista.

Prendendo meu braço no dele, afastei George da recepção e do recepcionista. "Este é o melhor lugar pra você estar, este hotel?"

"Eu tinha de vir. O telefone não adianta, aqui. Tudo está grampeado e vai aparecer no meu julgamento ou no seu."

"George, deixa disso. Ninguém vai me levar a julgamento. Ninguém me bate. Isso tudo é ridículo."

"Isto aqui é um Estado militar, estabelecido pela força, comprometido com a força e a repressão."

"Por favor, eu não vejo assim. Pare. Agora não. Slogans não. Eu sou seu amigo."

"Slogans? Não demonstraram para você ontem à noite que isto aqui é um Estado policial? Podiam ter fuzilado você, Philip, ali mesmo, e culpado o motorista árabe. Eles são os maiores especialistas em assassinato. Não é slogan, é a verdade. Eles treinam assassinos pra governos fascistas em todo o mundo. Não têm pruridos em relação a quem assassinam. A oposição de um judeu é intolerável pra eles. Podem assassinar um judeu de quem não gostam com a mesma facilidade com que assassinam um de nós. Podem fazer isso e *fazem*."

"Zee, Zee, você está exagerando demais, cara. O problema ontem à noite foi o motorista, parando e andando com o carro, piscando a lanterna — foi uma comédia de erros. O cara precisou dar uma cagada. Provocou a desconfiança da patrulha. Tudo não significou nada, não significa nada, não foi nada."

"Em Praga significa alguma coisa pra você, em Varsóvia significa alguma coisa pra você — só aqui você, até você, não compreende o que significa. Estão a fim de assustar você, Philip. Estão a fim de matar você de medo. O que você está pregando aqui é anátema pra eles — está desafiando esse pessoal no coração mesmo da mentira sionista deles. Você é a oposição. E oposição eles 'neutralizam'."

"Escute", eu disse, "fale coerentemente comigo. Isso não faz sentido. Espere até eu me livrar do cara, e depois eu e você vamos ter uma conversa."

"Que cara? Quem é ele?"

"Um antiquário de Tel-Aviv. Um negociante de livros raros."

"Você o conhece?"

"Não, ele veio aqui pra me ver."

Enquanto eu explicava, George olhava ousadamente para o outro lado do saguão, onde Supposnik se sentara no sofá, esperando minha volta.

"É polícia. É Shin Bet."

"George, você está mal. Está tenso e vai explodir. Não é polícia."

"Philip, você é um inocente! Não vou deixar que maltratem você, você também, não."

"Mas eu estou *ótimo*. Pare com isso, por favor. Escute, essa é a situação por aqui. Não preciso lhe dizer isso. Nas estradas, o jogo é duro. Eu estava no lugar errado na hora errada. Houve uma confusão, sem dúvida, mas foi entre você e eu, receio. Você não é responsável. Se alguém é, sou eu. Você e eu tivemos uma conversa. Você está confuso sobre o motivo de eu estar aqui.

289

Está acontecendo uma coisa muito incomum, e eu não fui nada brilhante ao lidar com ela. Confundi você e Anna ontem — agi muito idiotamente em sua casa. Imperdoavelmente. Vamos conversar agora. Você vai vir comigo — preciso estar no julgamento de Demjanjuk, você vem comigo, e no táxi eu explico tudo. Tudo isso saiu do controle, e a culpa é em grande parte minha."

"Philip, enquanto esse tribunal pra Demjanjuk avalia cuidadosamente provas para os olhos da imprensa mundial, escrutinizando meticulosamente, com todo tipo de especialista, a caligrafia, a foto, a marca do clipe, a idade da tinta e o tipo de papel, enquanto esse enigma judicial israelense é encenado no rádio, na televisão e na imprensa mundial, a pena de morte está sendo aplicada em toda a Margem Ocidental. Sem especialistas. Sem julgamentos. Sem justiça. Com balas de verdade. Contra pessoas inocentes. Philip", ele disse, falando muito baixo agora, "tem alguém pra conversar com você em Atenas. Tem uma pessoa em Atenas que acredita em diasporismo pros judeus e justiça pros palestinos. Tem pessoas que podem ajudar você em Atenas. São judeus, mas nossos amigos. Podemos arranjar um encontro."

Estou sendo recrutado, pensei, recrutado por George Ziad para a OLP.

"Espere. Espere aqui", eu disse. "Precisamos conversar. É melhor pra você esperar aqui ou do lado de fora?"

"Não, aqui", ele disse, com um sorriso triste, "aqui é decididamente ideal pra mim. Eles não iam se atrever a espancar um árabe no saguão do King David Hotel, na frente dos judeus americanos liberais, cujo dinheiro escora o regime fascista deles. Não, aqui estou muito mais seguro do que em minha casa em Ramallah."

Cometi então o erro de voltar a explicar polidamente a Supposnik que não poderíamos continuar nossa conversa. Ele não me deu chance, porém, de dizer ao menos uma palavra, e durante dez minutos ficou a um palmo de meu peito fazendo sua conferência, intitulada "Quem sou eu". Toda vez que eu recuava três centímetros, preparando-me para escapulir, ele se aproximava três centímetros, e compreendi que, a menos que gritasse com ele, ou lhe batesse, ou corresse do saguão o mais rápido que pudesse, teria de ouvi-lo até o fim. Havia uma impositiva incongruência naquele judeu de Tel-Aviv teutonicamente bonitão, que aprendera um inglês com o impecável sotaque da classe alta britânica educada, e também alguma coisa de comoventemente absurdo na erudição livresca daquela conferência de saguão de hotel e no pedante ar professoral com que era tão belamente articulada. Se eu não me sentisse urgentemente necessário em outra parte, podia divertir-me mais do que me divertia; nas circunstâncias, estava na verdade muito mais entretido do que devia, mas isso é uma fraqueza profissional e explica todos os meus erros. Sou um implacável colecionador de roteiros. Fico meio espantado com essas perspectivas audaciosas, fico ali excitado, quase eroticamente, por essas histórias tão diferentes das minhas, fico ouvindo como um menino de cinco anos a história mais fantástica de um estranho, como se fossem notícias da semana em revista, fico estupidamente ali desfrutando todos os prazeres da credibilidade, quando devia estar ou exibindo meu grande ceticismo, ou correndo para salvar minha vida. Meio deslumbrado com Pipik, meio deslumbrado com Jinx, e agora aquele especialista em Shylock que o meio deslumbrante George Ziad identificara para mim como membro da polícia secreta israelense.

"Quem sou eu? Sou uma das crianças, como seu amigo Appelfeld", me disse Supposnik. "Éramos cem mil crianças judias na Europa, vagando. Quem ia nos aceitar? Ninguém. Estados Unidos? Inglaterra? Ninguém. Após o Holocausto e o vaguear, decidi me tornar judeu. Os que me faziam mal eram não judeus, e os que me ajudavam eram judeus. Depois disso passei a amar o judeu e odiar o não judeu. Quem sou eu? Uma pessoa que coleciona livros em quatro línguas há já três décadas e que leu em toda a sua vida os maiores escritores ingleses. Sobretudo quando era estudante na Universidade Hebraica, estudei a peça de Shakespeare que só perde para *Hamlet* no número de vezes que foi representada no palco londrino na primeira metade do século xx. E logo na primeira linha, a linha de abertura da terceira cena do primeiro ato, vi com um choque as três palavras com que Shylock se introduziu no palco mundial, há quase quatrocentos anos. É, há já quatrocentos anos o povo judeu vive à sombra desse Shylock. No mundo moderno, o judeu tem estado perpetuamente em julgamento; ainda hoje o judeu está em julgamento, na pessoa do israelense — e esse julgamento moderno do judeu, esse julgamento que jamais acaba, começa com o julgamento de Shylock. Para as plateias do mundo, Shylock é a encarnação do judeu, da mesma maneira como o Tio Sam encarna o espírito dos Estados Unidos. Apenas, no caso de Shylock, há uma esmagadora realidade shakespeariana, uma terrível vividez shakespeariana, que seu Tio Sam de papelão nem sonha em possuir. Eu estudei essas três palavras com as quais o bárbaro, repelente e vil judeu, deformado pelo ódio e pela vingança, entrou como nosso *doppelgänger* na consciência do Ocidente esclarecido. Três palavras que abrangem tudo que é odioso no judeu, três palavras que têm estigmatizado o judeu por dois milênios cristãos, que determinam o destino judeu até hoje e que só o maior de todos os escritores ingleses podia ter a presciência de isolar e dramatizar como fez. Lembra-se da linha de abertura de Shylock? Lembra-se das três palavras? Que judeu pode esquecê-las? Que cristão pode esquecê-las? *'Three thousand ducats'** Três palavras inglesas diretas, sem nenhuma beleza, e o judeu do palco é elevado a seu apogeu por um gênio, lançado em eterna notoriedade por *'Three thousand ducats'*. O ator inglês que fez Shylock durante cinquenta anos no século xviii, o Shylock de sua época, foi um certo sr. Charles Macklin. Somos informados de que o sr. Macklin pronunciava os dois *th* e os dois *ss* *'Three thousand ducats'* com tal untuosidade que despertava no mesmo instante, apenas com essas três palavras, todo o ódio da plateia à raça de

* Três mil ducados. (N. T.)

Shylock. '*Th-th-th-three th-th-th-thous-s-s-sand ducats-s-s.*'
Quando o sr. Macklin afiava a faca para cortar do peito de
Antonio sua libra de carne, as pessoas na plateia desmaiavam
— e isso no zênite da Idade da Razão. Admirável Macklin! O
conceito vitoriano de Shylock, porém — Shylock como um judeu injustiçado e justamente vingativo —, o retrato que vem dos
Kean a Irving e ao nosso século, é uma ofensa sentimental vulgar não apenas à autêntica antipatia pelo judeu que animava
Shakespeare e sua era, mas à longa e ilustre crônica de açula-
mento contra o judeu. O odioso e odiável judeu cujas raízes
artísticas remontam às procissões da Crucificação em York, cuja
perenidade como o vilão da história, não menos que do teatro,
não tem paralelo, o usurário narigudo, o avarento ensandecido
pelo dinheiro, o egoísta degenerado, o judeu que vai à *sinagoga*
tramar o assassinato do cristão virtuoso — *esse* é o judeu da
Europa, o judeu expulso em 1290 pelos ingleses, o judeu banido
em 1492 pelos espanhóis, o judeu aterrorizado pelos poloneses,
massacrado pelos russos, incinerado pelos alemães, desprezado
pelos britânicos e pelos americanos enquanto os fornos rugiam
em Treblinka. O vil verniz vitoriano que procurou humanizar
o judeu, dignificar o judeu, jamais enganou a esclarecida mente
europeia sobre os três mil ducados, jamais enganou e jamais
enganará. Quem sou eu? Sr. Roth, sou um livreiro antiquário
que mora no mais minúsculo país do Mediterrâneo — embora
considerado grande demais por todo o mundo —, um lojista
livresco, um bibliófilo aposentado, ninguém de parte alguma na
verdade, mas que apesar disso sonhou, desde os dias de estudante, os sonhos de um empresário teatral, à noite na cama vendo-
-se empresário, produtor, diretor, ator principal da Companhia
Teatral Antissemita Supposnik. Sonhava com casas cheias e
ovações em pé, e eu mesmo, o faminto, o imundo Supposni-
kizinho, uma das centenas de milhares de crianças errantes,
interpretando, à maneira não sentimental de Macklin, no verdadeiro espírito de Shakespeare, aquele arrepiante e feroz judeu
cuja vilania flui inexoravelmente da corrupção inata de sua religião. Percorrendo todo inverno as capitais do mundo civilizado

293

com seu Festival de Teatro Antissemita, encenando um repertório dos grandes dramas de ódio aos judeus da Europa, noite após noite as peças austríacas, as peças alemãs, Marlowe e os outros elisabetanos, e concluindo sempre como astro da obra-prima que ia profetizar, na expulsão do irredimido judeu Shylock do harmonioso universo da angélica e cristã Portia, o sonho hitlerista de uma Europa *Judenrein*.* Hoje uma Veneza sem judeus, amanhã um mundo sem judeus. Como a rubrica teatral diz depois que roubam a Shylock sua filha, sua riqueza, e ele é obrigado a converter-se por seus superiores cristãos; *Sai o judeu*. Isso é o que eu sou. Agora, o que eu quero. Aqui, olhe."

Recebi o que ele me entregava, duas cadernetas encadernadas em imitação de couro, ambas do tamanho de uma carteira de dinheiro. Uma era vermelha, e impressas na capa, em letra cursiva, viam-se as palavras: "Minha viagem". A outra, cuja cor marrom estava um pouco arranhada e manchada, era identificada como "Viagens no exterior" em letras douradas estilizadas para parecerem exoticamente não ocidentais. Gravadas numa constelação circular em torno dessas palavras, viam-se representações do tamanho de selos das variadas formas de locomoção que o intrépido viajante encontrava em sua jornada — um navio singrando ondas onduladas, um avião, um riquixá puxado por um *coolie* de rabicho levando uma mulher de sombrinha, um elefante com um condutor encarapitado na cabeça e um passageiro sentado num gabinete de toldo nas costas, um camelo montado por um árabe de túnica e, na borda de baixo da capa, a mais elaborada das seis gravuras: uma lua cheia, um céu estrelado, uma lagoa serena, uma gôndola, um gondoleiro...

"Nada semelhante", disse Supposnik, "apareceu desde a descoberta do diário de Anne Frank no fim da guerra."

"De quem são?", perguntei.

"Abra", ele disse. "Leia."

Abri o livro vermelho. No alto da anotação em que abri,

* "Livre de judeus", em alemão. (N. T.)

onde havia linhas para "Data", "Local" e "Condições do tempo", li "2/2/76", "México" e "Boas". O registro em si, em letra legível e meio grande, escrito com uma caneta-tinteiro e tinta azul, começava: "Belo voo. Um pouco sacudido. Chegou no horário. A Cidade do México tem uma população de 5 milhões de habitantes. Nosso guia nos levou a alguns bairros da cidade. Fomos à parte residencial, construída sobre lava. As casas custavam de 30 mil a 160 mil dólares. Muito modernas e bonitas. Flores muito coloridas". Saltei para a frente. "Quarta, 14/2/76. San Huso de Puria. Almoçamos cedo e fomos para a piscina. Havia quatro. Acredita-se que todas tenham águas curativas. Depois fomos ao prédio do balneário. As garotas tinham uma camada de lama no rosto, e aí passamos aos *mikvá* ou banhos. Marilyn e eu dividimos um. Chama-se banho familiar. Foi a mais deliciosa experiência. Todos os meus amigos deviam visitar este lugar. Mesmo alguns de meus inimigos. É sensacional."

"Bem", eu disse a Supposnik, "não são de André Gide."

"Está escrito aí de quem são — no início."

Voltei ao início. Havia uma página intitulada "Horário no mar", uma página sobre "Acertando o relógio", informações sobre "Latitude e longitude", "Milhas e nós", "O barômetro", "As ondas", "Paisagens e distâncias oceânicas", "Bombordo e estibordo", toda uma página explicando "Conversão de dólares americanos em moedas estrangeiras", e então a página intitulada "Identificação", onde todas as entradas, com exceção de umas poucas, tinham sido escritas pelo mesmo diarista com a mesma caneta.

Meu nome.   Leon Klinghoffer
Minha residência. 70 E. 10th St NY, NY 10003
Minha ocupação.   Fabricante de utensílios domésticos (Queens)

| *Alt.* 1,72 | *Pes.* 80 | *Nasc.* 1916 |
| *Cor* B. | *Cab.* castanho | *Olhos* castanhos |

TENHO OS SEGUINTES

*Diagnóstico*_____

*Nº de seguro social*_____

*Religião*_____ hebraica _____

EM CASO DE ACIDENTE AVISAR

*Nome*_____ Marilyn Klinghoffer _____

"Agora o senhor vê", disse Supposnik, com gravidade.

"Vejo", eu disse, "sim", e abri o diário marrom que ele me dera. "3/9/79. Nápoles. Tempo nublado. Desjejum. Fiz a excursão a Pompeia de novo. Muito interessante. Quente. Volta ao navio. Escrevi cartões. Bebi. Conheci dois jovens simpáticos de Londres. Barbara e Lawrence. Treinamento de segurança. O tempo ficou bom. Vou ao coquetel do comandante na ostentosa Sala [ilegível]."

"É *aquele* Klinghoffer?", perguntei. "Do sequestro do *Achille Lauro*?"

"O Klinghoffer que mataram, sim. O indefeso aleijado judeu na cadeira de rodas, no qual os bravos combatentes da liberdade palestinos deram um tiro na cabeça e jogaram no mar Mediterrâneo. São os diários de viagem dele."

"Daquela viagem?"

"Não, de viagens mais felizes. O diário daquela viagem desapareceu. Talvez estivesse no bolso quando o jogaram por cima da amurada. Talvez os bravos combatentes da liberdade o tenham usado para limpar seus heroicos rabos palestinos. Não, esses são das viagens agradáveis que ele fez com a mulher e amigos nos anos anteriores. Chegaram a mim por intermédio das filhas de Klinghoffer. Ouvi falar desses diários. Entrei em contato com as filhas. Voei a Nova York para falar com elas. Dois especialistas aqui em Israel, um deles ligado à unidade de investigação forense do gabinete do procurador-geral, me garantiram que a letra é de Klinghoffer. Eu trouxe comigo documentos e cartas dos arquivos do escritório comercial dele — a letra neles corresponde à dos diários em todos os detalhes —, tenho documentação de especialistas sobre sua autenticidade. As filhas me pediram que atuasse como representante delas, ajudando-as a encontrar um editor israelense para os diários do falecido pai. Querem publicá-los aqui, como uma homenagem a ele e como um sinal da devoção que ele tinha por Israel. Pediram que os ganhos sejam doados ao Hospital Hadassah em Jerusalém, a instituição preferida do pai. Eu disse às duas moças que, quando Otto Frank voltou dos campos para Amsterdam, depois da guerra, e encontrou o diário mantido pela filha pequena quando a família se escondia dos nazistas em seu sótão, também quis que eles fossem publicados privadamente, como uma homenagem a ela, para um pequeno grupo de amigos holandeses. E, como bem sabe o senhor, que fez de Anne Frank a heroína de uma obra literária, foi essa forma modesta, discreta, em que o diário de Anne Frank foi publicado pela primeira vez. Eu, claro, seguirei os desejos da filha de Klinghoffer. Mas por acaso sei também que, como o diário da pequena Anne Frank, *Os diários de viagem de Leon Klinghoffer* se destinam a alcançar um público muito maior, um público mundial — quer dizer, se eu conseguir a ajuda de Philip Roth. Sr. Roth, a introdução da primeira edição americana de *O diário de Anne Frank* foi escrita por Eleanor Roosevelt, a estimadíssima viúva do presidente na época da guerra. Algumas centenas de palavras da sra. Roosevelt, e as palavras de Anne Frank se tornaram um comovente registro na história do sofrimento e da sobrevivência judeus. Philip Roth pode fazer o mesmo pelo mártir Klinghoffer."

"Desculpe, não posso." Contudo, quando quis entregar-lhe os dois volumes, ele se recusou a aceitá-los.

"Leia tudo", disse Supposnik. "Vou deixá-los para o senhor ler tudo."

"Não seja ridículo. Não posso me responsabilizar. Tome."

Mas novamente ele se recusou a aceitá-los. "Leon Klinghoffer", disse, "bem podia ser uma personagem saída de um de seus livros. Não é um estranho para o senhor. Tampouco o é a linguagem em que ele expressa aí, com simplicidade, meio desajeitado, sinceramente, seu prazer de viver, seu amor pela mulher, o orgulho pelos filhos, a devoção a seus irmãos judeus, seu amor por Israel. Eu sei o que o senhor sente pelas realizações que esses homens, apesar de todas as limitações de suas origens em famílias imigrantes, fizeram de sua vida americana. São os pais de seus heróis. O senhor os conhece, compreende; sem sentimentalizá-los, o senhor os respeita. Só o senhor pode trazer a esses dois pequenos diários de viagem o misericordioso reconhecimento que revelará ao mundo exatamente quem e o que foi assassinado no navio de cruzeiro *Achille Lauro* a 8 de outubro de 1985. Nenhum outro escritor escreve sobre esses judeus como o senhor. Volto amanhã de manhã."

"Não é provável que eu esteja aqui amanhã de manhã. Escute", eu disse, furioso, "não pode deixar estas coisas comigo."

"Não sei de ninguém mais seguro a quem confiá-los." E com isso deu as costas e me deixou ali com os dois diários na mão.

O cheque de um milhão de dólares de Smilesburger. A estrela de seis pontas de Lech Walesa. Agora os diários de viagem de Leon Klinghoffer. Que viria a seguir, o nariz falso usado pelo admirável Macklin? Todo tesouro judeu que não está pregado em algum lugar vem voando direto para a minha cara! Fui logo à recepção, pedi um envelope em que coubessem os dois diários e escrevi o nome de Supposnik no meio e o meu no canto esquerdo superior. "Quando aquele cavalheiro voltar", disse ao recepcionista, "entregue-lhe este pacote, está bem?"

Ele balançou a cabeça para me assegurar de que o faria, mas assim que se virou para pôr o envelope no escaninho de meu quarto, imaginei Pipik aparecendo e pedindo o pacote tão logo eu saísse para o tribunal. Por mais indícios que houvesse de que eu enfim me impusera e de que os dois tinham abandonado a impostura e fugido, ainda não conseguia me convencer de que ele não estava de tocaia por perto, sabendo de tudo que se passara, assim como não podia estar cem por cento seguro de que ele já não estava no tribunal com seus coconspiradores ortodoxos, preparado para sequestrar o filho de Demjanjuk. Se Pipik voltar pra roubar esses... bem, azar de Supposnik, não meu!

Apesar disso, voltei à recepção, da qual me afastara, e pedi ao recepcionista que me entregasse o pacote que acabara de deixar com ele. Sob seu olhar e seu sorriso mal discernível, a sugerir que ele, como eu, via naquela cena um grande potencial cômico não aproveitado, abri-o, pus o diário vermelho ("Minha viagem") num dos bolsos de meu paletó e o diário marrom ("Viagens no exterior") em outro, e deixei rapidamente o hotel com George, que durante esse tempo todo, mergulhado em sua malícia, destroçado por sabe Deus que fantasias de punição e vingança, ficara sentado numa poltrona junto à porta, fumando um cigarro atrás do outro, observando os ativos movimentos de mais um dia agitado no tranquilo e atraente saguão de hotel judeu de quatro estrelas, cujos prósperos hóspedes e atenciosa equipe eram, claro, absolutamente indiferentes à infelicidade que lhe causava a existência tão objetivamente administrável deles.

Quando saímos para a brilhante luz do sol, examinei os carros estacionados ao longo da rua, para ver se Pipik estaria num deles, escondendo-se como se escondera em seu "veículo", como detetive em Chicago. Vi uma figura de pé no telhado do prédio da ACM, do outro lado da rua, defronte ao hotel. Podia ser ele, podia estar em qualquer parte — e por um momento eu o *vi* em toda a parte. Agora que ela lhe contou que a seduzi, pensei, ele é meu terrorista perpétuo. Vou ficar vendo-o em telhados durante anos a fio, do mesmo modo como ele vai estar me vendo, na mira telescópica de sua fúria.

9. FALSIFICAÇÃO, PARANOIA, DESINFORMAÇÃO, MENTIRAS

Antes de entrar no táxi, dei uma rápida conferida no motorista, um judeu miúdo que parecia um turco, tinha dois palmos de altura menos que Pipik e eu e estava coroado com dez vezes mais cabelo crespo que nós dois juntos. Seu inglês era abaixo do rudimentar, e assim que entramos no táxi George teve de repetir-lhe o destino em hebraico. Era o mesmo que estarmos sozinhos no carro, e portanto, entre o hotel e o tribunal, contei a George Ziad tudo que devia ter lhe contado no dia anterior. Ele ouviu em silêncio e, para minha surpresa, não pareceu espantado nem incrédulo ao saber que havia um outro "eu" em Jerusalém, quando achava que só havia aquele que fora seu colega de universidade três décadas antes. Não ficou sequer perturbado (ele que tinha tão poucos momentos em que as veias e artérias não vibrassem visivelmente) quando tentei diagnosticar o perverso impulso que me levara a fazer-me passar, perante sua mulher e seu filho, pelo fanático diasporista, prestando aquela louca homenagem a Irving Berlin.

"Não precisa se desculpar", ele respondeu, numa voz calma e cortante. "Você continua o mesmo. Sempre no palco. Como eu podia deixar de lembrar? Você é um ator, um ator divertido, sempre atuando pra admiração dos amigos. Você é um satírico, sempre em busca do riso, e como se pode esperar que um satírico deixe de ser um satírico com um árabe louco, berrante, chorão?"

"Atualmente eu não sei o que sou", disse. "O que eu fiz foi idiota — idiota e inexplicável —, e peço desculpas. Era a última coisa de que Anna e Michael precisavam."

"Mas e de que *você* precisava? Seu jeito cômico. Que interesse têm os problemas de um povo oprimido para um grande artista cômico como você? O espetáculo tem de continuar. Não diga mais nada. Você é um grande ator cômico — e um idiota moral!"

Assim, nada mais foi dito por nenhum de nós nos poucos minutos restantes até chegarmos ao tribunal, e, se George era um louco iludido ou um mentiroso esperto — ou um grande artista cômico ele próprio —, ou se existia a rede de intriga que ele dizia representar (e se um homem tão descontrolado e continuamente à beira do colapso podia ser seu representante), isso eu não tinha como descobrir agora. *Tem alguém pra conversar com você em Atenas. Tem pessoas que podem ajudar você lá. São judeus, mas nossos amigos...* Judeus financiando a OLP? É *isso* que ele vem tentando me dizer?

No tribunal, quando George saltou pelo seu lado do táxi, antes de eu sequer ter tempo de pagar ao motorista, acreditei que jamais ia vê-lo de novo. Contudo, lá estava ele, já no fundo do tribunal, quando me esgueirei para dentro um ou dois minutos depois. Pegando rapidamente minha mão, ele sussurrou: "Você é o Dostoiévski da desinformação", e só então passou à minha frente para procurar um assento.

O tribunal naquela manhã estava com menos da metade da lotação. Segundo o *Jerusalem Post*, todas as testemunhas já tinham sido ouvidas, e aquele seria o terceiro dia do sumário. Eu via claramente onde o filho de Demjanjuk se sentava lá embaixo, na segunda fila, um pouco à esquerda do centro da sala e em linha reta com a cadeira no estrado onde o pai se sentava entre seus dois guardas, atrás da mesa da defesa. Quando vi que na fila atrás de Demjanjuk Jr. quase todas as cadeiras estavam desocupadas, me dirigi para lá e me sentei rápido, pois o tribunal ainda estava em sessão.

Eu pegara um fone de ouvido na mesa junto à porta de entrada e, colocando-o na cabeça, girei o botão para o canal da tradução inglesa dos trabalhos. Levei um ou dois minutos, porém, para entender o que um dos juízes — o presidente da Suprema Corte israelense, Levin — dizia à testemunha no banco. Era a primeira testemunha do dia, um judeu compacto, apa-

301

rência robusta, de quase setenta anos, cuja volumosa cabeça — uma rocha pesada na qual se haviam posto incongruentemente uns óculos grossos — assentava-se firme em cima de um tronco feito com blocos de cimento. Usava calça esporte, um paletó vermelho surpreendentemente esportivo e um pulôver negro, um traje em que um jovem atleta de cabelo à escovinha poderia apresentar-se para um encontro com a namorada, e as mãos, mãos de trabalhador, mãos de estivador, mãos que pareciam duras como pregos, agarravam-se à borda da tribuna com a ferocidade nervosa apaixonada, represada, de um peso-pesado estourando para lançar-se ao combate ao som do gongo.

Chamava-se Eliahu Rosenberg, e aquele não era seu primeiro *round* no tribunal com Demjanjuk, como eu sabia por uma espantosa foto na pasta de recortes do ucraniano, que me chamara a atenção no dia em que eu chegara, uma foto em que Demjanjuk, amistoso e sorridente, estende simpaticamente a mão a Rosenberg. A foto fora feita cerca de um ano antes, no sétimo dia do julgamento, quando a promotoria pediu a Rosenberg que deixasse o banco das testemunhas e fosse até a cadeira do réu, a uns seis metros, fazer sua identificação. Rosenberg fora chamado a depor como uma das sete testemunhas da acusação que diziam reconhecer John Demjanjuk, de Cleveland, Ohio, como o Ivã, o Terrível, que haviam conhecido quando prisioneiros em Treblinka. Segundo Rosenberg, ele e Ivã, os dois com vinte e poucos anos, tinham trabalhado muito próximos durante quase um ano, Ivã como o guarda que operava a câmara de gás e supervisionava o grupo de prisioneiros judeus, os "comandos da morte", cujo trabalho era esvaziar a câmara de gás de cadáveres, limpar a urina e o excremento, deixar tudo pronto para a execução da próxima leva de judeus e caiar as paredes, por dentro e por fora, a fim de cobrir as manchas de sangue (pois Ivã e os outros guardas muitas vezes tiravam sangue quando empurravam os judeus para a câmara com facas, porretes e canos de ferro). Eliahu Rosenberg, de vinte e um anos, antes morador de Varsóvia, era um dos comandos da morte, os mais ou menos trinta judeus cujo outro trabalho, após cada execução por gás, era carregar em macas — correndo sempre o mais rápido possível — os cadáveres nus dos judeus recém-assassinados para a "grelha" ao ar livre, onde, depois que as obturações de ouro eram extraídas para o Tesouro alemão pelo "dentista" prisioneiro, se empilhavam habilidosamente os corpos para incineração, as mulheres e crianças embaixo como gravetos, os homens em cima, onde queimavam com mais facilidade.

Agora, onze meses depois, Rosenberg fora surpreendentemente reconvocado, dessa vez pela defesa, no meio de seu sumário. O juiz dizia a Rosenberg: "O senhor vai ouvir cuidadosamente as perguntas que lhe forem feitas, responder e limitar-se às perguntas que lhe forem feitas. Não vai entrar em polêmica nem perder o autocontrole, como, infelizmente, aconteceu mais de uma vez durante seu depoimento...".

Mas, como eu disse, durante meus primeiros minutos dentro do tribunal eu não consegui sintonizar a tradução inglesa nos fones, não com o jovem Demjanjuk à minha frente, à minha disposição para manter sob vigilância, para protegê-lo — se proteção era de fato necessária — das maquinações de Pipik, e também com dois diários me enchendo os bolsos. *Seriam* mesmo os diários de Klinghoffer? Tão discretamente quanto possível, tirei-os do bolso e fiquei revirando-os nas mãos; cheguei a levá-los ao nariz, um após o outro, rapidamente, para sentir o cheiro do papel, aquele agradável cheiro de mofo que perfuma levemente velhas pilhas de livros em bibliotecas. Com o diário vermelho no colo, li por um momento uma página do meio. "Quinta. 23/9/78. A caminho da Iugoslávia. Du Brovnik, Passamos por Messina e pelo estreito. Lembrou-nos a viagem de 1969 à cidade de Messina. Nova turma embarcou em Gênova. O show desta noite foi sensacional. Todo mundo está sofrendo de tosse. Não sei por quê, o tempo está perfeito."

Aquela vírgula entre "por quê" e "o tempo" — seria provável, perguntei a mim mesmo, que um sujeito do ramo de utensílios domésticos do Queens colocasse habilmente uma vírgula ali? Em anotações rudimentares como aquelas, deveria eu estar encontrando qualquer pontuação? E nenhum erro de ortografia

303

em parte alguma, a não ser na escrita de um nome desconhecido? *Nova turma embarcou em Gênova.* Deliberadamente plantado ali, aquele ponto? Talvez para pressagiar o que aconteceria sete anos depois, quando, na nova turma que embarcou no *Achille Lauro*, num ou noutro porto italiano — talvez mesmo Gênova —, se ocultavam os três terroristas palestinos que matariam esse mesmo diarista? Ou era aquilo simplesmente uma comunicação do que aconteceu no cruzeiro deles em setembro de 1978 — uma nova turma tinha embarcado em Gênova e, para os Klinghoffer, nada de horrível se seguira.

Por mais distraído que eu estivesse das observações iniciais do juiz pela presença, no assento à minha frente, do jovem Demjanjuk, ainda não sequestrado e ainda incólume; por mais distraído que estivesse pelos diários que me tinham sido impostos por Supposnik — perguntando-me se eram forjados; perguntando-me se Supposnik era um charlatão cúmplice da falsificação ou um apaixonado sobrevivente judeu, vítima inocente dela; perguntando-me se os diários eram exatamente o que ele dissera que eram, e, se assim era, se de algum modo era meu dever como judeu escrever a introdução que poderia então despertar interesse editorial por eles fora de Israel —, estava mais desconcertado ainda tentando solver o enigma do motivo pelo qual tudo que contara sinceramente a George Ziad no táxi fora tomado por ele como, vejam só, "desinformação".

Devia ser porque ele supusera, de saída, que, como o vendedor de livros antigos, nosso miúdo motorista de táxi era mais um daqueles homens da polícia secreta israelense para os quais estivera chamando minha atenção onde quer que nos encontrássemos; devia ser porque supusera não apenas que nós dois estávamos sob estreita vigilância, mas que eu entendera isso quando entramos no táxi e aí, engenhosamente, me saíra com a história do segundo Philip Roth para embaralhar os circuitos do intruso com essa bobagem maluca. De outro modo, eu não saberia como entender a palavra "desinformação" ou o afetuoso aperto de mão que ele me dera apenas minutos após ter me informado que eu era um idiota moral.

Admito que a história de meu duplo era difícil de aceitar logo de primeira. Seria difícil aceitar a história do duplo de qualquer um. Era minha própria dificuldade para aceitar que explicava em grande parte por que eu errara tanto em praticamente tudo que se referia a Pipik e, provavelmente, ia continuar errando. Mas, por mais difícil que fosse engolir a existência de uma personagem tão audaciosamente fraudulenta quanto Moishe Pipik, ou imaginá-lo tendo qualquer êxito, eu teria achado ainda mais fácil George aceitar a existência daquele improvável duplo do que acreditar que (1) eu pudesse propor a sério um plano político tão disparatado quanto o diasporismo ou que (2) o diasporismo pudesse constituir uma fonte de esperança para o movimento nacional palestino, sobretudo uma coisa digna de apoio financeiro. Não, só a insana degeneração de um fanático que se sabia desesperançado e que vivera demasiado tempo defendendo uma causa à beira do fracasso total podia levar uma pessoa inteligente como George Ziad a abraçar com tão implacável entusiasmo uma ideia tão espúria. No entanto, se George estivesse tão cego, tão derrotado pelo sofrimento, tão desfigurado pela raiva impotente, certamente havia muito tempo já se teria desqualificado para algo tão importante quanto a posição de influência que dizia capacitá-lo a me procurar, como fizera naquela manhã, para acertar o encontro secreto em Atenas. Por outro lado, talvez a essa altura a mente de meu velho amigo de Chicago estivesse tão loucamente desarticulada pelo desespero que ele passara a viver num sonho de sua própria criação, tendo "Atenas" como seu Xanadu, não sendo os ricos patrocinadores judeus da OLP mais reais que os amigos imaginários de uma infância solitária.

Não cabia a mim, após aquelas últimas setenta e duas horas, rejeitar como demasiado exótica a possibilidade de que a situação para ele, ali, o houvesse levado à loucura. Mas rejeitei-a. Era uma conclusão simplesmente estúpida demais. Nem todo mundo estava louco. Decidido não é louco. Iludido não é louco. Ser frustrado, vingativo, aterrorizado, traiçoeiro — não é ser louco. Nem mesmo ilusões mantidas por fanatismo são loucas, e trapaça certamente não é loucura — trapaça, engodo, astúcia, cinismo, tudo isso está longe da loucura... e pronto, era isto, *trapaça*, ali estava a chave para minha confusão! Claro! Não fora eu que andara enganando George, era George que estava me enganando! Eu tinha sido enganado pelo trágico melodrama da vítima dolorosa, levada quase à insanidade pela injustiça e pelo exílio. A loucura de George era a de Hamlet — *puro teatro*.

Sim, ali estava uma explicação para tudo aquilo! Eminente escritor judeu aparece em Jerusalém defendendo uma transferência em massa da população asquenazita de Israel, para seus países de origem europeus. A ideia pode parecer tão grosseiramente irrealista a um militante palestino quanto a Menachem Begin, mas talvez o fato de um escritor eminente apresentar tal ideia não parecesse irrealista a nenhum dos dois; não, nada haveria de estranho, para eles, num eminente escritor que imagina existir alguma correlação entre suas próprias fantasias apocalípticas, febris, ignorantes, e a forma como as lutas entre forças políticas opostas são ganhas e perdidas de fato. Claro que, em termos políticos, o eminente escritor é uma piada; claro que nada do que o sujeito pensa leva ninguém em Israel, ou em qualquer outra parte, a agir de uma maneira ou de outra, mas ele é uma celebridade cultural, obtém centímetros e centímetros de colunas de jornal no mundo inteiro, e, portanto, o eminente escritor que acha que os judeus devem dar o fora da Palestina não deve ser ignorado ou ridicularizado, mas estimulado e explorado. George o conhece. É um velho amigo americano dele. Seduza-o, George, com nosso sofrimento. Entre um livro e outro, todos esses escritores adoram cinco ou seis dias num bom hotel, envolvidos nas turbulentas tragédias dos oprimidos heroicos. Localize-o. Encontre-o. Diga-lhe como nos torturam — são os que se hospedam nos melhores hotéis que, compreensivelmente, mais se sensibilizam com os horrores da injustiça. Se um garfo sujo na bandeja do desjejum provoca protestos irados ao serviço de copa, imagine a indignação deles com a repressão. Discurse, grite, exponha suas feridas, proporcione-lhe o Tour das Celebridades — os tribunais militares, os muros manchados de sangue —, diga-lhe que vai levá-lo para conversar com o próprio Pai Arafat. Vamos ver que tipo de cobertura jornalística George pode arranjar para o golpezinho publicitário do sr. Roth. Vamos pôr esse megalomaníaco judeu na capa da *Time*!

Mas e o outro judeu, o megalomaníaco duplo? Todas essas suposições podiam explicar por que George Ziad me condenara no táxi como um idiota moral e depois, apenas minutos depois, num sussurro no fundo do tribunal, me louvara como o Dostoiévski da desinformação. Àquela história de espionagem que eu vinha tecendo podia de fato fornecer a chave para o comportamento ostensivamente descontrolado de George, para seu encontro tão fortuito comigo na feira, para o fato de ele me seguir e perseguir e me levar tão a sério, apesar da bizarrice de minha atuação, a não ser pelo formidável impedimento à sua lógica: o ubíquo Moishe Pipik. Tudo que George tinha parecido descartar como inventado por mim para confundir o agente da espionagem israelense que dirigia nosso táxi, a espionagem palestina local — se tivesse o menor interesse em mim — já saberia ser verdade, através de seus contatos nos dois hotéis onde Pipik e eu nos registráramos ostensivamente com meu nome. E, se os chefões da espionagem palestina sabiam muito bem que o diasporista e o romancista eram pessoas diferentes, que o P. R. do King David Hotel era um impostor e o P. R. do American Colony o autêntico, por que então iriam eles — mais precisamente, por que iriam mandar o agente deles, George Ziad — fingir para mim que os dois eram o mesmo? Sobretudo quando sabiam que eu sabia tão bem quanto eles da existência do outro!

Não, a existência de Pipik falava com demasiada força contra a plausibilidade da história com a qual eu tentava convencer-me de que George Ziad era outra coisa que não insano, e de que havia um significado mais humanamente interessante oculto por trás de toda aquela confusão. A menos, claro, que eles mesmos houvessem plantado Pipik — a menos, como eu praticamente descobrira logo na primeira vez que fizera contato e o entrevistara de Londres como Pierre Roget, *a menos que Pipik viesse tra-*

307

balhando para eles desde o início. Claro! É isso que as agências de espionagem vivem fazendo. Encontraram casualmente meu sósia, que podia estar de fato, pelo que me constava, no lado pobre do ramo de detetive, e, por um preço, haviam-no mandado cometer uma trapaça propagandística — expor a quem quisesse ouvir toda aquela merda antissionista ligeiramente disfarçada que se chamava diasporismo. Ele estava sendo dirigido por meu velho amigo George Ziad, George era seu treinador, seu contato, seu cérebro. A última coisa que esperavam era que, no meio daquilo tudo, *eu* também fosse aparecer em Jerusalém. Ou talvez fosse isso que tinham *planejado*. Tinham mandado Pipik como uma isca. Mas para me atrair a fazer o quê?

Ora, exatamente o que eu estava fazendo. Exatamente o que eu tinha feito! *Exatamente o que eu ia fazer*. Eles estão dirigindo não apenas a ele, estão dirigindo a mim sem que eu saiba! Estão fazendo isso desde que cheguei!

Parei aí. Tudo em que vinha pensando — e, o que é pior, acreditando piamente — me chocava e apavorava. O que eu montava tão detalhadamente como uma explicação racional da realidade estava impregnado daquele tipo exato de racionalidade que os psiquiatras ouvem regularmente no pavilhão dos paranoicos e esquizofrênicos mais extremos. Parei e recuei alarmado do buraco para o qual me dirigia cegamente, compreendendo que, para tornar George Ziad "mais humanamente interessante" do que alguém simplesmente pirado e descontrolado, eu próprio estava pirando *a mim*. É melhor as coisas reais serem incontroláveis, é melhor que nossa vida seja indecifrável e intelectualmente impenetrável do que tentar extrair com uma fantasia maluca um sentido causal do desconhecido. É melhor, pensei, que os acontecimentos destes três dias continuem eternamente incompreensíveis para mim do que presumir a existência, como fazia há pouco, de uma conspiração de agentes de espionagem estrangeira determinados a controlar minha mente. Já ouvimos isso antes.

O sr. Rosenberg fora reconvocado para ser interrogado sobre um documento de sessenta e oito páginas que só agora, nas horas finais do julgamento que já durava um ano, a defesa descobrira num instituto histórico de Varsóvia. Era um relatório de 1945 sobre Treblinka e o destino dos judeus de lá, escrito com a letra de Eliahu Rosenberg e em iídiche, sua primeira língua, quase dois anos e meio depois de ele fugir daquele campo, quando era soldado do Exército polonês. Encorajado a contar a história do campo da morte por uns poloneses em Cracóvia, onde estava destacado, Rosenberg passara dois dias anotando suas lembranças e depois dera o manuscrito a uma senhoria da cidade, certa sra. Wasser, para passá-lo à instituição apropriada e ser usado para o que servisse, historicamente. Ele não tornara a ver sua memória de Treblinka até aquela manhã, quando uma fotocópia do original lhe fora entregue no banco das testemunhas e o advogado de defesa Chumak lhe pedira que examinasse a assinatura e dissesse ao tribunal se era sua.

Rosenberg disse que era, e, como não houvesse objeção da acusação, a memória de 1945 fora admitida como prova, "a fim", disse o juiz Levin, "de interrogar a testemunha em relação ao que o documento declara sobre os acontecimentos do levante em Treblinka no dia 2 de agosto de 1943. E especificamente", continuou Levin, "sobre a questão da morte de Ivã, como foi escrita na dita declaração".

A morte de Ivã? Ao som dessas quatro palavras saindo dos fones na tradução inglesa, o jovem Demjanjuk, sentado bem à minha frente, começou a balançar vagarosamente a cabeça, mas fora isso não se percebeu movimento algum no tribunal, nem se ouviu nenhum som, até Chumak, com sua confiante objetividade e seu sotaque canadense, passar a examinar com a testemunha as páginas relevantes da memória que, aparentemente poucos meses após o fim da guerra na Europa, Rosenberg tinha escrito sobre a morte do mesmo homem cujos "olhos assassinos" fitara com tanto horror e repulsa no sétimo dia do julgamento, ou pelo menos assim jurara.

"Eu gostaria de ir diretamente à parte relevante com o sr.

309

Rosenberg, onde ele escreveu: 'Após uns poucos dias, a data do levante foi marcada para o segundo dia do oitavo mês, irrevogavelmente' — pode encontrar a página 66 do documento?"

Chumak então o fez ler sua descrição do calor em meados do dia 2 de agosto de 1943, um calor tão feroz que os "rapazes", como Rosenberg descrevia seus colegas dos comandos da morte, que vinham trabalhando desde as quatro horas da manhã, soluçavam de dor e caíam com as macas quando transferiam cadáveres exumados para serem incinerados. A revolta fora marcada para as quatro da tarde, mas, quinze minutos antes, ouviu-se a explosão de uma granada de mão e soaram vários tiros, sinal de que o levante começara. Rosenberg leu em voz alta o trecho em iídiche e depois traduziu para o hebraico a descrição de como um dos rapazes, Shmuel, fora o primeiro a sair correndo do quartel, gritando a senha do levante, "Revolução em Berlim! Há uma revolta em Berlim!", e de como Mendel e Chaim, dois outros rapazes, saltaram então sobre o guarda ucraniano do quartel e tomaram o fuzil de suas mãos.

"O senhor escreveu essas linhas? São elas corretas?", perguntou Chumak. "Foi o que aconteceu naquela hora, isso é correto?"

"Com a permissão do tribunal", disse Rosenberg, "acho que devo explicar. Porque o que digo aqui foi o que me contaram. Eu não vi. Há uma grande diferença entre as duas coisas."

"Mas o que acabou de ler para nós, senhor, que Shmuel foi o primeiro a deixar o quartel. O senhor o viu deixar o quartel?"

Rosenberg respondeu que não, não vira pessoalmente, e que em grande parte do que escrevera, informara o que outros haviam visto e contado uns aos outros depois de terem saltado todas as cercas e escapado em segurança para dentro da mata.

"Então", disse Chumak, que não ia deixá-lo em paz naquele assunto, "o senhor não escreve em seu documento 'Eles nos contaram na mata depois', o senhor escreve como se aquilo estivesse acontecendo no documento, e o senhor admitiu que sua memória era melhor em 1945 do que hoje. E eu observo ao senhor que, se o senhor escreveu isso, deve ter visto."

Mais uma vez Rosenberg esclareceu que o que tinha escrito se baseava, necessariamente, no que pudera observar como participante do levante e no que os outros lhe haviam contado depois, na mata, sobre o envolvimento deles e o que tinham visto e feito.

Zvi Tal, o juiz barbudo de solidéu, ar estereotipadamente judicioso com os óculos no meio do nariz, interrompeu por fim o diálogo repetitivo entre Chumak e Rosenberg e perguntou à testemunha: "Por que não observou depois, na mata, 'Eu vi, eu soube por fulano e sicrano' — por que escreveu como se tivesse visto pessoalmente?".

"Talvez tenha sido um erro de minha parte", respondeu Rosenberg. "Talvez devesse ter dito isso, mas a verdade é que me contaram tudo isso, e eu sempre disse que durante o levante eu não via o que acontecia em volta, porque as balas assobiavam em toda a nossa volta e eu só queria dar o fora o mais rápido possível daquele inferno."

"Naturalmente", disse Chumak, "todo mundo quereria dar o fora o mais rápido possível daquele inferno, mas, se posso prosseguir, o senhor viu o tal guarda sendo estrangulado por todo mundo e jogado no poço — o senhor viu isso?"

"Não", respondeu Rosenberg, "isso me foi contado na mata, não só a mim, todo mundo soube disso, e havia muitas versões, não só essa..."

O juiz Levin perguntou à testemunha: "O senhor se inclinava a acreditar no que os outros lhe contavam, pessoas que haviam escapado, como o senhor, do campo para a liberdade?".

"Sim, meritíssimo", respondeu Rosenberg. "Era um símbolo de nosso grande sucesso, o próprio fato de sabermos o que tinham feito com aqueles *Vachmanns** era para nós um desejo realizado. Claro que eu acreditava que eles tinham sido mortos e que tinham sido estrangulados — era um sucesso para nós. Pode imaginar, senhor, esse desejo realizado, em que as pessoas

---

* "Guardas", em iídiche. (N. E.)

conseguiam matar seus assassinos, seus matadores? Eu devia duvidar disso? Eu acreditei de todo o coração. E queria que fosse verdade. Esperava que fosse verdade."

Depois de tudo isso ter sido explicado mais uma vez, Chumak ainda assim retomou o interrogatório na mesma linha — "O senhor não assistiu a todos esses acontecimentos que li para o senhor?" —, até que o promotor finalmente se levantou para protestar.

"Creio", disse o promotor, "que a testemunha já respondeu a essa pergunta várias vezes."

A mesa, porém, permitiu que Chumak continuasse, e até o juiz Tal tornou a intervir, mais ou menos na linha do que *ele* perguntara a Rosenberg apenas minutos antes. "O senhor concorda", disse à testemunha, "que o que emerge do que o senhor anotou, bastando ler o que o senhor anotou — que não se pode saber o que o senhor viu por si mesmo de fato e o que lhe contaram depois? Em outras palavras, qualquer um que leia isso tenderá a pensar que o senhor viu tudo. Concorda?"

Enquanto se arrastava o interrogatório sobre o método como Rosenberg compusera sua memória, eu pensava: Por que é tão difícil entender essa técnica? Esse homem não é um perito com as palavras, jamais foi historiador, repórter ou qualquer tipo de escritor e tampouco era, em 1945, um estudante universitário que soubesse, por estudar os prefácios de Henry James, tudo que se pode saber sobre a dramatização de pontos de vista conflitantes e os usos irônicos de testemunhos contraditórios. Tinha vinte e três anos e pouca instrução e era um sobrevivente judeu polonês de um campo de extermínio nazista, a quem tinham dado caneta e papel e posto por umas quinze ou vinte horas a uma mesa numa pensão de Cracóvia, onde ele escrevera não a história, estritamente contada, de sua experiência única em Treblinka, mas antes o que lhe tinham pedido que escrevesse: uma memória da vida em Treblinka, uma memória *coletiva* em que ele simplesmente, na certa sem pensar um só momento no assunto, incluíra as experiências dos outros e tornara-se a voz coral deles todos, passando da primeira pessoa do plural para a terceira pessoa do plural, às vezes dentro da mesma frase. O fato de a memória dessa pessoa, escrita de umas duas sentadas, não ter as ponderadas discriminações da narração autoconsciente não parecia, a mim pelo menos, surpreendente.

"Agora", dizia Chumak, "agora isto é realmente a essência de tudo, sr. Rosenberg — a linha seguinte do que o senhor escreveu em dezembro de 1945." Pediu a Rosenberg que lesse em voz alta o que vinha a seguir.

"'Aí nós entramos na sala do motor, para procurar Ivã, ele... que estava dormindo ali...'" — Rosenberg traduzia devagar do iídiche, em voz vigorosa — "'e Gustav bateu-lhe com uma pá na cabeça. E ele continuou deitado para sempre.'"

"Em outras palavras, ele estava morto?", perguntou Chumak.

"Sim, correto."

"Senhor, a 20 de dezembro de 1945, em sua própria letra?"

"Correto."

"E eu suponho, senhor, que isso seria uma informação muito importante em seu documento, não seria?"

"Claro que seria uma informação muito importante", respondeu Rosenberg, "se fosse verdade."

"Bem, quando eu lhe perguntei sobre o documento todo, senhor — as sessenta e oito páginas —, eu lhe perguntei se o senhor fez uma versão ou narrativa correta do que aconteceu em Treblinka. O senhor disse, no início de seu reexame..."

"Torno a dizer que sim. Mas há coisas que me contaram."

À minha frente, o jovem Demjanjuk balançava a cabeça, descrente da alegação de Rosenberg de que testemunhos oculares registrados em 1945 podiam basear-se em provas indignas de fé. Rosenberg mentia e, pensava o filho do acusado, mentia por causa de sua própria culpa implacável. Porque conseguira viver enquanto todos os outros haviam morrido. Por causa do que os nazistas lhe haviam ordenado fazer com os corpos de seus irmãos judeus e que ele obedientemente fizera, por mais repugnante que lhe fosse fazê-lo. Porque para sobre-

313

viver era preciso não apenas roubar, o que ele fizera, o que evidentemente todos eles haviam feito o tempo todo — dos mortos, dos agonizantes, dos vivos, dos doentes, uns dos outros e de todos —, mas também subornar os torturadores, trair os amigos, mentir para todos, aceitar toda humilhação em silêncio, como um animal espancado e domado. Mentia porque era pior que um animal, porque se tornara um monstro que queimara os corpos de criancinhas judias, milhares e milhares delas queimadas por ele como gravetos, e o único meio que tinha para justificar-se por ter se tornado um monstro era lançar seus pecados sobre a cabeça de seu pai. Meu pai inocente é o bode expiatório não apenas por aqueles milhões que morreram, mas por todos os Rosenberg que fizeram as coisas monstruosas que fizeram para sobreviver e agora não podem viver com sua culpa monstruosa. O monstro é o outro, diz Rosenberg, o monstro é Demjanjuk. Eu sou aquele que captura o monstro, aquele que identifica o monstro e providencia para que ele seja morto. Ali, em carne e osso, está o monstro criminoso, John Demjanjuk?, de Cleveland, Ohio, e eu, Eliahu Rosenberg, de Treblinka, estou limpo.

Ou não seriam esses, absolutamente, os pensamentos do jovem Demjanjuk? Por que Rosenberg mente? Porque é um judeu que odeia os ucranianos. Porque os judeus querem pegar os ucranianos. Porque isso é uma trama, uma conspiração de todos esses judeus para levar todos os ucranianos a julgamento e aviltá-los perante o mundo.

Ou não seriam *nada disso* os pensamentos do jovem Demjanjuk? Por que esse Rosenberg mente sobre meu pai? Porque está atrás de publicidade, é um louco egomaníaco que quer ver sua foto no jornal e ser o grande herói deles. Rosenberg pensa: quando eu acabar com esse estúpido ucraniano, vão pôr minha foto num selo postal.

Por que Rosenberg mente sobre meu pai? Porque é um mentiroso. O homem no banco dos réus é meu pai, portanto deve estar falando a verdade, e o homem no banco das testemunhas é pai de outro, logo deve estar mentindo. Talvez fosse

314

simplesmente isso para o filho: John Demjanjuk é meu pai, qualquer pai meu é inocente, portanto John Demjanjuk é inocente — talvez não se precise pensar além do patos infantil dessa lógica filial.

E, numa fila em algum ponto às minhas costas, o que pensava George Ziad? Duas palavras: relações públicas. Rosenberg é o relações-públicas do Holocausto deles. A fumaça dos incineradores de Treblinka... por trás das trevas daquelas trevas, ainda conseguem esconder do mundo seus atos negros e maus. Que cinismo! Explorar com desavergonhada exuberância a fumaça dos corpos a arder de seus próprios mortos mártires!

Por que ele mente? Porque é para isso que servem os relações-públicas — por um contracheque semanal, mentem. Chamam isso de criação de imagem: qualquer coisa que funcione, qualquer coisa que sirva à necessidade do cliente, qualquer coisa que sirva à máquina da propaganda. Marlboro tem o Homem de Marlboro, Israel tem seu Homem do Holocausto. Porque ele diz o que diz? Perguntem por que as agências de publicidade dizem o que dizem. PELA CORTINA DE FUMAÇA QUE TUDO OCULTA, FUME HOLOCAUSTO.

Ou estaria George pensando em mim e em minha utilidade, em fazer de mim o RP *dele*? Sem mim para atormentar com toda aquela fúria justa, talvez ele estivesse tirando uma tranquila folga filosófica e pensando consigo mesmo apenas isto: sim, é uma batalha por tempo na TV e por centímetros de coluna de jornal. Quem controla as pesquisas de audiência controla o mundo. É tudo publicidade, uma questão de qual de nós apresenta o drama mais sensacional para popularizar sua alegação. Treblinka é deles, o levante é nosso — que vença a melhor máquina de propaganda.

Ou talvez estivesse pensando, ansiosamente, sinistramente, de um modo absolutamente realista: se ao menos *nós* tivéssemos os cadáveres. Sim, pensei, talvez seja um desejo patológico de martírio sangrento que esteja por trás desse levante, a necessidade deles de um massacre, de pilhas de corpos massacrados que dramatizem conclusivamente para a TV mundial quem são as vítimas desta vez. Talvez seja por isso que as crianças estão na primeira onda, talvez seja por isso que, em vez de combaterem o inimigo com homens adultos, enviam crianças, armadas apenas com pedras, para provocar o poder de fogo do Exército israelense. É, para fazer as redes de televisão esquecerem o Holocausto *deles*, vamos montar nosso *próprio* Holocausto. Nos corpos de nossas crianças, os judeus perpetrarão um Holocausto, e finalmente a audiência da TV compreenderá nossa situação. Mandem as crianças e chamem as redes de televisão — vamos vencer os exploradores do Holocausto no próprio jogo deles.

O que pensava *eu*? Eu pensava: Que pensam eles? Pensava em Moishe Pipik e no que *ele* pensava. E, a cada segundo, perguntava-me onde andava ele. Enquanto continuava a acompanhar os trabalhos, olhava em volta, buscando algum sinal da presença dele. Lembrei-me do balcão. E se ele estivesse lá em cima com os jornalistas e as equipes de TV, mirando-me de lá?

Voltei-me, mas de meu assento nada podia ver além do parapeito do balcão. Se ele está lá em cima, está pensando: que está pensando Roth? Que está fazendo Roth? Como vamos sequestrar o filho do monstro com Roth atrapalhando?

Havia policiais uniformizados nos quatro cantos do tribunal, e policiais à paisana, com *walkie-talkies*, parados no fundo da sala, subindo e descendo regularmente os corredores — não deveria eu chamar um deles, levá-lo comigo ao balcão e prender Moishe Pipik? Mas Pipik sumiu, pensei, acabou...

Era isso o que eu pensava quando não pensava o contrário e tudo o mais.

Quanto ao que pensava o acusado enquanto Rosenberg explicava ao tribunal por que a memória de Treblinka era errônea, a pessoa que mais bem sabia disso se sentava à mesa da defesa, o advogado israelense, Sheftel, a quem Demjanjuk passava nota após nota durante todo o interrogatório de Rosenberg por Chumak, notas escritas, eu pensava, no fraco inglês do réu. Demjanjuk escrevinhava febrilmente, mas, depois que passava cada nota para Sheftel, por cima do ombro do advogado, não me parecia que Sheftel lançasse a ela mais que uma olhada formal, antes de depositá-la em cima das outras na mesa.* Na comunidade ucraniano-americana, eu pensava, aquelas notas, se um dia reunidas e publicadas, iriam ter um impacto sobre os patrícios de Demjanjuk mais ou menos semelhante às famosas cartas da prisão escritas em imigrantês por Sacco e Vanzetti. Ou o impacto na consciência civilizada que Supposnik imoderadamente esperava para os diários de viagem de Klinghoffer, se fossem agraciados com uma introdução minha.

Todos esses textos de não escritores, eu pensava, todos esses diários, memórias e notas, são escritos desajeitadamente, com a mínima habilidade, empregando um milésimo dos recursos da linguagem escrita, mas nem por isso o testemunho que eles dão é menos persuasivo, e na verdade é muito mais dilacerante precisamente por serem os poderes de expressão tão diretos e primitivos.

Chumak perguntava agora a Rosenberg: "Então como pode o senhor vir a este tribunal e apontar o dedo para esse cavalheiro, quando escreveu em 1945 que Ivã foi morto por Gustav?".

"Sr. Chumak", ele apressou-se a responder, "eu disse que tinha visto Gustav matá-lo?"

"Não responda com outra pergunta", advertiu a Rosenberg o juiz Levin.

"Ele não voltou de entre os mortos, sr. Rosenberg", continuou Chumak.

---

* Sheftel, a propósito, era quem mais precisaria de um guarda-costas para protegê-lo de um ataque. Talvez o mais impensado de meus erros em Jerusalém tenha sido deixar-me convencer de que, na culminação daquele julgamento inflamatório, a raiva violenta de um louco vingador judeu, se e quando explodisse, seria dirigida contra um gentio, e não, como pensara inicialmente, e como aconteceu — e como mesmo o menos cínico dos ironistas judeus teria previsto —, contra outro judeu.

A 1ª de dezembro de 1988, durante o funeral do advogado-assistente israelense de Demjanjuk — que se juntara a Sheftel após a condenação do réu, para ajudar a preparar a apelação à Suprema Corte, e que se suicidou misteriosamente apenas semanas depois —, Sheftel foi abordado por Yisroel Yehezkeli, um sobrevivente do Holocausto de setenta e três anos e espectador frequente

"Eu não disse isso. Eu não disse isso. Eu não disse que vi pessoalmente Ivã ser morto", disse Rosenberg. "Mas, sr. Chumak, eu gostaria de ver — não vi, mas não vi mesmo. Era meu maior desejo. Fiquei no Paraíso quando soube — não só Gustav, mas outros também me contaram —, eu queria, queria acreditar, sr. Chumak. Eu queria acreditar que essa criatura não existe. Não está mais vivo. Mas, infelizmente, para meu grande pesar, eu gostaria de vê-lo despedaçado como ele tinha despedaçado nosso povo. E acreditei de todo meu coração que ele tinha sido liquidado. Pode entender isso, sr. Chumak? Era o maior desejo deles. Era nosso sonho acabar com ele, junto com outros. Mas ele tinha conseguido escapar, fugir, sobreviver — que sorte que teve!"

"O senhor escreveu com sua letra, em iídiche — não em alemão, não em polonês, não em inglês, mas em sua própria língua —, o senhor escreveu que ele foi atingido na cabeça por Gustav com uma pá, deixando-o lá estendido para sempre. O senhor escreveu isso. E o senhor nos disse que escreveu a verdade quando fez essas declarações em 1945. Está dizendo que isso não é verdade?"

"Não, é verdade, é verdade o que está dito aí — mas o que os rapazes nos contaram não era verdade. Eles queriam se gabar. Estavam dando expressão ao sonho deles. Eles aspiravam a

---

do julgamento de Demjanjuk. que lhe gritou: "Tudo por sua causa", e jogou ácido hidroclorídrico no rosto do advogado. O ácido destruiu completamente a camada protetora da córnea do olho esquerdo, e Sheftel ficou praticamente cego desse olho até ir uns dois meses depois para Boston, onde se submeteu a um transplante de células, uma operação de quatro horas realizada por um cirurgião de Harvard, que lhe restaurou a vista. Durante a estada e posterior convalescença de Sheftel em Boston, ele foi acompanhado por John Demjanjuk Jr., que lhe serviu de enfermeiro e chofer.

Quanto a Yisroel Yehezkeli, foi condenado por agressão com agravante. Foi sentenciado por um juiz de Jerusalém, que o julgou "não arrependido", e cumpriu três anos de prisão. O relatório do psiquiatra do tribunal descreveu o agressor como "não psicótico, embora ligeiramente paranoico". A maior parte da família de Yehezkeli tinha sido morta em Treblinka. (N. A.)

isso, seu maior desejo era matar essa pessoa — mas não tinham matado."

"Por que o senhor não escreveu então", perguntou-lhe Chumak, "que era o maior desejo dos rapazes matar esse homem, 'E eu soube mais tarde, na mata, que ele tinha sido morto assim e assim' — ou de outro modo. Por que não anotou tudo, todas essas versões?"

Rosenberg respondeu: "Eu preferi escrever essa determinada versão".

"Quem estava com o senhor quando essa versão foi dada, essa versão de que os rapazes queriam matá-lo, de que todos queriam ser heróis e matar esse homem pavoroso?"

"Na mata, quando nos contaram essa versão, havia muita gente em volta, e ficamos sentados por algumas horas antes de seguir nossos caminhos. E ali, senhor, eles se sentaram, e cada um contou a sua versão, e eu aceitei. E isso é do que me lembro. Aceitei e na verdade queria acreditar firmemente que isso tinha sido o que tinha acontecido. Mas não tinha."

Quando olhei para Demjanjuk, eu o vi sorrindo também, não para mim, claro, mas para seu leal filho, sentado na cadeira à minha frente. Demjanjuk divertia-se com o absurdo do depoimento, divertia-se imensamente, tinha até mesmo um ar triunfante, como se a afirmação de Rosenberg de que relatara precisamente em 1945 o que suas fontes, sem que ele soubesse, tinham relatado imprecisamente fosse toda a absolvição necessária e ele estivesse praticamente livre. Seria retardado o suficiente para acreditar nisso? Por que *estava* sorrindo? Para elevar o ânimo do filho e dos defensores? Para indicar à plateia o seu desprezo? O sorriso era lúgubre e enganador, e para Rosenberg, como qualquer um podia ver, tão odioso como a mão de amizade e o cálido "*Shalom*" que lhe haviam sido oferecidos por Demjanjuk no ano anterior. Se o ódio de Rosenberg fosse combustível e houvessem acendido um fósforo perto do banco das testemunhas, todo o tribunal teria explodido em chamas. Os dedos de estivador de Rosenberg cravavam-se no banco, e ele cerrava a mandíbula como para suprimir um rugido.

"Agora", continuou Chumak, "baseado na 'versão', como o senhor agora a chama, essa versão de que Ivã foi morto, foi golpeado na cabeça com uma pá, seria de esperar, senhor, que o homem golpeado com a pá tivesse uma cicatriz ou uma fratura no crânio, ou algum sério ferimento na cabeça, se isso aconteceu a Ivã na sala do motor?"

"Claro", respondeu Rosenberg, "se eu tivesse certeza de que ele foi golpeado, e de acordo com a versão que escrevi, ele estaria morto — onde está a cicatriz? Mas ele não estava lá. E ele não estava lá porque não estava lá." Rosenberg olhou além de Chumak então e, apontando para Demjanjuk, falou-lhe diretamente: "E, se ele estivesse lá, não estaria sentado na minha frente. O herói está sorrindo!", gritou Rosenberg, enojado.

Mas Demjanjuk não mais sorria apenas, estava rindo, rindo alto das palavras de Rosenberg, da raiva de Rosenberg, rindo do tribunal, rindo do julgamento, rindo do absurdo daquelas monstruosas acusações, da indignidade de um pai de família de um bairro residencial de Cleveland, um empregado da fábrica Ford, um membro da igreja, prezado pelos amigos, gozando da confiança dos vizinhos, adorado pela família, de um homem desses ser tomado pelo psicótico vampiro que percorria as matas da Polônia quarenta e cinco anos atrás como Ivã, o Terrível, o perverso, sádico assassino de judeus inocentes. Ou estava rindo porque um homem inteiramente inocente de tais crimes não tinha escolha senão rir após um ano daquelas medonhas tapeações judiciais e de tudo que o Judiciário de Israel fizera com que ele e sua família passassem, ou ria porque era culpado daqueles crimes, porque *era* Ivã, o Terrível, e Ivã, o Terrível, não era simplesmente um vampiro psicótico, mas o próprio demônio. Porque, se Demjanjuk não era inocente, quem senão o demônio poderia rir daquele jeito de Rosenberg?

Ainda rindo, Demjanjuk levantou-se de repente da cadeira e, falando no microfone aberto sobre a mesa dos advogados de defesa, gritou para Rosenberg: "*Atah shakran!*", e riu ainda mais alto.

Demjanjuk tinha falado em hebraico — pela segunda vez o

homem acusado de ser Ivã, o Terrível, se dirigia na língua dos judeus àquele judeu de Treblinka que alegava ser sua vítima.

O juiz Levin falou em seguida, também em hebraico. Em meus fones, ouvi a tradução. "As palavras do acusado", observou o juiz Levin, "foram registradas — 'Você é um mentiroso!'."

Apenas minutos depois, Chumak concluiu o interrogatório de Rosenberg, e o juiz Levin declarou um recesso até as onze. Deixei o tribunal o mais rápido que pude, sentindo-me desolado, exausto e confuso, tão embotado quanto se me afastasse do funeral de uma pessoa a quem amasse profundamente. Nunca antes testemunhara um confronto tão carregado de sofrimento e selvageria como aquele terrível cara a cara entre Demjanjuk e Rosenberg, uma colisão de duas vidas tão imensamente inimigas quanto quaisquer duas substâncias podem ser neste planeta devastado pela cisão. Talvez por tudo de abominável no que acabara de ver, ou simplesmente pelo não pretendido jejum em que estava já havia quase vinte e quatro horas, quando tentava manter meu lugar no meio dos espectadores que se empurravam em direção à máquina de café na lanchonete ao lado do saguão, sobrepunham-se em minha mente palavras e imagens perturbadoramente ligadas, uma áspera colagem que consistia no que Rosenberg devia ter dito para se fazer claro, nos dentes de ouro sendo arrancados das bocas dos judeus gaseados para o Tesouro alemão e num livro didático de hebraico, o livro no qual Demjanjuk havia estudiosamente aprendido sozinho, em sua cela, a dizer: "Você é um mentiroso". Entrelaçadas com *Você é um mentiroso* estavam as palavras *Três mil ducados*. Eu ouvia com toda a nitidez o admirável Macklin enunciando untuosamente "Três mil ducados" quando entreguei meus *shekels* ao velho caixa na lanchonete, que, para minha surpresa, era o velho sobrevivente aleijado, Smilesburger, o homem cujo cheque milionário eu "roubara" de Pipik e depois perdera. A multidão se comprimia tão apertadamente às minhas costas que, assim que paguei por um café com bolinho, fui afastado à força e só pude fazer o

321

possível para manter o café dentro da caneca quando saí me espremendo para o saguão aberto que dava para fora.

Portanto, agora andava tendo visões também. Na caixa registradora, trepado num tamborete, na lanchonete, havia apenas mais um velho careca e um crânio escamado, que não podia ser o joalheiro nova-iorquino aposentado e desencantado com Israel. Estou vendo em dobro, pensei, duplos, pensei, mas será porque estou sem comer, porque mal estou dormindo ou, talvez, porque estou desmoronando pela segunda vez num ano? Como poderia ter me convencido de que só eu sou pessoalmente responsável pela segurança do filho de Demjanjuk se *não estivesse* desmoronando? Depois daquele depoimento, depois da risada de Demjanjuk e da raiva de Rosenberg, como poderia a asinina palhaçada daquele idiota Pipik continuar exigindo alguma coisa de minha vida?

Mas nesse momento ouvi gritos do lado de fora do prédio e, pelas portas de vidro, vi dois soldados armados de fuzis correndo a toda a velocidade para o estacionamento. Saí correndo do saguão atrás deles, até onde umas vinte ou trinta pessoas se reuniam agora em volta do distúrbio. E, quando ouvi, vinda de dentro daquele círculo, uma voz berrando em inglês, tive certeza de que ele estava ali e acontecera o pior. O total paranoide que me tornara àquela altura afirmava sua apavorada confiança no implacável desenrolar da catástrofe; nossa mútua indignação um com o outro fora transformada numa verdadeira catástrofe por aquele polvo de paranoia que, interligados, nós dois nos havíamos tornado.

Mas o homem que gritava parecia ter uns dois metros e dez, muito mais alto que eu e Pipik, uma pessoa que parecia uma árvore, uma gigantesca criatura ruiva com um espantoso queixo em forma de luva de boxe. Tinha a enorme concha da testa rubra de cólera, e as mãos que agitava no ar pareciam do tamanho de címbalos — ninguém iria querer suas orelhinhas colhidas no clangor daquelas duas mãos enormes.

Em cada uma das mãos ele agarrava um panfleto branco, que jogava violentamente sobre as cabeças dos curiosos. Embora algumas pessoas na multidão tivessem cópias do panfleto e folheassem as páginas, a maioria dos panfletos espalhava-se pelo pavimento sob os pés. O inglês do gigante judeu era limitado, mas sua voz era uma coisa enorme, escachoante, cada centímetro do homem estava naquela voz ondulante, e quando falava o efeito era de alguém tocando um órgão. Era o maior e mais ruidoso judeu que eu já vira, e trovejava para um padre, um padre católico velho, de cara redonda, que, embora de altura mediana e constituição meio robusta, parecia, em comparação, uma pequena e quebrável estatueta de padre católico. Ele erguia-se muito rígido, mantendo sua posição, fazendo o possível para não se deixar intimidar por aquele gigante judeu.

Curvei-me para pegar um dos panfletos. No centro da capa branca via-se um tridente azul, cuja ponta do meio tinha a forma de uma cruz; o panfleto, de mais ou menos uma dúzia de páginas, trazia em inglês o título "Milênio do cristianismo na Ucrânia". O padre devia ter estado a distribuir os panfletos aos que deixavam o tribunal para tomar um pouco de ar. Li a primeira frase da primeira página, "1988 é um ano significativo para os cristãos ucranianos em todo o mundo — é o milésimo aniversário da introdução do cristianismo na terra chamada Ucrânia".

A multidão, em sua maioria israelenses, parecia não entender nem o conteúdo dos panfletos nem o motivo da briga, e, como seu inglês era muito pobre, demorou um momento para que o que o gigante judeu gritava fosse inteligível mesmo para mim e eu entendesse que ele atacava o padre com os nomes de ucranianos que identificava como instigadores de violentos pogroms. O único nome que reconheci foi Chmielnicki, que pela minha lembrança parecia ser um herói nacional tipo Jan Hus ou Garibaldi. Eu vivera entre operários ucranianos do Lower East Side quando chegara a Nova York, em meados da década de 1950, e lembrava vagamente as festas anuais do bairro, em que dezenas de crianças dançavam pelas ruas vestindo trajes típicos. Havia discursos num palco ao ar livre, denunciando o comunismo e a União Soviética, e os nomes Chmielnicki e são Vladimir apareciam nos cartazes a creiom nas vitrines locais e além da igreja ortodoxa ucraniana, pouco além da esquina de meu apartamento de porão.

"Onde o assassino Chmielnicki em livro?!" eram as palavras que finalmente compreendi que o gigante gritava. "Onde o assassino Bandera em livro?! Onde o assassino Petlura filho da puta?! Matador! Assassino! Todo ucraniano antissemita!"

Inclinando desafiante a cabeça, o padre respondeu: "Petlura, se você conhecesse alguma coisa, foi ele próprio assassinado. Martirizado. Em Paris. Por agentes soviéticos". Era americano, fiquei sabendo, um padre ucraniano ortodoxo que, pelo som da voz, mais que provavelmente era nova-iorquino e que parecia ter vindo a Jerusalém de Nova York, talvez mesmo da Second Avenue ou da Eighth Street, especialmente para distribuir seus panfletos de comemoração dos mil anos de cristianismo ucraniano aos judeus que assistiam ao julgamento de Demjanjuk. Não seria bom da cabeça, também?

E então compreendi que eu é que não devia estar bom da cabeça para tomá-lo por padre e que aquilo fazia parte da mascarada, uma encenação destinada a criar perturbação para distrair a polícia e os soldados, atrair a multidão... Eu não tinha condições de me livrar da ideia de que Pipik estava por trás daquilo tudo, não mais do que o próprio Pipik de livrar-se da ideia de que eu estava perpetuamente atrás dele. O padre é um chamariz de Pipik e parte de sua trama.

"Não!", gritava o gigante judeu. "Petlura assassinado, sim — por *judeu*! Por matar *judeu*! Por *judeu* corajoso!"

"Por favor", dizia o padre, "já teve sua vez, já falou. Todo mundo pode ouvir o senhor daqui até Canarsie — me permita, por favor, falar à boa gente aqui, que talvez queira ouvir outra pessoa para variar." E, dando as costas ao gigante judeu, retomou a conferência que aparentemente estivera fazendo antes de começar a briga. Enquanto falava, a multidão foi aumentando, *exatamente como previra Pipik*. "Por volta do ano 860", dizia-lhes o padre, "dois irmãos de sangue, Cirilo e Metódio, deixaram seu mosteiro na Grécia para pregar o cristianismo entre o povo eslavo. Nossos antepassados não tinham alfabeto nem língua escrita. Esses irmãos criaram para nós um alfabeto chamado cirílico, derivado do nome de um deles..."

Mas de novo o gigante judeu se interpôs entre os curiosos e o padre, e mais uma vez começou a berrar com ele naquela voz espantosamente enorme. "Hitler e ucraniano! Dois irmãos! Uma coisa só! Mata judeu! Eu sei! Mãe! Irmã! Todo mundo! Ucraniano mata!"

"Escute, companheiro", disse o padre, os dedos embranquecendo em torno do grosso calhamaço de panfletos que ainda segurava contra o peito, "Hitler, para sua informação, não era nenhum amigo do povo ucraniano. Hitler entregou metade do meu país à Polônia nazificada, caso o senhor não saiba. Hitler entregou a Bucovina à Romênia fascista, Hitler entregou a Bessarábia..."

"Não! Cala a boca! Hitler dá a vocês um grande presente! Hitler dá a vocês grande, grande presente!", trovejou. "Dá a vocês judeu pra matar!"

"Cirilo e Metódio", recomeçou o padre, mais uma vez dando corajosamente as costas ao gigante para falar à multidão, "traduziram a Bíblia e a Santa Missa para o eslavônio, como se chamava a língua. Partiram para Roma, a fim de obter permissão do papa Adriano II para rezar a missa na língua em que a tinham traduzido. O papa Adriano aprovou, e nossa missa eslavônia, ou liturgia ucraniana, foi celebrada..."

Isso era o máximo sobre os irmãos Cirilo e Metódio que o gigante judeu podia tolerar. Estendeu as mãos de gigante para o padre, e o vi de repente como gerado não por uma glândula pituitária defeituosa, mas por mil anos de sonho judeu. Nossa solução final para o problema ucraniano. Não sionismo, não diasporismo, mas gigantismo — golemismo! Os cinco soldados que olhavam da periferia da multidão com seus fuzis avançaram para intervir e proteger o padre, mas o que aconteceu foi tão rápido que, antes que os soldados pudessem deter alguma coisa, tudo já acabara, e todo mundo ria e se afastava — ria não porque o padre de Nova York fora erguido no ar, esborrachado no chão

325

e despachado desta vida para a próxima pelas enormes botas enlameadas nos pés do gigante, mas porque umas duas centenas de panfletos saíram voando por sobre nossas cabeças e isso encerrava o assunto. O gigante arrancara das mãos do padre todos os panfletos, jogara-os o mais alto que pudera, e com isso se liquidou o incidente.

Quando a multidão se dispersava para voltar ao tribunal, eu fiquei ali observando o padre começar a recuperar seus panfletos, alguns dos quais se haviam espalhado até uns quinze metros de distância. E vi o gigante, ainda gritando, afastar-se sozinho para a rua, onde ônibus passavam e o trânsito fluía como se tudo fosse o que de fato era, em Jerusalém como em toda a parte: apenas mais outro dia. E um dia ensolarado, agradável, aliás. O padre, claro, nada tinha a ver com Pipik, e a trama que eu resolvera frustrar só existia em minha cabeça. Tudo que eu pensava ou fazia era errado, e pelo simples motivo de que não havia, compreendia agora, *nada certo* para alguém cujo duplo neste mundo era o sr. Moishe Pipik — enquanto ele e eu vivêssemos ambos, prevaleceria aquele caos mental. Jamais vou saber de novo o que realmente acontece, ou se meus pensamentos são ou não insensatos; tudo que não conseguir compreender imediatamente terá para mim um significado bizarro, e, mesmo que eu não tenha ideia de onde ele está e jamais volte a ouvir falar dele, enquanto ele estiver por aí, como está, dando à minha vida o sentido mais raso, jamais estarei livre de pensamentos exagerados ou desses insuportáveis ataques de confusão. Pior ainda do que nunca me ver livre dele: jamais voltarei a me livrar de mim mesmo; e ninguém pode saber melhor do que eu que isso é uma punição sem limites. Pipik me seguirá todos os dias de minha vida, e habitarei para sempre a morada da Ambiguidade.

O padre continuava recolhendo os panfletos um por um, e, sendo muito mais velho do que eu percebera quando ele enfrentava desafiadoramente o gigante, o esforço lhe custava bastante. Era um velho muito fraco, muito obstinado, e, embora o confronto não houvesse terminado em violência, parecia tê-lo deixado tão enfraquecido quanto se tivesse de fato recebido um terrível golpe. Talvez o abaixar-se para pegar os panfletos o estivesse deixando tonto, porque ele não parecia bem de modo algum. Estava terrivelmente pálido, quando ao enfrentar o gigante tinha um tom de pele mais corado, muito mais vívido.

"Por que", perguntei-lhe, "por que, em todo este mundo, o senhor escolhe vir aqui com esses panfletos, num dia como este?"

Ele caíra de joelhos para recolher os panfletos com mais facilidade, e dessa posição me respondeu: "Para salvar judeus". Um pouco de sua força pareceu retornar-lhe quando me repetiu. "Para salvar vocês judeus."

"O senhor faria melhor se preocupando consigo mesmo." Embora não tivesse sido essa minha intenção, adiantei-me para oferecer-lhe a mão; não via de que outro modo ele poderia voltar a ficar de pé. Dois circunstantes, dois rapazes de jeans, dois sujeitos bastante durões na verdade, jovens, esbeltos e cheios de desprezo, nos observavam de apenas alguns palmos de distância. O resto da multidão se afastara.

"Se eles condenam um inocente", disse o padre, enquanto eu tentava lembrar de quando vira aqueles dois de jeans antes, "isso terá o mesmo resultado que a crucificação de Jesus."

"Ora, pelo amor de Deus, não essa velha história, padre. Não a crucificação de Cristo *de novo!*", eu disse, firmando-o agora que ele ficara de pé.

A voz tremia quando ele respondeu, não porque estivesse sem fôlego, mas porque minha resposta irada o deixara ofendido. "Durante dois mil anos, o povo judeu pagou por isso — certa ou erradamente, eles pagaram pela crucificação. Não quero que a condenação de Johnny tenha resultados semelhantes!"

E foi exatamente aí que me senti deixando o chão. Fui removido de onde estava para outra parte. Não sabia o que acontecia, mas sentia como se um cano se enterrasse em cada um dos meus flancos, e nesses dois canos fui erguido e levado. Meus pés pedalavam no ar e então encontraram o chão, e vi que os dois canos eram braços pertencentes aos dois homens de jeans.

"Não grite", disse um deles.

"Não resista", disse o outro.

"Não faça nada", disse o primeiro.

"Mas...", comecei.

"Não fale."

"Você fala demais."

"Você fala com todo mundo."

"Você fala fala fala."

"Fala fala fala fala fala fala..."

Puseram-me num carro, e alguém nos levou dali. Os dois homens me apalparam rudemente para ver se eu trazia alguma arma.

"Pegaram o homem errado", eu disse.

O chofer riu alto. "Ótimo. A gente quer o homem errado."

"Ah", eu me ouvi perguntando em meio a um grande nevoeiro de terror, "vai ser uma experiência humorística?"

"Pra nós", disse o motorista, "ou pra você?"

"Quem são vocês?", eu gritei. "Palestinos? judeus?"

"Ora", disse o motorista, "é a mesma pergunta que queremos fazer a você."

Julguei melhor não falar mais, embora "julgar" não descreva de modo algum o processo pelo qual minha mente operava agora. Comecei a vomitar, o que não me tornou simpático a meus captores.

Levaram-me para uma casa de pedra num bairro decadente pouco atrás do mercado central, não longe de onde eu encontrara George no dia anterior, e num lugar muito perto de onde morava Apter. Umas seis ou sete miúdas crianças ortodoxas, de crânios cristalinos, faziam uma brincadeira na rua, coisinhas de uma transparência impressionante, cujas mães mais ou menos jovens, na maioria grávidas, não se achavam muito longe, carregando sacolas de mercearia de suas expedições de compras e entretidas em animada fofoca. Amontoadas perto das mulheres, viam-se três meninas de trancinha usando longas meias brancas, e só elas olharam mansamente para mim quando fui empurrado diante delas para um beco estreito, até um lugar onde roupas de baixo recém-lavadas secavam em cordas que se entrecruzavam num pequeno pátio. Dobramos para uma pequena escada de pedra, abriu-se uma porta, e entramos no saguão dos fundos do que me pareceu um consultório bastante miserável de dentista ou médico. Vi uma mesa coberta de revistas em hebraico, uma recepcionista falava ao telefone, e depois cruzei outra porta para um minúsculo banheiro, onde acenderam uma lâmpada e me mandaram lavar-me.

Fiquei muito tempo molhando o rosto e as roupas e lavando repetidas vezes a boca. O fato de que me permitiam ficar sozinho assim, de que aparentemente não queriam que eu ficasse com aquele mau cheiro nojento, de que eu não fora amordaçado nem vendado, de que ninguém batia na porta do cubículo com a coronha de um revólver me mandando andar depressa — tudo isso me proporcionou o primeiro matiz de esperança e me sugeriu que não eram palestinos, mas judeus de Pipik, os coconspiradores ortodoxos que ele traíra dando o fora e que agora me confundiam com ele.

Assim que fiquei limpo, eles me conduziram, e agora sem demasiada força por trás, do banheiro e pelo corredor para uma estreita escada, cujos vinte e três degraus rasos nos levaram a um segundo andar, onde quatro salas de aula se abriam de um corredor central. Acima havia uma claraboia, opaca de fuligem, e as tábuas do assoalho sob meus sapatos eram muito arranhadas e gastas. O lugar fedia a fumaça rançosa de cigarro, um cheiro que me levou a uns quarenta e cinco anos antes, à pequena Talmude Torá, um andar acima de nossa sinagoga local, aonde eu ia sem muito entusiasmo com meus amigos estudar hebraico durante uma hora, nos fins da tarde, três vezes por semana, no início da década de 1940. O rabino que comandava as coisas por lá era um fumante inveterado, e, até onde eu podia me lembrar, o segundo andar da sinagoga lá em Newark, além de cheirar exatamente igual, também não parecia muito diferente daquele lugar agora — miserável, lúgubre, com alguma coisa de cortiço.

Puseram-me numa das salas de aula e fecharam a porta.

Fiquei novamente só. Ninguém me chutara, esbofeteara, amarrara as mãos ou acorrentara as pernas. No quadro negro, vi alguma coisa escrita em hebraico. Nove palavras. Eu não conseguia ler nenhuma. Quatro décadas depois daqueles três anos de aulas vespertinas na escola hebraica, eu não podia mais sequer identificar as letras do alfabeto. Havia uma anônima mesa de madeira na frente da sala de aula, e atrás dela uma cadeira de tabuinhas para o professor. Na mesa, um aparelho de TV. *Aquilo* nós não tínhamos em 1943, como também não nos sentávamos naquelas cadeiras plásticas de estudante, mas em compridos bancos pregados no chão diante de carteiras de madeira inclinadas, onde escrevíamos nossas lições da direita para a esquerda. Uma hora por dia, três dias por semana, recém-saídos de seis horas e meia de escola pública, sentávamos ali e aprendíamos a escrever de diante para trás, a escrever como se o sol nascesse no oeste e as folhas caíssem na primavera, como se o Canadá ficasse no Sul, o México no Norte, e calçássemos os sapatos antes das meias; depois escapávamos de volta para nosso aconchegante mundo americano, alinhado exatamente ao contrário, onde tudo era plausível, reconhecível, previsível, racional, inteligível e nos revelava proveitosamente seu sentido da esquerda para a direita, e o único lugar onde avançávamos ao contrário, onde isso era natural, lógico, da própria natureza das coisas, a única e incontestável exceção, era no campo de beisebol. No início da década de 1940, ler e escrever da direita para a esquerda fazia quase tanto sentido para mim quanto rebater a bola por cima do jogador do *outfield* e esperar marcar um triplo por correr da terceira para a segunda e a primeira base.

Eu não ouvira o ferrolho correr na porta e, quando me apressei a chegar às janelas, descobri não apenas que não estavam fechadas, mas que uma estava aberta embaixo. Só precisava empurrá-la toda para cima para poder sair, me pendurar no parapeito e saltar os três, três metros e meio da janela até o pátio embaixo. Poderia então correr os vinte metros beco abaixo e, uma vez na rua, começar a gritar por socorro — ou seguir diretamente para o quarto de Apter. Só que e se eles abrissem

330

fogo? E se eu me machucasse na queda e me pegassem e me arrastassem de volta para dentro? Como eu ainda não sabia quem eram meus captores, não podia decidir qual o maior risco; fugir ou não tentar fugir. O fato de não me haverem acorrentado à parede de uma masmorra sem janelas não significava necessariamente que fossem caras legais ou que não levassem a sério qualquer falta de cooperação. Mas cooperar com o *quê*? Fique aí, pensei, que vai descobrir.

Abri toda a janela, silenciosamente, mas, quando pus a cabeça para fora para avaliar a queda, uma dor estalou áspera no hemisfério esquerdo da minha cabeça, e o que quer que possa pulsar numa pessoa se pôs a pulsar em mim. Eu não era mais um homem, era um motor sendo acelerado por alguma coisa além de meu controle. Baixei a janela tão silenciosamente quanto a abrira e, me dirigindo ao centro da sala como o aluno sério que é o primeiro a chegar à aula, me sentei diante do quadro-negro, a duas filas da mesa do professor e do aparelho de TV, convencido de que não tinha necessidade alguma de saltar porque nada tinha a temer de judeus e, ao mesmo tempo, desorientado por minha ingenuidade infantil. Judeus não podiam me bater, me matar de fome, me torturar? Nenhum judeu podia me matar?

Fui novamente à janela, embora dessa vez apenas olhasse para o pátio, na esperança de que alguém que olhasse para cima me visse e compreendesse, por qualquer coisa que eu conseguisse dizer com sinais, que eu estava ali contra minha vontade. E pensava que, fosse o que fosse que estivesse me acontecendo, e acontecendo havia três dias já, tudo começara quando me sentara na sala de aula pequena e mal ventilada que era o original em Newark daquela improvisada réplica em Jerusalém, naquelas horas do entardecer em que mal podia me forçar a prestar atenção, após todo um dia de escola onde tinha o coração de algum modo leve, a escola pública da qual entendia claramente, todos os dias, de mil modos, que viria o meu futuro. Mas como podia vir alguma coisa da escola de hebraico? Os professores eram estrangeiros solitários, refugiados mal pagos, e os alunos —

tanto os melhores quanto os piores — eram garotos americanos entediados, irrequietos, de dez, onze, doze anos, ressentidos por serem engaiolados daquele jeito ano após ano, no outono, inverno e primavera, quando tudo das estações excitava os sentidos e nos convidava a partilhar livremente de nossos prazeres americanos. A escola de hebraico não era escola nenhuma, mas parte do acordo que nossos pais tinham feito com os pais *deles*, a concessão para apaziguar a velha geração — que queria que os netos fossem judeus como eles, atados como eles a velhos costumes milenares — e, ao mesmo tempo, a correia para conter os jovens rebeldes, que tinham metido na cabeça ser judeus de um modo como ninguém ainda tinha ousado em nossa história de três mil anos: falando e pensando inglês americano, *só* inglês americano, com toda a apostasia que isso iria gerar. Nossos pais submissos eram apenas intermediários na clássica espremeção americana, negociando entre os nascidos no *shtetl* e os nascidos em Newark e recebendo pancadas dos dois lados, dizendo aos velhos: "Escutem, é um novo mundo — os garotos têm de fazer seu caminho aqui", e ao mesmo tempo censurando os jovens: "Vocês devem, vocês precisam, não podem dar as costas a tudo". Que acomodação! Que poderia resultar daquelas trezentas ou quatrocentas horas do pior ensino possível, na pior atmosfera para o aprendizado? Ora, tudo — o que resultava daquilo era *tudo*! Aquela criptografia cujo significado eu não mais conseguia decodificar me marcara indelevelmente quatro décadas antes; das inescrutáveis palavras escritas naquele quadro-negro tinha evoluído toda palavra inglesa que eu já escrevera. Sim, tudo tudo se originara ali, incluindo Moishe Pipik.

Comecei a traçar um plano. Ia contar a eles a história de Moishe Pipik. Ia diferenciar para eles o que ele queria e o que eu queria. Responderia a qualquer pergunta que tivessem sobre George Ziad — nada tinha a esconder sobre nossos encontros e conversas ou, mesmo, sobre minhas diatribes diasporistas. Falaria de Jinx, descreveria até a última coisa que quisessem saber. "Não sou culpado de nada", eu lhes diria, "a não ser, talvez, de não avisar a polícia sobre a ameaça de Pipik de sequestrar o jovem Demjanjuk, e mesmo isso eu posso explicar. Posso explicar tudo. Vim só entrevistar Aharon Appelfeld." Mas, se as pessoas que me detêm aqui são de fato coconspiradores de Pipik, e se me afastaram do caminho assim precisamente agora para ir em frente e pegar o jovem Demjanjuk, então esta é a *última* coisa que devo dizer!

Exatamente que justificação devo oferecer — e quem vai engoli-la, aliás? Quem, vindo me interrogar, vai acreditar que eu não estou envolvido em nenhuma conspiração, que não estou com a mão em nenhuma trama, que não há conluio nisso, não há maquinações secretas entre Moishe Pipik e eu, ou entre George Ziad e eu, que não mandei ninguém fazer coisa alguma com algum motivo pessoal, político, propagandístico, que não bolei nenhuma estratégia para ajudar palestinos, ou comprometer judeus, ou intervir de qualquer modo nessa luta? Como posso convencê-los de que não há nada de ardiloso aqui, nenhum objetivo sutil nem plano oculto por trás de tudo isso, que esses acontecimentos são tolos e sem significado, que nenhum padrão ou sequência resulta de algum negro e sinistro motivo meu, nem há nenhum motivo *meu*, que não se trata de modo algum de uma criação da imaginação, acessível a uma crítica interpretativa, mas simplesmente de uma bagunça, uma confusão, uma porra duma cagada idiota!

Eu lembrava que, em meados da década de 1960, certo professor Popkin apresentara uma teoria cuidadosamente argumentada de que não havia só um Lee Harvey Oswald envolvido no assassinato de Kennedy a 22 de novembro de 1963, mas um segundo Oswald, um duplo, que se mostrara deliberadamente visível em Dallas nas semanas anteriores ao assassinato. A Comissão Warren descartara essas aparições de um segundo Oswald — nas vezes em que se podia provar que o próprio Oswald estava em outro lugar — como um caso de erro de identificação, mas Popkin argumentava que os casos de duplicação eram demasiado frequentes e os relatórios demasiado bem fundados para ser descartados, sobretudo os relatórios dos episódios em que o sósia fora visto fazendo compras numa loja de

333

armas e disparando-as ostensivamente num clube de tiro local. O segundo Oswald era uma pessoa real, concluía Popkin, um dos assassinos numa conspiração em que o primeiro Oswald fez o papel de chamariz, ou talvez, inconscientemente, de bode expiatório.

E é isso, pensei, que vou enfrentar, algum gênio conspiratório para o qual é inimaginável que alguém como eu ou Lee Harvey Oswald possa estar lá sem uma trama e sozinho. Meu Pipik engendrará meu Popkin, e o bode expiatório desta vez serei eu.

Passei quase três horas sozinho naquela sala de aula. Em vez de saltar da janela para o pátio e correr, em vez de abrir a porta destrancada da sala para ver se era possível simplesmente sair andando como entrara, acabei voltando à minha cadeira na segunda fila e lá fiquei fazendo o que tinha feito durante toda a minha vida profissional: tentei pensar, primeiro, em como tornar crível uma história meio extrema, se não completamente ridícula, e depois como, após contá-la, fortalecer-me e defender-me contra os ofendidos que lessem na história uma intenção que talvez tivesse menos a ver com a perversidade do autor do que com a deles próprios. Os colegas escritores compreenderão quando eu disser que, excetuando a diferença no que possa estar em jogo aqui e as terríveis imaginações que isso provocou, minha preparação naquela sala para contar minha história ao interrogador não me pareceu diferente da espera da crítica a nosso livro pelo resenhista mais beócio, burro, desajeitado, raso, retardado, obstinado, desafinado, leso, insensato e reciclador de lugar-comum do ramo. Não há muita esperança de aprovação. Quem não pensaria, ao contrário, em pular da janela?

Mais ou menos na metade da segunda hora, como ninguém houvesse aparecido ainda para me amarrar, ou espancar, ou pôr um revólver em minha cabeça, e começar a me interrogar sobre minhas opiniões, passei a imaginar se não estaria sendo vítima de uma brincadeira de mau gosto e nada mais perigoso que isso. Três arruaceiros e seu carro haviam sido contratados por Pipik para me dar um grande susto — isso lhe custaria apenas uns duzentos paus ou, quem sabe, talvez nem mesmo a metade. Eles me pegariam, me jogariam em algum lugar e depois sairiam rindo e satisfeitos, sem nada pior como resultado daquela meia hora de trabalho que meu vômito nos bicos dos sapatos. Era puro Pipik, um plano com todas as características do detetive particular cuja capacidade de provocação ostensiva me parecia inexaurível. Pelo que me era dado supor, havia um buraco em algum ponto daquela sala, por trás do qual ele agora me vigiava, desgraçadamente mantido prisioneiro ali por ninguém mais senão eu mesmo. Sua vingança por eu ter roubado seu milhão de dólares. Sua vingança por eu ter roubado sua Wanda Jane. O castigo por eu ter quebrado seus óculos. Talvez ela esteja com ele, sem calcinha no colo dele, heroicamente plantada no implante dele, a alimentar conscientemente a excitação dele olhando pelo buraco também. Sou o espetáculo de voyeurismo deles. Fui desde o começo. A inventividade dessa nêmese é abissal e insondável.

Mas expulsei tudo isso da mente estudando as nove palavras no quadro-negro, concentrando-me em cada caractere como se, olhando muito e com muita intensidade, pudesse reconquistar de repente a posse de minha língua perdida e descobrir uma mensagem secreta. Mas nenhuma língua estrangeira podia ser mais estrangeira. A única característica do hebraico que eu lembrava era que os pontos de baixo eram vogais e os sinais de cima, em geral, consoantes. Fora isso, extinguira-se toda a lembrança.

Obedecendo a um impulso quase tão velho quanto eu, peguei a caneta e, nas costas da conta do American Colony, anotei vagarosamente as palavras escritas no quadro negro. Talvez não fossem nem palavras. Eu não seria menos estúpido copiando chinês. Todas as centenas de horas passadas desenhando aquelas letras haviam desaparecido sem deixar traço, aquelas horas bem podiam ter sido um sonho, e no entanto um sonho no qual eu descobria tudo que iria para sempre, dali em diante, me obcecar a consciência, por mais que eu desejasse o contrário.

Eis o que anotei laboriosamente, pensando que depois, se houvesse um depois, aqueles sinais poderiam revelar-se exatamente a pista de onde eu fora mantido cativo e por quem.

וַיִּוָתֵר יַעֲקֹב לְבַדּוֹ וַיֵּאָבֵק
אִישׁ עִמּוֹ עַד עֲלוֹת הַשָּׁחַר

Espantei-me então falando em voz alta. Vinha tentando convencer-me de que nem tudo que era sensato em mim fora embrutecido pelo medo, que me restava força suficiente para aguentar firme e esperar para ver quem e o que eu realmente enfrentava, mas em vez disso ouvi-me dizendo para a sala de aula vazia: "Pipik, eu sei que você está aí", as primeiras palavras que dizia desde que perguntara no carro a meus captores se eles eram palestinos ou judeus. "Sequestro depois de roubo de identidade. Pipik, a acusação contra você fica pior a cada hora. Ainda é possível, se você quiser, negociar uma trégua. Eu não apresento queixa, e você me deixa em paz. Fale e me diga que está aí."

Mas ninguém disse nada além de mim.

Abordei-o em seguida de maneira mais prática. "Quanto quer pra me deixar em paz? Diga uma quantia."

Embora se pudesse formular naquele momento — e alguém formulou, eu — um raciocínio quase irrefutável, de que ele não respondia porque nada tinha a ver com meu sequestro, não estava em lugar algum por perto e mais que provavelmente deixara Jerusalém na noite anterior, o longo silêncio que mais uma vez se seguiu a meu chamado intensificou ao mesmo tempo minha crença em que ele *estava* ali e que não respondia ou porque eu ainda não descobrira a fórmula que provocaria uma resposta, ou porque ele estava apreciando demais o espetáculo para intervir ou interromper e pretendia esconder o rosto que andava por Jerusalém anunciando como meu até que eu atingisse o limite máximo da mortificação e me pusesse contritamente de joelhos pedindo piedade. Eu sabia, claro, como pareceria pateticamente ridículo se aquele sequestro, que tinha todos os sinais bufões de autoria de Pipik, fosse obra de outra pessoa inteiramente, alguém nem um pouco bufão, que constituísse uma ameaça ainda mais drástica a mim do que ele e, na verdade, estivesse me controlando agora, alguém que, longe de ter uma ligação singularmente íntima, fantástica, comigo, uma ligação que pudesse torná-lo ao menos um pouco suscetível a meus rogos, estivesse fora do alcance de qualquer apelo, oferta ou súplica que eu pudesse fazer. Porque eu temia que, perscrutando-me em minha cadeira de plástico, houvesse um vigilante ainda mais estranho que Pipik, letalmente indiferente a minhas necessidades, para o qual meu nome e meu rosto não poderiam ter menos significado. Descobri-me desesperado por ouvir a voz de Moishe Pipik ecoando a minha. A trama de que eu tentara fugir de manhã pela implausibilidade geral, total falta de seriedade, dependência de coincidências improváveis, ausência de coerência interna e de qualquer coisa que se assemelhasse a um sentido ou propósito sério, o exótico plano de Pipik que tanto me repugnara por sua puerilidade como pela falsidade e trapaça, agora parecia ser minha única esperança. Oxalá ainda fosse eu uma personagem ridícula naquele livro péssimo!

"Pipik, está comigo, está aqui? Isso é ou não é uma fedorenta ideia sua? Se é, me diga. Fale. Eu nunca fui seu inimigo. Pense no que aconteceu, reveja todos os detalhes, quer fazer isso, por favor? Não posso alegar que fui provocado? Você não tem culpa nenhuma? Qualquer sofrimento que minha posição pública lhe tenha causado nos anos antes de nos conhecermos — bem, como eu posso ser responsabilizado por isso? E fui eu tão injurioso? Foi a semelhança comigo muito mais do que o que a maioria das pessoas acharia uma chateação? Não fui eu quem mandou você vir a Jerusalém e fingir que nós dois éramos uma só pessoa — não posso, com toda a justiça, ser culpado por isso. Está me ouvindo? Sim, você está me ouvindo — não responde porque não é isso que tem contra mim. Minha ofensa é que não tratei você com respeito. Não me dispus a aceitar sua proposta de que nos juntássemos como sócios. Fui rude e cáustico. Fui esnobe e desprezivo. Fiquei furioso e ameacei você desde o momento em que o vi e mesmo antes disso, quando armei a cilada no telefone como Pierre Roget. Escute, que há espaço pra melhorar, eu admito. Da próxima vez vou me esforçar mais para ver a coisa pelo seu lado, antes de apontar e atirar. 'Pare, respire, pense', em vez de 'Preparar, apontar, fogo' — estou me esforçando pra aprender. Talvez eu me *mostrasse* demasiado antagônico — talvez. Na verdade, não sei. Não estou a fim de enrolar você, Pipik. Você ia me desprezar mais ainda do que já desprezase, porque você está por cima, eu começasse a fazer mesuras e puxar seu saco. Estou simplesmente tentando explicar que minha reação ao conhecer você, por mais ofensiva que tenha sido, estava bem dentro dos limites do que se podia esperar de uma pessoa na minha posição. Mas seu ressentimento é ainda mais profundo. O milhão. É grana paca. Não importa que você o tenha extorquido se fazendo passar por mim. Talvez tenha razão, e isso não seja da minha conta. Por que iria eu ligar? Sobretudo se é dinheiro para uma boa causa — e, se você vê a coisa assim e diz que é assim, quem sou eu pra dizer que não? Estou disposto a acreditar que isso foi uma coisa só entre o sr. Smilesburger e você. O freguês que se cuide, sr. Smilesburger. Embora também não seja esse o meu crime, não é? Meu crime é que fui eu me passando por você, em vez de você se fazendo passar por mim, quem extorquiu o dinheiro sob falsos pretextos — fingindo ser você. Peguei o que não era meu. A seus olhos, isso equivale a furto com agravante. Você fez o trato, você colhe os frutos. Bem, se isso faz você se sentir melhor, eu não fiquei com um vintém furado. Não estou com o cheque. Estou sob sua custódia aqui, os rapazes que me pegaram são seus — você está no comando em todos os aspectos, e não vou mentir para você. O cheque se perdeu. Eu perdi. Você pode ou não saber disso, mas não tenho lutado aqui apenas com você. A história é longa demais pra contar, e você não ia acreditar mesmo, portanto basta dizer que o cheque desapareceu numa situação em que eu não podia fazer absolutamente nada. Não podemos agora ir juntos procurar o sr. Smilesburger e explicar a ele sua confusão? Fazer com que ele suspenda o velho cheque e emita um novo? Eu apostaria mais um milhão em que o primeiro cheque não está no bolso de ninguém, mas ou foi levado pelo vento ou pisoteado no chão quando os soldados me deram uma prensa na estrada de Ramallah. Essa é a história em que você não quer acreditar, embora devesse, na verdade — não é muito mais estranha que a sua. Fui apanhado num fogo cruzado da luta que se trava aqui, e foi aí que seu cheque desapareceu. Vamos arranjar outro pra você. Eu ajudo. Faço tudo que puder em seu favor. Não é isso que você vem pedindo desde o começo? Minha cooperação? Bem, conseguiu. Estou do seu lado. Vamos conseguir de volta seu milhão."

Esperei em vão que ele falasse, mas ou ele achava que eu estava mentindo e enganando-o, e o cheque já estava em minha conta, ou queria ainda mais, ou não estava ali.

"E peço desculpas", eu disse, "por Jinx. Wanda Jane. Para um homem que passou pela angústia física que você sofreu e sobreviveu, claro que isso é amargamente revoltante. Provavelmente ofendeu você mais ainda que o dinheiro. Não esperaria que acreditasse em mim se eu dissesse que não tive a menor intenção de ferir seu coração. Você pensa diferente, claro. Pensa que eu queria punir e humilhar você. Pensa que eu quero roubar o que você mais preza. Pensa que eu quero desfechar o golpe no ponto em que você é mais vulnerável. Não vai me adiantar tentar dizer que está enganado. Sobretudo quando pode estar em parte certo. Sendo a psicologia humana o que é, pode até estar inteiramente certo. Mas, como a verdade é a verdade, me deixe acrescentar insulto a insulto e ferimento a ferimento — não fiz aquilo sem um certo sentimento. Por ela, quero dizer. Quero dizer que dar uma resposta viril àquele magnetismo dela não se mostrou mais fácil pra mim do que pra você. Ainda há grande semelhança entre nós. Compreendo que esse jamais foi o tipo de associação que você tinha em mente, mas... mas nada. Chega. Caminho errado. Eu fiz. Fiz e em circunstâncias semelhantes provavelmente tentaria fazer de novo. Mas não vai haver tais circunstâncias, isso eu lhe prometo. O incidente jamais se repetirá. Só lhe peço agora que aceite que, tendo sido sequestrado e detido deste jeito, experimentando todo o terror que acompanha o ficar sentado nesta sala sem saber o que me aguarda, já fui suficientemente castigado por lesá-lo como fiz."

Esperei uma resposta. *Esse jamais foi o tipo de associação que você tinha em mente.* Eu não precisava ter dito *isso*, mas afora isso, pensei, numa situação tão ambiguamente ameaçadora como esta, ninguém podia falar com mais jeito. Também não tinha sido pusilânime. Dissera mais ou menos o que ele queria que eu dissesse, dizendo o que era mais ou menos verdade.

Mas, como ainda não viesse resposta alguma, perdi de repente o pouco equilíbrio que tinha e anunciei numa voz não mais calma e firme: "Pipik, se não pode me perdoar, pelo menos me dê um sinal de que está aí, de que está aqui, de que me ouve, de que não estou falando para uma parede!" Ou, pensei, pra alguém menos misericordioso do que você e capaz de uma censura ainda mais severa que seu silêncio. "Que está querendo, uma oferenda? Eu nunca mais vou chegar perto da sua garota, a gente recupera a porra do seu dinheiro — agora diga alguma coisa! Fale!"

E só então compreendi o que ele *exigia* de mim, para não falar da compreensão, finalmente, de como eu fora desajeitado com ele, e tinha sido desde o início, como fora prejudicial para mim e errado negar àquele impostor a coisa que todo impostor cobiça, sem a qual menos pode passar e com a qual só eu poderia ungi-lo significativamente. Só quando dissesse meu nome como se julgasse ser o dele também, só então Pipik se revelaria e as negociações começariam a aplacar sua raiva.

"Philip", eu disse.

Ele não respondeu.

"Philip", tornei a dizer, "eu não sou seu inimigo. Não quero ser seu inimigo. Gostaria de estabelecer relações cordiais. Estou quase arrasado pelo que isso se tornou e, se não for tarde demais, gostaria de ser seu amigo."

Nada. Ninguém.

"Fui sardônico e insensível, e estou sendo castigado", eu

disse. "Não foi direito me exaltar e denegrir você falando a você como tenho feito. Devia ter chamado você pelo seu nome, como você me chama pelo meu. E de agora em diante vou chamar. Eu sou Philip Roth, e você é Philip Roth, eu sou como você, e você é como eu, em nome e não só em nome..."

Mas ele não ia engolir isso, ou então não estava ali.

Não estava ali. Uma hora depois, a porta abriu-se, e na sala de aula entrou capengando Smilesburger.

"Foi bondade sua esperar", ele disse. "Sinto muitíssimo, mas fui detido."

10. NÃO ODIARÁS TEU IRMÃO EM TEU ÍNTIMO

EU LIA QUANDO ELE ENTROU. Para fazer parecer a quem estivesse me observando que eu ainda não fora incapacitado pelo medo nem enlouquecido por alucinações, que esperava como alguém que espera apenas sua vez na cadeira do dentista ou do barbeiro, para forçar minha atenção em outra coisa que não o temor que me mantinha cautelosamente pregado na cadeira — e, mais urgentemente ainda, para me concentrar em outra coisa que não a superousada ousadia que insistia em me mandar saltar já pela janela —, eu retirara dos bolsos os supostos diários de Leon Klinghoffer e entrara no desvio, com grande esforço mental, da trilha verbal.

Como meus professores ficariam satisfeitos, pensei — lendo até aqui! Mas também aquela não era a primeira vez, nem a última, em que, impotente perante a incerteza imediata, eu recorria à letra impressa para subjugar meus temores e impedir o mundo de desabar. Em 1960, a menos de cem metros das muralhas do Vaticano, sentara-me uma noite na sala de espera vazia do consultório de um desconhecido médico italiano lendo um romance de Edith Wharton, enquanto do outro lado da porta do médico minha mulher na época fazia um aborto ilegal. Uma vez, num avião com o motor fumaçando muito, ouvira o piloto anunciar de modo horripilantemente calmo onde e quando planejava descer, e me apressara a dizer a mim mesmo: "É só se concentrar em Conrad", e continuara minha leitura de *Nostromo*, mantendo mordazmente no fundo da mente a ideia de que ao menos ia morrer como tinha vivido. E dois anos depois de escapar ileso de Jerusalém, quando acabei certa noite como paciente do pronto-socorro na unidade coronária do New York Hospital, com um tubo de oxigênio enfiado no nariz

342

e uma fila de médicos e enfermeiros acompanhando atenciosamente meus sinais vitais, esperei que tomassem uma decisão sobre se operavam minhas artérias obstruídas lendo, não sem certo prazer, as piadas de *The Bellarosa connection*, de Bellow. O livro a que nos agarramos enquanto esperamos o pior é um livro que talvez jamais possamos resumir coerentemente, mas cujo agarramento jamais esquecemos.

Quando menino, em minha primeira sala de aula — lembrei-me disso, obedientemente sentado, como homem de meia-idade, no que não podia deixar de pensar que talvez fosse minha última sala de aula —, eu ficara fascinado com o alfabeto que aparecia em branco num friso negro de uns quinze centímetros de altura estendido acima do quadro-negro. "Aa Bb Cc Dd Ee", cada letra exibida em dobro, em caligrafia, pai e filho, objeto e sombra, som e eco etc. etc. Os vinte e seis pares assimétricos sugeriam a um menino de cinco anos inteligente toda a dualidade e correspondência que uma mentezinha podia conceber. Todas as letras eram tão diversamente interligadas e opostas, qualquer dos pares tão tantalizante em sua aposição ligeiramente desencontrada que, mesmo vistas do jeito como eu, pelo menos, as apreendia no friso do alfabeto — como figuras de perfil, do modo como os escultores de baixos-relevos de Ninive mostravam a caçada real ao leão em 1000 a.C. —, a procissão marchando imóvel para a porta da sala de aula constituía um monte de associações de inexauríveis proporções. E, quando compreendi que os pares naquela configuração — cujas propriedades pictóricas proporcionavam um tão puro prazer rorschachiano — tinham cada um seu nome próprio, instalou-se um delírio mental do mais doce tipo, como poderia acontecer a qualquer um de minha idade. Só me restava ser instruído no segredo de como seduzir aquelas letras para que se tornassem palavras, para que o êxtase fosse completo. Não sentira prazer algum que fosse tão fortificante e que expandisse tão dinamicamente o âmbito da consciência desde que aprendera a andar, uns mil e quinhentos dias antes; e nem remotamente voltaria a haver nada tão inspirador até que um estimulante não menos po-

343

tente que a força da linguagem — as perigosas seduções da carne e o irreprimível impulso do pipiu para esguichar — derrubasse a angélica inocência.

Portanto, isso explica por que aconteceu de eu estar lendo quando Smilesburger apareceu. O alfabeto está todo aí para me proteger; foi o que me deram, em lugar de uma arma.

Em setembro de 1979, seis anos antes de ser jogado em sua cadeira de rodas pela amurada do *Achille Lauro* por terroristas palestinos, Klinghoffer e sua mulher estavam num navio de cruzeiro com destino a Israel. Eis o que eu li do que ele escreveu no diário encadernado em couro com o riquixá, o elefante, o camelo, a gôndola, o avião e o transatlântico gravados em ouro na capa.

5/9
Tempo claro
Sexta. Sol

Excursão pela cidade portuária grega de Pireu e pela cidade de Atenas. O guia foi excelente. A cidade de Atenas é uma cidade moderna e agitada. Muito tráfego. Subimos à Acrópole e vimos todas as ruínas antigas. Foi uma excursão bem orientada e interessante. Voltamos para casa por volta das 2 e 30. Às 4 e 15 a caminho de Haifa, Israel. Tarde muito interessante. Esta noite foi a noite. Após o jantar, teve um cantor de Israel. Fez uma apresentação. Fui um dos juízes para a rainha do navio. Tudo muito engraçado. Que noite. Para a cama às 12 e 40.

6/9
Mar calmo
Tempo bom

Mais um dia agradável. O jovem médico e sua esposa que vão para Israel esperam abrir um hospital com um grupo de médicos judeus franceses numa grande cidade no sul de

Israel. Caso alguma coisa aconteça na França, eles terão um pé em Israel e um investimento. Conhecemos muita gente, fizemos muitos amigos em sete dias. Todos adoraram Marilyn. Ela nunca pareceu tão repousada e bonita. Para a cama tarde. De pé cedo. Navio encosta em Haifa amanhã.

7/9
Haifa

Que emoção. Jovens e velhos igualmente. Muitos estiveram em excursões de até quarenta dias. Outros mais. Ziv e esposa passaram três meses cantando nos Estados Unidos. Outros apenas fazendo cruzeiro. Que expressões de alegria por estarem de volta a seu país. Como amam Israel. O Hotel Dan é um belo lugar. Boas acomodações.

8/9
Haifa a Tel-Aviv

Viagem de Haifa a Tel-Aviv, mais de uma hora e meia. Estradas modernas. Trânsito em algumas partes pesado. Prédios em construção por toda a parte. Casas. Fábricas. É espantoso um país nascido da guerra e vivendo uma guerra ser tão vibrante. Soldados por toda a parte com suas mochilas e fuzis. Rapazes e moças igualmente. Inscritos para excursões por toda a parte. Estamos cansados. Vale a pena o cansaço. Ouvindo rádio num belo quarto que dá para o Mediterrâneo azul.

8/9 Q. sol
Tel-Aviv

De pé às 7. Partimos para excursão. Tel-Aviv. Yaffo. Rehovoth. Ashdod. Cinquenta quilômetros em torno de Tel-Aviv. Que atividade. A construção. A recuperação das dunas de areia e as cidades que surgem são espantosas. A velha cidade árabe de Yaffo está sendo posta abaixo e em vez dos cortiços que existiram durante anos uma nova cidade foi planejada e está sendo erguida.

A Escola Agrícola do Instituto Chaim Wetzmann é um ponto ajardinado em Rehovoth. Seus belos prédios, seu salão de cultura, seus arredores são algo para se ver. Um delicioso e agitado dia educacional e um novo respeito por uma terra nascida da guerra e ainda perseguida.

9/9 Sol
Tel-Aviv

De pé às 5 e 45 para o mar Morto. Sodoma. Beersheba. Subida aos morros íngremes e descida ao ponto mais baixo da Terra. Que dia. Doze horas de novo. Sensacional o que ocorre neste pequeno país. Construção. Estradas. Irrigação. Planejamento e combate. Foi um dia muito puxado mas compensador. Visitamos kibutz no fim da Terra onde jovens famílias casadas vivem em completa solidão e com vizinhos hostis para construir um país. Pura raça.

10/9
Jerusalém

Que cidade. Que atividade. Novas estradas. Novas fábricas. Novas habitações. Milhares de turistas de todo o mundo. Judeus e gentios igualmente. Chegamos lá às 11 e saímos em excursão. O santuário do Holocausto. E minha Marilyn desmoronou. Eu também tinha lágrimas nos olhos. A cidade é uma série de morros. Novos e velhos. O jardim onde está a exposição de arte de Billy Rose. Também o museu fica no cenário mais lindo. O museu é grande, espaçoso e cheio de objetos de arte. Olhar a cidade deste local é sensacional. Super. Andamos pelas ruas. Para a cama às 10.

11/9 Quinta

Olhando os morros de Jerusalém no ano de 1979. É um belo panorama. A geografia é a mesma, mas com vida moderna, boas estradas, caminhões, ônibus, ar-condicionado para tornar a vida melhor. O clima aqui é frio à noite, quente durante o dia, a não ser quando o vento sopra do deserto.

13/9
Shabbas e
Rosh Hoshana

São 6 horas da manhã. E de nosso quarto no King David Hotel temos a vista mais bonita, dando para os morros de Jerusalém. A apenas quinhentos metros de nosso hotel ficava a fronteira jordaniana onde franco-atiradores se punham nas ruínas da Cidade Velha e atiravam na Cidade Nova. Havia 39 casas de culto ali, e os árabes explodiram todas na última guerra. Esse povo merece toda a ajuda e louvor de toda a Diáspora. Os defensores deste país são de 18 a 25 anos. Tem soldados por toda a cidade mas não dão na vista. É uma cidade moderna com todas as velhas ruínas preservadas. Este é nosso último dia na cidade para a qual os judeus rezaram para voltar durante 2 mil anos e agora eu entendo por quê. Espero que nunca tenham de partir.

Eu lia quando Smilesburger entrou, e também escrevia, tomava notas — enquanto sondava cada página pesadona dos diários — para a introdução que Supposnik dizia iria apressar a edição americana e europeia de Klinghoffer. Que mais poderia fazer? Que mais *sei* fazer? Não estava nem em minhas mãos. As ideias começaram a vagar um pouco a certa altura, e eu passei a tatear para desembaraçá-las e juntá-las — uma atividade inerente, uma necessidade perpétua, sobretudo sob a pressão de emoções fortes como o medo. Escrevia não nas costas da conta do American Colony, onde já registrara as misteriosas palavras hebraicas escritas a giz no quadro-negro, mas numas dez páginas em branco no fim do diário vermelho. Não tinha mais nada onde registrar qualquer coisa mais extensa, e aos poucos, quando o velho estado de espírito habitual deitou raízes e, como um protesto talvez contra aquele inescrutável semicativeiro, me vi trabalhando passo a passo em direção ao conhecido abismo, o impacto inicial de apor nossa letra profana à letra de um mártir assassinado — os sentimentos transgressores de um bom cidadão que vandaliza, se não exatamente uma obra sagrada, certamente não uma curiosidade insignificante de arquivo — cedeu diante de uma avaliação absurdamente colegial de minha situação: eu tinha sido brutalmente sequestrado e trazido para aquela sala de aula especificamente para aquilo, e não seria libertado enquanto uma introdução séria, com a correta perspectiva judia, não fosse satisfatoriamente composta e entregue.

Eis as impressões que eu começara a elaborar quando Smilesburger fez sua matreira aparição e anunciou loquazmente por que eu me achava ali. Como eu saberia depois de ele acabar comigo, duas mil palavras para sancionar a humanidade de Klinghoffer era o *mínimo* que a situação exigia.

A terrível banalidade destes registros. A própria banalidade ajuizada de K. Uma esposa da qual ele se orgulha. Amigos com os quais de adora estar. Algum dinheiro no bolso para fazer um cruzeiro. Para fazer o que ele quer à sua maneira simples. A própria encarnação, estes diários, da "normalização" judia.

Uma pessoa comum que puramente por acaso é apanhada na luta histórica. Uma vida anotada pela história no último lugar onde se espera que a história intervenha. Num cruzeiro, que está fora da história sob todos os aspectos.

O cruzeiro. Nada poderia ser mais seguro. O cárcere flutuante. Não se vai a parte alguma. É um círculo. Muito movimento mas nenhum avanço. A vida suspensa. Um ritual de intermediariedade. Todo o tempo do mundo. Ilhado, como uma foto da Lua. Viajar dentro do próprio ambiente. Com velhos amigos. Não é preciso aprender novas línguas. Não é preciso se preocupar com novas comidas. Em território neutro, a viagem protegida. *Mas não existe território neutro.* "Você, Klinghoffer, da Diáspora", grasna o militante sionista, "mesmo no ponto onde se julgava mais a salvo, não estava. Você era um judeu: nem mesmo num cruzeiro um judeu está num cruzeiro." O sionista ataca o impulso judeu para a normalidade em qualquer parte que não na Fortaleza Israel.

A esperteza da OLP: eles sempre imaginarão a forma de insinuar-se na fantasia tranquilizadora do judeu. A OLP também nega a plausibilidade da segurança do judeu a não ser armado até os dentes.

Leem-se os diários de K. com todo o contexto em mente, como se lê o diário de A. F. Sabemos que ele vai morrer e como, e por isso lemos até o fim. Sabemos que ele vai ser jogado por sobre a amurada, por isso todas essas ideias tediosas dele — que são a soma total da existência de todos — assumem uma brutal eloquência, e K. de repente é uma alma viva cujo tema é a felicidade da vida.

Seriam os judeus sem inimigos tão tediosos quanto todos os demais? Esses diários sugerem isso. O que torna extraordinária toda a banalidade inofensiva é a bala na cabeça.

Sem a Gestapo e a OLP, esses dois escritores judeus (A. F. e L. K.) seriam inéditos e desconhecidos; sem a Gestapo e a OLP, quaisquer escritores judeus seriam, se não necessariamente desconhecidos, completamente diferentes dos escritores que são.

Em linguagem, interesses, ritmos mentais, diários como o de K. e A. F. confirmam o mesmo patos fulgurante; um, que os judeus são comuns; dois, que lhes negam vidas comuns. A banalidade, a abençoada, insípida, deslumbrante banalidade, aí está em toda observação, todo sentimento, toda ideia. O centro do sonho judeu, o que alimenta o fervor do sionismo e do diasporismo: a maneira como os judeus seriam pessoas se pudessem esquecer que são judeus. Banalidade. Amenidade. Monotonia sem trepidações. Existência sem guerra. A repetitiva segurança do nosso cruzeirozinho. Mas não será assim. O incrível drama de ser judeu.

Embora eu só o tivesse conhecido no almoço do dia anterior, meu choque diante da visão de Smilesburger avançando em suas muletas pela porta da sala de aula adentro foi equivalente ao espanto de avistar na rua, trinta ou quarenta anos depois, um colega de escola ou de quarto ou uma amante, uma notoriamente intacta *ingenue* que o tempo obviamente se deliciou em refundir no mais inadequado dos papéis. Smilesburger podia mesmo ter sido algum íntimo que eu julgava morto havia muito, tão perturbadoramente fantástico foi o impacto de descobrir que fora sob sua custódia, e não de Pipik, que eu tinha sido posto à força.

A menos que, devido ao milhão "roubado", ele tivesse juntado forças com Pipik... a menos que tivesse sido ele quem contratara Pipik para me apanhar numa armadilha desde o início... a menos que *eu* de algum modo tivesse apanhado *a eles,* a menos que houvesse alguma coisa que eu estivesse fazendo sem ter consciência disso, que eu não pudesse parar de fazer, que fosse o oposto mesmo do que eu queria estar fazendo e que fazia tudo que me acontecia parecer estar me acontecendo sem que eu nada fizesse. Mas atribuir-me um papel principal quando eu me sentia um títere de todo mundo era o fato mais mentalmente debilitante até então, e combati a ideia com o pouco de racionalidade que ainda me restava depois de quase três horas esperando sozinho naquela sala. Culpar-me era outra forma de não pensar, a adaptação mais primitiva imaginável a uma cadeia de fatos improváveis, uma fantasia vulgar, maceteada, que nada me dizia de quais eram minhas relações com o que quer que estivesse se passando ali. Eu não invocara, por alguma magia subterrânea, aquele aleijado que se chamava Smilesburger só pelo fato de imaginar tê-lo visto na lanchonete junto à sala do tribunal, quando na verdade estava no caixa um velho que, eu agora percebia, pouca semelhança tinha com ele. Enganara-me estupidamente e até andara meio demente, mas eu, pessoalmente, não invocara *nada* daquilo: não era minha imaginação dando as cartas, mas minha imaginação sendo destroçada pela deles, fossem quem fossem "eles".

Ele estava vestido como na hora do almoço no dia anterior, com o alinhado terno azul de executivo, gravata-borboleta e o cardigã por cima da camisa branca engomada, o traje do exigente dono de joalheria; e o crânio estranhamente vincado, com a pele escamada, ainda sugeria que, ao dar-lhe problemas, a vida não aceitara meias medidas e não restringira sua experiência de privação apenas ao uso das pernas. O tronco oscilava como um saco de areia cheio pela metade entre as muletas, cujos suportes em forma de ferradura envolviam os antebraços, o fardo da atribulação tão torturante para ele naquele dia quanto no dia anterior, e, mais que provavelmente, desde que ele se vira impedido pela deficiência que lhe dava ao rosto o ar devastado, desgastado, de uma pessoa condenada a mourejar perpetuamente morro acima, mesmo quando não sente necessidade de mais que um copo de água. E seu inglês ainda era falado com o sotaque de imigrante dos comerciantes que vendiam produtos de algodão num carrinho de mão e arenque numa barrica no cortiço onde meus avós se haviam instalado e meu pai fora criado. A novidade em relação ao dia anterior, quando só parecia trazer escrito no corpo a mais indizível experiência de vida, era o ar de calorosa simpatia, o agudo tom de exaltação na voz áspera, trovejante, como se ele não se arrastasse pesadamente sobre dois bastões, mas descesse de esqui as encostas de Gstaad. A demonstração de dinamismo

351

daquela ruína pareceu-me uma sátira a si mesmo das mais selvagens, ou um sinal de que enjaulada naquela estrutura humana superabundantemente sitiada havia apenas resistência.

"Foi bondade sua esperar", ele disse, oscilando até alguns centímetros de minha cadeira. "Sinto muitíssimo, mas fui detido. Pelo menos trouxe alguma coisa pra ler. Por que não ligou a televisão? O sr. Shaked está fazendo o sumário." Girando com três saltinhos, quase piruetas sobre as muletas, adiantou-se até a mesa do professor na frente da sala de aula e apertou o botão que trouxe o julgamento à vida na tela. Ali estava, na verdade, Michael Shaked, falando aos três juízes em hebraico. "Isso o transformou num símbolo sexual — todas as mulheres de Israel agora estão apaixonadas pelo promotor. Não abriram uma janela? Está muito abafado aqui! Já comeu? Não comeu nada? Não almoçou? Sopa? Um pouco de salada? Ensopado de frango? Pra beber— uma cerveja? Um refrigerante? É só dizer o que quer. Uri!", chamou. Pela porta aberta, entrou um dos dois sequestradores de jeans que me haviam parecido vagamente conhecidos no estacionamento, onde meu último ato como homem livre fora dar uma ajuda a um padre antissemita. "Porque não teve almoço. Uri? Por que as janelas estão fechadas? Ninguém liga a televisão pra ele? Ninguém faz coisa alguma? Sinta o cheiro! Eles ficam jogando baralho e fumando. De vez em quando matam alguém — e pensam que o trabalho é só isso. Almoço pro sr. Roth!"

Uri riu e deixou a sala, puxando a porta atrás de si.

Almoço pro sr. Roth? Isso quer dizer o quê? A improvável fluência daquele inglês com forte sotaque, a graciosa amabilidade, a ponta de ternura paternal naquela voz profundamente masculina... tudo aquilo queria dizer o quê?

"Ele teria despedaçado qualquer um que chegasse a um centímetro do senhor", disse Smilesburger. "Eu não poderia ter encontrado pro senhor um cão de guarda mais feroz que Uri. Que livro é esse?"

Mas não cabia a mim explicar coisa alguma, nem mesmo o que estava lendo. Eu não sabia o que dizer, não sabia nem o que perguntar — só podia pensar em me pôr a gritar e estava assustado demais para isso.

Manobrando a carcaça para sentar-se na cadeira, Smilesburger disse: "Ninguém contou pro senhor? Não contaram nada pro senhor? Ninguém disse que eu vinha? Ninguém disse que podia ir embora? Ninguém veio explicar que eu ia me atrasar?".

Nenhuma resposta era necessária à sádica provocação. Não diga a eles de novo que pegaram o homem errado. Nada do que você possa dizer pode tornar nada melhor; tudo que você disse até agora em Jerusalém só tornou tudo pior.

"Por que os judeus têm tão pouca consideração uns com os outros? Manter o senhor aqui sentado no escuro desse jeito", disse Smilesburger, "sem oferecer nem um cafezinho. Isso persiste sempre, e eu não entendo. Por que os judeus não têm as cortesias fundamentais do convívio social mesmo entre si? Por que toda ofensa tem de ser agravada?"

Eu não ofendera ninguém. Não provocara ninguém. Podia explicar aquele milhão de dólares. Mas iria satisfazê-lo? Sem Uri reaparecendo para *servir meu almoço*? Não respondi.

"A falta de amor judeu pelo irmão judeu", disse Smilesburger, "é causa de muito sofrimento entre nosso povo. A animosidade, o ridículo, o puro ódio de um judeu pelo outro — por quê? Onde esta nossa tolerância e perdão ao próximo? Por que há tanta divisão entre os judeus? Não é só em Jerusalém em 1988 que se vê de repente essa discórdia — foi no gueto, Deus sabe, há cem anos; foi na destruição do Segundo Templo, há dois mil anos. Por que o Segundo Templo foi destruído? Por causa desse ódio de um judeu pelo outro. Por que o Messias não veio? Por causa do ódio furioso de um judeu pelo outro. Não precisamos de Antissemitas Anônimos apenas para o *goy* — precisamos para o próprio judeu. Furiosas disputas, ofensas verbais, intrigas maldosas, fofocas zombeteiras, desprezo, inculpações, queixas, condenações, insultos — o mais negro pecado em nosso povo não é comer porco, não é nem casar com não judeu: pior do que as duas coisas é o pecado da linguagem judia. A gente fala demais, diz demais e não sabe quando parar. Parte do problema judeu é que eles nunca sabem nem com que voz falar. Refinada? Rabínica? Histérica? Irônica? Pane do problema judeu é que essa voz é alta demais. Insistente demais. Agressiva demais. Não importa o que ele diga ou como diga, é impróprio. A *impropriedade* é o estilo judeu. Terrível. 'Por cada um dos momentos em que uma pessoa fica calada, ganha uma recompensa grande demais para ser concebida por qualquer ser criado.' Esta é a citação do Midrash pelo Vilna Gaon. 'Qual deve ser a tarefa de uma pessoa neste mundo? Tornar-se muda.' Isto é dos Sábios. Como expressou em belos termos um dos mais reverenciados estudiosos rabínicos, numa frase admiravelmente simples de pouco mais de dez sílabas, 'Palavras em geral só estragam tudo'. Não quer falar? Ótimo. Quando um judeu está furioso como o senhor, quase não há nada mais difícil para ele do que controlar a língua. O senhor é o judeu heroico. No dia do acerto de contas, serão creditados méritos na conta de Philip Roth pela contenção que exibiu aqui ficando calado. Onde foi que o judeu meteu na cabeça que tem sempre de estar falando, gritando, contando piadas à custa dos outros, analisando ao telefone, uma noite inteira, os terríveis defeitos de seu amigo mais querido? 'Não andarás como um contador de histórias entre teu povo.' É o que está escrito. Não farás! É proibido! É lei! 'Fazei com que eu nada diga de desnecessário...' Isto é da prece do Chofetz Chaim. Eu sou um discípulo do Chofetz Chaim. Nenhum judeu sentiu mais amor pelos irmãos judeus que o Chofetz Chaim. O senhor não conhece os ensinamentos do Chofetz Chaim? Grande homem, sábio humilde, reverenciado rabino de Radin, na Polônia, ele dedicou sua longa vida a tentar fazer os judeus calarem a boca. Morreu aos noventa e três anos na Polônia, no ano em que o senhor nasceu nos Estados Unidos. Foi ele quem formulou as detalhadas leis da linguagem de nosso povo e tentou curá-lo dos maus hábitos de séculos. O Chofetz Chaim formulou as leis da má linguagem, ou *loshon hora*, as leis que proíbem os judeus de fazer observações depreciativas ou danosas sobre os irmãos judeus, mesmo que sejam verdadeiras. Se falsas, claro que é pior. É proibido falar *loshon hora* e ouvir *loshon hora*, mesmo que não se acredite. Na velhice, o Chofetz Chaim exaltava sua surdez porque o impedia de ouvir *loshon hora*. O senhor pode imaginar como deve ter sido ruim para um grande conversador como o Chofetz Chaim falar uma coisa dessas. Não há nada sobre o *loshon hora* que ele não tenha esclarecido e regulamentado: *loshon hora* dito de brincadeira, *loshon hora* sem citar nomes, *loshon hora* que é linguagem comum, *loshon hora* sobre parentes, afins, crianças, sobre os mortos, sobre os hereges, ignorantes e conhecidos transgressores, até mesmo sobre mercadorias — tudo proibido. Mesmo que alguém tenha dito *loshon hora* sobre a gente, não se pode dizer *loshon hora* sobre ele. Mesmo que o senhor seja falsamente acusado de ter cometido um *crime*, é proibido dizer quem cometeu o crime. Não pode dizer 'Foi ele', porque isso é *loshon hora*. Só pode dizer: 'Não fui eu'. Isso lhe dá uma ideia do que o Chofet Chaim enfrentou, se teve de ir tão longe para fazer o povo judeu parar de culpar e acusar os vizinhos de tudo e qualquer coisa? Pode imaginar a animosidade que testemunhou? Todos que se sentiam injustiçados, feridos, revoltados com insultos e ofensas; tudo que todo mundo diz tomado como afronta pessoal e ataque deliberado; todo mundo dizendo alguma coisa depreciativa sobre todo mundo. Antissemitismo de um lado, *loshon hora* de outro, e no meio, espremida até a morte, a bela alma do povo judeu! O pobre Chofetz Chaim era uma Liga Antidifamação em pessoa — só pra fazer o povo judeu parar de difamar *uns aos outros*. Outra pessoa com a sensibilidade dele para *loshon hora* teria se tornado um assassino. Mas ele amava seu povo e não podia suportar vê-lo rebaixado pela própria tagarelice. Não podia suportar as brigas dele, e por isso se dedicou à tarefa impossível de promover a harmonia e a unidade judaicas, em vez do divisionismo ressentido. Por que não podiam os judeus ser um povo? Por que os judeus tinham de estar em conflito uns com os outros? Por que deviam estar em conflito consigo mesmos? Porque o divisionismo não é só entre judeu e judeu — é dentro do judeu individual. Haverá no mundo uma personalidade mais múltipla? Não digo dividida. Dividida não é nada. Até os *goyim* são divididos. Mas dentro de cada judeu há uma *multidão* de judeus. O bom judeu, o mau judeu. O novo judeu, o velho judeu. O que ama o judeu, o que odeia o judeu. O amigo do *goy*, o inimigo do *goy*. O judeu arrogante, o judeu magoado. O judeu religioso, o judeu safado. O judeu grosso, o judeu delicado. O judeu desafiador, o judeu apaziguador. O judeu judeu, o judeu desjudeizado. Devo prosseguir? Preciso explicar judeu por judeu como um ajuntamento de três mil anos de fragmentos refletidos a alguém que fez fortuna como um destacado judeólogo da literatura internacional? É de admirar que o judeu esteja sempre discutindo? Ele *é* uma discussão, encarnada! É de admirar que esteja sempre falando, que fale imprudentemente, impulsivamente, impensadamente, vexatoriamente, bufonamente, e que não possa purificar sua fala de ridículo, insulto, acusação e raiva? Coitado do nosso Chofetz Chaim! Ele orava a Deus: 'Fazei com que eu nada diga de desnecessário e que tudo que eu diga seja em nome dos Céus', e enquanto isso seus judeus falavam em toda parte apenas por *falar*. O tempo todo! Não podiam parar! Por quê? Porque dentro de cada judeu havia *muitos faladores*. É só calar um que o outro fala. Cale esse, e há um terceiro, um quarto, um quinto judeu com mais alguma coisa para dizer. O Chofetz Chaim rezava. 'Terei o cuidado de não falar de indivíduos', e, enquanto isso, era só de indivíduos que seus amados judeus sabiam falar dia e noite. Para Freud em Viena a vida era mais simples, creia-me, do que para o Chofetz Chaim em Radin. Eles procuravam Freud, os judeus faladores, e que era que Freud lhes dizia? Continuem falando. Não há palavra proibida. Quanto mais *loshon hora*, melhor. Para Freud, um judeu calado era a pior coisa imaginável — para ele, um judeu calado era ruim para o judeu e ruim para os negócios. Um judeu que não fala mal? Um judeu que não fica furioso? Um judeu sem uma maledicência contra ninguém? Um judeu que não briga com o vizinho, o patrão, a mulher, o filho, os pais? Um judeu que se recusa a fazer qualquer observação que possa ferir mais alguém? Um judeu que só diz o estritamente permissível? Em um mundo de judeus assim, como o Chofetz Chaim sonhava, Sigmund Freud morreria de fome, e levaria junto todos os outros psicanalistas. Mas Freud não era bobo e conhecia os judeus, conhecia melhor, é triste dizer, que seu contemporâneo judeu, nosso amado Chofetz Chaim. Era para Freud que eles corriam, os judeus que não podiam parar de falar, e para Freud falavam *loshon hora* como nunca se ouviu na boca dos judeus desde a destruição do Segundo Templo. Resultado? Freud se tornou Freud porque os deixava dizer tudo, e o Chofetz Chaim, que dizia a eles para se absterem de dizer praticamente tudo que queriam dizer, que dizia a eles que deviam cuspir o *loshon hora* de suas bocas, como cuspiriam de suas bocas um pedaço de porco que tivessem inadvertidamente começado a comer, com o mesmo nojo, náusea e desprezo, que dizia a eles que, se não estivessem cem por cento certos de que uma observação NÃO era *loshon hora*, então deviam supor que era e calar a boca — o Chofetz Chaim não se tornou popular entre o povo judeu como o dr. Sigmund Freud. Ora, alguém pode argumentar, cinicamente, que falar *loshon hora* é o que torna os judeus judeus e que não se pode conceber nada mais judiamente judeu do que o que Freud receitava em seu consultório aos pacientes judeus. É tirar dos judeus seu *loshon hora*, e que é que fica? Ótimos *goyim*. Mas essa declaração é em si *loshon hora*, o pior que existe, porque falar *loshon hora* sobre o povo judeu *como um todo* é o mais grave de todos os pecados. Censurar o povo judeu por falar *loshon hora*, como eu faço, já é cometer *loshon hora*. No entanto, eu não só falo o pior *loshon hora*, como agravo meu pecado obrigando o senhor a ficar aí sentado ouvindo. Sou o próprio judeu que estou censurando. Sou *pior* que esse judeu. Esse judeu é estúpido demais para saber o que está fazendo, enquanto eu sou um discípulo do Chofetz Chaim, que sabe que, enquanto houver todo esse *loshon hora*, o Messias jamais virá nos salvar — e mesmo assim falo *loshon hora* como fiz ainda agora, quando chamei esse outro judeu de estúpido. Que esperança há então para o sonho do Chofetz Chaim? Talvez se todos os judeus religiosos que não

357

comem no Yom Kippur deixassem, em vez disso, de falar *loshon hora* por um dia... se, por um momento no tempo, nem uma única palavra de *loshon hora* fosse dita por um único judeu... se juntos todos os judeus da face da Terra simplesmente calassem a boca por *um segundo*... Mas, como mesmo um *segundo* de silêncio judeu é uma impossibilidade, que esperança pode haver para nosso povo? Eu pessoalmente acredito que o motivo de os judeus deixarem aldeias da Galícia como Radin e correrem para os Estados Unidos e para a Palestina foi, tanto quanto qualquer outra coisa, a fim de escapar de seu próprio *loshon hora*. Se isso levou à loucura um santo de tolerância e grande conversador como o Chofetz Chaim, que se sentiu até feliz por ficar *surdo* para não ouvi-lo mais, só se pode imaginar o que causou no espírito do judeu nervoso médio. Os primeiros sionistas nunca disseram isso, mas em particular mais de um deles tinha de estar pensando: Eu vou até para a Palestina, onde tem tifo, febre amarela, malária, onde tem temperaturas de mais de quarenta graus, para nunca mais ter de ouvir esse terrível *loshon hora*! Sim, na Terra de Israel, longe dos *goyim* que nos odeiam, nos frustram e zombam de nós, longe da perseguição deles e de todo o caos que isso cria entre nós, longe da antipatia deles e de toda a ansiedade, incerteza, frustração e raiva que isso gera até na última alma judaica, longe da indignidade de ser trancados por eles e deixados de fora por eles, vamos fazer um país nosso, onde seremos livres e estaremos em nossa casa, onde não vamos nos insultar uns aos outros e falar maldosamente uns dos outros pelas costas, onde o judeu, não mais inundado por todo o seu turbilhão interno, não vai difamar e detratar seus irmãos judeus. Bem, eu posso atestar isso — eu sou, infelizmente, um exemplo disso — o *loshon hora* em Eretz Yisroel é cem vezes pior, mil vezes pior, do que foi algum dia na Polônia durante a vida do Chofetz Chaim. Aqui, não tem *nada* que a gente não diga. Aqui há um tal divisionismo que não há nenhuma contenção. Na Polônia havia o antissemitismo, que pelo menos fazia a gente se calar sobre os defeitos dos irmãos judeus na presença dos *goyim*. Mas aqui, sem *goyim* com que nos preocupar, o céu é o limite; aqui ninguém tem a mínima ideia de que, mesmo sem *goyim* na frente dos quais nos envergonhar, ainda há coisas que não se pode e não se deve dizer, e que talvez um judeu deva pensar duas vezes antes de abrir o bocão judeu e anunciar orgulhosamente a respeito dos outros, como exortou Sigmund Freud, os piores pensamentos que tem na cabeça. Uma declaração que vai causar ódio — eles dizem. Uma declaração que vai causar ressentimento — eles fazem. Uma piada maldosa à custa de alguém — eles contam, publicam, irradiam no noticiário noturno. Leia a imprensa israelense, e vai ver coisas piores ditas sobre nós ali do que cem George Ziad podem dizer. Quando se trata de difamar judeus, os palestinos são *pisherkehs* perto do Há'aretz. Até *nisso* somos melhores que eles! Ora, mais uma vez alguém pode argumentar cinicamente que nesse fenômeno está o próprio triunfo e glória do sionismo, que o que conseguimos na Terra de Israel, e que jamais poderíamos esperar atingir com os *goyim* escutando, é o pleno desabrochar do *gênio* judeu para *loshon hora*. Libertos finalmente de nossa longa subjugação aos ouvidos dos gentios, pudemos desenvolver e levar à perfeição *em menos de meio século* o que o Chofetz Chaim mais temia contemplar: um judeu sem-vergonha que diz qualquer coisa."

E a que nos leva, eu me perguntava frenético, essa superelaborada catadupa? Não podia imaginar o tema. Seria aquilo uma sentença condenando-me por *meus* pecados de linguagem? Que tinha aquilo a ver com o dinheiro desaparecido? Aquela extravagante lamentação pelo tal Chofetz Chaim era apenas autodiversão, brutalmente inventada para passar o tempo, enquanto Uri não chegava com *meu almoço* e a verdadeira diversão sádica não começava — este era meu melhor e mais horrorizante palpite. Estou sendo agredido e espancado por mais um falador tirânico, cuja arma de vingança é a tramela frouxa, alguém cujos verdadeiros objetivos se escondem, pronto para o bote, por trás da folhagem de dezenas de milhares de palavras — outro artista de palco desembestado, outro ator friamente calculista que, pelo que eu podia supor, não era nem mesmo aleijado, mas apenas se debatia com um par de muletas para melhor encenar seu ressentimento. Esse aí é o homem cheio de ódio que *inventou o loshon hora*, o homem que não se choca com nada, o iniludido, fingindo-se chocado pela desgraça humana, o misantropo cujo prazer misantrópico é alegar em voz alta e em lágrimas que o que mais odeia é o ódio. Estou em poder de um gozador que despreza tudo.

"Dizem", recomeçou Smilesburger. "que só uma lei de *loshon hora* continuou obscura para o Chofetz Chaim. Sim, o judeu não podia, em nenhuma circunstância, difamar e denegrir um irmão judeu, mas seria também proibido dizer alguma coisa danosa, denegrir e diminuir a si mesmo? Sobre isso o Chofetz Chaim continuou na incerteza durante anos. Só muito velho aconteceu uma coisa que o decidiu nesse ponto problemático. Deixando Radin numa diligência um dia, ele se viu sentado ao lado de outro judeu, com quem logo entrou em amistosa conversa. Perguntou ao judeu quem ele era e aonde ia. Excitado, o homem contou ao velho que ia ouvir o Chofetz Chaim. O judeu não sabia que o velho com quem conversava era o próprio Chofetz Chaim, e começou a amontoar louvores sobre o sábio que ia ouvir falar. O Chofetz Chaim ouviu calado essa glorificação de si mesmo. Depois disse ao judeu: 'Na verdade ele não é tanta coisa assim, o senhor sabe'. O judeu ficou perplexo com o que o velho tinha se atrevido a dizer. 'O senhor sabe de quem está falando? Percebe o que está dizendo?' 'Sim', respondeu o Chofetz Chaim. 'Percebo muito bem o que estou dizendo. Acontece que conheço o Chofetz Chaim, e ele na verdade não é tudo isso que dizem.' E a conversa prosseguiu, o Chofetz Chaim repetindo e explicando suas reservas em relação a si mesmo, e o judeu se enfurecendo mais a cada minuto. Por fim, o judeu não pôde mais suportar aquela conversa escandalosa e deu uma bofetada na cara do velho. A essa altura, a diligência tinha parado na aldeia próxima. As ruas em toda a volta estavam entupidas de seguidores do Chofetz Chaim esperando alvoroçados a sua chegada. Ele saltou, ouviu-se um clamor, e só então o judeu na diligência compreendeu a quem tinha esbofeteado. Imagine a mortificação do pobre homem. E imagine a mortificação que a mortificação dele causou numa alma tão amorosa e delicada como o Chofetz Chaim. Desse momento em diante, o Chofetz Chaim decretou que ninguém deve dizer *loshon hora* nem mesmo contra si próprio."

Ele tinha contado a história com encanto, com habilidade, com espírito, com muita graça na fala, apesar do forte sotaque, com um tom melífluo e grande fascínio, como se pusesse um netinho para dormir com uma bela história folclórica. Eu quis perguntar: "Por que o senhor me diverte, está me preparando para quê? Por que estou aqui? Quem exatamente é o senhor? Quem são esses outros? Onde Pipik se encaixa em tudo isso?". De repente queria *tanto* falar — gritar por socorro, chorar de angústia, exigir dele alguma explicação — que me sentia disposto a saltar não só da janela, mas de dentro de minha própria pele. Contudo, a essa altura, a mudez que começara como algo muito semelhante a uma afonia histérica se tornara a base sólida na qual eu construía minha autodefesa. O silêncio instalara-se agora como uma tática, embora uma tática que até eu reconhecia que ele — Uri —, eles — quem fosse — não teriam muito problema para anular.

"Onde anda Uri agora?", perguntou Smilesburger, baixando o olhar para seu relógio. "O sujeito é meio homem, meio pantera. Se no caminho do restaurante tiver uma jovem soldada bonita... Mas esse é o preço que a gente paga por um espécime como Uri. Peço desculpas de novo. Faz dias que o senhor comeu uma refeição nutritiva. Outra pessoa talvez não fosse tão graciosa com esta terrível situação. Outro homem de sua eminência talvez não fosse tão polido e contido. Henry Kissinger estaria berrando a plenos pulmões se o obrigassem a esperar sozinho numa sala abafada como esta por gente como um velho desconhecido e aleijado como eu. Um Henry Kissinger teria se levantado e saído pisando forte daqui horas atrás, teria subido pelas paredes, e eu não censuraria. Mas o senhor, sua natureza calma, seu autodomínio, sua cabeça fria..." Erguendo-se com dificuldade, ele capengou até o quadro-negro, onde, com um toco de giz, escreveu em inglês: "NÃO ODIARÁS TEU IRMÃO EM TEU ÍNTIMO".

Embaixo disso, escreveu: "NÃO TE VINGARÁS NEM GUARDARÁS NENHUM RANCOR CONTRA OS FILHOS DE TEU POVO". "Mas também, talvez em segredo", disse enquanto escrevia, "o senhor esteja se divertindo, e isso explica sua paciente compostura. O senhor tem um desses intelectos judeus que captam naturalmente o lado cômico das coisas. Talvez tudo não passe de uma piada pro senhor. É? *Ele* é uma piada?" Tendo acabado no quadro-negro, gesticulava para a tela da TV, onde a câmera focalizara por um momento Demjanjuk rabiscando um bilhete para seu advogado de defesa. "No início, ele vivia cutucando Sheftel. Sheftel deve ter dito a ele: 'John, não me cutuque, escreva bilhetes', e por isso agora ele escreve bilhetes que Sheftel não lê. E por que o álibi dele é tão desesperado? Isso não surpreende o senhor? Por que uma confusão tão contraditória de lugares e datas, que qualquer primeiranista de direito poderia desacreditar? Demjanjuk não é inteligente, mas eu achava que pelo menos fosse esperto. Seria de pensar que tivesse arranjado alguém há muito tempo para ajudá-lo com o álibi. Mas aí isso implicaria falar a verdade a alguém, e isso ele *era* esperto demais para fazer. Duvido até que a esposa saiba. Os amigos não sabem. O pobre do filho não sabe. Seu amigo, o sr. Ziad, chama isso de 'julgamento propagandístico'. Dez anos de audiências nos Estados Unidos pela Imigração e pelos tribunais americanos. Um julgamento em Jerusalém por três distintos juízes e sob o escrutínio de toda a imprensa mundial, já durando mais de um ano. Um julgamento em que se gastam quase dois dias discutindo o clipe na carteira de identidade para estabelecer se é autêntico ou não. O sr. Ziad deve estar fazendo uma piada. Muitas piadas. Piadas demais. Sabe o que algumas pessoas gostam de dizer? Que é um judeu quem dirige a OLP. Que, rodeado por um círculo de capangas tão ineptos quanto ele, Arafat não poderia, sem pelo menos *alguma* ajuda judia, administrar uma quadrilha mundial com dez bilhões de dólares em bens. As pessoas dizem que, se não há um judeu ao qual Arafat presta contas, deve haver um judeu encarregado do dinheiro. Quem senão um judeu podia salvar essa organização de toda a má administração e corrupção? Quando a libra libanesa despencou, quem senão um judeu impediu a OLP de tomar um banho nos bancos de Beirute? Quem hoje administra o capital pra essa rebelião que é o último golpe fútil de relações públicas deles? Veja, *veja* Sheftel", ele disse, chamando minha atenção mais uma vez para o aparelho de TV. O advogado israelense de Demjanjuk acabara de levantar-se para fazer uma objeção a alguma observação dos promotores. "Quando ele estava na faculdade de direito e o governo cancelou o visto de entrada de Meyer Lansky, Sheftel se tornou presidente dos Estudantes em Defesa de Meyer Lansky. Depois se tornou advogado de Lansky e *conseguiu* o visto. Sheftel chama esse gângster judeu americano de o homem mais brilhante que já conheceu. 'Se Lansky tivesse estado em Treblinka', ele diz, 'os ucranianos e os nazistas não teriam durado três meses.' Será que ele acredita em Demjanjuk? Não é isso que importa. É mais que ele não pode nunca acreditar no Estado. Prefere defender o acusado de ser criminoso de guerra e o gângster famoso a ficar do lado do *establishment* israelense. Mas mesmo isso ainda fica muito longe do judeu que administra os bens da OLP, quanto mais do judeu que dá contribuições beneficentes a eles. Sabe o que Demjanjuk disse a Sheftel depois que os judeus demitiram o irlandês O'Connor e encarregaram Sheftel do caso? Disse: 'Se eu tivesse um advogado judeu desde o começo, jamais estaria neste aperto hoje'. Piada? Aparentemente, não. Dizem que o homem acusado de ser Ivã, o Terrível, disse: 'Se eu tivesse um advogado judeu...'. Por isso eu torno a perguntar, é necessariamente uma piada, e só uma piada, dizer que os bons investimentos em ações, títulos, imóveis, motéis, moedas e estações de rádio que têm dado à OLP uma certa independência financeira em relação a seus irmãos árabes foram feitos pra eles por consultores judeus? Mas exatamente quem *são* esses judeus, se existem de fato? Qual é o motivo deles, se existem de fato? Será apenas tola propaganda árabe, destinada a tentar embaraçar os judeus, ou é verdade e realmente embaraçoso? Estou mais disposto a simpatizar com os motivos de um traidor judeu como o sr. Vanunu, que entrega à imprensa britânica nossos segredos nucleares, do que com os de um judeu rico que dá seu dinheiro à OLP. Eu me pergunto se mesmo o Chafetz Chaim poderia encontrar em seu coração um motivo para perdoar um judeu tão desafiador da proibição da Torá que nos diz que não devemos nos vingar contra os filhos de nosso povo. O que é o pior *loshon hora* em comparação com o ato de pôr dinheiro judeu nos bolsos de terroristas árabes que metralham nossas crianças brincando nas praias? É verdade que nos é dito pelo Chofetz Chaim que o único dinheiro que a gente leva quando morre é o que gastou com caridade — mas caridade com a OLP? Esta não é certamente a forma de amealhar tesouros no Céu. Não odiarás teu irmão em teu íntimo, não seguirás a multidão para praticar o mal e não assinarás cheques para terroristas que matam judeus. Eu gostaria de conhecer os nomes assinados nesses cheques. Gostaria de ter uma oportunidade de conversar com essas pessoas e perguntar o que pensam que estão fazendo. Mas primeiro preciso descobrir se realmente existem fora da imaginação cheia de ódio desse matreiro amigo seu, tão transbordante de truques e mentiras intrigantes. Eu nunca sei se George Ziad é completamente louco, completamente traiçoeiro ou completamente as duas coisas. Mas também esse é o nosso problema com as pessoas desta região. Haverá mesmo à sua espera em Atenas judeus ricos que apoiam nosso pior inimigo, judeus dispostos a pôr sua riqueza à disposição daqueles que desejaram nos destruir desde o momento em que este país respirou pela primeira vez? Vamos dizer, para fins de argumentação, que haja cinco deles. Vamos dizer que haja *dez* deles. Com quanto podem contribuir — um milhão cada? Isso é bobagem diante do que é dado a Arafat todo ano por um único xeque árabe corrupto. Será necessário caçar essas pessoas por uns magros dez milhões? Podemos sair por aí matando judeus ricos porque não gostamos das pessoas a quem eles dão seu dinheiro? Por outro lado, podemos ao contrário argumentar com eles, pessoas tão envenenadas de perversidade para início de conversa? Talvez seja melhor esquecer e deixar essas pessoas entregues à sua eterna vergonha. E, no entanto, eu não posso. Vivo obcecado com eles, esses membros aparentemente responsáveis da comunidade, esses quintas-colunas judeus de duas caras. Só quero conversar com um deles, se existem, como estou conversando com o senhor. Estou errado em meu zelo judeu? Estou sendo feito de bobo por um mentiroso árabe? O Chofetz Chaim nos lembra, e eu acredito nisso, que 'o mundo repousa naqueles que se calam numa discussão'. Mas talvez o mundo não afunde imediatamente se o senhor ousar agora dizer algumas palavras. Devem tais judeus atormentar minha mente deste jeito? Qual é sua opinião? Com todo o trabalho ainda a ser feito pelos judeus da União Soviética, com todos os problemas de segurança que assediam nosso minúsculo Estado, por que dedicar nossa preciosa energia a caçar uns poucos judeus cheios de ódio por si mesmos, a fim de descobrir o que os motiva? Sobre esses judeus que difamam o povo judeu, o Chofetz Chaim já nos disse tudo mesmo. São impelidos por *loshon hora* e, como todos os que são movidos por *loshon hora*, serão punidos no mundo do porvir. E, assim, por que, em nosso mundo, devo eu persegui-los? Esta é a primeira pergunta que tenho pro senhor. A segunda é a seguinte: Se eu fizer isso, posso contar com a ajuda de Philip Roth?"

Como se afinal dessem a deixa que estivera esperando, Uri entrou na sala de aula.

"Almoço", disse Smilesburger, com um sorriso simpático.

Os pratos amontoavam-se numa bandeja de lanchonete. Uri depôs a bandeja ao lado do aparelho de TV, e Smilesburger me convidou a puxar a cadeira e começar a comer.

A sopa não era de plástico, nem o pão de papelão, e a batata era batata e não pedra. Tudo era o que devia ser. Nada tão claro quanto aquele almoço me acontecia havia dias.

Só com a comida passando pela goela foi que me lembrei que vira Uri pela primeira vez no dia anterior. Dois jovens de jeans e camisetas que me pareciam trabalhadores agrícolas haviam sido identificados por George Ziad como polícia secreta israelense. Uri era um deles. O outro, eu percebia agora, era o cara no hotel que se oferecera para dar uma chupada em mim e

365

em Pipik. Quanto àquela sala de aula, pensei, eles apenas a tinham tomado de empréstimo, talvez porque imaginassem, de maneira não tão estúpida, que seria um lugar particularmente eficaz para me prender. Tinham procurado o diretor e dito: "Você esteve no Exército, sabemos tudo sobre você, lemos sua pasta, você é um cara patriota. Mande todo mundo dar o fora de sua escola depois da uma esta tarde. Esta tarde os garotos estão de folga". E provavelmente o cara não se queixara. Neste país, a polícia secreta consegue tudo que quer.

Ao fim do meu almoço, Smilesburger me entregou, pela segunda vez, o envelope com o cheque de um milhão de dólares. "O senhor deixou cair isto ontem à noite", disse, "na volta de Ramallah."

Das perguntas que fiz a Smilesburger nessa tarde, aquelas em que eu menos podia acreditar estar recebendo uma resposta direta diziam respeito a Moishe Pipik. Smilesburger disse que eles não tinham mais ideia do que eu de onde surgira aquele meu duplo, de quem era ou para quem podia estar trabalhando — com certeza não trabalhava para eles. "O Deus do Acaso o entregou", explicou-me Smilesburger. "Acontece com os serviços de inteligência o mesmo que acontece com os romancistas — o Deus do Acaso cria através de nós. Primeiro veio o falso. Depois o verdadeiro. Por último o empreendedor Ziad. A partir daí, improvisamos."

"Está me dizendo que ele não passa de um vigarista maluco?"

"Para o senhor deve ser mais, para o senhor deve ser uma ocorrência singular, cheia de significados paranoides. Mas charlatães como ele? As empresas aéreas dão a eles tarifas especiais. Passam a vida cruzando o globo de um lado para outro. O seu tomou o voo da manhã pra Nova York. Voltou para os Estados Unidos."

"Vocês não fizeram nenhuma tentativa pra detê-lo?"

"Pelo contrário. Fizemos tudo pra ajudá-lo a ir embora."

"E a mulher?"

"Não sei de nada sobre a mulher. Depois de ontem à noite, eu diria que o senhor sabe mais que qualquer um. A mulher, eu suponho, é uma daquelas que não resistem à aventura com um vigarista. Phallika, a Deusa do Desejo Masculino. Estou enganado?"

"Os dois foram embora."

"É. Estamos reduzidos só ao senhor, o não maluco, não charlatão, não tolo nem moleirão, o que sabe ficar calado, ser paciente, não se deixar provocar nas mais perturbadoras circunstâncias. O senhor tirou notas altas. Todos os instintos excelentes. Não importa que tenha cedido por dentro ou até vomitado — não se cagou nem deu um passo em falso. O Deus do Acaso não podia ter oferecido um judeu melhor pra tarefa."

Mas eu não ia aceitar a tarefa. Não tinha me livrado de uma trama implausível criada por outro para ser ator em mais outra. Quanto mais Smilesburger dava explicações sobre a operação de espionagem para a qual usava o codinome de "Smilesburger" e para a qual propunha que eu me oferecesse como voluntário, mais furioso eu ficava, não apenas porque sua impositiva brincadeira não era mais um enigma intrigante que me mantivesse desorientado e em guarda, mas porque, tendo finalmente comido alguma coisa e começado a me acalmar, tomei consciência de como fora cruelmente usado por aqueles israelenses de arrogância fenomenal, que faziam um jogo de espionagem que me parecia ter no âmago uma fantasia forjada no cérebro louco de um talento não menor que o de Oliver North. Minha gratidão inicial aos supostos captores que tinham tido a bondade de me dar um pedaço de frango frio, depois de terem me sequestrado à força e me mantido prisioneiro ali contra minha vontade, para ver o quanto eu aguentaria numa missão para *eles* — a gratidão deu lugar, agora que eu me sentia liberado, à revolta. A magnitude de minha indignação assustava até mesmo a mim, mas não pude fazer nada para controlar a erupção depois de começada. E o olhar fixo abrutalhado, desprezivo, de Uri — ele voltara com uma cafeteira para me servir uma nova xícara de café — me enfurecia ainda mais, sobretudo depois que Smilesburger me disse que aquele seu subordinado que fora buscar meu almoço andara me seguindo por toda a parte. "A emboscada na estrada de Ramallah?" Uri, fiquei sabendo, tinha estado lá para isso também. Eles vinham me dirigindo como um rato num labirinto, sem meu conhecimento ou consentimento e, por tudo que eu podia depreender, sem nenhuma ideia precisa da recompensa que poderiam ganhar com isso, se alguma houvesse. Smilesburger andara operando com base apenas num palpite, inspirado pela presença em Jerusalém de Pipik — que um informante identificara como impostor poucas horas depois de ele passar pela Imigração com o passaporte falso identificando-o como eu — e em seguida por minha chegada uma semana depois. Como podia Smilesburger chamar-se de profissional se uma coincidência tão carregada do potencial de subterfúgio criativo não ligara sua curiosidade? Um romancista sem dúvida entenderia o que significava alguém ver-se diante de uma situação tão evocativa. É, ele parecia um escritor, um escritor de muita sorte, explicou, entusiasmando-se sardonicamente com a comparação, que encontrara seu verdadeiro tema, em toda a sua complexa pureza. Que sua arte era impura em termos de estética, uma forma decididamente menor de maquinação, devido à grosseira função utilitária, Smilesburger estava disposto a admitir — mas ainda assim o enigma que se apresentava a ele era exatamente o do escritor: há o cerne denso, o núcleo compacto, e a questão tantalizante é como desencadear a reação em cadeia, como produzir a explosão iluminadora sem, ao fazê-lo, mutilar-se. A gente faz como o escritor, disse-me Smilesburger: começa a especular, e especular com alguma dimensão exige indiferença ética às convenções restritivas, o gosto do jogador pelo risco, aquela ousadia de mexer com o tabu, que, acrescentou lisonjeiramente, sempre caracterizara minhas melhores obras. Sua obra também era o palpite, moralmente falando. A gente tenta a sorte, ele me disse. Comete erros. Faz demais e de menos e segue obstinadamente uma linha imaginativa que não produz nada. Depois surge alguma coisa, um detalhe aparentemente estúpido, uma piada ridícula, uma trama vexatoriamente medíocre, e isso resulta na ação importante que transforma a bagunça numa *operação*, completa, objetiva, estruturada, mas projetando a ilusão de ter sido tão espontaneamente gerada, tão acidental, desarrumada e improvavelmente provável quanto a vida. "Quem sabe aonde pode levar Atenas? Vá a Atenas para George Ziad, e, se desempenhar convincentemente seu papel lá, esse encontro com que ele lhe acenou, a apresentação em Túnis a Arafat, bem pode vir a acontecer. Essas coisas acontecem. Para o senhor seria uma grande aventura, e para nós, claro, botar o senhor em Túnis não seria um pequeno feito. Eu próprio uma vez passei uma semana com Arafat. Yasser é engraçado. Tem um brilho maravilhoso. É um *showman*. Muitíssimo demonstrativo. Em seu comportamento externo, tem um charme terrível. Vai gostar dele."

Em resposta, brandi na cara dele a trama embaraçosamente medíocre, a piada ridícula, o detalhe estúpido que era seu cheque de um milhão de dólares. "Eu sou um cidadão americano", disse. "Estou aqui em missão jornalística para um jornal americano. Não sou um soldado da fortuna judeu. Não sou um agente secreto judeu. Não sou um Jonathan Pollard, nem desejo assassinar Yasser Arafat. Estou aqui para entrevistar outro escritor. Estou aqui para falar com ele sobre os livros dele. Vocês me seguiram, grampearam meus telefonemas e me provocaram, me agrediram fisicamente, abusaram de mim psicologicamente, me manobraram como brinquedo seu por qualquer motivo que lhes servisse, e agora o senhor tem a audácia..."

Uri sentara-se no parapeito da janela e sorria para mim, enquanto eu desencadeava todo o meu desprezo por aqueles imperdoáveis excessos e a impudica indecência com que fora tão mal usado.

"O senhor tem toda liberdade de ir embora", disse Smilesburger.

"Também tenho toda liberdade de entrar com uma ação. Isso é acionável", eu disse, lembrando o que ganhara fazendo a mesma afirmação a Pipik, em nosso primeiro confronto cara a

369

cara. "Vocês me mantiveram aqui por horas a fio, sem me dar uma ideia de onde eu estava, de quem eram vocês ou do que poderia vir a me acontecer. E tudo em nome de um plano trivial tão ridículo que mal posso acreditar em meus ouvidos quando o senhor o associa à palavra 'inteligência'. Esses absurdos que vocês maquinam, sem a menor consideração pelos meus direitos, pela minha intimidade ou pela minha segurança — isso é inteligência?"

"Talvez também estejamos protegendo o senhor."

"Quem pediu? Na estrada de Ramallah vocês estavam me protegendo? Eu podia morrer de pancada lá. Podia ter levado um tiro."

"O senhor não sofreu sequer um arranhão."

"Apesar disso, a experiência foi bastante desagradável."

"Uri vai levar o senhor de carro até a embaixada americana, onde o senhor pode entrar com uma queixa junto ao seu embaixador."

"Basta chamar um táxi. Para mim, já chega de Uri."

"Faça o que ele diz", disse Smilesburger a Uri.

"E onde eu estou? Onde exatamente?", perguntei, depois que Uri deixara a sala. "Que lugar é este?"

"Não é uma prisão, evidentemente. O senhor não foi acorrentado a um cano numa sala sem janelas, com uma venda nos olhos e uma mordaça na boca."

"Não me diga como tenho sorte por isto aqui não ser Beirute. Me diga alguma coisa útil — me diga quem é esse impostor."

"O senhor faria melhor perguntando a George Ziad. Talvez tenha sido ainda mais mal usado pelos seus amigos palestinos do que por mim."

"É mesmo? Isso é uma coisa que o senhor *sabe*?"

"O senhor acreditaria em mim se eu dissesse que sim? Creio que vai ter de colher sua informação com alguém mais digno de confiança, como eu vou ter de colher a minha com a ajuda de alguém que se ofenda menos facilmente. O embaixador Pickering vai entrar em contato com quem julgar adequado sobre minha conduta, e, quaisquer que sejam as consequências, vou ter de viver com isso como puder. Mas não posso acreditar que isso tenha sido uma provação que lhe deixará cicatrizes para sempre. Talvez até venha a ser grato um dia por qualquer que tenha sido minha contribuição para o livro que surgir. O livro talvez não seja tudo que poderia ser se o senhor preferisse ir um pouco mais adiante conosco, mas também o senhor sabe como um talento como o seu exige pouca aventura. E, afinal, nenhum serviço de inteligência, por mais implacável que seja, pode rivalizar com as fantásticas criações de um romancista. Pode continuar agora, sem interferência de toda esta crua realidade, criando por si mesmo personagens mais significativas que um simples valentão como Uri ou um valentão cansativamente ridículo como eu. Quem é o impostor? Sua imaginação de romancista vai produzir alguma coisa muito mais sedutora do que qualquer que seja a ridícula e trivial verdade. Quem é George Ziad, qual é o jogo *dele*? Também ele vai se tornar um problema de dimensões mais complexas que qualquer que seja a verdade pueril. Realidade. Tão banal, tão tola, tão *incoerente* — uma chateação tão intrigante e decepcionante. Não se compara a estar naquele gabinete em Connecticut, onde a única coisa real é o senhor."

Uri enfiou a cabeça na sala. "Táxi!"

"Ótimo!", disse Smilesburger, desligando a TV. "Aqui começa sua jornada de volta a tudo que depende da vontade."

Mas podia eu ter certeza de que aquele táxi seria um táxi mesmo, quando estava cada vez mais incerto sobre se aquelas pessoas tinham alguma ligação com a inteligência israelense? Que prova *havia*? A profunda falta de lógica daquilo tudo — era *essa* a prova? À ideia daquele "táxi", eu me senti de repente mais em perigo deixando-os do que ficando e ouvindo o quanto fosse preciso para imaginar o meio mais seguro possível de me desembaraçar.

"Quem são vocês?", perguntei. "Quem designou vocês para mim?"

"Não se preocupe com isso. Me mostre em seu livro do jeito que quiser. Prefere me romantizar ou demonizar? Deseja me heroicizar ou quer, ao contrário, fazer piada? Fique à vontade."

"Digamos que há *dez* judeus ricos que dão seu dinheiro aos palestinos. Me diga por que isso é da conta de vocês."

"O senhor deseja tomar o táxi para a embaixada americana, para apresentar sua queixa, ou quer continuar ouvindo uma pessoa em quem não acredita? O táxi não vai esperar. Para esperar, é preciso uma limusine."

"Uma limusine então."

"Faça o que ele diz", disse Smilesburger a Uri.

"Grana ou cartão de crédito?", perguntou Uri em perfeito inglês, rindo alto ao sair.

"Por que ele vive rindo feito um idiota o tempo todo?"

"É assim que finge não ter senso de humor. É para assustar o senhor. Mas o senhor está aguentando admiravelmente. Está indo maravilhosamente. Continue."

"Esses judeus que podem estar ou não contribuindo com dinheiro para a OLP, por que eles não têm todo o direito de fazer com o dinheiro deles o que quiserem, sem interferência de gente como vocês?"

"Eles não só têm um direito como judeus, eles têm um dever inescapável como judeus, de fazer reparações aos palestinos do modo que preferirem. O que nós fizemos com os palestinos é perverso. Nós os tiramos de suas casas e os oprimimos. Nós os expulsamos, espancamos, torturamos e assassinamos. O Estado judeu, desde que nasceu, se dedicou a eliminar a presença palestina na Palestina histórica e a desapropriar a terra de um povo nativo. Os palestinos foram expulsos, dispersos e dominados pelos judeus. Para criar um Estado judeu, nós traímos nossa história — fizemos com os palestinos o que os cristãos fizeram conosco: nós os transformamos sistematicamente no desprezado e subjugado Outro, com isso privando os coitados de sua condição humana. Independentemente do terrorismo ou dos terroristas, ou da estupidez política de Yasser Arafat, a verdade é esta: como povo, os palestinos são totalmente inocentes, e como povo os judeus são totalmente culpados. Para mim, o horror não é que um punhado de judeus ricos dê grandes contribuições financeiras para a OLP, mas que até o último judeu do mundo não tome a si dar também a sua contribuição."

"A linha há dois minutos era meio diferente dessa aí."

"O senhor acha que eu digo essas coisas cinicamente."

"O senhor diz tudo cinicamente."

"Estou sendo sincero. Eles são inocentes, nós somos culpados; eles estão certos, nós estamos errados; eles são os violados, nós os violadores. Eu sou um homem implacável, fazendo um trabalho implacável, para um país implacável, e sou implacável consciente e voluntariamente. Se algum dia houver uma vitória palestina e depois um julgamento por crimes de guerra aqui em Jerusalém, realizado, digamos, no mesmo local onde agora julgam o sr. Demjanjuk, e se nesse julgamento estiverem no banco dos réus não só os poderosos, mas funcionários inferiores como eu também, não terei defesa a apresentar diante da acusação palestina. Na verdade, os judeus que contribuíram livremente para a OLP vão me ser apresentados como pessoas de consciência, pessoas de consciência *judia*, que, apesar de toda a pressão judia para colaborar na opressão aos palestinos, preferiram ao contrário permanecer fiéis à herança espiritual e moral de seu povo há muito sofredor. Minha brutalidade será medida em comparação com a correção deles, e eu serei pendurado pelo pescoço até morrer. E que vou dizer ao tribunal depois de ser julgado e condenado pelo meu inimigo? Vou invocar como minha justificação a milenar história de antissemitismo degradante, humilhante, aterrorizante, bárbaro, assassino? Vou repetir a história de nosso direito a esta terra, a história milenar de assentamento judeu aqui? Vou invocar os horrores do Holocausto? Absolutamente, não. Não me justifico assim agora e não vou me curvar a fazer isso depois. Não invocarei a verdade simples: 'Sou tribal e fiquei com minha tribo'. Nem invocarei a verdade complexa: 'Nascido judeu onde e quando nasci, estou, sempre estive, para qualquer lado que me volte, condenado'. Não vou oferecer nenhuma retórica comovente quando o tribunal me pedir para dizer minhas últimas palavras, mas direi a meus juízes o seguinte: 'Fiz o que fiz com vocês porque fiz, e pronto'. E, se isso não é a verdade, é o mais próximo que posso chegar dela. 'Faço o que faço porque faço, e pronto.' E suas últimas palavras aos juízes? O senhor se esconderá por trás de Aharon Appelfeld. Faz isso hoje e fará então. Dirá: 'Eu não aprovava Sharon, não aprovava Shamir e ficava com a consciência confusa e perturbada quando via o sofrimento de meu amigo George Ziad e como essa injustiça o tinha enlouquecido de ódio'. O senhor dirá: 'Eu não aprovei o Gush Emunim nem os assentamentos na Margem Ocidental, e o bombardeio de Beirute me deixou horrorizado'. Demonstrará de mil formas o sujeito humano, misericordioso que o senhor é, e aí eles lhe perguntarão: 'Mas aprovava Israel e a existência de Israel, aprovava o roubo imperialista, colonialista, que *era* o Estado de Israel?'. E aí é que o senhor se esconderá por trás de Appelfeld. E os palestinos enforcarão também o senhor, como na verdade deveriam. Pois que justificação é o sr. Appelfeld, de Csernowitz, Bucovina, para roubar Haifa e Jaffa deles? Eles enforcarão o senhor junto comigo, a não ser, claro, que tomem o senhor pelo outro Philip Roth. Se tomarem o senhor por ele, o senhor ao menos terá uma chance. Pois aquele Philip Roth, que fez campanha para os judeus da Europa evacuarem a propriedade que tinham roubado, voltarem para a Europa e a Diáspora europeia, que era o lugar deles, *aquele* Philip Roth era amigo deles, aliado deles, o herói judeu deles. E aquele Philip Roth é sua única esperança. Esse homem, seu monstro, é na verdade a sua salvação — *o impostor é sua inocência*. Finja no julgamento ser ele, e não o senhor mesmo, engane-os com todas as suas manhas, pra levá-los a acreditar que os dois são um só e o mesmo. Fora isso, será julgado como um judeu tão odioso quanto Smilesburger. *Mais* odioso, por se esconder da verdade como faz."

"Limusine!" Era Uri de volta à porta da sala de aula, o brutamontes sorridente, gozador sem antagonismo, uma criatura que visivelmente não partilhava minha concepção racionalizada da vida. A sua era uma presença à qual eu parecia não poder adaptar-me, um desses baixinhos em embalagem potente que organizaram um pouco habilidosamente demais tudo de disparatado e flutuante que existe no resto de nós. A eloquência de todos aqueles tecidos musculosos intocados pelo intelecto fazia-me sentir, apesar da vantagem considerável de minha altura, um garoto bastante pequeno e desamparado. Antigamente, quando combatentes resolviam tudo que estivesse em disputa, toda a metade masculina da espécie humana devia ter mais ou menos a aparência de Uri, predadores camuflados como homens, homens que não precisavam ser recrutados para exércitos e submetidos a treinamento especializado para aprender a matar.

"Vá", disse Smilesburger. "Vá para Appelfeld. Vá para Nova York. Vá para Ramallah. Vá para a embaixada americana. Tem liberdade para satisfazer livremente sua virtude. Vá para onde se sente mais felizmente inculpável. Aproveite. O senhor é aquele fenômeno maravilhoso, improvável, magnifíssimo, o judeu verdadeiramente liberado. O juiz que não presta contas. O judeu que acha o mundo perfeitamente a seu gosto. O judeu *confortável*. O judeu *feliz*. Vá. Opte. Pegue. Tome. O senhor é o abençoado judeu não condenado a nada, e menos ainda à nossa luta histórica."

"Não", eu disse, "isso não é cem por cento verdade. Eu sou um judeu feliz não condenado a nada e que, apesar disso, se vê condenado, de vez em quando, a ouvir falastrões judeus de ares superiores se regozijando por estarem condenados a tudo. Acabou o show? Esgotou todas as estratégias retóricas? Não tem mais meios de persuasão? Que tal soltar sua pantera, agora que nada mais destroçou meus nervos? Ela pode rasgar minha garganta, para começar!"

Eu gritava.

Nesse ponto, o velho aleijado girou em suas muletas e foi até o quadro-negro, onde apagou as advertências bíblicas que escrevera em inglês, deixando intocadas as palavras hebraicas escritas por outro. "Classe dispensada", informou a Uri, e então, voltando-se para mim, perguntou, decepcionado: "*Ainda* indignado por ter sido 'sequestrado'?" — e nesse momento parecia quase exatamente o homem doente e derrotado, falando um inglês meio precário e limitado, que ele interpretara no almoço no dia anterior, de repente estourado, como uma pessoa vencida pela vida muito tempo atrás. Mas *eu* não o tinha vencido, isto estava claro. Talvez fosse apenas um dia muito longo, passado a pensar em como pegar judeus ricos que não davam dinheiro à UJA. "Sr. Roth Número Um — use seu bom cérebro judeu. Como desorientar melhor seus admiradores palestinos do que deixando que eles vejam a gente sequestrando à força a valiosa celebridade judia antissionista deles?"

Com isso, até eu já tinha ouvido o bastante e, após quase cinco horas como cativo de Smilesburger, por fim reuni a coragem necessária para sair pela porta. Podia estar arriscando a vida, mas o fato é que não podia mais ouvir como fazer de mim o que quisessem se encaixava maravilhosamente na fantasmagoria deles.

E ninguém fez nada para me deter. Uri, o despreocupado Uri, escancarou a porta e, pondo-se gaiatamente em rígida posição de sentido como o lacaio que não era, comprimiu-se contra a parede a fim de dar o máximo espaço para minha saída.

Eu estava no saguão, no alto do patamar, quando ouvi Smilesburger gritar: "Esqueceu uma coisa".

"Ah, não, não esqueci, não", gritei de volta, mas Uri já estava a meu lado, segurando o livrinho vermelho que eu estivera lendo antes para tentar concentrar minhas forças.

"Junto da cadeira", respondeu Smilesburger, "o senhor deixou um dos diários de Klinghoffer."

Recebi o diário de Uri no momento em que Smilesburger aparecia à porta da sala de aula. "Para um pequeno país em guerra, nós temos sorte. Tem muitos judeus talentosos como o senhor lá fora em nossa Diáspora distante. Eu próprio tive o privilégio de recrutar o distinto colega seu que criou esses diários pra nós. Ele acabou gostando do trabalho. A princípio recusou — disse: 'Por que não Roth? Está dentro da especialidade dele'. Mas eu respondi: 'Temos outra coisa em mente pro sr. Roth'."

Epílogo
AS PALAVRAS EM GERAL
ESTRAGAM TUDO

PREFERI APAGAR MEU ÚLTIMO CAPÍTULO, doze mil palavras que descreviam as pessoas que encontrei em Atenas, as circunstâncias que nos juntaram e a expedição posterior, a uma segunda capital europeia, que resultou daquele educativo fim de semana na capital grega. De todo este livro, cujo manuscrito completo Smilesburger pediu para inspecionar, só o conteúdo do capítulo 11, "Operação Shylock", ele julgou conter informações demasiado prejudiciais aos interesses de sua agência e ao governo de Israel para ser publicado em inglês, quanto mais em outras quinze línguas, mais ou menos. Eu, claro, não tinha mais obrigação com ele, com sua agência ou com o Estado de Israel de suprimir essas quarenta e tantas páginas do que de submeter todo o manuscrito ou qualquer parte dele a uma leitura prévia. Não assinara nenhuma declaração antecipada prometendo abster-me de publicar coisa alguma sobre a missão ou buscar autorização para publicar, nem fora o assunto discutido durante as sessões de instrução que se realizaram em Tel-Aviv dois dias depois de meu sequestro. Era uma questão incômoda que nenhuma das partes desejara levantar, pelo menos por enquanto, meus manipuladores porque devem ter acreditado que não era tanto o bom judeu quanto o escritor ambicioso em mim que consentia, finalmente, em recolher para eles informações sobre "elementos antissionistas judeus que ameaçam a segurança de Israel", e eu porque chegara à conclusão de que a melhor maneira de servir meu interesse profissional era agir como se fosse *apenas* o bom judeu, atendendo ao chamado do dever, que se inscrevia como agente israelense.

Mas por que *fiz* isso — em vista dos riscos e incertezas, que excediam de longe os perigos do desconhecido que acompanham a literatura — e entrei naquela realidade em que havia forças brutais em combate e algo sério em causa? Sob o fascínio daquelas personagens de atraente efervescência, com seu dilúvio de conversa sobre perigo, rodopiando dentro do poço daquelas opiniões contraditórias — e sem o menor controle desse pingue-pongue narrativo em que eu figurava como a bolinha —, estaria eu simplesmente mais suscetível do que jamais estivera a novas e mais intensas emoções? Teria meu emocionante passeio pelo deserto daquele mundo — que começara com o Halcion, Poço de Desolação, e após a batalha com Pipik, Rei do Poço sem Fundo, terminara na masmorra do Gigante Mossad — germinado uma nova lógica para minha peregrinação judaica? Ou, em vez de trair minha velha natureza, estaria eu sucumbindo afinal a uma lei básica de minha existência, o instinto para a personificação pelo qual até então encenara e energizara minhas contradições apenas no domínio da ficção? Eu realmente não podia ver o que estava por trás do que fazia, e isso também podia explicar o motivo de estar fazendo aquilo: era animado pelo lado imbecil da coisa — talvez não houvesse *nada* por trás. Fazer algo *sem* clareza, um ato inexplicável, uma coisa incognoscível até para a gente mesmo, sair da responsabilidade e ceder inteiramente a uma curiosidade muito grande, ser tomado sem resistência pela estranheza, pelo deslocamento do imprevisto... Não, eu não podia identificar para mim mesmo o que me atraía, nem compreender se o que se opunha a essa decisão era absolutamente tudo ou absolutamente nada, e, no entanto, não tendo a ideologia do profissional para atear meu fanatismo — ou talvez alimentado pela ideologia do não ideológico profissional como eu —, empreendi fazer a mais extrema atuação da minha vida e iludir seriamente outras pessoas em algo mais drástico que um simples livro.

O pedido de Smilesburger, em caráter privado, para ter a oportunidade de ler, antes da publicação, qualquer texto sobre algum aspecto da operação que eu achasse "conveniente explorar um dia num best-seller", foi feito cerca de dois anos e meio antes de eu embarcar neste tratamento não ficcional, em vez de enfiar a ideia no contexto, digamos, de uma sequência de *O avesso da vida*, com Zuckerman. Como, uma vez concluído o trabalho para ele, nunca mais tive notícia de Smilesburger, não teria sido difícil, quando consegui acabar o capítulo 11 de *Operação Shylock*, quase cinco anos depois, fingir ter esquecido seu pedido — irritantemente feito, em nossa despedida, com aquela gozadora jocosidade que era uma marca registrada — ou simplesmente ignorá-lo e publicar, para o que desse e viesse, o livro todo, como fizera com seus antecessores: como um escritor sem peias, independente de qualquer interferência de grupos externos apreensivos, ávidos por meter a mão no texto.

Mas, quando cheguei ao fim do manuscrito, descobri que tinha motivos próprios para querer que Smilesburger desse uma olhada nele. Em primeiro lugar, agora que se haviam passado todos aqueles anos desde que eu o servira, talvez ele falasse mais sobre os vários fatores-chave que ainda me confundiam, sobretudo a questão da identidade de Pipik e seu papel em tudo aquilo, que, disso eu continuava convencido, estavam mais completamente documentados nos arquivos de Smilesburger que nos meus. Ele também podia, se quisesse, corrigir quaisquer erros que se houvessem introduzido em minha descrição da operação, e, se eu pudesse convencê-lo, poderia até me contar um pouco de sua própria história antes de tornar-se Smilesburger para mim. Mas, sobretudo, queria que ele confirmasse que o que eu contava como tendo acontecido havia de fato acontecido. Eu tinha extensas anotações de diário feitas na época para autenticar minha história; tinha lembranças que haviam permanecido quase indeléveis; contudo, por mais estranho que pareça a quem não passou a vida inteira escrevendo ficção, quando acabei o capítulo 11 e me sentei para reler todo o manuscrito descobri-me estranhamente inseguro sobre a verossimilhança do livro. Não era que, após o fato, não mais pudesse acreditar que o improvável se abatera sobre mim com a mesma facilidade com que se abate sobre qualquer um; era que três décadas como romancista me haviam acostumado tanto a *imaginar* qualquer coisa que obstruísse minhas personagens —

mesmo quando a realidade fornecia o estímulo — que comecei a semiacreditar que, mesmo não tendo inventado *Operação Shylock* de cabo a rabo, o instinto de romancista o havia super-dramatizado muito. Queria que Smilesburger desfizesse minha vaga dúvida, confirmando que eu não estava nem lembrando imperfeitamente o que acontecera nem tomando liberdades que falsificavam a realidade.

Não havia mais ninguém, fora Smilesburger, a quem eu pudesse recorrer para essa certificação. Aharon estivera lá no almoço quando o meio disfarçado Smilesburger jogara o seu cheque, mas afora isso não testemunhara nada em primeira mão. Um pouco floreadamente, eu contara a Aharon os detalhes de meus primeiros encontros em Jerusalém com Pipik e Jinx, mas depois não lhe contei mais nada e lhe pedi como amigo que tratasse confidencialmente o que eu dissera e não repetisse as histórias a ninguém. Cheguei mesmo a me perguntar se, quando Aharon lesse *Operação Shylock*, não seria tentado a pensar que tudo o que ele vira de fato estava ali e que o resto era apenas uma história, um cenário elaboradamente completo e coerente que eu inventara como pano de fundo para uma experiência de tantalizante sugestividade, que na verdade não representara absolutamente nada, pelo menos nada coerente. Eu podia facilmente imaginá-lo pensando isso porque, como disse, ao acabar de ler pela primeira vez o manuscrito concluído até eu mesmo comecei a imaginar se Pipik em Jerusalém poderia ter sido mais escorregadio do que eu estava sendo naquele livro sobre ele — um pensamento estranho, desestabilizante para qualquer outro que não um romancista, um pensamento daqueles que, quando levado suficientemente longe, dão origem a uma moral muito tênue e até mesmo torturada.

Muito em breve me vi imaginando se não seria *melhor* apresentar o livro não como uma confissão autobiográfica, que qualquer leitor, tanto hostil *quanto* simpático, poderia sentir-se levado a contestar em sua credibilidade, não como uma história cujo próprio *objetivo* era sua improvável realidade, mas — dizendo ter criado o que me fora generosamente dado, de graça,

380

pela superinventiva realidade — como ficção, como uma invenção onírica consciente, cujo conteúdo latente o autor imaginara tão deliberadamente quanto fizera com o que era puramente claro. Podia até visualizar *Operação Shylock* enganosamente apresentado como romance, sendo visto por uns poucos engenhosos como uma crônica da alucinação do Halcion que, por alguns momentos, mesmo eu, durante um dos mais espantosos episódios em Jerusalém, quase supus que fosse.

Por que não *esquecer* Smilesburger? Visto que, eu disse a mim próprio, a existência dele não é hoje, por decreto soberano meu, mais real do que qualquer outra coisa seriamente atestada aqui, a corroboração por ele da base factual do livro não é mais possível mesmo. Publique o manuscrito sem cortes, sem censura, como está, apenas pondo na frente do livro a advertência padrão de que se trata de uma obra de ficção, e mais que provavelmente terá neutralizado quaisquer objeções que Smilesburger pudesse querer fazer se tivesse acesso ao manuscrito. Estará também contornando um confronto com o Mossad que talvez não lhe agradasse. E, melhor ainda, terá espontaneamente realizado no corpo de seu livro a sacrossanta brincadeira da transubstanciação artística, com os elementos mudados mantendo a aparência de autobiografia e adquirindo ao mesmo tempo as potencialidades do romance. Menos de cinquenta palavras conhecidas são tudo que é preciso para resolver seus problemas.

Este livro é uma obra de ficção. Os nomes, personagens, lugares e incidentes são ou produtos da imaginação do autor, ou usados ficticiamente. Qualquer semelhança com fatos, locais ou pessoas reais, vivas ou monas, é mera coincidência.

Sim, é só colocar essas três frases formulísticas na frente do livro, e não apenas satisfaço Smilesburger como também castigo Pipik de uma vez por todas. Espere só até aquele ladrão abrir este livro e descobrir que eu roubei o seu número! Nenhuma vingança poderia ser mais sadicamente adequada! Contanto, claro, que Pipik estivesse vivo e em condições de saborear suficientemente — e sofrer dolorosamente — a maneira como o engoli inteiro...

Eu não tinha ideia do que acontecera com Pipik, e o fato de nunca mais ter tido notícia dele ou sobre ele, após aqueles poucos dias em Jerusalém, me fazia perguntar-me se talvez não teria até mesmo morrido. Intermitentemente, tentava me convencer, baseado em nenhum outro indício além de sua ausência, de que ele fora vencido pelo câncer. Cheguei até a criar um cenário das circunstâncias em que terminara a vida dele, destinado a reproduzir o curso flagrantemente patológico do que eu supunha de como fora vivida. Pus-me objetivamente a elaborar o tipo de sonho acordado homicida que ocorre com muita frequência às pessoas furiosas, mas que em geral está demasiado ostensivamente impregnado de vontade de acreditar para oferecer a certeza que eu buscava. Precisava para ele uma morte nem mais nem menos incrível do que tudo mais na mentira que era ele, necessitava-a para agir *como se* tivesse sido libertado de sua interferência para sempre e estivesse seguro para escrever fielmente sobre o que acontecera, sem ter de temer que a publicação de meu livro provocasse uma visita muito mais terrível para mim que a abortada estreia dele em Jerusalém.

Acabei produzindo o seguinte. Imaginei uma carta de Jinx aparecendo em minha caixa de correspondência, escrita numa letra tão minúscula que eu só podia decifrar com a ajuda de uma lupa de meu conjunto em dois volumes do *Oxford English Dictionary*. A carta, de umas sete páginas, parecia um documento contrabandeado para fora de uma prisão, enquanto a própria caligrafia sugeria a arte da rendeira ou do microcirurgião. À primeira vista, eu achava impossível atribuir aquela carta a uma mulher de formas tão robustas e tão sensualmente esguia quanto a loura Wanda Jane de Pipik, que se dizia, além disso, em tão maus termos com o alfabeto. Como podia aquele perfeito bordado ser trabalho manual dela? Só quando me lembrei da menor abandonada hippie que encontrara Jesus, a crente senil cujo conforto viera do dizer a si mesma "Eu não sou digna, não sou nada. Deus é tudo", foi que pude ao menos começar a deixar a incredulidade inicial e investigar a probabilidade da narrativa tão miudamente revelada ali.

Na verdade, não havia nada no que li naquela carta, por mais extremo que fosse, que eu não me pudesse fazer acreditar sobre *ele*. Contudo, o que me tornava mais desconfiado do que mesmo a letra era a assustadora confissão, lá pela metade, que Wanda Jane fazia sobre si mesma. Era simplesmente chocante demais acreditar que a mulher a quem Smilesburger rotulava de "Phallika", em deferência à natural suculência dela, houvesse realizado o ato de necrofilia que contava quase com o mesmo prazer com que lembraria seu primeiro beijo de língua aos treze anos. O maníaco poder dele sobre ela não podia ter sido tão grotesco assim. Sem dúvida o que eu lia era uma descrição não de uma coisa que ela tivesse feito, mas de uma coisa que queria que eu pensasse que ela fizera, uma fantasia especificamente imaginada para informar ao eterno rival dele a deslumbrante e inquebrável chave de braço em que ele a mantinha — destinada, além disso, a contaminar de tal modo a lembrança dela em mim que a tornasse um eterno tabu. Era pornografia maldosa e não podia ter acontecido. O que ela registrara ali, como com a ponta de um alfinete, atestando o domínio dele sobre ela e a adoração religiosa, vampiresca, dela por ele, era o que o seu ditador lhe ditara, na esperança de impedir que eu e ela algum dia voltássemos a nos acasalar, não apenas após a morte dele, mas durante a vida dele, que — eu era obrigado a deduzir daquela trama quintessencialmente pipikiana — não chegara de modo algum ao triste fim.

Portanto, estava vivo — e de volta. Longe de me reassegurar de que ele se fora para nunca mais voltar a me perseguir, aquela carta — como talvez nenhuma outra pessoa a interpretasse, admito — proclamava, com a habitual engenhosidade sádica dele, o reaparecimento dos poderes de Pipik e o reinício de seu papel como meu súcubo. Ele e ninguém mais escrevera aquela carta para me mergulhar de volta naquela paranoica terra de ninguém onde não há demarcação entre improbabilidade e certeza e onde a realidade do que nos ameaça é tanto mais agourenta por ser incalculável e obscura. Ele a imaginara ali como queria que ela fosse: um instrumento sacerdotal servindo-o *in extremis* e, após sua morte, cultuando sua virilidade da maneira mais inimaginável. Eu podia até imaginar o autorretrato sem retoques que ele apresentava, de um agonizante perpetuamente à beira da insanidade total, como o sinal mais conclusivo que ele poderia pensar oferecer da milagrosa devoção que podia inspirar nela, independentemente do grau de demonismo do comportamento dele. Não, não me surpreendeu que ele não fizesse o menor esforço para ocultar as profundezas de sua infidelidade, nem para disfarçar ou suavizar de algum modo o charlatão vulgar, aterrorizante, a quem ela estava escravizada. Ao contrário, por que não iria *exagerar* sua hediondez, apresentar-se como ainda mais monstruoso do que era, se sua intenção era me espantar para longe dela eternamente?

E eu *estava* espantado. Quase esquecera como eu podia me desmontar facilmente com a audaz ousadia de suas mentiras, até chegar aquela carta, ostensivamente de Wanda Jane, pedindo-me para acreditar que minha indestrutível nêmese não mais existia. Que melhor medida de meu pavor do reaparecimento dele que a perversidade masoquista com que logo transformei a bem-vinda notícia de sua morte na confirmação de que continuava vivo? Por que não tomar como lição, ao contrário, o que acontecera em Jerusalém e reconhecer em tudo que era hiperbólico a mais reveladora prova da autenticidade da carta. Claro que ela está falando a verdade — nada há aqui de inconsistente com o que você já sabe deles, e *menos ainda* com tudo que é mais repugnante. E por que se dar o trabalho de até mesmo imaginar uma carta dessas se, em vez de se encorajar com a notícia de ter sobrevivido a ele, em vez de se fortalecer com sua vitória sobre ele, você autodestrutivamente inclui na carta enormes ambiguidades, que explora para minar a equanimidade mesma que está a fim de alcançar.

Resposta: Porque o que aprendi com o que passei com eles — e com George, Smilesburger, Supposnik, com *todos* eles — é que qualquer carta menos aterradoramente ambígua (ou mais facilmente decifrável) que não se desmentisse mesmo da maneira mais insignificante, qualquer carta cuja mensagem inspirasse minha sincera crença e purgasse, ainda que apenas temporariamente, as incertezas que mais me atormentavam, não me venceria de nada mais do que do poder sobre minha imaginação daquele desejo inteiramente humano de ser convencido.

Portanto, eis aqui o conteúdo da carta que produzi para me levar a contar toda esta história, como fiz, sem o medo de ser impedido pela represália dele. Outra pessoa poderia ter encontrado um meio mais eficaz de calar a própria ansiedade. Mas, apesar da discordância de Moishe Pipik, eu não sou outra pessoa.

Quando se tornou claro que Philip provavelmente tinha menos de um uno de vida, os dois se mudaram para o México — onde, em desespero, ele imprudentemente pusera sua fé num tratamento extremo com drogas proibido nos Estados Unidos — e depois alugaram uma casinha mobiliada em Hackensack, Nova Jersey, meia hora ao norte de minha cidade natal, Newark. Foi outra catástrofe, e seis meses depois tinham se mudado para os Berkshires, apenas sessenta quilômetros ao norte de onde eu morara nos últimos vinte anos. Numa pequena casa de fazenda que alugaram numa remota estrada de terra, no meio da encosta de uma montanha coberta de floresta, ele começara, com as forças se esvaindo, a ditar num gravador o que teria sido o seu grande tratado sobre o diasporismo, enquanto Wanda Jane arranjava emprego como enfermeira de pronto-socorro num hospital local. E foi ali que encontraram algum alívio, finalmente, do melodrama que forjara sua indissolúvel união. A vida tornou-se calma. O amor reacendeu-se. Um milagre.

A morte chegou de repente quatro meses depois, na quarta-feira, 17 de janeiro de 1991, apenas poucas horas depois que os primeiros mísseis Scud explodiram na zona residencial de Tel-Aviv. Desde quando começara a trabalhar com as fitas, a degeneração física se tornara quase imperceptível, e a Wanda pareceu que o câncer podia ter mais uma vez entrado em remissão, talvez até mesmo como consequência do progresso que ele fazia todo dia no livro e do qual falava com muita esperança quando ela voltava do hospital para dar-lhe banho e jantar. Mas, quando surgiram na CNN as imagens dos feridos em macas transportados às pressas dos prédios seriamente danificados, não houve como consolá-lo. O choque do bombardeio o fez chorar como uma criança. Disse a ela que agora era tarde demais para o diasporismo salvar os judeus. Não podia nem ver o massacre dos judeus de Tel-Aviv nem prever as consequências do contra-ataque nuclear que, disso tinha certeza, os israelenses iam lançar antes do amanhecer, e, de coração partido, Philip morreu naquela noite.

Durante dois dias, vestindo camisola e olhando a CNN, Wanda permaneceu ao lado do corpo na cama. Confortava-o com as notícias de que não ia ser lançado em retaliação nenhum tipo de ataque israelense; falou-lhe da instalação dos mísseis Patriot, manejados por soldados americanos, protegendo os israelenses contra novos ataques; descreveu para ele as precauções que os israelenses estavam tomando contra a ameaça de guerra bacteriológica iraquiana — "Não estão massacrando judeus", garantiu-lhe, "vai ficar tudo bem pra eles!". Mas nenhum encorajamento que desse podia trazê-lo de volta à vida. Na esperança de que isso pudesse ressuscitar o resto dele, fez amor com o seu implante peniano. Muito curiosamente, era a única parte do corpo, escrevia-me, "que parecia viva e me dava a sensação dele". Confessava sem um traço de vergonha que a ereção que sobrevivera a ele proporcionara-lhe conforto durante dois dias e duas noites. "A gente trepava, conversava e via TV. Como nos bons velhos tempos." E acrescentava: "Quem achar que isso foi errado não sabe o que é o verdadeiro amor. Eu estava muito mais pirada como uma menina católica tomando a comunhão do que fazendo sexo com o meu judeu morto".

O único arrependimento dela era não tê-lo entregue aos judeus para enterrá-lo como judeu dentro de vinte e quatro horas após a morte. *Isso* fora um erro, um erro pecaminoso, sobretudo para ele. Mas, cuidando de Philip como de seu próprio filho doente, no isolamento daquela casinha na encosta da montanha, ela se apaixonara mais por ele do que jamais antes e, por isso, não pudera deixá-lo partir sem refazer, naquela lua de mel póstuma, a paixão e a intimidade dos "bons velhos tempos". Em sua defesa, só podia alegar que, tão logo entendera — e tinha ido tão longe que a compreensão demorara muito a chegar — que nenhuma excitação sexual poderia jamais ressuscitar o cadáver, ela agira com presteza e mandara enterrá-lo imediatamente, com os ritos tradicionais judeus, num pequeno cemitério que remontava à Massachusetts pré-revolucionária. Ele próprio escolhera o local. Estar cercado na morte por todas aquelas velhas famílias ianques, com seus prototípicos nomes ianques, parecera-lhe exatamente o devido ao homem cuja lápide iria trazer abaixo de *seu* nome o justo, se bem que desesperançado, epíteto de "O Pai do Diasporismo".

A aversão dele por mim — ou seria por minha sombra? — aparentemente atingira seu crescendo maníaco poucos meses antes, quando moravam em Nova Jersey. Depois do México, ela escrevia, Pipik decidira que iam fazer sua morada lá, onde ele se poria a trabalhar em *His Way*, a escandalosa denúncia que faria de mim, cuja redação se apoderara dele e cuja publicação como um livro completo iria me revelar ao público como uma fraude e um charlatão. Fizeram passeios inúteis a Newark, onde ele estava decidido a desencavar "documentação" que revelasse que eu não era a pessoa que dizia ser. Sentada com ele no carro defronte do hospital onde eu nasci e onde traficantes de drogas agora se reuniam a menos de dois minutos de distância, ela chorava e pedia-lhe que recuperasse o juízo, enquanto ele fulminava durante horas as minhas mentiras. Uma manhã, quando faziam o desjejum na cozinha da casa em Hackensack, ele explicou que se contivera o suficiente e que, contra o adversário que eu revelara ser em Jerusalém, não podia mais limitar-se às regras do jogo limpo. Decidira-se a enfrentar meu velho pai naquele mesmo dia com "a verdade sobre o fraudulento filho dele". "*Que* verdade?", ela gritara. "*A* verdade! Que tudo nele é uma mentira! Que o sucesso dele na vida se baseia numa mentira! Que o papel que ele desempenha na vida é uma mentira! Que enganar as pessoas a seu respeito é o único talento que aquele merdinha tem! *Ele* é a fraude, *essa* é a ironia — *ele é o porra do duplo*, um impostor desonesto e uma porra de uma fraude hipócrita, e eu pretendo dizer ao mundo, começando hoje com o estúpido velho dele!" E, quando ela, então, se recusou a levá-lo de carro ao endereço de meu pai em Elizabeth (anotado num pedaço de papel que trazia na carteira desde que haviam voltado do México), ele avançou sobre Wanda Jane com o garfo, apunhalando com força as costas da mão que, no último instante, ela levantara para proteger os olhos.

Ora, não se passara um dia sequer desde que se haviam mudado para Nova Jersey — alguns dias, nem mesmo uma hora — sem que ela tramasse fugir dele. Mas, mesmo quando viu os furos feitos na pele pelos dentes do garfo e o sangue escorrendo, mesmo então não encontrou nem a força nem a fraqueza para abandoná-lo à sua doença, fugir e salvar a vida. Em vez disso, pôs-se a gritar com ele que o que o enfurecia era o fracasso do tratamento no México — o charlatão era o falso médico no México, cujas afirmações todas tinham sido mentiras imundas. Na raiz da raiva dele estava o *câncer*. E foi então que disse a ela que fora o escritor que lhe *causara* o câncer — enfrentar durante três décadas a perfídia daquele escritor fora o que o pusera, com apenas cinquenta e oito anos, à beira da morte. E foi então que mesmo a autossacrificial devoção da enfermeira Possesski cedeu e ela anunciou que não podia mais viver com uma pessoa que perdera o juízo — ia embora!

"Para ele!", ele exclamou com voz triunfante, como se fosse a cura do câncer que ela houvesse enfim revelado. "Deixar aquele que ama você por aquele filho da puta mentiroso que fode você de todos os lados e depois desaparece!"

Ela negou, mas evidentemente era verdade — o sonho de ser resgatada era o de ser resgatada por mim; era o mesmo sonho que ela encenara na noite em que empurrara a estrela de seis pontas de Walesa por baixo da porta de meu quarto de hotel, na Jerusalém árabe, e implorara refúgio ao original cuja existência tanto inflamava a duplicata.

"Eu vou-me embora! Vou dar o fora daqui, Philip, antes que aconteça alguma coisa pior! Não posso viver com uma criança selvagem!"

Mas, quando se levantou da mesa do desjejum, afinal pronta para romper as cadeias daquele inexplicável martírio, ele soluçou histérico: "Oh, mamãe, desculpe", e caiu de joelhos no chão da cozinha. Comprimindo a mão ensanguentada dela na boca, disse-lhe: "Me perdoe — prometo nunca mais esfaquear você de novo!". E então aquele homem que era só doença, aquele louco a quem nada envergonhava, destemperado, conspirador, tão implacavelmente impelido por compulsão ingovernável quanto por meticuloso erro de cálculo, minuto a minuto, aquela vítima mutilada que era só inconclusão e deficiência, cujas tramas todas eram um fiasco e contra cuja hipérbole da estava, como sempre, indefesa, começou a lamber a ferida que infligira. Grunhindo contrito, rosnando exibicionisticamente com remorso, lambia-a sedento com a língua, como se o sangue que saía das veias daquela mulher fosse o próprio elixir pelo qual procurara para prolongar a calamidade que era sua vida.

Como a essa altura ele não pesava muito mais que uns cinquenta quilos, não era difícil para alguém com a força de Wanda Jane erguê-lo do chão e praticamente carregá-lo nos braços escada acima até a cama. E, enquanto se sentava ao lado dele ali, segurando suas mãos trêmulas nas dela, ele revelou de onde realmente viera e quem realmente era, uma história irreconciliável com tudo que lhe havia contado até então. Ela se recusou a acreditar e, em sua carta a mim, não quis repetir nem um só detalhe das coisas de que ele se dizia culpado. Devia estar delirando, escreveu, porque, se não estava, teria de mandar prendê-lo ou interná-lo num sanatório. Quando, afinal, não restava para confessar mais nada vergonhoso que um homem pudesse fazer, a escuridão já envolvera a rua deles e era hora de dar-lhe o jantar, com a mão bandada latejando. Mas primeiro, usando uma esponja e uma bacia de água quente, ela o banhara delicadamente ali mesmo na cama, e, como fazia toda noite, massageara-lhe as pernas até ele ronronar. Que importava no fim quem era ele e o que fizera, ou quem pensava que era e fizera, ou era capaz de fazer, ou corajoso o bastante para ter feito, ou doente o bastante para imaginar ter feito, ou imaginava que devia ter feito, para tornar-se fatalmente doente? Puro ou depravado, inofensivo ou cruel, aspirante a salvador dos judeus ou traidor em busca de emoção, duplicata, pervertido, o fato era que sofria, e ela ali estava para aliviar aquele sofrimento, como estivera desde o início. Aquela mulher que ele esfaqueara na mão ao desjejum (visando o rosto) o pôs para dormir — sem ele sequer ter de pedir — com uma chupada ordenhadora, devastadora, que borrara todas as palavras dele, ou pelo menos ela assim dizia, ou pelo menos assim dizia quem a mandou dizer naquela carta, a fim de me advertir a não escrever uma única frase para publicação sobre aqueles meus irracionalistas vulgares e bárbaros, aqueles dois catastrofistas sustentados por seu demoníaco conflito e pela trivialidade teatral, enlouquecedora, da psicose. A mensagem da carta dela para mim era a seguinte: *Vá procurar sua comédia em outra parte. Você agradece e deixa o palco, nós agradecemos e deixamos o palco. Ele vai estar praticamente morto. Mas se atreva a ridicularizar qualquer um de nós num livro, e nós jamais o deixaremos em paz de novo. Você encontrou seu tope em Pipik e Jinx, que estão vivos e bem os dois.* E essa mensagem, claro, era a própria antítese da garantia que a carta fora concebida para dar.

Na manhã seguinte à reconciliação, tudo que atuava para esgotar a coragem dela recomeçou, embora parecesse a princípio que o choque, mesmo para ele, da selvageria com aquele garfo poderia ter finalmente freado seu desespero. Ele falava com ela, naquela manhã seguinte, "com uma voz tranquilizante como a sua", ela escreveu, uma voz contida, modulada, expressiva de tudo por que ela ansiava e às vezes sonhava em segredo encontrar, praticando a impensável vingança ou fugindo para o abrigo que era eu.

Ele informou-a de que iam deixar Nova Jersey. Ela devia ir ao quintal e queimar na churrasqueira o rascunho dos quatro primeiros capítulos de *His Way*. Aquela antipática obsessão acabara. Iam embora.

Ela ficara extática — agora podia continuar com sua tarefa de mantê-lo vivo (como se, admitia, pudesse algum dia tê-lo deixado para morrer em agonia sozinho). Fazer uma vida com o xará dele era uma história da carochinha mesmo. Eu, como ele lhe lembrava, a quisera "só para sexo", enquanto o que ele queria dela, com toda a escaldante intensidade que só os agonizantes podem sentir, sozinhos e sem recursos em sua ilha de medo, era "tudo", ela escrevia, *tudo* que ela tinha em si para dar a um paciente.

Iam deixar Nova Jersey e mudar-se para os Berkshires, onde ele ia escrever o livro sobre diasporismo que seria seu legado aos judeus.

Como a disléxica Wanda jamais lera uma página que eu ou qualquer outro romancista escrevemos, só depois de se instalarem no oeste de Massachusetts foi que ela soube que fora ali que eu situara a casa do exausto e heroico E. I. Lonoff, cujo exemplo de flaubertiano anacoretismo confirma os mais altos ideais literários do adorador de escritores Nathan Zuckerman, o jovem principiante de *The Ghost Writer*. Contudo, embora Wanda não percebesse que, tendo começado por roubar minha identidade, Pipik agora estava decidido a agravar mais ainda o roubo transformando em paródia (à maneira *dele*) a humilde dedicação do desprendido Lonoff, ela sabia que eu me instalara menos de uma hora ao sul, nas montanhas do noroeste de Connecticut. E a provocação que minha proximidade teria de ser era o suficiente para redespertar seu pavor, e com isso, claro, as inextinguíveis fantasias de libertar-se que o edificante encontro comigo inspirara. (Eu jamais devia tê-la achado irresistível, pensei. Não era preciso um gênio para prever isso.)

"Oh, querido", ela gritou, "esqueça ele, eu lhe peço. Vamos queimar *His Way* e esquecer que ele algum dia existiu! Você não pode sair de onde ele nasceu pra ir morar onde ele está morando agora! Não pode ficar seguindo ele desse jeito! Nosso tempo juntos é precioso demais pra isso! Ficar em qualquer lugar perto desse cara deixa você doido! Você só vai se envenenar de novo! Ir pra lá só vai deixar você doido de novo!"

"Estar perto dele agora só vai me tornar são", ele disse, tão insensato no assunto como sempre. "Estar perto dele só pode me tornar forte. Estar perto dele é o antídoto — é como vou vencer esta coisa. Estar perto dele é a *cura*."

"O mais longe dele que a gente puder!", ela pediu.

"O mais perto dele que a gente puder", ele repetiu.

"É brincar com o destino!", ela gritou.

"De jeito nenhum", ele respondeu. "Vá vê-lo se quiser."

"Eu não quis dizer *eu* e o destino — quis dizer *você*. Primeiro você me diz que ele lhe causou câncer, agora me diz que ele é a cura! Mas ele não tem nada a ver com você, *de uma maneira ou de outra*. Esqueça ele! Perdoe ele!"

"Mas eu o perdoo. Eu o perdoo pelo que ele é, perdoo a mim mesmo pelo que eu sou, perdoo até você pelo que você é. Repito a você — vá vê-lo se quiser. Vá vê-lo de novo. seduza-o de novo..."

"Eu não quero! Você é meu homem, Philip, meu único homem! Eu não ia estar aqui se não fosse assim!"

"Você disse... ouvi direito? Ouvi mesmo você dizer 'Você é meu Manson, Philip?'"

"Meu homem! Homem! Você é meu H-O-M-E-M!"

"Não. Você disse 'Manson'. Por que disse 'Manson'?"

"Eu *não* disse Manson."

"Você disse que eu era seu Charles Manson, e eu gostaria de saber por quê."

"Mas eu *não* disse."

"Não disse o quê? Não disse Charles ou Manson? Se não disse Charles, mas só Manson, será que quis apenas dizer *man--son*,* quis dizer apenas que eu era seu capacho infantil, desamparado, sua 'criança selvagem', como me disse ontem, quis apenas me insultar daquele jeito de novo hoje, ou quis dizer o *que quis dizer* — que vive comigo como aquelas garotas zumbis que adoravam o pau tatuado de Manson? Eu aterrorizo você como

---

* Filho de homem, criança. (N. T.)

Charles Manson? Eu banco o Svengali com você, escravizo você e apavoro você pra ser submissa — é esse o motivo pelo qual você continua leal a um homem que já é um meio cadáver?"

"Mas é *isso* que está fazendo isso a você — a morte!"

"É *você* que está fazendo isso comigo. *Você disse que eu era seu Charles Manson!*"

E nesse ponto ela gritou: "E você é! Ontem! Todas aquelas histórias horríveis, horríveis! Você é! *Você é pior!*"

"Entendo", ele respondeu com minha voz tranquilizadora, a voz que apenas minutos antes despertara tanta esperança nela. "Então é isso que resulta do garfo. Você não me perdoou de jeito nenhum. Me pede pra perdoá-lo pelo diabólico ódio dele por mim, e eu *perdoo*, mas *você* não pode em seu íntimo encontrar perdão *por* quatro furinhos de alfinete nas costas de sua mão. Eu conto histórias horríveis, horríveis, histórias *horríveis*, e *você* acredita em mim."

"Eu não acreditei em você! Decididamente *não* acreditei em você."

"Então, *não* acredita em mim. Mas você nunca acreditou em mim. Eu não posso vencer, nem com você. Conto a verdade a você e você *não* acredita em mim, conto mentiras a você e você *acredita* em mim."

"Oh, é a morte que está fazendo isso, *a morte* — não é você!"

"Opa — não sou eu? Quem então? Devo adivinhar? Será que não consegue pensar um único momento em outra pessoa que não ele? É olhar pra mim e pensar nele que faz você suportar nossa vida horrorosa? É isso que você imagina na cama, é assim que consegue, sem vomitar, satisfazer meus repelentes desejos — fingindo que está em Jerusalém satisfazendo os dele? Qual é o problema? Que o dele é real e o meu é falso? Que ele é saudável e eu doente? Que eu vou morrer e desaparecer e ele vai viver pra sempre através de todos aqueles livros maravilhosos?"

Mais tarde, naquela manhã, enquanto ele curtia dormindo aquela tirada dos dois na cama, ela fez como ele mandara e, na churrasqueira no gramado do quintal, destruiu o manuscrito inacabado de *His Way*. Sabia que, mesmo que ele acordasse, estava demasiado esgotado para chegar até a janela e observá-la, e assim, antes de despejar o conteúdo da maleta direto nas chamas, procurou ler às pressas o que pudesse da denúncia que ele fazia de mim. Só que não havia nada. Todas as páginas estavam em branco.

E também estavam as fitas em que ele dizia ter andado gravando seu livro sobre diasporismo, enquanto ela estava fora dando seu turno no hospital, durante aqueles últimos anos da vida dele nos Berkshires. Um mês e meio após sua morte, embora ela ainda temesse que ouvir sua voz desencarnada desencadeasse aqueles paroxismos de sofrimento que quase a tinham matado nos dias seguintes ao que entregou o corpo dele para ser enterrado pelos judeus, viu-se uma noite desejando tanto a presença dele que se sentou com o gravador à mesa da cozinha e descobriu que as fitas também estavam virgens. Sozinha, naquela remota casa na encosta da montanha, tentando em vão ouvir a voz dele numa fita atrás de outra, acordada a noite toda até de manhã passando lado após lado sem ouvir absolutamente nada — e lembrando aquelas páginas enganosamente em branco que reduzira a cinzas naquela horrorosa manhã em Nova Jersey — compreendeu, do modo como as pessoas muitas vezes só percebem plenamente o sofrimento de seus entes queridos quando eles se foram, que eu era a barreira para tudo. Ele não mentira sobre isso. Eu era o obstáculo à realização dos mais altruísticos sonhos dele, sufocando a torrente de todo o potencial originalmente dele. No fim da vida, apesar de tudo que se dispusera a dizer aos judeus para impedir a destruição deles, a ideia de minha implacável hostilidade impedira-o de dizer-lhes qualquer coisa, do mesmo modo como a ameaça de seu ódio mansônico (se entendi a carta corretamente) devia agora me sufocar.

Cara Jinx [escrevi],

Você tem minha simpatia. Não sei como sobreviveu intacta a uma experiência tão atormentada. Seu vigor, paciência, resistência, tolerância, lealdade, coragem, resignação, força, compaixão, sua inflexível dedicação enquanto o via lutar sem esperanças sob o domínio de todos aqueles demônios profundamente enraizados, que faziam em pedaços o resto da vida dele — tudo isso não é menos espantoso que a própria provação. Você deve sentir que acordou de um pesadelo colossal, mesmo continuando a sofrer sua perda.

Jamais vou entender os excessos a que ele foi levado por minha causa — ou pela mística que ele tinha de mim — invocando ao mesmo tempo os mais elevados motivos. Seria encantamento, terei lançado um sortilégio? Para mim, parecia o contrário. Seria apenas a morte e a luta dele para fugir dela — fugir dela como eu, renascer em mim, atribuir a morte a mim? Eu gostaria de um dia entender do que ele estava se salvando.

Recentemente, tornei a ouvir a chamada fita de exercícios dos AS. A. que acabou indo parar em meu gravador no hotel de Jerusalém. Que era aquele arrepiante fluxo de consciência? Dessa vez imaginei se ele não era judeu de modo algum, mas um gentio patológico, entalado com a aparência judia e disposto a tirar uma desenfreada vingança em toda a vil subespécie, representada por mim. Seria verdade? De todo o arsenal de estúpidos golpes dele, aquela impostura — se era uma impostura — continua sendo a mais sinistra, demente e, infelizmente... sim, esteticamente atraente para mim, à sua maneira repugnante, doentia, celiniana. (Céline também era pirado, um romancista francês de gênio e um clamoroso antissemita na época da Segunda Guerra Mundial, que eu me esforço por desprezar — e cujos livros implacáveis passo para meus alunos.) Mas que concluir então? Só sei ao certo que a pavorosa ferida que nunca sarou antecedeu a meu surgimento como escritor, disso tenho certeza — não sou, não posso ser, o terrível golpe original. Toda aquela energia estonteante, todo aquele caos e frenesi por trás da inútil disputa comigo apontam para outra coisa.

Que ele estivesse imobilizado como autor não é culpa minha, tampouco. As fitas do leito de morte estavam em branco, e todas as páginas também, por muito bons motivos além do medo de que eu obstruísse a publicação. É o escrever que impede as pessoas de escreverem. O poder de projeção do paranoide não se estende necessariamente à página, por mais que ele esteja explodindo de ideologias para salvar os que estão em perigo e de denúncias para desmascarar as fraudes. O inexaurível acesso à falsificação que fortalece a raiva paranoide nada tem em comum com a ilusão que faz um livro levantar voo.

His Way jamais foi para ele escrever. *His Way* era o que o obstruía, a impossibilidade culminante para a irrealizável tarefa de enterrar a vergonha do que mais o envergonhava. Pode me dizer o que era tão insuportavelmente humilhante no que quer que ele fosse originalmente? Poderia aquilo que ele começou sendo ter sido mais escandaloso ou menos legítimo do que o que se tornou ao tentar escapar tornando-se outra pessoa? O aparente paradoxo é que pudesse saltar tão desavergonhadamente a amurada disfarçado de mim, quando, se meu palpite está certo, estava quase aniquilado de vergonha sendo ele mesmo. Nisso, na verdade, ele chegou mais perto da experiência da autoria do que jamais conseguiu pensando em escrever aqueles livros, e montou, embora de trás para diante, uma estratégia para apegar-se à sanidade que não seria estranha a muitos romancistas.

Mas terá alguma coisa do que estou dizendo interesse para você? Talvez você queira saber apenas se eu quero me juntar com você de novo, agora que ele foi finalmente afastado. Eu podia aparecer de carro uma tarde dessas. Você me mostraria a sepultura dele. Eu gostaria de vê-la, apesar da estranheza de ver meu nome na lápide dele. Gostaria de ver você, também. Sua abundante receptividade deixou uma forte impressão. É grande a tentação de interrogá-la para obter o último fiapo de informação que possa me dar sobre ele, embora essa, reconheço, não seja a atração que vem mais pictorialmente à mente.

Bem, eu adoraria me encontrar com você — contudo, não consigo pensar numa ideia pior para qualquer dos dois.

Ele pode ter vibrado com fragmentos de minha vida interior, mas, até onde posso imaginar, não era essa a carga que ele tinha para você. Ao contrário, havia ali uma espécie de virilidade macabra, de nada a perder, encarar a morte de frente, um macabro senso de liberdade que ele tinha porque estava morrendo — disposto a assumir todo tipo de riscos e fazer qualquer coisa porque restava tão pouco tempo — que atrai certo tipo de mulher, uma virilidade macabra que torna a mulher romanticamente desprendida. Acho que compreendo a sedução: uma coisa no modo como ele resiste que leva você a ceder desse jeito. Mas é alguma coisa no modo assustadoramente atraente com que você cede que me leva a imaginar o que *você* recebe em troca por esse louco fardo. Em suma, vai ter de completar a recuperação do antissemitismo sem mim. Tenho certeza de que vai descobrir que, para uma mulher tão disposta a sacrificar-se tanto, para uma enfermeira com um corpo e uma alma como os seus, com suas mãos, sua saúde, sua doença, vai haver muitos judeus homens por aí se apresentando como voluntários para ajudá-la em seu caminho para amar nosso povo como deve. Mas estou velho demais para um trabalho pesado assim. Já tomou o suficiente de minha vida.

O máximo que posso oferecer é o seguinte: o que ele não pôde escrever eu escreverei e publicarei sob o nome dele. Farei o possível para não ser menos paranoide do que ele e fazer tudo que possa para levar as pessoas a acreditar que foi escrito por ele, à sua maneira, um tratado sobre o diasporismo do qual ele se orgulharia. "A gente podia ser parceiros", ele me disse, "copersonalidades que trabalham em conjunto, em vez de estupidamente divididos em dois." Bem, assim seremos. "Tudo que você faz", ele protestou, "é resistir a mim." É verdade. Enquanto vivia e esbravejava, eu não podia agir de outro modo. Tinha de superá-lo. Mas na morte eu o aceito e o vejo como o vitorioso que foi — eu seria um escritor muito tolo, agora que ele se foi, para não ser criatura de meu impostor e, em minha oficina, partilhar o tesouro dele (com o que não me refiro a você). Seu outro P. R. garante que a voz do impostor não vai ser sufocada por ele (isto é, eu).

Esta carta não teve resposta.

Apenas uma semana depois de eu ter mandado uma cópia de meu manuscrito final para o escritório de Smilesburger, ele me telefonou do aeroporto Kennedy. Tinha recebido e lido o livro. Devia ir a Connecticut para o discutirmos, ou preferia eu encontrá-lo em Manhattan? Ele ia ficar com o filho e a nora no Upper West Side.

Assim que ouvi o zumbido ressonante e profundo daquela voz do Velho Continente — ou antes, ouvi em resposta o tom de respeitosa obediência na minha própria —, percebi como eram capciosos meus motivos para levar-me a fazer o que ele pedia. Com os diários que mantivera e a impressão da experiência na memória, era transparentemente ridículo ter me convencido de que precisava de Smilesburger para corroborar meus fatos ou confirmar a exatidão do que eu escrevera, como era ridículo acreditar que eu empreendera aquela operação para ele com a única finalidade de servir a meus interesses profissionais. Eu fizera aquilo porque ele queria que eu fizesse; tinha lhe obedecido como faria qualquer outro dos subordinados dele — eu bem poderia ter sido Uri, e não sabia explicar a mim mesmo por quê.

Nunca em minha vida eu submetera um manuscrito a nenhum inspetor, em parte alguma, para aquele tipo de exame. Fazer isso vai contra todas as tendências de alguém cuja independência como escritor, cuja *contrassugestividade* como escritor, era simplesmente uma segunda natureza e contribuíra tanto quanto suas limitações e seus erros de cálculo para a sua durabilidade. Degenerar num garoto judeu aquiescente, agradando aos sábios aplicadores da lei, quando, quer gostasse quer não, eu mesmo adquirira todas as características de um sábio judeu, era mais que um pouco regressivo. Judeus que me julgavam culpado do crime de "delatar" vinham me pedindo que fosse "responsável" desde a época em que eu começara a publicar, em meados da casa dos vinte anos, mas meu desprezo juvenil tinha sido abundante, e o mesmo acontecia com minhas não testadas convicções artísticas, e, embora não tão estorvado pelo ataque como eu fazia crer, conseguira manter minha posição. Anunciei que não escolhera ser escritor apenas para outros me dizerem o que era permissível escrever. O escritor redefinia o permissível. *Essa* era a responsabilidade. Nada precisa esconder-se na ficção. E assim por diante.

E, no entanto, lá estava eu, com mais de duas vezes a idade do jovem escritor redefinidor que adotara espontaneamente o "Resista só!" como seu credo desafiante, dirigindo os cento e cinquenta quilômetros até Nova York no dia seguinte bem cedo, para saber de Smilesburger o que ele queria que se retirasse do livro. Nada precisa esconder-se na ficção, mas não haverá limites até onde não há disfarce? O Mossad ia me dizer.

Por que *sou* otário para ele? Será apenas o que acontece entre dois homens quando um é suscetível às manipulações do outro, que lhe parece mais poderoso. Será o tipo de masculinidade autoritária dele que consegue me convencer a fazer o que manda? Ou haverá alguma coisa na maneira como sinto a mundanidade dele que simplesmente me faz não me sentir à altura, porque ele está nadando nas abrasivas tragédias da vida e eu apenas nas da arte? Haverá alguma coisa naquela mente dura — quase romanticamente dura — em ação a que sou intelectualmente vulnerável e que me faz confiar mais na opinião dele que nas minhas, alguma coisa talvez em sua maneira de jogar com as peças no tabuleiro de xadrez, como os judeus desejavam que seus pais fizessem, para que ninguém puxasse aquelas barbas simbólicas? Há alguma coisa em Smilesburger que me lembra não meu pai real, mas meu pai *fantástico* — que assume, *que toma conta de mim*. Eu venço o falso Philip Roth, e Smilesburger vence o verdadeiro! Eu o empurro, discuto com ele e no fim sempre acabo fazendo o que ele quer — no fim, cedo e faço tudo que ele manda!

Bem, não desta vez. Desta vez os termos são meus.

Smilesburger escolheu como local de nosso encontro editorial uma loja de alimentos judeus na Amsterdam Avenue especializada em peixe defumado, que servia desjejum e almoço numa dúzia de mesas de tampo de fórmica, numa sala vizinha ao balcão de confeitaria, e cuja aparência sugeria que anos antes, quando alguém tivera a ideia brilhante de "modernizar", a tentativa de redecoração fora abreviada no meio do caminho. O lugar me lembrava os humildes aposentos térreos de alguns de meus amigos de infância, cujos pais comiam as refeições às pressas, num quarto de depósito do tamanho de um armário atrás da loja, para manter o olho na caixa registradora e no empregado. Em Newark, na década de 1940, nós comprávamos para os desjejuns especiais no domingo da família sedosas fatias de precioso salmão defumado, reluzentes piabinhas gordas, fatias de carpa branca, carnuda, e marta temperada com páprica, tudo duplamente embrulhado em grosso papel encerado, na loja de uma família logo após a esquina, que tinha uma aparência e um cheiro muito parecidos com os daquela — o chão de tijolos salpicado de serragem, as prateleiras abarrotadas de peixe enlatado em molhos e azeites, acima da registradora uma prodigiosa bisnaga de *halvah* que logo seria serrada em fatias quebradiças, e, vindo de trás da vitrine que corria por toda a extensão do balcão, a ácida fragrância do vinagre, das cebolas, da savelha e do arenque vermelho, de tudo que é conservado, apimentado, salgado, defumado, encharcado, cozinhado, marinado e seco, cheiros com uma linhagem que, como as próprias prateleiras, mais que provavelmente levavam direto ao gueto medieval, passando pelo *shtetl* e aos alimentos daqueles que viviam frugalmente e não podiam dar-se ao luxo de jantar *à la mode*, à dieta de marinheiros e pessoas comuns, para os quais o sabor dos antigos conservantes era a vida. E os restaurantes de *delikatessen* do bairro onde comíamos extravagantemente "fora", como um regalo, uma vez por mês, tinham o mesmo tipo de aconchego provisório, aquele ar típico de uma coisa que não fora exatamente transformada do monstrengo que tinha sido no monstrengo que aspirava ser. Nada distraía o olhar, a mente ou o ouvido do que estava no prato. Cozinha para satisfazer as pessoas, comida em ambiente simples, em mesas, claro, e sem ninguém cuspir nos pratos, mas fora isso alimento terreno partilhado num ambiente quase tão sem suntuosidade quanto pode ser o lugar de um banquete, *gourmandise* em seu maior lugar--comum, o outro extremo do espectro dos estabelecimentos de culinária judaica, dos salões de jantar com confortáveis candelabros no Fountainebleau de Miami Beach. Cevada, ovos, cebola, sopa de repolho, de beterraba, pratos baratos de todo dia preparados à velha moda e devorados com felicidade, sem muita frescura, em vasilhas de barro.

A essa altura, claro, o que fora outrora o passadio comum das massas judias tornara-se um estimulante para os habitantes do Upper West Side, duas ou três gerações distantes da grande imigração e se virando como profissionais liberais em Manhattan, com salários anuais que, um século atrás, pagariam banquetes diários o ano todo para cada judeu da Galícia. Eu via essa gente — entre eles, às vezes, advogados, jornalistas ou editores que conhecia — deliciando-se, bocado a bocado, com seus *kasha varnishkas* e *gefilte fish* (e grudados, enquanto comiam vorazmente, às páginas de um, dois ou mesmo três jornais diários), nas vezes em que ia de Connecticut a Manhattan e tirava uma hora de folga do que estivesse fazendo para satisfazer meu inextinguível apetite pela salada de arenque picado servido sem cerimônia (*aquela* era a cerimônia) a uma das mesmíssimas mesas, de frente para os caminhões, táxis e carros de bombeiro que passavam para o norte, onde Smilesburger sugerira que nos encontrássemos para o desjejum às dez da manhã, a fim de discutir o meu livro.

Após apertar a mão de Smilesburger e sentar-me à frente dele e do cabide de casacos no qual se encostavam suas muletas, disse-lhe que raramente ia a Nova York sem parar ali para o desjejum ou almoço, e ele disse que sabia de tudo isso. "Minha nora viu você algumas vezes. Ela mora logo depois da esquina."

"Que é que ela faz?"

"Historiadora da arte. Professora catedrática."

401

"E seu filho?"

"Empresário internacional."

"Como se chama?"

"Decididamente, não 'Smilesburger'", ele disse, com um sorriso bondoso. E depois, com uma simpatia franca, atraente, alegre, que eu não estava preparado para ver naquele mestre do artifício zombeteiro e que, apesar da desarmante profundidade de sua realidade, não poderia ser expurgada de toda a grosseira astúcia dele, Smilesburger me levou à beira da credibilidade dizendo: "Como vai você, Philip. Sofreu uma cirurgia cardíaca. Seu pai morreu. Eu li *Patrimônio*. Simpático, mas duro. Você passou maus bocados. Está com uma aparência maravilhosa. Mais jovem do que quando o vi pela última vez".

"Você também", eu disse.

Ele bateu as mãos com prazer. "Aposentado", respondeu. "Há um ano e meio, livre de tudo, de tudo que é vil e sinistro. Engodos. Desinformação. Falsidade. 'Nossas farras agora acabaram... fundiram-se no ar, no ar tênue.'"

Eram novidades estranhas, à luz do motivo pelo qual nos encontrávamos, e me perguntei se ele não estava simplesmente tentando ganhar a costumeira vantagem inquisitorial, logo ali no começo, me desorientando mais uma vez, agora, para variar, encorajando-me a acreditar que minha situação não era *de modo nenhum* ameaçadora e que eu não poderia ser sequestrado para outra coisa senão um jogo de xadrez por um velho cidadão bonachão como ele, um aposentado citando espirituosamente Próspero, o velho Próspero errante sem varinha de condão, privado de poderes mágicos e lançando um suave fulgor de crepúsculo sobre uma carreira de divina traição. Claro, disse a mim mesmo, não há nenhum apartamento logo depois da esquina onde ele se hospeda com a nora que me viu comendo aqui antes; e o bronzeado de chocolate que levou a uma sensacional melhora da pele e deu um balsâmico fulgor de vida a esse rosto profundamente enrugado, cadavérico, resultou, mais que provavelmente, de uma rodada de terapia com ultravioleta ministrada por um dermatologista, e não de uma aposentadoria no

Neguev. Mas a história que ouvi foi que, numa comunidade no deserto, ele e a mulher agora praticavam alegremente jardinagem, a apenas um quilômetro e meio, estrada abaixo, de onde a filha, o marido e os três netos adolescentes viviam desde que o genro mudara sua tecelagem para Beersheba. A decisão de voar para os Estados Unidos a fim de me encontrar e, estando ali, passar alguns dias com os dois netos americanos fora tomada inteiramente por conta própria. Meu manuscrito fora-lhe encaminhado de seu antigo escritório, onde ele não punha os pés desde a aposentadoria; até onde sabia, ninguém abrira o envelope lacrado nem lera o manuscrito, embora não fosse difícil para nenhum de nós, disse, imaginar a reação lá se alguém tivesse feito isso.

"A mesma que a sua", sugeri.

"Não. Não tão ponderada quanto a minha."

"Não posso fazer nada a respeito. Nem eles."

"E, de sua parte, nenhuma responsabilidade."

"Escute, já passei por isso como escritor antes. Minha falta de 'responsabilidade' tem sido o *leitmotif* de minha carreira com os judeus. Não assinamos nenhum contrato. Eu não fiz nenhuma promessa. Fiz um serviço pra você — acho que fiz adequadamente."

"Mais que adequadamente. Sua modéstia é gritante. Você o fez com habilidade. Uma coisa é ser extremista só de boca. E mesmo isso é arriscado para escritores. Mas ir e fazer o que você fez — não havia nada em sua vida que o preparasse para isso, nada. Eu sabia que você pensava. Sabia que escrevia. Sabia que você podia fazer coisas na cabeça. Não sabia que podia fazer alguma coisa tão grande na realidade. Não imagino que você soubesse tampouco. Claro que se sente orgulhoso de sua realização. Claro que quer irradiar sua ousadia para o mundo todo. Eu também ia querer, se fosse você."

Quando ergui o olhar para o jovem garçom que despejava o café em nossas xícaras, vi, como viu Smilesburger, que ele era indiano ou paquistanês.

Depois que ele se afastou, deixando atrás nossos cardápios,

403

Smilesburger perguntou: "Quem vai acabar prisioneiro de quem nesta cidade? O indiano do judeu, o judeu do indiano, ou os dois do latino? Ontem eu fui até a Seventy-second Street. Por toda a Broadway, negros comendo *bagels* feitos por porto-riquenhos e vendidos por coreanos... Conhece a velha piada sobre um restaurante judeu como este?"

"Se conheço? É provável."

"Sobre o garçom chinês no restaurante judeu. Que fala iídiche perfeitamente."

"Já fui bastante entretido em Jerusalém com o Chofetz Chaim — não precisa me contar piada de judeu em Nova York. Estamos falando de meu livro. Nada foi dito de antemão, nem uma palavra, sobre o que eu poderia ou não escrever depois. Você mesmo chamou a atenção para as possibilidades profissionais que a operação oferecia. Como um atrativo, se se lembra: 'Vejo um senhor livro resultando disso', você me disse. Um livro ainda melhor se eu fosse a Atenas para você do que se não fosse. E isso foi antes de o livro sequer me passar pela cabeça."

"Difícil de acreditar", ele respondeu mansamente, "mas se você está dizendo."

"Foi o que você falou que pôs a *coisa* em minha cabeça. E agora que escrevi o livro, você mudou de ideia e decidiu que o que o tornaria um livro realmente melhor, para seus propósitos, se não para os meus, seria se eu deixasse Atenas de fora inteiramente."

"Eu não disse isso, nem nada parecido."

"Sr. Smilesburger, não vamos ganhar nada com esse número de velho."

"Bem" — dando de ombros, sorrindo, oferecendo a sugestão de um velho pelo valor que ela pudesse ter — "se você ficcionalizasse um pouco, bem, não, acho que não faria mal a ninguém."

"Mas não é um livro de ficção. E o que você está falando não é de 'um pouco' de ficcionalização. Quer inventar outra operação inteiramente."

"Quero?", ele disse. "Só quero o que é melhor para você."

O garçom indiano voltara e esperava o pedido.

"Que é que você come aqui?", perguntou-me Smilesburger. "De que você gosta?" Um aposentado tão insípido que não ousava fazer o pedido sem ajuda.

"A salada de arenque picado num *bagel* de cebola ligeiramente torrado", eu disse ao garçom. "Tomate por fora. E me traga um copo de suco de laranja."

"Eu também", disse Smilesburger. "O mesmo, exatamente."

"Você está aqui", eu disse a ele, "para me dar outras cem ideias, igualmente boas e igualmente autênticas. Pode achar para mim uma história ainda mais maravilhosa que esta. Juntos, a gente pode produzir alguma coisa ainda mais emocionante e interessante para meus leitores que o que por acaso aconteceu naquele fim de semana em Atenas. Só que eu não quero outra coisa. Está claro?"

"Claro que não quer. Esse é o material mais rico que você já obteve em primeira mão. Não podia ser mais claro, nem mais desagradável."

"Ótimo", eu disse. "Eu fui aonde fui, fiz o que fiz, encontrei quem encontrei, vi o que vi, soube o que soube — e nada do que ocorreu em Atenas, absolutamente nada, é intercambiável com outra coisa. As implicações desses fatos são intrínsecas a esses fatos, e a nenhum outro."

"Faz sentido."

"Eu não fui atrás desse serviço. O serviço veio atrás de mim, e bem precipitadamente. Segui todas as condições combinadas entre nós, incluindo enviar uma cópia do manuscrito para você muito antes da publicação. Na verdade, você é a primeira pessoa que o leu. Nada me obrigava a fazer isso. Estou de volta aos Estados Unidos. Não estou mais convalescendo da alucinação do Halcion. Este é o quarto livro que escrevo desde então. Voltei a ser eu mesmo, solidamente de volta ao meu terreno. Mas fiz isto: você pediu para ver, e viu."

"E foi uma boa ideia mostrar. Melhor eu do que outro com menos boa vontade com você depois."

"É? Que está tentando me dizer? O Mossad vai mandar me matar, como fez o aiatolá com Rushdie?"

"Só posso lhe dizer que esse último capítulo não vai passar despercebido."

"Bem, se alguém vier se queixar a mim, eu encaminho para você em seu jardim no Neguev."

"Não vai adiantar. Eles vão supor que, independentemente do 'atrativo' que eu ofereci naquela época, independentemente da aventura que possa ser para você escrever e se vangloriar, você devia saber a esta altura como seria prejudicial para os interesses do Estado publicar isso. Vão afirmar que confiaram em sua lealdade e que com esse capítulo você traiu essa confiança."

"Eu não sou hoje, e nunca fui, empregado de vocês."

"Deles."

"Não me ofereceram nenhuma recompensa, e eu não pedi nenhuma."

"Nem mais nem menos que os judeus no mundo inteiro que oferecem seus serviços naquilo que suas especialidades importam. Os judeus da Diáspora constituem um conjunto de cidadãos estrangeiros para os quais nenhum outro serviço de inteligência no mundo pode apelar quando se quer lealdade. Isso é um bem imensurável. As exigências de segurança desse pequeno Estado são tão grandes que, sem a ajuda desses judeus, ele estaria muito mal. Gente que faz o tipo de trabalho que você fazia encontra recompensa não no pagamento financeiro, nem em explorar seus conhecimentos em outra coisa por ganho pessoal, mas em promover a segurança e o bem-estar do Estado judaico. A recompensa deles, *toda*, está em ter cumprido um dever judaico."

"Bem, eu não pensava assim naquele tempo e não penso agora."

Nesse ponto chegou a nossa comida, e nos poucos minutos seguintes, enquanto nos púnhamos a comer, Smilesburger discutiu afetadamente com o jovem garçom indiano os ingredientes do arenque picado de sua falecida mãe: a proporção de arenque para o vinagre, do vinagre para o açúcar, do ovo picado para a cebola picada etc. "Isso está de acordo com as mais altas especificações para arenque picado", disse-lhe. A mim, disse: "Você não me deixou a ver navios".

"Por que eu faria isso?"

"Porque acho que não ficou gostando tanto de mim quanto eu de você."

"Provavelmente fiquei", respondi. "Na mesma proporção."

"Em que ponto da vida de um cínico negativista se reafirma esse anseio pelos sabores da infância inocente? E posso lhe contar a piada, agora que o arenque açucarado está correndo em seu sangue? Um homem chega a um restaurante judeu como este. Se senta à mesa, pega o cardápio, decide o que vai comer, e, quando ergue a cabeça, lá está o garçom, que é chinês. O garçom pergunta: *'Vos vilt ihr essen?'*. Em iídiche perfeito, o garçom lhe pergunta: 'Que vai comer?'. O freguês fica espantado, mas vai em frente e faz o pedido, e, a cada prato que chega, o chinês diz aqui está seu isso, e espero que tenha gostado daquilo, e tudo em iídiche perfeito. Quando acaba a refeição, o freguês pega a conta e vai à caixa registradora, onde se senta o dono, exatamente como aquele cara forçudo de avental ali sentado na registradora. Com um sotaque engraçado muito parecido com o meu, o dono diz ao freguês: 'Foi tudo bem? Tudo legal?'. E o freguês está em êxtase. 'Foi perfeito', diz, 'tudo sensacional. E o garçom — é a coisa mais espantosa —, o garçom é chinês e, no entanto, fala *iídiche absolutamente perfeito.*' '*Shah*, xiu', diz o dono, 'não fale tão alto — ele acha que está aprendendo inglês.'"

Eu me pus a rir, e ele disse, sorrindo: "Não tinha ouvido antes?".

"Eu julgaria a esta altura já ter ouvido todas as piadas que existem sobre judeus e garçons chineses, mas não, essa, não."

"E é velha."

"Nunca ouvi."

Eu imaginava, enquanto comíamos em silêncio, se haveria alguma verdade naquele homem, se poderia existir nele alguma coisa mais apaixonada que o instinto para manobrar, maquinar e manipular. Pipik devia ter estudado com ele. Talvez tivesse.

"Me diga uma coisa", eu disse de repente. "Quem contratou Moishe Pipik? É hora de eu saber."

"Quem pergunta isso é a paranoia, se assim posso dizer, e não você — o preconceito organizado da mente rasa diante de fenômenos caóticos, a vida intelectual do homem que não pensa e o risco ocupacional diário de nosso trabalho. É um universo paranoide, mas não exagere. Quem contratou Pipik? A vida contratou Pipik. Se todos os serviços de inteligência do mundo fossem abolidos da noite para o dia, ainda haveria Pipik em abundância pra complicar e despedaçar as vidas ordeiras das pessoas. Patrões de si mesmos, nulidades sem importância cujo objetivo é simplesmente *balagan*, lesões sem sentido, confusão, provavelmente têm raízes mais profundamente na realidade do que os que se dedicam apenas, como você e eu, a objetivos coerentes, essenciais e elevados. Não vamos desperdiçar mais sonhos frenéticos com o mistério da irracionalidade. Ela não precisa de explicação. Há algo assustadoramente ausente da vida. A gente recebe de uma pessoa como seu Moishe Pipik uma fraca ideia de tudo que falta. Essa revelação a gente deve aprender a suportar sem venerar com fantasia. Passemos adiante. Sejamos sérios. Me escute. Estou aqui às minhas custas. Estou aqui, sozinho, como amigo. Estou aqui por sua causa. Você pode não se sentir responsável perante mim, mas acontece que eu me sinto responsável perante você. Eu *sou* responsável perante você. Jonathan Pollard jamais vai perdoar os controladores dele por o abandonarem em sua hora de necessidade. Quando o FBI fechou o cerco sobre Pollard, o sr. Yagur e o sr. Eitan o deixaram absolutamente só. O mesmo fizeram o sr. Peres e o sr. Shamir. Nas palavras de Pollard, 'não tomaram a mínima precaução com minha segurança pessoal', e agora Pollard cumpre prisão perpétua na pior prisão de segurança máxima dos Estados Unidos."

"Os casos são meio diferentes."

"E é isso que estou dizendo. Eu recrutei você, talvez até mesmo com um falso atrativo, e agora vou fazer *tudo* para impedir que você se exponha às dificuldades que a publicação desse último capítulo pode causar por um tempo bastante longo no futuro."

"Seja claro."

"Não posso ser claro, porque não sou mais membro do clube. Só posso dizer a você, pela experiência anterior, que, quando alguém causa o tipo de consternação que vai causar a publicação desse capítulo como está agora, o resultado jamais é a indiferença. Se alguém achar que você pôs em perigo a segurança de um único agente, um único contato..."

"Em suma, estou sendo ameaçado por você."

"Um funcionário aposentado como eu não está em posição de ameaçar ninguém. Não tome erradamente um aviso por uma ameaça. Eu vim a Nova York porque não poderia comunicar a você por telefone ou correspondência a seriedade de sua indiscrição. *Por favor*, me escute. No Neguev, agora, eu comecei a atualizar a leitura de todos os seus livros. Mesmo o livro sobre beisebol, que, você deve entender, para uma pessoa de minha formação foi um pouco como ler *Finnegans wake*."

"Você queria saber se valia a pena me salvar."

"Não, queria me divertir. E me diverti. Gosto de você, Philip, quer você creia quer não. Primeiro através do trabalho que fizemos juntos, depois através de seus livros, passei a ter um considerável respeito por você. Até mesmo, muito antiprofissionalmente, alguma coisa como um afeto familiar. Você é um ótimo homem, e não quero que seja machucado por aqueles que vão querer desacreditar você e sujar seu nome, e talvez até coisa pior."

"Bem, você ainda tem uma atuação cativante, aposentado ou não. No todo, é um enganador muito divertido. Mas não creio que o que esteja acontecendo aqui seja um senso de responsabilidade para comigo. Você veio em nome de seu povo para me intimidar e me calar a boca."

"Eu vim inteiramente por minha conta, na verdade com substanciais gastos pessoais, para lhe pedir, em seu próprio bem, aqui no fim desse livro, que não faça mais do que vem fazendo como escritor a vida toda. Um pouco de imaginação, por favor — isso não vai lhe matar. Ao contrário."

"Se eu fizesse o que você pede, todo o livro seria capcioso. Chamar de fato o que é ficção solaparia tudo."

"Então chame de ficção. Acrescente uma nota: 'Inventei isso'. Aí não vai ser culpado de trair ninguém — nem a si mesmo, nem a seus leitores, nem àqueles aos quais, até agora, tem servido impecavelmente."

"Publicar o livro sem o final."

"É, incompleto, como eu. Deformado também pode funcionar, à sua maneira desgraciosa."

"Não incluir o que fui buscar especificamente em Atenas."

"Por que insiste em afirmar que empreendeu essa operação apenas como escritor, quando no fundo do coração sabe tão bem quanto eu, agora que desfrutei, apenas recentemente, todos os seus livros, que a empreendeu e executou como um judeu leal? Por que está tão determinado a negar o patriotismo judaico, você em quem percebo, por seus textos, que o judeu está alojado como nada mais, a não ser, talvez, a libido masculina? Por que camuflar desse jeito seus motivos judaicos, quando na verdade não está menos ideologicamente comprometido que seu compatriota Jonathan Pollard? Eu, como você, prefiro jamais fazer coisas óbvias se posso evitar, mas continuar a insistir em que foi a Atenas só por causa de sua vocação — será isso realmente menos comprometedor pra sua independência do que admitir que fez isso porque acontece de ser judeu até a medula. Ser tão judeu assim é seu mais secreto vício. Qualquer leitor de seus livros sabe disso. Como judeu você foi a Atenas, e como judeu vai suprimir esse capítulo. Os judeus suprimiram muita coisa por você. Até você admitirá isso."

"É? Suprimiram? O quê?"

"O desejo fortíssimo de pegar um porrete e enfiar os seus dentes pela goela abaixo. Contudo, em quarenta anos ninguém fez isso. Como são judeus e você um escritor, eles, ao contrário, lhe dão prêmios e diplomas honorários. Não é exatamente como o pessoal de Rushdie o recompensou. Exatamente quem seria você sem os judeus? *Que* seria você sem os judeus? Toda a sua literatura você deve a eles, incluindo até aquele livro sobre

410

beisebol e o time errante sem sede. A condição judaica é o problema que eles armaram pra você — sem os judeus levando você à loucura com esse problema, não haveria escritor algum. Mostre um pouco de gratidão. Está com quase sessenta anos — é melhor dar enquanto a mão ainda está quente. Lembro a você que a cobrança do dízimo foi outrora uma prática disseminada entre os judeus, tanto quanto entre os cristãos. Um décimo dos ganhos para sustentar a religião. Não pode você ceder aos judeus, que lhe deram *tudo*, um undécimo desse livro? Um simples um cinquentavo, provavelmente, de um por cento de todas as páginas que já publicou, *graças a eles*? Ceda a eles o capítulo 11 e depois extravase, e, sendo verdade ou não, chame o que restar de obra de arte. Quando os jornais perguntarem, diga: 'Smilesburger? Aquele aleijado tagarela, de sotaque cômico, um agente da inteligência israelense? Produto de minha fecunda imaginação, Moishe Pipik? Wanda Jane? Tornei a enganar vocês. Poderiam sonhos acordados como aqueles dois ter algum dia cruzado o caminho de *qualquer um*! Projeções alucinatórias, puro delírio — é esse o sentido do livro todo'. Diga a eles alguma coisa dessa ordem e poupará a si mesmo um monte de *tsuras*.* Deixo o fraseado exato por sua conta."

"É, Pipik também? Está finalmente me respondendo quem contratou Pipik? Está me dizendo que Pipik é um produto de *sua* fecunda imaginação? Por quê? Por quê? Não posso entender por quê. Para me levar a Israel? Mas eu já ia a Israel visitar Aharon Appelfeld. Para me atrair a conversar com George? Mas eu já conhecia George. Para me levar ao julgamento de Demjanjuk? Você tinha de saber que eu me interesso por essas coisas e o teria encontrado por mim mesmo. Por que precisava dele pra me fazer envolver? Por causa de Jinx? Podia ter pegado outra Jinx. Qual é o motivo, do seu lado, para construir essa criatura? Do ponto de vista do Mossad, que é uma operação de inteligência, voltada para um objetivo, *por que você criou esse Pipik?*"

---

* "Dificuldade", "encrenca", em iídiche. (N. E.)

"E, se eu tivesse uma resposta pronta, poderia em sã consciência dá-la a um escritor com um bocão como o seu? Aceite minha explicação e acabe com Pipik, por favor. Pipik não é produto do sionismo. Pipik não é sequer produto do diasporismo. Pipik é talvez produto da mais poderosa de todas as influências insensatas sobre os assuntos humanos, que é o *pipikismo*, a força antitrágica que inconsequencializa tudo — farsaliza tudo, trivializa tudo, superficializa tudo —, não excluindo nosso sofrimento como judeus. *Chega* de Pipik. Só estou sugerindo a você como dar coerência ao que vai dizer aos jornais. Mantenha a coisa simples, são só jornalistas. 'Sem exceções, meus chapas: o livro é hipotético do princípio ao fim.'"

"Incluindo George Ziad."

"Com George você não precisa se preocupar. A mulher dele não escreveu pra você? Era o que eu pensaria, já que eram tão amigos... *Não sabe?* Então vou ter de lhe dar um choque. Seu operador da OLP morreu."

"É mesmo? *Isso* é verdade?"

"Uma verdade horrível. Assassinado em Ramallah. Estava com o filho. Foi esfaqueado cinco vezes por homens mascarados. Não tocaram no menino. Há mais ou menos um ano. Michael e a mãe voltaram a morar em Boston."

Por fim livres em Boston — e agora jamais livres — da fidelidade à missão do pai. Mais um filho amaldiçoado. Toda a desperdiçada paixão que será agora o dilema de Michael para a vida toda! "Mas *por quê?*", perguntei. "Assassinado por qual motivo?"

"Os israelenses dizem que assassinado como colaborador pelos palestinos. Eles se matam uns aos outros assim todo dia. Os palestinos dizem que assassinado pelos israelenses — porque os israelenses são assassinos."

"E que diz você?"

"Eu digo tudo. Digo que talvez fosse um colaborador assassinado para os israelenses por palestinos também colaboradores — e também talvez não. Para você que escreveu esse livro, digo que não sei. Sei que as permutações são infinitas numa situação como a nossa, onde o objetivo é criar uma atmosfera em que nenhum árabe possa se sentir seguro sobre quem é inimigo ou amigo. *Nada é seguro.* Esse é o recado para a população árabe dos Territórios. Do que acontece em toda a volta deles devem saber muito pouco e entender tudo errado. E sabem muito pouco e entendem tudo errado. E, se isso acontece com os que moram lá, então se segue que alguém como você, que mora *aqui*, sabe ainda menos e entende ainda mais errado. É por isso que descrever seu livro, passado em Jerusalém, como um produto de sua imaginação talvez não seja tão enganoso quanto você receia. Seria inteiramente exato chamar de formulação hipotética *todas* as quinhentas e quarenta e sete páginas. Você me acha um grande enganador, por isso me permita ser agora cruelmente direto sobre seu livro para um escritor cuja obra, fora isso, eu admiro. Não estou qualificado para julgar texto em inglês, embora o seu me pareça excelente. Mas quanto ao conteúdo — bem, com toda franqueza, eu li e ri, e não só quando devia. Não é um relato do que aconteceu, porque, muito simplesmente, você não tem a menor ideia do que aconteceu. Você não capta quase nada da realidade objetiva. O sentido dessa realidade lhe escapa completamente. Não posso imaginar uma versão mais inocente do que estava acontecendo e do que significava. Não chego a dizer que é a realidade como um garoto de dez anos a entende. Prefiro pensar nela como subjetivismo no ponto mais extremo, uma visão das coisas tão específica à mente do observador que publicá-la como qualquer outra coisa *que não* ficção seria a maior mentira de todas. Chame de criação artística, e estará apenas chamando mais ou menos do que é mesmo."

Tínhamos acabado de comer uns bons vinte minutos antes, e o garçom retirara todos os pratos, com exceção de nossas xícaras de café, que ele já voltara para tornar a encher várias vezes. Até então eu estivera indiferente a tudo que não a conversa, e só agora via que começavam a entrar fregueses para o almoço e que entre eles estava meu amigo Ted Solotaroff e seu filho Ivan, sentados a uma mesa junto à janela e ainda sem me ver. Claro que eu sabia que não estava me encontrando com Smilesburger

413

na garagem de estacionamento subterrânea onde Woodward e Bernstein iam comungar com Deep Throat, mas mesmo assim, à súbita visão de alguém ali que eu conhecia, meu coração disparou e me senti como um homem casado que, avistado num restaurante em ardente conversa com uma amante ilícita, se põe logo a calcular a melhor maneira de apresentá-la.

"Suas impugnações", eu disse em voz baixa a Smilesburger, "não chegam a formar um argumento convincente, mas também, comigo, você acha que não precisa de argumento nenhum. Está contando com meu vício secreto pra se impor. O resto é diversão, retórica divertida, palavras como mistificação, sua técnica aqui como lá. Será que ao menos se dá o trabalho de acompanhar sua barragem? Por um lado, com esse livro — ele todo agora, não apenas o capítulo final — eu estou, em sua visão comprovavelmente *não* paranoide, entregando ao inimigo informação que pode pôr em perigo a segurança de seus agentes e dos contatos deles, informação que, a julgar pelo tom, pode expor o Estado de Israel a só Deus sabe que tipo de tragédia e comprometer o bem-estar e a segurança do povo judeu por séculos a fio. Por outro lado, o livro mostra uma representação tão retorcida e ignorante da realidade objetiva que, para salvar minha reputação literária e me proteger contra o ridículo de todos os empiristas atentos, ou de punições que insinua poderiam ser muito, muito piores, devo reconhecer essa coisa pelo que ela é e publicar *Operação Shylock* como — como o quê? Subintitulada 'Uma fábula'?"

"Excelente ideia. Uma fábula subjetivista. Isso resolve tudo."

"Exceto o problema da exatidão."

"Mas como pode você saber disso?"

"Quer dizer, acorrentado ao muro de minha subjetividade e vendo apenas minha sombra? Escute, tudo isso é bobagem." Ergui o braço para fazer sinal ao garçom que trouxesse a conta, e sem querer chamei a atenção de Iva Solotaroff também. Eu conhecia Ivan desde que ele era criança em Chicago, em meados da década de 1950, quando o falecido George Ziad estava lá estudando Dostoiévski e Kierkegaard e o pai de Ivan e eu éramos universitários espinhosos ensinando composição juntos no primeiro ano da universidade. Ivan acenou, mostrou a Ted onde eu me sentava, e Ted se voltou e deu uma encolhida de ombros, indicando que não poderia haver lugar na Terra mais apropriado do que ali para darmos um com o outro, após meses tentando acertar um encontro para uma refeição. Percebi então a maneira inequívoca de apresentar Smilesburger, e isso fez meu coração disparar de novo, só que agora em triunfo.

"Vamos abreviar isso", eu disse a Smilesburger, quando a conta foi posta na mesa. "Eu não posso conhecer as coisas em si, mas você pode. Eu não posso transcender a mim mesmo, mas você pode. Eu não posso existir fora de mim mesmo, mas você pode. Não conheço nada além de minha própria existência e minhas próprias ideias, minha mente determina inteiramente como a realidade me parece, mas em você a mente trabalha de modo diverso. Você conhece o mundo como ele realmente é, e eu só o conheço como ele parece ser. Seu argumento é filosofia infantil e psicologia de botequim e é absurdo demais até para sofrer oposição."

"Você recusa absolutamente."

"Claro que recuso."

"Não vai nem chamar seu livro do que ele não é, nem cortar o que eles certamente não vão gostar."

"Como poderia fazer isso?"

"E se eu me elevasse acima da filosofia infantil e da psicologia de botequim e invocasse a sabedoria do Chaim Chofetz? 'Fazei com que eu nada diga de desnecessário...' Estaria gastando do meu fôlego se, como um pedido final, eu o lembrasse das leis de *loshon hora*?"

"Não adiantaria citar nem as Escrituras."

"Tudo deve ser empreendido sozinho, por convicção pessoal. Você está muito seguro de si. Está muito convencido de que só você está certo."

"Nessa questão? Por que não?"

"E as consequências de agir sem compromissos, independente de todo julgamento que não o seu — você é indiferente a essas consequências?"

"Não tenho de ser?"

"Bem", ele disse, enquanto eu pegava a conta antes que ele pudesse pegá-la e comprometedoramente cobrasse o desjejum ao Mossad, "então é isso. Muito ruim."

Voltou-se para as muletas equilibradas contra o cabide às suas costas. Eu rodeei para ajudá-lo a levantar-se, mas ele já estava de pé. A decepção em seu rosto, quando seus olhos se encontraram com os meus, parecia não poder ter sido fabricada para enganar. E não deve haver um ponto, mesmo nele, onde para a manipulação? Causava-me um distúrbio emocional surdo, mas não inconsiderável, pensar que ele podia na verdade ter largado seus disfarces e vindo até ali por verdadeira preocupação com o meu bem-estar, decidido a me poupar qualquer outro infortúnio. Mas, mesmo que assim fosse, era isso razão para ceder e voluntariamente dar a eles uma libra de minha carne?

"Você mudou bastante desde aquele homem alquebrado que descreve como você no primeiro capítulo desse livro." Tinha de algum modo pegado sua maleta juntamente com as muletas e agarrava a alça com o que notei, pela primeira vez, serem os dedos poderosos, minúsculos, de um primata meio abaixo do homem na escala, uma coisa que podia sair balançando-se pela selva afora com a cauda preênsil, no tempo que Smilesburger levaria para chegar de nossa mesa até a rua. Supus que na maleta estivesse o meu manuscrito. "Toda essa incerteza, todo esse receio e descompostura — tudo parece seguramente já lá atrás pra você. Você é impermeável", ele disse. "*Mazel tov.*"*

"Por enquanto", eu disse, "por enquanto. Nada é seguro. O homem é o pilar da instabilidade. Não é essa a mensagem? A insegurança de tudo."

"A mensagem de seu livro? Eu não diria. É um livro feliz, como eu o li. Irradia felicidade. Tem todo tipo de provações e esforços, mas é sobre uma pessoa que está se recuperando. Há

---

* "Boa sorte", em hebraico. (N. E.)

tanto *élan* e energia nos encontros dele com as pessoas que vai achando no caminho que, tão logo sente que sua recuperação está resvalando e aquela coisa se aproxima de novo, ele se corrige e sai incólume. É uma comédia no sentido clássico. Ele sai de *tudo* incólume."

"Mas só até certo ponto."

"Isso também é verdade", disse Smilesburger, balançando tristemente a cabeça.

"Mas o que eu quis dizer com 'a insegurança de tudo' era a mensagem do *seu* trabalho. Me referia à inculcação da incerteza em tudo."

"Isso? Mas isso é uma crise permanente, irrevogável, que vem com a vida, você não diria?"

Esse é o operador judeu que me controla. Eu podia ter me saído pior, pensei. Pollard se saiu. Sim, Smilesburger é meu tipo de judeu, ele é o que *é* "judeu" para mim, o melhor da palavra para mim. Negativismo mundial. Verbosidade sedutora. Cópula intelectual. O ódio. A mentira. A desconfiança. O este-mundismo. A autenticidade. A inteligência. A malícia. A comédia. A resistência. O teatro. O ferimento. A mutilação.

Segui atrás dele até ver Ted levantar-se para me cumprimentar. "Sr. Smilesburger", eu disse, "um minuto. Quero que conheça o sr. Solotaroff, editor e escritor. E esse é Ivan Solotaroff. Ivan é jornalista. O sr. Smilesburger diz ser jardineiro no deserto atualmente, cumprindo os mandamentos de Nosso Senhor. Na verdade, é o principal espião de Israel, o próprio operador que me controla. Se há uma sala secretíssima em Israel onde alguém pode dizer: 'Aqui está o que nos interessa', então é o prazer dos Smilesburger ir lá consegui-lo. Os inimigos de Israel diriam a você que ele é, em termos institucionais, simplesmente a ponta aguda da psicose nacional, patriótica e étnica. Eu diria, pela minha experiência, que, se existe uma coisa naquele Estado frenético chamada vontade central, me parece que está investida nele. Ele é também, claro, como convém à sua ocupação, um enigma. Andará ele, por exemplo, zanzando por aí nessas muletas? Será na verdade um grande atleta? Também pode ser. De qualquer modo, ele me proporcionou algumas aventuras maravilhosamente confusas, que vocês vão ler em meu livro."

Sorrindo quase encabuladamente, Smilesburger apertou a mão primeiro do pai e depois do filho.

"Espionando para os judeus?", me perguntou Ivan. "Eu achava que você ganhava a vida espionando *a eles*."

"Uma distinção, no caso, que não faz diferença — e um ponto de atrito entre o sr. Smilesburger e eu."

"Seu amigo", disse Smilesburger a Ted, "está impaciente para armar sua própria tragédia. Ele sempre viveu nessa pressa de exagerar tudo?"

"Ted, ligo pra você", eu disse, enquanto ele pairava acima de Smilesburger, intrigado sobre que tipo de ligação podíamos ter, além da que eu tão deliberada e loquazmente esboçara. "Ivan, foi bom ver você. Até logo."

Baixinho, Ted disse a Smilesburger: "Cuide-se agora", e juntos meu operador e eu nos dirigimos ao caixa, onde paguei a conta, e depois saímos da loja para a rua.

Na esquina da West Eighty-sixth Street, a apenas alguns palmos dos degraus de uma igreja onde um casal de mendigos negros dormia embaixo de um cobertor imundo, com o trânsito do meio-dia rolando barulhentamente ao lado, Smilesburger me entregou sua maleta e me pediu que a abrisse. Encontrei dentro as páginas fotocopiadas dos onze capítulos originais do livro, ainda no grande envelope pardo em que os enviara a ele, e por baixo um segundo envelope, menor, grosso e retangular, mais ou menos do tamanho de um tijolo, com meu nome escrito em letras grandes.

"Que é isso?", perguntei. Mas só tive de sopesar o envelope na mão para compreender o que continha. "De quem foi essa ideia?"

"Minha não foi."

"Quanto tem aqui?"

"Não sei. Eu diria um bocado."

Tive um impulso violento de lançar o envelope o mais longe que pudesse na rua, mas aí vi o carrinho de compras entupido com todos os bens terrenos do casal de negros nos degraus da igreja e pensei em me aproximar e jogá-lo lá. "Três mil ducados", eu disse a Smilesburger, repetindo em voz alta, pela primeira vez desde Atenas, as palavras de código que tinham me dado para usar antes de partir na missão supostamente para George.

"Seja quanto for", ele disse, "é seu."

"Por quê? Por serviços já prestados ou pelo que sou agora aconselhado a fazer?"

"Encontrei em minha maleta quando saí do avião. Ninguém me disse nada. Abri a maleta a caminho do aeroporto Kennedy. E lá estava."

"Ah, pelo amor de Deus!", gritei-lhe. "Foi isso que fizeram com Pollard — entupiram o pobre otário de grana até ele ficar comprometido até as orelhas."

"Philip, eu não quero o que não me pertence. Não quero ser acusado de roubar o que não é meu. Peço a você, por favor, que tire isso de minhas mãos antes que seja eu o comprometido no meio de um caso no qual não desempenho mais papel algum. Escute, você nunca cobrou suas despesas em Atenas. Pagou o hotel com o American Express e até sobrou pra você uma grande conta de restaurante. Aqui está. Para cobrir as despesas que você fez na fonte da civilização ocidental."

"Eu estava pensando, pouco antes, que podia ter me saído muito pior que você", eu disse. "Agora é difícil imaginar como." Segurei o envelope com meu manuscrito embaixo do braço, enquanto punha o outro cheio de dinheiro de volta na maleta. "Aqui", disse, fechando a maleta e oferecendo-a a Smilesburger, mas ele continuou segurando firme as muletas, recusando-se a aceitá-la de volta. "Tudo bem", eu disse, e, vendo que a mulher que dormia junto ao companheiro nos degraus da escada acordara e nos observava cautelosamente, pus a maleta na calçada diante dos pés de Smilesburger. "O fundo do Mossad para não judeus sem teto."

"Nada de piadas, por favor — pegue a maleta", ele disse, "e

419

leve. Não sabe o que lhe está reservado se não fizer isso. Aceite o dinheiro e faça o que eles querem. Arruinar reputações não é para eles uma operação de inteligência menos séria do que destruir reatores nucleares. Quando decidem calar uma voz de que não gostam, sabem como fazer isso sem as trapalhadas de nossos irmãos islâmicos. Não emitem um *fatwa** estúpido, bárbaro, que transforma em mártir o autor de uma obra que ninguém consegue ler — em vez disso, se põem discretamente a trabalhar na reputação. E não estou dizendo mornamente, como fizeram antes com você. Me refiro a jogo bruto — *loshon hora:* a campanha de sussurros que ninguém pode deter, boatos que é impossível sufocar, nódoas das quais você jamais se limpará, histórias caluniosas para amesquinhar suas qualificações literárias, relatos escarninhos de seus logros comerciais e suas perversas aberrações, polêmicas indignadas denunciando suas deficiências morais, contravenções e traços de caráter negativos — sua superficialidade, vulgaridade, covardia, avareza, indecência, falsidade, traição. Informação depreciativa. Declarações difamatórias. Ditos insultantes. Anedotas degradantes. Gozação gratuita. Fofoca. Absurdos maldosos. Piadinhas infames. Mentiras fantásticas. *Loshon hora* de dimensões tão espetaculares que com certeza não apenas trazem medo, angústia, doença, isolamento espiritual e perda financeira, mas encurtam significativamente uma vida. Farão em pedaços a posição que você levou quase sessenta anos para conquistar. Nenhuma área de sua vida ficará intocada. E, se acha que isso é exagero, então você realmente *é* deficiente de senso de realidade. Ninguém jamais poderá dizer de um serviço secreto: 'Isso é coisa que eles não fazem'. O conhecimento está disperso demais para que se chegue a essa conclusão. Só podem dizer: 'Segundo minha experiência, não fizeram. E, além disso, sempre há uma primeira vez'. Philip, lembre-se do que aconteceu com seu amigo Ko-

---

* Em árabe, edito promulgado por um chefe religioso islâmico — no caso, a condenação de Salman Rushdie à morte. (N. E.)

sinski! O que o Chofetz Chaim disse é muito importante: não há excesso verbal, palavra irada, maledicência que não seja dita por um judeu de língua solta. Você *não* é Jonathan Pollard — não está sendo nem abandonado nem desautorizado. Ao contrário, está tendo o benefício da experiência de toda uma vida, de alguém que passou a ter a maior consideração por você e não pode ficar sentado enquanto você é destruído. As consequências do que você escreveu ultrapassam todo cálculo. Eu receio por você. Cite um nervo exposto, e você toca. Você não escreveu um livro discreto — é um livro *suicida* mesmo dentro da posição extremamente judia que adota. Aceite o dinheiro, por favor. Estou lhe pedindo. Estou lhe pedindo. De outro modo, a infelicidade que você sofreu com Moishe Pipik vai parecer uma gota no balde de sua humilhação e vergonha. Eles vão transformar você numa piada ambulante, diante da qual Moishe Pipik parecerá um Elie Wiesel que dizia palavras apenas santas e puras. Você vai *ansiar* pelas indignidades de um duplo como Pipik; quando eles acabarem de profanar você e seu nome, Pipik vai parecer a personificação da modéstia, dignidade e paixão pela verdade. Não os leve à tentação, porque a criatividade deles não conhece limites quando a tarefa é assassinar o caráter mesmo de um *tzadik** como você. Uma pessoa justa, um homem de retidão moral, foi isso que acabei compreendendo que você é — e, contra a desgraça de uma pessoa assim, é minha obrigação humana gritar! Philip, pegue a maleta, leve pra casa e ponha o dinheiro no colchão. Ninguém vai saber nunca."

"E em troca?"

"Que sua consciência judaica o oriente."

---

* "Virtuoso", "justo", em hebraico. (N. E.)

NOTA AO LEITOR

Este livro é uma obra de ficção. A entrevista formal com Aharon Appelfeld citada nos capítulos 3 e 4 foi publicada pela primeira vez no *New York Times* a 11 de março de 1988: as minutas literais da sessão matinal de 27 de janeiro de 1988 no julgamento de John Demjanjuk, na Corte Distrital de Jerusalém, proporcionaram os diálogos no tribunal citados no capítulo 9. Fora isso, os nomes, personagens, lugares e incidentes são ou produtos da imaginação do autor, ou usados ficcionalmente. Qualquer semelhança com fatos, locais e pessoas reais, vivas ou mortas, é mera coincidência. Esta confissão é falsa.

Em 1997, **PHILIP ROTH** ganhou o prêmio Pulitzer por *Pastoral americana*. Em 1998, recebeu a National Medal of Arts na Casa Branca e, em 2002, conquistou a mais alta distinção da American Academy of Arts and Letters, a Gold Medal in Fiction. Recebeu duas vezes o National Book Award e o National Book Critics Circle Award, e três vezes o prêmio PEN/Faulkner. *Complô contra a América* foi premiado pela Society of American Historians em 2005. Roth recebeu dois prestigiosos prêmios da PEN: o PEN/Nabokov (2006) e o PEN/Saul Bellow (2007). Em 2011, ganhou o Man Booker International Prize e recebeu a National Humanities Medal na Casa Branca. É o único escritor americano vivo a ter sua obra completa publicada pela prestigiosa editora Library of America.

OBRAS PUBLICADAS PELA COMPANHIA DAS LETRAS

Adeus, Columbus
O animal agonizante
O avesso da vida
Casei com um comunista
O complexo de Portnoy
Complô contra a América
Entre nós
Fantasma sai de cena
Homem comum
A humilhação

Indignação
A marca humana
Nêmesis
Operação Shylock
Pastoral americana
Patrimônio
O professor do desejo
O teatro de Sabbath
Zuckerman acorrentado

1ª edição Companhia das Letras [1994]
1ª edição Companhia de Bolso [2017]

Esta obra foi composta pela Verba Editorial
em Janson Text e impressa pela Prol Editora Gráfica em ofsete
sobre papel Pólen Soft da Suzano Papel e Celulose

A marca FSC® é a garantia de que a madeira utilizada na fabricação
do papel deste livro provém de florestas que foram gerenciadas
de maneira ambientalmente correta, socialmente justa e econo-
micamente viável, além de outras fontes de origem controlada.